LUCY DILLON

# Die kostbaren Momente des Glücks

Lucy Dillon

# Die kostbaren Momente des Glücks

Roman

Aus dem Englischen
von Claudia Franz

GOLDMANN

Die englische Originalausgabe erschien 2019 unter dem Titel »Unexpected Lessons in Love« bei Black Swan, an imprint of Transworld Publishers, London.



Dieses Buch ist auch als E-Book erhältlich.

Verlagsgruppe Random House FSC® N001967

1. Auflage
Deutsche Erstveröffentlichung Januar 2020

Umschlaggestaltung: UNO Werbeagentur, München
Umschlagmotiv: FinePic®, München
Colin Anderson / getty images
Sasha Bell / getty images
Redaktion: Babette Leckebusch
MR · Herstellung: kw
Satz: GGP Media GmbH, Pößneck
Druck und Bindung: GGP Media GmbH, Pößneck
Printed in Germany
ISBN: 978-3-442-48993-0
www.goldmann-verlag.de

Besuchen Sie den Goldmann Verlag im Netz

*Für alle, die schon einmal diese kleine Stimme*
*im Kopf hatten – und so mutig waren,*
*ihrem Rat zu folgen*

# Prolog

Brooklyn Bridge, Oktober

Dan hielt Jeannie die Augen zu, während sie weiterschritt, aber Angst hatte sie nicht. Nie im Leben war sie so glücklich gewesen wie in dieser wunderbaren Champagnerblase von einem Moment.

Bei ihrem verlängerten Wochenende in New York hatte eine romantische Überraschung die nächste gejagt. Dan hatte es heimlich geplant, aber seine Ideen hätten alle von ihr kommen können: durch die Vintage-Läden des Chelsea Market schlendern, im Grand Central Park mit den Füßen durch die kupferroten und goldenen Blätter streifen und heiße Schokolade trinken. Cocktails und Austern, gelbe Taxen und bunte Lichter am Times Square, gestohlene Küsse in der überfüllten U-Bahn. Jede Sekunde fühlte sich an, als würden sie beide in ihrem eigenen Film mitspielen.

Das Hotel war so überwältigend, dass Jeannie das

winzige superschicke Zimmer mit den weichen Teppichen und dem noch weicheren Licht am liebsten gar nicht mehr verlassen hätte. Und dann natürlich Dan. Allein der Gedanke an seine braun gebrannte Haut zwischen den frischen weißen Laken durchströmte sie wie eine heiße Welle des Glücks. Von *bestimmten* Höhepunkten dieser Reise würde Jeannie ihrer Mutter sicher nichts erzählen.

Ihr letzter Tag hatte mit Rührei und Kaffee an einer Delikatessentheke begonnen, dann hatten sie sich einer Führung durch Downtown zu den bedeutendsten Kultstätten von Jeannies Achtzigerjahre-Pop-Ikonen angeschlossen. Vor Blondies Übungsraum und »Madonnas Wohnung« hatte Dan geduldig Selfies von ihnen gemacht. Klar, es handelte sich lediglich um Backsteine und Fenster, aber für Jeannie waren diese Straßen der Ort, wo der Soundtrack ihres Lebens aus dem Nichts hervorgesprudelt war, geschaffen von Musikerinnen, die einst genauso gekämpft hatten wie sie selbst. Als die Leiterin der Tour von Erfolgen und Misserfolgen berichtet hatte, war ihr die Seele in einer Weise aufgegangen, dass sie Dan in dankbarer Liebe geküsst hatte. Sie hatte sich gefragt, ob er wusste, was ihr das alles bedeutete, da er offenkundig ahnte, was sie ihm nie erzählt hatte.

Jetzt waren sie auf der Brooklyn Bridge, und Dan versprach ihr den Ausblick ihres Lebens, wenn sie nur noch ein, zwei Schritte weitergehe.

»Geschafft«, sagte er, nahm aber nicht sofort die Hände von ihren Augen. Jeannie legte ihre eigenen kleinen Hände, die geschickt über das Griffbrett einer Ukulule zu gleiten vermochten, auf Dans lange Finger. Er hatte geschickte, starke Tierarzthände, die verletzte Hunde behandeln und Kälbchen zur Welt bringen konnten. Vom Fluss wehte eine frische Brise herauf, aber die Atmosphäre zwischen ihnen glühte rotgolden.

Jeannie schmiegte sich an Dan und wünschte, der Moment möge nie vergehen. Das Licht eines weiteren wunderschönen Herbsttags verblasste bereits. Jeannies Seele war von Musik erfüllt, als würde hymnischer Vogelgesang durch ihre Adern rauschen. Ihre beste Freundin Edith hatte erklärt, dass ein solches Glück im wahren Leben nicht existiere. Ausnahmsweise einmal lag Edith Constantine falsch. Absolut falsch.

»Bereit?« Dans Stimme klang fast ein wenig spöttisch. Sie hoffte, dass er sie nicht an den äußersten Rand der Brücke geführt hatte. Jeannie war nicht wirklich schwindelfrei und kramte in ihrem Gedächtnis, ob sie Dan das mitgeteilt hatte. Manchmal vergaß sie, dass sie noch nicht das langweilige »Benutzerhandbuch«-Stadium des wechselseitigen Kennenlernens erreicht hatten. Marzipanallergie, Angst vor Menschenmengen, lauter Dinge, die man erst herausfand, wenn einem die interessanten Gesprächsthemen ausgegangen waren.

»Ta-da!« Dan zog die Hände weg, und sie schnappte nach Luft, als plötzlich die glitzernde Skyline Manhattans vor ihren Augen aufragte, eine schwarz-silberne Collage aus Lichtern und Wolkenkratzern, die in der Dämmerung glänzten.

»Wahnsinn!« Jeannie drehte sich in dem engen Kreis seiner Arme herum, sodass sie nun Nase an Nase standen. Dan war ein attraktiver Mann, aus jedem Blickwinkel. Der Wind blies ihm das blonde Haar in die ungewöhnlich tiefblauen Augen, und Jeannie musste sich selbst daran erinnern, dass dies tatsächlich ihr Leben war. Es fühlte sich zu perfekt an, zu romantisch, um wirklich zu sein. Und doch war es das. Endlich widerfuhr es ihr. Das war Liebe.

»Ich bin ja so glücklich!«, platzte es aus ihr heraus, und zu ihrem Erstaunen glänzten Dans Augen genau wie die ihren. Er blinzelte, als könnte auch er nicht begreifen, wie perfekt dieser Moment war.

Und dann passierte es. Fast wie in Zeitlupe löste Dan seine Arme von ihr, trat zurück und fiel auf die Knie. Menschen strömten über die Brücke. Manche traten mit einer genervten Geste um ihn herum, während andere begriffen, was hier passierte, und mit einem nachsichtigen Lächeln auf den Lippen stehen blieben.

Jeannie blinzelte. Nein, warte. War das jetzt das … von dem sie dachte, dass es das war? Ihr Herz hämmerte an ihren Rippen. Wollte Dan ihr einen Heiratsantrag machen? Einen solchen Moment hätte sie nicht einmal zu träumen gewagt, und plötzlich befand sie sich mittendrin. Ein Heiratsantrag … das war etwas, das einem nur einmal widerfuhr. Im ganzen Leben.

Unvermittelt war Jeannie so schwindelig, als hätte Dan sie tatsächlich an den Rand der Brücke geführt.

»Jeannie McCarthy«, begann Dan inmitten der Passanten, die kleine Pulks auf dem Gehweg bildeten.

»Ich weiß, dass wir uns erst seit fünf Monaten kennen, aber es waren die glücklichsten fünf Monate meines Lebens. Möchtest du meine Frau werden?«

Manhattan ragte wie eine zweite größere Menge von Gratulanten hinter Dan auf. Sie lächelten über die Liebenden und funkelten wie Sterne. Verstohlen hoben sich Kameras. Alle hielten die Luft an. Ganz New York schien auf Jeannies Antwort zu warten.

Dan schaute mit diesen blauen Augen, die ihr Herz zum Schmelzen brachten, zu ihr auf. Er war umwerfend und intelligent. Und er war mit ihr nach New York geflogen, um ihr einen Heiratsantrag zu machen. Jeannie rüttelte sich wach. Was konnte man mehr verlangen? Worauf wartete sie noch?

Ihr Mund öffnete sich, bevor sie Zeit hatte, sich selbst die Frage zu beantworten.

»Ja!«, sagte sie, und die Menschen auf der Brücke brachen in Applaus aus.

# Kapitel 1

Im Mai darauf

Jeannie McCarthy war zwanzig Minuten und vier Meilen vom Rathaus von Longhampton entfernt, als sich ihr der erste, nicht mehr zu ignorierende Gedanke über ihre bevorstehende Hochzeit aufdrängte.

Ich bekomme keine Luft mehr, lautete er.

Der Ehrlichkeit halber musste man sagen, dass sich das beklemmende Gefühl in ihrer Brust teilweise ihrem Kleid verdankte. Jeannies Brautkleid war ein absoluter Traum, mit Korsett, Tüllunterröcken, die bei jeder Bewegung raschelten, und zarten elfenbeinfarbenen Rosen auf dem herzförmigen Satinmieder. Es war nicht gerade das, wofür Jeannie sich normalerweise entschieden hätte – sie trug eher Haremshosen und/oder Doc Martens, je nach Wetter –, aber der Ausbund an Eleganz, der sie aus dem Spiegel heraus angeschaut hatte, war so überraschend gewesen, dass ihr die Entscheidung irgendwie entglitten war. Sie sah genau richtig darin aus, wie eine echte Braut. Die Verkäuferin hatte die weiß behandschuhte Hand vor den Mund geschlagen, und die Ladenbesitzerin war in den Ankleideraum gestürzt, den Glückwunsch-Prosecco bereits in der Hand. »Das ist es«, hatte sie ehrfürchtig gehaucht. »Glauben Sie mir, meine Liebe, das ist Ihr Kleid.«

Es wirkte wie Schicksal, dass Jeannie *ihr* Kleid gefunden hatte. Aber es hatte sich ja auch wie Schicksal angefühlt, als Dan ihr als Erster geantwortet hatte, in jener Nacht damals, als sie es aufgegeben hatte, den »Richtigen« auf altmodische Weise zu suchen, und sich widerstrebend in die Kontaktseiten des Internets gestürzt hatte. Vom ersten Treffen bis zur Hochzeit war gerade einmal ein Jahr vergangen. Nicht eine einzige Minute hatten sie vergeudet. Oder wie die Ladenbesitzerin es mit einem weiteren ermutigenden Nicken ausdrückte: »Wer weiß, der weiß.« Es war alles so schnell gegangen. So unglaublich schnell.

Der andere Grund für das Engegefühl in Jeannies Brust war die wachsende Erkenntnis, dass sie dabei war, einen gewaltigen Fehler zu begehen.

Jeannie versuchte noch einmal einzuatmen, ganz tief, und wäre fast erstickt. Die steife Spitze hinderte sie daran, ihre Lunge richtig zu füllen. Sie war sich absolut sicher, dass ihr Gehirn schon unter Sauerstoffmangel litt. Seit man sie in der Braut-Suite in ihr Korsett geschnürt hatte, hatte sie nicht mehr richtig durchatmen können, und ihr war schon ganz mulmig im Kopf. Das Glas mit eiskaltem Champagner, das man ihr in die

Hand gedrückt hatte, bevor sie und ihr Vater aufgebrochen waren, hatte auch nicht geholfen. »Entspannen Sie sich einfach!«, hatte der Hotelbesitzer lächelnd gesagt. Mehr Alkohol. Ihr Vater hatte ihn für sie ausgetrunken.

Mrs Hicks. Jeannie Hicks.

Das klang nach einer Fremden. Es klang nach Schluckauf.

Um drei würde sie für den Rest ihres Lebens Mrs Jeannie Hicks werden. Jeannie McCarthy, Singer-Songwriterin, Lehrerin, Tochter, wäre dann ... jemand anders.

Die Panik schoss ihr wie eine Rakete in die Kehle und hinterließ eine bittere Spur von Sternenstaub. Jeannie schluckte, aber das sengende Gefühl verschwand nicht. Sie schaute zu ihrem Vater Brian hinüber, der neben ihr auf der Rückbank saß, aber er sah aus dem Fenster und übte stumm seine Rede. Er legte Pausen ein, lächelte gelegentlich und neigte den Kopf, wenn er innerlich schon das Gelächter hörte.

Das sind nur die Nerven, sagte sich Jeannie, nichts als die Nerven. Das ist ganz natürlich und zeigt, dass du die Idee der Ehe ernst nimmst. So steht es in allen Blogs. Es zeugt von Verbindlichkeit, der lebenslangen Verbindlichkeit gegenüber einer Person, in guten und in schlechten Zeiten, in Gesundheit und Krankheit und so weiter und so fort.

Sie ließ sich in den Ledersitz des einzigen Rolls-Royce Silver Shadow des Bezirks sinken und gab sich Mühe, den Sauerstoff so tief in die Lunge zu saugen, wie das Korsett es erlaubte. Nur ein Hauch drang durch. So wie sie im Hotel auch nur ein winziges bisschen von dem Rührei hinuntergebracht hatte. Und sie hatte kaum geschlafen. Von allem zu wenig, um für den Eisberg an Demütigungen gewappnet zu sein, auf den sie zutrieb.

Jeannie zwang sich, der Realität der Ereignisse ins Auge zu sehen. Dan würde bereits am Rathaus auf sie warten und mit seinem entspannten Lächeln die ersten Gäste begrüßen. Sie stellte sich vor, wie er in seinem schicken neuen Anzug dastand – maßgeschneidert, dunkelblau, passende Weste –, eine schlanke Gestalt mit frisch geschnittenem blondem, in der Sonne glänzendem Haar. Für jeden Gast hätte er einen kleinen Scherz auf den Lippen, während er nebenbei seine Mutter beruhigte und die Fotografin herumdirigierte. Anders als Jeannie konnte Dan fünfzehn Dinge gleichzeitig erledigen und so viele Ereignisse vorwegnehmen, dass sie sich manchmal fragte, ob er übersinnliche Kräfte habe.

Allerdings würde er niemals auf die Idee kommen, was sie gerade dachte. Ein eiskaltes Gefühl durchdrang sie. Was dachte *er* eigentlich? Kamen ihm ebenfalls Zweifel?

Sie schaute auf die Hecken, die am Fenster vorbeizogen, während sich der Wagen unaufhaltsam dem Rathaus näherte. *Ich wünschte, ich könnte die Uhr zum Morgen zurückdrehen und noch einmal anfangen.*

Nein, zum gestrigen Morgen.

Das reichte immer noch nicht.

Zu dem Moment jetzt vor einer Woche?

Wenn ich doch nur ein ganzes Jahr zurückdrehen könnte, wünschte sich Jeannie inständig. Dann würde ich mir Mühe geben, nicht so vielen Menschen wehzutun.

Aber der Gedanke, Dan nie begegnet zu sein … Ihr Magen rebellierte. Was sollte sie nur tun?

»Alles klar, da drüben? Ein bisschen holprig, so ein alter Wagen, was, mein Schatz? Hast du Angst um deine Frisur?«

Ihr Vater griff nach ihrer Hand. Die tröstliche Berührung seiner großen Finger ließ Tränen in ihre Kehle steigen. »Wir haben es fast geschafft. Es ist nicht mehr weit.«

Vorsichtig drehte sie sich zu ihm hin. Sie durfte ihren Kopf nicht allzu heftig bewegen, damit sich die Spangen, mit denen das Diadem befestigt war, nicht noch tiefer in die Kopfhaut bohrten. Das war noch etwas, mit dem sie im Traum nicht gerechnet hätte – dass sie bei ihrer Hochzeit ein Diadem tragen würde. Jeannie hatte immer gedacht, dass sie einen Blumenkranz aufsetzen und auf dem Bauernhof ihrer Familie in Dumfries heiraten würde, unter einer Eiche, zu den Klängen einer Ceilidh-Band. Stattdessen befand sie sich auf dem Weg zum Standesamt einer Stadt, in die sie und ihr zukünftiger Ehemann erst letzte Woche wegen seiner neuen Stelle in der örtlichen Tierarztpraxis gezogen waren. Es wäre leichter, hatten sie beschlossen, die Hochzeit und den Umzug am selben Ort zu organisieren. Ihr gemeinsamer Start, ein mutiger Sprung in unbekannte Gewässer, bei dem sie sich an den Händen halten würden.

Nichts ist, wie ich es mir vorgestellt habe, dachte Jeannie merkwürdig unbeteiligt. Absolut nichts. Von ihrem Vater und dem Wagen mal abgesehen. Er hatte immer gesagt, dass er sie im Rolls-Royce zu ihrer Hochzeit bringe. Das machte es aber nur noch schlimmer.

»Alles in Ordnung, mein Schatz?« Brian schaute sie an. Seine schlaksige Gestalt schwamm in einem Anzug, der aussah, als gehörte er jemand anders. Jeannie konnte sich nicht erinnern, wann sie ihren Vater zum letzten Mal in einem Anzug gesehen hatte. Und nur einmal mit einer Krawatte, als nämlich sein preisgekrönter Schafbock Decker bei der Royal Welsh Show ein Rendezvous mit der Countess of Wessex hatte.

»Alles in Ordnung!« Die Worte kamen zäh heraus, und der zartrosafarbene Lipgloss auf ihren Lippen machte ein schmatzendes Geräusch.

»Es klang, als würdest du …« Er unterbrach sich, verwirrt die Stirn gerunzelt.

»Als wenn ich was?« Jeannies Stimme klang piepsig, gar nicht wie ihre eigene. Ein unbehagliches Schweigen ballte sich zwischen ihnen zusammen.

Sag etwas, forderte die Stimme in ihrem Kopf, aber sie konnte nicht. Ihr Kopf fühlte sich an, als wäre er mit Watte gefüllt und könnte diesen verrückten Drang, einfach alles anzuhalten, anzuhalten, *anzuhalten*, nicht abstellen.

Ein kleines Mädchen auf der anderen Straßenseite entdeckte das Brautauto und winkte dem glänzenden schwarzen Rolls mit dem flatternden weißen Band an der Kühlerfigur zu.

Brian winkte zurück, mit diesem besonderen Überschwang, den er bei Kindern an den Tag legte. »Schau doch nur, das kleine Mädchen dort! Nun komm schon, Jeannie, sie winkt dir zu! Sie hält dich für eine Prinzessin!«

Pflichtbewusst hob Jeannie die Hand, winkte und versuchte, ihren Mund zu einem Lächeln zu verziehen. Das Gefühl, dass sie die Braut nur spielte, verstärkte sich dadurch nur noch. Dies war gar nicht wirklich ihre Hochzeit. Dies passierte eigentlich überhaupt nicht.

»Es scheint erst vorgestern gewesen zu sein, dass du so alt warst!«, sagte er mit einem Seufzer. »Und uns auf der Ukulele deine lustigen kleinen Lieder vorgespielt hast. Den ganzen Tag hast du gesungen. Viel hat sich seither nicht geändert, was?«

Jeannie fixierte das Lächeln in ihrem Gesicht, presste die Lippen aufeinander und sperrte die wild rebellierenden Gedanken dahinter weg, als sie das Schild sah: Longhampton, 3 Meilen.

Sie waren fast da. *Fast da.* Was sollte sie nur tun?

»Jeannie?« Dad wirkte besorgt. »Ist alles in Ordnung?«

»Ich ...« Sie presste die Worte heraus. »Es ist ... nur einfach ...«

Verzweifelt registrierte sie, dass Brian den Köder nicht schluckte. »Es ist ganz normal, dass du ein bisschen nervös bist, mein Schatz. Onkel Charlie musste mir die Knöpfe zumachen, weil meine Hände so ...« Er fuchtelte vor ihren Augen damit herum. »Deine Mutter war spät dran. Ich dachte schon, sie kommt gar nicht! Sie hatte sich eine Laufmasche eingefangen, als sie zu schnell in den Wagen klettern wollte.« Er seufzte, und sein Blick wirkte plötzlich wehmütig. »Ich wette, wenn man uns alte Herrschaften heute sieht, kann man sich kaum vorstellen, dass wir mal wie Dan und du waren. So war das aber.«

Jeannies Herz setzte aus. Etwas Schlimmeres hätte ihr Vater nicht sagen können, da sie sich nun mit dem Gedanken auseinandersetzen musste, den sie schon seit Wochen verdrängte: dass Dan und sie eben *nicht* wie ihre Eltern waren.

Plötzlich sah sie ihre Mutter vor sich – die kleine, starke, umtriebige Sue – und dann ihren Vater daneben, in seinem Overall, irgendeine folkloristische Melodie pfeifend, bis Sue ihn bat, mal Ruhe zu geben. Es war unmöglich, sich Brian und Sue getrennt vorzustellen. Sie lachten und witzelten und trieben sich manchmal gegenseitig zur Verzweiflung, aber ihre eigentliche Kommunikation bestand nicht aus Worten. Es war eine Sprache bestehend aus Pausen und Blicken, die sich in den harten Jahren nach Sues Reitunfall herausgebildet hatte, als die McCarthys sich als Familie ganz neu sortieren mussten. Das war es, was mit »in Gesundheit und Krankheit« gemeint war, dachte Jeannie. In guten und in schlechten Zeiten – das war kein Klischee, sondern Realität. Das Leben hatte Mums und Dads Liebe wie ein rot glühendes Hufeisen in Form gehämmert, und es wurde mit jedem Schlag stärker. Sonst hätte diese Liebe nicht überlebt. Und die beiden auch nicht.

Ein hohles Gefühl schwoll in Jeannie an. Wie könnte sie Dan das versprechen? Sie kannte ihn nicht gut genug. Sie kannte *sich* nicht gut genug.

Nach dieser Erkenntnis fühlte sich Jeannie plötzlich so schwerelos, als könnte sich ihr Kopf von ihrem Körper lösen und wegfliegen. Was ließ sich jetzt noch ändern, nur wenige Minuten vor der Zeremonie? Das ging nicht. Zu viele Leute waren beteiligt. Und Dan! Wie könnte sie Dan das antun?

Bei dem Gedanken, Dan wehzutun, zog sich ihr Magen schuldbewusst zusammen. Das hatte er nicht verdient.

Sie atmete flach, dann noch einmal und noch einmal. Der Sauerstoff erreichte nicht ihr Gehirn. Die Perlen, die sie sich von ihrer Mutter geborgt hatte, hoben und senkten sich. Ihr Busen bebte wie der einer hysterischen Herzogin aus *Downton Abbey*.

Elegant verließ der Rolls die Hauptstraße, und Jeannie entdeckte das Schild: Longhampton, 2 Meilen. Nur noch ein paar Minuten. Buchstäblich Minuten!

»Dad.« Jeannie hatte keine Ahnung, woher die Stimme kam. Sie hatte sich einen Weg aus den eingequetschten Rippen gebahnt. »Können wir ... können wir irgendwo anhalten? Nur einen Moment?«

Er beugte sich vor, klopfte an die Scheibe und schob sie beiseite. »Entschuldigen Sie bitte, mein Freund. Würde es Ihnen etwas ausmachen, an den Straßenrand zu fahren, wenn sich die Gelegenheit bietet? Wir sind früh dran, und meine Tochter möchte nicht eher da sein als der Bräutigam!«

Sie näherten sich einer von Bäumen beschatteten Parkbucht mit einer überquellenden Mülltonne und einem Schild, das den Weg zu einem Fußweg wies.

Jeannie hatte sich noch nie so gefreut, eine Parkbucht zu sehen. Der Chauffeur blinkte, fuhr unter einen der Bäume und stellte den Motor ab. Staubiges Schweigen erfüllte den Wagen.

*Ich muss es jetzt tun*, dachte Jeannie, wusste aber nicht, wie sie anfangen sollte.

Das war schon immer ihr Problem gewesen: Dinge anzusprechen. Als Kind hatte man sich darüber lustig gemacht (»Sprich lauter, Jeannie!«), und in der Grundschule war es auch Thema gewesen (»Jeannie? Schläfst du?«). In ihrer Jugend erledigte sich das Problem dann, weil ihre beste Freundin Edith für zwei redete. Wenn Jeannie unter Druck geriet, wurde ihr Kopf vollkommen leer. Ediths glücklicherweise nie.

Zu ihrer Erleichterung räusperte sich Brian unbehaglich.

»Also gut, ich bin froh, dass wir angehalten haben«, sagte er. »Es gibt da etwas, das ich dich fragen möchte. Versteh es nicht falsch, aber ich habe es in einem dieser Hochzeitsbücher gelesen, die deine Mum in der Bücherei ausgeliehen hat.«

Er nahm Jeannies Hand, dieses Mal mit feierlichem Ernst. Das war eine derart altmodische Geste, dass sie ihm nicht in die Augen schauen konnte. Ihr Herz pochte an den Stäben ihres Korsetts, als wollte es fliehen.

»Wenn du den leisesten Zweifel hast, ob du Dan heiraten sollst«, begann Brian, »auch nur den leisesten Zweifel, dann heraus damit. Es ist noch nicht zu spät.«

Der Wind rauschte in ihren Ohren: ein mächtiger Schub grellweißer Panik.

Diese Erleichterung. Die schiere Erleichterung, Dad das sagen zu hören. Was ahnte er? Hatte er es in ihrer Miene gelesen? Er kannte sie so gut.

Sie starrten sich an, und in Brians gutmütige Miene trat ein Ausdruck von Schock, als er die unerwartete Dankbarkeit in ihren Augen sah.

»Jeannie?«, fragte er zögernd.

Aber dann holte ihr Gehirn ihr Herz wieder ein. Es war eine Sache, wenn Dad so etwas sagte, aber wie könnte sie das Ganze jetzt abblasen? Wie könnte sie all die Bekannten vergessen, die in diesem Moment am Rathaus eintrafen? Und was war mit dem Geld, das sie für den Empfang ausgegeben hatten? In den Räumen über dem Zeremoniensaal arrangierten die Caterer bereits Platten mit Räucherlachs, und der Champagner stand auch schon eisgekühlt in den Kübeln. Der Alleinunterhalter war auf dem Weg von Birmingham hierher, ihre Musikliste mit den Liebesliedern und dem Brauttanz einprogrammiert. Und dann die Torte! Die Dreihundert-Pfund-Torte! Der Gedanke, wie viel ihre Eltern und Dans Mutter das gekostet hat und wie viel von ihren eigenen Ersparnissen hineingeflossen war, trieb ihr den Schweiß aus allen Poren. Sie hatten versucht, sich zu bescheiden, aber es ging immer noch in die Tausende.

»Jeannie?«

Dads Stimme klang etliche Töne höher als sonst. Offenbar hatte er nicht damit gerechnet, dass sie einfach schweigen könnte. Jetzt musste er der Sache auf den Grund gehen.

Langsam ließ sie ihr Kinn sinken und hob es dann wieder, das langsamste Nicken ihres Lebens und gleichzeitig die Geste, die das Leben eines anderen Menschen ruinieren würde. Sie fühlte sich schlecht und schwindelig und erleichtert zugleich.

Ihr Vater, der niemals fluchte, murmelte etwas vor sich hin, das sie fast zum Lachen gebracht hätte. Er klang wie versteinert.

»Du nickst … weil du Dan heiraten willst? Oder weil du die ganze Sache abblasen willst?«

»Ich *kann* Dan nicht heiraten.«

Als die Worte ihren Mund verlassen hatten, spürte sie, wie sich Leichtigkeit in ihrem Innern ausbreitete. Geschafft. Es war geschafft. Und es fühlte sich vollkommen richtig an. Schrecklich, beschämend, demütigend – aber richtig.

»O verflucht.« Er stieß Luft aus. »Darf ich fragen … warum?« Brian war nicht der Typ, der viel über Gefühlsangelegenheiten redete, aber Jeannie wusste, dass er sich vor den wirklich wichtigen Fragen nicht drückte. Besonders wenn es um die Menschen ging, die er liebte.

Sie hielt inne und versuchte, ihre flüchtigen Gedanken zu fassen, für ihren Vater, aber auch für sich selbst. »Dan ist wunderbar.« Die Worte klangen hohl. »Es hat gar nichts mit ihm zu tun. Aber … diese Schwüre gelten für immer. Und ich kenne ihn doch noch nicht einmal ein Jahr.«

*Ach ja?* Wenn man es so ausdrückte, klang es lächerlich. *War dir das nicht klar, als du Ja gesagt hast?* Alle würden so reagieren. In Wahrheit hatte sie nicht viel

Zeit zum Überlegen, als sie Ja gesagt hat, nicht auf der Brooklyn Bridge, auf dem Höhepunkt ihres romantischen Wochenendes, als sie fast trunken war vor Glück. Und auch nicht danach, als die Glückwunschkarten eintrafen und Dans Mutter Andrea ihr ein Hochzeitsplaner-Buch zukommen ließ.

»Es hat doch nicht immer damit zu tun, wie lange man jemanden kennt, mein Schatz«, sagte Brian und runzelte die Stirn, als wüsste er nicht, ob er ihr gut zureden solle oder nicht. »Deine Mum und ich, wir sind nur ein paar Monate miteinander ausgegangen, bevor ich die Frage gestellt habe. Ich weiß, dass alles wie der Blitz ging, aber heutzutage laufen die Dinge eben anders. Diese Internetgeschichten ... Vielleicht ist es ja gut, dass ihr beide euch unter Millionen anderen auf der Website herausgepickt habt?«

Das aber war der springende Punkt. Auf dem Papier stimmte das schon, aber es fehlte etwas, bei ihr oder bei Dan. Oder bei ihr und Dan. Jeannie konnte es nicht benennen, aber was auch immer es war, es war dieser magische Moment, der alles richtig erscheinen ließ. Nicht so, als würde man die Hochzeit einer anderen feiern, in einem geborgten Wagen und einem unbequemen Kleid.

»Ich weiß nicht, wie ich es erklären soll, Dad.« Ihre Kehle war trocken. »Ich wünschte, ich könnte es. Ich wünschte es wirklich.«

Die Stimme in Jeannies Kopf sagte ihr, dass sie es besser versuchen sollte, und zwar schnell. Irgendeinen Grund würde sie nennen müssen, warum sie Dan vor den wichtigsten Leuten ihres Lebens demütigen zu müssen glaubte. Sollte sie besser eine Blinddarmentzündung vortäuschen wie damals, als sie sich vor dem Zeltlager drücken wollte? Bitte, lieber Gott, dachte sie, lass mich sofort mit einer Blinddarmentzündung niedersinken. Oder mit etwas weniger Schlimmem, aber doch so, dass Dad mich statt zum Standesamt in die Notaufnahme bringen muss.

Bei dem Gedanken lief ihr ein Schauer über den Rücken. Feige war sie auch noch.

Der Chauffeur hustete diskret, um sie an die Zeit zu erinnern, und Jeannie schlug die Hände vors Gesicht, überwältigt von Schuldgefühlen. »Es tut mir leid, Dad. Vergiss einfach, was ich gerade gesagt habe. Das sind einfach die Nerven! Ich werde jetzt einsteigen und Dan heiraten, und wenn es schiefgeht, können wir ja immer noch die Scheidung einreichen ...«

»Nein!« Brian war entsetzt. »Nein. Du kannst keine Schwüre leisten, von denen du nicht überzeugt bist! Das wäre ja die reinste Farce. Wie soll sich Dan wohl fühlen, wenn er erfährt, dass du vor all den Leuten gelogen hast?«

Sie starrten sich an, zwei Menschen, die durch einen Fluss wateten und keine Ahnung hatten, wie tief er noch wurde, ohne aber umkehren zu können.

»Liebst du ihn?« Eine schlichte Frage.

Jeannie schluckte. Vor ein paar Monaten hätte sie Ja gesagt, ohne auch nur nachzudenken. Dan war der Beweis dafür, dass die Liebe auf den ersten Blick existierte. Im Laufe der letzten Wochen hatte sie sich allerdings des Gefühls nicht erwehren können, dass es da etwas gab, irgendeine persönliche Nische in seiner Seele, die er nicht mit ihr teilte. Seine Träume und Zukunftspläne betraf das nicht, darüber sprach er sehr offen, sondern eher seine … Ängste? Seine Defizite? Die Aspekte seiner Vergangenheit, auf die er nicht stolz war? Ironischerweise wussten Dan und sie jede Menge banaler Dinge übereinander, der Dating-Website sei Dank – Tee oder Kaffee? Katzen oder Hunde? –, aber manchmal fragte sich Jeannie, was sie alles *nicht* über Dan wusste. Seit seinem Heiratsantrag waren ihre Wochenenden so von Tortentests und der Sitzordnung ausgefüllt gewesen, dass sie nie mehr diese Sonntagabendträgheit erlebt hatten – wenn verräterische Zipfel des Menschen hinter der Person, die sich in der Werbephase von ihrer besten Seite zeigte, zum Vorschein kamen. Jeannie versteckte nichts vor ihm, sie wüsste gar nicht, wie. Aber kürzlich war ihr aufgefallen, dass Dan ein bestimmtes liebes Lächeln aufsetzte, wenn er über irgendetwas nicht reden wollte.

Ihr Vater wartete immer noch auf eine Antwort. *Liebte sie ihn?* Konnte man wirklich sagen, dass man jemanden liebte, wenn man ihn nicht vollständig verstand?

Irgendwo aus ihrem Innern kam ein unglückliches Stimmchen. »Ich weiß es nicht.«

Eine lange Pause entstand. Vier kurze Worte, die so viel Chaos anrichteten.

»Bist du dir ganz sicher?«

Jeannie nickte.

»Himmel …« Brian rieb sich die Augen und wappnete sich dann. »Lass uns die Sache regeln. Soll ich es ihm am Telefon sagen? Oder soll ich hinfahren und mit ihm reden?«

Wie würde Dan reagieren? Würde er weinen? Wäre er wütend? Jeannie merkte, dass sie es nicht wusste. Sie hatte noch nie miterlebt, wie er mit schlechten Nachrichten umging.

»Ich rufe ihn an.« Brian dachte laut nach. »Dann hat Dan Gelegenheit, sich von seiner Mutter und den Helfern zu entfernen, bevor ich ihn noch einmal anrufe und ihm deine Gefühlslage erkläre. Sobald wir das hinter uns gebracht haben, rufen wir deine Mutter an, um ... alles andere zu regeln.«

»Nein, Dad.« Jeannie richtete sich auf, und das Korsett zwickte sie in die weiche Haut der Achseln. »Ich muss das selbst tun. Ich ruf ihn an und sag ihm, er solle sich an einen ruhigen Ort begeben, wo ich mit ihm reden kann. Und dann ... erkläre ich es ihm.«

Brian wollte protestieren, hielt aber inne, als sie den Kopf schüttelte und ihn bat, das schwache Flämmchen der Entschlusskraft nicht zu ersticken. Er seufzte, traurig diesmal, und drückte ihre Hand. »Ich wünschte, du hättest eher mit uns gesprochen, mein Schatz. Aber wenn du dir nicht sicher bist, solltest du das hier nicht tun. Wenn man zweifelt, sollte man nicht heiraten. Deine Zukunft solltest du nur der Person schenken, ohne die du nicht leben kannst.« Er küsste sie auf den Kopf. »Es ist besser, ehrlich zu sein.«

Jeannie fühlte sich nicht ehrlich, sie fühlte sich einfach nur feige. »Es tut mir so leid, Dad.«

»Was denn?«

»Diese Geldverschwendung und die Peinlichkeit und … dieser Umstand, dass alle gekommen sind, und …«

»Keiner der Hochzeitsgäste möchte, dass du einen Mann heiratest, den du nicht liebst, nur damit er ein Mittagessen bekommt.« Brian atmete lange aus, nahm sein Handy aus dem Jackett und starrte es an – diese Dinger waren ihm immer noch unheimlich. Dann erklärte er: »Okay, lass es uns hinter uns bringen.«

Er kämpfte mit dem Öffnungsmechanismus der Tür, und als sie endlich aufschwang, atmete Jeannie tief durch. Nicht sehr tief natürlich, wegen des Korsetts, aber zum ersten Mal an diesem Morgen schien frische Luft in ihre Lunge zu gelangen.

»Alles in Ordnung?«, rief der Chauffeur, als Brian ihr heraushalf.

»Alles in Ordnung! Absolut!« Ihre Stimme krächzte. »Wir müssen nur etwas wegen des Empfangs klären.«

Warum log sie noch immer? So etwas geschah doch sicher öfter, als man dachte, oder? Bestimmt war sie nicht die Erste, die eine Hochzeit platzen ließ.

*Nicht am selben Tag allerdings. Nicht kurz vor der Rathaustür.*

Brian hielt ihr winziges, mit Perlen besticktes Hochzeitstäschchen, als Jeannie ihr Handy herausholte. Es steckte zwischen dem brandneuen Lippgloss, dem Kompaktpuder, den Haarspangen und den Pfefferminzbonbons. Als ihr Blick auf den Sperrbildschirm ihres Handys fiel, zuckte sie zusammen: Auf dem Selfie lachten Dan und sie in die Kamera, hinter ihnen ein glitzerndes Manhattan, vor ihnen die goldene Zukunft. Sie tippte auf seine Kontaktdaten und hielt sich das Handy ans Ohr.

In ihrem Kopf hallte es hohl, als es am anderen Ende klingelte. Jemand hatte eine leere Chipstüte zwischen die Zweige der Hecke gesteckt. Salz und Essig. Jeannie hatte keine Vorstellung, wie sie das Gespräch beginnen sollte.

Eine mikroskopisch kleine Pause entstand, und Jeannies Herz setzte aus – bis ihr aufging, dass er gar nicht drangegangen war, sondern nur die Mailbox lief. Panik rauschte ihr durchs Gehirn und wischte es so blank wie eine Schultafel.

Seine Stimme auf dem Tonband redete bereits in ihr Ohr, freundlich und ein klein wenig vornehm.

»Hallo, hier ist Dan Hicks. Leider kann ich Ihren Anruf nicht entgegennehmen. Bitte hinterlassen Sie eine Nachricht nach dem Signalton.«

Das Ausmaß dessen, was sie da tat, war schwindelerregend. Alles würde anders sein, wenn die Worte, welche auch immer, ihren Mund verlassen haben würden. Alles. Los, sag etwas.

Ihre Nerven flatterten. »Dan, ich bin's, Jeannie.« Ihre Stimme klang schwach, schottischer als sonst, gar nicht wie ihre eigene. »Kannst du mich so schnell wie möglich zurückrufen, wenn du meine Nachricht hörst? Ich muss über etwas Wichtiges mit dir reden. Ich kann nicht ...« Sie kniff die Augen zusammen. »Bitte ruf mich einfach an.«

Dann stach sie mit ihrem zitternden Finger auf den Bildschirm und traf beim zweiten oder dritten Versuch das rote Symbol. Geschafft.

Jeannie drehte sich zu Brian um, der sie beobachtete. Die Stirn unter dem weißen Haarschopf war gerunzelt, aber er bemühte sich um ein aufmunterndes Lächeln. Eine überzeugende Kombination war das nicht. »Erledigt, mein Schatz?«

»Ich habe eine Nachricht hinterlassen.«

»Gut.«

Vielleicht war es besser so, dachte Jeannie. So konnte sich Dan auf die Sache vorbereiten, und sie konnte sich einen besseren Grund überlegen als »irgendetwas fühlt sich einfach nicht richtig an«. Sie betrachtete ihre verschwommenen Spiegelbilder im glänzenden Lack des Wagens. War es zu spät, um eine Lebensmittelvergiftung vorzutäuschen? Tatsächlich fühlte sie sich, als müsste sie sich jeden Moment übergeben.

»Und was nun?« Brian räusperte sich. »Sollen wir ... hier warten, bis er zurückruft?«

»Vielleicht?«

Aber was, wenn Dans Handy schon ausgeschaltet war in Erwartung der Zeremonie? Dann würde er dastehen und auf sie warten, und sie würde es noch einmal tun müssen – vor dem Rathaus. Vor den Augen der geladenen Gäste.

»Ich versuche es noch einmal«, sagte Jeannie. »Nur für den Fall, dass er telefoniert hat.«

»Und wenn er in dem Moment zurückruft?«, begann Brian, aber Jeannie wählte bereits die Nummer, bevor sie der Mut verließ. Sie wollte Dan nicht demütigen, auf gar keinen Fall.

Wieder sprang sofort die Mailbox an, aber beim Signalton fing sie automatisch an zu reden: »Dan, ich bin's. Bitte geh nicht zum Rathaus. Ich schaffe das heute nicht mit der Hochzeit. Es tut mir so leid. Es tut mir so unendlich leid. Bitte ruf mich an, sobald du das hier abhörst.«

Hätte sie die zweite Nachricht hinterlassen sollen? Egal, jetzt war es ohnehin zu spät. In Jeannies Magen tobte ein Aufruhr – Angst, Scham, Panik –, aber ein Stimmchen sagte ihr, dass sie das Richtige getan hatte. Besser ging es dir dadurch nicht.

Brian nickte zu dem Wagen hinüber. »Wir könnten es uns auch bequem machen, während wir warten, was?«

Unbeholfen kletterte sie in den Fond, während ihr Vater ein diskretes Wörtchen mit dem Fahrer wechselte.

Ich gebe Leuten den Laufpass, dachte sie, von einer lähmenden Taubheit erfüllt. Laufpass-Jeannie.

»Jeannie?«, murmelte ihr Vater, als er neben ihr einstieg. »Hast du die Nummer des Trauzeugen? Wir sollten ihn anrufen, wenn Dan sich nicht bald meldet.«

»Ja, die habe ich im Handy. Owen heißt er. Owen Patterson.« Jeannie öffnete ihre alberne Clutch, aber als sie das Handy herausholen wollte, begann es zu klingeln. Ihr Puls schoss in die Höhe, aber es war gar nicht Dan.

*Owen*, stand da.

»Er ist es. Der Trauzeuge.« Sie starrte stumpf aufs Display. »Warum ruft er mich an?«

»Soll ich mit ihm reden?«

Jeannie begriff, was ihr Vater meinte. Rief der Trauzeuge an, weil Dan ihre Nachricht gehört hatte und nicht reden konnte? Ihr wurde eiskalt. Was sie in die Wege geleitet hatte, war nun in der Welt. »Nein … Das sollte ich besser selbst tun.«

Sie wappnete sich und berührte mit zitternden Händen den Bildschirm. »Owen?«

»Jeannie! Wo seid ihr?« Die Stimme erkannte sie nicht. Sie hatte Owen gerade erst kennengelernt, am Vorabend beim Probe-Dinner.

»Wir sind im Auto. Wir haben angehalten, weil wir zu früh dran waren …« Jetzt waren sie allerdings nicht mehr zu früh dran, sondern bereits fünf Minuten zu spät. Das war vermutlich der Grund, warum Owen anrief.

»Gott sei Dank.« Er klang erleichtert. »Gerate bitte nicht in Panik, aber fahrt nicht zum Rathaus. Es ist etwas passiert. Der Standesbeamtin habe ich bereits Bescheid gesagt, sie schickt die Gäste direkt zum Empfang.«

»Was? Was ist denn passiert?«

Brian nahm ihre Hand, aber Jeannie verspürte eine unerwartete Euphorie. Das Schicksal hatte sich schließlich doch noch durchgesetzt! Ihre Fantasie ging mit ihr durch. Welche himmlische Fügung war da zu ihrer Rettung geeilt? Ein Wasserschaden im Rathaus? Ein Stromausfall? Ihr konnte es egal sein. Sie war aus dem Schneider. Jetzt hatte sie Zeit, ihren Irrtum zu korrigieren.

»Jeannie, tut mir leid, aber es hat einen Unfall gegeben.« Owens Stimme klang zögerlich. Man hörte erhobene Stimmen im Hintergrund, eine Sirene. »Aber es wird alles gut, das verspreche ich dir.«

# Kapitel 2

»*Es wird alles gut. Es wird alles bestens, keine Sorge*«, sagte Owen immer wieder, und bei jeder Wiederholung verloren seine Worte an Überzeugungskraft. Das Einzige, was Jeannie denken konnte, war: *Was* soll gut werden?

Ihr Atem ging in flachen Zügen, die nicht viel Sauerstoff enthielten. Jetzt war es nicht mehr das Korsett, das ihre Brust einzwängte, jetzt jagte das Adrenalin ihre Herzfrequenz hoch. Unterschwellig verspürte sie eine finstere Erleichterung, dass die Hochzeit unter diesen Umständen nicht mehr stattfinden konnte.

Jeannies Haut kribbelte. *Erleichterung?* Aber es stimmte. Sie war erleichtert.

Brians Hände legten sich auf die ihren und nahmen ihr das Handy weg. Sie hinderte ihn nicht daran.

»Owen, hier ist Brian McCarthy.« Er fummelte am Türgriff herum und stieg ein zweites Mal aus, hektischer diesmal. »Erzählen Sie mir doch genau, was passiert ist.«

Jeannie sah, wie er an die Hecke trat, sich über den weißen Schopf fuhr und nickte, die Stirn gerunzelt. Plötzlich kam ihr ein Gedanke, der ihr sofort auf den Magen schlug: die Nachricht! Vielleicht hätte sie Dan die Nachricht gar nicht hinterlassen müssen. Vielleicht könnten sie die Sache auf unbestimmte Zeit verschieben. Oder wenigstens reden …

Als Brian sich zu ihr umdrehte, begriff Jeannie, dass es sich nicht um einen Stromausfall im Rathaus oder einen Wasserschaden handelte. Es ging um etwas Ernsteres.

»Gut … verstehe. Verstehe. Gut.« Seine Stimme war ruhig, aber das schnelle, ungläubige Blinzeln ließ Jeannie das Blut in den Adern gefrieren. »Wenn Sie das tun würden … Ja, ich werde es ihr erzählen.« Er schaute zu ihr herüber. »Sie ist … Gut, wir werden so schnell wie möglich dort sein. Danke, Owen.«

Zunächst sagte er kein Wort. Er trat ans Fenster des Fahrers und gab ihm neue Anweisungen, leise und eindringlich. Der Fahrer stöhnte, als er ihm eine Adresse in der Innenstadt nannte, und Brian stieg wieder ein.

»Dad?« Sie bekam die Worte kaum heraus. »Dad, was ist passiert?«

Brian nahm ihre Hände. Jeannie merkte, dass sie zitterte. »Tut mir leid, aber Dan hatte einen Unfall. Er wurde in der Nähe seines Hotels von einem Bus angefahren.«

Dan hatte einen Unfall? Jeannie starrte ins Leere, unfähig zu begreifen. »Er wurde von einem … Bus angefahren?«

»Der Fahrer sagt, Dan sei auf die Straße getreten, ohne zu gucken. Der arme Kerl hatte keine Chance, rechtzeitig zu bremsen. Daniel hat … nun ja, er hat telefoniert.«

*Nein.* Jeannie schlug die Hand vor den Mund, als könnte sie ihre katastrophalen Worte wieder hineinstopfen. »O Gott, das war *ich*! Das muss nach meinem Anruf gewesen sein!«

»Das wissen wir doch gar nicht, mein Schatz.«

Sie schon. Schuldgefühle durchströmten sie, finster und anklagend. »Das ist meine Schuld! Das ist alles meine Schuld.«

»Jeannie, jetzt atme erst einmal tief durch. Der Krankenwagen ist schon da. Dan wird es gut gehen.« Brian nahm ihr Gesicht in seine großen sanften Hände. »Nun komm schon. Einatmen, ausatmen.«

Sie klammerte sich an die Handgelenke ihres Vaters und schaute ihn an, als würde sie ertrinken. Der Ausdruck, mit dem er ihren Blick erwiderte, konnte seine Angst nicht verhehlen.

Was habe ich getan, dachte Jeannie, als der Wagen wieder anfuhr, weniger feierlich nun. *Was habe ich nur getan?*

Dan und seine Hochzeitshelfer wohnten in einem Hotel am anderen Ende der Stadt, wo die viktorianischen Reihenhäuser ins dumpfe Grau der Industrieanlagen übergingen.

Lange bevor sie die Unfallstelle erreichten, überholte ein Krankenwagen den Rolls-Royce mit Blaulicht und

Sirene. Ein Streifenwagen folgte, dann noch einer. Brian drückte Jeannies Hand. Sie hielten sich aneinander fest, als wollten sie mit dem Fallschirm abspringen. Er sagte nichts.

Der Chauffeur musste das Tempo drosseln, als sie sich der Unfallstelle näherten. Die Straße war abgesperrt, und der Verkehr wurde von zwei Polizisten umgeleitet, was von den Gaffern in den vorbeifahrenden Fahrzeugen sichtlich erschwert wurde.

Jeannie saß steif auf ihrem Sitz und hatte panische Angst vor dem Anblick, der sich ihr bieten würde. Bei so vielen Menschen, wie sich hier drängten, konnte man sowieso nichts erkennen. Irgendwo dahinter befand sich Dan. Bis sie ihn nicht gesehen hatte, fand das hier gar nicht statt. Es war ein Fehler. Ein Traum. Ein übler Streich, den ihre Nerven ihr spielten.

»Näher komme ich nicht heran, meine Liebe.« Der Fahrer wurde rot und schien sich entschuldigen zu wollen. »Vermutlich ist es leichter, wenn Sie hier aussteigen, oder? Tut mir leid, wirklich, aber niemand wird mich hier durchlassen. Und ich bin mir sicher, dass es …«

Seine Stimme verlor sich, aber sie wusste, was er meinte. Es war eine schreckliche Vorstellung, wie sich das Brautauto zu dem verletzten Bräutigam vorquälen würde. Aber sie konnte sich ohnehin nicht diskret nähern, nicht in diesem ausladenden Kleid.

»Unbedingt. Halten Sie einfach hier an. Die Stelle ist so gut wie jede andere.« Brian öffnete die Tür und half Jeannie heraus.

»Soll ich warten?«, fragte der Fahrer.

»Nein, fahren Sie ruhig. Wir kommen schon zurecht. Vielen Dank, Sie haben das großartig gemacht.«

In Anbetracht der Umstände war die Unterhaltung auf surreale Weise höflich, dachte Jeannie.

Beim Aussteigen wankte sie auf ihren neuen hochhackigen Schuhen, und als sie losschritt, fühlten sich ihre Beine fremd und gummiartig an. Ihre Schritte waren schneller als beabsichtigt, als ob diese sie selbst überholen wollten.

Auf der anderen Straßenseite standen zwei Krankenwagen, die Türen geöffnet und Tragen und Gerätschaften bereitgelegt. Ein Bus der Linie 14 war an den Straßenrand gezogen. Die Passagiere verrenkten sich fast die Hälse, um besser sehen zu können, und manche schauten auch vom Oberdeck herab. Der Fahrer hatte sich gegen die Tür sinken lassen und redete mit einem Polizisten. Er war aschfahl und rieb sich die Augen, als wollte er wegwischen, was soeben passiert war. Jeannie hörte, wie sich die Rettungssanitäter unterhielten, und vernahm das Hin und Her von Diagnosen und Instruktionen. Man hörte das Knistern und Bellen der Funkgeräte, das Piepen von Apparaturen und dann in der Ferne das schwere Flappen eines Hubschraubers.

In der ganzen Szenerie war keine Spur von Dan zu sehen. Keine Schreie, keine Worte. Nichts.

»Lassen Sie mich durch«, hörte sie sich selbst sagen. »Lassen Sie mich durch, ich bin seine Freundin!«

Als sie sich durch die Menge drängte, vernahm sie neben dem Klappern ihrer Absätze noch ein anderes

Geräusch, das knisternde Schweigen von Neugierde und Schock.

*Es ist die Braut es ist die Braut es ist die Braut.*

Hinter sich hörte sie die Stimme ihres Vaters, höflich, aber bestimmt. »Lassen Sie uns bitte durch. Danke. Entschuldigung.« Die Menge teilte sich wie das Rote Meer und gab den Blick auf eine kleinere Gruppe frei: fünf Rettungssanitäter, die sich um einen reglosen Mann versammelten, dessen Körper nur von der Taille abwärts zu sehen war.

Die Socken. Jeannie blieb stehen. Dan trug die Socken, die sie ihm zu seinem letzten Geburtstag geschenkt hatte: rot mit winzigen weißen Terriern. Plötzlich wurde die Szenerie schärfer, realer. Sie starrte die Socken an und dachte daran, wie er sie beim Essen ausgepackt hatte. Mit einem breiten spöttischen Grinsen hatte er sie trotz ihrer verlegenen Proteste gleich im Restaurant angezogen. Sie waren so glücklich gewesen an jenem Wochenende.

*Was habe ich nur getan?*

Jeannies Blick blieb an den Socken kleben. Sie fürchtete den Moment, in dem sich die Sanitäter bewegen und den Blick auf den verletzten Körper freigeben würden. Andererseits musste sie sich davon überzeugen, dass es ihm gut ging. Er hatte immer darüber gelacht, wie zartbesaitet sie war, wenn sie sich etwa bei James-Bond-Filmen die Augen zuhielt. Wo war das Blut? Gab es kein Blut? Wenn es kein Blut gab, war vielleicht alles in bester Ordnung. Vielleicht würde er einfach mit ein paar blauen Flecken wieder aufstehen.

Nun tauchte jemand neben ihr auf, ein untersetzter dunkelhaariger Mann mit einem grünen Kilt und einer weißen Rose im Knopfloch. Sein Gesicht war rundlich und jungenhaft. Er bemühte sich sichtlich, die Ruhe zu bewahren.

»Jeannie, ich bin Owen.« Er berührte sie vorsichtig am Arm und fügte dann hinzu: »Wir sind uns gestern Abend kurz begegnet, beim Essen. Es tut mir so leid.«

»Was tut dir leid?« Irgendetwas an seinem Tonfall ließ sie innerlich erstarren. »Ist Dan tot? Wird er sterben?«

»Nein, natürlich nicht.« Owen wich schockiert zurück. »O Gott, nein! Es ist nur …«

Während ihres Gesprächs hatte sich der Rettungshubschrauber genähert, und was auch immer Owen als Nächstes sagte, wurde vom schweren Flappen der Rotorblätter übertönt, als der Hubschrauber auf dem großen Parkplatz gegenüber landete. Blütenblätter von den Bäumen am Hotel wirbelten im Abwind wie Konfetti auf und flogen den Menschen in Haare und Augen.

Weitere Rettungssanitäter erschienen, rannten über die Straße, riefen ihren Kollegen etwas zu. Als die erste Mannschaft zurücktrat, um ihren Kollegen das Feld zu überlassen, erhaschte Jeannie einen Blick auf Dan, stolperte auf ihn zu und rutschte in ihrer Eile fast aus.

Er lag mit geschlossenen Augen auf der Straße, und nur das getrocknete Blut an seinem Hals deutete darauf hin, dass er nicht schlief. Wo er auf den Bordstein geknallt war, hatte er dunkelrote Schürfwunden. Es war, als würde Jeannie eine unsichtbare Faust in die Brust gerammt, als sie die roten Blutströpfchen an der weichen Haut seines Halses bemerkte. Der glänzte noch von der türkischen Rasierseife – von der Nassrasur, mit der er seine Helfer an diesem Morgen überraschen wollte. Weiteres Blut war auf dem Asphalt geronnen, und an der Bordsteinkante klebte ein dunkler Schmierstreifen. Dans linkes Bein war von den Sanitätern an eine Schiene geschnallt worden, und sein schönes Gesicht schaute aus einer wuchtigen Halskrause heraus. Jeannie atmete in winzigen Zügen und gab sich alle Mühe, sich nicht zu übergeben, als sie neben ihm niederkniete.

Sollte sie seine Hand nehmen? Das dichte Netzgewebe unter ihrem Rock presste winzige Quadrate in ihre Knie. Sie wollte Dan berühren, wollte ihn wissen lassen, dass sie da war, aber vielleicht sollte sie seinen Arm besser nicht anfassen? Die Sanitäter erklärten schließlich unentwegt, dass man ihn stillstellen müsse, um ihn zu stabilisieren …

Owen ging neben ihr in die Hocke. Er roch nach Rasierwasser, nach einem frisch gereinigten Jackett. »Wir sind bei dir, Kumpel, halte durch«, sagte er. Seine Hände fuchtelten nervös herum, als sei er sich auch nicht sicher, ob er ihn berühren dürfe. »Los, komm schon, bleibe bei uns. Bleibe bei uns, lieber Dan.«

Neben Jeannie tauchte ein Sanitäter auf und führte sie fort, während die Rettungsmannschaft aus dem Hubschrauber nun sterile Gerätschaften auspackte und Dan auf eine Trage schnallte. »Sind Sie Jeannie? Jeannie, Folgendes wird nun geschehen: Wir werden Dan intubieren und ihn so betten, dass wir auf dem Weg nach Birmingham seinen Zustand überwachen können.«

»Aber zum Krankenhaus hier ist es doch viel näher! Es ist nur ein Stück die Straße rauf, wir sind auf dem Weg daran vorbeigekommen.« Jeannie gestikulierte zur Stadt zurück. »Warum müssen Sie ihn denn nach Birmingham bringen?«

»Dort gibt es eine Intensivstation. Daniel hat Kopfverletzungen erlitten, daher müssen dringend verschiedene Untersuchungen angestellt werden. Er braucht einen Spezialisten.« Sogar die Augen des Sanitäters, den nichts aus der Ruhe brachte, wirkten mitfühlend. »Es tut mir so leid, ausgerechnet am Tag Ihrer Hochzeit. Was für ein Albtraum. Aber Daniel ist in guten Händen, das versichere ich Ihnen.«

Jeannie zuckte zusammen. Sie hatte nicht das Gefühl, dass sie Mitleid verdiente. Vor ihrem inneren Auge lief unentwegt die Szene ab, wie Dan vor den Bus lief, abgelenkt von ihrem Anruf, in Gedanken nur bei ihr.

»Was können wir also tun?« Owen hatte sich an den Sanitäter gewandt. »Ist im Hubschrauber Platz für Jeannie, falls sie mitkommen möchte? Möchtest du mitfliegen, Jeannie?«

Er blickte sie fragend an, die buschigen Augenbrauen zusammengezogen. Sie gab sich alle Mühe, den Moment als real zu empfinden. Der Sanitäter redete etwas von beengtem Raum, zusätzlichen Instrumenten und ihrem Kleid, aber die Worte schwebten um ihren Kopf herum in der Luft.

Dies ist kein Traum, Jeannie, sagte sie sich. Das hier passiert wirklich.

Owen musterte ihre hilflose Miene und wandte sich wieder an den Sanitäter. »Kein Problem, ich kann Jeannie mitnehmen. Mein Wagen steht gleich um die Ecke.«

»Und ich nehme mir ein Taxi, hole deine Mutter ab und komme nach«, sagte Brian.

»Ein Taxi ist nicht nötig, Mr McCarthy. Ich rufe Mark an. Er hat die Helfer vor einer Stunde zum Rathaus gebracht.« Owen zog sein Handy heraus, blätterte durch seine Kontakte und trat dann einen Schritt zurück. »Mark? Du musst uns einen Gefallen tun ...«

Die Rettungsmannschaft hob die Trage mit Dan an. Man hatte ihn festgeschnallt und mit Hilfe von Polstern stabilisiert. Jeannie ging zu ihm und berührte seine freiliegenden Finger. Sie waren eiskalt.

»Ich komme, Dan.« Er hatte nun eine Sauerstoffmaske auf dem Gesicht, und über seinen nackten Arm zog sich ein roter Blutfaden – den starken, braun gebrannten Arm, der sich vorgestern Nacht noch um ihre Taille geschlungen hatte. Sein Gesicht war starr und schockierend blass. Blutleer. Jeannie wollte schreien: *Es tut mir so leid es tut mir so leid es tut mir so leid*, aber ihre Kehle war ausgetrocknet.

»Ja, mein Guter, ich sage dir Bescheid, wenn ich Näheres weiß. Ja, absolut.« Owen kam zurück, steckte das Handy weg und legte Jeannie eine Hand auf die Schulter. »Mark ist auf dem Weg. Fünf Minuten.«

Jeannie konnte sich nicht erinnern, wer Mark war. Sie hatte schon viel von Dans Hochzeitshelfern gehört, war ihnen aber noch nie begegnet. Die meisten waren am Vorabend zu spät eingetroffen, um noch an der Probe für das Dinner teilzunehmen. Selbst Owen, der Trauzeuge, war erst zu Käse und Port gekommen und hatte sich mit einer Krise in der Arbeit entschuldigt. Jetzt wurde Jeannie auch klar, warum sie ihn nicht erkannt hatte: Er trug seine Brille nicht, eine dicke Schildpattbrille.

»Lass uns in die Gänge kommen. Es ist immer besser, nicht untätig herumzustehen, oder?« Owen führte sie von der Unfallstelle fort, wo sich nun statt der Sanitäter die Polizei zu schaffen machte, und ging in Richtung Hotel. Die Menge teilte sich wie von Zauberhand und starrte Jeannie ganz anders an, als sie es sich nur eine Stunde zuvor noch ausgemalt hatte.

Owen besaß einen alten Mercedes, der mit Papieren, Akten und leeren Chipstüten zugemüllt war. Er fuhr schnell. Trotz der tiefen Sitze plusterte sich Jeannies Kleid wie ein Nest um sie herum auf, aber sie fand eine Haltung, in der sie fast bequem atmen konnte. Ihre Atemzüge zu kontrollieren war eine willkommene Ablenkung von dem quälenden Bild von Dans wachsartigem Gesicht.

Sie redeten nicht. Owen konzentrierte sich vollkommen auf die Straße und schaute Jeannie nicht ein einziges Mal an. Ihr war das nur recht. Sie hatte größte Befürchtungen, was man in ihrer Miene lesen könnte.

Mark rief an, als sie auf der Autobahn waren, um ihnen mitzuteilen, dass die McCarthys ihnen nun folgten. Owen stellte das Telefon auf laut, damit Jeannie mithören konnte, aber sie hatte nicht das geringste Bedürfnis, sich an dem Gespräch zu beteiligen.

»Du lässt es mich wissen, sobald du etwas hörst, ja?« Mark klang, als würde er gleich in Tränen ausbrechen.

»Mach ich, Kumpel.«

»Sag Danny, wie sehr ich ihn liebe. Dieser verdammte Idiot – lässt sich am Tag seiner Hochzeit überfahren. Und sag auch Janie liebe Grüße. Können wir irgendetwas für sie tun, egal was?«

Owen warf Jeannie einen Blick zu. »Jeannie sitzt neben mir.«

»O Gott, *Jeannie*. Jeannie, tut mir leid.« Ein Tumult von Stimmen erhob sich. »Hör zu, ich muss Schluss machen. Wir kümmern uns gerade ums Büfett. Mrs McCarthy hat uns eine Liste von Dingen gegeben, die erledigt werden müssen. Richte Jeannie bitte aus, dass alles unter Kontrolle ist, okay?«

»In Ordnung, Mark. Mach ich.«

Jeannie fragte sich, wie oft Dan wohl mit Mark über sie gesprochen hatte, dass er sich nicht einmal ihren Namen merken konnte. Andererseits vertaten sich die Leute ständig: Jenny, Janey, Jessie, alles schon vorgekommen … Edith mochte ihren altmodischen Namen hassen, aber den vergaß immerhin niemand.

Edith. Sie schloss die Augen. In ihren Ohren hatte der Name den Klang von blonden Korkenzieherlocken und gestreiften Strumpfhosen, nicht den von alten Damen. Wie konnte etwas derart Bedeutendes passieren, ohne dass Edith etwas davon wusste? Morgens war keine

Glückwunsch-SMS zur Hochzeit eingetroffen. Vielleicht wollte sie ihr um drei eine schicken. Vielleicht aß sie aber auch mit Florence Welsh zu Mittag, was sie ganz in Anspruch nehmen würde.

»Tut mir leid.« Owen war verlegen, als er das Gespräch beendete. »Mark hatte nie ein gutes Namensgedächtnis. Er ist Optiker und hat meist einen Zettel mit den Namen seiner Kunden vor sich liegen.«

»Mark. War das der, der ...?« Sie konnte sich nicht wirklich erinnern, wer Mark war. Ihr Verstand war leer.

»Der mit der Brille«, half Owen ihr auf die Sprünge. »Und dem Bartansatz?«

Das engte den Kreis der Kandidaten nicht wirklich ein. Dans Freunde sahen sich ziemlich ähnlich.

»Der Typ, der kurz vor dem Abschied zu weinen anfing und umständlich erzählte, wie Dan ihm durch die Matheprüfung geholfen hatte. Und dass er ihm seine Karriere verdanke. Dabei war er nicht einmal betrunken.«

»Ach der.« Jetzt erinnerte sie sich.

»Du wirst sie schon bald alle kennenlernen. Großartiger Haufen, diese Jungs.«

»Klingt so«, erwiderte sie matt. Das war eine der Schwierigkeiten ihrer Fernbeziehung mit Dan gewesen, er in Newcastle, sie in Bristol. Ihre Wochenenden waren zu kostbar gewesen, um sie mit anderen zu teilen. Dan hatte viel über Owen geredet – »der beste Typ der Welt« –, aber er hatte auch immer erklärt, dass noch genug Zeit sei, ihr seine Freunde vorzustellen.

Genug Zeit in den unendlich vielen Jahren, die vor ihnen lagen.

Owen bremste, weil sie in den Wochenendverkehr gerieten. Über ihnen flog ein anderer Hubschrauber über die Reihen regloser Wagen hinweg, die sich wie Ketten mit silbernen Perlen über die Autobahn zogen. Bei dem Geräusch der Rotorblätter wurde Jeannie von einer finsteren Welle erfasst. Wer befand sich in dem Hubschrauber? Lag er im Sterben? War Dan bereits gelandet? Befand er sich schon im Operationssaal?

»Soll ich Musik anstellen?«, fragte Dan, als könnte er die Angst in ihrem Gehirn tosen hören. »Vielleicht könnte dich das vom Grübeln abhalten.«

Jeannie schüttelte den Kopf.

»Dan hat gesagt, du spielst in einer Band«, fuhr er fort, fest entschlossen, das Schweigen zu durchbrechen. »Er hat mir Songs von dir vorgespielt. Die waren super.«

»Danke.« Owen war immerhin höflich. Den überall im Wagen verstreuten CDs nach zu urteilen war die Musik von Edie's Birdhouse sicher nicht sein Ding. Sie spielten gecoverte Songs aus den Achtzigern im Akustik-Sound, von Edith mit trockener Ironie dargeboten, dazu eigene – besser gesagt: *Jeannies* eigene – am Folk orientierte Popsongs. Owen war einunddreißig wie Dan, aber sein Musikgeschmack entsprach eher dem ihres Vaters: the Smiths, the Who, Led Zeppelin. Jeannie nahm immer unwillkürlich zur Kenntnis, was ihre Mitmenschen so hörten. Cool war Owen offensichtlich nicht. Aber er mochte Musik.

»Sitzt du im Moment an einer Aufnahme?« Er verzog das Gesicht. »Keine Ahnung, ob man das heute noch

›Aufnahme‹ nennt. Lach mich nicht aus. Ich habe immer noch CDs, wie du siehst.«

Sie holte tief Luft, so tief zumindest, wie es ging. »Im Moment spiele ich eigentlich gar nicht mehr in einer Band.«

»Ach?« Owen drehte den Kopf in ihre Richtung, überrascht über die unerwartete Bitterkeit in ihrer Stimme.

Ihr Tonfall hatte Jeannie selbst überrascht. »Die Band hat sich aufgelöst. Wir haben uns ... in unterschiedliche Richtungen entwickelt.«

»Wegen musikalischer Differenzen?« Er gab sich wirklich Mühe. »Oder wegen persönlicher? So wie Oasis?«

»So in der Art«, sagte Jeannie. »Oder vielmehr: absolut in dieser Art, wenn man es genau nimmt. Könnten wir vielleicht einfach Radio hören? Sport, keine Musik.«

»Von mir aus gerne.« Owen drehte das Radio an. Die ermüdenden Kommentare zu einem zähen Kricketspiel tröpfelten in die Stille zwischen ihnen, während sie beide mit ihrer Sorge um Dan dasaßen.

In der Aufnahme im Krankenhaus reagierte man kaum überrascht, als eine Braut und ein Mann im Kilt in den mit Sportunfallopfern und nörgelnden Kindern überfüllten Wartebereich traten. Als Owen sich aber über den Tresen beugte und die Situation erklärte, legte sich plötzlich Schweigen über den Raum.

»Er ist mit dem Rettungshubschrauber gekommen, nach einem Verkehrsunfall in Longhampton. Daniel

Hicks. H, I, C, K, S«, erklärte er, aber Jeannie bekam von den Antworten nichts mit. Ihre Aufmerksamkeit wurde vielmehr von der Uhr hinter dem Tresen angezogen. Wie gebannt starrte sie hin: eine Sekunde, zwei Sekunden, drei Sekunden. Mehr hatte es nicht gebraucht, um den Tag von einer Märchenhochzeit in das hier umschlagen zu lassen. Eine kurze Nachricht, ein Schritt auf die Straße. In diesem Moment würden sie bereits Hochzeitstorte essen und Reden lauschen. Stattdessen standen sie an diesem Tresen.

Eine Krankenschwester in einem dunkelblauen Overall erschien. Blonde Strähnen lösten sich aus ihrem Knoten. Als sie Jeannie in ihrem Brautkleid erblickte, riss sie unwillkürlich die Augen auf.

»Mrs Hicks?«, fragte sie.

»Nein«, sagte Jeannie automatisch.

»Er war ... auf dem Weg zur Hochzeit«, murmelte Owen.

Die Schwester wirkte entsetzt. »Oh, entschuldigen Sie bitte, das tut mir leid. Ich bin Amber, die Intensivschwester. Es tut mir so leid. Das muss ja ein Albtraum für Sie sein.«

Alle Leute sagten das. *Ein Albtraum. Ein Albtraum.*

»Wie geht es Dan?«, fragte Owen. »Können Sie uns schon etwas sagen? Ist er im OP?«

»Kommen Sie mit auf die Station, da können wir reden«, sagte Amber, und Jeannie spürte, dass ihnen sämtliche Blicke folgten, als sie durch den Flur zum Aufzug gingen.

Sie waren die Einzigen in dem Nebenraum der Intensivstation, in den Amber sie führte. Vier Sofas in Hufeisenform boten genug Platz für vier fassungslose Familien. In einem Fernseher lief eine Episode von *Judge Rinder* und füllte das träge Schweigen. Owen setzte sich neben Jeannie. Seine nackten Knie zeichneten sich groß und rund unter seinem Rock ab. Ein Kilt und ein Brautkleid, dachte sie, wie zwei Zuckerfiguren auf einer Torte.

»Leider habe ich noch keine verlässlichen Nachrichten für Sie«, sagte Amber. »Man hat Daniel sofort nach seiner Ankunft in den Operationssaal gebracht. Das neurochirurgische Team bemüht sich darum, den Hirndruck zu senken, der sich durch die Schwellung nach dem Aufprall aufgebaut hat. Man hat ihn an ein Gerät zur ICP-Messung angeschlossen, zur Messung des intrakraniellen Drucks also. Die Ärzte haben ihn sediert, und er wird unter Beobachtung bleiben, bis der behandelnde Arzt zu der Überzeugung gelangt, dass man ihn problemlos aufwecken kann.«

Jeannie stockte der Atem. »Er ist noch nicht aufgewacht?«

»Nein, aber machen Sie sich deswegen nicht verrückt. Er steht unter ständiger Beobachtung. Er ist stabil, und das ist gut.«

Owens Handy gab ein Signal von sich, und er schaute darauf. »Tut mir leid. Tausend Leute versuchen, mich zu erreichen. Soll ich es ausstellen?«

»Hier ist es in Ordnung«, sagte Amber. »Aber auf der Station sollten Sie es tun.«

»Hat eigentlich jemand Dans Mutter gesagt, wo wir

sind?« Jeannie schaute Owen an. Was hatten dieser Fremde und sie überhaupt hier zu suchen? Eigentlich sollten sich doch Eltern um so etwas kümmern, oder? Erwachsene. »Ist jemand bei Andrea? Sie wird …«

Sie wollte nicht »hysterisch« sagen, weil das so herzlos klang. Owen kannte Dans Mutter viel besser. Sie selbst war ihrer Schwiegermutter erst drei Mal begegnet, und obwohl sie sich gut verstanden hatten, hatte Jeannie den Eindruck gewonnen, dass Andreas Nerven schnell blank lagen.

Jeannie registrierte, dass ein ängstliches Flackern über Owens Miene huschte, bevor er die Schultern straffte. »Natürlich. Ich werde mich darum kümmern. Bin gleich zurück.«

Er trat auf den Flur, und Jeannie fröstelte. Es fühlte sich an, als balancierte sie auf einem schmalen Grat, der zu einer Seite in einen gähnenden Abgrund abfiel. Was auch immer die nächsten Stunden bringen würden – gute Nachrichten, schlechte Nachrichten, noch schlimmere Nachrichten –, ihr Leben hatte sich für immer verändert. Ihres und Dans.

# Kapitel 3

In dem Nebenraum stand die Zeit still, sonst nirgendwo. In Jeannies Handtäschchen vibrierte wie eine gefangene Wespe das Handy, aber sie konnte die Hände nicht bewegen, um den Verschluss zu öffnen. Allerdings hätte sie den Anruf sowieso nicht entgegennehmen wollen. Owen erschien zwischen zwei wichtigen Telefonaten, um ihr einen Plastikbecher mit Tee zu bringen – »drei Würfel Zucker, Jeannie, du brauchst Glukose« –, aber Neuigkeiten hatte er nicht. Zwanzig Minuten später brachte er ihr noch einen Tee und betrachtete den ersten so überrascht, als hätte er ihn noch nie gesehen.

»Hier sind sie? Wunderbar, ganz herzlichen Dank, danke.«

Jeannie hörte die Stimme ihrer Mutter, bevor sie sie durch das Fenster erblickte: diesen starken, klaren Yorkshire-Akzent, der von Selbstvertrauen zeugte. Zum ersten Mal seit dem Unfall fühlte sie, wie ihr leichter ums Herz wurde. Mum war da. Mum würde wissen, was zu tun war.

»Tatsächlich, da ist sie … O Jeannie, komm her, mein Küken.«

Sue McCarthy platzte herein, gefolgt von Brian, der eine Reisetasche und eine Tesco-Tüte, vermutlich mit »Notfallversorgung«, in den Händen hielt. Keiner von beiden hatte in der Eile seine Hochzeitskluft abgelegt. Brian hatte seine Krawatte gelockert und sich seiner viel zu großen Jacke entledigt, Sue hatte ihre bequemen roten Turnschuhe zu ihrem Hosenanzug von Jacques Vert angezogen

Allein der Gedanke an den Morgen – ihre Mum, die größte Befürchtungen wegen ihrer neuen Schuhe hatte und sich vom Hotelbesitzer Pflaster lieh – gab Jeannie den Rest.

»O Mum!«, war alles, was sie herausbrachte, bevor sie in Tränen ausbrach.

»Jetzt sind wir ja da, mein Schatz!« Sue schlang ihre Arme um Jeannie, drückte sie fest an sich und wiegte sie hin und her. »Jetzt sind wir ja da.«

»Genau, da sind wir.« Brian blieb einen Moment stehen, dann wurde auch er von Gefühlen überwältigt, schlang die Arme um beide und barg sein Gesicht in Sues Haar.

In den nächsten Minuten lösten sich die Schatten auf, als sie den vertrauten Geruch ihrer Mutter einsog – White Linen, nur für besondere Gelegenheiten – und das tröstliche Murmeln über sich hinwegspülen ließ. Alles würde gut. Bald schon würde es Neuigkeiten geben. Ärzte vollbrachten Wunder, Dan war ein starker junger Mann ... Dann hörte sie ein Geräusch draußen, das Klappern von Absätzen und ein hicksendes Schluchzen, als würde der Schmerz höchstpersönlich in ihre Richtung eilen.

»Wo sind sie? Da drin? Gott sei Dank!«

Die McCarthys fuhren auseinander, als Dans Mutter hereinplatzte, Owen dicht auf den Fersen, der den Blick auf sein Handy gerichtet hielt. Seine tapfere Miene war vorübergehend entgleist, und er wirkte einfach nur jung und elend.

»O Jeannie!« Andrea Hicks packte Jeannies Handgelenke, den kleinen Mund leidvoll verzogen. Die Wellen des Schmerzes, die von ihr ausgingen, schienen dem Raum noch die letzte Luft zu entziehen. Dann blinzelte sie, als hätte sie soeben erst Jeannies wunderschönes Hochzeitskleid erblickt. »Oh! Du siehst so ...!« Ihre großen blauen Augen füllten sich mit neuerlichem Schmerz.

»Wie geht es dir, Andrea?« Sue berührte sie am Arm. »Können wir irgendetwas für dich tun?«

»Für mich? Nein, nein ... Ich begreife einfach nicht, wie so etwas passieren konnte!« Andrea schüttelte ungläubig den Kopf, und der gefiederte Fascinator auf ihrem blonden Bob zitterte. »Dieser Busfahrer ... wurde er schon verhaftet? Wie kann man denn einen Mann im Hochzeitsanzug übersehen? Ich meine, war der betrunken?«

Jeannie registrierte, dass Owen ihrem Vater einen Blick zuwarf und unmerklich den Kopf schüttelte. Ihr

Vater nickte. Soll sie sich doch ihren Schmerz von der Seele reden, schienen ihre Blicke zu sagen. Dies war nicht der rechte Moment, um Andrea darüber aufzuklären, dass Dan die Schuld traf. Dan, der dafür verantwortlich war, dass dieser arme Fahrer sein Leben lang unter Schuldgefühlen und Selbstzweifeln leiden würde.

*Aber eigentlich war es meine Schuld*, schrie eine Stimme in Jeannies Kopf.

»Warum trinkst du nicht erst einmal einen heißen süßen Tee?« Sues Stimme war sanft, aber bestimmt. »Der Chirurg wird kommen und uns informieren, sobald Dan wieder auf der Station ist.«

Andrea ließ sich auf das Plastiksofa sinken und schlug die Hand vor den Mund. Ihre Augen waren so groß, dass Jeannie das Weiß um ihre blaue Iris herum sehen konnte. Ihre Nägel waren makellos: ein glänzendes Muschelrosa in der Farbe von Ballettschuhen, das zu ihrem eleganten Hemdkleid und den dünnen Pfennigabsätzen passte. Andreas Aufzug war perfekt. Sie hatte ihn in den letzten Monaten mit großer Sorgfalt geplant. Dan und Jeannies Hochzeit, hatte sie ihnen mehr als einmal anvertraut, sei »das Erste seit Jahren, auf das ich mich freuen kann«.

»Es tut mir so leid, Andrea!«, platzte es aus Jeannie heraus. Sie wusste selbst nicht, warum.

Andrea schaute überrascht auf. »Es ist ja nicht deine Schuld, mein Schatz! Wieso um alles in der Welt solltest du dich dafür entschuldigen?«

Sue nahm die Reisetasche. »Gut, Jeannie. Während wir hier warten, könnten wir dir vielleicht etwas anderes anziehen, oder?« Sie streckte eine Hand aus. »Du möchtest dir doch keinen Tee auf dein hübsches Kleid kippen.«

Zu spät. Auf dem Tüllrock befanden sich winzige Blutspritzer, da sie neben Dan auf der Straße gekniet hatte. Dunkle Schmutzpartikel hatten sich im Stoff verfangen.

»Danny hat noch nicht einmal dein Kleid gesehen!« Andreas Stimme mündete in einem Schluchzen.

»Doch«, sagte Jeannie, aber dann wurde ihr klar, dass es stimmte. Sie hatte *ihn* gesehen, als er auf der Straße lag. Er hingegen würde sie vielleicht nie wiedersehen. Erschüttert drehte sie sich zu ihrer Mutter um.

»Nun komm schon, Jeannie«, sagte Sue und führte sie von der schluchzenden Andrea fort.

In einem leeren Raum nebenan stand Jeannie ganz still da, während ihre Mutter begann, die Korsettschnüre in ihrem Rücken zu lösen. Leicht war das nicht. Sue und Jeannies Schwägerin Teri hatten sie mit vereinten Kräften schließen müssen, und der ständige Druck von Jeannies Körpers, der dem Korsett entfliehen wollte, hatte die Knoten in harte Perlen verwandelt.

»Soll ich jemanden suchen, der dir hilft?«, fragte Jeannie über die Schulter.

»Nein.« Sue blies Luft aus ihren Wangen. »Ich hab's fast geschafft. Es ist nur ... Ich war den ganzen Tag auf den Beinen. Diese verdammten Schuhe. Aber ich werde das schon überstehen.«

Jeannie schaute vor sich hin. Sie wusste, dass sie besser nichts sagte. Wenn man Sue McCarthy so sah, würde man nie auf die Idee kommen, dass sie vor zwanzig Jahren fast gestorben wäre, bei einem Reitunfall platt gequetscht von ihrem eigenen Pferd. Jeannie war neun gewesen, ihr Bruder Angus elf. Sue gab sich genauso wie vor dem Unfall – imposant und kräftig wie eine kriegerische Wikingerkönigin, obwohl sie nur knapp einen Meter sechzig groß war –, aber sie litt immer noch unter den chronischen Schmerzen durch die erlittenen Verletzungen. Ihr rechtes Bein hatte gerettet werden können, dank eines Spezialisten, der zu den Operationen hinzugezogen wurde, aber ihr rechter Arm war zerschmettert und hatte selbst nach etlichen, über die Jahre hinweg erfolgten Operationen nicht die alte Kraft zurückgewonnen. Die schlimmsten Narben waren jene, die man nicht sah: irritierende Gedächtnislücken und schreckliche depressive Schübe, die Sue sich aber nicht anmerken ließ. Jeannie wusste, dass ihr Vater die Ausfälle ihrer Mutter kaschierte. Als Jeannie größer geworden war, hatte sie gemerkt, dass ihr Vater vieles vor der Frau verbarg, die er seit fast dreißig Jahren verehrte, einschließlich seiner eigenen Ängste.

»Mum, schneide die Schnüre bitte durch. Ich muss hier raus.« Das Engegefühl war mittlerweile unerträglich. Außerdem konnte jeden Moment die Schwester mit dem Chirurgen zurück sein. »Ruf eine Schwester, die müssen eine Schere haben.«

»Nein! Das Kleid ist zu schön, um einfach die Schnüre durchzuschneiden. Du willst es doch noch mal tragen, oder? Dan wird es irgendwann besser gehen, und es soll ja perfekt sein« – sie riss an den Schnüren – »für den besonderen Tag!« Sie riss stärker.

Jeannie kniff die Augen zusammen. Sie war froh, dass ihre Mutter ihr Gesicht nicht sehen konnte. Noch ein Grund, aus diesem Ding herauszukommen. Die Heuchelei war noch belastender, wenn sie in dieser Kluft steckte.

»Ich weiß, dass man sich das jetzt nur schwer vorstellen kann«, fuhr Sue fort, während sie sich mit den Schnüren abmühte, »aber denk dir etwas in der Zukunft, auf das du deine Aufmerksamkeit richten kannst. Mir hat das durch die Zeit der Genesung geholfen – mit deinem Vater Pläne zu schmieden.«

Sie riss an dem Knoten, als könnte sie alle Probleme lösen, wenn sie ihn aufbekam. »Dein Vater hat einen Irlandurlaub für uns gebucht. Er sagte: ›Du wirst auf dieser Fähre sein, Sue‹, und so kam es dann auch. Nicht wirklich auf dieser Fähre, aber irgendwann später …«

*Irgendwann*, dachte Jeannie und schaute auf den Zettel mit den Essenszeiten und den Visiten. Nach vier Jahren Tränen, harten Kämpfen und wilder Entschlossenheit hatte ihre Mutter diese Fähre betreten. Und nach so vielen Schmerzen, dass sie ein Paar entweder zusammenschweißten oder auseinandertrieben, gescheitert an den Veränderungen und der Gegenwart eines Partners, mit dem der andere nicht gerechnet hatte. Werde ich für Dan da sein müssen, so wie Dad für Mum da war?

Sue hörte auf zu ziehen. »Tut mir leid, mein Schatz. Vielleicht könntest du nächstes Mal doch ein anderes

Kleid tragen? Natürlich wirst du das tun. Du willst ja nicht an heute erinnert werden.«

*Ein nächstes Mal wird es nicht geben*, dachte Jeannie. Dann wurde ihr plötzlich bewusst, was das bedeutete: Dad hatte Mum nicht erzählt, was im Wagen geschehen war.

Jeannie bohrte die Nägel in die Handflächen und dachte: Ich sollte Mum erzählen, was wir getan haben. Aber sie konnte es nicht ertragen, ihr Geheimnis ans Licht treten zu lassen. Sie konnte den Gedanken nicht ertragen, was die Leute sagen würden, wenn sie Dans Unfall mit etwas so Egoistischem in Verbindung bringen würden – dass Jeannie nämlich im letzten Moment kalte Füße bekommen hatte.

Jetzt tat das sowieso nichts mehr zur Sache. Jetzt war nur noch wichtig, was aus Dan wurde. Jeannie wollte einfach nur, dass er aufwachte, seine wunderschönen dunkelblauen Augen aufschlug und sie ansah, ihren Namen sagte. Irgendwo aus den Tiefen ihrer Seele entrang sich ein Schluchzer.

»Oje, mein Schatz, Entschuldigung. Hochzeitsthemen sind wahrlich nicht das, was du jetzt brauchst, was?« Sue umarmte Jeannie und ließ ihr Kinn auf ihrer Schulter ruhen. »Das ist eine schreckliche Zeit, aber Dan ist in den bestmöglichen Händen. Wir sind alle für dich da. Wir wissen, was du durchmachst.«

Ich muss es ihr erzählen, dachte Jeannie. »Mum …«, begann sie, dann hielt sie inne.

»Was denn, mein Schatz?« Sue hatte so arglose Augen wie Jeannie. Braun wie die eines Vogels glänzten sie in diesem feinknochigen Gesicht, das die Sonne, den Regen und mehr als ein paar Gläser Wein gesehen hatte. Sue konnte gut mit ihren Falten leben und unternahm nichts gegen die Silbersträhnen im Haar, weil sie so froh war, noch zu leben, dass sie mit dem Älterwerden keine Probleme hatte. Selbst heute als Brautmutter hatte sie Andreas Visagistin – »mein Geschenk an die Mädels« – nur zwei Minuten gegeben, bevor sie vom Stuhl aufgesprungen war und sich wieder unter die Leute gemischt hatte. Für ein bisschen Wimperntusche und Rouge hatte es gereicht, aber das meiste hatte sich schon wieder verflüchtigt.

»Denkst du wirklich, Dan wird wieder gesund?« Jeannie verspürte Unbehagen bei der Frage, aber ihre Mutter war realistisch, was man von ihrem Vater nicht in gleicher Weise behaupten konnte. »Ehrlich?«

»Ja.« Sue nickte. »Er ist jung und stark, aber das Wichtigste ist, dass er dich hat. Dass ich deinen Dad an meiner Seite wusste, hat es mir erleichtert, mich den Herausforderungen zu stellen. Das ist das Geheimnis der Ehe: dass man die Höhen und Tiefen des Lebens niemals allein bewältigen muss.«

Eine eiskalte Klinge fuhr in Jeannies Herz.

»Andererseits haben wir ja noch nicht einmal mit den Ärzten gesprochen, da sollten wir nicht vom Schlimmsten ausgehen. So, ich habe diesen Knoten fast gelöst«, fuhr Sue fort. »Wenn du nur ein wenig Druck von dem Korsett nehmen könntest, während ich mit diesem Stift noch einmal …« – sie riss – »in den Knoten hinein …« Sie riss noch einmal. Und noch einmal.

Jeannie ließ gehorsam die Luft aus der Lunge strömen, ertrug den unerbittlichen Druck des Korsetts und kämpfte dagegen an, explodieren zu wollen.

Schwarze Pünktchen tanzten vor ihren Augen.

»Geschafft!« Es war ein erhebender Moment, als der Druck auf den Brustkorb endlich nachließ. Sie schnappte nach Luft, unerwartet tief, wie ein Taucher, der an die Oberfläche schießt. Ganz schwindelig von dem Sauerstoffschub, geriet sie ins Taumeln. Als sie sich umdrehte, merkte sie, dass ihre Mutter sie merkwürdig anschaute.

»Was denn?« Sie drückte das Korsett an die Brust.

Sue zeigte auf ihre Schultern. »Du hast am ganzen Rücken Druckstellen, wo die Schnüre dir ins Fleisch geschnitten haben. Tut das nicht weh?«

»Wirklich?« Sie verdrehte den Kopf. »Irgendwann habe ich es gar nicht mehr gemerkt.«

»Du hattest ja auch so viel anderes im Kopf.« Sue machte sich am Reißverschluss des Rocks zu schaffen und bedeutete Jeannie dann, aus dem Petticoat herauszusteigen, damit sie das Kleid zusammenlegen konnte. »Gut, du kannst dir jetzt etwas anziehen, und ich besorge uns einen Tee.« Mit einer schnellen Umarmung drückte sie das aufgeplusterte Nest von Jeannies abgelegtem Kleid zwischen ihnen zusammen. »Es wird schon, mein Täubchen. Du wirst schon sehen. Alles wird gut.«

Die Reisetasche roch nach zu Hause, als sie den Reißverschluss öffnete. Jeannie zog so schnell wie möglich ihre Jeans und ihre Lieblingsbluse an, eine mit Schmetterlingen bestickte Bluse mit Glockenärmeln aus dem

Secondhandladen. Erleichtert wackelten ihre malträtierten Zehen in den coolen Converse. Dann zog sie die Haarnadeln aus dem Haar und wuschelte sich durch die kastanienbraunen, vom Haarspray ganz steifen Locken, bis sie in den üblichen Wellen herabfielen. Sie atmete ein und aus, und nichts hinderte sie daran.

Der Zauber ihres Brautkleids war gebrochen, und Jeannie registrierte irritiert, wie sehr sich die morgendlichen Verrichtungen bereits wie etwas anfühlten, das jemand anders widerfahren war.

Sie betrachtete ihr Spiegelbild im Fenster. Wirkten ihre Augen schuldbewusst? Vergiss den Anruf, sagte sie zu dem blassen Gesicht, das sie anschaute. Niemand weiß etwas davon, und niemand muss etwas davon erfahren. Denk nur an Dan.

Als Jeannie zurückkehrte, war die Gruppe um zwei weitere Personen angewachsen, und der Raum wirkte schon fast überfüllt. Ihr Bruder Angus, der mit Teri gekommen war, schob sich soeben ein Canapé aus der Tesco-Tüte in den Mund, während Teri ihre geschwollenen Füße von den silbernen Sandalen befreite. Der apricotfarbene Chiffon ihres Brautjungfernkleids spannte über ihrem Bauch. Auf der Website, über die Jeannie es gekauft hatte, hatte gestanden, dass es »Kurven umschmeichelte«, aber das war gewesen, bevor Teri und Angus herausgefunden hatten, dass es der Bauch zweier Wesen war.

»Mir macht es nichts aus, meine Rolle an jemand anders abzutreten«, hatte Teri erklärt, aber ihnen war beiden klar gewesen, dass sie keine große Wahl hatten. Und auch keine Zeit, um einen Ersatz zu finden. Edith, Jeannies Lieblingsoption, befand sich meilenweit weg – und in anderer Hinsicht noch viel weiter.

Angus sprang auf und wischte sich Krümel von der Hose. »Und? Was geschieht nun?«

»Keine Ahnung«, sagte Jeannie. »War inzwischen jemand hier?«

»Nein, niemand!« Andrea schniefte. »Ich bin ganz *krank* vor Angst.«

»Das bedeutet doch, dass es nichts zu berichten gibt, meine Liebe.« Brian klopfte ihr besänftigend aufs Knie. »Wenn es schlechte Nachrichten gäbe, hätten wir längst davon gehört.«

»Sind Sie sicher, dass Sie kein Canapé wollen, Mrs Hicks?«, fragte Angus und hielt ihr die Tüte hin. Irgendeine aufmerksame Seele hatte die Canapés, die beim Empfang mit dem Champagner herumgereicht werden sollten, in eine Schachtel gepackt. »Wir werden hier noch eine Weile ausharren müssen, und Sie müssen auf Ihren Blutzuckerspiegel achten.«

Andrea lächelte matt und nahm einen Mini-Yorkshire-Pudding mit Roastbeef. Sie litt an verschiedenen Beschwerden, die der regelmäßigen Überwachung bedurften, wie der engere Familienkreis seit dem Dinner am Vorabend wusste, da Andreas Teller meist wieder abgeräumt oder durch andere Speisen ersetzt werden mussten, gegen die sie nicht allergisch war.

»Wo ist Owen?«, erkundigte sich Jeannie.

»Draußen«, sagte Angus und hielt sich ein imaginäres Handy ans Ohr. »Er kümmert sich um die Leute vom Empfang. Ziemlich organisiert, der Typ, was?«

Noch während er sprach, gaben sowohl Teris als auch Brians Handy ein Signal von sich.

»Tante Barbara sagt, wir sollen uns melden, wenn sie etwas für uns tun kann«, berichtete Teri im selben Moment, als Brian verkündete: »Deine Großmutter denkt an dich.«

»Danke«, sagte Jeannie automatisch.

»Jemand eine Tasse Tee?«, fragte Angus. Aber bevor jemand antworten konnte, erschien, gefolgt von der Intensivschwester, der Oberarzt in der Tür. Er war groß und hatte einen kahlen Schädel. Sollte er überrascht sein, eine ganze Hochzeitsgesellschaft im Wartezimmer vorzufinden, war er entweder zu professionell oder zu müde, um sich etwas anmerken zu lassen.

»Die Familie von Daniel Hicks?« Er studierte die Notizen in der Akte, die die Schwester ihm reichte, erblickte dann Jeannie und streckte ihr die Hand hin. »Ah, Mrs Hicks.« Sie schüttelte sie unbehaglich. »Es tut mir furchtbar leid. Was für ein Tag für Sie.«

Bei der Anrede »Mrs Hicks« war Andrea aufgesprungen. »Doktor, gibt es Neuigkeiten? Können wir zu ihm?«

»Andrea ist Mrs Hicks«, sagte Jeannie und schob sie vor. »Sie ist Dans Mutter.« Andreas Verzweiflung bedurfte größerer Aufmerksamkeit. Sie selbst zitterte auch nicht. Außer der wachsenden Übelkeit in ihrer Brust fühlte sich ihr Körper viel zu normal an. Ihr Verstand war es, der sich wild im Kreis drehte.

»Gibt es etwas Neues?«, fragte Brian bestimmt, bevor sie etwas sagen konnte. »Ist Daniel wieder bei Bewusstsein?«

Der Chirurg sah zwischen ihnen hin und her. »Wir haben gute und schlechte Nachrichten, tut mir leid. Aber zunächst einmal: Mein Name ist Roger Allcott, ich bin Neurochirurg und Spezialist für Gehirnverletzungen.«

Andrea sog vernehmlich Luft ein. Jeannie bohrte die Nägel in die Handflächen, um ihre Aufmerksamkeit auf die Situation zu lenken.

»Bei Daniels Ankunft haben wir ein CT gemacht. Darauf kann man sehen, dass er eine ernsthafte Kopfverletzung erlitten hat, außerdem eine Haarfraktur am linken Bein und ein paar unbedeutende Schnitt- und Schürfwunden. Er ist bei dem Sturz mit dem Kopf auf den Bordstein geknallt. Dabei ist es zu Hirnblutungen gekommen und in der Folge zu einer Schwellung. Der Druck auf sein Gehirn ist unter Kontrolle, aber die Schwellung muss sich zurückbilden. Bevor wir weitere Untersuchungen anstellen können, muss sich erst einmal alles beruhigen. Das Wichtigste ist, dass er so stabil bleibt, wie wir es im Moment nur hoffen können.«

Andrea stieß lange und zittrig die Luft aus. »Wird er denn wieder gesund werden?«

Dr Allcott nickte langsam. »Morgen früh werden wir mehr wissen. Im Moment steht er unter strenger Überwachung. Falls sich etwas verändert, wird man mich sofort rufen.« Er hielt inne, da ihm klar war, dass er nur noch mehr Fragen aufwarf. »Es tut mir leid, dass ich

Ihnen nicht mehr sagen kann, solange er noch nicht wieder zu Bewusstsein gelangt ist.«

*Wird er denn wieder gesund werden?* Andreas unbeantwortete Frage hallte im Raum wider.

»Können wir ihn denn sehen?«, fragte Jeannie.

»Natürlich.« Der Arzt ließ den Blick durch den Raum schweifen: Jeannie, Andrea, Brian, Sue, Angus, Teri … »Die Station ist sehr klein, also sollten für den Moment vielleicht nur zwei Personen mitkommen. Mrs Hicks? Jeannie?«

Andrea hatte sich bereits ihr Täschchen und ihre Jacke geschnappt und war schon an der Tür, als Jeannie noch gar nicht aufgestanden war.

Dan lag in der Ecke der Intensivstation, in einem Bett mit hohen Gittern, umgeben von Gerätschaften, Tropfständern und Monitoren. Aus seinem Kopfverband schauten nur ein paar blonde Haarbüschel heraus, während sein Gesicht fast zur Gänze von einer Atemmaske bedeckt war. Rote Schläuche, grüne Lichter und flackernde LED-Lampen sorgten dafür, dass Blut und Flüssigkeiten in seine Adern gepumpt wurden. Jeannie schluckte das aufwallende Entsetzen hinunter. Ihr schöner, energiegeladener Freund trieb in einer unerreichbaren Welt, und sein starkes Sportlerherz klopfte nur, weil eine Maschine Luft in seinen Körper presste.

Plötzlich fühlte es sich real an. Plötzlich fühlte es sich *sehr* real an.

Beim Anblick von Dans reglosem Körper schluchzte

Andrea auf, und sie lief auf das Bett zu. »Oh, mein Kleiner! Mein kleiner Junge!«

Jeannies Schultern sackten herab. Die Krankenschwester, die sie hereingelassen hatte, legte ihr tröstend den Arm um die Schulter. »Ich weiß, dass es ein schrecklicher Anblick ist, wenn Luft in einen Menschen hineingepumpt wird, aber es sieht immer schlimmer aus, als es ist. Daniel ist stabil, und er ist sehr stark. Vermutlich ist er Sportler, oder?«

Jeannie nickte. »Tennis. Fußball. Er ist Tierarzt.« Sie konnte den Blick nicht von Dans Gesicht lösen. Der Dan, den sie kannte, war immer in Bewegung gewesen – seine scharfen Augen, sein bellendes Lachen, seine dunkelbraunen Augenbrauen, die sich liebevoll spöttisch hoben. Ein ständiger Energiefluss durchströmte ihn und übertrug sich auf alle anderen. In den frühen Tagen ihrer ersten E-Mails, später dann SMS und Whatsapp-Nachrichten waren seine Worte förmlich aus dem Display herausgesprungen, angereichert mit Ausrufezeichen und Smileys. Und jede Zeile zeigte das vertraute Profilfoto: Dan, der im Torraum seiner Unimannschaft feiert, den Kopf in den Nacken geworfen, die Arme hochgerissen.

»Hat er Schmerzen?«, fragte sie mit brechender Stimme.

»Nein, absolut nicht. Er ist sediert, durch diesen Tropf hier. Auf der Station ist rund um die Uhr eine Krankenschwester, die die Monitore überwacht und sicherstellt, dass es ihm an nichts fehlt.«

»Weiß er, dass wir hier sind?« Andrea kniete neben dem Bett und hatte Dans schlaffe Hand genommen, drückte sie fest, legte sie sich an die Wange. »Kann er uns hören? Danny?«

»Wir gehen immer davon aus, dass die Patienten uns hören können.« Jeannie sah, dass die Schwester Kate hieß. Sie hatte Sommersprossen und drei goldene Stecker im Ohr. »Wir reden auch mit ihnen, wenn wir unsere Untersuchungen anstellen. Es ist nur gerecht, wenn wir sie auf dem Laufenden halten, sage ich immer! Jetzt überlasse ich Sie aber einen Moment sich selbst und hole sein Krankenblatt ...«

Bevor sie ging, zog sie einen Vorhang um das Bett herum. Auf der Station standen noch drei weitere Betten, vor denen ebenfalls Vorhänge hingen. Dem Piepen und Murmeln nach zu urteilen schienen sie ebenfalls belegt zu sein. Noch mehr Albträume, dachte Jeannie. Noch mehr Alltage, die urplötzlich entgleist waren, noch mehr erschütterte Angehörige, noch mehr Ängste, die zu groß sind, um ihnen ins Auge zu schauen.

»Wir sind da, Danny«, sagte Andrea und klammerte sich an seine Hand. »Mum und Jeannie. Deine liebsten Mädchen. Wir sind für dich da.« Ihre Worte gingen in einem erneuten Tränenausbruch unter. Sie wandte sich an Jeannie und bat sie mit einem flehentlichen Blick, ihren Platz zu übernehmen.

Jeannie setzte sich auf einen Stuhl und zog ihn so nah wie möglich an das Bett heran. Ihre Kehle war trocken. Sie zögerte, bevor sie sich hinabbeugte, um ihm etwas ins Ohr zu flüstern – in das Ohr, hinter das sie ihm vor nur wenigen Tagen eine Blume gesteckt hatte, eine leuchtend gelbe Gerbera aus einem Strauß, den er ihr geschenkt hatte, »Weil Mittwoch ist!«. Jetzt roch Dan nach Krankenhaus, nicht nach warmer Haut und Rasierwasser und Energie.

»Ich bin da«, brachte sie hervor. »Ich bin's, Jeannie. Halte durch, Dan.«

Dann wurde auch ihre Stimme von Tränen fortgespült. Andrea und sie saßen zu beiden Seiten des Betts und hielten Daniels Hände, während die Maschinen summten und surrten, um ihn am Leben zu halten.

# Kapitel 4

Das Krankenhaus hatte sich vollkommen verändert, als Jeannie aus der Intensivstation in den Flur mit dem grellen Neonlicht trat. Während sie Daniels Hand gehalten und auf die Maschinen gelauscht hatte, war die Nacht hereingebrochen. Sie hatte keine Ahnung, wie spät es war. Der Tag hatte sich in sich selbst zurückgezogen.

Andrea war vor einer Weile verschwunden und nicht wiedergekehrt. Jetzt waren Jeannies Eltern die Einzigen, die noch im Nebenraum warteten. Vielmehr machte Brian ein Nickerchen, den Kopf in den Nacken gelegt, den Mund weit offen, während Sue telefonierte, einen Stift gezückt, um etwas auf einer langen Liste anzukreuzen.

»... ich habe das also mit den Caterern geregelt, und Sie reden mit dem Hotel wegen ... Oh, Sie sind ein Schatz. Ah, Owen, sie kommt gerade herein! Wir reden später, mein Lieber, tschüss erst einmal!« Sie stand auf und versuchte gar nicht zu verhehlen, wie steif sie war. »Jeannie, komm her. Wie geht es ihm?«

»Er schläft.« Jeannie umarmte ihre Mutter und äugte über ihre Schulter auf die Liste: Empfang. Caterer. Versicherung. Flitterwochen. Blumen für das Hospiz. Reisetasche. »Was ist denn passiert?«

»Nichts, weswegen du dir Gedanken machen müsstest. Alles unter Kontrolle. Owen ist mit Andrea losgefahren, um ein paar Dinge zu besorgen. Sie bleibt heute Nacht hier. Das Krankenhaus hat ein paar Notfallzimmer, aber im Moment ist nur ein Bett frei. Ich dachte an dich, weil es ja der Abend deiner Hochzeit ist, aber sie haben es Andrea gegeben, als seine nächste Verwandte. Außerdem hat sie erklärt, dass es ihr besser geht, wenn sie in seiner Nähe ist.« Sues betont neutrale Miene deutete darauf hin, dass sie nicht wirklich einverstanden war, dass man sie aber überredet hatte. »Wir haben für dich ein Zimmer in einem Hotel hier in der Nähe gebucht. Aber du kannst auch mit uns mitkommen, wenn dir das lieber ist.«

Jeannie verzog das Gesicht. Zurück in die Hochzeitssuite mit den Rosenblättern auf dem Himmelbett wollte sie auf keinen Fall! Dann all die Gäste dort, die sich bei ihr erkundigen würden, wie es Dan ging, und sie trösten wollten … nichtsahnend, dass sie nur knapp an einem Skandal vorbeigeschrammt waren?

»Ich bleibe hier, Mum«, sagte sie.

»Wirst du denn allein zurechtkommen?«

»Sie wird ja nur ein paar Stunden hier sein, Susan. Es ist schon fast neun.« Die Furche in Brians Stirn hatte sich vertieft. Sues Energiereserven waren längst erschöpft, aber sie ließ nicht locker und ignorierte die Schmerzen, die ihrer Miene deutlich abzulesen waren. »Owen hat gesagt, dass er dich im Hotel absetzt und morgen früh wieder abholt. Versuch ein wenig zu schlafen, mein Schatz. Und wo wir schon dabei sind, Susan: Für uns wird es ebenfalls Zeit, sonst sind wir morgen zu nichts zu gebrauchen.«

Sie warf ihm einen scharfen Blick zu. »Mir geht es bestens, Brian. Kein Gewese bitte.«

»Mir aber nicht. Ich bin vollkommen am Ende, und wir haben noch eine Stunde Fahrt vor uns«, erwiderte er. »Brauchst du noch etwas, bevor wir aufbrechen, Jeannie? Schokolade aus dem kleinen Laden vielleicht?«

Er lächelte aufmunternd, als wäre sie wieder ein neunjähriges Leckermäulchen, für das die Welt mit einem Curly Wurly gleich besser aussah.

»Gute Idee, Dad«, sagte Jeannie, weil sie begriff, wie hilflos er sich fühlte – und auch, weil sie ihn einen Moment für sich haben wollte.

Brian und Jeannie gesellten sich zu den anderen in Schockstarre verfallenen Verwandten, die wie Schlafwandler zwischen den Regalen herumwanderten und den Albtraum einer Einkaufsliste fürs Krankenhaus abarbeiteten: Zahnpaste, Feuchttücher, Energy Drinks, Ausgaben von *Yours*.

»Ist das alles?«, fragte er ständig, wenn er ihr Wasserflaschen und überteuerte Schokolade in die Hände drückte. »Bist du sicher, dass du kein Twix möchtest? Hier haben sie die riesigen.«

»Oh, ein Twix wäre prima«, sagte Jeannie. Sie schaute über die Schulter, um sich zu vergewissern, dass ihre Mutter noch im Foyer stand und telefonierte, dann fragte sie: »Dad, hast du Mum erzählt, was im Wagen passiert ist? Vor ... vor dem Unfall?«

Brians Hand verkrampfte sich um die Twix-Riegel, und sein Blick huschte ebenfalls zum Foyer hinüber. »Nein, dazu hatte ich noch nicht die Gelegenheit.«

»Bitte tu es nicht.«

»Ich soll es ihr nicht erzählen? Warum denn nicht?«

»Weil es jetzt einfach nicht mehr wichtig ist, oder? Nicht verglichen mit *dem* hier.«

»Jeannie, deine Mutter würde es doch verstehen ...«

»Darum geht es nicht. Ich möchte einfach nicht, dass jemand davon erfährt!«, flüsterte sie. »Wenn Andrea herausfindet, dass ich Dan stehen lassen wollte, wird sie am Boden zerstört sein. Will man ihr das zumuten, zusätzlich zu dem, was bereits passiert ist? Ich möchte es einfach vergessen.«

Noch während die Worte aus ihrem Mund kamen, merkte sie, wie dumm das war. Wie konnte sie den Vorfall vergessen? Dieses irrationale körperliche Gefühl von Panik. Dieses übermächtige, aufwühlende Wissen, dass sie dabei war, jemandes Leben zu zerstören, nur um ihre Freiheit zu wahren. Wenn es derart wichtig war, *sollte* sie es nicht vergessen. Nie.

»Deine Mutter und ich haben keine Geheimnisse voreinander.« Brian wirkte entgeistert. »Nie gehabt.

Außerdem bin ich kein guter Lügner, Jeannie, das weißt du. Ich konnte dich nicht einmal dazu bringen, an die Zahnfee zu glauben.«

»Ich bitte dich ja nicht, Mum anzulügen. Erzähl es ihr einfach nicht. Warum sollte sie nach so etwas fragen?« Erneut beschleunigte sich Jeannies Puls, war zu schnell, zu hart. Darüber zu reden ließ das Gefühl der Fremdheit wieder aufwallen, als würde ihr am helllichten Tage ein nächtlicher Albtraum in den Kopf schießen. War das wirklich sie gewesen, in dem Kleid, in dem Wagen, die Blumen in der Hand?

Brian legte die Handvoll Schokoriegel vorsichtig ab. »Hör zu, Jeannie. Klar, du hast die Entscheidung vergleichsweise spät getroffen, aber niemand sollte eine Hochzeit durchziehen, die sich nicht richtig anfühlt. Deine Mum wäre die Erste, die dir das sagen würde. Und ich bin mir sicher, dass auch Daniel keine Frau heiraten möchte, die ihn nicht …«

Jeannie konnte es nicht ertragen, den Satz zu Ende anzuhören. »Bitte, Dad«, sagte sie. »Lass mich einfach die nächsten Tage hinter mich bringen, bis wir wenigstens wissen, ob Dan die Sache übersteht.«

»Er wird sie schon überstehen«, sagte Brian automatisch. Sosehr er sich auch bemühte, er konnte an seinem unerschütterlichen Optimismus nicht festhalten. Jeannies Brust schnürte sich zusammen. Wenn Dad schon keinen Optimismus mehr ausstrahlte, ein Mann, dessen Anblick immer etwas Tröstliches hatte, dann waren die Dinge außer Kontrolle.

»Das wissen wir nicht.« Ihre Stimme brach.

»Ach, mein Schatz«, sagte Brian und nahm sie in den Arm, mitten im Laden, vor den Zahnbürsten und den neun verschiedenen Taschentuchsorten. Sie hatten beide nichts mehr zu sagen.

Brian und Sue brachen auf, und Jeannie begab sich mit dem Stapel Broschüren, die ihre Mutter im Büro für Patientenberatung besorgt hatte, in das verwaiste Café. Sich mit den Fakten zu Gehirnverletzungen zu beschäftigen trug aber auch nicht dazu bei, den harten Knoten in ihrem Magen aufzulösen. Nach einer Weile gab sie auf und holte ihr Handy heraus, um sich die Selfies von sich und Dan anzuschauen.

Der heutige Tag, der Tag ihrer Hochzeit, war ein besonderes Datum. Genau ein Jahr war es nun her, dass sie zum ersten Mal Kontakt aufgenommen hatten und dass man im Rathaus noch einen Last-Minute-Termin für dieses Datum gehabt hatte, war ihnen wie Schicksal erschienen. Eigentlich hätten sich ihre Pfade gar nicht kreuzen dürfen, da sie dreihundert Meilen voneinander entfernt lebten. Dann machte Dan mit Freunden Urlaub in der Gegend, und Jeannie hatte sich registriert, weil sie einer Kollegin sagen sollte, ob die sich mit ihrem Profil lächerlich machte. Schicksal und Algorithmen, Dans Lächeln und ihr »faszinierendes Profil« hatten sich verschworen, um sie zusammenzubringen.

»Ich habe dich gefunden«, sagte Dan immer, als hätte sich Jeannie ihr Leben lang vor ihm versteckt. »Und du hast mich gefunden.« Die romantischsten Dinge brachte er mit einer solchen Ernsthaftigkeit hervor, dass es nie kitschig klang.

Vor einem Jahr bestand Jeannies Foto-Stream ausschließlich aus Gitarren, die sie sich wünschte, süßen Hunden in dem Pub, in dem sie arbeitete, Gigs, bei denen sie spielte, und Nahaufnahmen von sich und Edith mit glitzerndem Bühnen-Make-up. Fast über Nacht änderte sich das. Plötzlich bevölkerten Jeannie und Dan den Selfie-Raum, die Köpfe herzförmig zusammengesteckt. Als sie weiterscrollte, konnte Jeannie sich im Sonnenschein von Dans Selbstvertrauen aufblühen sehen. Ihr verhaltenes Lächeln wurde allmählich so groß und sorglos wie seines.

Ihr Blick blieb auf ihrem Lieblingsfoto liegen: der Kuss zum Start ins neue Jahr. Im Hintergrund sah man eine verschwommene Kulisse von Schneeflocken. Jeannies Brust schmerzte bei der Erinnerung, wie Dans Lippen auf ihrer kalten Nase gelegen hatten. Wie ein Filmposter sah das aus: Dans lange Wimpern an ihrer Wange und ein paar braune Locken, die unter ihrer dunkelblauen Bommelmütze hervorschauten, als sie ihm ihr Gesicht entgegenstreckte, die Augen geschlossen, das Herz von Liebe und Champagner überquellend. In jener Nacht war sie so glücklich gewesen – so glücklich wie als kleines Mädchen an Heiligabend, als die Aufregung wegen des Bevorstehenden noch schöner gewesen war als Weihnachten selbst. Jeannie erinnerte sich noch an die kühle Weichheit von Dans Daunenjacke, als sie, den Kopf an seine Schulter gelegt, auf die Glocken von Big Ben gelauscht und das Gefühl gehabt hatte, innerlich und äußerlich zu schimmern. Vielleicht sollte man die Astrologie nicht in Bausch und Bogen verdammen, dachte sie und lächelte zu dem milchigen Mond hinauf. Immerhin hatte sich ihr Leben vollkommen unerwartet verändert: Statt unter einsamen Nächten und unerfüllten Karriereträumen zu leiden, war sie nun ein angebetetes Mädchen mit einer romantischen Zukunft voller Landhäuser und Hochglanz-Hochzeitsmagazine.

Und doch ... Eine merkwürdige Leere lauerte in Jeannies Kopf, als sie das Bild betrachtete. Bevor sie das Gefühl in einen Gedanken umwandeln konnte, war es aber schon wieder verschwunden.

Sie *ist* glücklich gewesen, aber irgendetwas hat sich verändert. Was stimmt mit mir nicht, dachte Jeannie, während sich ihre Augen mit Tränen füllten. Was ist nur in mich gefahren, mein Glück zu zerstören?

»Jeannie? Hast du etwas dagegen, wenn ich mich zu dir geselle?«

Sie schoss hoch. Owen war um die Ecke gebogen und stand im Café.

»Äh, nein.« Sie wischte sich über die Augen. »Natürlich nicht.«

Metallbeine kratzten über die Fliesen, als er auf dem Stuhl ihr gegenüber Platz nahm. »Seid ihr das, du und Dan?«

»Ja. An Neujahr.« Er neigte den Kopf, um einen Blick darauf zu werfen, und sie hielt ihm das Display hin.

»Ah, der berühmte Neujahrstag in London!«

»Ja.« Jeannie schaute auf. »Hat er dir davon erzählt?«

»Na ja, nicht wirklich. Normalerweise fahren wir mit den Jungs in ein Cottage, aber dieses Jahr … Na ja, ich denke, Dan wollte *dieses* Jahr lieber mit seiner Verlobten begrüßen.«

»Er hat Weihnachten Bereitschaft gehabt.« Jeannie wusste selbst nicht, warum sie so defensiv klang. »Wegen seiner Schichten haben wir uns kaum gesehen, daher hat Dan ein Last-Minute-Angebot in London gebucht. Als Überraschung sozusagen.«

»Das sollte keine Kritik sein.« Owen hob die Hände. »Warum sollte er Silvester nicht mit dir verbringen? Er hat schon oft genug Bier-Pong mit unserer Meute gespielt. Ist das auf dem Riesenrad? Das wirkt ja wirklich romantisch.«

»Mhm, es war umwerfend.« Dan war sehr großzügig bei seinen Urlaubswochenenden – eine kleine Wiedergutmachung dafür, dass er immer so lange arbeitete und bei den Feiertagsschichten so oft den Kürzeren zog. »Normalerweise gibt es also zu Silvester immer ein großes Treffen?«

»Ja. Aber ich würde dem nicht allzu viel Bedeutung beimessen. Dan dachte vermutlich, dass du die Hochzeit abbläst, wenn du siehst, mit welcher Verbissenheit er Pictionary spielt. Haha! Aber egal, wie geht es ihm? Gibt es etwas Neues?«

»Nein. Die Krankenschwester behauptet, er sei stabil. Das ist gut, aber … Keine Ahnung. Er ist so blass.« Sie waren alle so hilflos. Wie konnte man wissen, was in seinem Kopf vorging? Selbst die Ärzte konnten das nicht.

»Tut mir leid, das war eine dumme Frage.« Er beäugte ihren nicht angerührten Biskuitkuchen. »Isst du den nicht?«

Brian hatte gleich zwei Stücke besorgt, bevor das Café schloss, als würde die Tüte mit der Schokolade unter dem Tisch nicht reichen. Jeannie schüttelte den Kopf. »Iss ruhig.«

Owen nahm eins der Stücke und verschlang die Hälfte mit einem einzigen Bissen. In seinem Mundwinkel klebten Krümel. Er unterdrückte ein unwillkürliches Stöhnen.

»Du hast da …« Jeannie zeigte auf ihre Lippen.

Owen runzelte die Stirn wie der Paddington-Bär, den man mit einem Marmeladenbrot überrascht. »Was?«

»Hier … herum? Krümel.«

»Oh, verstehe.« Er wischte sich übers Gesicht und entfernte die Kuchenreste. »Danke.«

»Bitte.«

Nachdem er den Rest gegessen hatte, hielt er inne und schaute mit hoffnungsvoll erhobenen Augenbrauen auf das zweite Stück.

»Greif zu«, sagte Jeannie. »Die Stücke sind ja so klein.« Was nicht stimmte.

Unvermittelt musste sie an die mehrstöckige Hochzeitstorte denken, auf die sie sich so gefreut hatte. Eine Schicht Karottenkuchen (für sie), eine mit Schokolade (für Dan), eine mit Vanille, verziert mit Zuckerfiguren von einem Brautpaar, Hunden, Katzen und winzigen Ukulelen. Wer würde die nun essen? Hatte man sie weggeworfen? Jeannie stellte überrascht fest, wie egal ihr das war, von dem verschwendeten Geld mal abgesehen. Die Stunden, die sie damit verbracht hatte, über die Portionierbarkeit von Karottenkuchen nachzudenken, hätte sie besser auf wichtigere Fragen verwendet.

Owen nahm das zweite Stück und verschlang es ebenso gierig. »Tut mir leid«, sagte er mit vollem Mund. »Ich habe seit dem Frühstück nichts mehr gegessen. Normalerweise stecke ich immer etwas in die Kilt-Tasche, aber dazu hatte ich natürlich keine Zeit.«

»Was steckst du denn da rein?«

»Kekse. Marsriegel. Erstaunlich, was da alles reinpasst. Normalerweise hängt man bei Hochzeiten ziemlich viel herum, bevor die Platten mit den Canapés freigegeben werden. Mehr als einen Bräutigam habe ich vor dem Hungerstod gerettet, indem ich zur rechten Zeit ein Dairy Milk bereithielt.«

Plötzlich begriff Jeannie, was sie den ganzen Tag an Owen irritiert hatte: Sein Akzent passte nicht zu seinem Aufzug. In der Schule hatte man sie wegen ihres »merkwürdigen« Akzents immer aufgezogen – diese einzigartige Mischung aus der Sprechweise der schottischen Grenzgebiete und des nordenglischen Dialekts ihrer Mutter, garniert mit Bröckchen des nordirischen Slangs ihres Vaters –, aber Owen klang definitiv nach einer Gegend südlich der Grenze. »Nimm's mir nicht übel, aber du klingst nicht sehr schottisch für einen Mann mit einem Dolch im Strumpf.«

»Ehrlich gesagt bin ich auch gar kein Schotte.« Owen nahm eine Papierserviette und tupfte sich sorgfältig mögliche Marmeladenreste vom Mund, bevor sie ihn wieder darauf aufmerksam machen konnte. »Meine Familie kommt hier aus der Gegend – ich bin ein Brummie aus Birmingham. Aber meine Mutter stammt aus Inverness.«

»Du trägst also freiwillig einen Kilt bei Hochzeiten?«

»Tja. Lustigerweise war es Danny, der auf die Idee kam, ich solle mir einen Kilt besorgen – damals in der Schule.« Owen faltete die Serviette zu einem Papierpfeil. Plötzlich wirkte er unsicher. »Er sagte, in einem Kilt kommst du immer mit Leuten ins Gespräch. Smalltalk lag mir nie, anders als Dan. Na ja, das weißt du ja. Als wir jünger waren, hat er immer sein Bestes getan, um mir auf die Sprünge zu helfen, aber … na ja. Vermutlich dachte er, ein Kilt könne an seine Stelle treten, als er nicht mehr in der Nähe war.«

Jeannie kannte die Mischung aus Zuneigung und Selbstverachtung in seinem verlegenen Grinsen nur zu gut. Er sah nicht schlecht aus, aber er war einer dieser Durchschnittstypen, die man schwerlich beschreiben konnte, wenn sie nicht rote Pullis trugen. Neben dem athletischen, unterhaltsamen Dan wirkte er vollkommen unscheinbar: leidlich groß gewachsen, leidlich dunkelhaarig, leidlich kräftig gebaut. Immerhin hatte er freundliche Augen.

»Ich weiß, was du meinst«, sagte sie unvermittelt. »Meine beste Freundin redet auch für uns beide. Hat es getan«, korrigierte sie sich.

»War sie heute hier?«, fragte Owen. »War es die Brautjungfer?«

»Nein, das war Teri, meine Schwägerin. Meine beste

Freundin ist die Frau, mit der ich die Band hatte. Die, mit der ich nicht mehr rede. Sie ist so eloquent, dass sie sich während eines Festivals in ihren Traumjob in London hineingequatscht hat. Danach hat sich die Band aufgelöst. Sie heißt Edith. Edith Constantin.«

Owen zog die Augenbrauen hoch. »*Edith*. Wow. Und ich dachte schon, Murdo ist schlimm.«

»Du heißt Murdo?«

»Nur mit zweitem Namen. Meine Mutter wollte das so.«

»Ah, verstehe. In dem Fall hast du dir den Kilt sauer verdient.«

Sie wechselten ein verhaltenes, erschöpftes Lächeln. Freundliche Augen und ein angenehmer Gesprächspartner, dachte Jeannie.

»Aber jetzt mal zur Sache«, sagte er und nickte zu den Broschüren über Kopfverletzungen hinüber. »Was sollten wir wissen?«

Mit einem Mal kehrte die bittere Realität an den Tisch zurück. Jeannie senkte den Blick und fragte sich, ob sie Owen mitteilen sollte, dass sein bester Freund vielleicht gelähmt sein oder schwere Hirnverletzungen davontragen könnte. Irgendein Schaden würde wohl in jedem Fall zurückbleiben. Ihr Blickfeld verschwamm. Dan könnte genauso gut aufwachen und ganz normal sein, erinnerte sie sich. Er könnte immer noch vollkommen gesund werden.

Eine dicke Träne tropfte auf die Broschüren, und Owen griff stumm nach dem Stapel.

Systematisch arbeitete er sich durch die Informationen. Dabei summte er und verzog das Gesicht. Allmählich wurde Jeannies gequälter Körper von einer Welle der Erleichterung erfasst. Owen kannte Dan – und Andrea – so viel besser als sie. Er würde wissen, was zu tun war, und schien die Verantwortung für Andreas Leid bereitwillig zu übernehmen. Mum schien gerne Listen mit Owen abzuarbeiten, dabei verließ sie sich nur ungern auf jemand anders als Dad.

Wenn er wüsste, was sie getan hatte, wäre er dann immer noch so freundlich zu ihr? Jeannie fröstelte und biss sich auf die Lippe, um keinen Laut von sich zu geben.

Niemand wusste davon, und niemand würde es erfahren. Das Geheimnis war zwischen ihr und ihrem Dad gefangen wie eine Spinne unter einem Wasserglas. Aber fort war es nicht.

Vergiss es, sagte sie sich. Vergiss, dass es je geschehen ist.

»Jeannie?«

Ihr Kopf fuhr hoch. Owen war mit den Broschüren durch und schaute sie an, als wüsste er nicht, wie er seine Frage formulieren solle. Sie hatte die grausame Ahnung, dass er nach dem ungeklärten Telefonanruf fragen könne. »Ja?«

»Nichts. Ich habe mich nur gefragt, ob du bereit bist, hier die Zelte abzubrechen. Ich möchte dich aber nicht drängen.«

»Oh, hm. Ja. Schläfst du auch in dem Hotel?«

»Nein, ich wohne nur ein paar Meilen von hier entfernt.« Er nahm die Reisetasche, die ihre Mutter mitgebracht hatte, und warf sie sich über die Schulter. »Noch ein Grund, warum ich begeistert war, dass Dan hierherzieht. Ich hatte mich schon gefreut, mehr Zeit mit ihm verbringen zu können. Und mit dir natürlich«, fügte er schnell hinzu. »Und das werden wir ja auch tun, nur eben etwas später.«

Jeannie rang sich ein Lächeln ab. »Danke für alles, was du heute getan hast. Nicht gerade die Trauzeugenpflichten, die du dir vorgestellt hast, was?«

»Dan ist mein bester Freund, seit ich elf war. Da habe ich gelernt, mit allem zu rechnen.« Owen hielt inne, dann lächelte er tapfer. Jeannie registrierte, dass seine Schultern herabsackten. »Ich bin nur froh, dass ich ihm ausnahmsweise auch einmal helfen kann.«

Dans Zustand änderte sich auch am nächsten Tag nicht und auch nicht am übernächsten. Weder eine wundersame Wiederauferstehung noch eine erschreckende Abflachung von grünen Linien auf den Bildschirmen. Nur ein gleichförmiges, monotones Piepen der Apparate, nervös dahinplätscherndes Geplapper von Andrea, Owens verlässliche, alles dokumentierende Gegenwart und der stete Wechsel von Panikattacken und Schuldgefühlen in Jeannies Kopf.

Dr Allcott erschien regelmäßig – den üblichen Tross Studenten bei sich – um Dans Zustand zu kontrollieren, und versicherte ihnen, dass sein Team in Anbetracht der Situation eher zufrieden mit seinen Reaktionen war. Die »allerkritischste« Phase hätten sie überwunden, was Jeannie so interpretierte, dass Dan auch »hätte sterben können, es aber nicht getan hat«. Mit konkreteren Aussagen hielt sich der Neurochirurg allerdings zurück.

»Tut mir leid, aber wir müssen von Tag zu Tag schauen«, erklärte er, als Schwester Kate die Krankenkarte am Fußende des Betts aktualisierte. »Wir messen den Druck auf Daniels Gehirn, das ist das Wichtigste. Darüber hinaus können wir vor seinem Erwachen leider nicht viel tun.«

»Und wann, denken Sie, wird das sein?«, fragte Jeannie.«

»Normalerweise erlangen Komapatienten das Bewusstsein innerhalb von vierundzwanzig Stunden von allein wieder, aber Daniel scheint noch nicht so weit zu sein.«

»Und was ist, wenn er es nicht tut? Das Bewusstsein von allein zurückerlangen?« Die Frage hatte gar nicht so direkt klingen sollen, und sie spürte, wie Andrea ihre Hand nahm und sie drückte.

Dr Allcott zuckte nicht mit der Wimper. »Wenn Daniel in den nächsten vierundzwanzig Stunden nicht von allein das Bewusstsein wiedererlangt, dann versuchen wir, ihn zurückzuholen. Im Moment ist er noch stark sediert, aber das werden wir zurückfahren, ganz vorsichtig natürlich. Je nachdem, wie er reagiert, wird uns das deutliche Hinweise darauf geben, wie wir weiter zu verfahren haben.«

»Aha.« Das klang positiv. Irgendwie. Jeannie schrieb es in das Notizbuch, das Owen mitgebracht hatte, damit sie es neben Dans Bett deponierten und alles notierten, was das medizinische Personal sagte. Es gab so viele Fachbegriffe, so viel Jargon, dass sie sonst alles wieder vergessen würden. Und jedes Mal, wenn Andrea auch nur auf der Toilette war, löcherte sie Jeannie hinterher so hartnäckig nach den winzigsten Veränderungen oder Kommentaren von Krankenschwestern, damit man so den Beweis hatte, dass nichts geschehen war.

»Wird es ihm denn gut gehen, wenn er das Bewusstsein wiedererlangt?« Andreas Stimme zitterte vor Angst. »Wird er sich an den Unfall erinnern? Wird er uns erzählen können, was passiert ist?«

Jeannies Körper spannte sich an. Die Krankenschwester merkte es und klopfte ihr aufmunternd auf die Schulter.

»In diesem Stadium kann man noch nichts mit völliger Sicherheit sagen, Mrs Hicks.« Unter den Medizinstudenten entstand Unruhe, was Jeannie zu der Überzeugung gelangen ließ, dass Dan ein interessanterer Fall war, als sie zu erkennen gaben. »Rein physisch betrachtet hat Daniels Körper einen schweren Schock erlitten, zusätzlich zu dem Hirntrauma. Wir müssen ihm Zeit geben, um sich davon zu erholen.« Er hielt inne. »Und *Sie* haben natürlich auch einen großen Schock erlitten.«

Ach, darum geht es, dachte sie verzweifelt, als sie zu den jungen Medizinern hinüberschaute. *Wir* sind der interessante Fall. Die Braut, der Bräutigam, seine Mutter und ein Koma.

Als Dr Allcott gegangen war, seinen Studententrupp im Schlepptau, und Andrea sich aufmachte, um noch einen Tee zu holen, zog Kate den Vorhang vor Dans Bett und ging neben Jeannies Stuhl in die Hocke.

»Hören Sie, warum gehen Sie nicht nach Hause und ruhen sich etwas aus?« Sie hatte ein freundliches Gesicht und trug eine tröstlich unbeirrbare Ruhe zur Schau. »Wenn man zwischen den Zeilen liest, scheint Dr Allcott nicht davon auszugehen, dass Dan heute aufwacht. Und selbst wenn er es tut, wird er erst einmal ziemlich verwirrt sein. Wir würden Sie natürlich sofort informieren. Sie waren bislang auf so aufopfernde Weise für ihn da, aber Dr Allcott hat recht: Sie müssen auch auf sich selbst aufpassen, um *Ihren* Schock zu überwinden. Nehmen Sie ein ausgiebiges Bad, ziehen Sie frische Sachen an, schlafen Sie eine Nacht in Ihrem eigenen Bett. Ich werde alles in Ihr Buch schreiben, was sich hier tut.« Sie tätschelte Jeannies Arm. »Gehen Sie nach Hause.«

Wo aber war ihr Zuhause? Sie waren erst eine Woche vor der Hochzeit in das Haus gezogen, das sie von Dans neuem Chef gemietet hatten, und hatten kaum Kisten ausgepackt. Das Dorothy Cottage war nicht ihr Zuhause. Die Wohnung, die sie sich in Bristol mit Edith geteilt hatte, war ihr Zuhause gewesen. Das baufällige Bauernhaus der McCarthys mit den Hundekörbchen und der alten Küche, die Dad immer erneuern wollte, war ihr Zuhause.

»Ihrer Schwiegermutter habe ich das auch gesagt«, fuhr Kate fort. »Sie wird heute Abend noch bleiben und sich morgen für eine Weile zurückziehen, wenn Sie wieder zurück sind. Wechseln Sie sich ab, das ist das Beste. Owen hat gesagt, dass er Sie jederzeit nach Hause fährt.«

Das tat er. Owen hatte sie bislang jeden Abend am Travelodge abgesetzt und jeden Morgen um halb neun wieder abgeholt. Bei jeder Fahrt liefen die Lokalnachrichten, damit Jeannie nicht die Musik hören musste, die sie an Dan erinnerte.

Alle waren so nett zu ihr. Owen. Kate. Alle bemühten sich um sie und versuchten wiedergutzumachen, was an ihrem Hochzeitstag passiert war. Wenn sie nur wüssten.

»Danke«, sagte Jeannie und fühlte sich wie eine ausgemachte Betrügerin.

# Kapitel 5

Das Dorothy Cottage lag an derselben Straße wie Four Oaks, die viktorianische Villa, in der Dans Chef George Fenwick lebte. Die wiederum lag direkt neben dem Tierheim seiner Frau Rachel.

Es war nur eine Übergangslösung, hatte Dan ihr versprochen. Sobald sie die Stadt besser kannten, würden sie sich etwas Eigenes suchen. Als Owen aber vor dem Haus vorfuhr und Jeannie durch den mit Geißblatt bewachsenen Torbogen auf ihr neues Heim schaute, krampfte sich ihr Herz zusammen. Unter anderen Umständen wäre sie begeistert, in ein derart hübsches Haus zu kommen. Seit sie Freitagabend aufgebrochen war, waren die Kletterrosen, die sich um die Eingangstür herumrankten, aufgeblüht und verzierten die rote Backsteinfassade mit ihren elfenbein- und honigfarbenen Farbkleksen.

Owen hielt an, stellte aber den Motor nicht ab. »Wir sehen uns morgen im Krankenhaus, oder?«

»Ja. Danke fürs Heimbringen.« Noch während sie das sagte, war sie sich allerdings nicht sicher, wie sie am nächsten Morgen zum Krankenhaus gelangen sollte. Dans Wagen stand in der Garage, aber der Versicherungsschutz galt nicht für sie. Das war eines der vielen Dinge, die sie noch erledigen wollten, aber in der Hektik des Umzugs und der letzten Hochzeitsvorbereitungen hatten sie es noch nicht geschafft, die Versicherung anzurufen. Jeannie wünschte, sie hätten es getan, statt sechs Stunden über dem Sitzplan zu brüten. Würde sie am Morgen dazu kommen? Müsste Dan persönlich mit der Versicherung sprechen? In welcher der Hunderten von Kisten waren überhaupt seine Akten? Prompt bekam sie Kopfschmerzen.

»Du hast uns wunderbar geholfen«, fügte sie hinzu. »Danke.«

»Es ist gut, wenn man etwas Praktisches zu tun hat.« Owen fummelte an seiner Brille herum. Die Kontaktlinsen hatte er längst herausgenommen. »Es ist hart, nicht wahr? Einfach dasitzen und zuschauen zu müssen, wie die Schwestern und Ärzte herumwuseln, ohne dass man eine Vorstellung davon hätte, was zum Teufel sie da tun. Ich fühle mich so nutzlos.«

»Dan weiß bestimmt, dass wir da sind.«

»Die Ironie an der Sache ist, dass er vermutlich fasziniert von dem ganzen Theater wäre, wenn er es mitbekommen würde. Er würde die Leute mit Fragen löchern.«

Sie wechselten ein müdes Lächeln, das nicht wirklich ein Lächeln war. Eher eine Bestätigung. Vor vier Tagen waren Owen und sie noch Fremde gewesen. Jetzt teilten sie etwas, das sie beide veränderte, als wären sie zwei orientierungslose Personen, die einem Feuer entkommen sind. Dan schwebte unsichtbar zwischen ihnen, selbst in Owens Wagen.

Einen Moment lang saßen sie schweigend da. Obwohl Jeannie sich nach nichts anderem sehnte, als endlich allein zu sein, graute ihr vor dem Moment. Dieses Haus voller Hoffnungen und Träume, aber immer noch so wenig vertraut. Dan dort und nicht hier.

»Hast du noch einen langen Heimweg?«, fragte sie, erinnerte sich dann aber daran, dass er gesagt hatte, er wohne in der Nähe. »Entschuldigung, hattest du mir schon gesagt, wo du wohnst? Ich bekomme im Moment nicht viel mit.«

»Nein, nicht wirklich. Ich wohne in einem Städtchen ungefähr zehn Meilen vom Krankenhaus entfernt. Mein Büro liegt nur eine Meile in die andere Richtung, daher schaue ich auf dem Rückweg noch schnell dort vorbei, ob irgendetwas ... O verdammt. Wenn man vom Teufel spricht.«

Owens Handy klingelte. »Ich arbeite bei meinem Vater«, erläuterte er. »Familienbetrieb. Wir haben ein Transportunternehmen. Der Hauptsitz ist dort. Ich bin für die Logistik zuständig. Das ist nicht so ruhmreich, wie Kätzchen und Welpen zu retten, aber irgendjemand muss das Zeug ja von A nach Waitrose bringen.«

Das klang wie ein Spruch, den er schon tausendfach gerissen hatte, als wäre er es gewohnt, Witze über seine langweilige Arbeit parieren zu müssen. Jeannie wusste nicht, warum er so defensiv war. Es klang doch gut, wenn man in zehn Minuten zu Hause war.

»Fährst du die Lastwagen auch selbst?«, erkundigte sie sich.

»Ich wünschte, ich könnte es! Ha!« Owen trommelte mit vier Fingern aufs Lenkrad, ein anständiger Paradiddle. »Das würde das Leben manchmal leichter machen. Aber egal, ich muss den Anruf entgegennehmen. Brauchst du noch etwas?«

»Nein, du hast schon genug getan. Wir sehen uns morgen.« Sie nahm ihre Tasche und stieg aus, bevor sie weiter darüber nachdenken konnte, wie leer das Haus sein würde.

Zum ersten Mal hatte Jeannie die Schwelle zum Dorothy Cottage in Dans Armen überschritten. Er hatte darauf bestanden, sie zu tragen, obwohl sie energisch protestiert hatte. Sie wollte nicht, dass Dan mit einem Bandscheibenvorfall in seine erste Woche in Longhampton startete. Aber er hatte darauf bestanden. Er liebte romantische Gesten, und dafür liebte sie ihn wiederum.

Jeannie versuchte nicht, daran zu denken, als sie jetzt die Haustür aufschloss. Auf der Fußmatte lag ein großer Haufen Post, vor allem rosa-weiße Glückwunschkarten zur Hochzeit, während aus der Küche ein unangenehm süßlicher Geruch drang. Jeannie ließ ihre Taschen am Fuß der Holztreppe stehen und ging hin, um nachzuschauen.

Die Küche war der einzige Raum, in dem sie alles ausgepackt hatten, da sie selbst in den letzten hektischen Tagen der Hochzeitsvorbereitungen nicht auf Kaffee und Essen verzichten konnten. Auf dem Tisch stand neben den Tischkarten, die sie mitzunehmen vergessen hatte, eine durchweichte Blumenschachtel von Marks & Spencer. An den Seiten hatten sich feuchte Flecken gebildet. Daher kam also der Geruch.

Jeannie riss die Schachtel auf. Ein trauriger Strauß verwelkter Rosen und mit Blütenpollen verschmierter Lilien kam zum Vorschein. Aus der Plastiktüte war Wasser ausgetreten, mit dem sich die Verpackung vollgesogen hatte. Jeannie angelte die feuchte Karte heraus, aber das Papier hatte sich in Pappmachee verwandelt. Es war unmöglich, den Umschlag zu öffnen, geschweige denn, den Text zu lesen.

Sie ließ sich auf einen Stuhl sinken, erschüttert vom Anblick der sterbenden Blumen. Sie waren von Dan. Er schickte ihr fast jede Woche Blumen, wenn sie nicht zusammen sein konnten, und dies wäre sein letzter Strauß für sie als seine Freundin gewesen. Vermutlich waren sie versehentlich an die Fenwicks geliefert worden, worauf Rachel, die einzige Person mit einem Schlüssel, sie hierhergebracht hatte.

Sie schluchzte auf, packte das schlaffe Bouquet und stopfte es in den Mülleimer. Jetzt ließ er sich nicht mehr schließen, aber aus irgendeinem Grund versuchte sie trotzdem, den Deckel zuzudrücken. Irgendwann gab sie es auf und stolperte mit pochendem Schädel zu ihrem Stuhl zurück. Ihre Glieder fühlten sich matt an, als könnten sie jeden Moment nachgeben. Jeannie litt, und das Haus hallte von ihrer inneren Leere wider.

Kopf hoch, ermahnte sie sich und dachte an Schwester Kates Rat, auf sich aufzupassen. Lass dir ein Bad ein. Nach einem Bad sieht die Welt schon wieder besser aus.

Das war eines der ersten Dinge, die Jeannie an ihrem neuen Cottage gemocht hatte: die tiefe Badewanne, die genug Platz für zwei Personen bot. Seit dem Morgen ihrer Hochzeit hatte sie kaum noch geduscht, und die Aussicht auf ein langes heißes Bad trieb sie mit den letzten Energiereserven die Treppe hoch.

Sie drehte die Wasserhähne auf und goss großzügig von ihrem guten Badezusatz in die Wanne. Dann ging sie ins Schlafzimmer, um ein Handtuch zu holen. Dan hatte das Haus am Tag vor der Hochzeit als Letzter verlassen, und die intimen Spuren seiner letzten Handgriffe ließen Jeannie innehalten. Sein Bademantel, den er über einen Stuhl geworfen hatte, dann die geöffnete Packung mit den Lebertran-Kapseln, die neben ihrem Notizbuch für Song-Ideen auf dem Nachtschränkchen lag. Dies war ihr erster gemeinsamer Raum. Es fühlte sich immer noch seltsam an, dass sich Dans Sachen mit ihren vermischten. Aber sie war hier, und er …

Sie kniff die Augen zusammen und sagte sich, dass schon alles gut werden würde, dann nahm sie ein Handtuch und ging ins Bad zurück.

Herrlicher Schaum hatte sich gebildet. Jeannie steckte den Finger hinein, um zu prüfen, ob das Wasser auch nicht zu heiß war. Aber es war eiskalt.

Wie bitte? Sie schob die Hand vollständig hinein und schnappte angesichts der Eiseskälte nach Luft, dann fiel es ihr plötzlich wieder ein: Dan hatte das heiße Wasser abgestellt, da sie ja zwei Wochen in den Flitterwochen sein würden, und sie hatte keine Ahnung, wie sie es wieder anstellen konnte.

Und nun war Dan nicht mehr da, um ihn zu fragen. Vielleicht würde sie ihn nie wieder fragen können.

Alles geriet ins Wanken. Jeannie rutschte an der Badezimmerwand hinab, jeder Energie beraubt. Sie hielt sich mit ihren feuchten Händen die Augen zu und versuchte, alles außer ihrem Herzschlag auszublenden.

Jemand klopfte an die Hintertür, aber sie ignorierte es. Sie konnte jetzt mit niemandem reden, selbst wenn es gut gemeint war. Besonders, wenn es gut gemeint war.

Das Klopfen verstummte, und die Tür öffnete sich, was Jeannie nicht überraschte, da sie schließlich ihr Leben lang auf dem Land gelebt hatte. Eine Frau rief: »Hallo? Hallo, Jeannie? Hier ist Rachel. Ich wusste nicht, ob Sie Milch für Ihren Tee haben. Wenn Sie mögen, kann ich welche auf die Treppe stellen.«

Die Frau von Dans Chef. Ihre Vermieterin. In Jeannies Kopf erklang unaufgefordert Sues Stimme und ermahnte sie: Sei nicht unhöflich, Jeannie.

Sie erhob sich schwerfällig und ging nach unten.

Die Hintertür öffnete sich von der Küche auf einen kleinen Rasen. Dahinter führte ein Fußweg zum Haupthaus und auf der anderen Seite durch die Felder in die Stadt. Auf der Schwelle stand eine Frau mit dunklen Haaren, die an der Schläfe von silbernen Strähnen durchzogen waren. Hinter der Frau wartete ein uralter Hund, ein Border Collie mit blauen Augen. Er war so alt, dass sein schwarz-weißes Fell zu einem hellen Grau verblasst war. Die Intensität, mit der er sie anschaute, passte nicht zu seinem verhangenen Blick. Er schien ebenfalls Mitleid mit ihr zu haben.

»Tut mir leid, dass ich störe«, sagte Rachel entschuldigend. »Aber ich sah das Licht in der Küche und dachte, Sie brauchen vielleicht etwas, um sich Tee kochen zu können.« Sie hielt eine Milchflasche, ein Paket Kekse und ein Brot hoch. »Mir ist schon klar, wie das ist. Sie werden sicher allein sein wollen. Ich lasse Ihnen das einfach da und verschwinde wieder. Tut mir leid, dass ich es nicht eher gebracht habe. Diese Blumen habe ich reingelegt, sie lagen Samstagmorgen vor der Tür, aber … O Gott, Jeannie, es tut mir so leid.«

Jeannie wischte sich unbeholfen übers Gesicht. »Ich denke immer, ich habe gar keine Tränen mehr, aber …«

»Ich koche Ihnen eine Tasse Tee, dann gehe ich wieder. Falls Sie mögen.« Rachel legte das Brot auf den Tisch und umarmte sie schnell. »Es macht Ihnen doch nichts aus, wenn Gem mit hereinkommt, oder?«

Jeannie schüttelte den Kopf und sah zu, wie der Collie hinter seiner Besitzerin durch die Küche schlich, die Pfoten vollkommen lautlos auf den Fliesen. Er neigte den Kopf, schnüffelte und begab sich dann träge zu dem alten Sofa neben dem roten Aga-Herd. Nach kurzem Zögern, bei dem er die Höhe einzuschätzen versuchte, sprang er hinauf und rollte sich zu einer Kugel zusammen. Der Sprung war eine Herausforderung für seine alten Knochen, aber er gab immer noch keinen Laut von sich, ein Gespenst seiner selbst.

»Wie lange sind Sie denn schon zurück?« Rachel suchte in den Schränken nach Teebeuteln. »Haben Sie unsere Telefonnummern? Ich habe Ihrer Mutter gesagt, dass Sie uns anrufen sollen, wenn Sie aus dem Krankenhaus abgeholt werden müssen.«

»Die sind in Dans Handy gespeichert.« Jeannie hielt inne. Wo war Dans Handy? Das war eine gute Frage. Hatte Owen es? Eine ominöse Angst machte sich in ihrem Magen breit.

»Rufen Sie uns an, wann immer Sie uns brauchen, und das meine ich auch so.« Rachel nahm eine Werbesendung und kritzelte etwas auf die Rückseite. »Sie wissen ja, wie das mit Tierärzten so ist. Wir sind es gewohnt, zu jeder Tages- und Nachtzeit angerufen zu werden. Bitte sagen Sie nicht, dass Sie heute Abend mit dem Zug heimgekommen sind.«

»Owen hat mich gebracht, Dans Trauzeuge.«

»Haben Sie schon etwas gegessen? Etwas Richtiges, meine ich.«

»Na ja, schon eine Weile nicht mehr.«

Das Wasser kochte, und Rachel goss den Tee auf. Dann drehte sie sich zu Jeannie um, die Hände in die schmalen Hüften gestützt. »Sie können das Angebot gerne ablehnen«, sagte sie eindringlich, »aber wollen Sie nicht vielleicht mit zu uns kommen, damit ich Ihnen etwas zu essen kochen kann? Und was ist mit sauberer Kleidung? Soll ich etwas für Sie waschen?«

Jeannie schüttelte den Kopf. Ihre Kleidung steckte noch irgendwo in einem Koffer, sortiert nach Sachen für Sightseeing und solche für Ausgehnächte. Mit dem

Kopf war sie immer noch im Krankenhaus, die Aufmerksamkeit auf Veränderungen in Pieptönen und Linien gerichtet. Und ihr Herz … wo war das? Sie fühlte sich wie die Assistentin eines Zauberers, der Kopf hier, der Körper dort, ein Schwert durch die Körpermitte gejagt.

»Ich wollte mir ein heißes Bad einlassen, aber das Wasser wurde nicht heiß«, sagte sie und zeigte in Richtung Treppe. »Ich wollte nur …« Sie spürte, wie ihr Mund zitterte. »Ich hätte wirklich gerne ein Bad genommen.«

Rachel begriff. »Trinken Sie Ihren Tee. Und dann kommen Sie mit zu uns und lassen es sich gefallen, dass sich mal jemand um *Sie* kümmert.«

Jeannie war Dans neuem Chef und seiner Frau nur einmal kurz am Tag ihres Einzugs begegnet. Die Fenwicks waren gerade im Aufbruch zu einem ihrer seltenen Urlaube gewesen, einem Kurzurlaub zu ihrem fünften Hochzeitstag.

Rachel führte Jeannie in ihrem neuen Zuhause herum, während George mit Dan in der Praxis war, um ihm seine Kollegen und die Krankenschwestern vorzustellen. Sie war ziemlich redselig. Nach zehn Minuten wusste Jeannie bereits, dass Rachel das Tierheim geerbt hatte, obwohl sie in ihren vielen Jahren in London nicht einmal einen Kaktus besessen hatte, und dass ihr zehnjähriger Sohn Fergus während ihrer Abwesenheit bei seinen Freunden in der Stadt bleibe. Jeannie solle sich, so Rachel weiter, ein paar altmodische Gummistiefel kaufen und ihre schwarzen Klamotten wegen der Hundehaare lieber wegschmeißen – die würden sich nämlich an Stellen festsetzen, von denen man es nicht erwarten würde.

»Wir sehen uns bei der Hochzeit!«, rief Rachel und lehnte sich aus dem Fenster, als George den Motor hochjagte und murrte, dass sie spät dran seien. »Rufen Sie an, wenn Sie etwas brauchen. Und was auch immer Sie tun, lassen Sie sich nicht …«

Wie auch immer Rachels Rat lautete, er ging im Geräusch der aufspritzenden Kiesel unter, als George davonschoss. Auf dem Küchentisch fand Jeannie noch einen Blumenstrauß. Er stand bereits in einer Vase, sodass sie nicht in den Umzugskisten nach einer kramen musste. Auf einer beiliegenden Karte wünschten ihnen die Fenwicks viel Glück in ihrem neuen Heim. Rachel war reizend. Sogar Bier hatte sie in den Kühlschrank gestellt.

»Da wären wir. Entschuldigen Sie bitte das Chaos«, sagte Rachel und öffnete die Haustür. »Diese Woche hatten wir einen ständigen Wechsel im Tierheim, daher hinke ich mit der Hausarbeit ein wenig hinterher. Andererseits sieht es hier nie viel besser aus, wenn ich ehrlich bin. Aber jetzt erst einmal zum Wesentlichen: Ich lasse Ihnen ein Bad ein …«

Jeannie schaute sich in der hellen Vorhalle um, die nach Bohnerwachs und Toast roch. Auf einer Eichenholzanrichte stand eine Vase mit weißen Lilien, und auf der Veranda reihten sich mehrere Paar Gummistiefel aneinander, nach Größe sortiert. An den Wänden und an der herrlichen Eichentreppe hingen Fotos in modernen schwarzen Rahmen: Rachel, George, ein kleiner Junge – vermutlich Fergus –, etliche Tiere, von Hunden über Pferde bis hin zu Meerschweinchen, dazwischen alte sepiafarbene Familienporträts in entsprechenden Rahmen – als hätte man sämtliche Clanmitglieder zusammengetrommelt, um über ihre ausgeprägten Nasen hinweg auf die Besucher hinabzuschauen.

»Das ist im Wesentlichen meine Familie.« Rachel wies auf die Bilder, als sie die Treppe hochstiegen. »Tante Dot, Mum und Dad, meine Schwester Amelia – unschwer zu erkennen am Rüssel der Mossops. Die Frauen scheinen noch schlimmer damit gestraft zu sein als die Männer ...« Sie zeigte auf eine Gruppe von blonden Hünen in karierten Hemden, die alle gleichermaßen in die Kamera grinsten und ihre Zähne zeigten – von einem finster dreinschauenden Jungen mal abgesehen. »Die Fenwicks, ungefähr 1980. Sehr fruchtbar, tolle Zähne. Die ideale Bauernfamilie. Außer dass sie keine Sonne vertragen.« Sie stieg noch ein paar Stufen hoch und blieb dann neben einem Schwarz-Weiß-Porträt stehen. »Oh, und das sind wir. George und ich. Am Tag unserer Hochzeit.«

Es war ein wunderschönes Foto von zwei Menschen, die sich liebten. Der Fotograf hatte die Frischvermählten in einem unbeobachteten Moment vor der Kirche erwischt: Rachel, so dunkel und kantig wie jetzt, aber von großer Eleganz, hatte die Stirn auf Georges Schulter gelegt und hielt seine Hand, während George mit einem Ausdruck ungläubiger Zärtlichkeit auf seine Frau hinabsah, als könnte er sein Glück nicht fassen. Die Liebe der beiden war mit Händen greifbar.

»Das ist das schönste Hochzeitsfoto, das ich je gesehen habe«, sagte Jeannie.

Rachel strich über den goldenen Rahmen, der zwischen all den schwarzen Rahmen hervorstach. »Danke. Ich glaube, das Bild hält uns so fest, wie … wie wir sind.« Sie seufzte. »Aber egal … Was denn, Gem? Oh, und das ist seine Familie, natürlich.«

Der alte Collie war ihnen still gefolgt. Jeannie fiel auf, dass sich verschiedene Collies unter die menschliche Familie gemischt hatten. Für sie sahen sie alle gleich aus, aber für jene, die die Bilder eingerahmt hatten, galt das sicher nicht.

»Ich hole Ihnen Handtücher«, sagte Rachel und öffnete die Tür zum Bad. »Ich habe einen riesigen Wassertank einbauen lassen, als wir renoviert haben, ein Geschenk an mich selbst. Lassen Sie sich also richtig viel Wasser ein. Näher komme ich an ein Hotelbad im Moment nicht heran.«

»Ich werde nicht lange brauchen«, begann Jeannie. Ihr Gewissen sagte ihr, dass sie baden, sich anziehen, etwas essen und dann Andrea anrufen sollte, um sich nach Dan zu erkundigen. Und sich schließlich überlegen, wie sie am nächsten Morgen zum Krankenhaus kommen sollte.

»Nehmen Sie sich so viel Zeit, wie Sie mögen! Fergus hat sich in sein Zimmer zurückgezogen, mit Proviant und einem Buch. Er dürfte also viele Stunden beschäftigt sein. George ist noch in der Praxis, irgendein Notfall wegen einer Katze. Niemand wird Sie stören.«

Die Türklinke bestand aus einer alten Messingkugel und fühlte sich unter Jeannies Fingern solide und beruhigend an. Das ganze Haus hatte etwas Beruhigendes, trotz des Chaos und Rachels unentwegtem Redefluss.

»Rufen Sie einfach runter, wenn Sie fertig sind, dann koche ich uns etwas.« Rachel nahm ein paar Unterhosen mit Eingriff von der Heizung, wo sie zum Trocknen aufgehängt waren. »Tut mir leid. Das Eheleben …«

Jeannie schloss die Tür und drehte die Wasserhähne auf. Das Wasser war heiß und beruhigend, und als sie in den duftenden Schaum glitt (Rachel hatte ein gut bestücktes Regal mit Toilettenartikeln), blieb ihr nichts mehr zu tun, als sich Mühe zu geben, nicht in einen dankbaren Schlaf zu sinken.

Von George und Fergus war keine Spur zu sehen, als Jeannie in der Yogakluft, die Rachel vor dem Badezimmer hinterlegt hatte, die Treppe zur Küche hinabstieg. Rachel stand mit dem Rücken zur Tür am Aga-Herd, rührte in einer Pfanne herum und führte dabei ein angeregtes Gespräch am Handy.

»… daher habe ich sie mit nach Hause genommen, um einen Tee zu trinken, das arme Mädchen. Jeannie macht gerade die Hölle durch. Sie ist ganz allein … Ja, ich weiß, dass du auch allein in der Praxis bist, aber das kann man ja wohl nicht vergleichen, oder? Dich erwartet ja nicht ein Hirnschaden oder ein Leben im Rollstuhl oder wer weiß was …«

Unter dem Deckel des Aga-Herds verbrannte der Toast, und als Rachel das Handy unters Kinn steckte und ihn umdrehen wollte, entdeckte sie Jeannie und riss verlegen die dunklen Augen auf.

Jeannie wollte sich wieder zurückziehen, aber Rachel winkte sie herein, zog einen Stuhl vom großen Tisch weg und fegte einen Stapel Zeitschriften beiseite: Exemplare der *Vet Times*, Kleiderkataloge und alte Ausgaben der *Longhampton Gazette*. Sie legte sie auf einen anderen Stuhl, worauf mit einem wütenden Jaulen eine Katze mit Schildpattfell aufsprang, was wiederum Gem aufweckte, der auf dem Fenstersitz ein Nickerchen hielt.

Jeannie setzte sich. In ihrer Eile hatte Rachel ein Exemplar der Lokalzeitung auf dem Tisch liegen lassen. Jeannie griff danach, drehte sie um und betrachtete die Titelseite. Ihre Kehle schnürte sich zusammen, als sie die Schlagzeile las.

*Rettungshubschrauber bei Horrorhochzeit.* Ein Foto von dem Hubschrauber war abgedruckt, außerdem erhaschte sie die Wörter »Bräutigam«, »Hochzeit« und »schnelle Eingreiftruppe«.

Rachel kam mit dem Toast, sah, was Jeannie da las, und schnappte sich die Zeitung. Mit zerknirschter Miene drehte sie sich um und warf sie in den Mülleimer, immer noch das Handy am Ohr.

»Ach so, mein Schatz? Wenn du ohnehin noch in der Praxis bist, kannst du mir dann medizinisches Shampoo mitbringen? Freda sagt, die armen Westies kratzen sich wie verrückt wegen der Milben.« Ihre geraden Augenbrauen zogen sich zusammen, dann verdrehte sie die

Augen. »Klar bezahle ich das. Nimm es vom Notfallkonto … Nun, dann nimm es eben von unserem gemeinsamen Konto. George, nun komm schon, ein bisschen Shampoo. Das wird dich nicht in den Ruin stürzen …«

Unter der Schürze mit der Aufschrift »Schlechteste Köchin der Welt« trug Rachel eine helle Chinohose, lässig über die Knöchel hochgekrempelt, und goldene Turnschuhe. Der ungezwungene Sommerschick schien direkt einer Zeitschrift entsprungen. Es war bezeichnend, dass Rachel es schaffte, inmitten der Tiere und des familiären Chaos eine saubere Hose zu tragen. Jeannie fragte sich, ob sie die Zeitung hinter Rachels Rücken wieder aus dem Mülleimer holen könnte, beschloss dann aber, dass sie das gar nicht wollte.

Rachel servierte die Eier und beendete dabei ihr Telefonat. »Gut, wir sehen uns in einer halben Stunde. Dreißig Minuten. Ich liebe dich«, fügte sie hinzu, aber es klang fast ein wenig reflexhaft.

»Keine Sorge«, fügte sie hinzu, als sie Jeannies Reaktion sah. »George wird noch Ewigkeiten brauchen. Sie werden sich bereits friedlich auf Ihrem eigenen Sofa zusammengerollt haben, bevor er auch nur den Kittel ausgezogen hat.« Beim Sprechen war sie an die Tür getreten und brüllte nun die Treppe hoch: »Fergus? Abendessen!«

Das leuchtend gelbe Rührei, das Rachel auf den Tisch gestellt hatte, sah verlockend aus, und der Duft des Toastbrots erinnerte Jeannie daran, dass sie nichts Vernünftiges mehr gegessen hatte, seit … seit dem Frühstück, das sie am Morgen ihrer Hochzeit hinuntergezwungen hatte. Drei Tage war das nun her.

»Rührei ist das Höchste, was ich zuwege bringe«, erklärte Rachel, füllte einen Teller und hielt ihn Jeannie hin. »George ist der Koch der Familie. Und Fergus. Der experimentiert gerne herum. Auf diese Weise stellt er auch sicher, dass er seine achttausend Kalorien am Tag bekommt.«

Noch während sie redete, kam ein großer Junge in die Küche geschlendert. Von der Größe her hätte Jeannie ihn auf älter als zehn geschätzt. Er hatte Rachels dunkle Augen und eine große Nase, aber seine Haare waren weizenblond. Auf seinem T-Shirt, das den Namenszug des Jungbauern-Theaters trug, war eine ziemlich schlechte Karikatur einer Kuh abgebildet.

»Jeannie, das ist Fergus. Ferg, das ist Jeannie. Sie wohnt jetzt im Dorothy Cottage, zusammen mit ihrem ...« Rachel zögerte und suchte nach den richtigen Worten. Dann sagte sie: »Mit Dan, der bei Dad arbeiten wird. Dan ist im ...«

Fergus warf ihr unter seinem Pony einen zaghaften Blick zu. »Klar, ich weiß. Die Mutter von Connor war in dem Bus. Sie hat Sie in Ihrem Hochzeitskleid gesehen, mit der Polizei und dem Krankenwagen und so.«

»Ferg!« Rachel wirkte entgeistert – aber nicht vollkommen überrascht. »Das reicht jetzt. Ein bisschen Einfühlungsvermögen bitte!«

Fergus schnappte sich seinen Teller und eine Gabel. »Entschuldigung, ich wollte nicht unhöflich sein. Ich hoffe, es geht ihm gut und alles?«

»Also wirklich …« Rachel tätschelte Jeannies Arm. »Tut mir leid, Jeannie. Er hat eine ziemlich direkte Art. Wie sein Vater.«

»Und wie du«, murmelte Fergus.

»Das ist schon in Ordnung«, sagte Jeannie. Wenn die Mutter dieses Connor es gesehen hatte, hatten alle es gesehen. Und alle würden darüber reden, immerhin stand es in der Zeitung. Daran würde sie sich einfach gewöhnen müssen. »Die gute Nachricht lautet, dass Dan stabil ist und allgemein Optimismus herrscht.«

»Das ist ja wunderbar«, sagte Rachel nervös. »Kannst du uns auch etwas Schönes erzählen, Fergus?«

»Dad behauptet, irgendein Verrückter in Hartley vergiftet Katzen mit Frostschutzmittel«, antwortete er und griff nach der Butterschale.

»Warum isst du nicht oben?« Rachel warf Jeannie einen verlegenen Blick zu. »Es tut mir so leid«, sagte sie. »Willkommen in Longhampton.«

# Kapitel 6

Rachel fuhr Jeannie am nächsten Morgen zum Bahnhof. Als sie kurz nach zehn die Intensivstation betrat, fand sie exakt dieselbe Szenerie vor, die sie zurückgelassen hatte.

Dan lag im Bett, das Gesicht teilweise von Schläuchen und Kanülen verdeckt, während um ihn herum ein Maschinenwald aufragte. Die Karten mit den Genesungswünschen auf dem Nachtschränkchen hatten sich über Nacht verdoppelt und drohten, als glitzernde Lawine voller positiver Gedanken zu Boden zu gehen.

Wer waren Adam und Erin, fragte sich Jeannie, als sie die erstbeste las. Oder Lydia, Larry, Oliver und Phoebe? Sie nannten ihn Danny, was darauf hindeutete, dass es sich um Freunde der Familie handelte, nicht um Kommilitonen von der Uni. Andrea würde es ihr sicher erzählen. Dann hätte sie schon etwas, das sie Andrea später fragen könnte.

Sie setzte sich auf den Stuhl, der dem Bett am nächsten stand, und strich vorsichtig mit dem Finger über Dans Hals. Kate hatte gesagt, sie könne gerne seine Hand halten, um ihn spüren zu lassen, dass sie da war. Aber da waren all diese empfindlichen Maschinen, die jede winzige Veränderung von Dans Zustand registrierten, und Jeannie hatte panische Angst, den Sensor zu stören, der den Hirndruck maß.

»Hallo, Dan«, sagte sie sanft. »Ich bin's. Wie geht es dir?«

Sie hielt die Luft an und verspürte gleichermaßen Angst und Hoffnung, dass Dan beim Klang ihrer Stimme mit flatternden Lidern die Augen aufschlagen könnte. Aber es kam keine Reaktion. Nicht einmal auf dem Monitor.

»Kate sagt, Musik würde dir vielleicht helfen, während du schläfst«, fuhr sie fort. »Daher habe ich eine Playlist mit deinen Lieblingssongs erstellt. Dann bekommst du mal etwas anderes zu hören als nur mein ständiges Gerede. Ich wette, du hast es satt, dass die Menschen dich vollquatschen, was? Wo du doch gar nicht mitreden kannst. Das muss dich wahnsinnig machen.«

Er antwortete nicht. Natürlich nicht.

»Dieser Song hier soll dich an unser Wochenende in Rom erinnern. Das war unser erster gemeinsamer Urlaub.« Jeannie schwenkte ihr Handy vor seinen Augen herum, nur für den Fall, dass er auf wundersame Weise durch die geschlossenen Lider schauen konnte. »Erinnerst du dich, wie wir durch die Vatikanischen Museen gegangen sind und in diesen Raum mit den Tierstatuen kamen? Du hast erklärt, die Hunde sähen aus, als hätten sie die Addinson'sche Krankheit, und diese Französin hat gesagt, du sollst den Mund halten.« Sie hielt inne. »Dann hat sie sich erkundigt, wie sie denn aussieht, die Addinson'sche Krankheit, worauf sich herausstellte, dass ihr Hund sie hat. Erinnerst du dich? Am Ende hat sie sich als ziemlich nett entpuppt ...«

Jeannie unterbrach sich. Sie wartete, dass Dan anbiss und seine eigenen Lieblingserlebnisse von diesem Wochenende zum Besten gab: die kulinarische Führung durch Trastevere, an der auch eine Familie aus Kanada und zwei Nonnen aus Dublin teilnahmen, dann die versteckte Bar in einer Seitenstraße, wo sie bis zwei Uhr nachts gesessen und Leute beobachtet hatten. Dan zog interessante Personen an wie ein Magnet, und er gab ihr das Gefühl, auch eine zu sein. So banal das klang, so etwas hatte Jeannie nie zuvor erlebt.

In Rom sind sie glücklich gewesen, da war sich Jeannie ganz sicher. Zusammenzukommen, sich zu verlieben, sich wechselseitig zu erkunden, als wären sie Touristen im Herzen des jeweils anderen – das waren glückliche Erinnerungen, an denen sie sehr hing.

Sie drehte die Lautstärke herunter, um die anderen Patienten nicht zu stören, und hielt Dan das Handy ans Ohr. Der erste Titel war *Perfect* von Ed Sheeran. Die einleitenden Klänge erfüllten ihre Brust mit der Sehnsucht nach einem Moment, der ein ganzes Leben zurückzuliegen schien.

Jeannie schloss die Augen und lauschte. Musik war eine Art Anker für sie. Die Songs bewahrten Situationen in ihrem Herzen, sodass sie die Momente immer wieder wachrufen konnte, egal wie viele Jahre und Gefühlswallungen über sie hinweggegangen sein mochten. Das Gefühl, sich zu verlieben, das ihren Kopf an jenem Wochenende gefüllt hatte, überkam sie jetzt mit derselben Intensität. Dan und sie mussten *Perfect* bestimmt fünf, sechs Mal gehört haben, in lauter verschiedenen Sprachen, bis es ein Running Gag wurde: In welcher Sprache würden sie es als Nächstes hören? Fragmente des langen Wochenendes blitzten wieder auf: die Airbnb-Wohnung in der Nähe des Pantheons mit den Fensterläden und der Leinenbettwäsche, die vibrierenden Energieströme in ihren Fingerspitzen und Lippen, die Vorwände, um vor Sehenswürdigkeiten Selfies zu machen – und die ständige unterschwellige Freude, dass es Dan genauso ging wie ihr. Sie flogen förmlich, flogen in jeder einzelnen Sekunde auf eine Zukunft zu, die sich ganz anders darstellte, als Jeannie es erwartet hätte: farbiger, intensiver, romantischer. Auf so eine Liebe hatte sie ihr ganzes Leben lang gewartet, obwohl Edith immer gespottet hatte, dass es so etwas nicht gebe.

Die Erinnerung war so unerträglich, dass Jeannie den Song schon wieder abstellen wollte. Aber sie sagte sich, dass sie ihr nachspüren musste, dass *Dan* ihr nachspüren musste, daher ließ sie die Küsse und die Aperol Spritz und den Geruch der Nacht auf den Wellen der Melodie durch ihren Körper gleiten.

Jeannie betrachtete das wunderschöne schlafende Gesicht und fragte sich, ob hinter Dans Lidern dieselben Erinnerungen feuerten. Bislang hatte sie nicht viel Gelegenheit gehabt, Dan schlafen zu sehen. Eine davon war in Rom gewesen. Sie hatte auf der Seite gelegen, hatte zugesehen, wie das Morgenlicht über seine glatte Haut wanderte, und gedacht, dass er wie eine der Marmorskulpturen in den Vatikanischen Museen aussah. Konnte die Musik ihn mit sich reißen und wie ein Seil aus dem Dunkel trüber Gewässer ins Bewusstsein zurückziehen?

»Und, wie geht's uns hier drinnen?« Kate steckte den Kopf um den Vorhang herum. »Ah, gute Idee, ein bisschen Musik. Haben Sie Andrea gesehen, als Sie gekommen sind? Sie wollte nur schnell einen Tee trinken gehen.«

Jeannie schüttelte den Kopf und stellte die Musik langsam leiser, bis sie verstummte. Sie war sich nicht sicher, ob sie den Song mit Andrea teilen wollte. Das fühlte sich zu persönlich an. »Keine Veränderungen über Nacht?«

»Nein, aber er ist stabil. Er nimmt sich die Zeit, die er für seine Erholung braucht. Sie wissen ja, wie die Menschen sind.« Kate kontrollierte mit ihrer winzigen Lampe Dans Pupillenreflex, ein klinischer Handgriff, den Jeannie immer noch nicht mit anschauen konnte. »Würden Sie so lieb sein, mir das Klemmbrett dort zu geben?«

Als Jeannie danach griff, entdeckte sie einen Stapel Papiere darunter: Internetberichte über Wunderheilungen – Patienten, die nach grauenhaften Verkehrsunfällen monatelang im Koma lagen, um dann völlig normal wieder aufzuwachen, von einem plötzlichen walisischen

Akzent oder der neuen Fähigkeit, in zwanzig Meilen Entfernung Äpfel zu riechen, einmal abgesehen. Auf der ganzen Welt gab es solche Geschichten, die alle gleich lauteten: Wir dachten, wir hätten Brad/Maureen/Rajeev/Dad verloren, und die Ärzte sagten, sie hätten alles getan, was in ihrer Macht steht, aber eines Morgens saß er/sie kerzengerade im Bett/redete spanisch/fragte nach den Spielergebnissen.

Jeannie fühlte sich unbehaglich. Andrea hatte Beweise für die Existenz von Wunderheilungen gesammelt, während sie selbst gegoogelt hatte, welche dauerhaften Schäden Kopfverletzungen nach sich ziehen konnten. Andreas bedingungslosen Optimismus würde sie gerne teilen, aber die lange Rekonvaleszenz ihrer Mutter hatte die ganze Familie gelehrt, dass es besser sei, das Beste zu hoffen und mit dem Schlimmsten zu rechnen. Minimale Verbesserungen wurden somit zu kleinen Triumphen.

»Kommt so etwas wirklich vor?«, fragte sie die Schwester und zeigte ihr die Ausdrucke. »Besteht die Möglichkeit, dass Dan aufwacht, als wäre nichts geschehen?«

Kate, die gerade Dans Karte ausfüllte, hielt inne und dachte nach. »Das kommt schon vor. Aber es passiert eher selten, besonders wenn der Patient länger als ein paar Tage im Koma liegt. Das soll natürlich nicht heißen, dass es unmöglich ist!« Sie schenkte Jeannie ein strahlendes Lächeln. »Es ist ein langer Weg, was auch immer passiert. Aber Dan zeigt positive Anzeichen. Lassen Sie uns darauf konzentrieren.«

Nachdem sie gegangen war, stellte Jeannie die Musik wieder lauter. Sie wollte noch einen Song spielen, bevor Andrea zurückkehrte: *Ho Hey* von den Lumineers. Sofort plumpste ihr Herz in ihrem Brustkorb herab: Der Text sagte alles, was sie in den wenigen Monaten ihrer Liebe gefühlt hatte: dass das wahre Leben, auf das sie immer gewartet hatte, zusammen mit Dan endlich gekommen war. Sie war so glücklich gewesen. Sie waren beide so glücklich gewesen.

Was ist nur schiefgelaufen? Jeannie schaute hilflos auf Dan hinab. Wann hatte sich der Zauber verflüchtigt?

Andrea erschien an der Tür zur Intensivstation, eine Tasse Tee und eine Zeitschrift in der Hand, und winkte ihr zu.

In Jeannies Kopf machte es klick. In dem Moment, als sie angefangen hatte, Brautmagazine zu lesen, dachte sie. Als sie beide sich in die Hochzeitsvorbereitungen gestürzt hatten. In dem Moment hatten Dan und sie aufgehört, sich ernsthafte Fragen zu stellen, weil es ein bisschen peinlich war, seinen Verlobten zu fragen, ob er an den Himmel glaubte und was seine Lieblingsjahreszeit war. Stattdessen hatten sie über Huhn versus Lachs und den ersten Tanz geredet.

Der Tag, an dem Dan ihr den Heiratsantrag gemacht hatte, war der Tag, an dem sie aufgehört hatten, sich kennenzulernen. Fünf Monate nach ihrer ersten Begegnung.

Jeannies Verstand raste, als Andrea auf Zehenspitzen durch die Station schlich und die Leute stumm grüßte.

Jetzt hatte sie Gelegenheit, das nachzuholen. Sie hatte

Zeit, mit Andrea und Owen zu reden und darüber nachzudenken, welche Fragen sie Dan und sich selbst gerne stellen würde. Bevor Dan aufwachte, könnte sie die Leerstellen in ihrem Herzen füllen und so vielleicht die würgende Panik vertreiben, die sie bei dem Gedanken, einen Fremden zu heiraten, unwillkürlich ereilte. Dann könnten sie einen Neustart versuchen.

Jeannie nahm das Handy von Dans Ohr, steckte es behutsam in die Tasche und beugte sich vor, um die Genesungskarten vom Nachtschränkchen zu nehmen.

»Hallo, Andrea!«, sagte sie und lächelte, als seine Mutter sich näherte. »Kannst du mir sagen, wer Adam und Erin sind?«

Dem erfreuten Gesichtsausdruck nach zu schließen hätte sie keine bessere Frage stellen können. Es gab wirklich nichts, worüber Andrea lieber redete als über ihren Danny.

Jeannie kaufte am Blumenstand am Bahnhof ein paar duftende Strauchrosen, bevor sie den Bus nach Hause nahm. Sie wollte sich bei Rachel dafür bedanken, dass sie ihren sündhaft teuren Badezusatz benutzen durfte – und auch für die acht Stunden Schlaf danach.

Der Bus hielt direkt vor dem Tierheim von Four Oaks. Als Jeannie auf den Hof trat, entdeckte sie Rachel sofort. Sie stand bei einem Landrover und redete mit einer deutlich kleineren grauhaarigen Frau in einer roten Fleecejacke. Rachel war offenbar aufgebracht, und die andere Frau tätschelte ihren Arm, um sie zu beruhigen.

Als Jeannie näher kam, konnte sie aus dem Heck des Landrovers ein schwaches Winseln hören. Es war ein scharfer, ängstlicher Laut, der ihr durch Mark und Bein ging.

Rachel fuhr sich mit der Hand durchs dunkle Haar, was die silbernen Strähnen aufblitzen ließ. Ihr Gesicht war von zornigen Tränen verschmiert. »Was stimmt nur nicht mit den Leuten?«, fragte sie gerade. »Ich begreife einfach nicht, wie ein menschliches Wesen so grausam sein kann.«

»Deshalb war die Polizei ja auch da. Nicht um sich diesen Typen vorzuknöpfen, sondern um mich davon abzuhalten, ihm etwas anzutun.« Die Miene der anderen Frau war grimmig. »Aber egal, wir haben sie herausgeholt. Er ist auf der Polizeiwache, und wir können loslegen. Wir sollten sie waschen und füttern, dann wird es uns schon besser gehen.«

»Rachel? Rachel!« Jeannie lief über den Hof. »Ist alles in Ordnung?«

Rachel fuhr herum, um eine neutrale Miene bemüht. »Oh, hallo, Jeannie. Dies ist Debbie – Debbie, Jeannie, Jeannie, Debbie –, sie ist für die Rettung von Tieren verantwortlich. Wir kommen soeben von einem Hof, den die Polizei in Zusammenarbeit mit dem Stadtrat geräumt hat.«

»Was für ein Hof?«

»Eine illegale Welpenfarm. Ich habe einen ganzen Kofferraum voller Welpen und Hundemütter.« Debbie nickte zu dem Landrover hinüber. »Wir haben alles mitgebracht, was wir in die Kisten bekommen haben. Eine weitere Ladung ist zum Tierheim in Much Harlowe gegangen. Einer unserer Tierärzte war mit und hat gesagt, dass er so etwas Schreckliches schon seit vielen Jahren nicht mehr gesehen habe. Etliche Hunde musste er einschläfern.«

»Was?« Jeannie war entsetzt.

Rachel schüttelte den Kopf und presste die Lippen zusammen. »Es war grauenhaft, Jeannie. So ein Drecksloch. Debbie hat uns schon öfter gerettete Hunde gebracht, aber es ist das erste Mal, dass ich es mit eigenen Augen gesehen habe. Wenn man die Versprechungen dieses Manns auf seiner Website liest und dann sieht, wo er die Welpen tatsächlich unterbringt …«

»Er wird seine verdiente Strafe bekommen«, erklärte Debbie knapp.

»Kann ich irgendetwas tun?« Jeannie hätte Rachel am liebsten in den Arm genommen, so verzweifelt wirkte sie. »Wie kann ich helfen?«

»Oh, nein, nein – du hast schon genug am Hals.« Rachel wandte sich an Debbie. »Jeannies Freund ist unser neuer Tierarzt, Dan. Er hatte einen Unfall und liegt im Krankenhaus …«

Jeannie unterbrach sie. »Das ist genau der Grund, warum ich gerne helfen würde. Dan kann ich nicht helfen, und ich brauche etwas, um mich abzulenken.« Sie wandte sich an Debbie. »Was kann ich tun? Es klingt fast so, als könnten Sie noch ein paar helfende Hände brauchen.«

»Na ja, wir haben über zwanzig Hunde da drin. Sie müssen alle gewaschen, getrocknet und gefüttert werden«, sagte sie munter. »Über alles andere können wir uns später Gedanken machen.«

»Wo kommen sie denn hin?«, erkundigte sich Jeannie. »Ist hier genug Platz?« Plötzlich hatte sie die Vision, dass Rachel das Cottage für die Unterbringung von Hunden freigeben könnte. Vielleicht war es ja Teil des Mietvertrags mit den Tierärzten.

Rachel riss sich zusammen und schob ihren kräftigen Kiefer vor. Kurz vermeinte Jeannie, die strenge ältere Dame zu sehen, die auf den Fotos an der Treppe der Fenwicks abgelichtet war. »Wir werden schon Platz schaffen. Im Prinzip sind wir voll belegt, aber irgendwie schaffen wir es immer.«

»Wunderbar.« Debbie tätschelte sie dankbar, als wäre sie ein großer Hund. »Ich wüsste nicht, was wir ohne dich tun sollten. Sie hat uns schon so oft geholfen, die liebe Rachel«, fügte sie an Jeannies Adresse hinzu. »Hunderten von Hunden hat sie ein neues Zuhause verschafft, seit sie das Tierheim übernommen hat. Sie ist wirklich ein Schatz.«

Das Jaulen wurde lauter. »Ich hätte etwas unternehmen müssen.« Rachel schaute zu Boden, dann schüttelte sie sich. »Ich hatte ja keine Ahnung … Also los, ich muss mich auf andere Gedanken bringen.«

Die Hunde, die aus der Heckklappe auftauchten, hatten keinerlei Ähnlichkeit mit den Hunden, denen Jeannie in ihrem Leben begegnet war. Man sah nur stumpfe, verängstigte Augen in einer Masse dreckigen, ungepflegten Fells.

Drei Kisten mit übel riechenden Hunden gab es, großen und vor allem sehr, sehr kleinen. Sie stanken nach unverdauter Nahrung, Exkrementen und Angst. Die Mütter – reinste Zuchtmaschinen, erklärte Debbie ihr kurz – waren abgemagert und scheu, als hätten sie noch nie einen Menschen gesehen. Oder wenn, dann nur solche, vor denen man sich in Acht nehmen musste. Der Tierarzt hatte den Welpen Markierungen aufs Fell gesprüht, um sie bestimmten Würfen zuzuordnen. Als Debbie und Rachel die zappelnden Welpen hochzuheben versuchten, jaulten die Mütter auf und wollten sie daran hindern. Aber sie waren zu schwach und zuckten unentwegt wegen der Flöhe. Es gab eine getigerte Staffie-Dame mit breitem Schädel, eine schmutzige Pudeldame und eine Border-Collie-Dame, die nichts als eine Ansammlung von Hüftknochen und Knoten zu sein schien.

Rachel kümmerte sich ruhig, aber effizient um die Hunde, aber als der Collie an der Reihe war, sah Jeannie, dass ihre Schultern herabsackten. Zärtlich legte sie ihre Hand auf das verfilzte Fell, sanfter noch als bei den anderen, und ging dann in die Hocke, um der Hündin etwas ins zuckende Ohr zu flüstern.

»Wir nehmen uns immer einen ganzen Schwung vor, angefangen bei den Staffies«, sagte Debbie und öffnete einen Schuppen gegenüber den Käfigen, in dem Rachel die Hunde sonst wusch. »Dabei müssen wir darauf achten, dass die Mutter die Welpen sieht, sonst springt sie uns aus dem Becken.«

Sie hielten die sich windende Staffie-Dame in einem tiefen Spülbecken fest und wuschen ihr mit warmem

Wasser den Dreck aus dem Fell, während ihre Welpen in einem mit Zeitungen ausgelegten Wäschekorb zappelten. Die Mutter zitterte unter ihren Händen und klemmte den Schwanz unterwürfig unter ihre ausgeleierten Zitzen. Debbie dachte, dass sie gerade erst aufgehört habe, ihre Welpen zu säugen. Die waren vermutlich ungefähr vier Wochen alt. »Der Tierarzt wird aber einen Blick darauf werfen müssen, weil sie nicht so sind, wie sie sein sollten«, sagte sie. Jeannie streichelte der Hündin den Kopf und murmelte so besänftigend wie möglich auf sie ein, während Rachel ihren abgemagerten Körper und die übel riechenden Ohren reinigte. Die Hündin wandte nie ihre tränenden braunen Augen von dem Korb ab, selbst dann nicht, als Rachel sie sorgfältig auf Verletzungen hin untersuchte.

»Jeannie, kannst du ins Büro gehen und ein paar Schüsseln und irgendetwas zu fressen holen, was auch immer an stärkender Nahrung dort lagert?« Rachel kramte in ihrer Gesäßtasche nach dem Schlüssel. »Sie muss etwas auf die Rippen bekommen, das arme Mädchen.«

»Stärkende Nahrung?« Jeannie war verunsichert. »Steht das denn drauf?«

»Ja. Sie liegt im Tierfutterregal. George hat uns ein paar beschädigte Packungen überlassen. Solltest du nicht fündig werden, gehe ich in die Praxis und hole etwas. Dies ist schließlich ein Notfall.«

»Gerne«, sagte Jeannie, die froh war, dass Rachel sichtlich wiederauflebte. Besonders froh war sie aber, aus dem Raum herauszukommen. Weniger wegen des

Gestanks der verwahrlosten Hunde als wegen dieses Ausdrucks der Angst in den Augen der Hündin und der Vorstellung, was diese Tiere erlitten haben mussten, dass sie vor Menschen eine solche Panik hatten. Die Unterwürfigkeit war herzzerreißender, als jede Aggressivität es zu sein vermochte.

Als Jeannie mit lauter Packungen im Arm zurückkehrte, roch es bereits frischer, nach heißem Wasser und medizinischem Shampoo. Rachel und Debbie hatten die Hündin bereits abgetrocknet und in eine Metallkiste gelegt. Nun reinigten sie die Welpen, immer zwei auf einmal.

»Braves Mädchen«, sagte Rachel. Jeannie war sich nicht sicher, ob sie mit ihr oder ihrem Hund sprach. »Jeannie, kannst du ihr etwas zu fressen geben? Ausnahmsweise einmal soll sie hier drinnen fressen, damit sie ihre Welpen sehen kann.«

Jeannie öffnete eine Dose, kratzte den Inhalt mit einer Gabel in eine Schüssel und stellte sie der Staffie-Hündin hin. Die wäre fast mitsamt ihrer Kiste umgestürzt, um dranzukommen. Während sie ihr Fressen verschlang, ließ sie ständig den Blick nach rechts und links huschen, als könnte man ihr die Schüssel wieder wegnehmen. Zwischendurch schaute sie immer wieder zum Spülbecken mit den Welpen hinüber.

»Armes Mädchen, hast du nicht einmal einen Namen?«, fragte Jeannie. Selbst Debbie, die ziemlich abgebrüht wirkte, blinzelte gegen die Tränen an.

»Was schätzt der Tierarzt, wie alt sie ist?«, fragte Rachel.

Debbie fuhr sich über ihre silbrigen Stoppelhaare. »Keine zwei Jahre. Und dies ist keinesfalls ihr erster Wurf. Sie ist selbst noch ein Kind.«

Sie ließen die entsetzliche Tatsache sacken. Stumm standen sie da und sahen zu, wie die Hündin die Schüssel ausleckte und sie in dem Versuch, auch noch das letzte Fitzelchen zu erhaschen, über den Steinboden schob.

»Jetzt ist sie jedenfalls in guten Händen«, sagt Rachel. »Nun beginnt ihr wahres Leben. Ihr Name lautet Sadie.«

»Lady Sadie«, sagte Jeannie, denn genauso sah sie aus.

Eine Stunde später hatten Jeannie und Debbie sämtliche Welpen gebadet, während Rachel die zitternde Collie-Mutter wusch. Sorgsam schnitt sie die Knoten ab, wo sie mit dem Kamm nicht durch das verfilzte Fell kam. Die ganze Zeit über murmelte sie sanft vor sich hin, bis Jeannie den Eindruck gewann, dass sich die Hündin ganz, ganz vorsichtig an Rachel lehnte. Vielleicht hoffte sie das auch nur.

Sie brachten die Familien in provisorischen Zwingern unter: die Staffies in mit Handtüchern ausgekleideten Kisten, die Collies im Waschraum und die Pudel in einer stillen, mit Brettern abgetrennten Ecke im Hauptgehege. Insgesamt waren es zwanzig Hunde, weniger als ein Drittel der Hunde, die man dem Züchter abgenommen hatte. Gott sei Dank waren Freda und Ted, die beiden ehrenamtlichen Helfer, die mit anderen Hunden spazieren gegangen waren, mittlerweile zurück und widmeten sich dem matten Fell der Pudel, da sie sich mit dieser Rasse auskannten. Freda badete die Welpen, so gut sie es vermochte, während Ted geschickt mit der Schere hantierte und die schlimmsten Knoten abschnitt, damit sie die Mutter waschen konnten.

»Was werdet ihr mit ihnen tun?«, erkundigte sich Jeannie, als Rachel im Büro Papierkram erledigte. »Bekommen sie ein neues Zuhause?«

»So einfach ist das nicht.« Rachel biss sich auf die Lippe und kreuzte weitere Kästchen an. »Man hat schon öfter Hündinnen mit Würfen hier abgeliefert. Diese armen Dinger ... Sie haben die verschiedensten Probleme. Sie haben keine Erziehung genossen, haben panische Angst vor Männern, gehen nicht an der Leine, leiden oft unter körperlichen Gebrechen, weil sie ihr ganzes Leben lang in einem Steinverschlag gelegen haben ...«

In der Kiste mit den Staffie-Welpen wuselte eine einzige quiekende, dickbäuchige Masse, die von der Mutter aus der relativen Ruhe des angrenzenden Käfigs betrachtet wurde. Obwohl sie noch etwas zu fressen bekommen hatte, wirkte Lady Sadie immer noch erschöpft.

»Dürfte es bei den Welpen nicht leichter sein, ein Zuhause für sie zu finden?«, fragte Jeannie.

»Unbedingt, ja. Die Leute wollen immer Welpen.« Rachel lachte hohl. »Sie erholen sich ziemlich schnell, aber sie brauchen Betreuung, Sozialisierung, Wurmkuren und vernünftiges Essen, bevor man sie auf die

Menschheit loslassen kann. Und die Mütter müssen sterilisiert und aufgepäppelt werden. George wird sie untersuchen müssen, um sicherzustellen, dass es keine größeren Probleme gibt …« Sie seufzte und klopfte sich frustriert mit dem Stift gegen die Schläfe. »Das ist ziemlich teuer, und wir arbeiten bereits mit Verlust. Aber was soll ich machen? Ich würde sie niemals im Stich lassen. Da werde ich wohl wieder an George herantreten müssen.«

»Das ist doch toll, dass er euch so unterstützt«, sagte Jeannie. »Dan hat mir erzählt, dass er neben seinem Beruf auch noch ein paar Stunden ehrenamtlich hier arbeitet. Für mich könnte ich mir das übrigens auch vorstellen.«

»Ja, George hat uns immer unglaublich geholfen.« Rachel seufzte. »Aber …« Sie hielt inne.

»Aber was?«

»Nichts.« Rachel schaute stirnrunzelnd auf ihren Laptop, dann verzog sie selbstironisch das Gesicht. »George ist wunderbar. Er hat dem Hundeheim schon vor meiner Zeit aus der Patsche geholfen, Gott segne seine mürrische Seele. Es ist einzig und allein mein Fehler, dass wir solche Probleme haben. Aber wir werden schon irgendwie klarkommen.« Sie sah auf. »Das ist vermutlich die Krux an der Ehe – in guten wie in schlechten Zeiten. Für Letzteres sorgt in unserem Fall das Heim.«

# Kapitel 7

Zwei Dinge verhalfen Jeannie durch die zähen Tage an Dans Bett: Schokolade bis zum Abwinken von ihren Eltern und Owens beharrlicher Kampf gegen den Wirbelwind an Informationen.

Jüngstes Beispiel dafür, wie Owen das Chaos in ein sauberes Datengitter zu verwandeln vermochte, war das Besuchsschema, das er ihr mit einem selbstironischen Kommentar per Whatsapp geschickt hatte.

*Ich weiß, dass ich ein langweiliger Bürohengst bin, aber Andrea bombardiert mich mit panischen Nachrichten, dass Dan aufwachen und niemand bei ihm sein könnte. Die Tabelle soll sie einfach beruhigen. Natürlich kannst du bei ihm sein, wann immer du magst, aber die Krankenschwestern haben mich wissen lassen, dass Dan auch ein wenig Ruhe braucht. Wir wollen doch nicht, dass er zu allem Überfluss noch Ohrenschmerzen bekommt!*

Sie hatten eine Whatsapp-Gruppe mit Andrea, um Informationen über Dan auszutauschen, aber diese Nachricht hatte er nur Jeannie geschickt. Sie wusste, wieso. Andrea konnte mit vermeintlich »negativen« Neuigkeiten nicht umgehen, sodass es manchmal schwierig war, mit den Krankenschwestern offen über Dans Zustand zu reden. Owen hingegen schien stets die Wahrheit wissen zu wollen, wie auch immer sie aussehen mochte, und trotz ihrer notorischen Empfindlichkeit ging es Jeannie genauso.

Laut Besuchsschema hatte Andrea erst am Nachmittag »Dienst«, aber als Jeannie am nächsten Morgen gleich nach der Visite erschien, war sie bereits da und hielt Dans Hand. Ihr Gesicht hellte sich auf, als sie Jeannie erblickte.

»Danny, Jeannie ist da!«, rief sie. »Oh, was hast du denn da?«

Als Jeannie das Haus verlassen hatte, hatte sie ein paar gerahmte Familienfotos aus Dans Umzugskiste mit der Aufschrift »Wohnzimmer« genommen. Kate hatte ihnen empfohlen, Fotos mitzubringen und darüber zu reden für den Fall, dass Dan sie hören konnte. Da Jeannie seine Familie kaum kannte, hielt sie es auch für eine gute Möglichkeit, ein paar Lücken zu schließen.

Andrea war mehr als glücklich, über das erste dieser Fotos reden zu können, ein Bild im Silberrahmen, das sie und den jugendlichen Dan in weißer Tenniskluft zeigte. »Oh, daran erinnere ich mich noch! Dan und ich waren ein großartiges Doppel-Team. Es war so süß, dass er überhaupt mit seiner alten Mutter antrat«, sagte sie und gab auf Jeannies Nachfrage zu, dass sie in ihrer

Jugend selbst auf Kreisebene gespielt hatte. Dass Dan ein Tennis-Ass war, überraschte sie nicht sonderlich; Andreas schüchterne Enthüllungen der eigenen Erfolge interessierten sie mehr. Die Geschichten kamen so zögerlich heraus, als hätte sie schon seit Jahren nicht mehr darüber nachgedacht.

»Das Komische ist, dass ich im Doppel immer besser war als im Einzel«, schloss sie sehnsüchtig. »Spielst du auch Tennis?«

Jeannie schüttelte den Kopf.

»Dann müssen wir es dir beibringen!«

Gemeinsam betrachteten sie das Foto. Dan war ein hübscher Teenager, dachte Jeannie, fast wie der junge Prinz William: Haare, die ihm ins Gesicht fielen, als er in die Sonne blinzelte, braune Haut, lange, kräftige Beine. Er lächelte nicht. Andrea schon. Ihr herzförmiges Gesicht unter dem weißen Chris-Evert-Schweißband strahlte vor Stolz, und auch in dem Pokal, den sie soeben gewonnen hatten, fing sich das Licht.

»Kapitän seiner Schule im Tennis *und* in der Kricketmannschaft«, fügte Andrea hinzu. Als sie auf Dans schlafenden Körper hinabschaute, senkte sie die Stimme, als hätte sie Angst, er könne sie hören. »Er musste ins Internat, als Malcolm und ich uns getrennt haben, weil ich ... Ich musste wegziehen. Danny hatte so wunderbare Freunde dort, den lieben Owen zum Beispiel, daher wusste ich, dass es ihm gut geht. Aber ich habe ihn vermisst. Malcom hätte ihn schon mit acht hingeschickt, aber das war eines der Dinge, bei denen ich ein Machtwort gesprochen habe.«

Jetzt war Jeannie hellwach. Dan redete nie über seinen Vater. Alles, was sie über Malcolm Hicks wusste, war, dass er mit Immobiliengeschäften eine Menge Geld gemacht hat. Dann hatte er Andrea verlassen und war nach Kanada ausgewandert, wo er eine neue Familie gründete. Dan ging damals noch zur Schule. Als sie ihn einmal nach seinem Vater gefragt hatte, hatte er ihr die nackten Tatsachen mitgeteilt und dann erklärt: »Ich versuche, nicht über Dad nachzudenken.« Dann hatte er das Thema gewechselt. Traurig hatte er nicht gewirkt. Nur sein Kiefer hatte sich angespannt.

Andrea hatte das Thema jedoch aus eigenem Antrieb ins Spiel gebracht, und Jeannie fragte sich, ob ihr vielleicht mitten in der Nacht derselbe Gedanke gekommen war wie ihr selbst: Sollte Dan ernsthaft verletzt sein und sein Leben sich komplett ändern, würde sein Vater es sicher wissen wollen, oder? Müssten sie es ihm erzählen?

»Das ist toll! Was hast du noch mitgebracht?«, fragte Andrea munter. Jeannie reichte ihr das nächste Foto und zuckte zusammen, als Andrea die Stirn runzelte: Es zeigte Dan und seinen Vater.

»Tut mir leid, ich habe einfach ein paar aus Dans Wohnzimmerkiste genommen«, sagte sie. »Ich habe gar nicht richtig hingeschaut …«

»Mir war gar nicht klar, dass Danny das Foto hat.«

Es war auf der Sandsteintreppe vor einem Schulgebäude aufgenommen worden. Malcolm Hicks, ein großer eleganter Mann mit Nadelstreifenanzug und Strohhut, hatte die Hand auf die Schulter eines jungen

Dan gelegt und schaute mit einem charmanten Lächeln direkt in die Kamera. Dan hatte die blassblonden Haare seiner Mutter, aber die tiefblauen Augen und dunklen Brauen seines Vaters. Außerdem seine unbekümmerte Art, wie es schien.

Das Strahlen war aus Andreas Miene verschwunden und ließ die Falten an ihrem Hals hervortreten. »Schulfeier«, brachte sie mühsam hervor.

Jeannie wurde schmerzlich bewusst, dass sie ihre Schwiegermutter nicht sehr gut kannte. Es war komisch, dass Dan ihr nicht zur Seite springen konnte.

»Tut mir leid, Andrea.« Sie streckte die Hand aus, um es wieder an sich zu nehmen. »Es war einfach in der Kiste. Mir ist nicht einmal klar, ob Dan es überhaupt aufgestellt hatte …«

»Malcolm war kein guter Mann«, sagte Andrea, ihre Worte sorgfältig abwägend. »Aber an jenem Tag hatte Danny drei Preise gewonnen, und sein Vater war sehr stolz auf ihn. Das ist vermutlich der Grund, warum er das Foto behalten hat. Ungefähr eine Woche nach dieser Aufnahme hat er uns verlassen.«

O Gott. Jeannie könnte sich innerlich in den Hintern treten. Aber das war eben das Minenfeld, auf dem sie sich bewegte. Sie kannte Dan nicht gut genug, um seine Umzugskisten ohne ihn auspacken zu können, geschweige denn mit seiner Mutter klarzukommen.

Sie wappnete sich. »Weiß Malcolm, dass …«

»Nein! Nein, er weiß es nicht. Das ist das Letzte, was Dan wollen würde: dass sein Vater hier aufkreuzt und die Schwestern beschimpft. Oder Schlimmeres.« Andrea legte die Hand an die Kehle, und Jeannie sah plötzlich eine kleine verängstigte Frau vor sich. »Tut mir leid, Jeannie. Leider kann ich nicht einmal über diesen Mann reden, ohne das Gefühl zu haben …«

»Ist alles in Ordnung?« Andrea schien zu hyperventilieren. »Soll ich eine Schwester holen?«

»Ich pflege immer zu sagen, dass dieser Mann mir einen wunderbaren Sohn und verschiedene angstinduzierte Gesundheitsprobleme beschert hat«, erklärte Andrea. Besonders gut sah sie nicht aus. »Hast du auch ein Bild von euch beiden? Danny hat mir ein schönes Bild vom Tag eurer Verlobung geschickt.«

Sie war gut darin, das Thema zu wechseln, genau wie Dan. Jeannie schaute in die Tasche, aber das dritte Foto zeigte Dans Fußballmannschaft von der Uni. »Nein. Aber ich hätte welche auf dem Handy.«

»Zeig sie mir bitte!« Andrea beugte sich eifrig vor. »Ich würde auch gern eine paar von deiner Popgruppe sehen! Danny ist ein hoffnungsloser Fall, was Details angeht, dabei würde ich gerne alles darüber erfahren. Oh, bist du das? Was für ein herrlicher Glitter. Ist das jetzt wieder modern?«

Urplötzlich verspürte Jeannie eine große Zuneigung zu ihrer Schwiegermutter. Sie schien wirklich erpicht darauf, Geschichten zu erzählen und welche zu hören. Sie hatten erst die Hälfte der New Yorker Selfies angeschaut, als vertraute Schritte in ihre Richtung kamen, gefolgt von weiteren Schritten.

»Ah, ich bin froh, Sie beide hier anzutreffen! Hätten Sie vielleicht einen Moment Zeit für mich?«

Ihre Köpfe fuhren hoch, als Dr Allcott am Fußende von Dans Bett erschien, Schwester Kate im Schlepptau. Auf Kates üblichem Klemmbrett steckten etliche Papiere. Jeannies Herz schlug höher. Was wollte der Arzt ihnen mitteilen?

»Hallo. Wir unterhalten uns nur«, sagte sie und steckte das Handy in die Tasche. »Na ja, Andrea und ich jedenfalls.«

»Haha. Guter Witz!«

»Gibt es etwas Neues?«, erkundigte sich Andrea direkt. »Können Sie Dan wecken?«

»Ja und nein, tut mir leid.« Dr Allcott setzte sich auf den Stuhl auf der anderen Bettseite. »Heute Morgen hatte ich ein Treffen mit den anderen Mitgliedern des Teams, das Dan betreut. Ich wollte Sie darüber informieren, worüber wir geredet haben.«

Jeannies Magen krampfte sich zusammen, und sie griff nach dem Notizbuch, das auf dem Tisch lag.

»Wie Sie sich richtig erinnern, Andrea, hatten wir mal darüber geredet, dass wir Dan zurückholen, wenn er nicht von allein das Bewusstsein wiedererlangt«, begann der Neurologe. Andrea beugte sich vor, um sich sofort wieder zurückfallen zu lassen, als er hinzufügte: »Aber nach ein paar Untersuchungen haben wir beschlossen, dass wir ihn noch eine Weile sediert halten.«

»Oh.« Sie wirkte erschüttert.

»Warum?«, fragte Jeannie.

Dr Allcott legte die komplizierten Gründe dar: die Möglichkeit von Blutgerinnseln, der Hirndruck, alles Fachbegriffe, die einen Sinn ergaben, während er redete, die Jeannie aber später im Café würde recherchieren müssen. Es war surreal, über Dans leblosen Körper hinweg ein solches Gespräch zu führen, dachte sie: Andrea und sie auf der einen Seite, der Arzt auf der anderen, Dan dazwischen. Seine Zukunft – ihrer aller Zukunft – diskutierend.

»... gibt es also noch etwas, das Sie von mir wissen wollen, wo ich schon einmal da bin?«, schloss er.

»Ich habe eine Frage«, sagte Andrea.

»Schießen Sie los.«

»Wird er ... wird Danny uns erkennen, wenn er wieder aufwacht?« Ihre weit aufgerissenen Augen flehten um Bestätigung.

»Nach einem Kopftrauma verlieren Patienten oft das Kurzzeitgedächtnis. Das hat mit den verschiedenen Gehirnarealen zu tun, in denen das Lang- und das Kurzzeitgedächtnis gespeichert sind. Dauerhafte Erinnerungen – *wiederholte* Erinnerungen – lassen sich wesentlich schwerer auslöschen. Und da wir bei Danny keine Schäden in diesem Gehirnareal gefunden haben, würde ich sagen, dass er Sie beide mit größter Wahrscheinlichkeit wiedererkennt. Allerdings wird er vielleicht Schwierigkeiten haben, sich an die Ereignisse vom Tag vor seinem Unfall zu erinnern.« Dr Allcott wandte sich an Jeannie. »Vom Tag der Hochzeit selbst wird er leider nicht mehr viel wissen, aber immerhin ist dann das Hochzeitskleid noch eine Überraschung!«

*Was?* Jeannie blinzelte. Die Hochzeit hatte sie für ein paar Stunden erfolgreich aus dem Gedächtnis verdrängt.

Andrea nahm ihre Hand und drückte sie so fest, dass sich ihre Ringe in Jeannies Haut bohrten. »Ich will nicht lügen. Das ist nicht das, was ich hören wollte, aber solange Dan Fortschritte macht, müssen wir einfach geduldig sein.«

»Wir sind immer noch sehr optimistisch, was den Heilungsprozess angeht, Mrs Hicks. Sobald wir Ihnen Näheres mitteilen können, werden wir das tun, das verspreche ich Ihnen.« Dr Allcott sah auf die Uhr, dann schlug er sich aufs Knie und stand auf. »Tut mir leid, dass ich schon wieder fortmuss, aber ich muss in den OP – noch ein Verkehrsunfall. Ich weiß, dass Sie eine Menge zu verdauen haben, aber falls Ihnen noch Fragen einfallen, schreiben Sie sie auf und geben Sie Kate den Zettel.«

Jeannie beobachtete die Krankenschwester und entdeckte in ihren Augen eine gewisse vorsichtige Zurückhaltung.

Auf der Rückfahrt mit dem Zug rief sie Owen an und berichtete ihm von den neuesten Entwicklungen. Wie zu erwarten war, klang er erfreut, aber auch skeptisch.

»Scheint so, als würden sie alles tun, was in ihrer Macht steht«, sagte er, während im Hintergrund das Piepen rückwärtsfahrender Lastwagen zu hören war. »Ich hoffe, er hat seinen Junggesellenabschied vergessen, wenn er wieder zu sich kommt. Der Glückliche. Ich wünschte, ich könnte es …«

Jeannie fummelte an ihrer Kaffeetasse herum. Der Kommentar des Neurologen zu ihrem Hochzeitskleid hatte etliche Fragen zu Dans Gedächtnisverlust aufgeworfen. An was würde er sich noch erinnern können? Würde er noch wissen, dass sie ihm die SMS geschickt hatte? Würde er vor Andrea mit ihrem schändlichen Geheimnis herausplatzen – oder vor Owen? Sicher würde er das nicht tun. Vermutlich war das genau die Erinnerung, die er verloren hatte.

*Hör auf, an dich zu denken. Konzentriere dich auf Dan.*

Owen redete wieder. »Was hast du heute noch vor?«

»Ich werde ein bisschen auspacken. Im Haus stehen immer noch Tausende von Kisten herum.« Eigentlich hatte Jeannie keine Lust dazu, aber sie hatte nichts zum Anziehen mehr. Sie hatte es sich so schön vorgestellt, wie Dan und sie zusammen auspacken würden, eine einzige Abfolge von amüsierten Ausrufen wie: »Ich fasse es nicht, was du so alles hast«, während im Hintergrund *Belle and Sebastian* lief. Riesige Pfeffermühlen, Theater-Sombreros, Rollerskates, solche Dinge. Es allein zu tun fühlte sich nicht richtig an. Vor allem nicht bei Dans Kisten, wo es ihr fast übergriffig vorkam. »Ich dachte, dass ich vielleicht ein paar von Dans Sachen ins Krankenhaus mitnehmen kann. Du weißt schon, vertraute Kleidung, noch ein paar Fotos und so. Ich würde mich freuen, wenn du mir erklären könntest, wer all diese Leute auf den Schulfotos sind …«

Owen antwortete nicht. Jeannie fragte sich, ob ihn einer der Lastwagen im Rückwärtsgang überrollt hatte.

»Owen?«

»Ja, äh. Vielleicht sollten wir das verschieben, bis er wieder bei Bewusstsein ist?«

»Wieso meinst du?«

»Na ja, ihr solltet euch besser auf die Zukunft konzentrieren, du und er. Du möchtest doch deine wenige freie Zeit nicht damit verschwenden, dich mit Dans Mist zu beschäftigen. Wieso nimmst du nicht lieber ein Hochzeitsgeschenk mit? Darüber könntest du wunderbar mit ihm reden.«

»Ich glaube nicht, dass er aus dem Koma erwacht, wenn ich ihm ein *Pfannenset* präsentiere.« Sie runzelte die Stirn. Owens Tonfall war eigentümlich. »Owen?«

»Ach nichts, vergiss es.« Die Lastwagen piepten wieder. »Hör zu, ich muss Schluss machen. Wir können ja morgen noch einmal telefonieren.« Damit war das Gespräch beendet. Oder Owen von einem Lastwagen überrollt.

Jeannie schaute verwirrt auf ihr Handy. Owen schien ein sensibler Typ zu sein. Vielleicht hatte er einfach gespürt, dass es ihr widerstrebte, in Dans Privatkram herumzustöbern. Und vielleicht hatte er recht.

Aber warum verspürte er das Bedürfnis, es laut auszusprechen?

Jeannie sagte sich, dass es als Mieterin und auch als eine Art Mitarbeiterin ihre Pflicht war, die Fenwicks über Dans Zustand auf dem Laufenden zu halten. In Wahrheit wollte sie einfach nur sehen, wie die Welpen gediehen. In den Stunden, in denen sie Rachel geholfen hatte, hatte sie sich nützlich gefühlt, außerdem opferte sie die Zeit gerne, weil Rachel ja auch so nett zu ihr war.

Als sie um die Ecke zu den Gehegen bog, vernahm sie erhobene Stimmen und blieb wie angewurzelt stehen. Das war kein entspannter Plauderton. Jeannie verharrte, damit die Leute ihren Streit beilegen konnten. Plötzlich erkannte sie Rachels Stimme.

»… was hätte ich denn tun sollen?« Sie klang eher wütend als traurig. »Du hast doch gesehen, in was für einem Zustand sie waren!«

»Ich sage ja nicht, dass du sie hättest zurückweisen sollen. Du kannst aber nicht einfach davon ausgehen, dass wir die gesamten Kosten tragen. Man kann nicht ständig Verluste machen, Rachel. Du weißt doch selbst, wie die Dinge in diesem Monat stehen – und nicht nur in diesem Monat, sondern in den letzten sechs. Außerdem werden wir auch einen Ersatz für Dan finanzieren müssen …«

»Übernimmt das nicht die Versicherung?«

»Manchmal kann ich es kaum glauben, dass du jemals in der Wirtschaft gearbeitet hast. Nein, das übernimmt sie nicht.«

»Sollte sie aber! Es war ein Unfall. Aber egal, das ist sowieso nur eine Geldfrage. Für uns ist das alles nicht annähernd so schlimm wie für Jeannie. Ich mag mir kaum ausmalen, was sie alles mitmacht. Du?«

»Ich will die Dinge ja gar nicht vergleichen. Ich sage nur, dass ich nicht einfach ein paar tausend Pfund herbeizaubern kann.« Er schnippte mit den Fingern. »Für zwanzig Hunde. *Zwanzig*, Rachel.«

»Schnipp nicht immer mit den Fingern, George. Du weißt, dass mir das körperlich zusetzt …«

Ein wildes Schnippen war zu hören.

Jeannie hatte ein schlechtes Gewissen, weil sie lauschte. Andererseits war sie froh, es gehört zu haben, weil Rachel und George zu höflich waren, um ihr die Wahrheit ins Gesicht zu sagen. Natürlich hatte Dans Unfall Einfluss auf ihren Betrieb. Und sie selbst lebte im Cottage, ohne Miete zu zahlen …

»Es geht doch nur um die Impfungen und Sterilisierungen«, sagte Rachel, was klang, als würde das Gespräch in die vierte oder fünfte Runde gehen.

»Nur. *Nur*. Nein. Du hast schon so viele Wohltätigkeitsveranstaltungen organisiert – das kannst du auch jetzt tun, um das Geld zu beschaffen.«

»George …«

»Komm mir nicht mit deinem schmeichelnden *George*. Dazu bin ich wirklich nicht in der Stimmung, Rachel.«

Jeannie spitzte die Ohren, um Rachels Antwort zu hören, aber die beiden hatten sich entfernt. Als sie sich vorsichtig um die Ecke beugte, berührte plötzlich etwas Kaltes ihren Arm. Mit einem kleinen Aufschrei sprang sie zurück.

Rachels Collie stand hinter ihr. Jeannie blinzelte erschrocken. Wie zum Teufel hatte er sich so lautlos anschleichen können? Reglos stand er da und fixierte sie mit seinen blassblauen Augen, die so selten waren.

»Gem? Gem? Wo bist du?«

Jeannie wollte nicht, dass Rachel kam und merkte,

dass sie alles mit angehört hatte, daher riss sie sich zusammen und trat um die Ecke. Der Hund folgte ihr leise, um sie zum Haus zu begleiten.

Rachel kam so schnell von der anderen Seite, dass sie fast mit Jeannie zusammengestoßen wäre.

»Ah, Jeannie!« Ein ganzes Bündel an Silberreifen klirrte an ihrem Handgelenk, als sie sich mit der Hand durchs Haar fuhr. Sie schien nicht sie selbst zu sein. Ihre Augen waren finster und wirkten enttäuscht, und ihre Nase wirkte noch strenger als sonst. »Alles in Ordnung?«

»Ja, ich wollte nur ...« Jeannies Blick fiel auf die stattliche Gestalt eines Manns in einem karierten Hemd, der genauso schnell ging wie Rachel, allerdings in die andere Richtung. George. Nun wusste sie, wem Fergus seine Körpergröße verdankte. Mit wenigen wütenden Schritten hatte George das Haus erreicht, öffnete mit piepender Fernbedienung den SUV, der davor parkte, warf seine Tasche hinein und preschte in einem Kieselhagel davon.

»Ich habe nie jemanden erlebt, der wutentbrannt Auto fährt. Bis ich George kennengelernt habe«, sagte Rachel. »Die Reifen sind in null Komma nichts abgefahren. Vermutlich hast du unsere Auseinandersetzung gehört, oder? Tut mir leid. Wir versuchen, uns nicht in der Nähe der Hunde zu streiten. Die mögen erhobene Stimmen gar nicht.«

»Ich wollte nicht lauschen.«

Rachel schüttelte den Kopf und bedeutete Jeannie, ihr zu den Gehegen zu folgen. »Der Gerechtigkeit halber muss man sagen, dass es sich nicht wirklich um einen Streit handelte. Es war eher ein Vortrag.« Sie öffnete die Tür zum Küchenbereich, wo die Staffie-Welpen in der Kiste herumtollten. »Bei diesen Hunden macht er offenbar nicht mehr mit. Er hat gesagt, ich soll ihn nicht immer wie ein Sparschwein behandeln und lieber meinen Arsch hochkriegen, um das Geld selbst zu beschaffen – ausnahmsweise einmal. Ha! Von wegen«, murmelte sie vor sich hin. »Lebt in meinem Haus ...«

»Kann ich irgendwie behilflich sein?«

»Vermutlich schon.« Rachel holte zwei Tassen aus dem Schrank und stellte den Wasserkocher an. »Ich meine, es ist ja nicht so, dass wir gar kein Geld reinholen. Wir haben einen Secondhandladen in der Stadt, und George vergisst auch gerne, dass wir im Frühjahr eine Hundeschau hatten. Das Jahreskontingent für Sterilisierungen haben wir also schon beisammen. Aber die Kosten sind beträchtlich gestiegen, und in diesem Sommer findet in Longhampton der Jahrmarkt statt, daher wird es nicht einfach, so kurzfristig etwas zu organisieren. Die Menschen tun schon eine Menge. Außerdem brauchen wir das Geld sofort.« Sie schaute auf die Welpen hinab, und ihre Miene verfinsterte sich.

»Alles in Ordnung?«, fragte Jeannie. »Es muss furchtbar gewesen sein, was du zu Gesicht bekommen hast.«

Rachel stieß Luft aus und zuckte traurig die Achseln. »Ich kann es einfach nicht vergessen. Eigentlich würde ich gerne so viel mehr tun, als wir können.«

Jeannie kniete sich neben die Kiste und hielt den Welpen den Finger hin, damit sie daran riechen konnten.

Gem stand an der Tür, weit weg von den Welpen, aber er bewachte sie offenbar, während ihre Mutter schlief. Als Jeannie die Hand nach ihnen ausstreckte, wurde er ganz steif, als spürte er die Schwingungen in der Luft.

Das Wasser kochte, und Rachel griff nach dem Behälter mit den Teebeuteln. »Habe ich dir eigentlich schon die Geschichte von Gem erzählt?«, fragte sie, etwas munterer als zuvor.

»Nein.«

»Er war Dots eigener Hund. Sie hat ihn mir mit dem Haus und dem Tierheim vermacht. Ein Mann, der Hunde ausführte, hatte ihn als Welpen in einer Tüte gefunden, halb erfroren, wie der Rest des Wurfs. Er hat sie alle zu Dot gebracht, der verrückten Hunde-Lady, und sie hat sie an ihrem Aga-Herd aufgepäppelt. Gem hat sie selbst behalten – oder er sie, wie auch immer –, und er hat sich bis zu ihrem Tod um sie gekümmert. Als ich vor gut zehn Jahren hierherkam und mich genauso verloren und unerwünscht fühlte wie er damals, hat er sich dann um mich gekümmert. Ich glaube, Dot hatte ihn darum gebeten.«

Jeannie sah auf, überrascht über den unerwartet rauen Tonfall.

»Ich fühlte mich nicht gut aufgehoben«, sagte Rachel. »Aber das waren andere Zeiten.«

»Wie alt ist er denn jetzt?«

»Siebzehn! George sagt, er sei der älteste Collie, den er je gesehen habe. Ich wüsste nicht, was ich ohne ihn anfangen sollte. Vermutlich muss ich mir bald Gedanken darüber machen, aber das verdränge ich lieber.«

Rachel ließ die Schultern sinken, dann riss sie sich zusammen. »Als ich hierherkam, fand ich Dot uralt, fast eine tragische Figur. Jetzt werde ich selbst bald fünfzig, und schau mich an!« Entsetzt zeigte sie auf ihre Latzhose, als würde ihr in diesem Moment erst bewusst, was sie da trug. »Ich sehe aus wie die Großmutter von Tinky Winky! Dabei wusste ich nicht einmal, wer Tinky Winky ist, als ich hierherzog. Ich hatte die *Vogue* abonniert. Meine Ansprüche waren eher gehoben. Ich hatte Highlights im Haar …«

Unvermittelt unterbrach sie sich. »O Gott, halt den Mund, Rachel. Was fasele ich da nur? Gibt es Neuigkeiten von Dan? Kann man ihn schon besuchen? Obwohl ich mir nicht sicher bin, ob er ausgerechnet seinen Chef an seinem Bett erblicken will, besonders nicht in Georges gegenwärtiger Verfassung …«

Jeannie schüttelte den Kopf. Sie hätte lieber mehr über die verrückte Tante gehört oder erfahren, was Rachel damals so zugesetzt hatte. Im Zusammenhang mit Dans Situation verspürte sie eher eine gewisse Unsicherheit. Erwarteten die Leute, dass sie wegen der Hochzeit untröstlich war – oder dass es ihr egal war?

»Oder«, sagte Rachel, die ihre Befangenheit spürte, »wir spielen einfach mit den Welpen, damit sie sich an Gesellschaft gewöhnen, was meinst du?«

»Das wäre schön«, sagte Jeannie.

Rachel reichte ihr eine Tasse Tee. »Das tut den Welpen gut«, sagte sie. »Und uns auch.«

# Kapitel 8

Als Jeannie abends wie immer ihre Eltern anrief, um ihnen die neuesten Neuigkeiten über Dan durchzugeben, strömte Sue so viel positive Energie aus, dass man ihr Lächeln fast durch die Telefonleitung erkennen konnte. Jeannie sah genau vor sich, wie sich die Augenwinkel kräuselten, wenn ihre Mutter aufmunternd nickte, so wie sie auch die Leistungen ihrer Kinder mit einem Nicken quittiert hatte, die Prüfungsnoten (ein einziges Auf und Ab), die Spielergebnisse von Angus' Fußballmannschaft (hoffnungslos) und die ersten zaghaften Produktionen von Edie's Birdhouse in der SoundCloud (brillant natürlich). Es war sogar ein Running Gag in der Familie gewesen: Erzähl Mum Neuigkeiten – egal welche – und beobachte, wie sie wie der Churchill-Hund zu nicken beginnt.

Jeannie hoffte, dass ihre Stimme zuversichtlicher klang, als sie sich fühlte.

»Lass den Kopf nicht hängen.« Sues Stimme war so

warm und tröstlich wie heißer süßer Tee. »Dan könnte jeden Moment um die Ecke spazieren.«

»Ich weiß, Mum.« Sie stand auf, marschierte durch die Küche, öffnete Schränke, die sowieso leer waren, und schloss sie wieder. Essen wollte sie ohnehin nichts. Sie konnte es nur nicht ertragen, in dem leeren Haus stillzusitzen.

»Wie kommt Andrea zurecht?«, fragte Sue. »Schläft sie immer noch im Krankenhaus?«

»Nein. Owen hat ihr ein Airbnb in der Nähe besorgt. Diese Woche hat er die Abendschicht übernommen – er wohnt ein Stück die Straße runter.«

»Der Kerl ist Gold wert. Ich bin froh, dass Dan so gute Freunde hat, die sich um dich kümmern. Wie kommt er denn mit der Sache klar?«

»Owen kommt schon zurecht. Glaube ich. Er ist ziemlich gut organisiert.« Jeannie musste an das Notizbuch neben Dans Bett denken, in dem in drei verschiedenen Handschriften Dans überraschend angefüllte Tage dokumentiert waren. Andrea hielt jedes Zucken und »Lächeln« fest. Owen notierte in einer übersichtlichen Liste die medizinischen Details, die Beobachtungen der Krankenschwestern und die neuesten Untersuchungsergebnisse. Während Jeannie einfach herumkritzelte.

»Steht ihm jemand zur Seite? Eine Freundin?« Sue redete nicht um den heißen Brei herum.

»Er hat niemanden erwähnt.«

»Vielleicht solltest du versuchen, es herauszufinden. Der arme Owen. Es ist schließlich sein bester Freund, der in dem Bett liegt, vergiss das nicht. Männer tun sich schwer, um Hilfe zu bitten. Dein Vater hat seine Gefühle Gott sei Dank nie versteckt ...«

Jeannie grunzte unverbindlich. Owen redete nicht viel über sich. Wenn er eine Freundin erwähnt hätte, würde sie sich daran erinnern. Sie schloss den letzten Schrank und öffnete stattdessen die Kühlschranktür. Leer außer einem Glas Mayonnaise und einer Viererpackung Guinness. Die Lücke dazwischen ließ sie wie Partygäste aussehen, die einander nicht vorgestellt wurden.

»Isst du auch genug?«, erkundigte sich Sue, als könnte sie durch die Leitung schauen. »Soll ich dir vom Supermarkt noch eine Lieferung zukommen lassen?«

»Hier ist alles bestens, wirklich. Die Leute sind sehr nett zu mir. Die Eingangstreppe sieht aus wie ein Erntedank-Altar. Ich habe bereits zwei Kasserollen im Kühlschrank und Unmengen von Marmelade.« Im Tierheim hatte sich offenbar herumgesprochen, dass Rachels neue Mieter Pech hatten, und so hinterließen die ehrenamtlichen Helfer jede Menge essbare Mitleidsbekundungen.

»Nun, dann will ich hoffen, dass du das alles auch isst. Es ist sehr wichtig, dass du auf dich aufpasst, damit du dich um Dan kümmern kannst.« Sie hielt inne. »Nimmst du dir auch ein bisschen Zeit für deine Musik?«

»Wann denn? Wenn ich nicht gerade im Krankenhaus bin, bin ich auf dem Weg dorthin oder kehre von dort zurück.«

»Ich rede ja nicht von Auftrittsplänen. Hol einfach deine Gitarre heraus und spiele zehn Minuten. Du kannst dir nicht rund um die Uhr Sorgen machen. Das *darfst* du nicht. Ich weiß, wie ich mich fühle, wenn ich nicht reiten kann. Dann drehe ich fast am Rad, und ich weiß, dass es dir mit deiner Musik ähnlich geht.«

Jeannie schaute aus dem Küchenfenster auf die Felder und war froh, dass Sue ihr Gesicht nicht sehen konnte. Ihre Gitarren und Ukulelen lagen oben im Gästezimmer, unberührt. Das hatte nicht nur mit Dan zu tun. Seit Edith' dramatischem Verrat fühlte sie sich blockiert. Dan verstand das nicht vollständig, aber das erwartete sie auch nicht von ihm. Die komplizierte Beziehung zu der Musik in ihrem Kopf konnte sie auch nicht erklären. Dass sich ihre musikalischen Eingebungen während der Hochzeitsvorbereitungen, die jede freie Minute in Anspruch genommen hatten, klammheimlich davongestohlen hatten, war ihr gar nicht so aufgefallen. Jetzt hingegen, da sie das Bedürfnis zu spielen verspürte, hatte sie Angst vor dem Moment, in dem sie zur Gitarre greifen und nichts spüren konnte.

»Gibt es vielleicht einen Chor in der Stadt? Oder eine Gruppe, die einfach so zum Spaß singt?« Sue klang, als hätte sie sich eine Liste gemacht.

»Darf ich dich etwas fragen, Mum?« Jeannie drehte sich vom Fenster weg und wappnete sich für ihre Frage, auf die sie die Antwort gar nicht unbedingt wissen wollte. »Zu ... *deinem* Unfall?«

»Natürlich, mein Schatz. Was auch immer du wissen willst.«

»Hast du dich an das Vorgefallene erinnert, als du aufgewacht bist?«

Sue lachte, dann seufzte sie. »O Gott, nein. Die eine Minute ritt ich noch auf Captain Jack über das Feld, die nächste lag ich im Krankenhaus. Ich dachte, ich sei gestorben. Alles war so weiß wie im Himmel. Dann hörte ich deinen Dad weinen und merkte, dass mein Bein eingegipst war und ich nicht reden konnte. Dads Vorstellung vom Himmel vielleicht! Warum fragst du? Hast du Angst, Dan könne sich daran erinnern, wie er angefahren wurde?«

»So in der Art.«

Jeannie schloss die Augen und ließ ihre schlimmsten Ängste im Kopf Gestalt annehmen. Ich habe Angst, er könnte sich daran erinnern, dass ich ihm einen Korb geben wollte, obwohl ich immer noch keine guten Gründe dafür nennen kann.

Jeannie war entsetzt über ihren Egoismus. Ihr Verstand fühlte sich nicht mehr wie ihr eigener an. Ständig kamen ihr absolut schockierende Gedanken in den Sinn, und sie musste sich auf die Lippe beißen, damit sie nicht aus ihr herausplatzten.

Natürlich wollte sie, dass Dan aufwachte und alles gut wurde. Natürlich wollte sie das. Nur weil sie ihn nicht heiraten wollte, hieß das noch lange nicht, dass sie ihn nicht liebte. Es hieß nicht, dass sie nicht wollte, dass es ihm gut ging. Dass er glücklich war. Und …

»Mach dir keine Sorgen. Das menschliche Gehirn ist intelligent. Es wird diese Dinge ausblenden«, sagte Sue besänftigend. »Irgendwann werden die Erinnerungen vielleicht zurückkehren, aber das ist ein langsamer Prozess. Zerbrich dir jetzt nicht den Kopf darüber. Möchtest du noch mit deinem Vater sprechen? Er ist draußen und mäht den Rasen.«

Dad. Plötzlich war Jeannie wieder in dem beklemmenden Rolls-Royce, und ihre Kehle schnürte sich zusammen. Dad würde sicher irgendwann fragen, ob er ihr schreckliches Geheimnis mit Mum teilen dürfe, und damit könnte sie jetzt nicht umgehen. Partout nicht. Wenn Dan sich nicht daran erinnern würde, würde sie es ebenfalls verdrängen. Es war gar nicht geschehen. Nichts davon.

»Nein, ist schon in Ordnung«, sagte sie. »Stör ihn nicht. Richte ihm herzliche Grüße aus.«

»Mach ich«, sagte Sue, und Jeannie verspürte eine entsetzliche Sehnsucht nach zu Hause, wo sie von der Liebe ihrer Eltern eingehüllt wurde. »In Gedanken sind wir immer bei dir. Und jetzt geh und tu etwas Schönes für dich selbst, ja?«

»Ja, Mum«, sagte Jeannie und fragte sich, ob es gut oder schlecht war, dass ihre Mutter sie wie ein Buch lesen konnte.

Jeannie schenkte sich ein Glas Wein ein und setzte sich, um sich dem Stapel Post zu widmen, der sich während ihrer Krankenhausbesuche angehäuft hatte. Mum hatte ihrem Teil der Familie erzählt, was passiert war, und erstickte sämtliche »Hilfsangebote« im Keim. Aber es gab zahlreiche Hochzeitskarten mit Schecks und Geschenkgutscheinen von Leuten, deren Namen ihr absolut nichts sagten. Sie fühlte sich wie ein Eindringling in ihrem eigenen Heim. Vollkommen Fremde wünschten Dan und ihr Glück und Liebe, ohne ihr je begegnet zu sein. Eine Karte war sogar an »Dan und Jessica« gerichtet.

Jeannie kämpfte gegen die Tränen der Angst und der Einsamkeit an. Mit ihrem romantischen Traum hatte das alles nichts mehr zu tun; es fühlte sich nicht einmal mehr wie ihr eigenes Leben an. Dan lag in einem Krankenhausbett und war vielleicht gelähmt, vielleicht auch schwer gehirngeschädigt, während sie in einem Haus lebte, das sie sich nicht ausgesucht hatte, und sich auf eine ungewisse Zukunft einen Reim zu machen versuchte.

Es klopfte. Wieder einmal.

Jeannie erhob sich schwerfällig und ging zur Tür. Wenn es sich um eine weitere Kasserolle handelte, würde sie Klartext reden und gestehen müssen, dass sie Teilzeitvegetarierin war.

Auf der Schwelle stand eine blonde Frau, die die drei Terrier, die begeistert aneinander hochsprangen, kaum bändigen konnte.

»Ich hoffe, ich störe nicht. Aber ich wollte Ihnen das hier bringen und mich vorstellen!« Die Frau hielt Jeannie eine Plastikdose hin und zog die Hunde wieder in Reih und Glied. »Ich heiße Natalie und arbeite im Hundeheim. Hallo!« Sie hob die Hand, an der die Leine des kleinsten Terriers hing, und grüßte, soweit das ging, ohne ihn von der Erde hochzureißen.

»Danke«, sagte Jeannie.

»Es tut mir leid zu hören, dass Ihr …«, Natalie schreckte vor dem Wort »Ehemann« zurück und redete dann schnell weiter, »… dass Dan einen Unfall hatte. Sollten Sie mal eine Mitfahrgelegenheit zum Bahnhof brauchen, rufen Sie mich doch bitte an. Ich habe ein Café in der Stadt und bin oft hier oben, vor allem jetzt, wo wir uns um all die Welpen kümmern müssen.«

Jeannie ergriff die Chance, über etwas anderes als sich selbst zu reden. »Oh, ich war vorhin dort und habe mit ihnen gespielt.«

»Wunderbar. Je mehr Leuten sie begegnen, desto besser. Hätten Sie Lust, noch einmal mit rüberzukommen, falls Sie gerade nichts zu tun haben?« Sie nickte zum Haupthaus hinüber. »Rachel wird noch verrückt, wenn sie die Tiere alle allein waschen und füttern muss.«

Die Vorstellung, etwas so Kleinem, Hilflosem auf eine so klare, simple Weise helfen zu können, hatte etwas überaus Verführerisches für Jeannie. »Das wäre wirklich …«

Im Vorraum klingelte das Telefon. Rief Mum noch einmal an, oder wollte Dad mit ihr sprechen? Oder Andrea? Im nächsten Moment hatte Jeannie wieder den medizinischen Geschmack im Mund.

»Tut mir leid, ich sollte drangehen. Es könnte das Krankenhaus sein.«

»Natürlich.« Natalie neigte verständnisvoll den Kopf. »Wir werden noch eine Weile dort sein, falls Sie sich zu uns gesellen mögen. Und essen Sie ein paar von den Keksen. Es sind auch keine Hundehaare drin, das verspreche ich Ihnen. Und jetzt kommt, ihr Räuber!« Sie zog die Terrier fort auf den Weg.

Jeannie schaffte es, zum Hörer zu greifen, bevor es zu klingeln aufhörte. »Mum? Hast du noch etwas vergessen?«

Aber es war nicht ihre Mutter. Der Anrufer hängte im selben Moment ein, als sie sich meldete. Jeannie wollte nachsehen, wer es war, aber die Nummer war unterdrückt.

Einen dumpfen Moment lang schaute sie auf das Handy und wartete, ob der Anrufer eine Nachricht hinterließ. Aber es gab auch keine Nachricht. In ihrer Erleichterung, dass es nicht das Krankenhaus war, machte sie sich keine Gedanken darüber.

Als Owen am nächsten Tag unerwartet während ihrer »Tagesschicht« aufkreuzte, kamen ihr Sues Worte wieder in den Sinn. Sie war gerade im Laden, um sich mit weiterer Schokolade einzudecken, als sein struppiger Kopf in der großen Drehtür erschien, gefangen inmitten einer Besuchergruppe. Er hatte den dunkelblauen Anzug an, den er zur Arbeit trug, und obwohl er an den Oberschenkeln ein wenig spannte, war das Hemd ordentlich gebügelt, und die Schuhe waren poliert. Die Handschrift einer Frau konnte Jeannie nicht erkennen, obwohl ihrer Mutter das sicher gelingen würde.

»Hallo«, sagte sie, als er es endlich in die Eingangshalle geschafft hatte. »Hat der Schichtplan gewechselt? Ich hatte gar nicht erwartet, dich am helllichten Tage hier zu erblicken.«

»Ich gehe heute Abend aus, daher dachte ich, ich komme auf dem Weg hier vorbei«, erklärte er.

»Oh, heißes Date?«, fragte Jeannie und hätte sich dann am liebsten in den Hintern gebissen. Warum musste sie das sagen?

Owen wurde rot. »Nein. Ich gehe zum Schulkonzert meiner Nichte. Meine Schwester besteht darauf, dass wir alle kommen und ihr die Daumen drücken. Davor habe ich aber noch ein Treffen mit dem Steuerberater. Worauf ich mich mehr freue, weiß ich selbst nicht. Sollen wir hochgehen?« Er zeigte auf die Treppe.

»Die Ärzte sind gerade bei Dan, falls du noch eine halbe Stunde Zeit hast?«

Er sah auf die Uhr. »Die habe ich gerade noch. Such dir einen Platz, dann hole ich uns einen Kaffee.«

Jeannie nickte und nahm an einem Tisch Platz, während Owen zur Theke ging. Er kam mit zwei Kaffeetassen wieder, außerdem einem Stück Schokoladenkuchen mit zwei Gabeln.

»Ich dachte, du könntest mir dabei helfen«, sagte er so trocken, dass sie zunächst gar nicht begriff, dass das ein Scherz sein sollte.

Zunächst redeten sie über die jüngsten Untersuchungen des Ärzteteams und über das Babyfoto, das Andrea mitgebracht hatte. Owen lächelte und ließ Jeannie munter drauflosreden, sodass sie sich schon fragte, ob sie ihn langweile. Man konnte wunderbar mit ihm reden, aber er selbst sagte nicht viel.

»Du hast ja nur den halben Kuchen gegessen«, stellte sie schließlich fest. »Geht es dir gut?«

Owen nahm mit der Gabel ein paar Krümel auf und blickte dann zu ihr auf. Seine braunen Augen wirkten fast ängstlich. »Tut mir leid, Jeannie, es wird vielleicht schlimme Erinnerungen wecken, aber ... Hast du zufällig Dans Handy?«

»Nein. Ich dachte, du hättest es.« Ihr Herz tat einen seltsamen Satz.

»Nein. Eine der Krankenschwestern hat mir eine Tüte mit allem gegeben, das er bei sich hatte, aber das Handy war nicht dabei. Ich habe Dans Uhr, seine Brieftasche, seine Rede, seinen Glückspanda – frag besser nicht nach – und seinen Siegelring, aber kein Handy. Ich habe mich gefragt, ob jemand es dir gegeben hat.«

Jeannie legte die Gabel hin. Irgendetwas an der Art und Weise, wie Owen seine Frage gestellt hatte, ließ eine zweite Frage dahinter vermuten, eine, um die es eigentlich ging. »Ich kann mich nicht einmal erinnern, es gesehen zu haben.«

»Dein Dad hat es nicht aufgehoben?«

»Nicht dass ich wüsste.«

»Ich frage mich, ob die Rettungssanitäter es vielleicht an sich genommen haben.« Er runzelte die Stirn. »Sicher haben sie es abgegeben, als er hier aufgenommen wurde. Oder vielleicht hat auch die Polizei es aufbewahrt, als Beweisstück für den Unfall.«

»Spielt es denn eine Rolle, wo es ist?«, platzte es aus Jeannie heraus. Bei dem Wort Beweisstück hatten sich die Härchen an ihren Armen aufgestellt. Owens natürliches Bedürfnis, Ordnung im Chaos zu schaffen, flößte ihr im Moment kein Gefühl der Sicherheit ein.

Er begegnete ihrem Blick. »Na ja, es dürfte sich eine Menge persönlicher Informationen darauf befinden. Daher spielt es natürlich eine Rolle, wer es hat. Irgendwann wird er es auch zurückwollen.«

»Ich hatte nur …« Jeannie fühlte sich bemüßigt, sich zu verteidigen. Ihr leidenschaftlicher Ausbruch hing zwischen ihnen wie der Rauch nach einem Feuerwerk. »Ich hatte nur … Ich weiß ja, dass Dan telefoniert hat, als er von dem Bus überfahren wurde. Dieses Handy ist der Grund, warum er im Krankenhaus ist. Mir ist egal, ob ich es je wiedersehe, ehrlich gesagt.«

Owen murmelte teilnahmsvoll, behielt sie aber im Blick, als wägte er seine Gedanken ab. Seine Augen bohrten sich in die ihren, bis Jeannie nervöse Zuckungen in der Brust verspürte.

*O Gott, was weiß er?*

»Na ja, das sagen doch alle, oder?« Die Worte sprudelten aus ihrem Mund, obwohl ihr Gehirn sie ermahnte, still zu sein. »Dass er telefoniert und den Bus übersehen hat, oder?«

»Ja, das stimmt, tut mir leid.«

Jeannies Verstand raste, als sie versuchte, den Morgen aus Owens Perspektive wahrzunehmen: *Wenige Momente vor der Hochzeit. Dan, der Owen mitteilt, dass er einen Anruf von Jeannie verpasst hat. Dass er rausgehen müsse, um die Nachricht abzuhören …* Wollte Owen das Handy haben, um herauszufinden, was für eine Nachricht das gewesen sein mochte?

»Also … Es ist doch gut, wenn es nicht mehr da ist.« Dann fiel ihr etwas anderes ein. »Es wird mit einem

Passwort gesichert sein. Wenn es jemand findet, wird er es nicht öffnen können. Ich kenne Dans Passwort auch nicht. Also ... vergiss es einfach. Ich hoffe, ein Auto hat es platt gefahren.«

Owen blinzelte ein paar Mal, dann nickte er. »Stimmt«, sagte er. »Aber wenn es auftaucht, gib es mir bitte, ja?«

Ihre Blicke begegneten sich über den Tisch hinweg, und dieses Mal hatte Jeannie das Gefühl, als wollte Owen in ihren Kopf eindringen. Am liebsten hätte sie eine Glasscheibe in ihrem Kopf errichtet vor dem schändlichen Geheimnis, von dem niemand wissen sollte, am wenigsten Owen.

»Warum willst du es denn haben?«, fragte sie.

Er zögerte einen Moment zu lange. »Weil ich bestimmte Dinge an Dans Unfall nicht verstehe. Vielleicht könnte das Handy eine Erklärung liefern.«

Jeannie lief ein eiskalter Schauer über den Rücken, kälter als die Klimaanlage auf der Intensivstation.

»Welcher Art?«, brachte sie hervor.

Er schüttelte den Kopf und schaute für einen lähmenden Moment zu Boden. »Keine Ahnung«, gab er zu. »Ich hätte gar nichts sagen sollen. Tut mir leid.«

»Aber du denkst ...« Sie schlug die Hand vor den Mund, unfähig, die Worte zurückzuhalten.

Owen streckte den Arm über den Tisch, da er ihre Reaktion dem Kummer zuschrieb. »Tut mir leid, Jeannie. Ich wollte dich wirklich nicht aufwühlen.«

Beide schauten auf seine Hand, die ihre Schulter berührte, und er zog sie schnell wieder zurück. »Tut mir leid. Vergiss, was ich gesagt habe«, fuhr er schnell fort. »Es gibt noch etwas anderes, worüber ich mit dir reden wollte, etwas, das ich auf einer Website für Komapatienten gelesen habe.«

»Sag.« Jeannies Herz pochte immer noch viel zu schnell.

»Wir reden mit Dan, als könnte er uns hören, was auch gut ist. Aber natürlich ist es schwer, ständig zu monologisieren. Die Website schlägt vor, dass Freunde und Angehörige ihre wichtigsten Erinnerungen aufnehmen, um sie dem Patienten vorzuspielen. Es werden auch wissenschaftliche Untersuchungen zitiert, die zeigen, dass vertraute Stimmen und Geschichten die neuronale Aktivität stimulieren können. Das könnte Dan helfen, das Bewusstsein zurückzuerlangen.«

»Das ist eine tolle Idee.«

Owen wirkte erleichtert. »Ah, schön. Ich war mir nicht sicher, ob es dich nicht nervt, ständig irgendwelche langweiligen Geschichten anhören zu müssen – na ja, wir halten sie natürlich nicht für langweilig. Du kennst die Leute ja gar nicht.«

»Das nervt mich überhaupt nicht.« Insgeheim freute sich Jeannie sogar, dass er es vorgeschlagen hatte. Wenn Dans Freunde ihre Lieblingsanekdoten aufnahmen, wäre das die Gelegenheit, ein paar Lücken in seinem Leben vor ihrer Begegnung zu schließen. Und wenn sie diese Lücken schloss, würde sich vielleicht auch die erstickende Panik, weil sie ihn nicht gut genug kannte, in Luft auflösen. Und dann …

Warum?, wollte eine Stimme in ihrem Kopf wissen.

Damit du bei ihm bleiben kannst? Damit du dich nach seinem Erwachen zu einer erneuten Hochzeit durchringen kannst?

Wieder spannten sich ihre Schläfen an.

»Jeannie?«

Sie rüttelte sich wach. »Tut mir leid. Ich bin so müde. Nein, ich halte das für eine großartige Idee. Es hat mir wirklich gefallen, Andreas Geschichten über Dan zu hören. Jetzt verstehe ich sie so viel besser. Abgesehen davon habe ich Dinge erfahren, die er mir nie erzählt hat.«

»Ha! Ich wette, sie hat dir die Geschichte vom Blue-Peter-Abzeichen erzählt, oder? War ja klar, dass sie das tun würde ... Vermutlich hilft es ihr auch, dass du da bist und ihren Geschichten lauschst«, sagte Owen. »Ich weiß nicht, wie sie ohne dich mit der Sache klarkommen würde.«

»Ohne mich?« Jeannie kam es komisch vor, dass sie sich das als Verdienst anrechnen sollte. »Ich habe kaum etwas getan. Du warst es doch, der ihr eine Unterkunft verschafft hat und ständig in der Gegend herumrennt ...«

»Reine Logistik, das mache ich jeden Tag bei der Arbeit. Aber du bist da und leistest Andrea emotionalen Beistand. Das muss hart sein, da du ja selbst durch die Hölle gehst. Sie weiß das zu schätzen, musst du wissen. Überall singt sie Lobeshymnen auf dich und erzählt, wie geduldig du bist, wie nett zu Dan ...«

»Ach ja?«

»Erst gestern hat sie mir anvertraut, dass Dan ihres

Erachtens eine großartige Partie gemacht hat.« Owen tat so, als wirkte er verblüfft. »Du hast keine Ahnung, was für ein Kompliment das aus ihrem Munde ist.«

Er wollte Jeannie aufmuntern, und ein paar Sekunden lang tat es seine Wirkung. Andrea würde sie allerdings nicht mehr so mögen, wenn sie wüsste, was am Morgen der Hochzeit beinahe passiert wäre. Sie rang sich ein Lächeln ab. »Wirklich?«

Der halb aufgegessene Kuchen stand noch immer zwischen ihnen, und Owen hatte sich hinreichend entspannt, um nun die Gabel hineinzustechen. »Absolut! Und das ist etwas, das ich nie von ihr erwartet hätte, das kannst du mir glauben.«

»Warum? Hatte Andrea ein Problem mit Dans Exfreundinnen?« Tatsächlich interessierte Jeannie das brennend. Dan hatte nie über seine Freundinnen geredet und Jeannie nie nach ihren ehemaligen Beziehungen gefragt. Von ihrer Seite gab es auch nicht viel zu enthüllen. Zwei Unifreunde, ein Schlagzeuger namens Ted, der sie verlassen hatte, als ihm aufging, dass sie besser war als er, und eine unglückselige Liaison mit einem Cocktail-Künstler, über den Edith einen Song geschrieben hatte. Martin der Martini-Mann. Der Song hatte einen besonders gehässigen – und eingängigen – Refrain.

Jetzt war es Owen, der unbehaglich auf seinem Stuhl herumrutschte. »Ha! Nein. Na ja. Ich bin mir nicht sicher, ob es mir zusteht, diese Frage zu beantworten. Ha! Was soll ich dazu sagen?«

»Gab es jemand Ernstes? Davon würde ich jedenfalls

mal ausgehen. Es ist schon in Ordnung, wenn du es mir verrätst.« Ihr Atem beschleunigte sich, weil es ihr keineswegs ausgemacht schien, dass es in Ordnung war.

»Ein paar … keine Ahnung. Wenn Dan nichts gesagt hat, weiß ich nicht, ob ich es tun sollte.«

Seine Stimme verriet, dass er sich aus der Affäre ziehen wollte. Unter allen Umständen. Jeannie hätte seine zwiespältige Miene gerne verstanden, aber dann lächelte er, und der nette beste Freund war zurück. Nett und verschwiegen.

»Jetzt zählen nur noch Dan und du und eure gemeinsame Zukunft«, sagte er bestimmt. »Wo wir schon einmal dabei sind: Dürften die Ärzte nicht mittlerweile fertig sein?«

Jeannie nickte, und sie begaben sich zur Treppe. Owen war eine zu treue Seele, um etwas preiszugeben. Aber wer weiß, was seine anderen Freunde zu sagen hatten?

# Kapitel 9

Am Freitagabend war Jeannie gerade zur Haustür hereingekommen, als Natalie an die Hintertür klopfte, um sich zu erkundigen, ob sie mit Rachel und ihr zu Abend essen wolle – wobei man dann, falls sie Lust habe, Ideen für eine Wohltätigkeitsveranstaltung zugunsten des Tierheims sammeln könne.

»Wir suchen nach Ideen, um die Impfung der Welpen und die Versorgung der Mütter zu finanzieren«, erläuterte sie. »George ist mit Fergus beim Vater-Sohn-Kricket, während meine bessere Hälfte beim Elternabend in der Schule ist, daher sind wir mit einer Flasche Wein und einer Pizza allein. Frische Ideen sind immer willkommen. Außerdem brauche ich jemanden, der Rachel schonend beibringt, dass wir nicht schon wieder eine Show vom Format ›Longhampton hat Talent‹ veranstalten können.«

»Warum nicht?«

»Weil wider Rachel Fenwicks Überzeugung ihr Border Collie eben *nicht* singen kann«, erwiderte Natalie düster. »Und sie selbst auch nicht.«

Das Brainstorming war ein Heidenspaß, besonders nachdem Rachel die zweite Flasche Wein geöffnet hatte und Natalie am laufenden Band immer abstrusere Ideen für die Erschließung von Geldquellen produzierte. Auf jeden Vorschlag, den sie als gangbare Möglichkeit notierten – Auktionen, bei denen man einen Gefallen erwerben konnte, Karaoke, Hundebaden zu Wohltätigkeitszwecken (niemand wäscht gerne seinen Hund), Maniküre zu Wohltätigkeitszwecken (niemand schneidet sich gerne die Fingernägel), Ausdrücken der Analdrüsen von Hunden zu Wohltätigkeitszwecken (mal ernsthaft ...) –, kamen etliche abenteuerliche oder regelrecht verrückte Ideen, die es nicht in die engere Auswahl schafften.

»Ich will nicht behaupten, dass ich etwas gegen einen Kalender mit nackten Hundebesitzern hätte«, Rachel fuchtelte auf Natalies Vorschlag hin mit ihrem Weinglas herum, »aber ich frage mich schon, wer Geld dafür ausgeben würde, Ted und Freda an den Wänden hängen zu haben, nur mit einer Leine und einem Beutel Leberwurst vor dem Schambereich bekleidet.«

»Ich«, sagte Jeannie.

»Ich würde gleich zwei nehmen«, sagte Natalie. »Einen für mich und einen, nur um das Gesicht von Johnnys Mutter zu sehen, wenn er unter dem Weihnachtsbaum liegt. Drei sind also schon verkauft, wie du siehst.«

»Ihr seid ja verrückt.« Rachel nahm sich das letzte Stück Pizza. »Ich würde trotzdem noch einmal fragen wollen, wie es mit einem Konzert steht? Unter dem Motto ›Longhampton hat Talent‹ vielleicht?«

»Nicht schon wieder, Rachel ...« Natalie stützte den Kopf in die Hände.

»Aber dieses Mal hat Longhampton wirklich Talent!« Rachel zeigte auf Jeannie. »Wir haben doch unsere eigene Musikerin! Könnten wir deine Band dazu überreden, bei uns aufzutreten, Jeannie?«

Deine Band. Edie's Birdhouse – die schon dem Namen nach nie wirklich *ihre* Band gewesen war – schien einem anderen Leben zu entstammen, dabei lag der letzte Auftritt erst ein paar Monate zurück. Jeannie wurde bewusst, dass sie vielleicht nie wieder auf einer Bühne stehen würde, nicht allein. Jetzt war sie nur noch Ukulele-Lehrerin und Barmädchen.

»Tut mir leid, dass ich euch enttäuschen muss, aber ich habe keine Band mehr.«

»Was?« Rachel schenkte ihr nach. »Hat Dan nicht George erzählt, dass du mit deiner Freundin in einer Band spielst?«

»Hab ich auch. Aber meine Freundin ...« – schon das Wort in den Mund zu nehmen war schwer – »ist letztes Jahr auf einem Festival mit einem Produzenten ins Gespräch gekommen, der einen Songwriter brauchte. Edith' Texte sind wirklich gut, das muss man ihr lassen. Er hat ihr angeboten, nach London zu ziehen und mit dem Schreibteam im Studio zu arbeiten. Das konnte sie nicht ausschlagen. Das ist eine Riesenchance für sie. Ich kann es ihr nicht verdenken, dass sie zugeschlagen hat.« Jeannie zuckte die Achseln, aber sie wusste, dass sie das

Gefühl, hintergangen worden zu sein, vermutlich nicht verbergen konnte.

Ein paar entscheidende Dinge hatte sie auch unterschlagen. Erstens hatte Edith ihr nicht erzählt, dass sich Amir bei ihr gemeldet habe. Zweitens hatte Edith nicht einmal ansatzweise versucht, für sie auch einen Job herauszuschlagen.

Drittens hatte sie sich mit dem Satz verabschiedet: »Wenn dir so viel an einem solchen Job liegt, warum hast du nicht selbst mit ihm gesprochen?« Als wüsste sie nach den zwanzig Jahren, die sie sich nun schon kannten, dass »einfach mit jemandem reden« nicht Jeannies Sache war.

»Oh, wie blöd«, sagte Natalie sofort. »Und sie hat nicht gesagt, dass sie nur im Paket zu haben ist?«

»Nein. Na ja, das Projekt, an dem sie arbeiten, hat mit meinem Musikverständnis nicht viel zu tun. Es ist eher ... Tanzmusik.«

»Ich wette, du hättest es trotzdem gerne gemacht.« Rachel reckte wissend ihr Kinn. »Vergiss diese Edith. Sie scheint eine egoistische Ziege zu sein.«

Das sagte sie derart genussvoll, dass sich Jeannie gleich besser fühlte. Dan hatte ähnlich reagiert, aber er hatte Edith nie gemocht und auch ihre Texte nicht verstanden, daher hatte es sich nicht so gut angefühlt wie Rachels und Natalies spontane Empörung.

»Andererseits brauchst du sie ja nicht, um Musik zu machen«, fuhr Rachel fort. »Könntest du nicht allein auftreten?«

Jeannie schüttelte den Kopf. »Ich muss erst einmal

eine Weile pausieren. Im Moment bin ich nicht … in der richtigen Stimmung dafür.«

Die Wahrheit war aber noch viel schrecklicher. Jeannie hatte Angst, dass die Musik in ihrem Kopf verschwunden war. Schon vor Dans Unfall hatte sich dort, wo einst die Musik gesprudelt hatte – den ganzen Tag lang, jeden einzelnen Tag, seit sie alt genug war, um ihre erste Ukulele halten zu können –, eine schwarze Leere ausgebreitet. Schlimmer noch, sie wollte nicht einmal mehr spielen. Ihre Gitarren und Ukulelen befanden sich noch im Gästezimmer, wo Jeannie sie am Tag des Einzugs abgelegt hatte. Sie hatte fast das Gefühl, sie zu verraten, aber sie könnte es nicht ertragen, sie in die Hand zu nehmen und nichts zu spüren.

»Natürlich nicht. Mit Dan und so …« Rachel verzog das Gesicht über ihren Vorschlag. »O Gott, Entschuldigung. Du hast schon genug am Hals.«

»Kein Konzert also.« Natalie strich es von der Liste und zwinkerte Jeannie zu, als hätte die ihr einen Gefallen getan. »Womit wir wieder bei Auktionen oder Strafkassen für Flüche und Schimpfwörter wären, in Pubs zum Beispiel.«

»Wir brauchen mehr als Strafkassen für Schimpfwörter.« Rachel vergrub die Hände in den Haaren, wobei eine kleine Tätowierung am Handgelenk sichtbar wurde, ein Tatzenabdruck. »George hat mir letzte Nacht eine Tabelle vorgelegt, mit sämtlichen Posten des Hundeheims, verschiedenfarbig markiert, damit ich es auch verstehe. Der Vortrag dazu war gratis.« Sie schaute an die Decke. »Dabei hat er mir schon lange keine Vorträge mehr gehalten. Und ich habe ihn auch schon lange keinen überheblichen Schwachkopf mehr genannt. Es ist wie früher, nur dass die sexuelle Spannung nicht mehr so stark ist.«

»Gibt es irgendetwas, das ihr verkaufen könnt?«, erkundigte sich Jeannie. »Meine Eltern haben immer Kofferraumverkäufe organisiert. Es ist erstaunlich, wie viel Geld man mit überflüssigem Zeug machen kann: mit Kleidung, die man nicht mehr trägt, oder Büchern, die man bereits gelesen hat, und so weiter.«

»Wir sind die absoluten Entrümplungsexpertinnen«, sagte Natalie. »Was denkst du denn, wo wir für unseren Secondhandladen das ganze Zeug herhaben? Ich habe höchstpersönlich den Begriff ›Herbstsäuberung‹ erfunden, um nicht nur beim ›Frühjahrsputz‹ zuschlagen zu können. Es gibt kaum einen Dachboden in der Stadt, den wir nicht von schicken Fummeln befreit hätten.«

Unvermittelt legte Rachel ihr Pizzastück hin und starrte in den Raum.

»Rachel?« Jeannie sah erst sie an, dann Natalie. »Habe ich etwas Falsches gesagt?«

»Sie denkt nach.« Natalie schenkte ihnen Wein ein. »Stör sie nicht. Aber halt lieber den Mund, Rachel, wenn dein nächster Vorschlag vorsieht, dass ich singe oder tanze oder irgendetwas mit Analdrüsen anstelle.«

Der Abend endete bald darauf, weil Natalies Ehemann kam, um sie nach dem Elternabend an der Highschool von Longhampton abzuholen.

»Ihr müsst gar nichts sagen!«, erklärte Johnny, als er

im Parka in der Tür stand. »Longhampton hat Talent! Nun, da würde ich euch gerne meine Dienste als …«

»Einstimmig abgelehnt, Johnny«, sagte Natalie und warf einen verzweifelten Blick über die Schulter, bevor sie ihn hinausschob.

Jeannie freute sich auf die Geschichten, die Owen am Wochenende aus Dans Freunden herauslocken würde. Sie war auch gespannt, welche Erinnerungen Owen selbst auswählen würde, um Dan wieder ins Leben zurückzuholen. Vielleicht würden sie ein Licht auf ihre lange und so ungleiche Freundschaft werfen. Was hatten sie gemeinsam angestellt, der Goldjunge Dan und sein Freund, der Paddington-Bär?

Sie selbst hatte auch ein paar gemeinsame Erinnerungen, die sie ausgedruckt in der Tasche bei sich trug: die langen Whatsapp-Gespräche, die sie in ihren frühen Tagen miteinander geführt hatten. Als sie sie im Zug überflogen hatte, waren ihr Tränen in die Augen gestiegen, und sie hoffte, der zaghafte Flirt würde auch in Dans schlummerndem Verstand etwas auslösen.

Als sie die Intensivstation betrat, herrschte reges Treiben am Bett eines neuen Patienten.

Die Besucher des Manns, seine Eltern und seine Freundin, waren zur selben Zeit eingetroffen wie sie, und obwohl sich die drei im Aufzug nicht unterhalten hatten, erkannte Jeannie sie wieder – und auch die Anspannung in ihrem Schweigen.

Sie legte die Finger um Dans Hand, vorsichtig darauf bedacht, die Kanülen nicht zu berühren, und sprach leise auf ihn ein. Die Anwesenheit der anderen Familie war aber nicht zu ignorieren, zumal die drei jetzt so laut sprachen, dass man die Details gar nicht überhören konnte.

Der Mann hieß Tyler. Er hatte drei Tage nach seinem fünfundzwanzigsten Geburtstag einen Fahrradunfall erlitten.

»Hier, ich habe etwas für dich!«, sagte Jeannie und faltete den ersten Blätterstapel auseinander. »Es sind die Nachrichten von dem ersten Abend, an dem wir uns geschrieben haben. Was für ein Abend. Du, ich und die Nachtschicht.«

Von Dan kam keine Reaktion. Stattdessen hörte Jeannie die Freundin des anderen schluchzen und seine Mutter erklären, sie solle sich zusammenreißen.

*»Hallo, Pferdeflüsterer!«*, las sie leise, aber die anderen hörten sowieso nicht zu. Sie hatten Wichtigeres, auf das sie sich konzentrieren mussten. *»Danke für deine Nachricht. Du hast richtig gelesen – ich spiele die Ukulele. Und nein, ich singe nicht unter Fenstern und lehne auch nicht an Laternenmasten. Ich habe eine Band und singe im Background-Chor, aber vermutlich hast du noch nie von uns gehört, es sei denn, du besuchst sehr kleine Festivals. Was bedeutet dein Name – hast du eine Erkältung?«*

Jeannie hörte unwillkürlich das Gespräch mit an, als sie eine Atempause machte. Es war nicht Tylers Fehler, dass er unter den Lastwagen geraten war. Lastwagenfahrer sollten besser auf Radfahrer aufpassen, man wusste ja, was für Schweine das waren. Hatte Tyler das nicht immer gesagt? Ja, hatte er.

*»Hallo, NotNowBono«*, fuhr sie fort. Sie konnte Dans Stimme förmlich hören, als sie seine Worte laut vorlas, automatisch seinen Akzent annehmend. *»Woher willst du wissen, dass ich deine Band nicht kenne? Erzähl mir etwas darüber! Und nein, ich bin nicht heiser oder so – ich bin einfach ein Tierarzt, der keine Wortspiele beherrscht. Im Moment habe ich Nachtschicht und kümmere mich um einen Labrador, der gestern zwei Socken und einen Tanga verschlungen hat.«*

*»Geht es ihm gut?«*

*»Besser als den Socken jedenfalls.«*

Hannah, seine Freundin, sollte sofort zu weinen aufhören, weil das niemandem etwas nützte, am allerwenigsten Tyler. Wann kam die Krankenschwester zurück? Wenn Hannah sich nützlich machen wollte, konnte sie die Schwester suchen. Und Informationen beschaffen. Und Tee für alle. Mit viel Zucker.

Beim Klang von Hannahs Absätzen, die über den Fußboden der Intensivstation klapperten, musste Jeannie sich auf die Lippe beißen. Es wirkte, als liefe da jemand vor einer Situation davon, die er nicht fassen konnte. Jeannie wusste, wie sich das anfühlte. Sie konzentrierte sich auf den Ausdruck in ihrer Hand. Das Papier zitterte.

*»Was macht man so bei einer Nachtschicht?«*, las sie laut vor.

*»Man wartet darauf, ob zufällig ein Notruf eingeht, trinkt Kaffee und tippt wild auf seinem Laptop herum«*, hatte Dan geschrieben. *»Vielfältige Dramen um Leben und Tod können ins Haus stehen. So muss ich mit Leu-*

*ten reden, deren Katze sie um vier Uhr nachts komisch anschaut, weshalb ich telefonisch die Besessenheit von einem Dämon diagnostizieren soll.«*

Jeannie schaute zu Dans schlafendem Gesicht hinüber. »Als ich das gelesen habe, musste ich laut lachen«, teilte sie ihm mit. »So etwas war mir bei meinen Dating-Gesprächen noch nie passiert, egal ob sie nun im Internet stattfanden oder anderswo.«

Er antwortete nicht. Natürlich nicht. Hatte sie etwas anderes erwartet? Jeannie ignorierte das komische Gefühl in ihrem Magen und las weiter.

»*Und wo befindest du dich?*«, fragte sie.

»*In meiner Wohnung über der Praxis – der Vorteil meiner Arbeit: Die Wohnung wird gestellt, und man hat Zugang zu so vielen Ketaminen, wie man nur will. Nein, warte: zu so vielen Feuchttüchern, wie man nur will. Fleck, die Dalmatiner-Hündin – nicht der originellste Name, ich weiß –, ist bei mir. Sie lässt grüßen. Ich heiße übrigens Dan. Du hast mir auch noch nicht mitgeteilt, wie ich dich anreden darf.*«

Jeannie konnte sich noch gut erinnern, wie begeistert sie war, als sich das Gespräch auf ihrem Bildschirm entfaltete, als wären sie in einer Bar. Es war merkwürdig, die Worte jetzt laut auszusprechen. In einer Bar wäre sie nie so selbstbewusst aufgetreten.

»*Du kannst mich Betty nennen*«, las sie vor und verzog das Gesicht. Dann war sie aus irgendeinem Grund aufs Ganze gegangen. »*Betty, und wenn du mich anrufst, nenn mich Al.*«

»*Hallo, Betty! Das mit Al habe ich nicht verstanden.*«

Tja, vielleicht hätte sie nicht mit Anspielungen auf die Musik der Achtziger beginnen sollen. »You Can Call Me Al, *von Paul Simon? Ich habe keine Ahnung, ob Paul Simon Ukulele spielt. Würde aber gut zu ihm passen. Kleine Hände. Mein Name ist Jeannie.*«

»*Aha! Nun, dann eben Jeannie. Hallo, Jeannie!*« Sie hielt inne und schaute zu Dan hinüber. »An dieser Stelle hast du ein winkendes Emoji eingefügt. Und dann noch eins mit gerecktem Daumen. Ich habe keine benutzt, denn wenn ich ehrlich sein soll, Dan: Ich hasse Emojis. Das hätte ich vielleicht gleich sagen sollen, aber egal, jetzt sage ich es halt. Bitte keine Emojis.«

Hatte sein Augenlid gezuckt? Jeannie hielt den Atem an und beugte sich vor, das Herz in der Kehle.

»Dan? Dan!« Sie schaute auf die Geräte. Nichts hatte sich verändert. Nichts piepte, keine Linie flachte ab, und auch sonst nichts.

Er regte sich nicht mehr, und sie rieb sich die müden Augen. Hatte sein Augenlid geflattert? So als würde er irgendwo in seinem gestaltlosen Zwischenreich vor sich hin schmunzeln?

Es musste das Licht gewesen sein. Oder vielleicht lag es auch an der automatischen Gabe der Sedierungssubstanz, die sich nun stumm ihren Weg durch Nervenbahnen und Blutgefäße suchte.

»Zurück zu dir.« Jeannie blätterte um. »*Es könnte eine lange Nacht werden*, schreibst du. *Sicher musst du morgen früh arbeiten? Oder spielst du die Ukulele in Vollzeit?* Kannst du dich noch erinnern? Viertel nach elf war es.« Sie schaute auf die Zeitangaben in den Nachrichten. Es lagen nur Sekunden zwischen ihren jeweiligen Antworten, wie bei einem richtigen Gespräch.

»Ich schrieb: *Bis morgen Mittag muss ich nirgendwo sein. Wenn wir keinen Gig haben, arbeite ich in einem Pub. Außerdem gebe ich Gitarrenstunden, für jedes Alter und jedes Niveau. Die meisten sind jünger als zehn oder bereits in Rente.*«

»*Klingt lustig! Ich spiele nicht einmal Triangel. Warte! Da kommt gerade ein Anruf. Geh nicht raus.*«

Jeannie schloss die Augen. Sie spürte förmlich das ausgeblichene karierte Hemd, das sie damals trug, roch den süßen Seifenduft der Freesien in dem Glas an ihrem Bett und hörte die Musik von Eliza Carthy, die sie aufgelegt hatte. Mehr noch, sie erinnerte sich sogar an die elektrische Ladung in der Luft – die Energie eines Neubeginns. Das schale Was-nun-Gefühl, das sie in den Tagen zuvor immer verspürt hatte, wenn sie an die Zukunft dachte, war wie weggeblasen gewesen. Dies hier war eine Straße, die in die Berge und den blauen Himmel führte. Die überhaupt irgendwohin führte.

Die Worte flogen Jeannie nicht so zu wie Edith, aber das Gespräch mit Dan hatte sich schnell so angefühlt, als würde in ihrem Kopf ein Song entstehen. Dann wirbelten die Töne mit einer solchen Leichtigkeit durch sie hindurch, dass sie sich beeilen musste, um sie einzufangen.

Sie berührte seinen Arm und wollte sich auf die gleiche Weise mit ihm verbinden wie in jener Nacht, in der sie so gerne seine Stimme gehört hätte.

Nach ein paar Unterhaltungen über Whatsapp hatte

sie die Stimme schon fast in ihrem Kopf gehört. Im Schneidersitz auf dem Bett hockend hatte sie sein kleines Foto so stark wie möglich vergrößert: ein Junge, der in die Luft boxte, während ihm der blonde Schopf in die Augen fiel. Zwischen zwei Fingern schaute er zu ihr auf. Es war kein sorgfältig ausgewähltes, schmeichelndes Bild mit etlichen Filtern, sondern ein Schnappschuss von einer Person, die sich am Leben erfreute. Das hatte ihr gefallen.

Schritte. Menschen eilten durch die Station, zu dem Bett am Ende des Raums. Jeannie erkannte die Stimme von Dr Allcott. Er redete mit einem anderen Arzt, leise und eindringlich. Seine Worte vernahm sie nicht, aber der Tonfall war ihr vertraut, und zwar nicht in einem positiven Sinn. Bei dem Gedanken an Hannah und Tyler krampfte sich ihr Magen zusammen.

Schnell versuchte sie, eine Wand aus Gesprächen zu errichten. »Sag bitte Bescheid, Dan, wenn ich dich langweile, ja? Du hast geschrieben: *Der Notruf kam von einem Mann, der eine Ferndiagnose zu seinem Hund wollte. Er sagte, er habe ihn gebadet und dabei Knoten an seinem Bauch entdeckt. Jetzt hat er Angst, es handele sich um Krebs.*«

»*Und was hast du gesagt?*«

»*Ich habe ihn gefragt, ob es sehr kleine Knoten seien, die in einer Reihe lägen. Als er das bejahte, sagte ich: Glückwunsch, Ihr Hund hat Zitzen.*«

Jeannie hielt inne. »Wieder ein Emoji. Wirklich, wenn ich gewusst hätte, dass du an Emoji-Sucht leidest, hätte ich es vielleicht gleich sein lassen. Aber du hast es wiedergutgemacht, indem du mir ein Foto von einem Welpen an einem Tropf geschickt hast. Du hattest ihn in jener Nacht untersucht, und ich war … na ja.«

Sie war hin und weg gewesen. Absolut hin und weg.

Jeannie hatte in ihr Handy gelächelt und um weitere Welpenbilder gebeten. Dan hatte welche geschickt, außerdem ein Selfie mit zwei streunenden Katzen, die ihn auf der Suche nach einem Leckerbissen immer bei seiner Nachtschicht aufsuchten. Schockiert hatte sie gemerkt, dass sein Lächeln sie direkt ins Herz traf. Als würde sie ihn schon ewig kennen.

»*Hör zu, wenn du ins Bett willst, kann ich das gut verstehen*«, schrieb er um halb eins.

»*Ich amüsiere mich bestens!*« Eine Untertreibung, dachte sie, als sie ihre eigenen Worte las. »*Außerdem würde ich gerne wissen, ob der Mann mit dem depressiven Hund noch einmal anruft. Oder ob vielleicht der Hund anruft, um dich zu bitten, seinen Besitzer einzuschläfern.*«

Und dann erreichten sie die Worte, die ihr Inneres nach außen stülpten, wie sie so allein in der Dachkammer saß. »*Wann können wir noch einmal reden?*«

»*Wann ist denn deine nächste Nachtschicht?*«

»*Muss es eine Nachtschicht sein?*« Jeannie zögerte. »Dann hast du mir ein Emoji mit hochgezogener Augenbraue geschickt. Und ich musste einfach lachen.«

Die Worte blieben ihr in der Kehle stecken. Als sie das alles noch einmal las, fühlte sie, wie die knisternden Gefühle von damals wieder hochkamen – perfekter und romantischer hätte es nicht sein können. Wie hatte die

Sache so schieflaufen können? Sie saß ganz still auf ihrem Krankenhausstuhl und versuchte, jenen Moment festzuhalten, diesen Ort in ihrem Kopf. Mit Dan, ganz am Anfang. Sie wünschte sich dorthin zurück, damit sie noch einmal von vorn anfangen und die Fehler beheben konnte.

»Ich habe diese Nächte geliebt, in denen wir gechattet haben. Hattest du nicht auch das Gefühl, dass es ... intimer war, als sich persönlich zu begegnen? Wir haben uns eine Menge alberner Fragen gestellt, aber es gibt noch so viele Dinge, die ich gerne wissen würde.« Ihre Stimme brach. »Wer dich in einem Film spielen würde, zum Beispiel. Oder welche Tierseele der deinen entspricht. Oder ob du an Gespenster glaubst.« Sie schluckte. »Oder was dir am besten an mir gefällt. Oder wie du Owen kennengelernt hast – und wieso ihr euch angefreundet habt. Rein äußerlich seid ihr beide so verschieden, wenn ich das sagen darf. Er ist so ruhig, und du ... eben nicht. Na ja, wie bei mir und Edith vermutlich. Obwohl ich mir nicht vorstellen kann, dass Owen dir antut, was Edith ...«

»Hallo«, sagte Owen dicht hinter ihr. Der Raum war klein.

Jeannie fuhr zusammen. »Wie lange stehst du schon da?«

»Ich bin gerade gekommen.« Er musterte sie. »Oh, Entschuldigung. Weinst du?«

Sie fuhr sich mit der Hand übers Gesicht. »Mir geht es gut«, antwortete sie und wedelte mit dem Papier. »Einfach nur ... Erinnerungen. Du weißt schon.«

Owen legte ihr unbehaglich die Hand auf die Schulter. Nachdem er sie zweimal getätschelt hatte, nahm er sie wieder weg. »Ich kann es dir erzählen«, sagte er. »Falls das hilft.«

»Was erzählen?«

»Wie wir uns kennengelernt haben. Ich war mit Dan in der Schule.« Er setzte sich auf den Stuhl gegenüber, wo er sich in den beengten Raum zwischen den Monitoren und dem Beatmungsgerät quetschen musste. »Er hat mitten im Oster-Trimester angefangen, und unser Lehrer hat mir aufgetragen, ihm bei der Eingewöhnung zu helfen. Ich war der Letzte in einer langen Reihe von Pattersons, daher dachte der Mann, ich sei genau der Richtige dafür. Leider war ihm nicht aufgefallen, dass ich im Gegensatz zu meinen drei Schwestern notorisch scheu war und nicht viele Freunde hatte.« Owen zuckte mit den Schultern, als hätte sie das sicher längst erraten. »Am Ende lief es darauf hinaus, dass Dan *mich* unter seine Fittiche nahm und Freundschaften für uns schloss. Das hat er mich nie spüren lassen, nicht eine Sekunde lang.«

»Und seither seid ihr die besten Freunde.«

Owen betrachtete Dan. »Ich bin mir sicher, dass die Menschen das nie verstanden haben. Er kam mit allen klar – den beliebten Schülern, den sportlichen Schülern, selbst den etwas verrückten. Aber ich kenne eine Seite von Dan, die die meisten Leute nicht sehen. Er fühlte sich so verloren, als sein Vater ging, und hat sich große Sorgen um Andrea gemacht. Meine Familie lebte in der Nähe, ein großer Clan. Mum feiert gern, und Dad ist verrückt nach Fußball, und sie …« Er tat so, als wollte er Dan in den Arm nehmen. »Mum liebt ihn wie einen von uns. Wir alle tun das.«

Jeannie fragte sich, ob sie selbst diese Seite an Dan gesehen hatte. Er war immer so unbeirrbar positiv in allem. Sie konnte sich aber leicht vorstellen, wie ein jüngerer Owen ihn in seine bärenhaften Arme schloss und den Freund tröstete, der gute Miene zum bösen Spiel machte.

»Denkst du, dass es je zu einer Annäherung mit seinem Dad kommen wird? Jetzt, wo er älter ist?«

Die Antwort kam wie aus der Pistole geschossen. »Nein. Ich glaube nicht, dass er Malcolm je wiedersehen möchte. In Geldsachen war sein Vater wohl sehr großzügig, aber er hat Andrea sehr schlecht behandelt. Sehr, sehr schlecht. Irgendwann hat er mir mal gestanden, seine größte Sorge sei, er könne wie sein Vater werden.«

Sein Blick huschte zu dem Bett hinüber, als wäre er hin- und hergerissen zwischen der Angst, Dans Vertrauen zu missbrauchen, und dem Bedürfnis, Jeannie etwas verständlich zu machen. »Aber ich hätte nicht … Habt ihr denn nie darüber gesprochen?«

Sie schüttelte den Kopf, aber Owen ließ sich nichts mehr entlocken.

»Wenn er nach Andrea kommt, ist alles wunderbar«, sagte sie. »Wenn *ich* wie meine Mutter würde … nun, dann wäre ich hochzufrieden.«

Owen entspannte sich sichtlich. »Deine Mutter ist ja auch wunderbar.«

Sie lächelte und freute sich, dass ihm das aufgefallen war. »Ich habe wirklich Glück.«

»Vermutlich geht es uns beiden besser, als uns manchmal bewusst ist«, sagte Owen und wirkte für einen Moment furchtbar traurig.

# Kapitel 10

Am nächsten Morgen klopfte in aller Frühe Rachel an die Haustür. Jeannie wusste sofort, dass etwas los war, und zwar ausnahmsweise einmal im positiven Sinn.

Rachels Augen funkelten, und sie wippte auf den Fußballen auf und ab. Hinter ihr stand wie immer Gem.

»Ich brauche deine wertvolle Meinung«, sagte sie ohne Umschweife. »Du bist sicher beschäftigt, aber könntest du vielleicht für eine halbe Stunde mitkommen und mir ehrlich sagen, was du von einer bestimmten Sache hältst? Es handelt sich entweder um eine geniale Geldbeschaffungsmaßnahme oder um eine wirklich schlechte, da bin ich mir noch nicht sicher.«

»Hat Natalie schon ihre Meinung gesagt?«

Rachels Miene veränderte sich. »Die weiß es noch gar nicht. Ich brauche eine objektive Meinung, und die bekomme ich von Natalie nicht.«

Sie gingen über den Weg zu den Fenwicks, während Gem wie eine Nebelschwade hinter ihnen herwaberte.

Im Haus stieg Rachel sofort nach oben, vorbei an dem Badezimmer mit der großen Wanne, Fergus' Zimmer und dem Treppenabsatz mit den Schwarz-Weiß-Aufnahmen von den Hunden, bis sie eine schlichte Hintertreppe erreichten.

Darüber gelangten sie in ein gewaltiges Dachgeschoss, das sich über die gesamte Etage erstreckte. Das Sonnenlicht, das durch das Fenster am anderen Ende fiel, ließ die vom Boden aufwirbelnden Staubschwaden erglänzen. An den Wänden reihten sich Kisten, alte Möbel und mit Tüchern verhängte Kleiderstangen aneinander. An schweren Holzbalken hingen ausgefranste Rosetten vom Ponyclub, die sich allmählich zwischen den Spinnweben auflösten. Eine pockennarbige Dartscheibe erinnerte an jemandes eifrige Übungsversuche, die schon Jahrzehnte zurückliegen dürften.

»Ich verspreche Fergus ständig, dass wir den Dachboden für ihn und seine Kumpels umbauen«, sagte Rachel, als sie sah, dass Jeannie sich umschaute. »George pflegt aber zu sagen, dass dann unentwegt lärmende Teenager unter dem Dach herumhängen, was wir uns gar nicht leisten können. Außerdem bin ich mir nicht sicher, ob das WLAN bis hierher reicht, daher würde sich Fergus vielleicht sogar weigern, so weit in unbekanntes Terrain vorzudringen.« Rachel zog die Tücher von den Kleiderstangen und schob Kleiderbügel hin und her. Orangeroter Brokat und scharlachroter Satin blitzten auf.

»Sind das Kleider von dir?«

Rachel seufzte und hielt ein glitzerndes goldenes Maxikleid hoch. »Ein paar schon.« Dies hier gehörte meiner Tante Dot. In den Sechzigern war sie wirklich ein Glamourgirl. »Das hier sind meine Kleiderständer. Das meiste in Schwarz, wie du siehst.«

»Warum hängen die denn hier oben? Ist es nicht mühsam, wenn man jedes Mal hier hochsteigen muss, um sich anzuziehen?«

Sie lachte. »Nein, hier bewahre ich nur die Kleider auf, die ich nicht mehr anziehe, entweder weil ich nicht mehr hineinpasse oder weil sie zu schön sind, um sie den Verwüstungen des Landlebens und der Kindererziehung auszusetzen. Mein Leben in Mottenkugeln, sozusagen … Ah, da ist es ja.«

Rachel holte einen edlen Kleidersack heraus, hängte ihn an die Stange und öffnete den Reißverschluss. Dabei beugte sie sich vor und sog die abgestandene Luft in sich auf.

»Aaah, ich kann immer noch das Parfüm riechen, das ich damals getragen habe. Ist das nicht wunderbar?«

Sorgsam zog sie ein Kleid aus der Hülle und strich ehrfürchtig über die elfenbeinfarbene Seide. Aus dem Kokon war ein Schmetterling geschlüpft: ein wunderschönes knielanges Seidenkleid. Das Design war bewusst schlicht gehalten, aber es steckte sichtlich Können dahinter.

Jeannie erkannte es von den Hochzeitsfotos auf der Treppe. »Wahnsinn. Ist das dein Hochzeitskleid?«

»Ja.« Rachel konnte gar nicht den Blick davon losreißen. »Meine letzte Errungenschaft auf Net-a-Porter, bevor ich mich damit abgefunden habe, den Rest meines Lebens in einer mit Hundehaaren übersäten Schürze zu verbringen. Ein Givenchy-Kleid. Ich dachte, ich könnte es noch einmal tragen. Oder färben, aber das geht nicht. Man sähe einfach wie eine verrückte Miss Havisham aus, die sich ein billiges Färbemittel verschafft hat.«

»So etwas hätte ich mir für mich auch gewünscht«, sagte Jeannie wahrheitsgemäß. Erst mitten in den Hochzeitsplanungen war ihr aufgegangen, dass sie nicht wie ein großes weißes Baisertörtchen aussehen musste, nur weil es in den Zeitschriften hieß, so etwas schmeichele den Formen. Da war das große weiße Baisertörtchen aber bereits ausgewählt, bezahlt und abgeändert.

»Am Tag meiner Hochzeit wollte ich immer die schönste Version meiner selbst sein und kein Klorollenhauben-Verschnitt.« Rachel strich immer noch über die perfekt gelegten Falten. »George hatte erstaunlich präzise Vorstellungen von meinem Kleid, das war mir gar nicht klar gewesen. Vermutlich hatte er Angst, dass ich in einem Lady-Gaga-Kleid in der Kirche erscheinen könnte. Oder in einer Hose. Elfenbein war dann unser Kompromiss. Für ein Prinzessinnenkleid war ich sowieso schon zu alt.«

»Wie alt warst du denn, als du geheiratet hast, wenn ich fragen darf?«

»Fünfundvierzig«, sagte Rachel. »George und ich haben uns kennengelernt, als ich fast vierzig war. Er hat sechs Jahre und Fergus' gesamte Kindergartenzeit gebraucht, um mich davon zu überzeugen, unsere Verbindung offiziell zu besiegeln. Nach außen hin führte er immer steuerliche Gründe an, aber tief im Innern ist er ein Romantiker. Er wollte mein Ehemann sein, und ich sollte seine Ehefrau werden.« Sie hielt inne. »Ich habe nur so lange gezögert, weil ich den Gedanken nicht ertrug, ich könne die Sache vermasseln, nachdem er so lange gewartet hat.«

Ihre Augen schweiften ab, und sie lächelte, vermutlich weil sie sich an Georges Reaktion erinnerte, als er sich umdrehte und sie an der Kirchentür stehen sah, so überwältigend sie selbst. Jeannie konnte sich Rachel auch nicht in einem mit Rüschen überladenen Baisertörtchen-Kleid vorstellen. Sie war zu groß und zu kantig und zu selbstbewusst, um sich als jemand anders zu verkleiden.

»Was ist mit Dan?«, fragte Rachel. »Hatte er bestimmte Vorstellungen von deinem Kleid?«

»Nein, überhaupt nicht. Er hat einfach gesagt, ich soll tragen, was mir gefällt.«

»Und hat es lange gedauert, bis du dein Traumkleid gefunden hast?«

»Es war gleich das Erste, das ich anprobiert habe. Es passte, es war wunderschön, die Damen im Laden jubelten …« Jeannie berührte den Stoff von Rachels Kleid. Er war ganz anders als ihrer: echte Couture-Seide. »Ich sah wie eine Braut aus.«

»Oh, wie schön! Du hast also Ja zu dem Kleid gesagt!«

»Das Kleid hat eher Ja zu mir gesagt. Ehrlich gesagt war das ein eigentümliches Erlebnis. Ich habe immer Kleider gekauft, die mir gefielen, nicht weil sie eine Art … Uniform waren.« Das war ein merkwürdiges Bekenntnis, aber die Worte sprudelten nur so aus ihr heraus. Jeannie fühlte sich regelrecht befreit, fast so wie in dem Moment, als sie das Mieder wieder abgelegt hatte. »Ich habe gar nicht darüber nachgedacht, wie es sein würde, länger als eine halbe Stunde in voller Montur herumzusitzen. Und ganz bestimmt habe ich keinen Gedanken daran verschwendet, wie gut man damit in einen Rettungshubschrauber passt. Oder wie schlecht, wie sich herausstellte.«

»Nun, die Einstiegsmöglichkeiten in einen Rettungshubschrauber sind nicht das erste Kriterium, das man bei der Anprobe eines Brautkleids im Sinn hat,« erklärte Rachel mitfühlend. »Hattest du all deine Brautjungfern dabei, um dir bei der Auswahl zu helfen? Haben sie dich nicht zu überreden versucht, noch ein paar andere anzuprobieren, um mehr Prosecco abzustauben?«

»Nein, ich war allein dort. Das Ganze hat nur eine Stunde gedauert.«

Rachel wirkte überrascht.

»Ich wollte kein großes Theater veranstalten«, erläuterte Jeannie. Bisher war es ihr nicht komisch vorgekommen, dass sie allein losgezogen war, aber ... Mit einem Mal fragte sie sich selbst, warum sie niemanden hatte mitnehmen wollen. »Meine Mum wollte ich nicht aus Bristol anreisen lassen, außerdem hasst sie einkaufen. Und Brautjungfern hatte ich zu dem Zeitpunkt nicht. Edith und ich redeten nicht mehr miteinander – sie hatte sich ja nach London verkrümelt –, und meine Schwägerin, die dann eingesprungen ist, hat nicht frei bekommen, um ein Kleid zu kaufen. Sie ist Lehrerin. So war ich also allein unterwegs«, schloss sie matt.

»Die Entscheidungsfindung dürfte das natürlich vereinfacht haben«, sagte Rachel, wenig überzeugt.

Jeannie nickte. »Und was ist mit dir? Hast du viele Kleider anprobiert?«

»Ich fürchte ja. Ich hatte das ungute Gefühl, dass es meine letzte Chance sein wird, einen unanständig hohen Betrag für ein Kleidungsstück auszugeben. Das habe ich in vollen Zügen ausgekostet. Ich war bei Anprobe-Partys, bin extra nach London gefahren, das ganze Programm. Es ging um mehr als nur ein Kleid. Es fühlte sich eher so an, als müsste ich mich ... von irgendetwas verabschieden.« Ihre Miene wurde vertraulich. »Das würde ich George natürlich nie sagen.«

»Ich weiß, was du meinst«, murmelte Jeannie.

Rachel fuhr liebevoll mit der Fingerspitze über den sich verjüngenden Ärmel. »Draußen habe ich es nie wieder getragen, aber ich bin oft hier hochgekommen und habe es anprobiert, wenn niemand zu Hause war. Solange es noch passte, jedenfalls. Meine Schwester hatte uns einen Brotbackautomaten *und* eine Eismaschine zur Hochzeit geschenkt, und ich muss zugeben, dass wir wie Hefeklöße aufgegangen sind. Besonders ich. Das Kleid habe ich nicht mehr angezogen, seit ich es nicht einmal mehr über die Knie bekam. Irgendwann habe ich einen Entschluss gefasst. George habe ich gar nichts davon erzählt, dass ich Diät mache. Ich habe einfach weniger gegessen und bin um die Wiese gejoggt. Jede Woche bin ich einmal hier hochgekommen und habe versucht, den Reißverschluss zu schließen. Es war, als schuldete ich es dem Kleid, es noch anziehen zu können.«

»Vermutlich hast du es irgendwann geschafft, oder?«

Natürlich hatte sie es geschafft. Rachel war schlank, fast schlaksig, die perfekte Figur für eine 7/8-Jeans, gestreifte Hemden mit hochgekrempelten Ärmeln und weiße Turnschuhe.

»Ja.« Sie verzog das Gesicht. »Wenn ich um die Wiese hechelte, stellte ich mir immer vor, wie es mir mit einem herrischen französischen Akzent eine Standpauke hielt.«

»Dann ist es ja nicht nur ein Kleid, sondern auch noch ein Personal Trainer. Zwei zum Preis von einem.«

»Tja! Wenn man es so betrachtet, war es ein Schnäppchen.« Rachel lächelte traurig. »Aber egal, ich werde es verkaufen.«

»Wie bitte?« Das hatte Jeannie nicht erwartet.

»Ich werde es verkaufen. Ich werde es nie wieder anziehen. Mittlerweile steht es mir auch gar nicht mehr, weil sich meine Figur verändert hat. Ich bin fast fünfzig. Manche Dinge muss man einfach akzeptieren. Zu versuchen, sich in sein Hochzeitskleid zu zwängen, ist nicht nur unwürdig, es grenzt an Schwachsinn.«

»Aber …«

»Ich weiß, es ist kein typisches Hochzeitskleid. Das war auch meine Überlegung – sooo viele Gelegenheiten, es noch einmal zu tragen. Aber hier in der Gegend gibt es keine Partys, wo man Givenchy trägt.« Rachel wandte sich Jeannie zu. Plötzlich war ihre Miene unergründlich. »Und selbst wenn ich noch einmal heiraten sollte – wozu es hoffentlich nie kommt –, würde ich ja nicht dieses Kleid hier aus dem Schrank holen, oder?

Nein, es wird Zeit. Wir sollten jemand anders die Möglichkeit geben, es zu lieben. Und sich von ihm herumkommandieren zu lassen.«

»Aber was wird George dazu sagen?«

Rachel reckte das Kinn, und Jeannie erkannte sofort wieder Tante Dots Sturheit darin. »George hat gesagt, ich soll Geld beschaffen, statt ihn anzubetteln. Und das werde ich tun.«

»Aber es ist dein *Hochzeitskleid*!«

»Letztlich handelt es sich einfach um ein Kleid«, sagte Rachel, aber ihnen war beiden klar, dass sie log.

Jeannie wusste nicht, was sie sagen sollte. Warum tat Rachel das? Entweder machte sie sich wirklich nichts aus dem Kleid, oder sie wollte George wirklich eins auswischen, oder es war ihr wirklich – wirklich! – wichtig, Geld für die Hunde aufzutreiben.

Innerhalb einer Zehntelsekunde hatte sie ihre Entscheidung getroffen. »Dann kannst du meins auch haben.«

Jetzt war es an Rachel, sie anzustarren. »Nein, Jeannie. Das musst du nicht tun.«

»Ich möchte meins auch nicht mehr tragen. Es ist mir sowieso zu eng, um ehrlich zu sein. Ständig liegen mir die Leute in den Ohren, dass ich gut darauf aufpassen soll, um es nach Dans Genesung wieder anziehen zu können. Aber es hängen so viele schlechte Erinnerungen daran, dass ich es nicht einmal anziehen würde, falls ich das Ganze doch noch durchziehen …«

Sie unterbrach sich, entsetzt, was sie da gerade fast gesagt hätte, zum ersten Mal seit jenem grauenvollen Moment mit ihrem Vater im Wagen.

Dieses *Falls ich das Ganze doch noch durchziehen …* hing zwischen ihnen im staubigen Dachboden. Jeannie wusste, dass sie etwas sagen sollte, egal was, um die Worte fortzublasen, aber sie fühlte sich vollkommen leer.

Rachel sagte keinen Ton. Sie musterte Jeannie und versuchte, ihre Miene zu ergründen, ohne sich ein Urteil anzumaßen. Jeannie verspürte die eigentümliche Sicherheit, dass Rachel, wenn sie ihr alles beichten würde, Verständnis für sie hätte, selbst für die schändlichen, schrecklichen Wahrheiten, die sie sich selbst nicht einzugestehen vermochte. Aber das Risiko konnte sie nicht eingehen.

»Falls ich mich noch einmal in dieses Korsett zwängen sollte.« Jeannie hatte gerade noch den Dreh bekommen und bemühte sich um eine neutrale Miene. »Nimm es«, sagte sie. »Und den Schleier und den Aufbewahrungsbeutel kannst du auch haben. Es hat tausend Pfund gekostet. Ich habe es in einer wirklich wunderbaren Boutique gekauft.«

»Meinst du wirklich? Fühl dich nicht verpflichtet, weil du ein schlechtes Gewissen hast. Ich bin mir nicht sicher, ob es moralisch vertretbar ist, dein Angebot unter den gegebenen Umständen auch nur in Erwägung zu ziehen.«

»Doch, unbedingt. Ich würde diesen armen Hunden gerne helfen. Und wie du schon sagtest, es ist ein hübsches Kleid. Es verdient seinen Tag im Rampenlicht.«

»Was ist mit Dan?«

»Dan ist Tierarzt«, sagte Jeannie zuversichtlich. »Er

wird sich freuen, dass ich etwas getan habe, um Tieren in Not zu helfen.«

Das war eine gute Antwort. Sie freute sich, wie leicht sie ihr von der Zunge gegangen war. Und es stimmte ja auch. Dan wäre es vermutlich lieber, wenn sie Geld für die Hunde auftrieb, als wenn sie an einem Kleid hing, das sie nie wieder tragen würde.

»Ich habe ja keine glücklichen Erinnerungen daran, nicht so wie du«, fuhr sie fort. »Da kann man sich viel schwerer trennen.«

»Es war nur einmal in Gesellschaft, aber das Wissen, dass es hier oben hängt, war immer schön.« Rachel wischte unsichtbare Stäubchen vom Mieder, dann schob sie es behutsam wieder in seinen Kokon. »Aber wir müssen alle Opfer bringen.« Ihr Blick schweifte ab. »Offensichtlich.«

Jeannie saß an Dans Bett, ihren Laptop auf den Knien, und schrieb: »To-do-Liste für den 3. Juni«, zweimal unterstrichen. Ihr Stift hielt inne. Es gab so viel zu tun, dass sie gar nicht wusste, wo sie anfangen sollte.

Rechnungen. Kommunalsteuer. Autoversicherung. Geld? Schichten in der Bar? Musikunterricht?

Im Krankenhaus schien das alles nicht von Belang, aber Jeannies Leben außerhalb der Intensivstation ging weiter, auch wenn sie nur zu Beginn und am Ende eines jeden Tags eine Stippvisite machte. Sie hatte noch nie allein gelebt und wachte oft panisch auf, weil sie dachte, etwas vergessen zu haben: die Tür abzuschließen oder den Ofen auszuschalten oder so. Listen zu erstellen war ihre Methode geworden, den Tag jenseits von Dans Krankenhausbett zu strukturieren.

Sie drückte auf die Abspieltaste, um die Botschaft zu hören, die Owen von Dans Freund Nick bekommen hatte, und kaute auf ihrem Stift herum. Den Beitrag kannte sie schon: Er handelte vom Griechenlandurlaub der Freunde im Jahr 2015. Zu ihrer Enttäuschung enthielt er keine aufregenden Einsichten, außer dass Dan unter einer Retsina-Allergie litt.

»... ist mir gar nicht bewusst gewesen, wie viel Sonnencreme man benutzen muss, um eine scharfe Silhouette von hahaha einem bestimmten Bild auf dem Rücken eines Menschen hahaha herauszuarbeiten ...«

Jeannie wusste, dass sie bald Geld verdienen musste. Rachel und George waren sehr großzügig mit der Miete für das Haus, und ihre Eltern hatten ihr Geld überwiesen, »bis wir etwas von der Hochzeitsversicherung hören«, aber trotzdem musste sie Pläne schmieden. Ich muss unbedingt wieder zu spielen anfangen, dachte sie und ließ ihren leeren Blick durch die Intensivstation wandern. Ich kann nicht als Musiklehrerin arbeiten, wenn ich nicht spielen kann.

Hannah war heute nicht da. Tylers Eltern saßen an seinem Bett und schauten abwechselnd in der Gegend herum, weinten oder warfen Gesprächsbrocken in den Raum, die in der stillen Station wie Steine untergingen. Tyler war stark sediert, obwohl seine Augen offen standen und er anwesender zu sein schien als Dan. Jeannie hatte bei der Visite belauscht, dass Tyler selbstständig atmen konnte, dass er aber komplizierte Wirbelsäulenverletzungen davongetragen hatte. Eine langwierige Physiotherapie und möglicherweise die Lähmung der unteren Körperhälfte waren nicht auszuschließen.

Arme Hannah, dachte sie und gab sich Mühe, die möglichen Folgen von Dans Unfall auszublenden. Die hatte man bisher nicht einmal eruieren können. Das stand ihnen noch bevor. Dans Diagnose. Seine Reaktionen. Ihrer aller Reaktionen. Ihrer aller neues Leben, wenn sich erst einmal alle Puzzleteilchen zusammenfügten. Sich wegen des Verkaufs eines Kleids anzustellen wäre da ja wohl lächerlich, wenn man es recht bedachte.

Das Cottage war muffig und leblos, als Jeannie am Abend aufschloss. Zum ersten Mal dachte sie, dass es vielleicht nett wäre, eine Katze oder einen Hund zu haben, die herbeigeschlittert oder angehüpft kämen, um sie zu begrüßen. Das wäre immerhin ein Funken Leben in einem Haus ohne Bücherregale und ohne Familienfotos an den Wänden.

Vielleicht könnte mir Rachel einen Hund aus dem Heim leihen, dachte sie, als sie ihre Tasche über den geschnitzten Apfel am Ende des Treppengeländers hängte. Oder vielleicht sollte ich mir einfach einen Hammer holen und anfangen, Bilder aufzuhängen.

Dann würde sie sich allerdings für immer und ewig hier einrichten, was ein komisches Gefühl war. Lustig, dass es leichter war, sich vorzustellen, allein hierzubleiben, Dan täglich zu besuchen und dann zurückzukehren, als sich eine Zukunft vorzustellen, in der er bei ihrer Heimkehr in der Küche stand und sang, während er seine Spezialspaghetti kochte.

Jeannie drückte auf den Knopf des alten Anrufbeantworters, bevor sie allzu viel darüber nachdenken konnte.

»Hallo, mein Schatz, hier ist Mum. Ich wollte nur fragen, wie du zurechtkommst. Ruf mich doch mal zurück, wenn du Zeit für einen Plausch hast.«

Sie löschte die Nachricht und drückte auf »nächste Nachricht«.

»Hallo, Jeannie, hier ist DC Lyons von der Polizei Longhampton. Es geht um nichts Dringendes, ich wollte Sie nur auf den neuesten Stand bringen. Könnten Sie uns bitte unter dieser Nummer zurückrufen. Danke.«

Dann folgte noch ein Anruf, ohne Nachricht, ohne Nummer. Jeannie runzelte die Stirn und löschte ihn ebenfalls. Vielleicht war er für Megan, die Vormieterin? Sie würde Rachel danach fragen.

Nach dem Abendessen stieg Jeannie zu dem Raum hoch, in dem sie ihre Musikinstrumente abgelegt hatte. Sie hatte sie hinter den Kleider- und Bücherkisten versteckt, wo sie sie nicht sehen konnte. Dann flößten sie ihr auch kein schlechtes Gewissen ein, weil sie nicht spielte. Nachdem sie ein paar Kisten beiseitegeräumt hatte, blieb sie zögernd vor den Koffern stehen.

Welches Instrument?

Du musst nicht, sagte eine Stimme in ihrem Kopf, aber sofort darauf erklang eine weitere, lautere:

Tu es. Tu es. *Tu* es.

Da war ihre wunderbare Martin, eine Akustikgitarre, die wie ein Juwel in ihrem mit rotem Samt ausgekleideten Koffer lag. Diese Schönheit mit dem Mahagonikörper hatte sie von ihrem Lohn in der Bar gekauft, gebraucht. Die Entscheidung hatte gelautet: das Instrument oder ein Ersatz für den alten Corsa, in dem Angus und sie fahren gelernt hatten, und sie war Jeannie nicht schwergefallen.

Dahinter lagen eine E-Gitarre, die sie nicht oft spielte – der Klang passte nicht zu der Musik, die Jeannie im Kopf hatte, aber sie versuchte, Zugang dazu zu finden –, und zwei Ukulelen. Eine gehörte ihr, die andere hatte sie Dan in den ersten Tagen ihrer Beziehung geschenkt, weil er ihr erzählt hatte, dass er nicht einmal Triangel spielen könne. Zusammen mit dem Instrument hatte sie ihm ihre Zeit, ihr Talent und ihre Geduld geschenkt. Er hatte sich furchtbar gefreut, hatte sich aber bislang noch keinen Nachmittag freinehmen können, um mit dem Unterricht zu beginnen.

Es fühlte sich nicht richtig an, den Gitarrenkoffer zu öffnen. Zu viele Erinnerungen und Erwartungen würden wie Motten herausflattern.

Stattdessen griff Jeannie zu der sternenübersäten Tasche der Ukulele und zog den Reißverschluss auf. Es war das Instrument, das sie mit in die Schule nahm, damit Kinder ihre ersten unbeholfenen Schritte in die Musik tun konnten. Das hatte etwas Anheimelndes, und Jeannie mochte die schlichten Lieder, die sie mit ihnen sang. Sie legte die Finger um das schmale Griffbrett und ließ sie automatisch Akkorde greifen. An der

Seite klebte der goldene Stern, den ihr ein Lehrer in der letzten Klasse vor ihrem Schulabgang verliehen hatte. Ein goldener Fleißstern.

Es war Monate her, dass Jeannie zu einem Instrument gegriffen hatte. Die Nylonsaiten schnitten ihr in die Finger, da sich die Hornhaut an den Fingerkuppen zurückgebildet hatte. Sie ignorierte den Schmerz, aber ihre Hand fing nicht an zu zupfen. Ihr Gehirn wollte sie dazu nötigen, und in ihrem Kopf vernahm sie auch schon die fernen Fragmente einer Melodie, aber irgendetwas in ihrem Innern blockierte diese Impulse.

Ich stimme sie einfach nur, dachte sie, als das dringende Bedürfnis, den Raum mit Musik zu erfüllen, gegen die dumpfe Sperre in ihrem Kopf ankämpfte. Spielen muss ich ja nicht. Wenn ich sie stimme, reicht das.

Jeannie zupfte und lauschte und drehte an den Stimmwirbeln, bis alle Saiten harmonierten. Dann blieb sie eine Weile mit der Ukulele im Schoß sitzen und lauschte auf die Musik in ihrem Kopf, die Akkorde, die Phrasen, die Kadenzen. Echos hallten wider, Songs, die einst aus ihrem Herzen gekommen waren, die ihr in ihrer neuen Welt aber nichts mehr bedeuteten.

Nichts kam. Die Musik blieb diesem Ort fern. Eine dumpfe Traurigkeit erfüllte Jeannies Körper.

Sie legte die Ukulele in die Tasche zurück, schloss den Reißverschluss und versteckte sie hinter den Bücherkisten.

Dann ging sie ins Bett, allein, und fiel in einen schwarzen traumlosen Schlaf. Immerhin schlief sie zum ersten Mal seit Dans Unfall bis zum Morgen durch.

# Kapitel 11

In einem ruhigen Moment ging Jeannie auf eBay und betrachtete Rachels Anzeige für ihr Hochzeitskleid. Zu ihrer Überraschung gab es für das schöne Cocktailkleid noch keine Gebote.

Das war ihr schleierhaft. Rachel war der Typ, der natürlich eine Schneiderpuppe zur Hand hatte, um ihr Angebot ins beste Licht zu rücken, und die Beschreibung des Kleids war präzise und detailliert gleichermaßen. Das Foto von der Quittung trieb Jeannie die Tränen in die Augen – an der Herkunft des Kleids konnte also keinerlei Zweifel bestehen. Außerdem hatte Rachel die Versteigerung mit einem Betrag begonnen, der Jeannie ziemlich vernünftig vorkam.

Trotzdem schien es niemand zu wollen.

Rachel war genauso erstaunt.

»Keine Gebote.« Sie starrte auf den Computer in ihrem Büro und schüttelte ungläubig den Kopf. »Ich fasse es nicht. Buchstäblich kein Interesse.«

Es war die kurze stille Phase in den morgendlichen Abläufen im Hundeheim, zwischen den ersten Spaziergängen und der Fütterung. Rachel hatte Jeannie vor dem Frühstück angerufen, um sich zu erkundigen, ob sie aushelfen könne, da sich ihre Mitarbeiterin Mel krankgemeldet hatte. Jeannie hatte sich gerne dazu bereit erklärt. Eine Stunde später hatte sie zehn Hunde verschiedener Größe über die Wiese hinter dem Heim gejagt und bediente sich, angenehm erschöpft, von einem Stapel Toastbrote.

»Hochzeitskleider zu verkaufen ist ziemlich schwer.« Natalie, die am anderen Schreibtisch saß, schaute von ihrem Laptop auf. Sie hatte sich diesen Morgen im Café freigenommen, um sich der vierteljährlichen Abrechnung zu widmen und bei der »Sozialisierung« der Welpen zu helfen, indem sie sich mit einem Männerhut auf dem Kopf in ihrer Nähe aufhielt. »Warum hast du es denn bei eBay eingestellt?«

»Weil ich da schon eine Menge Zeug verkauft habe. Außerdem habe ich es nicht nur bei eBay annonciert. Über diese Website für gebrauchten Hochzeitskrempel kann man es auch erwerben.«

»Das ist eine gute Idee«, wollte Jeannie sie aufmuntern. »Hat schon jemand angebissen?«

»Nein.« Rachel schnaubte und rutschte auf ihrem Stuhl herum. »Ich habe sogar angeboten, den Kleidersack mit abzugeben! Der kostet allein schon fünfzig Pfund. Was denn? Was schaust du mich so an, Nat?«

Natalie musterte sie. »Weil ich es nicht fassen kann, dass du mich vorher nicht gefragt hast. Ich hätte dir sagen können, dass es komplette Zeitverschwendung ist, ein Hochzeitskleid über eBay verkaufen zu wollen.«

»Aber es ist kein reines Hochzeitskleid. Es ist ein edles Cocktailkleid!«

Natalie verdrehte die Augen. »Würdest du ein paar hundert Pfund für ein Kleid für den wichtigsten Tag deines Lebens ausgeben, wenn du nur vier Fotos im Internet sehen könntest?« Sie öffnete ein anderes Fenster auf ihrem Laptop und begann zu tippen. Ihre Fingernägel klapperten über die Tastatur. Sie war eine schnelle, wilde Schreiberin. »Wenn du Kleider verkaufen willst, musst du das Erlebnis drum herum verkaufen. Wir brauchen einen richtigen Zugang.«

»Sieh sie dir an ...« Rachel zeigte auf Natalie. »Natalie ist persönlich verantwortlich für den Erfolg von Cococoa-Bioschokolade, wusstest du das?«

Das wusste Jeannie nicht. Aber die Schokolade kannte sie gut. »Wirklich? Beeindruckend!«

»Das war, bevor man mich entlassen hat und ich ein Café eröffnen musste, um den Hund, den mir meine Freundin Rachel aufgeschwatzt hat, mit zur Arbeit nehmen zu können.« Natalie scrollte durch verschiedene Seiten und kaute auf ihrer Lippe herum. »Gut, da hätten wir das ... und das ... Hm.«

»Was suchst du denn da?«

»Ich schaue nach, ob schon jemand die Idee hatte, die mir soeben kam.«

»Nat hatte die Idee, dass man lokale Unternehmen dafür gewinnen könnte, einzelne Zwinger zu sponsern – deshalb hängen all diese eingravierten Schilder an den Gittern«, erläuterte Rachel. »Sie ist so gut darin, den Menschen Geld aus den Rippen zu leiern, dass sogar ich manchmal einen Fünfer spende.«

»Wenn wir es richtig anstellen wollen, brauchen wir mehr als ein Kleid. Meins könnt ihr im Prinzip auch haben.« Natalie sah gar nicht auf, während sie auf ihren Laptop einhämmerte. »Ich werde es nicht mehr tragen, und ich habe auch keine Kinder, denen ich es überlassen könnte.«

»O Nat …« Rachel sah Jeannie an, formte die Worte »Vera Wang« mit den Lippen, hielt vier Finger hoch und tat entgeistert.

»Vera Wang?«, fragte Jeannie stumm zurück. Vera-Wang-Kleider hatte sie sich auch angeschaut, aber dabei war es dann auch geblieben. Ihr Budget für den gesamten Tag, Essen und Wein eingeschlossen, hätte das nicht hergegeben.

»Nun, ich passe sowieso nicht mehr hinein, und in meinem Kleiderschrank nimmt es nur Platz weg. Vielleicht sollte ich jemand anders die Chance geben, mit Wang ins Eheleben zu wandern.«

»Und mein Kleid gibt es ja auch noch«, sagte Jeannie. »Das stelle ich ebenfalls zur Verfügung.«

Nun sah Natalie doch von ihrem Laptop auf. »Was? Nein, Jeannie. Ganz bestimmt nicht. Rachel und ich sind alte Ehefrauen. Du brauchst deins noch. Tu nichts, was du hinterher bereuen könntest. Eigentlich solltest du noch auf Hochzeitsreise sein. Das ist nicht der richtige Zeitpunkt.«

Jeannie schaute zu Rachel hinüber. »Darüber haben wir schon gesprochen. Ich möchte nicht an das erinnert werden, was … was passiert ist. Außerdem möchte ich es sowieso nicht noch einmal tragen.«

Rachels kühler Blick ruhte auf ihr, und Jeannie wurde rot. Erinnerte sich Rachel daran, dass sie angedeutet hatte, die Hochzeit nicht durchziehen zu wollen? Die Schuldgefühle ließen sie paranoid werden.

»Was hast du denn vor?«, fragte sie schnell, damit es weiterging.

Natalie drehte sich mit ihrem Stuhl hin und her. »Ich denke, wir könnten eine Hochzeits-Website lancieren, aber mit einer bestimmten Ausrichtung.«

»Ausrichtung?« Rachel beugte sich gespannt vor. »Stecken wir Hunde in die Kleider?«

»Nein, das tun wir nicht. Also …« Natalie ging in den Präsentationsmodus über. »Die meisten Frauen können nach dem großen Tag nie wieder etwas mit ihrem Kleid anfangen. Sie sagen, sie färben es, aber faktisch tut das niemand. Oder sie behaupten, sie bewahren es für ihre Tochter auf, aber mal ernsthaft … Letztlich gibt man für nur acht Stunden irre Summen aus, und fast jede Frau hat hinterher ein schlechtes Gewissen deswegen. Für mich kann ich das jedenfalls behaupten. Ich musste mein Hochzeitskleid sogar in den Kleiderschrank im Gästezimmer verbannen, weil ich bei seinem Anblick jedes Mal einen Kurzurlaub, eine Augen-Laser-OP oder einen neuen Boiler vor Augen hatte.«

»Sehr romantisch, Nat.«

Aber Natalie war nun in Fahrt. »Warum stellen wir den Leuten hier vor Ort nicht in Aussicht, dass sie mit dem Kleid, das ihr Leben verändert hat, etwas Lebensveränderndes bewirken können? Sie spenden ihre Kleider zum Zwecke des Verkaufs. Dann bekommt eine andere Frau die Gelegenheit, einen wunderschönen Tag zu verbringen, und die Hunde kommen in den Genuss eines glücklichen neuen Lebens. Das ist ein wohltätiger Akt. Und umweltfreundlich obendrein.«

»Es ist, als würde man den Kleidern ein neues Zuhause geben«, sagte Jeannie. »Und uns hilft es, den Hunden ein neues Zuhause zu geben.«

»Das klingt gut«, sagte Rachel. »Warum bin ich nicht selbst daraufgekommen?«

»Aber das ist noch nicht alles.« Natalie hob einen Finger. »Wir werden zu unserer Hochzeitskleid-Sammlung Geschichten erzählen, damit es nicht so klingt, als würden wir die Kleider einfach verscherbeln wollen. Denkbar wäre auch eine Modenschau, bei der die Frauen ihre Kleider noch einmal anziehen – Longhamptons Hochzeiten im Wandel der Zeiten! Eine dieser Dinnerpartys könnten wir in der Stadthalle abhalten, bei Kuchen und Schnittchen.«

»Und wo verkaufen wir die Kleider?« Jeannie schaute sich im Büro um. Da standen zwei Kisten mit quiekenden, raufenden, schlafenden und kackenden Welpen, die das Polstermaterial in ihrer Kiste zerfetzten, außerdem der Korb, in dem Lady Sadie, die Staffie-Hündin, vor sich hin schnarchte und so tat, als ginge sie das alles nichts an. An der Wand lehnten drei Säcke Hundefutter, und das Gerät zum Ausspritzen des Raums lag auch bereit, denn obwohl Rachel unentwegt fegte, »damit sich die Hunde an Besen gewöhnten«, breiteten sich überall Hundehaare aus.

»Hier jedenfalls nicht«, sagte Rachel, die Jeannies Miene registrierte.

»Wir haben ja in der Stadt den Secondhandladen«, erklärte Natalie. »Darüber muss ich mir aber noch einmal Gedanken machen. Ich bin mir nicht sicher, ob wir den Raum festlich genug schmücken können. Es soll ja etwas ganz Besonderes sein.«

Jeannie dachte an die Boutique, in der sie ihr Kleid gekauft hatte – ein watteweicher Himmel fern vom wahren Leben. Ein Reich der Träume. Ein Reich der Romantik und Fantasie, in dem sich schnöde Alltagsfragen nach Geld, sichtbaren BH-Trägern und so verflüchtigten.

»Was ist mit Änderungen?«, fragte sie, da ihre Boutique diesen Service auch im Programm hatte. »Was, wenn einer Frau ihr geliebtes Kleid nicht mehr passt? Können wir das auch anbieten?«

Natalie wandte sich an Rachel. »War es Freda oder Shirley, die so etwas kann?«

»Jetzt aber mal halblang!« Rachel tat so, als wäre sie verstimmt. »Verrate hier nicht meine Geschäftsgeheimnisse. Nein, beide können es. Und Pamela Hayes auch. Sie sind sogar Mitglied der Embroider's Guild, einer wohltätigen Handarbeitsorganisation. Mit Nadel und Faden vollbringen sie wahre Wunderwerke. Wusstest du, dass Fredas Tochter in Little Larton ein eigenes Schneiderunternehmen gegründet hat? Vielleicht könnte sie preisgünstig passende Brautjungfernkleider anbieten.«

»Du denkst, sie würden uns helfen?«

Rachel nickte. »Wenn es für das Hundeheim ist, klar. Die Leute hier in der Gegend sind so großzügig. Wir würden sicher nicht zu viel verlangen, wenn jede ein paar Kleider übernimmt. Über ein bisschen Hochzeitstrubel freuen sie sich bestimmt.«

»Das klingt nach einem guten Plan«, sagte Natalie. »Ich werde bei der *Gazette* anrufen und mal nachfragen, ob sie ein Feature bringen würden. Wir müssen in aller Munde sein.« Sie klopfte sich mit dem Stift gegen ihre kantigen weißen Zähne. »Wer war noch mal die herrische Hochzeitsplanerin von der Gruppe der Wirtschaftsfrauen? Sara? Die könnte uns sicher helfen. Ich rufe sie an und erkundige mich mal, ob wir auf ihren Sachverstand zählen dürfen.«

»Wahnsinn, was habe ich nur heute Morgen in den Kaffee getan?«, murmelte Rachel.

»Und wisst ihr auch, wie wir das Ganze nennen?«, verkündete Natalie mit abschließendem Elan.

»Verrat es uns, Nat.«

Sie reckte ihnen stolz die Handflächen entgegen, die Finger gespreizt. »Brautkleider – aus dem Dornröschenschlaf geweckt.«

»O super. Ich hatte an ›Heilige Hunds-Hochzeiten‹ gedacht«, sagte Rachel. »Aber ich gebe gern zu, dass dein Vorschlag besser ist.«

Dan das Hochzeitskleid-Projekt zu erläutern verschaffte Jeannie die Möglichkeit, einen Monolog von mindestens einer halben Stunde zu halten.

Sie hatte gewartet, bis Andrea sich verabschiedet hatte. Ob Dans Mutter von der Idee angetan sein würde, konnte Jeannie nicht abschätzen, und unter keinen Umständen wollte sie die Frage provozieren, ob sie ihr eigenes Kleid auch in den Ring warf. Dan hingegen würde es sicher begrüßen, wenn sie sich in dieser Weise engagierte und Kontakte in der Stadt knüpfte.

»... aber das Beste ist«, schloss sie, »dass schon Adoptionsanträge für die Welpen eingehen! Sie entwickeln sich prächtig. Mit der Aktion werden wir auch Aufmerksamkeit auf das Hundeheim lenken. Das ist doch wunderbar, oder?« Jeannie drückte Dans Hand und lächelte auf ihn hinab.

Ironischerweise fiel es ihr leichter, mit ihm zu reden, als in den ganzen letzten Wochen. Ihm die Nachrichten von ihrem ersten Onlinedate vorzulesen war fast, als hätte sie die Uhr zu unbeschwerten Zeiten zurückgedreht. Mit diesem Dan sprach sie nun, nicht mit dem etwas distanzierten aus der Zeit vor der Hochzeit, mit dem man nur schwer über andere Themen ins Gespräch gekommen war.

Er war doch distanziert, oder?, dachte sie unvermittelt, um dann mit ihren Neuigkeiten fortzufahren.

»Rachel hat ein paar Mal angedeutet, dass ich doch vielleicht einen der Welpen nehmen könne«, erzählte sie Dan. »Aber ich habe gesagt, dass es doch nicht gut sei, wenn ich ihn den halben Tag lang allein lasse. Schließlich möchte ich dich ja weiterhin besuchen. Sie hat mir allerdings angeboten, in dieser Zeit auf ihn aufzupassen.«

Sie schaute sich in der Station um. Vor Tylers Bett war der Vorhang halb zugezogen, und sie konnte seine Eltern darüber reden hören, dass irgendjemandes Bruder sich nicht einmal die Mühe gemacht habe, zum Telefonhörer zu greifen, um sich nach Tylers Wohlbefinden zu erkundigen.

»Wie findest du die Idee mit dem Hund?«, fragte sie, in erster Linie, um dieses Gerede nicht mit anhören zu müssen.

Dan antwortete nicht, und Jeannie dachte, dass es eigentlich zu spät sei, um ihm bestimmte Fragen zu stellen.

Bei dem Welpen hatte sie nur an sich gedacht, in diesem Haus, in diesem Moment: einen Hund, der auf sie wartete und ihr wie ein Schatten folgte so wie Gem Rachel – obwohl sie natürlich ahnte, dass eine solche Hingabe nicht über Nacht entstand. Ob sie mit Dan zusammen einen Hund wollte, wusste sie gar nicht, denn ... Nun ja, wie würde die Zukunft überhaupt aussehen, wenn Dan aufwachte? Würde sie überhaupt bei ihm bleiben? *Sollte* sie es?

Das wird ja nicht ewig dauern, erinnerte Jeannie sich selbst: dieses merkwürdig erträgliche Zwischenspiel, in dem Dan keine unmittelbaren Signale aussandte, die sie zwingen würden, sich mit den Vorfällen am Hochzeitsmorgen auseinanderzusetzen. Alles war in Ordnung, solange sie an launigen Besprechungen zu Geldbeschaffungsfragen teilnahm und mit Welpen spielte. Dabei konnte innerhalb einer halben Stunde, wenn eine der Maschinen zu piepen begann, alles anders werden.

Gleich innerhalb der nächsten halben Stunde. Heute Abend. Um halb fünf in der Nacht. Jederzeit. Jetzt sofort.

Ihr wurde eiskalt.

»Ich wollte dir noch einen Text aus unseren Chats vorlesen«, sagte sie schnell und griff in die Tasche. »Ich habe ihn dir von dieser Zugreise mit Edith geschrieben, als wir vor Reading stecken geblieben sind. Du hattest wieder Nachtschicht. Also, ich lege los. *Hallo, Dan!* Du antwortest: *Hallo, Betty!*«

Jeannie stürzte sich in die Seiten, sprach Dan und sich mit verschiedenen Stimmen und gab sich Mühe, nur so laut zu lesen, dass sich die anderen Patienten nicht gestört fühlten. Als sie allerdings zu der Stelle kam, wo sie mit Dan diskutierte, welche drei Hunderassen die schlimmsten Mitbewohner waren, musste sie innehalten. Die Stimmung am anderen Ende der Station hatte sich erhitzt.

»Hannah, das ist wohl kaum der rechte Moment, oder? Dafür hast du wirklich ein Talent!«

Tylers Vater. Er klang gehässig.

»Mike, nun komm schon …« Tylers Mutter. »Wir stehen alle unter großem Druck.«

»Tut mir leid! Ich weiß nur nicht, was ich tun soll. Ich kann diese Entscheidungen nicht nachvollziehen!« Hannahs Stimme.

»Ich ich ich ich!« Ein ungeduldiger spöttischer Tonfall. »Hier geht es nicht mehr um einen von uns. Es geht um Tyler. Begreifst du das nicht?«

Das Geräusch, wie ein Stuhl zurückgeschoben wurde. Das Quietschen zerriss die Stille, die im Raum hing. Auf der Intensivstation war es nie totenstill, aber für gewöhnlich herrschte die gedämpfte Atmosphäre der Grübelei.

Jeannie drehte sich um und sah, dass Hannah aus der Station taumelte, die Hände vors Gesicht geschlagen, damit niemand sah, dass ihr die Tränen aus den Augen strömten. Beim Anblick einer solchen Verzweiflung spürte sie, wie der Druck in ihrem Brustkorb anschwoll. Sie sah sich nach einer Schwester um, aber die waren damit beschäftigt, neue Patienten zu versorgen. Für aufgeregte Angehörige hatten sie keine Zeit.

Tylers Vaters schnaubte abfällig, weil ihm bewusst war, dass er Publikum hatte. »Wenn sie denkt, wir hätten Zeit, ihr hinterherzulaufen, hat sie sich aber getäuscht. Was für eine dumme Kuh – ein solches Spektakel abzuziehen!«

Jeannie hatte nicht den Eindruck, dass Hannah ein Spektakel abzog. Sie wirkte eher wie eine Frau, die mit zu vielen unbegreiflichen Dingen zu kämpfen hatte.

Tylers Vater fing Jeannies Blick auf. Er verdrehte die Augen, als erwartete er Zustimmung. Die Station war so klein, dass Jeannie kaum so tun konnte, als hätte sie nichts gehört.

Sie erwiderte den Blick des älteren Manns, verzichtete aber darauf, ebenfalls mit den Augen zu rollen. Das überraschte sie selbst. Normalerweise vermied Jeannie jeden Konfrontationskurs, weshalb sie fast alles tun würde, um Szenen aus dem Weg zu gehen. Sie hatte sich sogar schon dabei ertappt, wie sie im Bus, an der Fensterseite gefangen, zu kruden Theorien über die Rechte von Bakterien genickt hatte.

Jetzt aber hielt sie dem Blick stand und verweigerte die Zustimmung, bis Tylers Vater beleidigt wegsah. Er beugte sich zu seiner Frau und flüsterte ihr etwas ins Ohr, immer wieder Seitenblicke in Jeannies Richtung werfend.

Jeannie wandte sich wieder an Dan. Er würde es sicher begrüßen, wenn sie freundlich wäre. Sie berührte seine Hand und steckte den Ausdruck ihrer Konversation unter den Wasserkrug auf dem Nachtschränkchen, neben den jüngsten Stapel von Genesungswünschen.

»Ich hole mir nur einen Kaffee«, sagte sie. »Dauert nicht lange.«

Hannah saß in einer Ecke im Café. Ihre Haltung war Jeannie schmerzlich vertraut: die Hände auf den Augen, die Haare im Gesicht, die Schultern kaum in der Lage, die Last der Welt zu tragen. Ein unberührter Cappuccino stand neben ihrem Ellbogen, der Milchschaum bereits eingesunken.

Bevor sie es sich anders überlegen konnte, ging Jeannie zu ihr und setzte sich auf den Stuhl gegenüber.

»Tut mir leid, dass ich störe, aber … geht es Ihnen gut?«, fragte sie.

Hannahs Kopf fuhr hoch. Sie starrte Jeannie an, als hätte man sie soeben aus einem Traum wachgerüttelt. Ihre blutunterlaufenen Augen wanderten über ihr Gesicht, als versuchte sie herauszufinden, ob sie eine Krankenschwester, eine Ärztin oder eine andere der Dutzenden von Fremden war, die in den letzten Tagen in ihr Leben getreten waren.

»Ich bin Jeannie«, sagte sie. »Dans Freundin. Dan Hicks ... der mit Tyler auf der Station liegt. Tut mir leid, ich wollte Sie nicht stören, aber ich hatte den Eindruck ... dass Sie aufgewühlt sind.«

Was tust du da?, dröhnte eine Stimme in ihrem Kopf. Du würdest es hassen, wenn sich dir jemand so aufdrängen würde. Wenn dir jemand die kostbare Zeit, die du nicht an Dans Bett verbringst, rauben würde. Aber irgendetwas trieb Jeannie zum Weitermachen – eine Mischung aus Mitleid und der Hoffnung, dass jemand dasselbe für sie tun würde.

»Danke.« Hannah lächelte matt, dann zupfte sie mit den Zähnen an einem Niednagel. Die Nägel waren alle abgekaut, der Nagellack abgeplatzt. Als sie beharrlich schwieg, wollte Jeannie schon aufstehen und gehen. Aber schließlich sagte sie doch etwas, ganz leise, mit einem weichen Birmingham-Akzent.

»Heute Morgen hatten wir ein Gespräch mit dem Neurologen. Im Wesentlichen läuft es darauf hinaus, dass Tyler nie wieder gehen kann. Er wird wieder lernen müssen, allein zu essen, allein zur Toilette zu gehen, alles Mögliche. Wir müssen uns überlegen, wie wir ihn unterstützen können, wenn er wieder nach Hause kommt. *Falls* er wieder nach Hause kommt.«

Die nackte Verzweiflung in Hannahs Gesicht jagte Jeannie einen eisigen Schauer über den Körper. Die

Kälte strahlte von ihrer Brust aus, als hätte sie Eiswürfel verschluckt.

»Das tut mir furchtbar leid.« Sie rang um die richtigen Worte, um ihre nächste Frage zu formulieren. Wie konnte sie ihrer Besorgnis Ausdruck verleihen, ohne makaber oder neugierig zu erscheinen? So fühlt sich das also an, wenn sich die Leute erkundigen wollen, wie es Dan geht, dachte Jeannie. Sie würden es gern wissen, wissen aber nicht, wie sie mich danach fragen sollen, ohne mir wehzutun. Und eigentlich verstehen sie gar nichts.

»Ich weiß einfach nicht, was ich tun soll!«, platzte es aus Hannah heraus. »Cath kommt einigermaßen gut damit zurecht, aber Ty war ja auch immer ihr Kind, oder? Sie hat ihm die Windeln gewechselt und ihn gewaschen. Sie kümmert sich gerne um ihn. Ich will nicht sagen, dass für sie ein Traum in Erfüllung gegangen ist, aber sie ist seine Mutter. Ich bin seine Freundin und liebe ihn, aber ...« Sie senkte den Kopf, zu beschämt, um Jeannie in die Augen zu blicken. »Ich weiß nicht, ob ich das schaffe. Ich weiß nicht, ob ich stark genug bin.«

Jeannies Kopf war leer. Sie hätte das Mädchen furchtbar gern aufgemuntert, aber wenn man ehrlich war und wusste, was sie beide wussten, war das nicht so leicht.

»Es wird schon werden«, sagte sie und hasste sich selbst dafür.

»Wird es das?«, flüsterte Hannah, als hätte sie Angst vor den Worten. »Ich meine, ich liebe Tyler. Ich liebe ihn wahnsinnig. Aber heute Morgen war ein Physiotherapeut da, um mit uns über die Rehabilitationsmaßnahmen zu reden. Und ein anderer Typ hat uns über Beratungsmöglichkeiten aufgeklärt, für uns ebenso wie für ihn. Dann kam die Krankenschwester mit Faltblättern zu Hilfsmitteln, mit denen wir das Haus umrüsten können. Ty braucht jemanden, der stark ist, fähig. Und ich fühle mich einfach ... ich fühle mich einfach ...« Sie suchte nach dem richtigen Wort und gab es schließlich auf.

»Es ist normal, dass man so aufgewühlt ist. Das ist ja auch alles verdammt beängstigend.« Jeannie hatte das Gefühl, auch mit sich selbst zu sprechen. »Das bedeutet aber noch nicht, dass Sie es nicht schaffen. Es bedeutet nur, dass Sie herausfinden müssen, *wie* Sie es schaffen.«

»Schaffe ich es wirklich?« Als Hannah zu ihr aufsah, war ihre Miene fast wütend. »Ich bin ja keine Ärztin oder Physiotherapeutin. Solche Leute braucht Tyler jetzt. Rund-um-die-Uhr-Betreuung hieß es. Der schlimmste Fall sei eingetreten. Aber ich habe Arbeit – meine erste richtige Stelle als Lehrerin an einer Primary School in Bromsgrove. Es war schon schwierig, diese Woche freizubekommen. Im Juli wollten wir in den Urlaub fahren. Disneyworld, die Reise unseres Lebens. Ich dachte ... ich dachte, er würde mir vielleicht einen Heiratsantrag machen. Dazu wird es jetzt wohl nicht mehr kommen, was?«

»Das weiß man nicht. Wie die Ärzte immer sagen: Der Ausgang ist ungewiss.«

»Aber wir kennen ihn doch.« Hannah starrte sie an, als würde Jeannie ihr nicht richtig zuhören. »Er hat es doch gesagt. Tyler wird im Rollstuhl sitzen. Was soll ich nur tun?«

»Sie sind immer noch Sie selbst«, erwiderte sie. »Und Tyler ist Tyler, daran hat sich nichts geändert. Für alles andere … na ja, dafür ist das Team der Helfer zuständig.«

Jeannies Magen krampfte sich immer wieder zusammen. Das könnte *ich* sein, schon nächste Woche, dachte sie. Das Adrenalin verstärkte ihre Nervosität. Das könnte *ich* sein, wenn man nach Dans Erwachen seine Reaktionen untersuchen kann, um herauszufinden, was von seiner alten Zukunft geblieben ist. Warum redest du ihr ein, dass sie wegen ihrer Schuldgefühle bei ihm bleiben soll? Wenn man das mit dir tun würde, wärst du stinksauer.

Sie schaute auf den schmalen Ring, den Hannah an ihrem Finger herumdrehte. Die Situation ist aber nicht vergleichbar, dachte sie. Dan und du – ihr hättet euch getrennt, wenn er nicht den Unfall gehabt hätte. Die Hochzeit wäre abgeblasen worden. In letzter Minute und nicht gerade auf vornehme Art und Weise, aber immerhin. Hannah und Tyler hingegen lieben sich und machen Pläne. Es kann nicht die Rede davon sein, dass sie ihn verlassen hätte. Sie zweifelt nur an sich selbst und *verdient* es, bestärkt zu werden.

»Sie sind stärker, als Sie denken«, sagte sie. Das war zwar eine Binsenweisheit, aber sie entbehrte nicht der Wahrheit.

Hannah schaute düster in ihren Kaffee. »Ach ja?«

Jeannie nickte, dann strömten die Worte ihrer Mutter

aus ihr heraus. »Sehen Sie nicht allzu weit in die Zukunft. Kümmern Sie sich um die Anforderungen des Heute, dann um die dieser Woche. Tyler braucht Menschen um sich herum, die ihn lieben, und Sie lieben ihn, das ist offenkundig. Er braucht Ihren gemeinsamen Plan, ins Disneyland zu fahren, wenn auch vielleicht nicht dieses Jahr. Er braucht das Wissen, dass Sie mit ihm in die Zukunft schauen.«

Hannahs Augen waren mit Eyeliner verschmiert. Sie schien dankbar für den Zuspruch, wie platt auch immer die Worte sein mochten. »Seine Eltern würden mich am liebsten ausschließen.«

»Vermutlich haben sie Angst, dass Sie gehen«, sagte sie ernst. »Ich wette, sie haben genauso viel Angst wie Sie. Vielleicht wissen sie selbst nicht, ob sie mit der Situation zurechtkommen, obwohl sie seine Eltern sind.«

»Das hat meine Mutter auch gesagt.« Hannah wischte sich mit der Serviette von der Kaffeetasse die Nase ab. »Aber *ich* bin es, die mit Tyler zusammenlebt, nicht sie. *Ich* bin es, zu der er nach Hause gefahren ist.«

Das hatte sie so heftig hervorgebracht, dass Jeannie lächeln musste. »Na ja, fast jedenfalls.«

Hannah schniefte vernehmlich und sammelte wieder Energie. »Danke. Es geht mir besser, seit ich mir das alles von der Seele reden konnte.«

Jeannie war sich nicht sicher, ob sie diesen Dank verdiente. Im Wesentlichen hatte sie nur wiederholt, was ihre Mum gesagt hatte, ahnungslos, dass es den wundesten Punkt des gequälten Gewissens ihrer Tochter berührte. Aber die Ratschläge ihrer Mutter waren gut, sagte sie sich. Sie selbst war es, die falschlag. »Bringen Sie diesen Tag hinter sich. Machen Sie Pläne für Freitagabend.«

Hannah konnte sich zu einem gequälten Lächeln durchringen. »Danke«, sagte sie.

»Gern geschehen«, sagte Jeannie und nahm sich vor, selbst etwas für Freitagabend zu planen.

# Kapitel 12

Die Benachrichtigungskarte des Paketboten lag schon fast eine Woche auf Jeannies Sideboard, und wenn sie nicht einen frischen Stapel Werbesendungen obendrauf gelegt und dabei alles heruntergerissen hätte, wäre sie glatt in Vergessenheit geraten.

Die Karte war mit ein paar offiziell wirkenden Briefen gekommen, die Jeannie einfach ignoriert hatte. Hochzeitspost traf dankenswerterweise nicht mehr ein, stattdessen kamen nun Umschläge, die Jeannies Nerven auf eine ganz andere Probe stellten – Rechnungen und Anmeldeformulare. Amtliche Stellen verfolgten sie in ihr neues Leben, das noch gar nicht begonnen hatte. Manche waren sogar an Mr und Mrs Hicks adressiert, als gäbe es Jeannie McCarthy gar nicht mehr.

Sie ließ sie links liegen und betrachtete die Benachrichtigungskarte. Wie lange lag sie schon dort? Daten spielten keine Rolle mehr in ihrem Leben, was erstaunlich war, da der 26. Mai monatelang in ihrem Hirn herumgegeistert war. Das Paket war am 1. Juni eingetroffen. Sie konnte sich nicht einmal mehr erinnern, was für ein Tag das gewesen war.

Jeannie schlug mit der Karte gegen ihre Hand. Der Postbote hatte »Hicks« und die Adresse daraufgekritzelt, ansonsten gab es nur noch ein Häkchen an dem Kästchen, dass es in der Hauptpost zur Abholung bereitliege. Das war doch ein guter Grund, den Bus nach Longhampton zu nehmen, beschloss sie. Es wurde Zeit, mal durch die Stadt zu bummeln, in der sie nun lebte, statt immer nur zum viktorianischen Bahnhof zu fahren.

Das Päckchen, das ihr der Mann am Schalter überreichte, war für Dan.

Gott sei Dank hatte sie die Rechnungen mit ihrer beider Namen noch in der Tasche, sodass er sich widerstrebend bereit erklärte, es ihr auszuhändigen. Von außen war nicht zu erkennen, um was es sich handelte. Es war ein schwarzes Päckchen von der Größe einer Schuhschachtel. Name und Adresse waren ausgedruckt worden, und einen Poststempel, der die Herkunft verraten würde, gab es auch nicht. Als Jeannie es schüttelte, vermeinte sie ein schwaches Klappern zu hören, aber sonst deutete nichts auf den Inhalt hin.

Sie steckte es in die Tasche, trat aus der langen Schlange und fragte sich, was es wohl sein mochte. Etwas für die Arbeit? Aber das wäre doch an die Praxis gegangen. Oder ein Hochzeitsgeschenk? Aber das hätte man doch an sie beide adressiert, oder? Jeannie hievte sich die Tasche über die Schulter und spielte mit dem Gedanken, es zu öffnen, falls es sich um etwas Dringendes handeln sollte. Irgendetwas hielt sie allerdings davon ab.

Es stand ihr nicht zu, das Päckchen zu öffnen. Wieder einmal wurde ihr bewusst, dass sie Dan nicht gut genug kannte, um zu erraten, was darin enthalten sein könnte. Was, wenn es eine Überraschung für sie war?

Jeannie wechselte in den Marschschritt, um das ungute Gefühl abzuschütteln. Vielleicht sollte ich Dans Kisten doch auspacken, dachte sie. Das Päckchen, die Kisten daheim, jede verdammte Schachtel, die ich finde! Vielleicht *muss* ich diesen Mann so schnell wie möglich kennenlernen, wenn ich mich für den Rest des Lebens um ihn kümmern soll.

Ihr Selbstgespräch riss ab, als sie wie angewurzelt vor einem Schaufenster stehen blieb.

Rachels Hochzeitskleid hing auf einer Schneiderpuppe, die Hauptattraktion des Secondhandladens, und verlieh der High Street eine Aura von Eleganz. Jemand mit einem beindruckenden Händchen für Gestaltung hatte das Kleid mit einer langen Girlande aus cremefarbenen Seidenrosen und Efeublättern dekoriert. An der Wand dahinter hing ein Schleier, der sich wie eine Kumuluswolke blähte. Kerzenständer aus Messing bildeten einen glänzenden Gang zum anderen Ende des Fensters, wo ein jadegrünes Teeservice in der Luft schwebte. An Angelleinen befestigte Porzellantassen und Silberlöffel hingen in unterschiedlicher Höhe über einer großen gestrickten Hochzeitstorte.

Neben der Schneiderpuppe, wo der Bräutigam stehen sollte, befand sich ein großer Stoffterrier.

»Das Hochzeitsereignis des Hundeheims von Four Oaks – für nähere Informationen bitte im Laden melden« stand auf einer Karte in einem Goldrahmen. »Ihre Gelegenheit, ein Leben zu ändern, wenn Sie in Ihr neues gemeinsames Leben starten.«

Wie mag es wohl für Rachel sein, ihr Kleid im Schaufenster hängen zu sehen?, fragte sich Jeannie. Unwillkürlich musste sie an ihr eigenes denken und wackelte wie an einem losen Zahn an ihren unberechenbaren Gefühlen. Wie würde es ihr selbst damit gehen, wenn sie es im nächsten Fenster erblickte? Würde sie Trauer verspüren? Reue?

Nein, Erleichterung, dachte Jeannie mit schockierender Klarheit. Bitte lass es jemanden sehen, der sich in das Kleid verliebt und es mitnimmt.

»Was denkst du?«

Sie fuhr herum. Rachel stand hinter ihr, die Arme verschränkt. »Entschuldigung. Ich war auf der anderen Straßenseite, weil ich sehen wollte, wie es aus der Entfernung wirkt.«

»Es ist zauberhaft!« Jeannie bemühte sich rasch um eine andere Miene. »Hast du das arrangiert?«

»Ja.« Rachel wirkte äußerst zufrieden mit dem Ergebnis. »Als ich den Laden eröffnet habe, habe ich Stunden mit der Schaufenstergestaltung zugebracht. Jetzt wurde mir klar, wie faul ich geworden bin.«

»Nun komm schon, du hast doch so viel zu tun. Die Hunde, Fergus ...«

Sie schüttelte den Kopf. »Ein bisschen Stress tut mir ganz gut. Ich brauche die Herausforderung. Einen Tritt in den Hintern. Einen Weckruf zur Mitte des Lebens, wie auch immer. George und ich sind in einen gewissen Trott verfallen, und ... Na ja, ich würde gerne daraus ausbrechen, während ihm der Trott gefällt. Er kann es kaum erwarten, sich häuslich darin einzurichten, der Gute.«

Sie bewunderten das Kleid in seinem dramatischen zeitlosen Glanz. Es war kein Kleid, das stillstehen wollte, geschweige denn, sich in der Mitte des Lebens zur Ruhe setzen.

Jeannie warf Rachel einen zaghaften Blick zu. Ihr starkes Gesicht hatte sich verzogen und wirkte merkwürdig sorgenvoll und entschlossen. Aber nicht traurig. Eher ... sauer.

Jeannie hatte gerade die Eingangshalle des Krankenhauses erreicht und dachte darüber nach, ob sie sich mit Schokolade eindecken wollte, als sie hörte, wie jemand ihren Namen rief.

»Jeannie! Jeannie!«

Hannah eilte durch die Halle und winkte, um ihre Aufmerksamkeit zu erregen. Unter den Augen hatte sie immer noch dunkle Schatten, aber ihre Haare schienen frisch gewaschen, und ihr Gesicht strahlte eine ungewohnte Energie aus. In den drei Tagen, seit sie miteinander gesprochen hatten, war etwas mit ihr passiert. Sie schien innerlich zu leuchten und bewegte sich mit großer Entschlossenheit.

Wahnsinn, dachte Jeannie und verspürte einen Stich. Sie wirkt fast glücklich. Hatte sich Tyler unerwartet erholt?

»Jeannie!«, keuchte sie und kam schlitternd neben ihr zum Stehen. »Ich wollte Sie vor der Entlassung unbedingt noch erwischen.«

»Entlassung?« Bei Tyler schien es tatsächlich aufwärtszugehen.

Hannah nickte. »Man hat für Ty einen Platz auf einer neurologischen Station in der Nähe seiner Eltern gefunden. Wie sich herausstellte, gibt es eine Spezialabteilung buchstäblich ein Stück die Straße runter. Das wussten wir gar nicht, aber so ist es ... Direkt vor der Haustür.«

»Tja, so etwas weiß man natürlich nicht.«

»Nicht wahr? Dabei fahre ich zwei Mal am Tag daran vorbei. Lustig, was man alles nicht weiß.«

Sie zuckten die Achseln, weil sie eine ganz neue Welt entdeckten, eine Welt, die immer schon da gewesen war, als sie noch ihr eigenes Leben geführt und nicht geahnt hatten, was nur einen winzigen Fehltritt, einen achtlosen Schritt, eine Öllache auf der Straße weiter lag.

»Aber egal«, fuhr Hannah fort. »Ich wollte Sie noch einmal sehen, um mich zu bedanken. Aus tiefstem Herzen.«

»Wofür?«

»Dafür, dass Sie mir neulich zugehört haben. Es war so wichtig für mich, dass mir jemand sagt, dass ich es schaffe. Dass ich stark genug bin, um mich um Tyler zu kümmern. Die Leute hier sind alle wunderbar, klar, aber ich musste es von jemandem hören, der dasselbe durchmacht wie ich. Sie verstehen, wie hart es ist, wenn man sich damit abfinden muss, dass die geliebte Person … anders sein wird. Man selbst muss auch anders werden.«

Jeannies Gewissen regte sich. Hatte sie das wirklich gesagt? »Das ist sehr nett, Hannah, aber ich habe nichts gesagt, was Sie nicht tief im Innern längst wussten.«

»Sie haben mir klargemacht, dass ich nicht allein bin. Es gibt Menschen, die im selben Boot sitzen und auch zurechtkommen. So wie wir es tun werden. Wie Sie es tun, in diesem Moment.« Sie nahm Jeannies Hände, und einen surrealen Moment lang hatte Jeannie das Gefühl, sie wollte mit ihr tanzen. »Dass Sie gemerkt haben, wie schlecht es mir ging, hat mir eine Menge bedeutet. Ich kann mir beim besten Willen nicht vorstellen, was Sie durchmachen müssen – am Tag der Hochzeit fast seinen zukünftigen Ehemann zu verlieren. Ernsthaft! Sie sind für Dan da, jeden Tag. So ruhig und aufmerksam und … positiv. Das bedeutet mehr als alle Eheschwüre, oder?«

Jeannie lächelte angespannt. Der Tag ihrer Hochzeit war im Krankenhaus zu einer Art Mythos geworden, mit ihr, der tragischen Braut, im Mittelpunkt. So wie sie für Andrea dem Idealbild der fassungslosen, aber liebevoll umsorgenden Schwiegertochter entsprach. Und für Owen dem einer tapferen Verlobten. In mancher Hinsicht erleichterte das vieles. Sie wusste, was man von ihr erwartete, und es war leicht, die entsprechenden Laute von sich zu geben. Es war einfacher, die tapfere Freundin zu spielen, die sie nach Meinung der Leute sein sollte, als zuzugeben, was für eine Rolle sie tatsächlich in der Sache spielte.

»Ihre Verbundenheit mit Ihrem Ehemann ist unglaublich, das ist unübersehbar«, fuhr Hannah fort und nickte so ernst, dass Jeannie schmerzlich an das Nicken ihrer Mutter erinnert wurde. »Ich habe Sie beobachtet: Stundenlang sitzen Sie bei ihm, lesen ihm etwas vor, spielen ihm Botschaften vor. Ihnen verdanken wir ein paar wirklich tolle Ideen, wie wir Tyler helfen können, seine Gedächtnislücken zu schließen.«

Jeannies Gewissen rebellierte. »Um ehrlich zu sein, Hannah, war das Owens Idee, nicht meine. *Er* ist unglaublich ...«

Aber Hannah wollte nichts davon wissen. »Klar, aber letztlich sind Sie es, die ihn lieben. Er hat seine Mutter und seinen besten Freund, und das ist auch wunderbar. Aber *wir* sind es, die für unsere Männer da sein müssen, um sie daran zu erinnern, dass sie noch der Mensch sind, der sie vor dem Unfall waren. Wir sind es, die ihnen eine Zukunft bieten, an die sie glauben können. Sie und ich. *Wir.*«

Die feierliche Art und Weise, in der Hannah dieses *Wir* aussprach, als wären Jeannie und sie Mitglieder eines ehrenwerten Clubs, schnitt ihr wie ein Skalpell ins Herz, mitten ins schmähliche Geheimnis in ihrem Innern: die Leerstelle, wo die Liebe sein sollte.

Jeannie kämpfte gegen die Tränen an. Hannah vergöttert Tyler und geht davon aus, dass ich Dan genauso liebe, dachte sie entsetzt. Wenn sie wüsste, was auf Dan zukommt, wenn er das Bewusstsein wiedererlangt, würde sie mich für die schlimmste Hexe der Welt halten.

»Nein, nicht weinen bitte!« Hannah weinte nun auch, lächelte aber unter Tränen. Ihr Lächeln entblößte eine Zahnlücke, was ihr etwas Niedliches, Kindliches verlieh. »Wir könnten in Kontakt bleiben, wenn Sie mögen. Vielleicht können wir uns moralisch unterstützen, wenn unsere Eltern es übertreiben. Soll ich Ihnen meine Nummer schicken?«

Jeannie nickte. Was sollte sie sonst tun? Als Hannah sie umarmte, war sie froh, dass diese ihr Gesicht nicht sehen konnte, weil es sich vor Abscheu verzogen hatte.

Sie konnte sich gerade so lange beherrschen, bis Hannah wieder den Gang entlanglief, Mike und Cath hinterher, die durch den Haupteingang verschwanden. Zwischen ihnen saß Tyler im Rollstuhl und wurde von den Sanitätern hinausgeschoben, ein Schiff mit geblähten Segeln und Passagieren an der Reling. Aus purer Gewohnheit ging Jeannie weiter in die Intensivstation, um dann zu merken, dass es der schlechteste Ort war, an den sie hätte gehen können.

Sie lehnte sich an die nächstbeste Wand, zu müde zum Denken und zu vertraut mit ihren eigenen Gefühlen, um sie noch richtig wahrzunehmen.

Soll ich es jemandem erzählen?, dachte sie hilflos. Würde es mir helfen, eine neue Perspektive zu entwickeln? Aber wem? Schlimm genug, dass Dad es wusste und ständig die Gefahr bestand, dass er einbrechen und

Mum davon erzählen würde. Was hätte es für einen Sinn, dieses Fass jetzt zu öffnen, noch bevor Dan über den Berg war und sich herausstellen würde, was die Zukunft für sie bereithielt? Wenn sie es jetzt jemandem erzählte, würde diese Person sie umso aufmerksamer beobachten.

Jeannie kniff die Augen zusammen, weil sie keinen Ausweg sah. Sie musste da sein, wenn Dan erwachte. Sie musste wissen, dass es ihm gut gehen und er den schrecklichen, von ihr verschuldeten Moment überleben würde. Andreas Gesicht trat vor ihr inneres Auge, dann Owens Gesicht. Die beiden verließen sich auf sie. Im selben Moment, da der Neurologe ihnen Hoffnungen gemacht hatte, hatten sie angefangen, Zukunftspläne zu schmieden. Sie war Teil dieser Pläne. Ausgeschlossen, dass sie sich jetzt davonstahl.

Wenn sie nur die gleiche bedingungslose Liebe empfinden könnte wie Hannah. Jeannie wünschte sich inständig, dass sie einen Schalter umlegen und diese Liebe durch sich hindurchfließen fühlen konnte. Wenn sie nur Dan anschauen und denken könnte: Ein Leben ohne ihn ist für mich unvorstellbar …

*Wir sind es, die ihnen eine Zukunft bieten, an die sie glauben können.*

Das Gewicht dessen, was sie getan hatte, brach über sie herein. Jeannie verspürte den überwältigenden Drang, einfach fortzulaufen. Fortzulaufen und nie wieder zurückzuschauen. Selbst jetzt konnte sie nicht genau sagen, wieso.

Eine Hand berührte sie am Arm. »Jeannie?«

Sie fuhr zusammen. Owen, o Gott. Er war früh dran. Wirklich früh.

»Was ist los?« Seine Stimme war sanft. Offenbar hatte er ihre Tränen gesehen, bevor sie ihr Gesicht abwenden konnte.

Es gab keinen Ausweg. Dies war die wahre Strafe. Egal wo sie hinkam: Mitleid, das sie nicht verdiente. »Es ist nur ... Ich brauchte nur einen Moment. Alles in Ordnung.«

»Nichts ist in Ordnung. Ist etwas passiert?«

Sie zwang sich aufzuschauen. Als sie Owen auf dem Flur stehen sah, diesen Fremden, der ihr innerhalb nur weniger Tage so vertraut geworden war, unverzichtbar sogar, kostete es Jeannie sämtliche Selbstbeherrschung, sich nicht völlig gehen zu lassen.

Owen war ein netter Mann, freundlich und praktisch, nicht langweilig oder durchschnittlich – wie sie zunächst gedacht hatte –, ein wahrer Fels in der Brandung. Ihn hatte sie auch getäuscht. Die Sorge zerfurchte sein Gesicht, Sorge um sie nicht minder wie um Dan. Offenbar dachte er, sie habe auf der Station schlechte Neuigkeiten gehört und brauche nun Unterstützung.

Jeannie schüttelte den Kopf und presste die Hand auf den Mund. Sie konnte sich nicht darauf verlassen, dass nicht, sobald sie den Mund öffnete, alles aus ihr heraussprudeln würde.

Owen legte ihr die Hand auf die Schulter. Keine Umarmung, alles andere als das, aber doch eine tröstliche Berührung. Irgendetwas an dem sanften Druck schien sie auf die Erde zurückzuholen. Sie fühlte sich klein und sicher, abgeschirmt von dem Licht und dem weißen Rauschen in ihrem Gehirn. Ihr Herz klopfte so unregelmäßig in ihrer Brust wie eine Flipperkugel, die an die Rippen knallte.

»Willst du mir nicht erzählen, was los ist?«, bat Owen. »Ist es wegen Dan?«

Wieder schüttelte sie den Kopf.

»Wegen Andrea? Hat sie etwas gesagt?« Dann verzog er das Gesicht. »Habe *ich* etwas gesagt, das dich so aufregt?«

»Nein!« Das durfte sie nicht so stehen lassen. Owen war der Einzige, der alles zusammenhielt.

»Was ist es also? Ist es wegen der Botschaften? Wegen irgendetwas, das die Jungs gesagt haben?« Er schien sich wirklich Sorgen zu machen. »Sei ehrlich. Hat es mit dem Besuch bei diesem Fußballspiel zu tun? Ich glaube nämlich, dass Sam etwas übertreibt. *So* betrunken war Dan auch wieder nicht ...«

Jeannie wankte, aber sie ertrug es nicht, mit anhören zu müssen, wie er die Schuld woanders suchte und Dan selbst jetzt noch in Schutz nehmen zu müssen glaubte.

»Es ist wegen dieses Mädchens, Hannah.« Sie unternahm übermenschliche Anstrengungen, um ihre Stimme gleichmütig klingen zu lassen.

»Hannah? Die von der Intensivstation? Die mit dem Freund im letzten Bett? Tyler?«

Jeannie nickte.

»Was ist denn mit der? Hat sie etwas gesagt?« Er schaute zu der Station zurück, als wollte er hingehen und ihr die Meinung geigen, falls es so sein sollte.

Wieder schluckte sie. Lass es raus. Beichte so viel, wie du es vermagst. »Hannah und ich haben uns vor ein paar Tagen unterhalten. Sie war so aufgewühlt wegen Tylers Diagnose, und ich habe ihr nur … nur gesagt, dass sie jeden Tag nehmen soll, wie er kommt. Nichts Besonderes, keine großen Weisheiten, sondern einfach Dinge, die mir ständig jemand sagt. Dinge, an die ich mich noch von Mums Reha her erinnere.«

»Tut mir leid, Jeannie, ich bin so gedankenlos.« Owen rührte sich unbehaglich. »Hast du das Gefühl, wir unterstützen dich nicht hinreichend? Mir ist klar, dass ich in diesen Gefühlsdingen nicht sehr …«

»Nein!« Sie wischte sich über die laufende Nase. »Doch, das bist du. Ich fühle mich … sehr unterstützt. Hannah kam zu mir, um sich bei mir zu bedanken. Tyler wird in ein anderes Krankenhaus verlegt, und sie hatte das Gefühl, dass ich …« Ihre Worte gingen, sehr zu ihrem Entsetzen, in einem Schluchzen unter.

»Sie hatte das Gefühl, dass du was?« Nun wurde er beinahe ungeduldig, aber auch nur beinahe.

Jeannies Stimme brach und war nur noch ein Quieken. »Dan – er verdient so viel mehr. Mehr, als ich ihm geben kann.« Die Worte sprudelten in einem Anfall von Scham aus ihr heraus. »Ich bin einfach … einfach nicht gut genug für ihn. Er hat Besseres verdient.«

So. Sie hatte es gesagt.

Zu ihrer Überraschung reagierte Owen nicht wie erwartet. Er legte einfach die Arme um sie, drückte sie an sich und besänftigte so die wilde Panik, die in ihr aufstieg. In der weichen Dunkelheit seines Hemds, an dem

Jeannies Kopf ruhte, schien ihr ganzer Körper mit seinem zu verschmelzen.

Der Trost rührte nicht nur von dem Gefühl her, gehalten zu werden. Endlich war sie auch die Worte losgeworden, die ständig wie eine aggressive Biene in einem Glas in ihrem Bewusstsein herumgesaust waren. *Ich bin nicht gut genug für ihn. Er hat Besseres verdient.*

Sie hatte die Worte ausgesprochen, und Owen war erstaunlicherweise nicht sauer geworden.

Wusste er, dass sie sich aus dem Staub machen wollte?, fragte sich Jeannie benommen. Hatte Owen es erraten? Der Gedanke jagte ihr Angst ein, aber gleichzeitig war ihr fast schwindelig vor Aufregung, weil sie es nicht mehr für sich behalten musste.

Owen drückte sie noch einmal an sich, dann trat er zurück und hielt sie mit ausgestreckten Armen von sich, die Augen feierlich auf sie gerichtet. »Sag das bitte nicht noch einmal, Jeannie.«

»Was?«

»Sag nie wieder, dass du nicht gut genug bist. Du *bist* gut genug. Mehr als das.«

Jeannie spürte, wie ihre Gesichtszüge entgleisten, als sich die Erleichterung verflüchtigte. »Wie meinst du das?«

»Ich will ehrlich mit dir sein.« Owen senkte nicht den Blick, und Jeannie hatte das Gefühl, dass er ihr wirklich sein Herz öffnete, vielleicht sogar wider Willen. »Als Dan mir von dir erzählt hat, war mir nicht klar, was ich denken sollte. Versteh das nicht falsch, aber du bist ganz anders als seine … als alle anderen, mit denen er vorher zusammen war. Ich habe mehrfach versucht, ein Treffen mit euch beiden herbeizuführen, aber es sprach immer etwas dagegen. Und dann – peng – wolltet ihr auch schon heiraten. Und, na ja …« Er ging über das hinweg, was er dachte. »Ich war mir nicht sicher, was da los war, um es mal so zu sagen. Mir kam das alles ein wenig überstürzt vor. Aber ich hatte unrecht. Du bist ganz anders, als ich es erwartet hatte.«

Jeannie fragte sich, was er wohl erwartet hatte.

»Das meine ich gar nicht negativ«, fügte er schnell hinzu. »Du bist wesentlich … besser als erwartet.«

Dazu fiel ihr beim besten Willen nichts mehr ein.

»Du hast bislang Unglaubliches geleistet.« In Owens Augen trat ein Ausdruck der Rührung. »Nicht nur für Dan, sondern auch für Andrea. Und für mich. Stark, fürsorglich, tapfer. Und jetzt warst du auch noch so nett zu diesem Mädchen, das du nicht einmal kennst. Klingt so, als hättest du ihr wirklich geholfen. Dan wäre stolz auf dich. Nein, er *ist* stolz auf dich.«

Jeannie war bewusst, dass ihre Lippen zitterten. Nicht nur ihre Lippen, sondern ihr ganzes Gesicht. Owen war der Letzte, den sie ihr Geheimnis wissen lassen wollte, aber seine liebenswerte Treue zu Dan schien sie zu so einem umfassenden Geständnis zu drängen. Sie kämpfte dagegen an.

»Ich kenne dich nicht gut, Jeannie – noch nicht! –, aber es scheint mir, dass du zu diesen Menschen gehörst, die sich nie für gut genug halten«, fuhr er fort. »Aber du bist weit mehr als gut genug. Wenn überhaupt«, fügte er überraschend hinzu, »ist es Dan, der dich nicht verdient.«

»Wie meinst du das?«

Dieses Mal stockte Owen. »Ich meine, dass …«

Jeannie starrte ihn unverwandt an. »Ja?«

Owen sammelte sich. »Ich meine, dass es auch an ihm liegt, wenn du dich im Moment so überfordert fühlst. Er hätte sich stärker darum bemühen müssen, dich seinen Freunden vorzustellen, statt dich für sich zu behalten. Das Ganze wäre nicht so schlimm für dich, wenn du wüsstest, dass du uns vertrauen kannst.«

So hatte sie das noch nie gesehen. Warum hatte Dan sie seinen Freunden nicht vorgestellt? Schämte er sich für sie, Jeannie? Dachte er, sie passe nicht zu ihnen?

»Aber das lässt sich ja nachholen. Ich habe mit Mark und Adam gesprochen: Sie würden gerne vorbeikommen, und sei es nur, um dir Hallo zu sagen. Sie bedauern, dass sie keine Gelegenheit hatten, dich bei der Hochzeit richtig kennenzulernen.« Er lächelte. »Wäre das in deinem Sinne?«

Sie nickte matt.

»Wunderbar!« Owen strahlte. »Darf ich dir jetzt etwas aus dem Café mitbringen? Ich wollte mir einen Kaffee holen …«

Jeannie begriff, dass der Moment vorüber war. Owen dachte, sie hätte ihm mitteilen wollen, dass sie Dan liebe und befürchte, ihm nicht genug helfen zu können – nicht, dass sie ihn nicht genug liebe, um überhaupt für ihn da zu sein. Es war zum Verzweifeln. Sie hatte sich ihr schändliches Geheimnis nicht von der Seele geredet.

Es war immer noch da und quälte sie, und sie war ganz allein damit.

Sie holte zittrig Luft. Ich muss einfach meinen eigenen Rat befolgen, dachte Jeannie, meinen eigenen großartigen Rat. Ich muss die hingebungsvolle Freundin spielen, die alle in mir sehen, wenigstens bis Dan erwacht und wir noch einmal von vorn anfangen können. Immerhin gibt es jetzt keine Hochzeit mehr. Immerhin ist der Druck weg.

»Einen Latte macchiato, bitte«, sagte sie. »Mit doppeltem Espresso.«

# Kapitel 13

Jeannie hatte nicht gut geschlafen. Schon zum dritten Mal in dieser Woche war sie von etwas erwacht, das ein wiederkehrender Traum zu sein schien.

Er begann immer gleich: Sie saß in einem Rolls-Royce und fuhr mit ihrem Vater zum Standesamt, nur dass in dem Moment, als sie verkündete, dass sie die Sache nicht durchziehen wolle, Dan neben ihr saß, nicht Brian. Aber nicht der Dan, den sie kannte, sondern der bewusstlose in seinem grünen Krankenhaushemd, da und doch nicht da, während das gespenstisch schleifende Geräusch seines Ventilators im Wagen hing. Jeannie war gelähmt vor Angst, dass er die Augen aufschlagen und sie anschauen könnte.

Im Traum fühlte sie, wie ihr die Korsettstangen die Brust einschnürten und wie eine Riesenhand die Luft aus der Lunge drückten. Ihr war klar, dass sie den Wagen verlassen musste, bevor Dan etwas merkte, aber als ihre Finger nach der Türklinke tasteten, drehte sich

Dans Körper zu ihr hin, langsam und stumm. Seine glasigen Augen öffneten sich. Sie waren wunderschön, aber wütend und anklagend. Als Jeannie schreien wollte, kam kein Laut heraus. Das Erstickungsgefühl in ihrer Brust breitete sich im ganzen Körper aus, bis sie keine Luft mehr bekam.

Schweißgebadet wachte sie auf. Dies war das erste Mal, dass Dan im Traum die Augen geöffnet hatte, und eine kriechende Angst bohrte sich mitten in ihre Seele, auch dann noch, als sie wieder richtig wach war. Draußen sangen die Vögel, während sich das wässrige Licht der Dämmerung über den Cottage-Garten ergoss. Dan wusste, dass sie ihm den Laufpass geben wollte. Sie sagte sich, dass es vollkommen irrational war, das zu denken – ob er ihre Nachricht abgehört hatte, wusste sie schließlich nicht. Und selbst wenn, war gar nicht ausgemacht, dass er sich an irgendetwas aus der Zeit unmittelbar vor dem Unfall erinnern würde. Aber die Angst bohrte sich weiter in ihr Inneres. Dan wusste es.

Danach konnte sie partout nicht mehr einschlafen. Während Jeannie noch im Bett lag und mit halbem Ohr auf die Frühstückssendung des lokalen Radiosenders lauschte, wurde sie von heftigen Kopfschmerzen geplagt. Überrascht stellte sie fest, wie viele Städte sie in der Umgebung kannte, einfach weil sie bei den Zugfahrten zum Krankenhaus aus dem Fenster gesehen oder sie bei den Gesprächen im Büro des Hundeheims aufgeschnappt hatte. Natalie und ihr Ehemann Johnny suchten ein Haus, daher wurden täglich detaillierte Diskussionen darüber geführt, ob Little Larton eher im

Kommen war als Hartley und welche Gegenden von Longhampton welchen Preis »wert waren«.

Sie war wieder ein wenig weggedämmert, als sie Rachels Stimme ganz in der Nähe vernahm. Überrascht setzte sich Jeannie auf und fragte sich, ob sie sich einfach Zutritt zum Haus verschafft hatte. Aber Rachels Stimme kam aus dem Radio, wo sie sich mitten in einem Interview über das Projekt »Brautkleider – aus dem Dornröschenschlaf geweckt« befand.

»... wenn Ihr Hochzeitskleid also nur Platz im Kleiderschrank raubt, dann denken Sie *bitte* darüber nach, es für unsere Verkaufsaktion zu spenden. Jeder Penny, den wir einnehmen, wird in die Pflege unserer drei Welpen-Farm-Familien gesteckt, damit sie das Zuhause finden, das sie verdienen.«

»Eine wirklich unterstützenswerte Sache«, stimmte der Moderator zu. »Rachel hat sogar einen der Welpen, von denen sie uns erzählt hat, mit ins Studio gebracht ... überaus niedlich! Na, du! Autsch! Autsch! Verdammte Sch...«

»Geben Sie auf Ihre Finger acht«, sagte Rachel etwas zu spät.

Vermutlich war es eines der Collie-Mädchen, dachte Jeannie. Molly, Dolly, Holly, Polly oder Lolly. Es waren die frechsten Welpen, die bei jeder Gelegenheit ihre Schnauzen aus der Kiste steckten und herauspurzelten, immer auf der Suche nach Gesellschaft. Und sie schnappten auch gerne zu, das ließ sich nicht leugnen.

»Das ist *die* Gelegenheit, ein überwältigendes Hochzeitskleid zum Schnäppchenpreis zu erwerben!« Das war Natalie, die sich einmischte, als der Moderator noch darum kämpfte, seinen Finger aus dem Maul welches Welpen auch immer zu befreien. »An unseren Stangen hängen ein paar *äußerst* exklusive Designerstücke, manche brandneu, manche nur ein paar Stunden getragen, und sie kosten nur einen Bruchteil des ursprünglichen Preises.«

»Rechnen Sie einfach nach«, stimmte Rachel zu. »Wenn Sie bereits ein teures Kleid eingeplant haben, kaufen Sie stattdessen eines bei uns, und Sie können das Ersparte für den Wein ausgeben.«

»Wir begreifen absolut, wie schwer es ist, ein Kleid wegzugeben, das einem so viel bedeutet«, fuhr Natalie schnell fort. »Aber Sie geben einem obdachlosen Hund die Chance, ein neues Leben zu beginnen, und spielen gleichzeitig am großen Tag einer Frau die gute Fee! Dabei können alle nur gewinnen!«

»Wo können die Leute die Kleider denn abgeben?«, erkundigte sich der Moderator. Seine Stimme klang gedämpft, als würde er an einer Wunde saugen.

»Sie können sie direkt in unser Hundeheim an der Hartley Road vor den Toren Longhamptons bringen oder aber zu unserem Secondhandladen an der High Street. Wir werden die Kleider im Sommer in verschiedenen Schaufenstern der Stadt ausstellen, außerdem präsentieren wir sie bei einer Galaveranstaltung, die wir demnächst ankündigen.«

»Klingt spannend. Nun, vielen Dank, dass Sie zu uns gekommen sind, meine Damen. Und Dank auch an dich … kleiner Hund.«

»Gegen Ende des Monats wird Polly in der Lage sein, ein neues Zuhause zu beziehen, und ihre Schwestern ebenfalls. Bitte rufen Sie im Four Oaks an und füllen Sie einen Adoptionsantrag aus!«, konnte Rachel gerade noch einwerfen.

»Rachel und Natalie vom Hundeheim des Four Oaks in Longhampton. Hast du auch ein Hochzeitskleid im Kleiderschrank, Paula?« Der Moderator wandte sich an seine Kollegin, hörbar belustigt.

»Haha, das weißt du doch genau, Terry!«

»Ja, du hast … drei Hochzeitskleider, nicht wahr? Sie ist versessen auf Hochzeitstorten, meine Kollegin!«

»Haha! Während *du* versessen auf Torten jeder Art bist, Terry. Wo wir schon dabei sind: Bis zu den Acht-Uhr-Nachrichten und den Verkehrsmeldungen hören wir Meghan Trainor mit *All About That Bass …*«

Jeannie schlug auf den Abschaltknopf ihres alten Radioweckers und schwang die Beine aus dem Bett. Zeit aufzustehen. Und zum ersten Mal seit gefühlten Ewigkeiten wollte sie wirklich gern in den Tag starten.

Ihre Aufgabe an diesem Morgen bestand darin, sich ein paar der zugeklebten Kisten im Wohnzimmer vorzunehmen. Die erste, die ihr in die Finger fiel, gehörte Dan. BÜCHER/WOHNZIMMER stand darauf, daher erwarteten sie keine bösen Überraschungen darin, außer vielleicht einem Übermaß an Jeremy Clarksons, einer ungespülten Tasse oder einem vereinzelten Socken, die sich im allgemeinen Chaos in die Kiste verirrt hatten.

Jeannie war dreimal in Dans Wohnzimmer gewesen, als sie übers Wochenende bei ihm geblieben war. Die

Einrichtung hatte ihr gut gefallen: ein auffälliges abstraktes Gemälde, erworben bei einer Wohltätigkeitsveranstaltung, dann ein paar Kissen, die im Nachhinein verdächtig danach aussahen, als hätte Andrea sie ausgewählt, und ein voluminöser Fußschemel, der offenbar größte Bequemlichkeit beim Anschauen von Fußballspielen gewähren sollte.

Nun da sie ein eigenes Wohnzimmer hatten, mit Blick auf den Garten und die Hügel dahinter, machte Jeannie Jagd auf persönliche Gegenstände, die es weniger nach der Möbelecke eines Secondhandladens aussehen ließen. Dans Sofa und ihr geliebter weicher Zweisitzer standen einsam herum, mit Dans gewaltigem Plasmafernseher als einziger Gesellschaft. Hier fehlten entschieden ein paar gerahmte Fotos oder eine Blumenvase oder ein Bücherregal mit Lieblingsromanen. Dan hatte nicht viele Bücher in seiner Wohnung gehabt, wie Jeannie damals aufgefallen war, und auch nichts, womit man Musik machen konnte, von seinem Handy mal abgesehen.

Ganz oben in Dans Kiste lag ein Geschirrhandtuch (wer hätte gedacht, dass er so viele davon hatte?). Jeannie staunte gerade über die Anzahl von *Doctor-Who*-DVD-Boxen, die wie Clowns aus einem Zirkuswagen aus der Kiste auftauchten, als es an der Tür klingelte.

Da sie dachte, es seien Rachel oder Natalie, die von ihrem Radiointerview zurück waren, eilte Jeannie zur Haustür und wollte schon gratulieren. Auf der Schwelle stand allerdings eine Frau, die einen großen Kleidersack mit einem Hochzeitskleid in der Hand hielt.

»Entschuldigen Sie bitte die Störung«, sagte sie nervös, »aber das hier ist für Rachel. Kann ich es hier bei Ihnen lassen?«

»Oh, da müssen Sie den Weg zu dem Haus dort nehmen.« Jeannie zeigte auf die Villa der Fenwicks. »Rachel wohnt da drüben.«

»Ich weiß, aber da ist niemand.« Die Frau hängte sich das Kleid an den anderen Arm. Jeannie schaute genauer hin: Sie hatte zwei Kleidersäcke dabei, silbrige Hüllen mit Monogramm und weichen Satinbügeln, die oben herausschauten. »Ich habe ein paar Mal geklingelt, aber ich wollte sie nicht einfach draußen vor die Tür legen.«

Jeannie schaute zum Haus hinüber. Autos waren nicht zu sehen. George brachte vermutlich Fergus zur Schule, da Rachel noch im Studio war, und Jeannie hatte keine Ahnung, wann sie zurückkommen würde.

»Die Sache ist die, dass es eine Geschichte zu den Kleidern gibt. Die muss ich Ihnen unbedingt erzählen«, fuhr die Frau fort und fummelte an den Reißverschlüssen herum. »Es ist nicht so, wie es aussieht, und wer auch immer die Kleider kauft, muss unbedingt die ganze Wahrheit erfahren.«

»Kommen Sie herein«, sagte Jeannie. Sollte zur Abwechslung doch mal jemand anders eine Geschichte von einer Hochzeit erzählen, die ganz anders war, als es aussah.

Als die Reißverschlüsse geöffnet und die Kleidersäcke auf den Kiefernstühlen in Jeannies Küche ausgebreitet waren, sahen sie aus wie aufgeplatzte Erbsenhülsen. Zwei verschiedene Hochzeitskleider befanden sich darin: ein langes mit Schwalbenschwanz und zarter Perlenstickerei auf dem Mieder und ein rot-weiß kariertes Swingkleid mit fröhlichen, purpurrot gesäumten Tüllunterröcken.

»Also, Henry und ich haben uns an meinem Geburtstag verlobt.« Die Frau – Rhiannon – hatte es nicht so eilig, dass sie auf Jeannies Angebot, ihr einen Kaffee zu kochen, verzichtet hätte. »Er hatte Karten fürs Theater gekauft, wohin er normalerweise niemals gehen würde, wenn Rugby läuft. In einer Schachtel mit meinen Lieblingspralinen hatte er den Ring versteckt. Die Pralinen, die ich nicht so gerne esse, hatte er herausgenommen und durch welche ersetzt, die ich liebe.« Bei jeder Enthüllung lächelte sie. »Der Verlobungsring lag in der unteren Schicht. In der Dunkelheit hätte ich ihn fast verschluckt! Mir war nicht klar, wieso er mich ständig drängte, noch mehr Pralinen zu essen. In der Pause hat er mir dann bei einer Flasche Champagner einen Heiratsantrag gemacht.«

Jeannie schrieb mit, da sie nicht wusste, was Rachel und Natalie alles interessierte. Sie fragte sich, ob sie zu ihrem Kleid auch eine Geschichte verfassen sollte, die den Heiratsantrag einschloss. Wieder verkrampfte sich ihr Magen. Das war der Moment, in dem es in ihrer Beziehung schiefzulaufen begann. Der Heiratsantrag. Was für eine verrückte Ironie.

»Wie schön!«, sagte sie und riss sich zusammen. »Champagner!«

»Ja!« Rhiannon seufzte glücklich. »Aber egal. Ich habe mich also in die Hochzeitsvorbereitungen gestürzt – diesem Kleid bin ich im Internet Ewigkeiten nachgejagt.« Sanft strich sie über den perlenbestickten Satin, dieselbe Geste, mit der auch Rachel oben auf dem Dachboden ihr Kleid liebkost hatte. »Dann habe ich es in einem Geschäft in Cardiff entdeckt. Es hat mein Budget absolut gesprengt, aber sobald ich es anprobiert hatte, war klar: dieses oder keines. So etwas weiß man einfach, nicht wahr?«

»Hm.« So in etwa jedenfalls.

»Also habe ich es gekauft. Ich habe es ändern lassen, habe Schuhe färben lassen, damit sie dazu passten, und dann« – Rhiannon riss ihre blauen Augen auf – »fand ich heraus, dass ich schwanger war.«

Jeannie wusste nicht genau, was man darauf antworten sollte. »Oh … Glückwunsch? Nein. O Gott?«

Rhiannon nickte. »Das Baby sollte um den Hochzeitstermin herum zur Welt kommen. Wir mussten die Hochzeit also verschieben – das reinste Drama, das können Sie sich gar nicht vorstellen.«

»Doch«, sagte Jeannie. »Eine Hochzeit abzusagen ist … Na ja, manches daran ist leichter, anderes komplizierter.« Sue und Owen hatten Unglaubliches geleistet, um ihre Hochzeit von der Landkarte zu löschen. Nur ein Gefrierschrank voller Party-Snacks und ein paar Rechnungen waren geblieben.

Rhiannon warf ihr einen merkwürdigen Blick zu, dann fuhr sie fort. »Aber egal, wir haben sie verschoben und allen das neue Datum mitgeteilt. Aber dann …« Sie schaute auf ihre Hände hinab. »Dann habe ich das Baby verloren.«

Jeannie erstarrte, den Stift in der Luft. Schockiert sah sie auf. »Das tut mir sehr leid.«

»Es war schon deutlich über die Zeit. Ich wusste, dass irgendetwas nicht stimmte. Ich hatte einfach ... so ein Gefühl. Henry hat mich in die Notaufnahme gebracht. Dort hat man einen Ultraschall gemacht und festgestellt, dass er tot war. In der zwanzigsten Woche hatte er zu wachsen aufgehört.« Sie biss sich auf die weiche Unterlippe. »Das war der schlimmste Moment meines Lebens – unser Baby im Ultraschall zu sehen. Reglos.«

»Das glaube ich«, murmelte Jeannie.

»Ich hatte versagt. Ich hatte unser kleines Würmchen verraten. Und Henry hatte ich auch verraten. Wir nannten ihn Philip, nach unseren beiden Vätern.« Rhiannons Stimme ging in einen Schluckauf über. Verlegen wedelte sie mit der Hand vor dem Gesicht herum. »Tut mir leid. Es ist schon so lange her, dass ich darüber geredet habe. Eigentlich dachte ich, es macht mir nichts mehr aus ...«

»Nein, bitte, wenn Sie nicht weiterreden wollen ...« Jeannie streckte die Hand aus und berührte die ihre. Auf dem Tisch lagen Taschentücher, wie überall, wo sie sich aufhielt. Die schob sie ihr hin.

»Danke.« Rhiannon lächelte dankbar durch ihre Tränen.

Für einen Moment sprach keine von ihnen.

Dann rieb sich Rhiannon die Augen und hustete. »Egal, die Zeit danach war jedenfalls grauenhaft. Ich konnte weder essen noch schlafen. Ich verlor meinen

Job, weil ich oft zu spät kam und zu viel trank. In meiner Gegenwart fühlte sich niemand mehr wohl. Aber Henry hat zu mir gehalten. Er war wunderbar. Er hat mir keine Vorwürfe gemacht oder mich das ganze Elend spüren lassen, obwohl er selbst innerlich zerrissen war. Ich weiß nicht, warum er bei mir geblieben ist, aber er hat es getan. Von Hochzeit war keine Rede mehr. Meine Mutter und er haben alles abgesagt, und ich habe nicht einmal danach gefragt. Aber …« Sie wackelte mit dem Finger und lächelte unter Tränen. »Eines Tages wachte ich früh auf und sah Henry neben mir liegen, seinen starken Arm um mich gelegt, und dachte: Genau darum geht es in der Ehe – für jemanden da zu sein, den man liebt, selbst wenn er sich selbst nicht liebt. Wir hatten das schon hinter uns: in guten und in schlechten Tagen, nicht wahr?«

Jeannie nickte. Ihre Augen füllten sich mit Tränen, als sie die Liebe in Rhiannons Gesicht erblickte.

»Ich habe mir einen Therapeuten gesucht und mich, um es kurz zu machen, wieder berappelt. Für ihn und für mich und für unseren Philip. Er würde nicht wollen, dass seine Eltern sich aufgeben, so viel war mir klar. Und als ich mich wieder wie ich selbst fühlte, bat ich Henry, mich zu heiraten. Einfach so, eines Abends, als wir uns beim Inder etwas zu essen bestellt hatten. Kein großes Brimborium, einfach eine Frage: ›Möchtest du mich heiraten?‹ Und er sagte: ›Ja, Baby.‹ Und das haben wir dann getan!«

»Haben Sie dann anders geplant?«

»Komplett.« Rhiannon nickte. »Standesamt, Bier

und Pie im lokalen Pub, nur ein paar Freunde und Familie. Ein Riesenspaß war das. Das Kleid wollte ich allerdings nicht tragen. Es erinnerte mich an … zu vieles. Aber ich konnte mich auch nicht dazu durchringen, es zu verkaufen! Verrückt, was? Meine Mutter und meine Schwester sind mit mir in die Stadt gegangen und haben mir das hier verpasst.« Sie versetzte dem Swingkleid einen spielerischen Klaps. »Mum sagte, es passe besser zu mir. Und das stimmt auch, wenn man ehrlich ist. Ich habe die ganze Nacht darin getanzt.«

»Es ist wunderschön.« Jeannie berührte den steifen Petticoat, der dazu gemacht war, herumzuwirbeln und zu tanzen. Zu feiern und zu lieben. »Ich wette, Sie hatten einen umwerfenden Tag.«

»Das hatten wir. Aber was mich wirklich umgehauen hat, war die Zeremonie. Ich war schon auf so vielen Hochzeiten und dachte, ich weiß, was auf mich zukommt. Aber als ich Henry während der Schwüre anschaute und er mir versprach, mich vor jedem Sturm, den uns das Leben schicken würde, zu beschützen und mich so zu lieben, wie ich bin … wusste ich, dass er das ernst meinte. Er hatte es ja schon bewiesen. Wir wussten, wie stark unsere Liebe ist. Es waren keine leeren Worte.«

Rhiannons Gesicht strahlte so viel Dankbarkeit und Erleichterung aus, dass der geliebte Mann gewartet hatte, bis sie wieder bei sich war. Sie waren Partner, die sich in- und auswendig kannten, mit ihren guten und ihren schlechten Eigenschaften, schwach und stark. Wie sonst könnte man solche Versprechen abgeben?

Jeannie sah Dan in seinem Krankenhausbett vor sich. Sie waren das nicht füreinander, das war klar. Aber wie könnte sie ihn jetzt verlassen?

»O Gott, ich habe mich wieder hineingesteigert!« Rhiannon wischte sich mit der Seite ihres Fingers die Wimperntusche fort. »Aber es stimmt doch, oder? Man muss in guten und in schlechten Zeiten für jemanden da sein. Das ist vermutlich die wahre Prüfung für einen Menschen und eine Beziehung: für den anderen da zu sein. Ich möchte einfach, dass die Menschen wissen, dass das funktioniert. Nicht immer so, wie man sich das vorstellt, aber wenn man sich genug liebt, geht es schon irgendwie. Das ist der Grund, warum ich erklären musste, wieso das erste Kleid noch nicht getragen ist – ich möchte nicht, dass Sie denken, es bringt Unglück!«

Jeannie betrachtete die beiden verschiedenen Kleider, die über den Stühlen hingen: das eine makellos und elegant, das andere ungezwungen und lebenslustig. »Es bringt kein Unglück, im Gegenteil. Aber sind Sie sich wirklich sicher, dass Sie beide Kleider abgeben wollen? Ich habe kein gutes Gefühl dabei, wenn ich beide nehme«, sagte Jeannie. »Sie bedeuten Ihnen so viel.«

»Doch, es wird Zeit.« Rhiannon strich sich das Haar hinters Ohr. »Als ich Rachel heute Morgen im Radio über diese armen Welpen reden hörte, dachte ich spontan: Aha, das ist ein Zeichen.« Sie holte ihr Handy aus der Tasche. »Wir haben unsere Angel aus dem Hundeheim. Sie war Henrys Geburtstagsgeschenk. Lassen Sie mich Ihnen ein Foto von unserem Baby zeigen …«

Jeannie betrachtete die Fotos von einer geduldigen, freundlich dreinblickenden Staffie-Hündin, wahlweise ausgestattet mit verschiedenen Halstüchern, einem Haarreifen mit Rentiergeweih, Wollpullovern und einem Tutu. Es war deutlich zu erkennen, warum Rachels Radiobeitrag bei Rhiannon eine Saite zum Schwingen gebracht hatte. Angel war wie Sadie, die kugeläugige Staffie-Dame im Gehege am anderen Ende des Wegs. Gedrungen, dürre Beinchen, sanft.

»Sie ist ein Geschenk Gottes«, sagte Rhiannon und schaute auf, plötzlich ganz feierlich. Jeannie hatte das Gefühl, dass sie ihr direkt ins Herz sah.

# Kapitel 14

Die Welpen wuchsen schnell und erkundeten ihr neues Revier, als hätten sie nie etwas anderes erlebt. Jeden Morgen, wenn Jeannie im Büro vorbeisah, waren sie über Nacht rundlicher, größer und aufmüpfiger geworden. Die jungen Staffies waren stämmige, liebenswerte kleine Monster, die sich in ihrer großen Kiste tummelten und kläfften und spielten und sich am liebsten gegenseitig verschlingen würden, während die schwarz-weißen Collies sich für alles interessierten, schubsten, schnüffelten und auszubüxen versuchten, indem sie ihre Geschwister als Leiter benutzten. Grace' Welpen mit den aprikosenfarbenen Locken waren Rachel zufolge vermutlich Cockerpoos, also Cocker-Pudel-Mischlinge und keine reinrassigen Pudel. Sie waren die Ersten, die den Postboten und die Schwestern der Tierarztpraxis mit ihrem Gebell begrüßten, und reagierten neugierig auf Rachels umfassende Kontrollliste von Geräuschen und Gerüchen.

»Sie sollen nie wieder vor irgendetwas Angst haben, nie wieder«, beharrte sie, auch wenn das bedeutete, dass Natalie, Jeannie und sie bei der Beschreibung von Hochzeitskleidern CDs mit Gewittergeräuschen, Blechbläserensembles und – das war der Gipfel – Männerchören anhören mussten, um die Welpen auf die Außenwelt vorzubereiten.

Bei ihren traumatisierten Müttern sah das schon anders aus.

Rachel hatte viele Ratschläge von Debbie bekommen, der Frau, die bei der Befreiung der Hunde aus der Welpenfarm in der Nähe der Grenze geholfen hatte. »Ihr müsst sehr, sehr geduldig sein«, hatte Debbie sie vorgewarnt. »Diese armen Mädchen sind nie an der Leine gegangen, haben nie im Innern eines Hauses gelebt und nie zu spielen gelernt. Sie kennen nichts anderes als den Verschlag, in dem man sie gehalten hat. Ihr müsst die Sache äußerst langsam angehen.«

Und so hatten sie Regeln aufgestellt. Die drei Mütter – Lady Sadie, die Staffie-Dame, Constance, die Collie-Dame, und Grace, die Pudel-Dame – durften tagsüber nie allein gelassen werden. Immer musste ein Mensch da sein, um auf die Welpen aufzupassen, aber auch um ihren Müttern Gesellschaft zu leisten. Bevor man sie streichelte, musste man sie vorwarnen, und wenn sie sich selbstständig machen wollten, musste man ihnen den Freiraum gewähren. Statt mit ihnen spazieren zu gehen, wurden sie auf die eingezäunte Wiese gebracht, wo die Hunde spielten. Rachel oder eine der ehrenamtlichen Mitarbeiterinnen überließen sie dann sich selbst und warfen für die anderen Hunde Bälle, weil sie darauf hofften, dass sie sich dem Spiel vielleicht anschließen würden. Manchmal taten sie es, und es trieb Jeannie fast die Tränen in die Augen, wenn sie ihre zaghaften Versuche sah.

Es war eine herzzerreißend mühselige Aufgabe, aber Rachel war wild entschlossen, den Hunden Vertrauen einzuflößen. Ihre Geheimwaffe war Gem. Er folgte ihr wie ein Schatten, beobachtete jede ihrer Interaktionen und schien seinen Artgenossen von der Farm beibringen zu wollen, wie sich ein richtiger Hund benahm. Eines Morgens beobachtete Jeannie ihn dabei, wie er mit der Pfote an der Tür kratzte, damit Rachel sie öffnete. Er schlüpfte hinaus, nur um im nächsten Moment wieder zurückzukehren und die Tür mit seiner silbrigen Schnauze aufzustupsen. Rachel stand auf, um sie zu schließen, aber Sekunden später kratzte er wieder mit der Pfote daran. Jeannie wollte schon sagen: »O Gem, was ist denn mit dir los?«, als sie plötzlich merkte, dass Grace und Constance ihn beobachteten. Er zeigte ihnen, wie man darum bat, herausgelassen zu werden.

»Gem ist umwerfend«, sagte Rachel auf der Wiese und kickte Jeannie einen durchgekauten Ball hin. »Manchmal habe ich das Gefühl, dass er weiß, was ich denke, bevor es mir selbst klar ist. Wusstest du, dass ein Collie dieselbe Menge an Wörtern erkennt wie ein dreijähriges Kind?«

Jeannie stoppte den Ball mit dem Fuß. »Nein, wusste ich nicht. Was für Wörter kennt er denn?«

»Bacon. Sandwich. Spaziergang. Wurmtablette. Das Übliche.«

Constance, die Collie-Dame, lag im Gras, den Kopf auf die weißen Pfoten gelegt, und behielt den Ball aufmerksam im Auge. Von den drei Hündinnen lernte sie am schnellsten, aber sie stand unter ständiger Anspannung. Bei jeder Bewegung sprang sie lautlos auf, schwerelos wie eine Feder, die in der Luft schwebt. Sadie, die Staffie-Dame, hatte sich in der Sonne zusammengerollt, ignorierte die Anwesenden und ließ sich genüsslich die Sonne auf ihr geflecktes Fell brennen. Grace wiederum schlich auf Zehenspitzen um die Wiese herum, als fände sie das Gras unter ihren Pfoten noch etwas befremdlich. Manchmal suchten die Hündinnen einander, um sich beizustehen. Manchmal hingegen schienen sie in der Blase ihrer Ängste gefangen, hermetisch von allem abgeschlossen.

»Heute Morgen habe ich einen dieser Onlinetests gemacht«, fuhr Rachel fort. »Zu der Frage, welcher Hund am besten zu mir passt.«

»Und?«

»Ein Afghane.«

»Wirklich?« Jeannie tat so, als wäre sie überrascht, da Rachel sichtlich unzufrieden mit dem Ergebnis war. Dabei war es keine große Überraschung: geschmeidig, stilbewusst, gepflegt, große Nase …

»Mir ist schleierhaft, wie das sein kann. Ich hatte auf Collie gehofft.«

»Vielleicht hast du deine Schafherde nicht erwähnt. Was würde bei mir wohl zutreffen?«

Rachel holte ein paar Leckerbissen für die Hunde aus der Tasche und sagte beiläufig: »Ich denke, du solltest Lady Sadie bekommen.«

»Nein. Was? Sie bekommen ... so richtig?« Jeannie schüttelte den Kopf. »Ich glaube nicht, dass ich der Typ für einen Staffie bin.«

»Niemand hält sich für einen Staffie-Typen, aber warum nicht? Schau dir Sadie doch an. Sie hat den Großteil ihres Lebens in einem elenden Verschlag verbracht und liegt jetzt wie eine Königin in der Sonne. Lady Sadie braucht Gesellschaft und du auch. Ihr seid das perfekte Paar.«

Das klang durchaus verlockend für Jeannie. Lady Sadies glänzende Augen würden ihr erwartungsvoll entgegenblicken, wenn sie heimkam, und ihr massiger, praller Körper würde sich irgendwann dazu überwinden, sich an sie zu lehnen. Von den drei Hündinnen sehnte sie sich am ehesten danach, jemandem zu vertrauen. Constance brauchte eine Beschäftigung, und Grace brauchte hingebungsvolle Pflege von jemandem, der mit dem Kamm umzugehen wusste. Lady Sadie brauchte nur jemanden, dem sie ihre Liebe schenken konnte.

Sie schüttelte den Kopf und kickte den Ball zu Rachel zurück. »Sadie braucht Gesellschaft, aber ich bin den halben Tag weg. Ich möchte sie nicht sich selbst überlassen.«

Rachel fuhr fort, als hätte Jeannie gar nichts gesagt. »Es ist schon komisch. Tante Dot hat immer Leute mit Hunden verkuppelt, und sie hat sich nie geirrt, obwohl es nicht immer die Rasse war, für die sich die Leute interessiert haben. Manchmal wissen wir eben selbst nicht, was uns guttut.« Sie bedachte Jeannie mit einem merkwürdigen Blick. »Woher wusstest du eigentlich, dass Dan der Richtige für dich ist?«

»Das hat der Computer für mich herausgefunden. Mit einem Computer kann man nicht diskutieren.«

»Und wie genau hat er das getan?«

Jeannie war sich nicht sicher, ob sich Rachel über sie lustig machte. Hatte heutzutage nicht jeder mal einen Versuch mit Onlinedating gemacht? Zumindest aus Neugierde? Andererseits kannte Rachel ihren Mann ja schon seit Ewigkeiten …

»Er stellt eine Menge Fragen: Bist du eher der Katzen-, der Hunde- oder der Leguantyp? Magst du lieber Filme von Hitchcock, von Spielberg oder von Pixar? Würdest du dich am liebsten auf einem Berg oder in Venedig mit jemandem treffen? Solche Sachen. Das bewahrt einen davor, sich in jemanden zu verlieben, der fest an die Wiedergeburt glaubt. Oder Diät-Pepsi trinkt.«

Rachel dachte nach. »Klingt überzeugend. Aber wieso musstest du überhaupt auf Onlinedating zurückgreifen? Ich hätte gedacht, dass du schon durch deine Musik viele Leute kennenlernst.«

»Klar, jede Menge. Aber die lieben sich selbst meist zu sehr, um sich in jemand anders zu verlieben. Entweder das, oder sie befinden sich im Vollrausch. Oder im Falle von Edith … Aber egal, Onlinedating bedeutet, dass du jeden beliebigen Menschen an jedem beliebigen

Ort kennenlernen kannst.« Jeannie wusste, dass sie defensiv klang, aber diese ständige Suche nach einer normalen Person hatte sie einfach ausgelaugt. Nach jemandem, mit dem sie zusammen sein konnte, ohne sich ständig messen zu müssen. Dans mangelndes Interesse an der Musikszene war in mancherlei Hinsicht eine Erleichterung gewesen. Anfangs jedenfalls.

»Woher wusstest du denn, dass George der Richtige für dich ist?«, fragte sie zurück.

Rachel lachte. »Wusste ich ja gar nicht! George und mich hätte kein Computer der Welt verkuppelt. Wir haben nichts gemeinsam. Ich frage mich immer noch, wie wir eigentlich zusammengefunden haben. Als wir uns begegnet sind, hielt er mich für eine oberflächliche Großstadttussi, und ich fand ihn unerträglich hochnäsig und respektlos. Und dennoch ... Die Sterne haben es so gewollt. Ich wurde schwanger, und da sind wir nun.«

Jeannie schaute Rachel an. Der flapsige Tonfall wollte so gar nicht zu dem passen, was man über George und sie so hörte. Ted und Freda hatten sie mal als Richard Burton und Elizabeth Taylor der Stadt bezeichnet, was Jeannie nicht notwendigerweise als Kompliment verstanden hatte. Freda hatte sich auch schnell korrigiert und mit einem scharfen Seitenblick ein »Newman und Woodward« daraus gemacht. Dass George sich in Geldfragen querstellte, sei mal dahingestellt, aber sonst redeten alle so, als seien Rachel und George das Traumpaar der letzten Dekade.

»Ich liebe ihn ja«, sagte Rachel mit merkwürdiger Heftigkeit ins Leere und schaute zum Haus hinüber.

»Manchmal verstehe ich nur einfach nicht, wieso er so … grrrh … so sehr *George* ist.«

Gem strich um ihre Knie herum.

»War er nicht schon immer sehr … *George*?«, fragte Jeannie.

Rachel antwortete nicht sofort. Als sie es dann tat, schien sie eine andere Frage zu beantworten. »Die Gefahr beim Heiraten ist, dass man davon ausgeht, damit sei alles geritzt. Dass man alles über den anderen weiß«, sagte sie. »Aber das tut man nie.«

»Ist das nicht auch besser so, wenn man für den Rest des Lebens miteinander verheiratet ist? Sonst könnte man doch nichts Neues mehr am anderen entdecken«, erkundigte sich Jeannie hoffnungsvoll.

»Nicht wenn nur der eine Partner Entdeckungen machen will«, sagte Rachel und marschierte davon.

Als sie in das Büro zurückkehrten, vernahmen sie eine unbekannte Frauenstimme. Sofort erstarrten die Hunde hinter Rachels und Jeannies Beinen. Constance knurrte leise, was Jeannie noch nie von ihr gehört hatte. Normalerweise gab sie keinen Ton von sich. Jetzt sträubten sich ihre Nackenhaare, und sie zitterte vor Anspannung.

»Sie sorgt sich um ihre Welpen. Ich bringe die drei vorerst in das leere Gehege am anderen Ende des Heims«, sagte Rachel leise und bückte sich, um die angelegten Ohren des Collies zu streicheln. »Mel mistet dort gerade aus, und ich muss sowieso über die Neuzugänge von heute Morgen mit ihr reden. Geh ins Büro und sieh nach, ob es jemand mit einem Hochzeitskleid für uns ist.«

Jeannie öffnete die Tür. Natalie stand hinter ihrem Schreibtisch und sprach mit einer Frau mittleren Alters, die ganz in Schwarz gekleidet war und mit einer Tasse Tee auf dem einzigen bequemen Stuhl saß. Rachel hatte richtig geraten: An einem Regal, außer Reichweite der Kiste mit den Cockerpoos, hing ein voluminöser Kleidersack.

»... und es wird ein festliches Abendessen mit Unterhaltungsprogramm und natürlich einer Hochzeitstorte geben«, erklärte Natalie gerade. »Oh, hallo. Ich habe Gillian soeben von unserem Galaabend erzählt.«

»Klingt wunderbar!« Gillian machte große Augen und schlug das andere Knie über. Sie trug tiefschwarz glänzende Dock Martens, obwohl draußen der Sommer nahte. »Ich habe meine Braujungfern schon jahrelang nicht mehr gesehen. Aber wie Natalie schon sagte, es ist ein wunderbarer Grund, sich mal wieder zu treffen!«

»Wenn sie in den Kleidern von damals kommen, gibt es natürlich einen Preisnachlass!« Natalie strahlte und machte sich unauffällig eine Notiz auf ihrem Block. Offenbar war ihr die Idee soeben erst gekommen. »Aber egal, Gillian, Sie wollten mir gerade etwas über Ihr Kleid erzählen. Wir freuen uns immer, die Geschichten dahinter zu hören, nicht wahr, Jeannie?«

»Oh, das Kleid. Ich will es nur noch aus meinem Leben raushaben!« Gillian rang die Hände, als wäre sie entsetzt. »Raus! Raus!«

»Warum das denn?«

Jeannie setzte sich auf den Boden, neben die Kiste mit den fünf wolligen Cockerpoos, den Schauspielern unter den Welpen. Auf ihrem Bett aus Exemplaren der *Longhampton Gazette* und einer alten Hundedecke krabbelten sie auf einem Stoff-Beefburger herum, winselten und knabberten lustvoll aneinander herum.

»Dieses Kleid hat mich bis in meine Träume verfolgt. Nicht eine Minute Frieden hatte ich mehr. Wissen Sie, was ich meine?« Sie klammerte sich an ihre Tasse und zog ihre gepiercte Augenbraue hoch. »Als ich es kaufte – und damit bin ich sicher nicht allein, denn ich könnte wetten, dass andere Frauen es genauso gemacht haben –, war ich der festen Überzeugung, dass es mich dazu motiviert, vor der Hochzeit fünfzehn Kilo abzunehmen.«

»Und hat es geklappt?« Natalie hatte Mühe, den nötigen fragenden Unterton in ihre Stimme zu legen.

»Neiiin! Ich habe weiter zugenommen, weil ich mich immer mit diesem verdammten Ding beschäftigt habe«, rief Gillian ohne das geringste Anzeichen von Reue. »Keine Ahnung, was ich mir dabei gedacht habe. Vermutlich wollte ich die hübsche gertenschlanke Braut von all diesen Fotos sein, aber lassen Sie uns der Sache ins Auge blicken: Das bin ich halt nicht. Weder würde ich fünfzehn Zentimeter wachsen, noch könnte ich fünfzehn Jahre rückgängig machen. So eine Verrücktheit.«

»Sie haben es also nie getragen?«

»Nein. Es hing ein ganzes Jahr an der Tür meines Gästezimmers und hat mir jedes Mal, wenn mein Blick darauf fiel, ein schlechtes Gewissen eingeflößt. Eine

Woche vor der Hochzeit hat mich meine beste Freundin Mandy dann beiseitegenommen und gesagt: ›Gillian, wir müssen ein Kleid für dich besorgen, denn jetzt ist es zu spät, um Fett abzusaugen oder dich mit der Ruhr anzustecken.‹«

Jeannie hätte beinahe laut aufgelacht und simulierte ein Husten.

»Also habe ich mir ein neues Kleid gekauft.« Gillian nahm sich einen der guten Kekse und tunkte ihn in ihren Tee. »Siebzig Pfund im Ausverkauf bei John Lewis. Himmel! Ich habe es lila gefärbt und auf zig Partys getragen, bis der dämliche Tollpatsch von meinem Ehemann Currysoße darübergekippt hat. Aber egal, nächsten Monat halte ich es mit diesem dämlichen Tollpatsch schon zwanzig Jahre aus. Ich kann mich also nicht beklagen.«

Sie bedachte den Kleidersack mit einem liebevollen Blick. »Hübsch ist es schon, das Kleid. Vielleicht muss man es ein wenig ändern, da es schon so alt ist. Aber wir ziehen um, und ich werde es ganz bestimmt nicht mitnehmen. Schauen Sie es sich nur an – es ist ein echter Hingucker.«

»Oh, das ist ja … ganz reizend, Gillian.« Natalie öffnete den Reißverschluss und zog das Kleid heraus. Es gab eine Menge herauszuziehen, das meiste mit Strasssteinchen übersät. Im Bürolicht glitzerte es spektakulär. Gillians Kleid war von der Art, wie es Mariah Carey für ein Hochzeitsspektakel in Las Vegas gewählt hätte.

Jeannie blinzelte. So etwas hatte sie nicht erwartet, wenn man bedachte, dass Gillian im Alltag eher gruftig herumlief. Aber wer kannte schon die heimlichen Vorstellungen einer Frau von sich als Braut? Sie, Jeannie, sollte sich da mal schön bedeckt halten.

Gillian betrachtete es sehnsüchtig, dann kniff sie den Mund zusammen. »Irgendjemand wird umwerfend darin aussehen. Aber achten Sie darauf, dass Sie den Interessentinnen eines mit auf den Weg geben ...« Sie hob den Finger. »Bei einer Hochzeit muss man man selbst sein. Ein bestimmtes Kleid anzuziehen lässt die Ehe keinen Tag länger oder kürzer währen. Meine Schwägerin hat sich vor ihrem großen Tag einer Atkins-Diät unterzogen. Als sie ihre Hochzeitstorte anschneiden wollte, ist sie ohnmächtig geworden und mit dem Gesicht mittendrin gelandet. Ihre ersten Worte, nachdem sie wieder zu sich gekommen war, lauteten: ›O Gott, steck mich wieder in die Torte, Mum.‹«

»Ich werde es beherzigen«, sagte Natalie munter. »Falls ich noch einmal heiraten sollte.«

»Gut, ich verabschiede mich dann mal.« Gillian stellte die Tasse hin und leckte sich die dunkel geschminkten Lippen. »Viel Erfolg mit dem Verkauf, meine Damen. Ich werde auf die Ankündigung des Galaabends achten!«

Als sie gegangen war, stand Natalie auf, um die Tassen wegzuräumen, und warf Jeannie einen entschuldigenden Blick zu.

»Bist du sicher, dass das für dich in Ordnung ist?« Sie nickte zu dem Kleid hinüber. »Ich habe schon zu Rachel gesagt, dass du vielleicht noch unter Schock standst, als du uns deine Hilfe angeboten hast ... Bitte sag es ehrlich, wenn dich das zu sehr aufwühlt, den ganzen Tag über Hochzeiten reden zu müssen. Rachel kann blind für alles andere werden, wenn sie erst einmal in Fahrt ist. Und das soll keine Kritik sein – ich bin schließlich genauso.«

Jeannie schüttelte den Kopf. »Für mich ist das in Ordnung, wirklich. Sonst würde ich es schon sagen.«

»Wirklich?«

»Wirklich.« Wenn sie die Geschichten hörte, warum die Frauen ihre Kleider spendeten, sah Jeannie das Thema Hochzeit unwillkürlich in einem anderen Licht: weniger den Tag selbst als die Ehe, die darauffolgte, und die Liebe, die ihr vorausging. Wenn sie nur genug Menschen davon erzählen hörte, wie ihre bessere Hälfte sie in den Wahnsinn trieb und wie wenig perfekt der Partner war oder wie die Liebe nach Konflikten wiedererwachte oder überhaupt erst aus unglücklichen Umständen erwuchs, dann half ihr das vielleicht herauszufinden, wie sie selbst Dan begegnen sollte. Jeannie klammerte sich an jeden Strohhalm, der ihr helfen konnte, sich Klarheit über ihre wirren Gefühle zu verschaffen.

»Gut. Tu das. Wir sind immer ehrlich zueinander gewesen, Rachel und ich.« Natalie lächelte, dann spülte sie die Tassen und sammelte mit einem Seufzer ihre Sachen zusammen. »Ich bin dann mal weg. Du kannst mir alles Gute wünschen.«

»Wofür?«

»Johnny hat mich gebeten, seinem Ukulele-Orchester zuzuhören. Offenbar müssen sich die Musiker erst daran gewöhnen, vor Publikum zu spielen.«

»Das gilt für alle. Am Anfang ist es für niemanden leicht. Wo ist es denn?«

Natalie warf sich die Tasche über die Schulter. »In der Schule. Johnny lehrt Geschichte an der Highschool. Einmal die Woche probt in der Mittagspause das Ukulele-Orchester, und Johnny muss sich darum kümmern, was eine Strafe für ihn ist. Demnächst haben sie Konzertverpflichtungen, daher müssen sie Praxis sammeln. Es ist eine lustige Truppe, das schon. Er packt sie in einen Minibus und fährt sie in Altenheime und zu Weihnachtsfeiern. Wenigstens kann man mitsingen, nicht wie bei Geigen-Ensembles.« Sie verdrehte die Augen. »Es sollte ein Gesetz gegen Geigen-Ensembles geben, wenn du mich fragst.«

»Unterrichtet er das Orchester auch?«

»O Gott, nein. Er muss das Instrument selbst erst erlernen. Johnny ist eher …«, sie suchte nach einer diplomatischen Formulierung, »… enthusiastisch als begabt. Sie haben eine Lehrerin, aber die ist in Mutterschutz, und sonst gibt es nicht viele Lehrer für dieses Instrument. Du kennst vermutlich auch niemanden, oder?«

»Na ja, mich natürlich.« Jeannie wunderte sich, dass Natalie nicht vorher schon gefragt hatte. »Es würde mir nichts ausmachen, für ihn einzuspringen, wenn ihm das über den Kopf wächst. Einmal die Woche ist das?«

Natalie nickte. »Ja, jeden Donnerstag. Würde es dir wirklich nichts ausmachen? Ich wollte es gar nicht erwähnen, da du so viel am Hals hast, aber Johnny wäre begeistert. Sie spielen Songs wie *Moon River* oder *Somewheeeere, Over the Rainbow*.«

»Oh, das liebe ich«, sagte Jeannie. »Es bringt mich immer noch zum Weinen.«

»Mich auch. Johnny bekommt den hohen Ton nämlich nie hin.« Natalie verzog das Gesicht. »Darf ich ihm deine Handynummer geben? Das ist unglaublich nett von dir.«

»Ist mir ein Vergnügen. Vielleicht komme ich dann zwischendurch mal auf andere Gedanken. Dr Allcott hat sogar durchblicken lassen, dass Dan mehr Ruhe braucht und nicht ständig Besuch haben sollte. Ich hätte also jetzt ein paar Stunden zur Verfügung.«

»Noch keine Neuigkeiten von Dan?«

Jeannie schüttelte den Kopf. »Aber man kann nie wissen, wann sich etwas tut. Dan steht unter ständiger Beobachtung, und die Ärzte sagen, dass sich jederzeit etwas ändern kann.« Sie sah auf die Uhr. »Wo wir schon dabei sind …«

Rachel hatte angeboten, sie zum Bahnhof zu fahren, und sobald sie Natalie ihre Kontaktdaten gegeben hatte, machte sie sich auf die Suche nach ihr.

Die überdachten Ausläufe, wo sich die Pensionsgäste und die Heimhunde befanden, lagen am Ende eines langen Flurs, der vom Bürogebäude wegführte. Die Fenwicks hatten investiert und die Zwinger ausbauen lassen. Jetzt konnten sie sich rühmen, den Hunden hell gestrichene Gehege mit Fußbodenheizung und langgestreckte Fenster mit Blick auf die Wildkräuterwiese, auf der sich die Hunde dreimal täglich austoben durften, bieten zu können. In einem Radio liefen tagsüber Musikprogramme, abends Gesprächssender (keine aggressiven) und nachts klassische Musik (für die Schlaflosen).

Als Rachel ihr das Heim gezeigt hatte, hatte sie erklärt, dass es nach Möglichkeit einem Feriencamp in den Sechzigern gleichen solle, nicht einem Schwimmbecken von olympischen Dimensionen – daran arbeite sie noch.

Jeannie sah Rachel am anderen Ende stehen. Sie redete mit Mel, der Heimassistentin, über ein paar Jack Russell Terrier, die am Morgen eingetroffen waren. Sie besprachen, wer mit wem auf die Spielwiese gehen solle, wozu sie die Liste zu den Präferenzen von Hundefreundschaften hinzuzogen. Die Spielzeit war ein komplexes Unterfangen, das Rachel sehr ernst nahm.

»Yan und Tan können mit Abbey und Max rausgehen«, sagte sie gerade. »Die sind ruhig. Nun, ruhig für Terrier. Stell einfach sicher, dass sie für jeden einen eigenen Ball mitnehmen, sonst spielen wir hier bald *Game of Thrones – Fassung für Hunde.*« Sie sah auf, als sie Jeannies Schritte hörte. »Eine Sekunde noch, ich komme gleich …«

Jeannie ging neben dem Auslauf in die Hocke, wo Grace, Constance und Lady Sadie warteten. Lady Sadie hatte sich auf der Hundedecke breitgemacht und zusammengerollt. Grace begnügte sich mit dem Rest und saß kerzengerade da, die lange Schnauze in die Luft gereckt. Constance hockte still in der Nähe, die Ohren gespitzt, und beäugte den dicken schokoladenbraunen Labrador, der im Auslauf gegenüber vor sich hin schnarchte. Am liebsten wäre sie ihm auf den Kopf gesprungen, um zu sehen, wie er reagierte. Wenn Jeannie sie sah, musste sie immer öfter an Edith denken.

»Tschüss, meine Damen«, sagte sie leise. Grace starrte weiter ins Leere, aber Sadie erwachte zuckend. Zu Jeannies Überraschung streckte sie sich und kam auf ihren Beinchen, die für den massigen Körper immer noch zu knochig wirkten, zaghaft auf sie zugewackelt. Einen knappen halben Meter vor Jeannie hielt sie inne und ließ sich zu Boden plumpsen, ohne den Blickkontakt zu unterbrechen.

Jeannie steckte die Finger durch das Gitter und wackelte damit. »Du bist ein braves Mädchen, Sadie«, sagte sie. »Es hat viel Spaß gemacht, mit dir zu spielen. Bis bald.«

Die Staffie-Hündin schaute sie an, die dunklen Augen feucht in ihrem weichen weißen Kopf. Sie bewegte sich nicht und kam nicht näher, aber Jeannie spürte eine gewisse Verbindung zwischen ihnen, die ersten Silberfäden des Vertrauens. Ganz neue Gefühle erfüllten sie, und sie lächelte den Hund an. Der Hund – war sie nun vollkommen verrückt geworden? – schien zurückzulächeln. Es war ein wunderschönes Lächeln.

# Kapitel 15

Johnnys Ukulele-Orchester war, wie Natalie schon gesagt hatte, eine lustige Truppe.

Was als »Hobby« für Schüler ohne größeren Ehrgeiz begonnen hatte, damit sie ihren Lebenslauf frisieren konnten, hatte sich unerwartet zum coolsten uncoolen Treff entwickelt. Mittlerweile waren die Plätze heiß begehrt. Als Jeannie zu ihrer ersten Donnerstagsprobe im Musiktrakt der Highschool erschien, waren alle fünfundzwanzig Mitglieder bereits versammelt, stimmten ihre Instrumente und quatschten. Es war eine ziemlich gemischte Truppe von Mädchen mit seidigem, mit honigfarbenen Strähnchen durchzogenem Haar, ein paar linkischen Jungen, ein paar alles andere als linkischen Halbstarken, jüngeren Schülern, die in ihren Schulblazern schwammen, und älteren, die keine Uniform mehr trugen. Und dann noch Johnny, Natalies Ehemann, der eine Cordhose und ein kariertes Hemd trug, unter dem er mit theatralischer Geste ein George-Formby-T-Shirt enthüllte, was von den versammelten Schülern mit einem Stöhnen quittiert wurde.

»Dies ist der Ukulele-Club«, protestierte er und reckte stolz die Brust. »So wissen wir wenigstens, dass Uku-Club ist und nicht Geschichtsunterricht.«

»Solange wir nicht so etwas tragen müssen, Sir«, murmelte einer der Jungen.

»Auf gar keinen Fall. Ich bin der einzige George Formby in diesem Orchester«, sagte Johnny. »Und jetzt sollten wir Jeannie begrüßen, die für den Rest des Schuljahrs unter unseren Darbietungen zu leiden haben wird. Ich hoffe jedenfalls, dass sie bleibt und ihr sie nicht heute schon vergrault, *Liam*«, fügte er hinzu, und sein vielsagender Blick sprach von etlichen schlechten Erfahrungen.

»Dann sollten Sie besser nicht singen, Sir«, erwiderte Liam aus der letzten Reihe.

Jeannie ließ sich von den erwartungsvollen Gesichtern nicht beeindrucken – sie wusste nie, ob es einfacher war, vor einem Festival-Publikum aufzutreten, wenn man sonst auch Grundschüler unterrichtete, oder ob es sich umgekehrt verhielt –, und so verbrachten sie vergnügliche fünfundvierzig Minuten damit, das Repertoire des Orchesters durchzugehen und zwischendurch noch Jeannies Version von *Wuthering Heights* einzustudieren, die Johnny für pädagogisch *und* musikalisch wertvoll hielt.

Es wunderte Jeannie selbst, mit welcher Selbstverständlichkeit sie den Raum betreten und zu ihrer Ukulele gegriffen hatte, um mit den Schülern zu musizieren, wo sie doch daheim so oft stumm geblieben war. Der Unterschied war, dass es nichts mit ihr zu tun hatte. Sie fühlte sich nicht auf dem Präsentierteller, wenn sich ihre Stimme mit den sechsundzwanzig anderen, verschieden schönen Stimmen vermischte. Außerdem hatte sie sich bewusst gezwungen, nicht allzu viel darüber nachzudenken, sondern es eher als Gefallen für Natalie zu betrachten. Sie hatte sich gesagt, dass sie ja nicht spielen oder singen müsse, sondern auch einfach die Akkorde zeigen könne. Aber als es dann so weit war, bewegten sich ihre Finger, und ihre Stimme stimmte mit ein und … Nun, das war es dann.

Natürlich spielte sie keine Songs von Edith und ihr, geschweige denn ihre eigene Musik. Aber es war ein gutes Gefühl, wieder zu singen. Eine Wolke, von deren Existenz sie gar nichts gewusst hatte, löste sich für die Dauer der Stunde auf und ließ in ihrem Innern die Sonne aufgehen. Am Ende applaudierten die Schüler sich selbst, und Jeannie stimmte in den Applaus mit ein.

»Ich weiß nicht, wie Sie das geschafft haben, aber die Kinder haben noch nie so gut gespielt«, sagte Johnny, als der Gong das Ende der Mittagspause verkündet und der letzte Schüler den Musikraum verlassen hatte. »Normalerweise entbrennt immer irgendwann ein Streit, weil jemand falsch oder den falschen Text singt.«

»Ist das nicht immer so bei neuen Lehrern?« Jeannie legte ihre Ukulele in die sternenübersäte Tasche und zog den Reißverschluss zu. »Gibt dann nicht jeder sein Bestes?«

»Oje, nein«, sagte Johnny bestimmt. »Nach meiner Erfahrung ist eher das Gegenteil der Fall. Vermutlich haben sie ausnahmsweise einmal gespürt, dass sie mit jemandem spielen, der weiß, was er tut.« Er hielt ihr die Tür auf und fügte mit einem Grinsen hinzu: »Das gilt für mich ebenso. Vielen, vielen Dank.«

Sie hatte nicht die Zeit, vor der Abfahrt ihres Zugs noch nach Hause zu fahren, daher nahm sie vor der Schule den Bus zum Bahnhof. Als sie sich am Automaten eine Fahrkarte zog, klingelte ihr Handy.

Es war Andrea.

»Nur damit du Bescheid weißt«, sagte sie nach den üblichen Phrasen. »Ich habe es endlich geschafft, Danny in ein Einzelzimmer verlegen zu lassen. Du musst also nicht zur üblichen Station gehen. Frag einfach am Empfang nach dem Weg.«

»Was? Ist alles in Ordnung mit ihm?« Jeannie kämpfte mit ihrer Tasche, ihrer Wasserflasche und der Ukulelen-Tasche, um die Fahrkarte aus dem Schlitz zu holen, ohne etwas zu verschütten oder fallen zu lassen.

»Ja, Danny geht es gut. Ich habe nur so das Gefühl, dass ihm ein wenig Ruhe und Frieden guttun würde. Er zeigt eindeutig Anzeichen dafür, dass er aufzuwachen versucht, Jeannie. Ich bin mir ganz sicher, dass sich seine Augen bewegt haben, als ich heute die Botschaften abgespielt habe. Er schien anwesend zu sein, falls du weißt, was ich meine.«

Dans Augen hatten sich bewegt? Das war neu. Ein Gefühl der Schwere breitete sich in Jeannies Brust aus:

Angst und Erleichterung und noch etwas, über das sie nicht allzu genau nachdenken wollte.

»Unglaublich«, sagte sie. »Haben die Ärzte es auch gesehen?«

»Nein, aber Kate behält ihn im Blick. Ich habe genau gesehen, dass seine Lider geflattert haben – als wollte er mir signalisieren, dass er mich hören kann.« Andrea schien vor Rührung den Tränen nahe. »Ich weiß einfach, dass er zu uns zurückzukommen versucht, Jeannie. Wann bist du hier?«

»Ich verlasse Longhampton gerade. In ungefähr einer Stunde.«

»Dann bleibe ich so lange. Ich ertrage den Gedanken nicht, dass Dan uns zu zeigen versucht, dass er zurückkommt, und niemand ist da! Das muss eine solche Anstrengung sein …«

»Ich bin auf dem Weg«, sagte Jeannie und fragte sich, warum ihre Zehen plötzlich feucht waren. Als sie nach unten schaute, merkte sie, dass sie die Plastikflasche so fest gepackt hielt, dass die einen Riss bekommen hatte.

Andrea stand auf, sobald Jeannie den Kopf zur Tür hereinsteckte. Sie hatte ihre leichte Regenjacke an und die Handtasche auf den Knien, bereit zum Aufbruch, aber sie hielt bis zur letzten Sekunde Dans Hand.

»Da bist du ja!«, sagte sie mit einem glücklichen Lächeln. Jede Verbesserung von Dans Zustand schien sie um Jahre jünger zu machen, aber heute wirkte sie regelrecht verwandelt. »Also, Danny, ich breche dann mal zu meinem Termin in der Stadt auf. Aber Jeannie

ist da und leistet dir heute Nachmittag Gesellschaft.«
Sie zeigte auf das Telefon auf dem Nachtschränkchen. »Es gibt eine neue Aufnahme von Dans Tante Claire. Heute Morgen habe ich ihm ein paar ältere Aufnahmen vorgespielt. Vermutlich haben sich deswegen seine Augenlider bewegt. Was für eine wunderbare Idee! Du und Owen, ihr seid derart klug!«

»Gab es noch weitere ... Regungen?«

Andrea schüttelte den Kopf. »Nein. Aber es muss so anstrengend für ihn sein. Wir sollten nicht zu viel von ihm erwarten. *Bitte*, wenn du irgendetwas bemerkst, ruf mich an. Ich muss nach Newcastle, zur Untersuchung bei meinem Herzspezialisten, aber ich komme so schnell wie möglich zurück. Eigentlich wollte ich den Termin verschieben, aber das ging nicht. Dr Davies hat einen vollen Terminkalender, und er sagte, dass es bei den derzeitigen Aufregungen unabdingbar sei, meine Medikamente neu einzustellen.«

»Du musst auf dich aufpassen«, murmelte Jeannie, die seit ihrem Eintreten den Blick nicht von Dan abwenden konnte. Seine Wangen schienen etwas rosiger zu sein – aber das konnte auch das Licht im Zimmer sein, oder? –, und eine der Schwestern hatte ihm ein anderes Hemd angezogen und ihn rasiert. Dabei hatte sie seine Haare verstrubbelt, sodass es eher so aussah, als schliefe er. Winzige Veränderungen, aber immerhin. Hatte Andrea recht? Tauchte Dan langsam aus dem Dämmer wieder auf?

»Ich muss dir so vieles erzählen, Dan.« Sie setzte sich auf den Stuhl an seinem Bett, dicht genug, um zu sehen, wie sich im Wind des Ventilators seine Koteletten bewegten. »Heute habe ich eine ehrenamtliche Tätigkeit an der Highschool aufgenommen.«

»Wirklich?« Andrea blieb an der Tür stehen.

»Ja. Ich helfe beim Ukulele-Orchester aus!« Jeannie zeigte auf die Tasche. »Ich bin direkt von dort gekommen, von unserer ersten Stunde. Das war ein Heidenspaß!«

»Wie schön.« Andreas Mund bewegte sich, als wollte sie unliebsame Gedanken formulieren. »Aber vielleicht solltest du dir nicht allzu viel aufhalsen, Jeannie. Es wäre doch schade, wenn du es unvermittelt wieder aufgeben müsstest. Dan könnte uns jetzt jeden Moment brauchen, und zwar rund um die Uhr.«

»Es ist ja nur einmal in der Woche«, sagte Jeannie mit einem Lächeln, von dem sie hoffte, dass es engagiert und positiv wirkte. Sie wollte nicht sagen: Andrea, sei doch realistisch – Dan wird viel mehr brauchen als nur dich und mich, denn eine hingebungsvolle Schwiegertochter sollte so etwas nicht denken.

»Nun, du wirst es schon wissen. Vermutlich ist es gut für dich, wenn du deine musikalischen Fähigkeiten nicht brachliegen lässt!«

»Die Musik hat mir sehr gefehlt«, stimmte Jeannie zu und spürte ihre wunden Fingerkuppen. Zum ersten Mal seit ihrem entsetzlichen Gespräch mit Edith wurde ihr bewusst, dass sie es tatsächlich vermisst hatte, mit anderen zu musizieren. Sie hatte es sehr vermisst.

Sobald Andrea fort war, lehnte sich Jeannie zurück und spielte die Nachricht von Tante Claire ab. Ironischerweise erfuhr sie mehr über Claire, ihren Sohn Gene, den britischen Drohnen-Meister, und ihren Ehemann Tom, den Star der Biogemüseszene von Cheltenham, als über Dan. Sie fragte sich ernsthaft, wann Claire ihren Neffen zuletzt gesehen hatte und ob ihr klar war, dass er mittlerweile erwachsen war. Dan sei immer ein netter Junge gewesen. Sie, Tante Claire, habe schon immer gewusst, dass aus ihm mal etwas werden würde. Bei dem Bein ihrer Katze habe er absolut richtiggelegen. Fluffy sei jetzt fast dreiundzwanzig! Das war es im Wesentlichen.

Dans Augenlider bewegten sich nicht ein einziges Mal. Vermutlich lag es daran, dass er die Augen vor Langeweile innerlich verdrehte.

Sie scrollte durch die anderen Botschaften, die Andrea ihm vorgespielt hatte: von Schulfreunden, Arbeitskollegen, Dans letztem Chef. Falls es ihr Sorgen bereitete, dass sie nicht genug über Dan wusste, hatte sie jetzt die kostbare Gelegenheit, das zu ändern. Die Menschen, die ihn am besten kannten, kramten Erinnerungen hervor, und sie hatte jedes Recht, sich das anzuhören. Sicher würde es ihr einen Einblick in seine Persönlichkeit und seinen Charakter gewähren.

Aber es war eine Enttäuschung. Sie hatte das Gefühl, überhaupt nichts Neues über ihn zu erfahren.

Nun berührte sie den Bildschirm und spielte die Botschaft seines Freunds Andy ab.

»Also, Kumpel, hier ist noch eine Geschichte. Wir waren mit Mark, Owen und Stu in London. Warte, war Matty nicht auch mit von der Partie? Ja! Matty war auch dabei. Das war, als Stu gerade seine Praxis in

Cork eröffnet hatte, auf dieser Pferdezuchtfarm. Haha! O Mann, denk nur an die E-Mails, die er uns von dort geschickt hat. Haha! ›Gurkensandwiches‹! Haha! Mehr sag ich nicht! Haha! Aber egal ...«

Andy faselte noch etwas von chinesischem Essen, dann war er fertig. Sollte es eine Pointe gegeben haben, war sie an Jeannie vorbeigegangen. Dans Rolle hatte einfach darin bestanden, mit der Taschenrechnerfunktion seines Handys die Rechnung durch sechs zu teilen.

»Du musst wohl dabei gewesen sein, was, Dan?«, sagte sie und beobachtete, ob Andys belanglose Episode, wie man Krabbenbrot in fremde Manteltaschen gesteckt hatte, seine Augenlider zum Flattern brachte.

Nein.

In ihrem Herzen flatterte auch nichts. Die Jungs verhielten sich einfach wie jeder andere Männertrupp außerhalb heimischer Gefilde. Ein wohlerzogener Trupp, der daran dachte, Trinkgeld zu geben. Keiner von ihnen klang allerdings so nett wie Owen.

Aber egal. »Lass uns noch eins anhören«, sagte sie und wählte Nick aus der Liste aus.

Nicks Anekdote über Dans legendären Hut-Trick bei der Fußballmannschaft der Tierärzte war so heiter wie banal. Jeannie arbeitete sich durch all diese Nachrichten hindurch, weil sie wenigstens auf ein Bröckchen Widerspenstigkeit oder Skurrilität zu stoßen hoffte – eine geheime Narbe an einer peinlichen Stelle, ein unerwartetes Talent wie Brotbacken –, aber Fehlanzeige. Dan war ein netter Typ, den jeder gernhatte. Nur eines war auffällig: Keiner seiner Freunde erwähnte seine Hochzeit.

Sie achtete darauf, ob Owen eine Botschaft hinterlassen hatte – mit Erinnerungen, wie Jeannie sie gerne hören würde –, aber da war nichts. Sie war enttäuscht.

Nach einer Stunde hatte Jeannie die Nase voll von Geschichten über sportliche Leistungen und heroische Rettungsaktionen für Katzen. Schweigen senkte sich über den Raum. Jeannies Atem passte sich dem von Dan an, ein und aus, auf und ab, während sie aus dem Fenster in den tristen blaugrauen Himmel schaute. Keine Wolken. Keine Sonne. Keine Geräusche. Nur das Summen und Pumpen der Geräte, mit denen Dan über ein Netz von Drähten verbunden war. Der laute Musikraum, der von Gekicher, falschen Tönen und jugendlicher Energie erfüllt war, schien Ewigkeiten zurückzuliegen.

»Weißt du, was?« Jeannie riss sich zusammen. »Ich werde dir ein paar der Songs vorspielen, die ich mit den Schülern geprobt habe. Ohne Gesang, nur instrumental. Dabei erzähle ich dir etwas. In Ordnung?«

Dan antwortete nicht.

»Wunderbar«, sagte Jeannie und begann mit den ersten Klängen von *Hey, Jude*, bei dem Johnny ausdrücklich darum gebeten hatte, dass Liam nicht seinen üblichen Text dazu singen möge.

»Also ... hier sind die neuesten Neuigkeiten von deinem Arbeitsplatz«, sagte sie, die Pausen zwischen den Worten mit sanften Akkorden füllend. »George und Rachel verbeißen sich in einen Kleinkrieg über die

Finanzierung des Hundeheims, sagt Mel. Das ist die Assistentin des Heims, die auch Teilzeit am Empfang der Tierarztpraxis arbeitet. Sie sagt, George sei ein guter Chef, hart, aber fair. Es dauere ein wenig, bis man sich an seinen Humor gewöhnt habe, *was auch immer das heißen mag …*«

Die Saiten unter ihren Fingern zu spüren beruhigte Jeannie. Zu Hause hatte sie Dan eigentlich nicht viel vorgespielt. Ihre gemeinsame Zeit hatten sie fast immer außer Haus verbracht. Sie hatten etwas unternommen – um nach der Heimkehr stets eilig ins Bett zu stürzen. Jeannie hatte sowieso eine Abneigung gegen diese unerträglichen Musiker, die ihr Instrument immer mit sich herumschleppten und bei jeder Gelegenheit herausholten. So war sie nicht. Ihre Musik war persönlich, höchst persönlich. Edith hatte ihre Gitarren dann in ein Symbol für Verlust verwandelt – und Dan war für sie, Jeannie, rettender Hafen gewesen.

Sie spielte leise, um niemanden zu stören, und über die dahinplätschernden Akkorde hinweg erzählte sie von den Welpen mit den winzigen Pfoten und dem Keksgeruch und von ihren gebrochenen Müttern, die auf Rachels üppiger Wildblumenwiese zu spielen lernten. Jeannie erzählte ihm von Lady Sadies Mut, mit dem sie es schließlich gewagt hatte, ihren Blick zu erwidern.

»Rachel sagt, ich soll Sadie zu mir nehmen«, sagte sie. »Wir könnten einander Gesellschaft leisten. Was hältst du davon?«

Zu mir nehmen, um mit ihr zusammenzuleben. Statt mit Dan. Dan hatte Rachel nicht einmal erwähnt.

Jeannies Finger blieben an den Bünden hängen, was sie aus ihrem Trancezustand weckte.

»Störe ich?«

Sie fuhr herum. Owen lehnte im Türrahmen. Wie lange stand er schon da?

Jeannie wurde rot und legte schnell die Ukulele weg. »Nein, überhaupt nicht. Komm herein.«

»Lass dich nicht stören.« Er nickte zu der Ukulele hinüber, aber als er ihr Unbehagen bemerkte, schaute er auf die Uhr. »Ich kann auch noch mal gehen und später wiederkommen, wenn dir das lieber ist. Ich bin früh dran.«

Ihr fiel auf, dass Owen oft früh dran war, sodass sich seine Schicht mit ihren nachmittäglichen Besuchen überlappte. Andererseits war es ja auch nicht gerecht, dass er immer seine Abende opfern musste, nur weil er in der Nähe lebte. Beschwert hatte er sich noch nie, aber sicher könnte er sich gut vorstellen, die Zeit auch mal woanders zuzubringen. Und wenn nur bei einer Ballettaufführung.

»Nein, komm herein. Ich habe nur ein wenig herumgeklimpert, während ich mit Dan gesprochen habe.« Sie rückte den Stuhl beiseite, um Platz zu schaffen. »Hat Andrea dir erzählt, dass sein Augenlid geflattert hat?«

»Sie hat mich angerufen, als ich auf dem Weg hierher war. Zehn Meilen auf der M6 mit überaus detaillierten Beschreibungen.« Owen zog seine Jacke aus und setzte sich. Vermutlich war er direkt von der Arbeit gekommen, da noch das Schlüsselband um seinen Hals hing. Das Foto daran war nicht sehr schmeichelhaft, aber was seine Berufsbezeichnung betraf, war er mehr als bescheiden. Tatsächlich war er Betriebsleiter der Patterson Haulage Ltd.

»Hast du irgendetwas bemerkt?«, fragte Jeannie.

Er schüttelte den Kopf. »Ehrlich gesagt nein. Aber in dieser Phase passiert das vielleicht auch nur einmal am Tag.«

Sie betrachteten Dans schlafendes Gesicht. Jeannie hielt die Luft an, weil das Augenlid jetzt, da sie beide da waren, vielleicht wieder flattern würde. Tat es aber nicht.

»Lass dich nicht von mir stören.« Wieder nickte er zu der Ukulele hinüber. »So schnell werde ich nicht mehr die Gelegenheit bekommen, bei einem Gig in der ersten Reihe zu sitzen. Sogar bei einem Privatkonzert! Ich habe immer gedacht, dass man eine Ukulele, du weißt schon ...« Er tat so, als würde er sich eine winzige Gitarre unters Kinn klemmen und wild darauf herumschrammeln.

»Nicht alle spielen wie George Formby.«

Owen lachte. Als sie an den Stimmwirbeln drehte, musste sie unwillkürlich an ihr erstes Gespräch mit Dan denken. »Es klingt komisch, aber ich bin es gar nicht gewohnt, allein zu spielen. Ich singe Harmonien. Das ist mein Ding, Harmonien.«

»Ist das etwas ... anderes?«

»Man muss stärker auf die anderen achten. Man führt nicht, sondern stimmt mit ein. Tatsächlich habe ich schon als Kind Harmonien gesungen, zu allem, was im Radio lief. Mum hielt mich für ein Wunderkind, aber eigentlich hatte es vor allem damit zu tun, dass mein Großvater eine Menge Everly-Brothers-Platten besaß und wir immer zusammen gesungen haben.«

Owen setzte sich auf den Stuhl und schlug sein langes Bein über, sorgsam darauf bedacht, nicht gegen die empfindlichen Gerätschaften zu stoßen. »Sind deine Eltern musikalisch?«

»Dad mag Countrymusic. Er hat mal bei einer Auktion ein Banjo erworben, aber nie wirklich darauf gespielt. Als ich ungefähr drei war, haben sie mich zum Spaß aufs Sofa gesetzt, und ich habe einfach nachgemacht, was ich ihn ein, zwei Mal hatte tun sehen. Statt mich hat mein Großvater dann die Gesichter meiner Eltern fotografiert.« Sie machte nach, wie Brian und Sue auf dem berühmten Familienfoto den Mund aufrissen, als sie ihren winzigen Sprössling so sahen, fast hinter dem Banjo verschwindend. Das Foto stand auf ihrem Fernseher und hatte einen Orangestich angenommen. Jeannie hatte immer die Idee gehabt, es mal in ein Cover einzubauen – falls Edith und sie einen Plattenvertrag bekommen würden, der ein richtig altmodisches Cover verlangte.

»Spielst du auch ein Instrument?«, fragte sie und wischte den unerwünschten Gedanken beiseite.

»O Gott, nein.«

»Ich wette, du könntest es.« Jeannie hielt ihm die Ukulele hin. »Los, versuch mal. Sie hat nur vier Saiten …«

Er winkte ab und wurde rot. »Nein. In der Schule war ich immer das Kind, dem man diese Stöcke ohne Tonhöhe gegeben hat. Womit ich nicht sagen will, dass ich die Leute, die einen Ton halten können, nicht beneide«, fügte er hinzu. »Ich finde es großartig, wenn man musikalisches Talent besitzt.«

Je energischer Owen protestierte, desto röter wurden seine Wangen, und das reizte Jeannie. Sie spürte, dass er insgeheim darauf brannte, es zu versuchen. »Bestimmt könnte ich es dir beibringen. Ich habe schon aus vierjährigen Kindern Musik herausgeholt – und heute sogar aus einem jungen Mann, der die Ukulele als Strafe für seine notorische Schwänzerei lernen soll.«

Er zog seine struppigen Augenbrauen hoch. »Willst du mir anbieten, mich zu unterrichten?«

»Wenn du möchtest.«

»Das nenne ich Mut. Und was soll ich dir im Gegenzug beibringen? Wie man einen Gelenklastwagen zurücksetzt?«

»Eine Frau sollte das unbedingt beherrschen.«

»Dann könnten wir uns einig werden.«

Jeannie betrachtete Owen, der die Ukulele schüchtern beäugte, und dachte, wie froh sie war, dass sie ihn hatte. Was, wenn sie diesen Albtraum mit dem Fußballfanatiker Nick oder mit Gurkensandwich-Stu bewältigen müsste? Sie schienen nicht übel zu sein, aber ... Jeannie fragte sich, ob Owen und sie dieses Gespräch auch hätten, wenn Dan wach wäre und mitreden könnte.

Nein, dachte sie. Ich glaube nicht, dass es dasselbe wäre.

»Haben Sie etwas dagegen, wenn ich ein paar Untersuchungen anstelle?« Eine neue Krankenschwester,

Kim, steckte den Kopf um die Ecke und unterbrach Jeannie in ihren Gedanken. Sie sah zu, wie die Schwester mit den Kanülen und Schläuchen herumhantierte. Owen erkundigte sich, was es mit dem Flattern der Augenlider auf sich habe, und Kim erläuterte es ihnen. Jeannie schrieb mit, damit Andrea bei ihrer Rückkehr erfahren würde, dass es ein positives Zeichen sein könnte, aber auch eine Reaktion auf bestimmte Sedierungsmittel.

Als die Krankenschwester fort war, bat Owen, ob Jeannie nicht noch ein wenig spielen könne. »Vielleicht Songs, die ich kenne?«, fügte er hinzu. »Also nichts allzu Aktuelles.«

Sie schloss die Augen, um jedes Unbehagen auszublenden, und zupfte und schlug die Saiten so leise wie möglich, damit nicht allzu viel aus dem Raum drang. Als sich die Musik an die Stelle ihrer Gedanken gesetzt hatte, hörte sie eine Stimme summen: ihre eigene.

Sie summte *Live To Tell* und *Let It Be*, und nach einer Weile hörte sie eine andere Stimme mitsummen, ziemlich falsch. Owen. Das Gemeinschaftsgefühl – und das Vertrauen – wärmten ihr Inneres. Dem Himmel sei Dank, dass Owen da war. Dem Himmel sei Dank, dass sie nicht allein damit klarkommen musste.

Sie tastete gerade nach den Akkorden von *Don't Give Up*, als sie ihn reden hörte.

»Jeannie«, murmelte Owen, und sie wagte es nicht, sofort aufzuschauen. In seiner Stimme lag ein Flüstern, das ihr ein merkwürdiges Zittern durch die Adern schickte.

»Jeannie«, flüsterte er noch einmal.

Sie zwang sich, den Kopf zu heben, aber Owen schaute sie gar nicht an. Er starrte direkt auf das Bett, auf Dans Gesicht.

»Hast du das gesehen?« Owen hauchte die Worte förmlich. »Dans Lider. Sie haben sich bewegt.«

Sie packte den Hals ihrer Ukulele. Der Raum schien sich zu neigen.

»Er hat fast die Augen geöffnet.« Owen beugte sich vor und nahm Dans Hand. »Dan. Dan, mein Freund, kannst du mich hören? Kannst du das noch einmal machen? Für Jeannie? Wirklich, ich glaube nicht, dass das von den Medikamenten kam. Ich denke, er gelangt wieder zu Bewusstsein.«

Plötzlich war alles anders, so klar und deutlich, als würde auf einer Abfahrtstafel eine neue Information durchrattern. Dan kam zu sich. Der Pausenknopf war wieder gelöst worden. Das Leben würde weitergehen, wo es aufgehört hatte. Selbst wenn Jeannie zu Natalie gesagt hatte, dass sich die Situation von einem Moment zum nächsten ändern könne, hatte ein Teil von ihr nicht daran geglaubt. Aber nun war es so weit. Die Zeit, in der sie etwas gutmachen konnte, war vorbei.

Owen winkte sie zu sich. »Es war eine so winzige Regung, dass man sie fast hätte übersehen können.«

Jeannie hievte sich von ihrem Stuhl hoch, legte die Ukulele auf den Boden und beugte sich vor.

Dans Gesicht. Sie betrachtete seine Nase, die Unzahl teefarbener Sommersprossen auf der goldenen Haut, dann die Augenbrauen, von denen die rechte in eine winzige Narbe überging, nach der sie ihn immer hatte fragen wollen. Die Oberlippe mit dem kleinen Wulst, der sie fast wie einen Entenschnabel aussehen ließ, zeigte auf die vollere Unterlippe. In den Tagen im Krankenhaus hatte Jeannie viel Zeit gehabt, Dans Gesicht zu studieren und seine Geheimnisse und Makel zu ergründen, aber es kam ihr immer noch aufdringlich vor, ihn so anzustarren.

Die Angst vor dem Horrorfilm-Szenario, dass er plötzlich die Augen aufreißen und sie anstarren könnte, ließ sich nicht abschütteln. *Ich weiß, was du getan hast.*

»Keine Sorge. Ich bin mir sicher, dass er es noch einmal versucht.« Owen streichelte Dans nackten Arm. »Nun komm schon, mein Freund. Du kannst es nicht mir und deiner Mutter zeigen, aber Jeannie nicht! Oder behältst du dir für sie etwas Besonderes vor?«

Keine Antwort.

Der Moment zog sich quälend langsam dahin, dann stieß Owen einen langen Atemzug aus. »Tut mir leid, Jeannie. Wir sollten dem armen Kerl Zeit geben und ihn nicht unter Druck setzen.«

Er lehnte sich zurück und bemühte sich um eine normale Miene. »Vielleicht solltest du noch etwas spielen? Es schien ihm zu gefallen.«

Jeannie rang sich ein Lächeln ab. Ihr Kopf schwirrte.

Aber gerade als sie wieder zu ihrer Ukulele gegriffen hatte, ließ ein siebter Sinn sie innehalten. Ihr Herz klopfte schwer, ganz oben in ihrer Kehle, als sie ihn anschaute.

Dans Lider flatterten, aber seine Augen waren so stark zusammengepresst, dass sich nur seine Wimpern an seiner Haut bewegten. Aber schließlich zuckten sie und ließen einen Streifen blasses Weiß sehen, dann einen winzigen blauen Halbmond – seine berühmten blauen Augen.

Jeannie ließ die Ukulele fallen. Mit einem Knall, wie sie ihn noch nie in ihrem Leben gehört hatte, landete sie auf dem weißen Boden von Dans Krankenhauszimmer.

# Kapitel 16

Als Jeannie ihre Eltern anrief, um ihnen mitzuteilen, dass Dan Anzeichen für die Wiedererlangung des Bewusstseins zeige, klang Sue so erleichtert und erfreut, dass Jeannie sich auf den Küchenstuhl sinken ließ und die Hände vors Gesicht schlug. Die Reaktion rückte ihre eigene komplizierte Haltung zu dem Vorgang in ein beschämendes Licht.

»O mein Schatz, das ist ja wundervoll!«, rief Sue. »Sollen Dad und ich kommen, um dich zu unterstützen? Ich kann die Nachbarin anrufen, damit sie sich um die Pferde kümmert. Carol schuldet mir ohnehin noch einen Gefallen.«

»Es gibt nicht viel zu sehen, Mum«, bremste Jeannie ihren Elan. »Dan schläft die meiste Zeit. Dr Allcott sagt, es dauere eine Weile, bis die Sedierungsmittel sein System verlassen. Und wenn er aufwacht, wird er sich mit großer Wahrscheinlichkeit ziemlich komisch benehmen …«

»Das weiß ich doch, mein Schatz.« Sues Stimme war tröstlich. Jeannies Augen füllten sich mit Tränen, so sehr vermisste sie ihre Mutter. »Aber *du* bist es doch, für die wir da sein wollen. In den nächsten Tagen wirst du eine Menge zu verarbeiten haben.«

Was kommt da tatsächlich auf mich zu?, dachte Jeannie und verspürte einen Schauder der Angst.

Am nächsten Tag kamen Brian und Sue direkt zum Krankenhaus. Der Anblick, wie sich die beiden am Eingang zu Dans Zimmer schnell die Hände desinfizierten, weckte in Jeannie das Bedürfnis, sie bei den Händen zu nehmen und wegzulaufen, fort von dieser Situation. Aber ihr war klar, dass das nicht ging.

»Da ist sie ja!« Brian wies erfreut mit dem Finger auf sie. »Da ist unser Mädchen!«

»Und da ist Dan«, fügte Sue schnell hinzu. »O Andrea, meine Liebe – wir sind ja so froh über die neuesten Entwicklungen.«

Andrea war so schnell wie möglich aus Newcastle zurückgekehrt und hielt seither Dans Hand. Sie hatte sie nicht einmal losgelassen, als Kate und Kim die Werte abgelesen und die Ärzte den Fortgang der Sedierung besprochen hatten. Sie hatte mit ihm geredet, als wäre er wach und lauschte und als hinge sie selbst am Tropf der Hoffnung.

Es dauerte eine Weile, bis sie die McCarthys auf den neuesten Stand gebracht hatten – Jeannie und Andrea waren nun Expertinnen für Gehirnödeme und intrakranielle Druckmessung –, aber als das Gespräch zum Erliegen kam, zeigte Sue auf Jeannie, als würde ihr etwas einfallen.

»Ich habe etwas für dich.« Sie griff in die Tasche und holte einen Plastikbeutel heraus. »Ich habe es in einen Beutel gesteckt, weil ich nicht wusste, wie das mit den Keimen ist.«

Dans Handy.

Jeannie schaute es an, vollkommen erstarrt. Wie ein offizielles Beweismittel baumelte es von Sues Finger herab. Der zersplitterte Bildschirm ließ ihr sofort wieder den Schock vom Unfallort in die Glieder fahren: das blinkende Blaulicht, der wispernde Wald von Menschen, die unheilvolle Stille hinter all den hektischen Aktivitäten.

Da war es, das Handy. Das Handy, das ihr Geheimnis enthielt. Wie eine Atombombe würde es einschlagen: dass sie es war, die diesen Albtraum zu verantworten hatte.

Jeannie sah zu ihrem Vater hinüber. Brians Gesicht war angespannt, und seine Augen schienen zu sagen: Ich habe mein Bestes getan.

»Es befand sich in der Jacke deines Vaters«, fuhr Sue beiläufig fort, ahnungslos, was für einen Sturm sie auslöste. »Ich wollte sie in die Reinigung bringen. Es steckte mit lauter anderem Zeug in der Innentasche. Ist es Dans Handy? Dein Vater behauptet, er könne sich nicht erinnern, wo er es herhat. Aber es kann doch nur von Dan sein, oder? Ich meine, wem sollte es sonst gehören?«

»Ja, das ist Dans Handy.«

Owen hatte geantwortet, und Jeannies Kopf fuhr zur

Tür zurück. Owen war gerade im rechten Moment gekommen, um zu sehen, wie Sue ihr das Ding hinhielt, von dem sie partout nicht wollte, dass er es zu sehen bekam. Sie hätte sich am liebsten in den Hintern getreten. Warum hatte sie ihm nur geschrieben, dass ihre Eltern kamen?

Weil Owen sie mochte und ihre Eltern Owen, sagte sie sich. Wie hätte sie ahnen können, was ihre Mutter aus ihrer Tasche hervorzaubern würde?

»Das ist ja hier wie am Piccadilly Circus heute«, stellte Kate fest. »Ich muss Sie alle bitten, in den Besucherraum zu gehen. Tut mir leid.«

Owen starrte den Beutel genauso wild an wie Jeannie. Waren es nur ihre Schuldgefühle, die ihr das vorgaukelten, oder kämpfte er gegen den Impuls an, Sue das Handy aus der Hand zu reißen?

Er wusste es. Jeannies Herz klopfte. Owen wusste, dass vor der Hochzeit irgendetwas nicht gestimmt hatte, und ging davon aus, dass es mit ihr zu tun hatte. Die Vorstellung, dass er das Handy in die Finger bekommen und ihre Nachrichten hören könnte, raubte Jeannie den Atem.

»Oh, da bin ich aber froh, dass wir nicht einfach irgendjemandes Handy eingesteckt haben.« Sue entspannte sich sichtlich. »Wir hatten kein passendes Ladekabel, daher konnten wir nicht herausfinden, wem es gehört. Du kennst uns ja, Jeannie, wir schlagen uns noch mit unseren dampfbetriebenen Nokias herum!« In dem Versuch, die Spannung im Raum zu lösen, nickte sie zu Andrea hinüber. »Liegt dir Daniel auch ständig in den Ohren, dass du dir das Neueste vom Neuesten kaufen sollst, damit du mehr Pixies hast?«

»Pixel, Mum«, sagte Jeannie automatisch. »Die Dinger heißen *Pixel.*«

Andrea strahlte stolz. »Um diese Dinge kümmert sich Danny. Er kennt sich wunderbar aus und kauft immer gleich zwei Geräte, von denen er mir eins einrichtet. Tatsächlich …« Sie nahm ihre Tasche und öffnete den Reißverschluss des Mittelfachs. »… habe ich sogar das Ladekabel dabei. Ich nehme es immer mit, besonders jetzt im Moment, weil ich panische Angst davor habe, dass sich unterwegs mein Akku entladen könnte.«

Brian sagte kein Wort, sondern warf Jeannie einen derart elenden Blick zu, dass sie an die Hunde im Heim denken musste. Unheilvoll und gleichzeitig von Schuld zerfressen, dass das Vorgefallene auch seine Schuld sein könnte.

»Hier!« Andrea ließ das Kabel über das Bett in Sues Richtung schwingen. »Passt das?«

Zu ihrer eigenen Überraschung sprang Jeannie auf und schnappte es sich, bevor ihre Mutter es entgegennehmen konnte. »Ja, ich denke schon. Lass mal sehen.«

»Hätten wir es der Polizei geben sollen, Jeannie?« Sue wandte sich an sie, schon weniger sicher. »Als Beweismittel? Das war noch ein Grund, weswegen ich es in den Plastikbeutel gesteckt habe. Wegen der Fingerabdrücke.«

»Ich glaube nicht, dass die Polizei an Beweisen interessiert ist.« Owen kam Jeannie zuvor, die Stimme zuversichtlich. »Sie haben doch die Aussagen der Fahrgäste, die alle bestätigen, dass der Fahrer nicht schuld war. Er hat so schnell gebremst wie nur möglich, aber Dan hat telefoniert und nicht darauf geachtet, wo er hintritt. Darüber habe ich mit etlichen Polizisten geredet. Man geht davon aus, dass es ein Unfall war. Ein schrecklicher zwar, aber doch eben ein Unfall.«

»Der arme Fahrer.« Sue schüttelte den Kopf. »Vermutlich verfolgt ihn die Vorstellung, dass noch viel Schlimmeres hätte passieren können.«

»Sue.« Brian verpasste ihr einen Stups. Andrea biss sich auf die Lippe.

»Hat sich eigentlich niemand gemeldet, der mit Dan telefoniert hat, als er vor den Bus gelaufen ist?«, fuhr Sue fort. »Sicher würde man es doch merken, wenn man mit jemandem redet, der vor einen Bus läuft, oder? Ich kann mich erinnern, dass Brian mal im Supermarkt sein Handy hat fallen lassen, und ich dachte, er sei umgekippt.«

»Himmel, Sue.« Brian verpasste seiner Frau einen vehementeren Stups, aber sie war nicht geneigt, das Thema fallen zu lassen.

An Owen gewandt erklärte sie: »Vielleicht erfahren wir es ja von dem Handy, oder? Wer der letzte Anrufer war.«

Siedend heiß wurde Jeannie bewusst, dass sie nun, da sie das Ladekabel hatte, das Handy auch einstöpseln musste. Und sobald sie es eingestöpselt hatte, würde sie es anstellen müssen. Und sobald sie es unter aller Augen angestellt haben würde, würde der Piepton für die Nachrichten erklingen und …

»Vielleicht hat er ja gar nicht telefoniert«, sagte Owen. »Er könnte auch seine Mailbox abgehört haben. Vielleicht ist ja überhaupt niemand schuld.«

Jeannie setzte sich so abrupt auf, dass sie spürte, wie in ihrem Rücken ein Muskel zuckte. Andrea wäre vor Schreck fast vom Stuhl gefallen. Sie sah nicht gut aus, dachte Jeannie, und das war auch kein Wunder.

»Mum, vielleicht ist das im Moment nicht das passendste Gesprächsthema«, sagte sie. »Wenn man bedenkt …«

Kate hatte nun doch genug und kam mit Handtüchern und Gel hereingerauscht. »Warum klären Sie das nicht draußen, liebe Leute? Es ist Zeit für Dans tägliche Waschung, und dabei möchte er sicher kein Publikum haben. Ich würde das jedenfalls nicht wollen.«

Erleichterung packte Jeannie. »Kein Problem, das mit dem Handy kann warten«, sagte sie, steckte es in ihre Tasche und zog den Reißverschluss zu. Da war es sicher. Vorerst.

Wirkte Owen, als hätte sie seine Pläne durchkreuzt? Bildete sie sich das nur ein?

»Andrea? Möchtest du mit uns in ein Restaurant gehen und etwas essen?« Sue berührte Andreas Arm. Andrea zögerte – normalerweise half sie Kate gerne bei der Waschung und den anderen Verrichtungen, die Dan das Leben leichter machen sollten –, aber dann ließ sie sich zwischen Jeannies Eltern hinausführen, um einen Ort zu suchen, wo man laut Sue »für Jeannies Vater ein Bacon-Sandwich bekomme. Er ist seit fünf Uhr unterwegs, der Arme, und giert nach etwas Deftigem …«

Owen lungerte an der Tür herum, und die Art, wie er die drei anlächelte, ließ darauf schließen, dass er auf Jeannie wartete. Dann sagte Sue allerdings: »Owen, warum kommst du nicht mit? Dann kannst du uns erzählen, was bei dir so alles passiert ist, seit wir uns zum letzten Mal gesehen haben.« Also hatte er keine Wahl, als ihnen zu folgen.

Jeannies Hände zitterten, aber sie versuchte, ganz normal zu wirken. Das war *die* Gelegenheit, allein zu sein – die durfte sie nicht verpassen.

»Ich komme nach. Ich muss nur noch draußen schnell telefonieren«, teilte sie ihrer Mutter mit und marschierte schnurstracks in die andere Richtung, Dans Handy wie eine entsicherte Handgranate in der Handtasche.

Jeannie wusste genau, wo sich eine Steckdose befand: direkt neben dem Tisch, den sie in den letzten vier Wochen als ihren eigenen betrachtet hatte. Meist saß dort schon jemand und arbeitete, den Laptop eingestöpselt. Aber als sie angeeilt kam, war das Schicksal auf ihrer Seite: Der Tisch war frei.

Schnell legte sie Tasche und Mantel auf den Stuhl, um ihn zu reservieren, holte sich einen Orangensaft aus dem Kühlschrank, bezahlte und setzte sich. Ihr Herz raste in ihrer Brust und hämmerte einen Dreierrhythmus gegen ihre Rippen.

Mit zittrigen Händen steckte sie das Ladekabel in die Steckdose und wartete, bis auf dem zersplitterten Display der winzige Apfel erschien.

Vielleicht funktionierte es ja gar nicht mehr. Vielleicht

bedeutete der zersplitterte Bildschirm, dass das Handy tot war. In dem Fall wäre sie auf der sicheren Seite, oder?

Jeannie starrte auf das Metallbein des Stuhls gegenüber. Wie schwer wäre es wohl, das Handy komplett zu zerstören? Sie könnte es unter das Stuhlbein legen, dann ein einziger lauter Knacks und …

Der Apfel erschien, bevor sie den Gedanken zu Ende denken konnte, als wäre das Handy mit ihren schlimmsten Befürchtungen verbunden. Edith hätte es längst getan. Sie hätte den Gedanken gar nicht erst zu Ende gedacht.

Der Bildschirm leuchtete auf, dann erschien die Maske.

Sofort hatte Jeannie ein gewaltiges Problem. Ein vierstelliger Code war gefordert.

Ist Dan der Typ für ein schlichtes 1234?

Sie versuchte es. Nein.

Was war mit ihrem Geburtstag: 2809?

Nein. Jeannie verspürte einen Stich der Enttäuschung.

Dans eigener Geburtstag: 1908?

Nein.

Die Sekunden verstrichen. Jeden Moment konnte Owen erscheinen. Selbst wenn er nicht auf die Idee gekommen wäre, Dans Handy zu überprüfen, um in Erfahrung zu bringen, wer ihn so abgelenkt hatte, dass er unter einen Bus geraten war – jetzt würde er es tun. *Danke, Mum.*

Jeannie stützte ihren pochenden Kopf in die Hände, bohrte die Fingernägel in die Schläfen und starrte auf das Spinnennetz der Risse auf dem Display. Welche Daten würde Dan für wichtig halten? Ihr eigener Code lautete 2002, das Jahr, in dem ihr Lieblingsalbum herausgekommen war (*Yoshimi Battles the Pink Robots* von den Flaming Lips), aber was Dans Lieblingsalbum war, wusste sie gar nicht – sie wusste nicht einmal, ob er überhaupt eins hatte. Ihres Wissens war er auch nicht Fan von einer Fußballmannschaft, die schon einmal englischer Meister war.

Ist das eigentlich richtig, was du da tust?, flüsterte ein Stimmchen in ihr. Was willst du damit anfangen, wenn du reinkommst? Willst du in Dans privaten E-Mails herumschnüffeln? Wirst du auf sein Facebook-Konto gehen – während er bewusstlos daliegt und dir nicht einmal die Erlaubnis dazu geben oder die Inhalte bereinigen kann? Wenn du ein schlechtes Gewissen hast, in seinen Kisten herumzuwühlen, solltest du dich vielleicht nicht an seinem Handy vergreifen.

Ich war drauf und dran, diesen Mann zu heiraten, dachte Jeannie. Sicher steckt in diesem Handy nichts, was ich nicht hätte sehen dürfen, oder?

Selbst als sie das dachte, wusste sie, dass sie Dan niemals erlauben würde, ihre eigenen E-Mails oder Nachrichten zu durchforsten. Nicht weil es da irgendetwas zu entdecken gäbe, sondern weil es … ihre Privatsphäre war. Ihr Kopf. Sie war noch nicht bereit, ihren Kopf mit ihm zu teilen. Oder mit überhaupt jemandem.

Was, wenn es E-Mails gab, von denen Dan nicht wollte, dass sie sie sah? Was, wenn er ebenfalls Zweifel hatte?

Halt den Mund, sagte sich Jeannie und betrachtete den Bildschirm. Wie viele Versuche hat man wohl, bevor ein Handy gesperrt wird? Und wäre das wirklich so schlimm? Wenn alle ausgesperrt wären, könnte niemand Dans Nachrichten oder Anruflisten sehen ...

Bevor sie den Gedanken weiterverfolgen konnte, hörte sie Schritte. Owen kam aus der Vorhalle auf sie zumarschiert mit entschlossener Miene. Sie hob die Hand zum Gruß. Er konnte genauso gut kommen. Es hatte keinen Sinn, sich noch verdächtiger aufzuführen, als sie es ohnehin schon tat.

»Probleme?« Owen setzte sich auf den Stuhl gegenüber.

Jeannie steckte das Handy, das noch am Ladekabel hing, wieder in die Tasche. »Nicht solange es illegal ist, Handys aufzuladen, so wie auf der Intensivstation.«

Ihr Problem erriet er sofort. »Gesperrt?«

»Ja.« Jeannie gab sich Mühe, munter zu klingen. »Ich kenne Dans Code nicht. Du?«

»Hast du seinen Geburtstag ausprobiert?«

»Der ist es nicht.«

»Deinen Geburtstag?«

Sie schüttelte den Kopf. »Nein. Offenbar ist der nicht wichtig genug.«

»Hm. Hast du es mit 2010 versucht?«

»Ist das ein wichtiges Jahr?«

»Das Ende seines Studiums.« Er zögerte und sagte dann: »Dan hat immer gesagt, das sei der Beginn seines Zehnjahresplans.«

»Seines was?«

»Seines Zehnjahresplans. Er hat immer Pläne gemacht.« Owen fummelte an einem herumliegenden Strohhalm herum. »Dinge, die er bis dreißig erreicht haben will. Oder bis vierzig, wofür es noch eine Extraliste gab. Ihm gegenüber habe ich das nie zum Ausdruck gebracht, aber ich nehme an, dass er den Ehrgeiz von seinem Vater hat. Nur dass es ihm nie darum ging, Geld zu scheffeln oder protzige Autos zu besitzen, sondern um … Projekte und Forschungsziele. Er wollte seine eigene Tierarztpraxis eröffnen und Krebs bei Hunden heilen.« Über sein Gesicht huschte ein düsterer Schatten. »Meine größte Angst ist, dass Dan erwacht und nicht mehr … nicht mehr …«

Obwohl er sich zusammenriss, konnte er seinen Satz nicht beenden.

Unwillkürlich streckte Jeannie den Arm über den Tisch und nahm Owens Hand. Seine Schultern waren eingesackt, als wäre ihm plötzlich bewusst geworden, dass Tabellen und Schichtpläne seinem Freund langfristig vielleicht nicht helfen würden.

»Wir wollen doch positiv denken, erinnerst du dich?«, beharrte sie. »Dr Allcott und sein Team stellen heute Nachmittag noch ein paar Untersuchungen an.«

»Du hast recht.« Er schaute auf den Tisch und kämpfte gegen die Tränen an. »Tut mir leid, ich sollte dich gar nicht damit belämmern …«

»Doch, solltest du«, erwiderte Jeannie vehement. »Es ist schwer, gegenüber Andrea die Fassade zu wahren, aber du sollst nicht das Gefühl haben, mir gegenüber auch die Fassade wahren zu müssen.«

»Ich weiß. Das tu ich auch nicht.« Owen sah auf. Seine braunen Augen waren feucht und ließen seine ganze Verletzlichkeit durchscheinen. Er versuchte, die Fassung wiederzugewinnen, scheiterte aber und schüttelte den Kopf. »Danke. Wir stecken in einem ziemlichen Schlamassel, du und ich, nicht wahr?«

»Von der übelsten Sorte.« Sie drückte seine Hand. »Stark und gelassen kannst du wieder sein, wenn es Dan besser geht.«

Er sagte nichts, sondern schenkte ihr nur ein dankbares Lächeln.

Der Moment wurde zerrissen von einem hellen Geräusch aus ihrer Tasche. Das Handy war zum Leben erwacht. Neue Nachrichten trafen ein und buhlten mit einem Ping um ihre Aufmerksamkeit.

»Es funktioniert also?«, fragte er, froh über die Ablenkung.

»Scheint so.« Widerstrebend holte Jeannie das Handy aus der Tasche, dann betrachteten sie beide den zersprungenen Bildschirm. »Ich nehme an, wir müssen einfach warten, bis Dan zu sich kommt und uns den Code verrät«, sagte sie beiläufig.

»Oh, Dans Handy! Funktioniert es noch?«

Andrea, die aus dem Restaurant zurückkam und in den Laden wollte.

Sie blickten schuldbewusst auf.

»Das ist nicht das Problem, Andrea ...«, begann Owen, aber diesmal ging Jeannie dazwischen.

»Wir finden den Code nicht heraus, daher ... müssen wir es wohl für diesmal dabei bewenden lassen.«

Das Handy hatte Andreas volle Aufmerksamkeit. Sie setzte sich auf den Stuhl neben Owen. »Versuch mal 1802. Oder 180260. Das ist mein Geburtstag«, fügte sie an Jeannies Adresse hinzu für den Fall, dass sie es nicht selbst erriet. »Dannie ist immer zu meinem Geburtstag nach Hause gekommen, das war eine Tradition. Dann hat er mich immer zum Essen ausgeführt. Tatsächlich hat er meinen Geburtstag nur einmal verpasst …« Sie warf Owen, der unbehaglich hin und her rutschte, einen vorwurfsvollen Blick zu.

»Klingt so, Andrea, als steckte eine interessante Geschichte dahinter!«, sagte Jeannie, die gerne das Thema wechseln wollte.

»Das kann man wohl sagen! Unsere beiden hier waren am Vortag in Paris, bei einem Rugby-Nationalspiel, und beim Rückflug ist die Katastrophe über sie hereingebrochen! Erinnerst du dich noch, Owen?« Wenn man Andreas Miene Glauben schenken durfte, war es praktisch der Weltuntergang gewesen. »Sie mussten über Nacht in Paris bleiben wegen eines lächerlichen Fluglotsenstreiks. Am nächsten Morgen ist Danny direkt vom Flughafen gekommen und hat mich in der Seaham Hall zum Tee eingeladen, um es wiedergutzumachen. Ich habe zu Dan gesagt: ›Das hat man davon, wenn man einen Billigflug bucht, besonders nach *Frankreich*.‹«

Jeannie schaute zwischen Owen und Andrea hin und her. Irgendetwas war da im Gange, aber sie war sich nicht sicher, was. Owen wirkte verlegen – als von den Streiks die Rede war, hatte er etwas sagen wollen, hatte den Mund dann aber wieder geschlossen –, aber er leugnete es auch nicht.

Andrea seufzte, vermutlich weil sie sich an den netten Geburtstagstee erinnerte. Dann riss sie sich zusammen. »Ja, 1802. Ich wette, so lautet sein Code. Versuch's einfach mal.«

Was sollte sie tun? Jeannie drückte eine Taste, um das Handy wieder zum Leben zu erwecken, und holte tief Luft: 1802.

Die Maske veränderte sich, als sie entsperrt wurde, und Andreas Miene hellte sich auf. »Oh!« Dann brach das ganze Entsetzen, das mit dem gesprungenen Bildschirm verbunden war, wieder über sie herein und löschte die Begeisterung darüber, dass Dan als Code ihr Geburtsdatum gewählt hatte. Sie schlug die Hand vor den Mund.

Nachricht um Nachricht lief über den Schirm, angefangen mit Texten wie »Glückwunsch, Kumpel!!!«, um dann plötzlich zu »Alles in Ordnung? Wir haben gerade gehört, dass …« zu wechseln.

Das zersprungene Glas erschwerte die Lektüre, aber an dem Symbol für die Mailbox befand sich der rote Punkt, der noch nicht abgehörte Nachrichten anzeigte. Gehörte ihre eigene Nachricht auch dazu? Jeannies Magen war plötzlich bleischwer. Wartete sie noch darauf, abgehört zu werden? Hatte Dan sie überhaupt angehört? Hatte er nur eine gehört, die andere aber nicht?

Die anderen verpassten Anrufe hielten keine großen Überraschungen bereit: Owen, dann eine unbekannte Handynummer (der Florist? der Standesbeamte?),

Mum, Mark, Jeannie. Dans Leben – zwanzig Minuten vor der Trauung in der Zeit eingefroren.

Jeannie schaute auf, in ihren Ohren klopfte der Puls. Owen und Andrea sahen auf das Handy und versuchten offenbar, die Namen, Nummern und Zeiten zu erkennen, die aus ihrer Perspektive auf dem Kopf standen. Dann blickten sie zu Jeannie auf.

Alle dachten sie das Gleiche. Mit wem hatte Dan gesprochen, als er vor den Bus gelaufen ist?

Owen machte Anstalten, nach dem Handy zu greifen, aber Jeannie riss es an sich und berührte das Symbol für die Mailbox. Splitter drangen in ihre Finger, aber sie drückte das Handy fest ans Ohr, damit kein Ton herausdrang. Owens Augen ruhten unentwegt auf ihr, und sie gab sich Mühe, sich nichts anmerken zu lassen.

Der Klang war verzerrt und aus dem beschädigten Lautsprecher kaum zu verstehen. »Sie haben ... Nachrichten. Empfangen ... sechsundzwanzigsten Mai ... vierzehn Uhr z...«

Dann ihre eigene nervöse Stimme, eine Stimme, die nicht wie ihre klang und aus der Vergangenheit kam, irritierend frisch. Jeannie wurde übel.

»Dan, ich bin's. Bitte geh nicht zum Rathaus. Ich schaffe das heute nicht mit der Hochzeit. Es tut mir so leid. Es tut mir so unendlich leid. Bitte ruf mich an, sobald du das hier abhörst.«

Schockiert schaute sie aus dem Fenster. Dan musste die erste Nachricht gehört haben. Die zweite nicht.

»Um die Nachricht noch einmal zu hören, drücken Sie bitte die zwei ...«

Ehe sie sichs versah, hatte sie die drei gedrückt. So fest, dass es fast ihren Finger zerquetschte. Gelöscht. Sie hatte die Aufnahme gelöscht. Die Nachricht war in der Atmosphäre verschwunden. Winzige Partikel ihrer Schuldgefühle lösten sich auf, als wären sie nie da gewesen.

Sie stieß zittrig den Atem aus und dachte: O Gott, was habe ich da nur getan?

»Gab es eine Nachricht?« Owen beugte sich vor.

Sie schüttelte den Kopf. »Nichts Wichtiges.« Das stimmte sogar. Es war jetzt nicht mehr wichtig.

Aber die erste Nachricht, jene, die Dan abgehört haben musste – war die noch da? Irgendwo im System? Sie konnte sich nicht erinnern, wie lange Nachrichten gespeichert wurden.

»Darf ich mal sehen?« Andrea streckte die Hand nach dem Handy aus.

»Was sehen?«

»Das wird jetzt albern klingen, aber ...« Ihre Hand zitterte. »Ich wollte es oben nicht sagen für den Fall, dass er uns hören kann. Aber *ich* habe Danny angerufen, kurz nachdem er zur Kirche aufgebrochen ist. Ich wollte ihm sagen, wie sehr ich ihn liebe und wie glücklich ich für euch beide bin ...« Andrea schlug die Hand vor den Mund, aber ihre tränenerfüllten Augen drohten überzuquellen. »Seine Mailbox sprang an, also habe ich einfach drauflosgeredet und ihm eine Nachricht aufs Band gequatscht. Mir ist schon klar, wie töricht das klingt, aber ich muss wissen, dass Danny nicht gerade meine Nachricht abgehört hat, als er vor den ... den Bus gelaufen ist. Kann man das herausfinden? Gibt es einen Weg, das festzustellen?«

Jeannies Herz brach, als sie Andreas Worte hörte. In den vielen Tagen, die sie zusammen verbracht hatten, waren ihr die komplizierten Gründe für Dans Nähe zu seiner Mutter begreiflicher geworden. Ihr war klar, wie grausam die Sorge für Andrea sein musste, sie könne der Grund für seinen Unfall sein. Wie lange schleppte sie diese Vorstellung schon mit sich herum? Arme Andrea …

»O Andrea, es war bestimmt nicht deine Nachricht. Der Bildschirm ist zersprungen, man kann nicht wischen, schau. Aber ich bin mir ganz sicher, dass … oh!«

Jeannie hatte ihr die zersprungene Seite des Handys hingehalten, aber als Andrea mit dem Finger die scharfen Scherben berührt hatte, hatte sie aufgeschrien und den Finger zurückgezogen, sodass Jeannie das Handy aus der Hand gefallen war. Es knallte zuerst auf den Tisch und dann auf den Fliesenboden, bevor Owen es mit einer schnellen Reaktion auffangen konnte.

Das Display erlosch, und das Glas zersplitterte endgültig in Millionen von Teilchen.

»O Mann.« Vom Nebentisch ereilte sie ein mitleidiger Blick, und im nächsten Moment kam der Mann von der Theke herbeigeeilt, Kehrschaufel und Besen in der Hand.

Andrea starrte das Handy an. Ihr Mund bebte wie der eines Kinds. Jeannie stand auf und umarmte sie, während Owen sagte: »Er hat nicht deine Nachricht abgehört, Andrea. Ich bin mir sicher, dass er die schon abgehört hatte, als wir das Hotel verließen.«

»Wirklich? Bist du dir sicher? Sagst du das nicht einfach nur so?«

»Ich *weiß* es.« Owen nickte, und Andrea ließ in stummer Dankbarkeit die Stirn an Jeannies Brust sinken und schluchzte.

Owen ist ein netter Junge, dachte Jeannie, als sie Andreas bebenden Rücken streichelte. Ein schlechter Lügner, aber wirklich ein netter Junge.

# Kapitel 17

»Wir würden dir gerne helfen«, wiederholte Sue. »Sag einfach, was wir tun können, und dein Vater und ich kümmern uns darum.«

Jeannie schaute sich unbehaglich im Wohnzimmer um. Ihre Eltern hatten sich bereits nützlich gemacht. In der Stunde, die Jeannie damit verbracht hatte, auf der Hundewiese Frisbeescheiben zu werfen, hatte ihre Mutter zwei Kisten ausgepackt und den Inhalt auf dem Sofa und in den Regalen verstaut, während Dad ein Bücherregal aufgebaut und mit Dans Reiseführern gefüllt hatte. Jetzt hockte er auf dem Boden und baute ein zweites auf, ausgestattet mit einer Tasse Tee und dem Werkzeugkasten, den er in den Wagen gepackt hatte, »für den Fall, dass Daniels Werkzeug noch eingelagert ist«.

Jeannie hatte keine Ahnung, ob Dan überhaupt Werkzeug hatte, geschweige denn, wo es sich befinden könnte.

Das war sehr nett von den beiden, aber es flößte ihr auch ein gewisses Unbehagen ein. Warum, konnte sie selbst nicht so genau sagen. War es, weil ihre eigenen Dinge den Raum beherrschten, den sie eigentlich mit jemandem teilen sollte? Oder weil sie sah, dass Dans Kisten offen standen und darauf warteten, ohne ihn ausgepackt zu werden?

Oder war es die Erinnerung daran, dass die Ehe, die sie zu verhindern versucht hatte, unter den gegebenen Umständen doch ihren Lauf nehmen würde?

Jeannie holte tief Luft, aber es klang erstickt.

»Was ist?« Sue hielt inne, das Familienfoto der McCarthys bei Angus' Hochzeit in der Hand. »Habe ich etwas falsch einsortiert?«

»Nein, es ist nur ... Ich habe mich gefragt, ob wir mit dem Auspacken nicht warten sollten, bis Dan aufwacht. Es ist mir nicht angenehm, in seinem Zeug herumzuwühlen, wenn er nicht da ist.«

Ihre Mutter lachte. »Schätzchen, ihr seid doch verheiratet – so gut wie, jedenfalls. Was um Himmels willen soll Dan denn in den Kisten haben, das du nicht sehen darfst?«

»Nichts. Es ist nur ...« Jeannie gab sich Mühe, das nagende Gefühl in ihrem Innern zu artikulieren. »Es fühlt sich irgendwie falsch an, wenn ich mich hier einrichte, solange Dan noch ... Na ja, wir wissen immer noch nicht, wann er nach Hause kommt. Möglicherweise wird es noch Monate dauern. Dieses Haus ist vielleicht gar nicht für ihn geeignet, falls er ...« Sie bekam es nicht heraus. »Falls er ...«

»Dan ist nicht tot, mein Schatz«, sagte Sue bestimmt. »Und sollte er irgendeine Behinderung davontragen, dann findet ihr schon einen Weg, damit klarzukommen. Wir haben es ja auch geschafft.«

Darauf konnte Jeannie nichts erwidern. Es war schwer, Zweifel zu artikulieren, wenn man es mit zwei Menschen zu tun hatte, die schreckliche Hindernisse überwunden hatten und immer noch miteinander lachen konnten.

Sue legte das Foto auf den Kaminsims, kam zu Jeannie und umarmte sie fest. »Ich weiß, dass du in Gedanken immer bei Dan bist, aber du brauchst auch ein schönes Zuhause, in das du heimkehren kannst! Wegen dieser täglichen Pendelei zum Krankenhaus hast du kaum etwas von deinen Sachen ausgepackt. Es sieht so aus, als wolltest du gar nicht bleiben! Was würde Dan wohl davon halten?«

Jeannies Kopf lag an der Schulter ihrer Mutter, daher konnte Sue nicht die Grimasse sehen, die sie bei dieser Bemerkung zog – oder Brians gequältes Gesicht.

»Sag es ihr!«, bedeutete er ihr stumm mit einer energischen Handbewegung.

»Nein!«

Sue drückte Jeannie noch einmal an sich, dann trat sie zurück, strich sich die kupferfarbenen Locken aus dem Gesicht und küsste sie auf die Stirn, wozu sie sich recken musste. »Jetzt, da du zurück bist, setze ich Wasser auf. Du kannst inzwischen ein paar Fotos von Dan suchen, damit von ihm auch welche auf dem Kaminsims stehen. Ich kenne die Leute nicht, aber du wirst ja wissen, wer das alles ist, nicht wahr? Noch einen Tee, Brian?«

»Danke, mein Schatz.«

Als Sue geschäftig den Raum verließ, mied Jeannie den elenden Blick ihres Vaters, klappte eine Lasche zurück und holte einen Stapel in Zeitungspapier eingewickelte Bilderrahmen heraus. Das erste Foto zeigte Andrea und Dan bei seiner Abschlussfeier an der Uni. Sie trug ein zitronengelbes Kostüm und hatte sich, strahlend vor Stolz, bei ihm untergehakt. Auf Andreas Sideboard hatte dasselbe Foto einen Ehrenplatz, erinnerte sich Jeannie. Es stach aus einem ganzen Heer von Fotos heraus, die Dan und sie in jedem Alter zeigten.

Sie spürte, dass ihr Vater hinter sie trat.

»Du musst es deiner Mutter bald sagen, mein Schatz«, murmelte er. »Ich habe mit dieser Schwester gesprochen, Kate. Sie ist der Meinung, dass Daniel bald wieder zu sich kommt. Und dann?«

*Und dann?* Jeannie schauderte es. »Gut«, sagte sie laut.

»Hast du deine Meinung geändert?« Brian klang gar nicht wie ihr Vater sonst. »Wirst du bei ihm bleiben? Ich meine, es wäre natürlich löblich, aber ... Tu nichts aus den falschen Gründen.«

Sie schauten sich an, stumm vor Entsetzen wegen der Konsequenzen, die jeder nun folgende Satz haben würde.

Jeannie rang sich ihre Worte förmlich ab. »Was sind die falschen Gründe, Dad?«

»Ich meine ...« Brians Augen huschten zur Tür, dann wieder zurück. »Wenn du bei Dan bleibst, dann musst du dir sicher sein, dass du es deswegen tust, weil du ihn liebst, nicht, weil dir der arme Kerl leidtut. Wenn du ihn vor ein paar Wochen nicht heiraten wolltest, sehe ich nicht, warum sich deine Gefühle jetzt geändert haben sollten.«

»Dad!« Nun huschten Jeannies Augen zur Küche hinüber. »Ich kann doch keinen Mann verlassen, der auf der Intensivstation liegt! Wenn er mich braucht, werde ich ihn auch nicht verlassen. Was wäre ich denn dann für ein Mensch?«

»Ein ganz normaler, Jeannie. Ich weiß, was dich erwartet. Das ist ein schwerer Weg. Verdammt schwer. Wenn die Leute sich das Maul zerreißen, werde ich ihnen einfach die Wahrheit sagen – dass du die Sache am Tag der Hochzeit abblasen wolltest. Feierabend.«

Jeannie hörte es in der Küche klappern. Sue räumte ausgepackte Kaffeetassen in den Schrank. Die Erleichterung, endlich über die Sache reden zu können, die Tag und Nacht ihren Kopf mit quälenden Gedanken bevölkerte, war fast körperlich zu spüren.

»Aber niemand würde es dir glauben! Alle würden denken, ich verlasse ihn, weil er behindert ist.« Sie fuhr sich mit der Hand durchs Haar. Ihr Kopf pochte, was normalerweise erst nach einer halben Stunde im Krankenhaus einsetzte. »Es geht ja auch nicht nur um Dan. Andrea braucht mich. Und Owen ebenfalls.«

»Aber verdammt, du kannst doch dein Leben nicht führen, indem du immer machst, was andere von dir erwarten! Von deiner verrückten Freundin hast du dich schon genug herumschubsen lassen.«

»Von Edith?« Überrascht registrierte Jeannie, wie giftig die Stimme ihres Vaters klang.

»Von wem denn sonst?« Brian war hörbar übers Ziel hinausgeschossen, aber jetzt war er nicht mehr zu bremsen. »Ich will nicht behaupten, dass ich etwas von diesem ganzen Quatsch mit der Schallplattenindustrie verstehe, aber du lässt dir von dieser Madame auf der Nase herumtanzen. Schau doch nur, wie sie dich behandelt hat? Du lässt immer die anderen über deine Gefühle bestimmen, Jeannie, weil du ein gutes Herz hast. Wie deine Mutter. Aber du musst ausnahmsweise auch einmal an dich denken.«

»Trinkst du deinen Kaffee immer noch ohne Zucker, Jeannie, oder hast du dich von deinem hochzeitsbedingten Diätwahn verabschiedet?«, rief Sue aus der Küche.

»Einen Zucker für mich, Mum!«, rief sie zurück, dann wandte sie sich wieder an Brian und zischte: »Ich verstehe, was du sagen willst, Dad, aber damit kann ich mich jetzt nicht herumschlagen. Jetzt geht es nicht um mich, sondern um Dan.«

»Es geht nie um dich.« Brians Augen blickten angespannt, weil er nach Worten suchte, die den Schmerz in seinem Herzen spiegelten. »Aber dies ist *dein* Leben. Und wenn du es deiner Mutter nicht bald selbst erzählst …«

»Da bin ich!« Sue erschien mit dem Tablett in der Tür, das Jeannie als Erinnerung an die Spezial-Fernseh-Dinner ihrer Mutter von zu Hause mitgenommen hatte. »Ich habe auf dem Weg hierher ein paar Kekse besorgt, da mir klar war, dass du keine hast.«

»Danke, mein Schatz«, sagte Brian und nahm sich gleich drei von den Schokoladenplätzchen.

Jeannie wandte sich wieder ihrer Kiste zu und nahm das nächste Foto vom Stapel.

Es zeigte zwei Leute, die sie nicht kannte, beide mit Sonnenbrille. Sie saßen in einer Wüste auf einem Landrover, umgeben von Eseln. Die Esel wirkten gelangweilt, aber gesund. Die beiden Personen trugen Bandanas. Der Mann hatte trotz eines schützenden Kricket-Huts einen schmerzhaften Sonnenbrand, während die Frau braun gebrannt war. Krause pechschwarze Locken fielen ihr auf den Rücken hinab. Sie trug Khakishorts und hatte mit einem strahlenden Lächeln den Arm um den verbrannten Nacken des Manns gelegt, als habe sie ihn soeben bei einer Tombola gewonnen. Eines ihrer langen braunen Beine hatte sie glamourös auf der Motorhaube des Wagens ausgestreckt.

Ich habe keine Ahnung, wo das ist, dachte Jeannie mit der üblichen dumpfen Panik. Oder wer diese Frau ist. Oder ob es sich bei dem Mann vielleicht sogar um Dan handelt.

»Oh, ist das nicht Owen?«, fragte Sue, die ihr über die Schulter schaute.

Jeannie sah genauer hin. »Du hast recht«, sagte sie überrascht. Owen war dünner und in den Shorts kaum wiederzuerkennen. Er hatte durchaus schöne Beine, ziemlich muskulös. Die Verbrennungen waren allerdings grässlich. Wer bekam denn einen Sonnenbrand an den Knien? »Das muss er wohl sein.«

»Wo ist das denn?«

»Keine Ahnung, Mum.«

»Jedenfalls wird das seine Freundin sein.« Sue lächelte. »Siehst du? Ein so netter Typ *muss* eine Freundin haben.«

Nun betrachteten sie beide das Foto. Die lachende Frau war nicht der Typ, den sich Jeannie an Owens Seite vorgestellt hätte. Selbst die Esel schienen eine gewisse Bewunderung für sie zu hegen. Aber die beiden hatten unübersehbar eine innige Beziehung zueinander, und Owen hatte den Arm um sie gelegt.

Warum sollte Owen nicht eine schöne Freundin haben, tadelte Jeannie sich selbst und unterdrückte ihr ungläubiges Staunen. Er war ein netter Typ, praktisch veranlagt und konnte gut zuhören. So überwältigend wie Dan war er natürlich nicht, nicht im herkömmlichen Sinn zumindest, aber das konnte auch täuschen.

»Keine Ahnung, Mum. Er hat sie jedenfalls nie erwähnt.«

»Oje.« Sue zog eine Augenbraue hoch. »Hoffentlich hat das nicht einen Grund.«

Sue bot Jeannie an, sie nach Longhampton zu fahren, damit sie den Mittagszug ins Krankenhaus bekommen würde. Sie fuhren früh los, damit Sue noch etwas von Jeannies neuer Heimatstadt sah.

Es war ein perfekter Sommertag, und Longhampton entfaltete sich wie ein Filmprospekt, als sie den Hügel vom Tierheim hinunterfuhren, angefangen von den Reihenhäusern, die in den Farben von Fürst-Pückler-Eis erstrahlten – Rosa, Vanillegelb, Schokoladenbraun –, bis hin zu den Petunienkörben, die an den Straßenlaternen baumelten. Sie bummelten über die High Street, bis sie Natalies Café erreichten, das am Vormittag sehr belebt war. Zwei Scottish Terrier knabberten unter einem Tisch an Keksen, während sich ihre Besitzer oben ein Stück Karottenkuchen teilten, und eine Bulldogge von der Farbe von Latte macchiato hatte sich im Korb am Fenster zusammengerollt und schnarchte in der Sonne. Die dazugehörige Frau trank Tee.

Natalie, die gerade die Kaffeemaschine polierte, hielt inne, hocherfreut, Sue zu sehen. Sie klatschte in die Hände, als sie die Neuigkeiten über Dan hörte, und bestand darauf, sie zu einem Kaffee einzuladen und Jeannie für die Zugfahrt eine Tüte Gebäck mitzugeben.

»Es ist so schön zu sehen, dass du hier schon Freunde hast«, sagte Sue, als sie das Café wieder verließen. »Longhampton muss sehr gastfreundlich sein.«

»Der schnellste Weg, sich bei seinen Nachbarn bekannt zu machen, besteht darin, die eigene Hochzeit im Rettungshubschrauber zu verlassen«, sagte Jeannie. Als ihre Mutter sie entgeistert anstarrte, fügte sie hinzu: »Na ja, hier weiß jeder von dem Unfall – es stand natürlich in der Lokalzeitung. Sonst passiert hier ja nicht viel, Mum. Dan und ich sind so berühmt, wie man es nur werden kann, wenn man nicht im Fernsehen auftritt oder etwas Perverses mit einem Schwein anstellt.«

»O Gott, Jeannie, mir ist schon klar, dass man sich seinen Humor bewahren sollte, aber …« Sue blieb vor einem Geschäft stehen. »Ist Longhampton eine gute Adresse für Hochzeitskleider?« Im Schaufenster hing ein Schleier von der Länge einer Kathedrale zwischen vier Weihnachtsbaum-Rotkehlchen, die ein atemberaubendes elfenbeinfarbenes Kleid auf einer silbernen Schneiderpuppe einrahmten. »Das ist nun schon das vierte Hochzeitskleid, das ich in dieser Straße sehe. Oh, das ist aber schön. Fast wie deins, oder? Mit dem Mieder und dem weiten Rock?«

Jeannie hörte gar nicht zu. In ihrer Tasche vibrierte das Handy, was sofort die vertraute Mischung aus Grauen und Hoffnung in ihrem Brustkorb aufsteigen ließ. War es das Krankenhaus, das mit guten Nachrichten anrief? Oder mit schlechten?

Sie schaute auf die Nachricht. Sie war von Andrea. *Hallo, Jeannie! Kannst du noch Fußbalsam mitbringen, wenn du heute Nachmittag kommst? Danny scheint ihn zu mögen! Neuigkeiten von der Schwester – der Blutdruck ist runter!*

Jeannie schrieb schnell eine Antwort. »Sie werden verkauft, um Geld für das Hundeheim zu sammeln«, erläuterte sie ihrer Mutter, ohne aufzuschauen. »Die Kleider wurden gespendet, und die hiesigen Geschäftsleute haben ihre Schaufenster zur Verfügung gestellt …« Die Worte blieben ihr im Halse stecken, als sie nun doch den Kopf hob und in das Fenster schaute.

Das Kleid sah fast wie ihres aus, weil es ihres *war*.

Angeleuchtet und losgelöst von Jeannies Unglück war das Ballerina-Kleid wieder so hübsch und romantisch, wie es ihr in der Boutique damals erschienen war. Rachel hatte es so einfühlsam arrangiert, dass es ganz anders wirkte. Sie hatte eine goldene Seidenschärpe um die Taille gelegt und die Tüllschichten des Petticoats so angehoben, dass sich das Kleid um die eigene Achse zu drehen schien – ein duftiger Traum, der sich im altmodischen Drehspiegel dahinter spiegelte. Im Vordergrund tanzte eine Meute Stoffpudel, und ein Schild erzählte die herzzerreißende Geschichte von Grace und ihren lockigen Welpen, die alle ein neues Zuhause brauchten.

Sue fuhr zu ihr herum. »Jeannie? *Ist* das dein Kleid?«

Jeannie schluckte. So sollte ihre Mutter es nicht herausfinden. Wer hätte ahnen können, dass Rachel es so schnell schaffen würde, das Kleid auszustellen. Nach dem anfänglichen Schock flößte ihr der Anblick allerdings eher ein Gefühl der Freiheit ein, da sie wusste, dass sie nie wieder hineingeschnürt werden würde. Flüchtig bemitleidete sie die Jeannie, die es in gutem Glauben gekauft hatte, aber diese Frau kam ihr nun wie eine Fremde vor. Das Kleid verdiente ein Happy End, das Jeannie ihm nicht geben konnte.

»Ja«, sagte sie. »Das ist mein Kleid.«

»Aber warum?« Sue schaute sie irritiert an. »Warum gibst du es weg? Es war doch dein Traumkleid! Zumal du es noch brauchst – du bist schließlich noch nicht verheiratet!«

»Ich möchte es nicht noch einmal tragen, Mum«, sagte Jeannie. »Es ist mir lieber, wenn eine andere Frau die Gelegenheit bekommt, sich als etwas ganz Besonderes zu fühlen.«

»Aber es ist dein *Hochzeitskleid*! Meins hängt immer noch auf dem Dachboden, obwohl ich, wie du weißt, nicht dazu neige, Sachen zu horten. Verschweigst du mir vielleicht etwas, mein Schatz?«

Sue blickte direkt in Jeannies Herz, und ihr Gesicht runzelte sich besorgt. Jeannie wäre fast eingeknickt. »Mum, die Sache ist …«

»Hallo! Juhu!«

Das musste Rachel sein. Niemand würde Juhu sagen, nicht so.

Jeannie schaute sich um und sah Rachel auf der anderen Straßenseite stehen und winken. Der Moment der Schwäche verstrich. »Komm, du musst Rachel begrüßen. Das ist der Secondhandladen vom Hundeheim.«

»Was? Nein, Jeannie, wir waren noch nicht fertig … Jeannie! Komm her!«

Aber die war schon auf die Straße getreten, und Sue musste ihr folgen.

Rachel begrüßte sie mit derselben Wärme wie Natalie, und Jeannie sah, dass sich die Entschiedenheit ihrer Mutter, die Sache mit dem Kleid zu klären, angesichts Rachels Freundlichkeit in Luft auflöste. »… so nett, Sie wiederzusehen, Sue – obwohl natürlich nicht unter diesen Umständen. Jeannie ist großartig und hilft mir bei der Welpenschwemme. Hat sie Ihnen das erzählt? War sie schon immer so gut im Umgang mit Hunden? Sie hatten Jack Russells? Ah, das erklärt natürlich einiges …«

Während sie noch in der Tür standen und redeten, näherte sich eine junge Frau, die sich mit einer voluminösen Plastiktüte abmühte. Kein Kleidersack, wie Jeannie auffiel, sondern eine der großen John-Lewis-

Clearance-Tüten, in denen man Schongarer oder Oberbetten transportierte. Zur Größe eines Müllsacks fehlte nicht mehr viel.

»Ah, hallo!«, sagte Rachel. »Haben Sie eine Spende für uns?«

Die Frau sah über die Schulter, als wollte sie sicherstellen, dass niemand ihr folgte, und sagte bestimmt: »Ja, habe ich.«

»Das ist sehr nett von Ihnen …«, begann Rachel, aber die Frau hielt ihr die Tüte bereits hin.

»Tut mir leid, dass ich es so transportiere. Es gibt auch einen Kleidersack, aber ich wollte keine Aufmerksamkeit erregen für den Fall, dass ich ihr unterwegs begegne.«

»Wem begegne?«, fragte Jeannie neugierig.

»Meiner Mutter.« Die Frau schien kurz davor, in Tränen auszubrechen.

»Möchten Sie nicht hereinkommen?«, fragte Rachel. Die Frau nickte und eilte hinein.

An der Theke zog die Frau – Lou, die in der Immobilienagentur gegenüber arbeitete – ein zusammengerolltes Kleid aus der Tüte. Eine wallende Masse von Nylon, Spitze und Tüll kam zum Vorschein, und sie stießen unwillkürlich einen Laut der Bewunderung aus.

»Das gehört meiner Mum. Ich meine, jetzt gehört es mir, aber … es hat mal meiner Mum gehört«, erklärte sie. »Sie hat immer gesagt, dass sie ihr Hochzeitskleid für mich aufbewahrt, aber ich hielt das für einen Scherz. Oder eine romantische Anwandlung. Aber sie hat es tatsächlich ernst gemeint! Ich habe mich vor sechs Monaten verlobt, und gleich am nächsten Abend stand sie damit auf der Matte! Ich meine, es ist wirklich ein schönes Kleid und so, aber … Na ja, schauen Sie selbst.«

Jeannie hatte es bei Lous Erläuterungen auf der Ladentheke ausgebreitet, und jetzt konnten sie es in seiner ganzen Pracht bewundern. Es bestand aus Satin und war hochgeschlossen. Das hohe Spitzenhalsband und das herzförmige Mieder waren mit einem Netzgewebe mit üppigen Blumenimitationen verbunden. Aufgesetzte Spitzenblumen verbargen die voluminösen Schulterpolster, und der Rücken hatte einen langen Schlitz. Ein derart auffälliges Kleid würde perfekt in ein Video aus der mittleren Guns-N'-Roses-Phase passen, in eine mit tausend Kerzen erleuchtete und mit Trockeneis vernebelte Kathedrale. Wobei natürlich eine Braut, die sich in so viel Polyester in die Nähe einer offenen Flamme wagte, ziemlich dumm wäre.

»Ich würde schätzen, Ihre Mutter hat in den … späten Achtzigern geheiratet?«, riet Sue.

Die Frau schaute sie erstaunt an. »Woher wissen Sie das?«

»Damals träumten wir alle von so einem Kleid«, sagte sie.

»Es ist umwerfend«, befand Rachel. Jeannie war aufgefallen, dass sie das immer sagte, wenn jemand ein Kleid brachte, egal wie es aussah. »Aber sind Sie sich sicher, dass wir ein Kleid verkaufen sollten, das in der Familie weitervererbt wird? Ihre Mutter würde doch gekränkt sein, oder?«

»Vermutlich. O Gott, ich weiß einfach nicht, was ich tun soll.« Lou schüttelte den Kopf. »Als ich im Radio von Ihrer Verkaufsaktion hörte, war das wie eine Antwort auf meine Gebete.« Sie faltete die Plastiktüte mit ihren nervösen Fingern in immer kleinere Quadrate. »Mittlerweile sind mir die Ausflüchte ausgegangen. Mum plant das schon seit Jahren. Sie liegt mir ständig in den Ohren, wo man das Kleid ändern lassen kann und dass ich mir die passenden Schuhe dazu färben lassen soll.« Sie strich sich den stumpfen Pony aus den Augen. »Lee und ich heiraten in sechs Wochen an einem Strand auf den Malediven. Dieses Ding kann man nicht am Strand tragen! Selbst wenn ich es wollte, und um ehrlich zu sein, liegt mir nichts ferner als das.«

»Warum ist es ihr denn so wichtig, dass Sie es tragen?«, erkundigte sich Jeannie.

»Weil es das Kleid *ihrer* Mutter ist.« Die Frau drehte es auf links, um ihnen das Innenleben zu zeigen, ein Korsett mit von Hand eingearbeiteten Stäbchen. »Meine Großmutter hat 1964 geheiratet. Ihre Mutter war Schneiderin und hat es genäht. Später hat meine Großmutter den Rock für meine Mutter umgenäht und die Spitzenärmel hinzugefügt – sehen Sie? Und das enge Halsband auf dem Netzgewebe auch.« Als sie mit dem Finger über die sorgfältig gearbeiteten Nähte am Mieder fuhr, konnte Jeannie sehen, wo das Kleid abgeändert worden war, mit viel Liebe und Sorgfalt.

»Was für eine schöne Idee.«

»Ja.« Die Frau kaute auf ihrer Lippe herum. »Wirklich eine schöne Idee. Ich möchte Mum auch nicht zu nahe treten, aber es ist einfach nicht das, was mir vorschwebt.« Ihr Kinn bebte, und sie brach in Tränen aus. Zunächst schluchzte sie nur leise vor sich hin, dann wurden die Schluchzer immer heftiger. »Es ist nicht das … was … was ich möchte.«

Jeannie und Rachel sahen sich ratlos an. Sue reagierte als Erste. Sie stellte ihre Kaffeetasse ab, ging zu der jungen Frau, legte die Arme um sie und beruhigte sie, als sich die ganze aufgestaute Spannung entlud.

»So ist es gut«, sagte sie. »Weinen Sie es sich von der Seele, mein Schatz. Wir wissen alle, wie viel Aufregungen die Hochzeitsplanungen mit sich bringen.« Sie warf Jeannie über den Kopf der Frau hinweg einen Blick zu. »Ihre Mutter will nur das Beste für Sie, so wie ihre eigene Mutter es für sie wollte.«

»Aber es geht um sehr viel mehr als nur um das Kleid! Meine Großmutter hat meiner Mutter die Hochzeit verdorben – das hat Mum selbst immer gesagt! Sie hat sie einfach an sich gerissen. Deshalb reißt meine Mutter jetzt meine Hochzeit an sich. Sie wünscht sich die Hochzeit, die sie selbst nicht haben konnte! Das Essen hat sie auch schon geplant, außerdem will sie mit meinem Vater einen ganz speziellen Tanz aufführen – am Strand!«

Jetzt wurde selbst Sue bleich.

»Ich glaube trotzdem nicht, dass wir dieses Kleid verkaufen sollten, Lou«, sagte Jeannie sanft. »Ich meine … es bedeutet Ihrer Familie so viel. Sie möchten doch die Gefühle Ihrer Mutter nicht wegen eines Kleids verletzen.«

»Bitte.« Lou schluckte schwer. »Mir sind die Ideen ausgegangen, wie ich es anstellen kann, es nicht tragen zu müssen. Lee sagt, ich soll einfach alles in mich reinstopfen, was ich in die Finger bekomme, damit ich nicht mehr reinpasse. Aber sie würde einfach einen Zwickel einnähen, damit es trotzdem passt.«

»Kann sie es nicht noch einmal abändern?«, schlug Sue vor. »Vielleicht andere Ärmel einsetzen?«

Sie betrachteten das Kleid. Andere Ärmel wären schon einmal ein Anfang. Wenn man sie abschnitt vielleicht, dachte Jeannie, und den Rock gleich mit. Und ein anderes Oberteil drannähte.

»Ich habe eine Idee«, sagte Rachel. »Wir veranstalten ja ein Galadinner, bei dem die Kleider präsentiert werden. Es gibt auch eine Sektion ›Longhamptons Hochzeiten im Wandel der Zeiten‹. Warum leihen Sie uns das Kleid nicht für diesen Anlass und führen es für Ihre Mum vor. Wir versprechen auch, es Ihnen auf die Malediven nachzuschicken, wenn wir es gereinigt haben.«

»Dann kann Ihre Mum Sie in dem Kleid bewundern und Ihren eigenen Auftritt im Rampenlicht genießen«, fügte Jeannie hinzu, die Rachels Idee begriff. »Und wir tun unser Bestes, es Ihnen rechtzeitig zustellen zu lassen. Aber vielleicht sollten Sie sich vorsichtshalber ein Hochzeitskleid für eine Strandhochzeit kaufen – nur für den Fall, dass der Kurier doch nicht rechtzeitig kommt.«

»Nur für den Fall.« Lou wischte sich über das Gesicht und brachte ein dankbares Grinsen zustande.

Es war interessant, dachte Jeannie, wie viele Hochzeitskleider darauf warteten, die Leute ins Glück zu begleiten, bis dass der Tod sie scheide. Das verlieh ihr eine gewisse Hoffnung, was ihre eigene Hochzeit betraf. Und minderte die Scham, dass sie sie platzen lassen wollte.

»Das klingt nach einem guten Plan«, sagte Sue.

# Kapitel 18

»Hast du heute Abend Zeit für einen Kaffee, so gegen fünf? Ich würde gerne mit dir etwas besprechen.«

Owens Nachricht traf ein, als Jeannie gerade zum Krankenhaus aufbrechen wollte. Seither fühlte sie sich hochgradig nervös. Hatte es etwas mit dem Handy zu tun? Mit der Hochzeit? Mit Dans Prognose?

Wie sich herausstellte, hatte es mit nichts dergleichen zu tun. »Ich würde gerne einen der Welpen adoptieren, über die ihr so viel redet«, begann er ziemlich schüchtern. »Denkst du, du könntest ein gutes Wort für mich einlegen?«

Rachel war entzückt, als sie hörte, dass Owen aus einer Familie von Hundebesitzern stammte (alles Labradore, die nach englischen Fußballmanagern benannt waren), und schickte ihm ein Antragsformular, das seinem Bekunden nach kaum weniger akribisch war als seine Steuererklärung. Die Antworten schienen Rachel aber zu überzeugen, und so stand Owen eines Morgens bei Jeannie auf der Matte, um sich von dort zu den Zwingern zu begeben und sich von den Welpen selbst befragen zu lassen.

»Der einzige Grund, warum ich eingeladen wurde, besteht vermutlich darin, dass Rachel von einem Privatdetektiv meine häuslichen Verhältnisse ausspionieren lassen will«, grummelte er, als Jeannie ihm Kaffee einschenkte. »Alles andere weiß sie schon, von meinen Arbeitszeiten bis hin zu meiner Einstellung zur Körperpflege. Der der Hunde, sollte ich hinzufügen, nicht meiner.«

»Da mach dir mal keine Sorgen.« Jeannie bot ihm einen Keks aus der prall gefüllten Dose mit selbst gebackenen Spenden an. Rachel hatte seinen Antrag anhand von Street View überprüft und sich vergewissert, dass er tatsächlich am Rand eines Städtchens bei Birmingham wohnte, in einer Doppelhaushälfte aus den Dreißigern mit runden Blumenbeeten und Einfahrt. »Unsere Quellen haben ergeben, dass sich deine Zäune für die Hundehaltung eignen. Rachel war ganz begeistert von dem Trampolin. Hast du das extra für den Welpen angeschafft?«

Owen verschluckte sich an seinem Kaffee. »Aber mal ernsthaft!«, platzte er heraus. »Seid ihr das MI5?«

»Wir sind nur äußerst erpicht darauf, dass die Welpen dort wohnen, wo die Leute es behaupten.«

Natalie war angesichts Owens Haus in Begeisterungsstürme ausgebrochen (»das Städtchen ist hochbegehrt!«), während Jeannies Fantasie an dem Trampolin hängen geblieben war. Wer hüpfte wohl darauf herum?

Sie wusste, dass Owen keine Kinder hatte. War es vielleicht für seine Nichte, die Balletttänzerin? Oder hatte die Frau auf dem Foto mit den Eseln etwa ein Kind von ihm? Überrascht stellte sie fest, dass es sie brennend interessierte.

»Falls ihr es unbedingt wissen wollt, das habe ich für meine Nichte und meine Neffen gekauft«, sagte er und wischte sich Krümel vom Pullover. »Der Garten meiner Schwester ist nicht groß genug für das Modell, also habe ich angeboten, es bei mir aufzustellen.«

»Das ist aber nett von dir.«

»Meine Nachbarn sind es, die nett sind.« Owen verdrehte die Augen in gespieltem Entsetzen. »Vermutlich sind sie taub. Was die Lärmbelästigung angeht, wird der Welpe die reinste Erholung für sie sein.« Er grinste, dann hielt er inne, weil er auf der Anrichte etwas entdeckt hatte.

Jeannie tat so, als wüsste sie nicht, was. Sie hatte das Foto von Owen und der mysteriösen Frau ins Küchenregal gestellt, neben ihre eigenen Fotos. Es kam ihr zu aufdringlich vor, ihn direkt danach zu fragen, und Owen war bereitwillig in ihre raffinierte Falle getappt.

»Was ist? Ach so, das habe ich neulich in Dans Kisten gefunden. Bist du das?« Ihr war selbst klar, dass es ihr nicht gelang, einen beiläufigen Ton anzuschlagen.

Owen schob seinen Stuhl zurück und griff nach dem Foto, um es sich richtig anzuschauen. »Ja, das bin ich. Das habe ich schon Ewigkeiten nicht mehr gesehen.«

»Wo ist das denn?«

Er antwortete nicht sofort. »Muss ich mal nachdenken«, sagte er. »Irgendwo in Kenia. Ich habe Dan bei einem Projekt geholfen, das er ehrenamtlich aufgezogen hat. Arbeit mit Eseln, nicht mit Veterinären.« Er lachte mit einiger Verspätung über seinen unfreiwilligen Witz.

»Wer ist denn das Mädchen?«

Eine längere Pause. »Das ist … Carmen.«

»Deine Freundin?« Sie musterte ihn. Irgendetwas verheimlichte er ihr.

»Hm!« Owen lachte matt, beantwortete aber nicht die Frage. »Eine Freundin. Sie hat mit Dan Tiermedizin studiert. Eine überaus begabte Frau. Sehr engagiert, was die Rechte von Tieren angeht. Und das war wirklich in Dans Kiste?«

»Ganz obendrauf.«

»Tja. Glückliche Tage.« Er stellte es wieder ins Regal, neben eines von Angus und ihr in Chorkleidung. Jeannie fiel auf, dass er es ein Stückchen hinter die anderen schob. »Ah, und das bist du? Mit deinem Bruder?«

»Ja. Als wir in der Kirche gesungen haben. Angus war nur einmal dabei, dann hat man ihn nie wieder gefragt. Tatsächlich hat man Mum sogar gebeten, ihn nie wieder hinzuschicken.«

»Oje! Es hat also nicht die ganze Familie das musikalische Talent geerbt? Wo habt ihr denn damals gewohnt?«

Frag nach, drängte die Stimme in Jeannies Kopf, aber sie vermochte es irgendwie nicht. Owen war rot geworden und hatte das Gespräch bewusst auf etwas anderes gelenkt. Es wäre nicht fair, wieder zum Ausgangspunkt zurückzukehren.

Sie redeten noch eine Weile über die Hunde der Familie, und Jeannie bat Owen um Rat, ob sie Lady Sadie zu sich nehmen oder lieber warten solle, bis es Dan besser ging. Dann sagte Owen, als wäre es ihm soeben eingefallen: »Wo ich schon einmal da bin, wollte ich noch fragen … Ist ein Päckchen für Dan gekommen?«

»Wann?«

»Um die Zeit der Hochzeit herum?« Er schaute sich in der Küche um und musterte nicht gerade unauffällig das Regal und die große Waliser Anrichte.

Jeannie wollte schon verneinen, als ihr das Päckchen einfiel, das sie bei der Post abgeholt hatte. Das Päckchen, das nur an Dan adressiert war und nicht an sie beide wie sonst die Hochzeitsgeschenke. »Ja, warum? Was ist es denn? Etwas für die Arbeit?«

»Dazu möchte ich lieber nichts sagen …« Owen fuhr sich mit der Hand durchs Haar und wirkte noch verlegener. »Es ist, äh, vom Junggesellenabschied. Offenbar wurde es hierhergeschickt, und … Na ja, hättest du etwas dagegen, wenn ich es einfach verschwinden lasse, bevor Dan es auch nur zu Gesicht bekommt?«

»Was denn vom Junggesellenabschied?« Soweit sie wusste, war Dans Junggesellenabschied eher bieder gewesen: ein langes Wochenende in Dublin mit ein paar Outdoor-Aktivitäten, wie Männer sie lieben, Paintball oder Quad fahren oder so. Sie selbst hatte sich zusammen mit ihrer Mutter und Teri einem Wellnessprogramm unterzogen, ein Plan in allerletzter Minute und vollkommen überteuert, weil sie dachten, irgendetwas müssten sie ja unternehmen. Statt des extravaganten gefühlsduseligen Freundinnen-Kitschs, der in den Hochzeitsmagazinen propagiert wurde, hatten sie sich jede eine halsabschneiderisch teure Pediküre geleistet und über *Line of Duty* unterhalten.

Owen war im Raum auf und ab gelaufen, blieb aber stehen, als er ihre Augen auf sich ruhen fühlte. »Das willst du ganz bestimmt nicht wissen. Und Dan auch nicht. Haha.«

»Wenn du die Sache kleinreden willst, Owen, das wird nicht funktionieren. Sag mir, was es ist.«

Er lachte unbehaglich. »Lieber nicht. Sobald du es gesehen hast … Da lasse ich es besser gleich verschwinden. Dan würde das auch tun, wenn er davon wüsste, da bin ich mir sicher.«

Jeannie konnte sich nicht einmal mehr erinnern, wo sie das Paket hingelegt hatte. War es noch in der Einkaufstasche, die sie an jenem Tag dabeigehabt hatte? Hatte sie es in einen Schrank gelegt? Ihre Tage verschwammen zu einer einzigen Abfolge von Zügen, Märschen, Taschen, Kaffees.

»Ich weiß ehrlich gesagt gar nicht mehr, wo es ist«, sagte sie. »Aber wenn ich zufällig darauf stoße, werde ich schnell hineinschauen und den Inhalt, was auch immer es ist, das mir die Haare zu Berge stehen lässt, in den Müll schmeißen. Dan wird gar nichts davon erfahren, in Ordnung? Mach dir keine Sorgen. Ich habe in meinem Leben schon ziemlich peinliche Dinge erlebt, das kannst du mir glauben.«

Ein Anflug von etwas, das Jeannie nicht identifizieren konnte, huschte über Owens Gesicht – Enttäuschung?

Panik? –, aber er drückte die Schultern durch, als hätte er sein Möglichstes getan. »Meinetwegen. Sollen wir dann jetzt mal zu den Zwingern gehen?« Er nahm einen letzten Schluck Kaffee. »Ich werde mich sicher ins Zeug legen müssen, um Rachel zu erklären, warum mein Garten in einem solchen Zustand ist.«

»Unbedingt«, sagte Jeannie. »Ich gehe schnell hoch und ziehe meine hundesichere Jeans an. Bin gleich zurück.«

Owen und die Welpen verstanden sich prächtig, was Jeannie nicht wunderte. In ihrer neuen Welt waren sie noch keinem Menschen begegnet, den sie nicht mochten. Überraschend war hingegen, mit welcher Leichtigkeit Owen die Mütter besänftigte.

Lady Sadie, Constance und Grace gewöhnten sich langsam an die Menschen, aber wenn fremde Männer zu Besuch kamen, sperrten sie die Hündinnen immer noch in den Zwinger. Als Jeannie und Owen eintraten, versteckten sie sich an ihrem sicheren Ort, einer Kiste unter einem unbenutzten Schreibtisch, aus der sie die Anwesenden mit ängstlichen Augen betrachteten. Mit George hatten sie keine Probleme – »George verströmt einen Geruch, dem Hunde nicht widerstehen können«, pflegte Rachel zu spekulieren, »weil seine Gene vermutlich zu zehn Prozent vom Labrador stammen« –, aber aus irgendeinem Grund löste Owens Erscheinen nicht das übliche wilde Gebell aus. Die Hündinnen duckten sich auch nicht, wie sie es sonst immer taten, wenn sich Fremde näherten.

Stattdessen saßen sie nun friedlich da und äugten aus dem Halbdunkel herüber, beschützt von Gem, ihrem ewigen Vermittler, der zwischen ihnen und den Menschen lag. Owen bestand nicht zu zehn Prozent aus Labrador, dachte Jeannie, als sie die Zuchttabelle an der Wand studierte. Wenn er überhaupt ein Hund war, dann eher etwas Zotteliges, ein Bernhardiner oder Neufundländer etwa. Ein freundlicher Hund mit massigen Pfoten, der Wölfe in die Flucht schlagen und danach ein Kind auf dem Rücken nach Hause tragen konnte.

Sie führte die Mütter in den Hauptbereich des Zwingers, wo Mel den Boden schrubbte, das Radio auf volle Lautstärke gedreht. Als Jeannie zurückkam, musste sich Owen bereits gegen die wuselnden Welpen zur Wehr setzen, die seinen gestreiften Pullover bevölkerten. Sobald er einen vorsichtig entfernt hatte, sprang schon der nächste hoch und zupfte an seinem Ärmel. Die kleinen Collies, Cockerpoos und Terrier befanden sich in gemischten Gehegen, um miteinander zu spielen, aber die Cockerpoos waren die Frechsten. Sie tollten herum und schlugen mit den Tatzen, als würden sie in einer Mannschaft mit wechselnden Spielern spielen. Owen wirkte hilflos, aber glücklich angesichts dieses begeisterten Ansturms.

»Ich habe doch nur meinen Arm hineingehalten!«, protestierte er. »Sie klettern wie Spinnen auf einen drauf! Autsch!« Er sog an seinem Daumen. »Den hatte ich gar nicht gesehen.«

»Die sind temperamentvoll, die Mädchen. Keine Sorge, das müssen sie auch sein«, sagte Rachel, als sie

Dolly, den Collie, von Owens Arm klaubte. »Tut mir leid, dass George nicht da ist, um dich zu begrüßen. Er wollte dich unbedingt kennenlernen, aber er arbeitet im Moment doppelte Schichten, bis wir einen anderen Stellvertreter finden. Einer hat sich schon wieder verabschiedet, weil ihm die Arbeit zu anstrengend war.«

»Dan ist eben schwer zu ersetzen!«, sagte Owen.

»Unbedingt. Ich habe mal einen Blick auf seinen Lebenslauf geworfen – er scheint ja mit allen Tieren gearbeitet zu haben, von Wüstenrennmäusen bis hin zu Löwen«, meinte Rachel.

»Löwen?« Jeannie blickte auf. »Ernsthaft?«

Owen nickte. »Dan hat sein Notarzt-Jahr in Afrika absolviert bei einer Organisation, die Kastrationen vornimmt. Danach hat er einen Preis für eine Studie über den Zusammenhang verschiedener Virenerkrankungen bei Wildkatzen bekommen. Eine Weile hat er auch in einem Schutzzentrum für Löwen gearbeitet.«

»War das, als er in Kenia war?«, fragte sie, als es ihr plötzlich wieder einfiel. »Was war denn mit den Eseln?«

»Das war ein anderes Projekt. Die Organisation, für die er gearbeitet hat, bat ihn, direkt nach seinem Abschluss zurückzukommen und mit Tierärzten vor Ort zusammenzuarbeiten. Ein paar Monate hat er damit verbracht, beim Aufbau einer mobilen Feldpraxis mitzuhelfen. Wenn er wollte, könnte er jetzt dort sein und das Projekt leiten.«

»Und warum hat er das nicht gemacht?« Jeannie sollte die Antwort eigentlich kennen, aber Dan hatte tatsächlich nie erwähnt, dass er im Ausland gearbeitet hat. Dafür hatte er viele lustige Geschichten aus seinem praktischen Jahr in Northumbria erzählt: Kalbende Kühe, Früchtebrot, Kuhfladen, Thermoleggins im Hochsommer. Nichts hingegen von einer mobilen Feldpraxis. Wieso? Aus Bescheidenheit?

»Er wollte eben in England arbeiten.« Owen beschäftigte sich mit dem kleinsten Welpen, einem winzigen Collie namens Lolly.

»Wirklich?« Rachel hielt einen vollständig weißen Staffie hoch, den sie wegen des winzigen braunen Flecks an der Schnauze Marilyn genannt hatten, und dieser stieß direkt an der rosafarbenen Schnauze ein Quieken aus. »Dan hat sich für fette Ponys und elf Monate Regen im Jahr entschieden, obwohl er in Afrika sein und mit Löwen und Tigern arbeiten könnte?«

Jeannie neigte fragend den Kopf, weil sie das auch interessierte.

Owen kitzelte Lolly an ihrem runden rosigen Bauch. »Na ja, er hatte Gründe, warum er hier arbeiten wollte. Seine Mutter, zum einen.«

Das konnte Jeannie natürlich verstehen. Selbst Andreas mildtätiges Engagement kannte Grenzen, wenn es Tausende von Meilen entfernt stattfinden sollte. »Andrea hat ihn dazu bewegt, nach Hause zurückzukehren?«

Er verzog das Gesicht, als hätte er schon zu viel gesagt. »Nein, es wäre nicht fair, das zu sagen. Die Sache war … komplizierter. Aber egal, was sollte ich über diese Welpen wissen, Rachel? Wie ich gehört habe, bist du hier die Collie-Expertin.«

Rachel setzte Marilyn ab und wandte ihre Aufmerksamkeit wieder Owen zu. Mit einem geheimnisvollen Lächeln fragte sie: »Wieso willst du etwas über Collies wissen, wo sich doch Pierre für dich entschieden hat?«

»Pierre?« Owen sah verwirrt hinab.

Ein stämmiger gelber Cockerpoo war an Owens Ärmel hochgeklettert, bis zu seiner Armbeuge, wo er nun seinen lockigen Kopf in die weichen Baumwollfalten stieß und mit seinen scharfen Krallen am Material zerrte.

»Pierre, unser abenteuerlustigster Knabe. Man könnte ihn auch einen Kamikaze-Typen nennen. Bruder von Jean-Paul, Agnès, Yves und Hubert.«

»Keine Coco?«, fragte Jeannie, die Rachels Liebe zur französischen Mode hinter der Reihe erkannt hatte.

Sie schüttelte den Kopf. »Das wäre zu offensichtlich.«

»Wäre mir vollkommen entgangen, tut mir leid.« Owen zog Pierres Krallen aus dem Gewebe und hob ihn hoch, damit sie sich wechselseitig begutachten konnten, Nase an Nase. Der Welpe war weitaus mehr Pudel als Cocker Spaniel, mit seiner langen Schnauze und den eleganten Pfoten. »Du wirst sicher ein großer Junge, was? Lass dir nicht einreden, Pudel seien Modeaccessoires. Du bist ein Landwesen. Pete auf Englisch.«

Die beiden boten ein überzeugendes Bild. Pierres lammgleiche Löckchen passten zu Owens struppigem Haar. Er schmiegte sich an Owens Körper und kaute an seinem Pullover herum. Sie schienen bereits ein Team zu sein.

»Ich denke, das passt.« Rachel lächelte und hob einen Finger, als stimmte sie einer unhörbaren Stimme zu.

Owen bat, durch das ganze Heim geführt zu werden, und wollte auch Petes Mutter vorgestellt werden. Rachel kam der Bitte nur zu gern nach.

Stolz zeigte sie ihm die beheizten Ausläufe und Spielbereiche. Als sie durch den gefliesten Gang zu Lady Sadie, Constance und Grace gingen, wurde Jeannies Aufmerksamkeit von etwas Unerwartetem auf sich gezogen.

Erst merkte sie es gar nicht, nicht jedenfalls, bevor sie den Radiosong im Geiste mitsummte, obwohl sie ihn noch nie gehört hatte. Aber die Melodie war schon in ihrem Kopf.

Jeannie spitzte die Ohren. Es war kein alter Song, aber sie hatte ihn schon einmal gehört. Eine Coverversion? Die Sängerin kannte sie nicht.

Dann fiel es ihr wie Schuppen von den Augen. Es war *ihr* Song.

Sie blieb stehen. »Rachel, könntest du das Radio lauter stellen?«

Rachel stand am Ende des Auslaufs und machte Owen und Mel miteinander bekannt. »Warum? Haben wir einen Hörerwunsch aus Zwinger drei? Sag bloß nicht *I Want to Break Free* – ich möchte hier raus? Oder: *Keep On Running* – renn immer weiter.«

»Das könnte ... Ich denke, das ist mein Song. Im Radio.«

»Soll das ein Witz sein?« Mel riss die Augen auf. Rachel hatte ihr erzählt, dass Jeannie Musikerin war – Rachel erzählte es allen, so stolz war sie –, aber Jeannie bildete sich nicht ein, dass die Leute das auch glaubten. Bis sie Jeannie irgendwann auf der Bühne sahen. Aber selbst dann …

»Ja.« Der Song war bereits halb vorbei. »Kannst du …?«

Rachel streckte die Hand aus und stellte das Radio auf volle Lautstärke. Nun verließen Jeannie die letzten Zweifel. Der Song hieß *I Didn't Know*«. Edith und sie hatten ihn nach einer von Edith' vielen Trennungen geschrieben, nach der von ihrem Freund Django. Aber hier sang nicht Edith, sondern eine Mädchengruppe, und zwar nicht einmal eine besonders gute. Als der Refrain begann, fühlte Jeannie, wie ihr Magen durch den Boden schlug.

*I didn't know you could make me so cruel;*
*I didn't know I was like that, till I met you.*
*I didn't know I was already someone else.*
*I didn't know what I didn't know …*

*Ich wusste nicht, dass du mich so grausam werden lassen könntest;*
*Ich wusste nicht, dass ich so bin, bevor ich dich traf.*
*Ich wusste nicht, dass ich schon jemand anders war.*
*Ich wusste nicht, was ich nicht wusste …*

Jeannie merkte, dass sie zusammen mit der Leadsängerin die Worte formte. Ihr Gehirn hob und senkte sich automatisch mit der Linie der Harmonien, die sie gegen Edith' Solostimme sang. Es waren ihre absoluten Lieblingsharmonien, bei denen sich ihre weiche Stimme um Edith' harte, raue gewunden hatte. Diese Mädchen hingegen sangen unisono. Es gab keine Harmonien außer dem Suchlauf, der sie zusammenkettete.

Owen schaute sie an, sichtlich beeindruckt, aber sie nahm es kaum wahr.

»Wahnsinn!« Mel hörte auf zu kauen und blieb mit offenem Mund stehen. »Das ist dein Song? Den hast du geschrieben?«

»Pscht!«, machte Rachel.

Jeannie nickte, zu erstarrt, um etwas hervorzubringen. Es fühlte sich an, als hätte man ihr unbemerkt etwas Wertvolles aus der Gesäßtasche gezogen. Das war ihre Melodie. Ihr Song, auch wenn Edith natürlich den Text geschrieben hatte. Sie hatten es nicht offiziell aufgenommen, aber sie hatten ihn bei tausend Gigs gespielt. Er war so eingängig, dass die Menge das *I didn't know* oft schon bei der zweiten Wiederkehr des Refrains mitsang.

Jeannies Hände verkrampften und lösten sich wieder. Zu viert standen sie da und lauschten schweigend, wie die Mädchen weitersangen. Dann erklang ein Solo, das fast Note für Note an das erinnerte, was Jeannie auf ihrer Gitarre gespielt hatte, dann ein Rap – ein Rap, verdammt –, dann zum letzten Mal der Refrain.

Schließlich war es vorbei, und der Moderator quatschte in die letzten Klänge hinein, die Jeannie immer so zu Herzen gegangen waren. Und die nun auf einer gesampelten Blockflöte gespielt wurden. Einer *Blockflöte*.

»Und das waren die New Fridays mit Melting Jay und ihrer neuen Single *I Didn't Know*, die im Moment für eine Menge Wirbel sorgt …«

»Mach das aus«, sagte Jeannie.

Rachel schlug mit der flachen Hand auf das Radio. Eine Weile herrschte Schweigen. »Ich nehme an, du wusstest nichts davon. War das Edith?«

»Nein, war sie nicht. Das war die Band, mit der ihr Produzent arbeitet.« Ihre Knie fühlten sich weich an. »Wir hatten uns geeinigt, dass sie nichts von unseren Sachen mitnimmt. Sie hatte mir *versprochen*, dass sie nichts von unseren Sachen mitnimmt.«

»Kannst du juristisch dagegen vorgehen? Du hast doch sicher das Copyright, oder?«, erkundigte sich Owen.

Jeannie schüttelte den Kopf. »Wir hatten den Song noch gar nicht herausgebracht. Es gibt keine Aufnahme. Allerdings hatten wir eine geplant.« Das war aber nicht der Punkt. Edith wusste, dass in diesem Song ihr Herzblut steckte – ihrer beider Herzblut –, und Edith hatte ihn verkauft. An Fremde. Damit sie in einem Leben vorankam, in dem es für Jeannie keinen Platz mehr gab.

Mel schaute sprachlos zwischen ihnen hin und her. »Ernsthaft? Das ist wirklich dein Song?«

»Mel! Wie oft soll sie das denn noch sagen?« Rachel starrte sie an. »Ja.«

Mel schien Rachels Blick nicht zu stören. »Der ist super.«

»Das weiß sie sicher selbst.« Rachel wandte sich an

Jeannie. »Aber das ist er wirklich. Der Song ist wunderbar. Du bist so begabt, Jeannie.«

Jeannie schaute auf die Wand des Geheges. Ich sollte fuchsteufelswild sein, dachte sie. Ich sollte herumtoben und die Faust in die Luft stoßen und Edith anrufen und ihr erklären, was sie für eine selbstsüchtige Ziege sei. Stattdessen hatte Jeannie das Gefühl, als hätte man ihr sämtliche Luft aus dem Körper gesogen. Die letzten Sauerstoffmoleküle. In ihr war kein Schrei, keine Stimme, nichts. Sie fühlte sich vollkommen taub.

»Jeannie, ist alles in Ordnung?« Rachel trat auf sie zu, und Jeannie nickte automatisch.

»Krankenhaus«, sagte sie. »Ich muss gehen.«

»Ich bringe dich hin.« Owen berührte ihren Arm, dann schaute er zu Rachel hinüber. »Danke, dass du die Begegnung mit Pete eingefädelt hast. Kann ich dich später anrufen, um zu besprechen ... wie es nun weitergeht?«

»Klar.« Rachel warf Jeannie einen besorgten Blick zu, aber die hörte gar nicht zu. Sie war wieder in der Küche ihrer gemeinsamen Wohnung und führte das schmerzliche letzte Gespräch mit Edith – jenes, in dem allzu viele bittere Wahrheiten gefallen waren, ungehalten vorgetragen, wenngleich »nur zu ihrem Besten«.

Offenbar war sie, Jeannie, nicht stark genug – stark genug, um ein Geschäft zu beherrschen, in dem man sich vordrängeln und Netzwerke bilden und Innovationen hervorbringen und die richtigen Leute kennenlernen musste. Für nichts war sie gut genug.

»Ich kann das nicht mehr für uns beide leisten«, hatte

Edith gefaucht, als wäre es Jeannie, die unsinnige Forderungen stellte. »Dir mag es reichen, auf Provinzfestivals zu spielen. Mir nicht. Ich will mehr.«

Lange hatte Jeannie versucht, dieses letzte herzzerreißende Gespräch mit Edith auszublenden. Sie hatte es tief in ihrer Erinnerung vergraben und mit Hochzeitsvorbereitungen zugedeckt, bis sie es nicht mehr vernahm. Aber diesen Song jetzt zu hören hatte alles wieder freigelegt. Plötzlich stand Edith wieder vor ihr, mit ihren klobigen Stiefeln und dem harten Blick. Über Nacht hatte sie sich durch ein einziges Gespräch mit einer Person, die sie endlich so ernst nahm wie sie selbst, in einen anderen Menschen verwandelt: einen coolen, herrischen Hipster, die Tasche über die Schulter geworfen, bereits auf dem Sprung. Der Schock, dass die Freundin ihrer Kindheit wie eine Fremde mit ihr redete, hatte etwas in Jeannie zerstört. Am schlimmsten war, dass sie sich eingestehen musste, dass Edith sie nicht einmal als Musikerin wahrnahm. Wie lange hatte sie das schon gedacht?

*Vielleicht ist dieser Weg nicht für dich bestimmt, Jeannie. Für mich ist er es sicher.*

Edith hatte Geld für die nächste Monatsmiete auf den Küchentresen gelegt und Jeannie und die Band und ihre Pläne und ihre gemeinsame Geschichte und ihre Freundschaft hinter sich gelassen, ohne sich noch einmal umzublicken.

Jeannie spürte, wie Rachel den Arm um sie legte, dann merkte sie, dass Owen sie nach draußen zum Wagen führte. Sie wollte etwas erwidern, aber sie war vollkommen leer.

# Kapitel 19

Owen fragte nicht einmal. Sobald das Starbucks-Drive-in in Sicht kam, fuhr er direkt hinein und bestellte große Latte macchiatos und Muffins für sie beide. Schokolade für sich, Blaubeere für Jeannie – ihre übliche Wahl im Krankenhaus-Café. Als die körperlose Stimme nach ihren Wünschen hinsichtlich des Zuckers fragte, sah er zu Jeannie hinüber und sagte: »Zwei Würfel in meinen und … einen in den anderen.«

Sie nickte. In den letzten Wochen hatten sie sich hinreichend oft Kaffee mitgebracht. Selbst die Schwestern wussten, wie viele Zuckerwürfel Jeannie nahm.

Edith' Worte gingen ihr immer noch durch den Kopf, und auch die Musik hallte nach. *Ich wusste nicht. Ich wusste nicht. Ich wusste nicht, was ich nicht wusste …* Was für eine Ironie. Was für eine unfassbare Ironie, dass Edith ausgerechnet *das* gestohlen hat.

Als Owen zum Ausgabefenster fuhr, quälte sich Jeannie mit der Frage herum, die sie sich bereits tausendmal gestellt hatte: Warum konnte sie nicht selbst Texte schreiben? Edith hatte ihre Melodie in etwas Wütendes verwandelt. Die Musik, die sie im Kopf gehabt hatte, war sanft gewesen. Es war die Art von Liebeslied, für die sie sich sehnsüchtig eine andere Stimme gewünscht hätte. Aber die richtigen Worte wollten nicht kommen, nie, und Edith' Stimme hatte sich derart eingebrannt, dass es unmöglich war, den Song noch anders zu hören.

Vorbei, dachte sie mit leisem Bedauern. Edith war in ihren Song gesprungen wie in einen gestohlenen Wagen und hatte das Gaspedal durchgetreten.

Owen nahm die braune Papiertüte und parkte mit der Schnauze zur belebten Straße. Nachdem er Jeannie die Tüte mit ihrem Kaffee und dem Muffin gereicht hatte, biss er in seinen hinein. Er riss mit den Zähnen so große Stücke heraus, als hätte er schon tagelang nichts mehr gegessen, und spülte sie mit Milchkaffee hinunter.

Er sagte kein Wort, aber sein einfühlsames Schweigen hatte etwas Tröstliches. Nach einer Weile hörte Jeannie ihre eigene Stimme im Wageninnern, leise und traurig.

»Diesen Song habe ich geträumt, musst du wissen.« Sie schaute vor sich hin, auf die Straße. »Er ist mir im Traum in den Kopf gekommen, dann bin ich aufgewacht und habe ihn in mein Handy gesungen, damit ich ihn nicht vergesse. Ich konnte es kaum fassen, dass ich ihn nicht im Radio gehört habe, so *perfekt* war er. Es ist der Song, an dem ich am meisten hänge, der Song, der mir das Gefühl gibt, eine echte Songwriterin zu sein. Ich spürte etwas von dieser … *Magie* in mir, ähnlich wie bei den Musikerinnen, die ich mein Leben lang bewundert habe.« Sie hielt verunsichert inne. »Tut mir leid. Es lässt sich schwer erklären, ohne wie ein kleines Mädchen zu klingen, das an Einhörner glaubt.«

»Wenn es sich für dich so anfühlt.«

»Ich habe nie wieder so etwas Gutes geschrieben.«

»Es ist immer noch deine Melodie«, sagte Owen. »Ich kenne mich mit diesen Dingen nicht aus, aber wenn es im Radio läuft, steht dir sicher ein gewaltiger Anteil der ...«

»Mir geht es nicht ums Geld.« Jeannie sah in den Verkehr, der auf neue Gelegenheiten, wichtige Treffen, die Zukunft zuraste. »Es geht um ...« Sie holte tief Luft. »Was, wenn ich nie wieder einen solchen Moment der Inspiration erlebe? Was, wenn es das war?«

»Den wirst du schon erleben.« Owen holte geduldig Jeannies unberührten Kaffee aus der Tasche und reichte ihn ihr. »Ich weiß nicht viel über die kreativen Welten von Einhörnern, aber wenn du einen so guten Song schreiben kannst, dann steckt mit Sicherheit mehr in dir. Oder schreib diesen doch einfach um? Der Status quo, der in den einen Song der letzten Jahre einfließt.«

Jeannie antwortete nicht. Edith hatte *jeden Schmerz ihres Lebens in Gold verwandelt*, wie sie es auszudrücken pflegte, und das erfolgreich. Sie hatte ein paar umwerfende Texte geschrieben und stolz auf den Tisch geworfen – Ausdruck ihres gebrochenen Herzens und ihrer Kreativität gleichermaßen. Jeannies Kopf hingegen war leer, seit Edith sich aus dem Staub gemacht hatte, Dan fast gestorben war und sie selbst sich zwischen ihrem Gewissen und ihrem Herzen hin- und hergerissen fühlte.

»Nun komm schon«, sagte er. »Inspiration ist nichts, was man nur ein einziges Mal erlebt. Nicht wenn man so kreativ ist wie du.«

»Bin ich das denn?«, protestierte sie. »Ich habe mich schon seit Monaten nicht mehr inspiriert gefühlt. Bei all diesem Gefühlschaos und diesen Ängsten und … Was denn?«

Owen hatte sie schockiert angesehen. »Was für ein Mensch würde schon hingehen und einen Song schreiben, wenn sein Freund im Koma liegt?«

Es war ein höchst unpassender Kommentar, aber sie konnte nicht an sich halten: »Morrissey?«

*Girlfriend in a Coma.* Der einzige Song der Smiths, den zu mögen Edith sich gnädig herabließ, weil er »so abgefahren« war.

Owen dachte nach. »Na gut, das stimmt. Morrissey. Aber möchtest du wie Morrissey sein?« Der entsetzte Tonfall, der darauf schließen ließ, dass er den Namen gar nicht schnell genug von der Zunge bekommen konnte, entlockte Jeannie ein Lächeln.

»Nein«, gab sie zu.

»Da bin ich ja beruhigt.« Er runzelte die Stirn und trank von seinem Kaffee. »Ich meine, die Musik mag ich ja, aber …«

Jeannie zupfte ausgetrocknete Blaubeeren aus ihrem Muffin. Winzige violette Krusten, die Flecken auf dem Teig hinterließen. Sie wusste nicht einmal, warum sie das gesagt hatte, aber wenigstens hatte Owen die Anspielung verstanden. Dan hätte es nicht getan. »Ich glaube gar nicht, dass Morrisseys Freundin wirklich im Koma lag.«

»Ich auch nicht.« Owen trank einen Schluck Kaffee, dann fügte er hinzu, als ließe es ihm keine Ruhe: »Was für ein Mensch denkt sich eine Freundin aus, nur um sich vorzustellen, dass sie ins Koma fällt? Warum schreibt er nicht ›Freundin auf einem Traktor‹ oder sonst etwas ... Lustiges?«

Unwillkürlich musste Jeannie lachen.

Owen sah aus dem Fenster, um sein Lächeln zu verbergen. »Aber mal ernsthaft – hattest du dir von Dans Unfall wirklich Inspirationen erhofft?«

»Edith sagt, sie ...«

»Je mehr ich über diese Edith höre, desto grässlicher finde ich sie. Weiß sie überhaupt, was du im Moment durchmachst? Hat sie angerufen, um sich zu erkundigen, ob alles ...« Seine Stimme wurde sanfter, als er sah, dass Jeannie zusammenzuckte. »Hör zu, ich bin mir sicher, dass zum rechten Zeitpunkt ... Du hattest ja auch nicht damit gerechnet, *diesen* Song zu schreiben, nicht wahr? Er kam einfach aus dem Nichts, oder?«

Sie nickte. Ihr war selbst nicht klar, woher die Inspiration gekommen war. Der Song war einfach in ihrem Kopf gewesen, als hätte sie ihn immer schon gekannt.

»Dann wird das auch wieder passieren. Das war doch nicht der einzige Song, den du je geschrieben hast, oder?«

»Nein, es gab noch andere.« Edith würde es nicht wagen, sich an denen zu vergreifen ... oder? Jeannie spürte eine wachsende Verzweiflung. Vielleicht doch. Letztlich kannte sie Edith gar nicht.

»Gut. Hör zu. Ich könnte mir vorstellen, noch ein paar Minuten hierzubleiben, damit du sie anrufen kannst.« Er löste seinen Sicherheitsgurt.

»Wie bitte?«

»Ruf sie an und ... knall es ihr an den Kopf. Sag ihr, was du von der Nummer hältst, die sie da abzieht. Schieß aus allen Löchern. Sie hat es verdient. Und ...«, fuhr Owen etwas pragmatischer fort, »... tu es besser jetzt, bevor wir zum Krankenhaus fahren. Du möchtest Dan sicher nicht gegenübertreten, wenn das noch in deinem Innern gärt.«

Jeannie starrte ihn an. Er hatte das Auto schon fast verlassen.

»Los. Ach nein, warte!« Owen hob die Hand, als wäre ihm noch etwas eingefallen, dann hielt er ihr sein Handy hin. »Warum nimmst du nicht meins? Ein Überraschungsmoment, nur für den Fall, dass sie deine Nummer blockiert hat.«

Jeannie verspürte ein Engegefühl in der Brust. »Ich kann nicht.«

»Wie bitte? Warum denn nicht?«

Das klang erbärmlich, aber es stimmte. »Ich weiß nicht, was ich sagen soll.«

»Wirklich? Ich könnte dir aus dem Stand fünf Dinge nennen, die ich Edith erzählen würde, dabei kenne ich sie nicht einmal.«

»So einfach ist das nicht.« Die Angst schnürte ihr die Kehle zu, und die vertraute Panik fegte ihren Geist leer.

Aber Owen sollte es verstehen, daher zwang sie sich, die richtigen Worte zu suchen. »Ich muss immer daran denken, was ich hätte sagen sollen, als sie sich sang- und klanglos von mir verabschiedet hat. Und jetzt ist zu viel …«

Owen setzte sich wieder, um ihr ins Gesicht zu schauen. »Du hast ihr nicht die Meinung gegeigt, als sie dich hat sitzen lassen?«

Jeannie schüttelte unglücklich den Kopf. »Sie hat einfach geredet und geredet und mir weiszumachen versucht, dass es für uns beide das Beste sei. Wenn sie erst einmal in Fahrt ist, kann sie einen derart plattquatschen, dass man ihr fast alles glaubt. Ich … ich bekam kein einziges Wort heraus. Ich dachte, sie merkt, wie aufgewühlt ich bin, aber sie hat einfach weitergesprochen. Und dann …« Sie schluckte, als sie daran dachte, wie sie am Fenster gestanden und Edith hinterhergeschaut hatte, als sie über die Straße vor ihrer Wohnung entschwand: die Gobelintasche über der nackten Schulter, die Cowboystiefel aus dem Secondhandladen übers Pflaster klappernd, das Handy am Ohr, um mit einem neuen Freund zu reden. Eine brandneue Tätowierung am linken Schulterblatt: eine Sternenexplosion. »Dann war sie futsch.«

»Edith denkt also, dass für dich alles in bester Ordnung ist?«

»Keine Ahnung. Ich weiß nicht. Nein. Na ja, vielleicht.«

Owen wählte seine Worte mit Bedacht. »Ich möchte dir nicht zu nahe treten, Jeannie, aber solche Dinge kann man doch nicht auf sich beruhen lassen. Würdest du hinnehmen, dass man deine beste Freundin so behandelt, wie Edith dich behandelt hat?«

»Eigentlich dachte ich, sie *ist* meine beste Freundin.« Jeannie hatte Mühe, den Nebel der Schmerzen in Worte zu gießen, nicht nur für Owen, sondern auch für sich selbst. »Seit wir acht waren, Owen. Ich wäre niemals auf die Idee gekommen, dass Edith sich mit anderen Plänen trägt, mit welchen, die nichts mit uns zu tun haben. Sie weiß, dass ich schüchtern bin, aber auf der Bühne fiel die Schüchternheit von mir ab. Wir haben zusammen gesungen, wir haben die Songs zusammen geschrieben. Wir haben alles zusammen getan. Bis zu jenem Moment.«

Er sah sie an. »Denkst du, Edith war eifersüchtig?«

»Eifersüchtig worauf?«

»Auf dein Talent.« Er zog eine Augenbraue hoch. »Spielt sie ein Instrument?«

»Sie spielt ebenfalls Gitarre. Nicht gerade umwerfend, aber … Nein, sie war nicht eifersüchtig.«

»War sie vielleicht eifersüchtig auf Dan? Als ihr hierherziehen wolltet, hatte sie da vielleicht das Gefühl, dass sie die Gelegenheit beim Schopf packen muss, solange es noch geht?«

Das wäre eine schöne Sichtweise, wenn nur die zeitlichen Abläufe stimmen würden. In Wahrheit war es andersherum. Dan hatte ihr den Heiratsantrag ein paar Wochen nach Edith' Abgang gemacht – den Antrag, den sie bereitwillig angenommen hatte.

»Ich glaube, keine von uns hat die andere wirklich …

verstanden.« Jeannie fummelte am Deckel ihres Kaffeebechers herum. Natürlich würde sie Owen nicht verraten, was Edith über Dan gesagt hatte. Sie waren sich nur einmal begegnet, bei einem Wochenende für akustische Musik in Wiltshire. Nach ihrem Auftritt war er hinter die Bühne gekommen, um Jeannie abzuholen, und Edith und er hatten ein, wie Jeannie dachte, relativ zivilisiertes Gespräch über Blondie geführt. Ein paar Tage später hatte Jeannie sich bei Edith erkundigt, was sie von ihrem umwerfenden neuen Freund halte, aber Edith hatte nur die Augen verdreht. »O Gott, niedlich ist er schon, aber eher so der ›Best-of‹-Typ, was?«

Owen knüllte nachdenklich seine Papiertüte zusammen, dann sah er auf und schaute sie durch seine dunklen Wimpern hindurch an. »Jeannie, es steht mir natürlich nicht zu …«, begann er, wurde aber unterbrochen, weil das Handy in ihrer Tasche klingelte.

»Ich wette, das ist sie.« Er nickte. »Ich wette, sie hat den Song im Radio gehört und will sich nun entschuldigen.«

»Das würde ich bezweifeln.« Sich zu entschuldigen war nicht Edith' große Stärke. »Es könnte meine Mutter sein …«

Sie hatte fast richtig geraten. Es war Andrea.

»Wo bist du? Bist du in der Nähe?« Andrea klang aufgewühlt, und Jeannie bedeutete Owen, dass sie besser losfuhren.

»Wir sind auf dem Weg«, sagte sie. »Ich hatte dir eine Nachricht geschickt, dass wir heute später kommen. Owen war da, um sich die Welpen anzuschauen, und jetzt …«

Aber Andrea hörte gar nicht zu. »Kommt so schnell wie möglich her. Es ist etwas Wunderbares passiert!«

»Was denn?«

»Danny ist aufgewacht! Er hat mit mir gesprochen!« Ihre Stimme war dumpf vor Tränen. Und vor Lachen. »Jeannie, er hat mit mir gesprochen! Er hat ›Mum‹ gesagt! O Jeannie, ich bin so erleichtert. Alles wird wunderbar.«

Owen war nah genug dran, um alles mit anzuhören. Ihre Blicke begegneten sich, und Jeannie hätte alles drum gegeben, um für fünf Sekunden in seinem Kopf zu stecken. Vielleicht wüsste sie dann, warum seine braunen Augen so ängstlich aussahen.

»Sag Andrea, dass wir in einer halben Stunde da sind«, erklärte er.

»Wir sind in einer halben Stunde da«, wiederholte sie, ohne Owens Blick loszulassen.

Er startete den Motor. Auf dem Weg zum Krankenhaus sagte keiner einen Ton.

Als sie Dans Zimmer erreichten, standen ein unbekannter Arzt und mehrere Krankenschwestern an der Tür, machten sich Notizen und warfen gelegentlich einen Blick in Dans Richtung. Dabei diskutierten sie die Verfügbarkeit verschiedener Mitarbeiter, deren Namen Jeannie noch nie gehört hatte, und warfen mit vage vertrauten Abkürzungen um sich. Die Schwestern lächelten, als Jeannie und Owen eintraten, und der Arzt sagte: »Dr Allcott wird gleich kommen, um Sie auf den neuesten Stand zu bringen.«

Andrea kniete neben dem Bett und betrachtete ihren Sohn mit so freudiger Miene, dass es schon an ein religiöses Gemälde erinnerte. Man konnte nicht hören, was sie sagte, ein leise dahinplätschernder Wortfluss voller Begeisterung und Liebe.

Dan hatte die blauen Augen weit geöffnet. Der Teint seines schmalen Gesichts, das außerordentlich missmutig aussah, war wärmer. Er war wach. Er war zurück. Ihr Freund war zurück und sah genauso aus wie sein altes Selbst. Jeannie wurde von Erleichterung durchströmt.

Allerdings wirkte er nicht besonders glücklich darüber, wach zu sein, dachte sie. Dann fragte sie sich, warum sie das überraschte. Dan musste die schlimmsten Kopfschmerzen aller Zeiten haben, trotz der starken Schmerzmittel, die in seinem System zirkulierten.

Als Owen und sie sich näherten, zog er eine Grimasse, als würden die Anstrengungen des Denkens sein Gehirn schmerzen. Dann konzentrierte sich seine Aufmerksamkeit auf Owen.

»Hallo, Kumpel.« Owen zog einen der Stühle neben dem Bett zurück. »Gut, dich wiederzuhaben. Wie geht es dir?«

Jeannies Magen zog sich zusammen. Dan hatte sie keines Blickes gewürdigt. Seine ganze Aufmerksamkeit galt Owen. War das Absicht? War er sauer auf sie? Ignorierte er sie?

»O … Gott.« Es war kaum ein Krächzen, was sich da seiner trockenen Kehle entrang, aber es war Dans Stimme. Außerdem schaffte er es, seine Mundwinkel zu einem Anflug seines alten Lächelns zu heben. Das Lächeln, mit dem Owen es erwiderte, spaltete vor Glück fast sein Gesicht. Owen sah aus, als wollte er seinen Freund packen und umarmen. Absolut rührend war das.

Jeannie bekam eine Gänsehaut. Sie lächelte Dan an.

Er reagierte nicht, und ihr Lächeln erlosch langsam.

»Wunderbar! Alter Kumpel!« Owen hielt sanft seine Faust an Dans Hand, und Dan schaffte es, die Geste matt zu erwidern. Andrea streckte schnell die Hand aus.

»Vorsicht, Owen!«, sagte sie. »Pass auf den Tropf auf. Dan ist immer noch so furchtbar schwach. Wir müssen ganz vorsichtig sein …«

Die konzentrierten Furchen an Dans Stirn vertieften sich, und er bewegte leicht seine Hand, als wollte er eine Fliege verjagen.

»Hallo, Dan«, sagte Jeannie, aber er antwortete nicht. Hatte er sie überhaupt gehört?

Owen, Andrea und Jeannie schauten ihn mit angehaltenem Atem an und lauerten darauf, dass er noch etwas sagte. Die Sekunden vergingen, aber es kam nichts mehr. Dann schloss er mit einem schweren Seufzer die Augen. Sie stießen alle gleichzeitig Luft aus.

Es könnte fast lustig sein, dachte Jeannie, wenn nicht eine solche Spannung im Raum hinge. Andrea vibrierte förmlich. Als Dan die Augen schloss, beugte sie sich vor, als hätte sie Angst, dass er nie wieder zurückkehren würde.

Owen spürte ihr Unbehagen. »In diesem Stadium muss das eine ungeheure Anstrengung sein«, sagte er.

»Das denke ich auch«, sagte Jeannie. Die Gefühle, die

der Song im Radio in ihr ausgelöst hatte, waren weiterhin übermächtig, und jetzt brach noch eine Flutwelle aus der anderen Richtung über sie herein – die Erleichterung, dass Dan allmählich erwachte, und die Angst, was als Nächstes passieren könnte. Sie fühlte sich den Tränen gefährlich nah.

Andrea erhob sich von den Knien und setzte sich direkt neben Dan. Dann klopfte sie auf den Stuhl neben sich, damit Jeannie ebenfalls Platz nahm.

»Ist das nicht wundervoll? Ich habe ihm eine Postkarte von meiner Schwester vorgelesen, als einer der Monitore zu piepen begann. Ich wollte schon die Schwester rufen, als ich ihn ›Mum‹ sagen hörte.« Andreas blaue Augen wurden feucht. »In meinem ganzen Leben war ich noch nie so glücklich, Jeannie. Nicht seit Dannys Geburt jedenfalls. Alles wird gut!«

»Wundervoll, in der Tat, Andrea. Es ist wirklich wundervoll.« Andrea hatte ihre Hände gepackt, und Jeannie verspürte ein Engegefühl in der Brust. Mit größter Mühe widerstand sie dem Drang, ihre Hände wegzuziehen, aber das Gefühl blieb.

»Dr Allcott wird jetzt etliche Untersuchungen vornehmen, da Dan ja wieder reden und ihm sagen kann, was er fühlt.« Wieder schüttelte sie Jeannies Hände. »Vielleicht kommt er ja schon in wenigen Wochen aus dem Krankenhaus! Und du weißt ja, was das bedeutet, oder?«

»Äh, nein? Ich meine, abgesehen davon, dass Dan auf dem Wege der Besserung ist? Was ich natürlich … ganz wundervoll finde.«

»Danny hat sich immer Ziele gesetzt. Ich weiß, dass noch ein langer Weg vor ihm liegt, daran muss mich niemand erinnern. Aber wenn er sich auf etwas so Wundervolles wie seine Hochzeit konzentrieren kann, ist das genau der Antrieb, den er braucht, um wieder auf die Beine zu kommen!«

Jeannie fühlte sich elend. Körperlich übel.

Andrea drehte den Kopf, um Owen in das Gespräch einzubeziehen, aber er wirkte genauso verstört wie Jeannie.

»Das ist ein schöner Gedanke, aber lass uns doch erst einmal abwarten, bis Dan wieder auf dem Damm ist, oder?«

»Wir müssen uns um einen Termin kümmern«, fuhr Andrea fort, als hätte Owen gar nichts gesagt. »Ich werde nicht in wilde Hektik verfallen, das verspreche ich euch, aber solche Dinge muss man doch lange im Voraus planen. Und wenn wir Vorkehrungen treffen müssen, falls Dan für eine Weile mehr Unterstützung braucht …«

Jeannie stand das Bild vor Augen, wie Danny in einem unbequemen Anzug, unterstützt von seinem Physiotherapeuten, am anderen Ende der Kirche auf sie wartete, während sich alle Blicke auf sie richteten, um dem lang ersehnten Happy End beizuwohnen. Wie könnte sie Dan *jetzt* mitteilen, dass sie ihn nicht heiraten wolle? Wie könnte sie das Licht am Ende einer quälenden Abfolge von Therapien, Behandlungen und Rehabilitationsmaßnahmen – von denen man noch nicht einmal wusste, ob sie anschlagen würden? – zum Erlöschen bringen? Sie würde wie die gemeinste Person der Welt dastehen. Und warum? Weil sie es war.

Andrea schenkte ihr ein ahnungsloses Lächeln.

*Ich wusste nicht, dass du mich so grausam werden lassen könntest;*
*Ich wusste nicht, dass ich so bin, bevor ich dich traf.*

Du musst etwas sagen, beharrte eine Stimme in Jeannies Kopf. Aber wie sie auch nur beginnen sollte, war unvorstellbar. Was konnte sie sagen? Edith anrufen und sie anschreien, weil sie ihren besten Song gestohlen hatte, kam ihr wie ein netter Plausch vor im Vergleich zu dem, was sie erwartete, wenn Dan wieder gesund genug für ernsthafte Gespräche war.

Jetzt ging es auch nicht mehr ausschließlich um Dan und um sie. Es ging auch um die Familie, die Andrea sich so sehnlichst wünschte. Weihnachtsfeste, Enkel, Menschen, die sie liebte und die von ihr geliebt werden würden – diese Familie bevölkerte bereits ihre Gedanken. Und es ging um Owen. Darum, ihn und seinen besten Freund nicht im Stich zu lassen.

Die Tränen der Angst brachen sich schließlich Bahn. Sie schluchzte, weil sie sich für sich selbst schämte.

»O mein Schatz! Das ist eine solche Erleichterung, ich weiß«, sagte Andrea. »Lass die Gefühle nur raus!« Sie schlang die Arme um sie, und Jeannie war erleichtert, ihr Gesicht an Andreas Schulter verstecken zu können.

# Kapitel 20

Dr Allcott kam am Ende des Tages, um Jeannie und Andrea von den jüngsten Untersuchungsergebnissen zu berichten. Andrea war ganz zappelig vor Aufregung, was vielleicht der Grund dafür war, dass er mit ein paar klaren Ansagen begann: In den ersten Tagen würde Dan müde und orientierungslos sein, sodass sie erst einmal nicht zu viel erwarten sollten. Möglicherweise war er reizbar und gehemmt, warnte er sie, und könnte ungewöhnlich grob oder taktlos sein – oder sich einfach unangemessen verhalten. Das könnte unter Umständen verletzend sein, aber es würde sich hoffentlich bald geben, wenn die posttraumatische Amnesie zurückgehen und sein Gehirn sich neu sortieren würde.

»Das menschliche Gehirn kann tote Zellen nicht regenerieren, aber es kann neue Nervenbahnen hervorbringen, um die beschädigten Areale zu ersetzen. Obwohl das natürlich nicht über Nacht geschieht, sieht es so aus, als hätte sich Dan bereits auf den Weg gemacht«, schloss er am Ende seiner detaillierten Erläuterungen, die sieben Seiten in Jeannies Notizbuch einnahmen. »Wir werden uns eingehend um Schmerzlinderung bemühen und Dan viel Zeit zur Erholung geben. Fühlen Sie sich also nicht verpflichtet, zu diesem Zeitpunkt unentwegt an Dans Seite zu sein. Er wird viel schlafen.«

»Waren es die Botschaften, die ihn wieder zurückgeholt haben?« Andrea hatte sich die ganze Zeit auf ihrem Stuhl vorgebeugt und wartete verzweifelt auf die Bestätigung, dass Dan in null Komma nichts wieder normal sein würde. Eine Bestätigung, um die sich Dr Allcott wohlweislich herumgedrückt hatte. »Dass wir bei ihm gesessen haben – hat er das gemerkt?«

»Gut möglich. Es gibt etliche Berichte von Komapatienten, die erklären, dass sie sich der Aktivitäten um sie herum durchaus bewusst waren, obwohl sie diese Eindrücke auf ganz verschiedene Weisen verarbeitet haben. In Träumen und so. Das müssen Sie ihn also selbst fragen.«

»Wir können es immer noch nicht fassen, dass er über den Berg ist.« Andrea schaute mit einem Lächeln zu Jeannie hinüber, das ihr *Wir* unterstrich. »Nun können wir uns endlich um etwas Schöneres kümmern: Dannys und Jeannies Hochzeit, zweite Klappe. Ich weiß, ich weiß, bevor Sie jetzt gleich losschimpfen!« Sie hob ihre schlanken Hände. »Wir haben noch einen langen Weg vor uns. Aber ich möchte Danny das Gefühl geben, dass wir in die Zukunft schauen. Als Familie.«

Jeannies Magen rebellierte, aber sie rang sich ein vages Nicken ab. Andrea hatte Owens Andeutung, dass man das Thema Hochzeit erst einmal ruhen lassen sollte, nicht ansatzweise ernst genommen. Tatsächlich hatte Jeannie sogar mitbekommen, wie sie einer Schwester anvertraut hatte, dass sie »mit einem ganz besonderen Tag im Frühling alles wiedergutmachen« wolle. Die Schwester hatte das für eine wundervolle, großzügige Geste gehalten – was es ja auch war.

Sie hoffte, Dr Allcott bestärkte Andrea nicht in ihren Plänen, und zu ihrer Erleichterung nickte er nur.

»Es gibt sicher eine Menge, auf das sich Daniel freuen kann«, sagte er. »Also! Ein paar Untersuchungen stehen noch aus. Lassen Sie uns in ein paar Tagen noch einmal reden, wenn ich mir ein klareres Bild von den nächsten Schritten verschafft habe: Reha-Einheit oder Entlassung nach Hause oder was auch immer das Beste für Daniels Erholung ist.«

Was auch immer das Beste ist. Jeannie schaute in ihre Notizen. Sie wusste nicht mehr, was das sein sollte.

Obwohl es schon spät war, verkündete Andrea, dass sie noch mit dem Physiotherapeuten reden wolle, bevor er Feierabend mache. Sie müssten schließlich alle so viel lernen, erklärte sie.

»Und du brauchst ein wenig Zeit mit Danny allein«, sagte sie und berührte Jeannies Arm. »Dies ist der Tag, für den wir gebetet haben, und ihr habt sicher eine Menge zu bereden.«

Die Wahrheit lautete, wie Jeannie herausfand, als sie in vollkommenem Schweigen an seinem Bett hockte, dass sie über nichts reden konnten.

Zum einen, weil Dan fast die ganze Zeit schlief.

Zum anderen, weil er in den wenigen wachen Momenten nicht die leiseste Ahnung hatte, wer sie überhaupt war.

»Hallo, mein Schatz«, sagte sie, als sich flatternd seine Lider hoben. Da hatte sie schon fast eine halbe Stunde stumm dagesessen, um ihn nicht zu stören, mit dem Verstreichen der Minuten immer nervöser werdend. Es war, als würde sie vor einem Prüfungsraum sitzen, den Sekundenzeiger ticken hören und wissen, dass die Stunde der Wahrheit nahte, ob man nun wollte oder nicht.

Dan verzog die Miene, als er sie ansah. Rein äußerlich war sein Gesicht wie zuvor, aber irgendetwas hatte sich verändert. Jeannie hatte noch nie erlebt, dass er eine solche Nervosität ausstrahlte. Immer war er der unbeschwerte Sonnyboy gewesen, im Stau wie in den Schlangen der Sicherheitskontrollen.

»Wie geht es dir?« Eine mehr als törichte Frage, aber ihr Geist war leer, und sie musste ja irgendwo anfangen.

»Sind Sie eine Schwester?« Die Stimme war rau und angestrengt, aber definitiv seine eigene.

»Nein. Ich bin's, Jeannie.«

»Jeannie?«

Sie fühlte sich unbehaglich, als er sie mit zusammengekniffenen Augen musterte. Jetzt wusste sie wirklich nicht mehr, was sie sagen sollte. War Dans Gesichtssinn beeinträchtigt? Vielleicht erkannte er ihre Stimme nicht so instinktiv wie die seiner Mutter. Sie beugte sich vor, so nah, dass sie seine Haut riechen konnte. Und die

E45-Lotion, die ihm seine Mutter sorgfältig in Hände und Füße einmassiert hatte, damit sie nicht austrockneten. Es war ein Krankenhausgeruch, nicht der typische warme, den sie noch in der Nase hatte. »Dan, kannst du mich erkennen? Ich bin's, Jeannie.«

»Ich sehe Sie gut. Wer sind Sie? Lassen Sie mich in Ruhe.« Dan hob die Hand und stieß Jeannie mit einer schwachen, aber gereizten Geste von sich. Dann sank er ins Kissen zurück und keuchte vor Anstrengung.

Wie bitte? Jeannie fühlte sich, als hätte er ihr die Faust in den Bauch gejagt. Sie ließ sich gegen die Stuhllehne sacken und blinzelte schockiert gegen die Tränen an.

Dan wusste nicht, wer sie war. Sie sollte erleichtert sein – was für eine probate Lösung: Es wäre nicht ihr Fehler, wenn die Sache platzen würde! –, aber das war sie nicht. Sie fühlte sich verletzt.

Er schloss die Augen und ignorierte sie. Eine der Schwestern kam für die Abendkontrolle, möglicherweise aufgeschreckt von den piependen Maschinen, welche die plötzlichen Störungen in der Atmosphäre um das Bett herum zu registrieren schienen.

»Hallo, Jeannie. Alles in Ordnung?« Mit tröstlicher Effizienz betrachtete sie die Monitore und stellte sie neu ein. »Diesen jungen Mann hier scheint Ihre Anwesenheit überglücklich zu machen, was?«

»Er weiß nicht einmal, wer ich bin.«

Die Schwester hielt inne und legte ihr die Hand auf die Schulter. »Nehmen Sie es nicht persönlich. So geht es den meisten Komapatienten in den ersten Tagen ihres

Erwachens.« Sie trat ans Bett und berührte Dans Arm, um seine Aufmerksamkeit zu gewinnen. »Können Sie mir sagen, mein Lieber, wie Ihr voller Name lautet?«

Dan öffnete nicht die Augen. Nach einer Pause sagte er: »Daniel Richard … Anthony Hicks.«

Die Schwester warf Jeannie über die Schulter einen aufmunternden Blick zu. »Großartig. Und können Sie mir auch sagen, was für einen Tag wir haben?«

Noch eine lange Pause. »Donnerstag?«, sagte er schließlich.

Es war Mittwoch.

»Ziemlich nah dran«, sagte die Schwester. Jeannie schaute unauffällig auf ihr Namensschild: Lauren. Ihr eigenes Gedächtnis wurde unentwegt von dem vielköpfigen Team, das sich Tag und Nacht um Dan kümmerte, auf die Probe gestellt. »Dan, heute ist Mittwoch. In der Kantine gibt es Zitronen-Pie mit Baiser! Mittwoch. Ich werde Sie später noch einmal fragen, in Ordnung?«

Dan grunzte.

»Und das ist Jeannie«, fuhr Lauren ungefragt fort. »Sie ist Ihre Freundin. Na ja, eigentlich ist sie sogar mehr als das, nicht wahr?« Sie grinste verschwörerisch. Jeannie fragte sich, ob es die Schwester war, mit der Andrea über die Hochzeitspläne geredet hatte. Alle waren eingebunden. »Wollen Sie es ihm erzählen, oder soll ich es tun?«

Dans Lider flatterten, und Jeannie verspürte eine Fürsorglichkeit, die ihre eigenen komplizierten Gefühle überdeckte. Er sah immer noch so verletzlich aus, in seinem Nest aus weißen Maschinen. Sie könnte ihn niemals verlassen, wo er doch so hilflos war und sein beschädigtes Gehirn gar nicht richtig funktionierte.

»Erzählen Sie es ihm«, sagte sie.

Lauren war offensichtlich der Meinung, dass Jeannie zu mitgenommen war, um die richtigen Worte zu finden. Das wäre ja auch nachvollziehbar, oder? Wenn man den Mann, den man heiraten wollte, daran erinnern müsste, wer man war?

Vielleicht bin ich es, deren Gehirn nicht richtig funktioniert, dachte sie.

»Dan, Jeannie ist Ihre Verlobte«, informierte ihn Lauren mit der ruhigen, klaren Stimme, die allen Schwestern der Intensivstation zu eigen schien. »Sie waren gerade auf dem Weg zu Ihrer Hochzeit, als Sie von dem Bus angefahren wurden. Jeannie ist an Ihrer Seite, seit Sie eingeliefert wurden. Jeannie und Ihre Mum und Ihr Freund Owen. Die drei waren die ganze Zeit da.«

Dan schlug mit einer übermenschlichen Anstrengung die Augen auf und richtete sie auf Jeannie.

Es waren dieselben wunderschönen blauen Augen, die ihr Herz zum Schmelzen gebracht hatten, aber der Blick war so bohrend und unfreundlich – so anders als der des Dan, in den sie sich verliebt hatte –, dass Jeannies Haut kribbelte. Er musterte sie, langsam und genau, und sie konnte ihn fast denken hören, als er sein Gehirn nach Erinnerungsfunken absuchte. Jeannie fühlte sich, als wollte er ihre Geheimnisse ergründen, und wagte es kaum, sich zu rühren. An was würde er sich alles erinnern?

»Nein«, sagte er bestimmt. »Das ist nicht meine Freundin.« Um dann einzuschlafen.

Jeannies Cottage fühlte sich dunkler und einsamer an als sonst, als sie vom Bahnhof heimkehrte. Die Stille schwappte über sie hinweg, sobald sie den Schlüssel auf den Flurtisch legte und die Post aufsammelte: weitere Rechnungen, Werbung, wieder eine *Vet Times*, ein räudiges Meerschweinchen auf dem Titel.

Jeannie blieb auf der Schwelle stehen. Sie müsste nur an die Tür des lauten, luftigen, stimmenerfüllten Hauses der Fenwicks klopfen, und schon würde sie Toast essen, Gem streicheln und Rachels Bericht über die letzte Hochzeitskleid-Spende lauschen. Aber sie konnte nicht. Es war schon zu spät. Außerdem würde sich Rachel nach Dan erkundigen – klar, wo es doch gute Neuigkeiten gab –, und so gerne sie Rachel auch fragen würde, wie sie Andrea von ihren Hochzeitsplänen abbringen könnte, war ihr klar, dass sie das nicht tun konnte. Dann würde sie nämlich erklären müssen, wieso sie keine zweite Hochzeit wollte. Die Vorstellung, Rachel – und Natalie – könnten erfahren, dass sie Dan wenige Augenblicke vor seinem Unfall den Laufpass hatte geben wollen, war ihr ein Graus. Ihre Freundschaft beruhte darauf, dass sie so tapfer mit dem Unfall klarkam und die beiden ihr vertrauensvoll zur Seite standen. Aber wie lange würde es noch dauern, bis alle die Wahrheit herausfinden würden?

Sie ging in die leere Küche und ließ sich auf einen Stuhl sinken. Keine Hunde, kein Toast, keine Unterhosen an der Heizung.

Aus ihrer Tasche kam ein Signalton – ihr Handy. Jeannie angelte es schnell heraus.

*Hast du Edith schon angerufen? Soeben habe ich deinen Song noch einmal im Radio gehört und war so wütend, dass ich an den Straßenrand ziehen und dich anrufen musste. Lass ihr das nicht durchgehen! O.*

Jeannie schaute auf den Bildschirm. Der Text brachte in drei Sätzen Owens Wesen zum Ausdruck: die praktischen Anweisungen, die Tatsache, dass er sich vor dem Tippen einen sicheren Ort gesucht hatte – und die Empörung einer treuen Seele über das Unrecht, das jemandem widerfuhr. Er passte auf sie auf, so wie er auf Dan aufgepasst hatte, seinen besten Freund. So ein Typ war Owen.

Sie fragte sich, wo er wohl war. Für ihn war es auch ein aufregender Tag gewesen. Wo fuhr er so spät noch hin? Er hatte sich bereits vor dem Treffen mit Dr Allcott verabschieden müssen – aus familiären Gründen, hatte Andrea gesagt –, daher hatte sie ihm per SMS eine Zusammenfassung geschickt. Vielleicht hatte er im Supermarkt eingekauft? Oder seine Nichte besucht? Noch bevor Jeannie antworten konnte, traf eine neue Nachricht ein.

*Was ich noch sagen wollte: Dein Song hat GROSSARTIGE Harmoniefolgen. Wie alle wahren Klassiker.*

Ihre Finger schwebten über dem Bildschirm. *Danke*, tippte sie.

Sie hätte nicht erwartet, dass Owen so schnell antwortete, aber da war schon die nächste Nachricht.

*Livin' On A Prayer.*

Pause.

Dann: *If I Could Turn Back Time.*

Noch eine Pause.

Dann: *Total Eclipse Of The Heart.*

Beim letzten Titel musste Jeannie laut lachen. Bon Jovi hätte sie geraten. Aber Bonnie Tyler? Owen hatte eine Schwäche für Powerballaden?

*Du stellst mich in eine illustre Reihe, danke.*

*Also?*, schrieb er sofort zurück. *Schon angerufen?*

Bei ihm klang das einfach, aber Owen hatte Edith ja auch nicht kennengelernt. Jeannie warf sich aufs Sofa und ließ sich in die weichen Kissen sinken. Sofort spürte sie, wie die Müdigkeit aus ihren Knochen wich. *Noch nicht. Gerade erst aus dem Krankenhaus zurück.*

Wenn sie erst einmal über Dan redeten, würde alles andere banal, selbst ihr Song, das wusste Jeannie, und dafür schämte sie sich.

*Ich will alles wissen – klingt positiv! Aber du musst Edith anrufen, solange du noch wütend bist. Sonst tust du es nie.*

Das saß. Jeannie kaute auf ihrer Lippe herum. Owen hatte recht. Sie musste Edith zur Rede stellen, bevor sie Zeit hatte, sich anders zu besinnen. Das Leben ging weiter. Wenn sie selbst Edith' Betrug nicht für wichtig hielt, wer sollte es dann tun?

*Ich werde sie anrufen, versprochen.*

*Tu es jetzt sofort! Sag ihr einfach, was du mir erzählt hast.*

Zehn Minuten später hätte Jeannie nicht mehr sagen können, wie sie es angestellt hatte, aber tatsächlich suchte sie Edith' Nummer in ihrem Adressbuch, drückte die grüne Wähltaste und spielte innerlich den Moment durch, in dem sie ihren Song im Radio gehört hatte. Erst als sie es klingeln hörte, wurde ihr so richtig bewusst, was sie da tat.

Es klingelte und klingelte, was ungute Erinnerungen in ihrem Kopf auslöste.

Jeannies Herz schwoll in ihrer Brust an, mit jedem Freizeichen stärker, bis sich der Klingelton anfühlte, als käme er direkt aus ihrem Kopf. Sie hatte keine Ahnung, was sie sagen sollte, wenn Edith dranging, aber in ihrem Kopf wirbelten Empörung und Stolz: grelle, leuchtende Farben, ohne Worte.

Dann schaltete sich die automatische Ansage an. »Dies ist die Mailbox von …« – Edith' sarkastischer Einwurf: »Edie Constantine« – »… bitte hinterlassen Sie eine Nachricht nach dem Signalton.«

Dann das Piepen. Das Piepen, das Jeannies Zunge auf Autopilot gehen ließ.

»Edith, hier ist Jeannie. Ich habe *I Didn't Know* im Radio gehört. Du hast meinen Song gestohlen. Du hast ihn *gestohlen*. Was für eine Freundin bist du nur? Was für eine *Person* bist du, wollte ich sagen.« Die Worte schossen nur so aus ihr heraus, kalt und stählern. Jeannie erkannte sich selbst kaum wieder. Sie hatte das ungute Gefühl, dass sie versehentlich Songtexte zitierte. »Du sollst nur wissen, wie sehr es mich anwidert, dass du mich belogen hast. Ich wollte nur, dass du … dass du das weißt. Ich werde mich damit nicht mehr abfinden.«

Sie unterbrach sich. Seit ihrem letzten Gespräch war so viel Zeit vergangen, dass sie selbst die Veränderung in ihrer Stimme registrierte. Die Katastrophe ihrer Hochzeit, Dans beinahe tödlicher Unfall, die misshandelten Hunde, die wochenlangen Krankenhausbesuche, selbst das Ukulele-Orchester. Aber Edith verdiente es nicht, das alles zu erfahren. Sie musste nur wissen, dass sie zu weit gegangen war, musste wissen, dass die stille kleine Jeannie McCarthy sauer genug war, um zum Handy zu greifen und sie für ihr Verhalten zur Rechenschaft zu ziehen. Was Jeannie seit ihrer letzten Begegnung widerfahren war und sie in dieser Weise verändert hatte, ging sie verdammt noch mal nichts an.

Jeannie fühlte sich fast trunken. Sie beendete die Verbindung, bevor sie ihre Nachricht verderben konnte.

Dann schrieb sie Owen mit zitternden Händen eine SMS. *Hab's getan.*

Wieder senkte sich Schweigen über das Cottage. Es war so still hier draußen, so bar aller Geräusche. Aber sie fühlte sich nicht allein. Jeannie stand in ihrem unbewohnten Wohnzimmer und schwankte bei dem Versuch, ihren Atem zu kontrollieren. Es war ein langer, verrückter Tag gewesen, und nun war sie in einem Haus, das ihr Zuflucht bieten sollte, stattdessen aber von Geheimnissen zu wimmeln schien. Ihren und Dans.

Ich brauche einen Hund, dachte sie. Dieses Haus braucht einen Hund.

Und dann klingelte ihr Handy. Dieses Mal schrieb Owen nicht, er rief an.

Jeannie war sich nicht sicher, ob sie genug Energie

hatte, um die Fragmente ihres Selbst noch zusammenzuhalten, aber ihre Finger drückten auf annehmen, und sie hatte keine Wahl. »Hallo?«

»Ich hoffe, ich störe nicht.« Sobald sie Owens sanfte Stimme hörte, wurde ihr bewusst, wie wichtig es für sie war, sich von jemandem die Richtigkeit ihres Tuns bestätigen zu lassen. »Ich wollte nur hören, ob es dir gut geht.«

»Mir geht es gut.« Sie klang aber nicht so und fragte sich, ob man ihr Herz in ihrer Brust pochen hörte. »Edith ist nicht drangegangen. Ich habe einfach drauflosgeredet und dann aufgelegt.«

»Macht nichts. Du hast es dir von der Seele geredet. Geht es dir jetzt nicht besser?«

»Ja, schon.« Das Komische war, dass es Jeannie tatsächlich besser ging. Sie verspürte eine ähnlich euphorische Erschöpfung, wie sie sie nach dem Querfeldeinlauf in der Schule gefühlt hatte. Das Laufen selbst hatte sie nicht genossen, ganz bestimmt nicht, aber das Wissen, es getan zu haben, war … äußerst befriedigend.

»Gut für dich. Es ist nicht leicht, den Leuten Dinge zu sagen, die sie nicht hören wollen.«

»Danke. Ich begreife gar nicht, wie sie glauben konnte, dass sie damit durchkommt.« Jeannie kniff die Augen zu. »Dachte sie, ich würde es nicht merken?«

»Sie ist nicht davon ausgegangen, dass du dich beschwerst.« Owens Stimme in ihrem Ohr klang sehr nah. »Sie wird den Schock ihres Lebens erleiden, wenn sie sieht, dass du angerufen hast.«

»Sicher nicht.« Jeannie stellte sich Edith' Miene vor,

wenn sie überrascht tat: die spitze Nase kokett gerümpft, die gepiercte Augenbraue hochgezogen. Aus dieser Miene troff Sarkasmus, weil nichts Edith wirklich überraschte. Sie ließ das gar nicht zu.

Owen wechselte das Thema. »Es war toll, Dan reden zu hören, nicht wahr?«

»Ja, schon. Kam er dir ... Hattest du den Eindruck, es geht ihm gut?«

»So gut, wie es jemandem geht, der aus dem Koma erwacht, würde ich sagen. Wieso?«

»Er hat mich nicht erkannt.« Jeannie hatte Mühe, ihre nächsten Worte zu formen. *Sag es. Friss es nicht in dich hinein.* »Er hat mich von oben bis unten gemustert und erklärt: ›Das ist nicht meine Freundin.‹«

Es war vor allem der Tonfall, in dem er es gesagt hatte – als sei sie eine Art Hochstaplerin. War sie aus seinem Gedächtnis gequetscht worden? Oder war es eine Retourkutsche wegen ihres nervösen Anrufs vor der Hochzeit? Wenn er ihre erste Nachricht abgehört hat, dann musste das eine seiner letzten Handlungen gewesen sein, bevor er vor den Bus gelaufen war. Konnte er sich überhaupt daran erinnern? Aber das wollte sie Owen nicht fragen müssen.

»Er bekommt immer noch tonnenweise Medikamente, Jeannie. Vermutlich hat er sein Kurzzeitgedächtnis verloren.«

»Sicher, aber kann das ein ganzes Jahr auslöschen? Ein ganzes gemeinsames Jahr?«

»Nimm's nicht persönlich, es ist ja noch früh. Mal abwarten, was die nächsten Wochen bringen.«

»Ich weiß.« Jeannie nahm das Kissen in den Arm – eines ihrer Lieblingsdinge aus der Wohnung, die sie verlassen hatte, um mit Dan zusammenzuziehen. Ein goldenes Hufeisen war daraufgestickt. Ihre Mutter hatte ihr das Kissen zum achtzehnten Geburtstag geschenkt. Es passte perfekt in ihren Rücken, wenn sie im Schneidersitz auf dem Boden saß und Gitarre spielte.

»Da fällt mir etwas ein«, fuhr Owen fort. »Sam ist Anwalt – erinnerst du dich an Sam, von den Aufnahmen her? Er hat die Anekdote erzählt, wie Dan Katzenrennen für die Studentenstreiche organisiert hat. Vielleicht könnte er ein Schreiben aufsetzen, das du Edith wegen des Copyrights schicken kannst.«

»Würde er das tun?« Jeannie erinnerte sich noch gut an die Geschichte. Sie hatte sie sich schon vier Mal angehört. Würde sich Dan an die Katzenrennen erinnern, nicht aber an sie?

»Ob du es glaubst oder nicht, wenn Sam keine Verkehrsleitkegel auf dem Kopf hat, kann er ziemlich Furcht einflößend sein, vor Gericht etwa. Man nennt ihn auch den Dezimator. Na ja, *wir* nennen ihn so. Soll ich den Kontakt vermitteln? Morgen natürlich. Entschuldigung, vermutlich habe ich viel zu spät angerufen …«

»Das ist schon in Ordnung.« Jeannie sah sich im Wohnzimmer um. Sie hatte immer noch nicht weiter ausgepackt. Sollte Dan nach Hause kommen, würde sie sich beeilen müssen. »Es war ein langer Tag.«

»Der längste, an den ich mich erinnern kann. Sehen wir uns am Wochenende?«

»Ja.« Nun, da Owen das Gespräch bald beenden würde, bekam die Leere des Hauses wieder etwas Bedrohliches. »Owen?«

»Ja?«

»Danke, dass du mich dazu gebracht hast, Edith anzurufen.« Jeannie umarmte das Kissen. Es war leichter, solche Dinge am Telefon zu sagen, wenn sie sein Gesicht nicht sah. Owen wurde jedes Mal rot, wenn Andrea und sie sich für die Schichtpläne, den Teeservice, die Mitfahrgelegenheiten und seine allgemeine Unterstützung bedankten. Jetzt dankte sie ihm für etwas anderes: für seine Freundschaft.

»Den schweren Part habe ja nicht ich geleistet, sondern du selbst. Man hat immer gut reden, wenn man in der Sache nicht drinsteckt.« Er klang verlegen wie erwartet. »Die Sache wird eine erfreuliche Wendung nehmen, glaub's mir.«

»Woher willst du das wissen?«

»Das weiß ich einfach«, sagte er schlicht. »Wenn du ehrlich zu dir bist, ergibt sich alles andere von selbst. Eine Art Familienmotto. Gute Nacht, Jeannie.«

»Gute Nacht.«

Sie rührte sich nicht vom Sofa, bis die Sonne hinter dem Cottage-Garten untergegangen war. Die lachsfarbenen und violetten Streifen am klaren Himmel waren zu einem düsteren Grau verblasst.

# Kapitel 21

Am nächsten Morgen stand Jeannie in der Dusche, wusch sich das Haar und rekapitulierte die Aufgaben, die sie vor ihrem Aufbruch zum Krankenhaus noch erledigen musste. Unvermittelt kam ihr das sonderbare Gespräch mit Owen über das Päckchen für Dan wieder in den Sinn, gefolgt von einem Geistesblitz, wo es sich befand.

Ganz hinten im Küchenschrank nämlich, dem großen, in den auch Müslipackungen und Nudelschachteln passten – falls hier mal jemand Müsli oder Nudeln essen sollte. In diesen Schrank stopfte Jeannie sämtliche Post, mit der sie sich nach einem langen Tag nicht mehr herumschlagen wollte: Glückwunschkarten, Briefe, Geschenkgutscheine, Rechnungen, all der Papierkram, der mit der Hochzeit zu tun hatte und mit dem sie sich früher oder später würde beschäftigen müssen. Das Päckchen hatte sie regelrecht auf diesen Stapel geschmissen, um es aus dem Weg zu haben. Und dann hatte sie es einfach vergessen.

Jeannie spülte sich schnell die Haare aus und zog sich an. Sie beschloss, Owen das Päckchen nicht auszuhändigen. Es war typisch für ihn, dass er seinem besten Freund eine solche Verlegenheit ersparen wollte, aber was auch immer drin sein mochte, so schlimm konnte es nicht sein. Irgendein verruchtes Sexspielzeug? Oder ein »zum Schreien komischer« Gipsabdruck von Dans Genitalien? So wie sie Owen kannte, war es vermutlich etwas absolut Harmloses, etwas, das in den nächsten Jahren vielleicht sogar zu einer gewissen Erheiterung beitragen könnte. Und selbst wenn nicht, würde sie mit Dan darüber reden müssen, oder? Es gab bereits genug, was sie über ihn nicht wusste. Zu dieser Liste wollte sie nicht noch weitere Unbekannte hinzufügen müssen.

Unten in der Küche stellte Jeannie den Wasserkocher an und steckte Brot in den Toaster. Man hörte, wie die ersten Hunde wie Lotteriekugeln auf die Wiese schossen, bellend und kläffend und vor morgendlicher Energie explodierend. Wenn sie sich beeilte, würde sie Rachel noch helfen können. Sie fühlte sich nützlich, wenn sie die schlichte Freude sah, mit der die Hunde herumtollten. Dabei lauschte sie Rachel, die ihr mit den verschiedenen lustigen Stimmen, die sie sich für die Hunde ausgedacht hatte, von ihrem jeweiligen Charakter erzählte.

Während sich das Wasser erhitzte, öffnete Jeannie den großen Schrank, um das Päckchen herauszuholen. Dort lag mehr Post, als sie in Erinnerung hatte. Sie schob sie beiseite und tastete dahinter herum. Als ihre

Hand nichts fand, versuchte sie es auf der anderen Seite. Nichts. Nur Briefe.

War es nach hinten gerutscht? Sie holte sich einen Stuhl und stieg darauf, um besser sehen zu können, aber der hintere Teil des Schranks war leer.

Das war unerklärlich. Hatte sie den falschen Schrank erwischt? Tief im Innern wusste sie, dass es nicht so war, aber sie öffnete trotzdem jede einzelne Schranktür.

Tassen und Teller. Dosen und Marmeladengläser. Pfannen. Kein Päckchen.

Sie trat zurück. Ihre Verwirrung verwandelte sich allmählich in etwas anderes. Sie hatte es definitiv in diesen Schrank gelegt, und jetzt war es weg. Das hieß, dass es jemand herausgenommen haben musste.

Die einzigen Menschen, die seither im Haus waren, waren Rachel, Natalie, ihre Eltern … und Owen.

Jeannie wurde ganz flau.

Nach dieser niederschmetternden Entdeckung schien das Haus sie von sich zu stoßen. Jeannie packte ihre Tasche, einschließlich der Ukulele für die Probe des Mittagsorchesters, und nahm den Bus in die Stadt. Es war noch nicht elf, und als sie lustlos eine halbe Stunde über die High Street gebummelt war, stand sie plötzlich vor dem Schaufenster, in dem immer noch ihr Hochzeitskleid hing.

Unglücklich betrachtete Jeannie den bauschigen Petticoat.

»Suchst du Rachel, meine Liebe?«

Sie zuckte zusammen. Das war Freda vom Hundeheim, die gerade zum Laden zurückkehrte, nachdem sie sich in Natalies Café, den Kuchentüten nach zu urteilen, mit Proviant für ein zweites Frühstück eingedeckt hatte.

»Die ist mit Natalie hinten«, fuhr Freda fort. »Soll ich ihr sagen, dass du da bist?«

»Nein, lass ruhig«, sagte Jeannie. Sie hörte Rachel irgendwo im Laden lachen. »Ich werde sie schon finden.«

Der Secondhandladen des Four Oaks hatte hinter dem Ladengeschäft noch ein Büro, in dem sich Bücher und Kleider stapelten. Selbst wenn es nicht mit Spenden vollgestopft war, war es klein. Als Jeannie den Kopf zur Tür hereinsteckte, sah sie, dass man sich in dem Raum kaum noch bewegen konnte.

Rachel saß auf dem Boden, neben einem Kasten mit verschiedenen Welpen, die Beine untergezogen. Natalie saß an dem alten bonbonfarbenen iMac am Schreibtisch, und auf dem einzigen verbleibenden Stuhl saß ein großer Mann. Sieben Hochzeitskleider in Plastikhüllen hockten wie Gespenster im Regal. Die lebhafte Unterhaltung brach ab, als Jeannie erschien.

Rachel hatte sie als Erste entdeckt und winkte ihr vom Boden aus zu. »Jeannie! Komm rein, wenn du noch Platz findest. Dies hier ist Howard Ridley von der *Gazette*!«

Der Mann drehte sich auf dem Bürostuhl um und streckte ihr die Hand hin, um sie mit einem Lächeln zu schütteln. Anders als die meisten Männer, die Jeannie in der Stadt gesehen hatte, trug Howard Ridley kein kariertes Hemd und auch keine schlammbeschmierte

Fleeceweste, sondern ein Tweedsakko mit einer kecken roten Fliege. Außerdem hatte er einen Schnurrbart, der der gegenwärtigen Bartmode um etwa dreißig Jahre hinterherhinkte. Die Welpen schauten ihn an, die Schnauzen fasziniert durch die Gitterstäbe gesteckt, und drängelten sich gegenseitig beiseite.

»Howard ist gekommen, um sich zu erkundigen, wie wir mit dem Verkauf der Hochzeitskleider vorankommen«, erläuterte Natalie. »Soeben hatten wir darüber geredet, wie wir Werbung für unseren Galaabend machen können.«

Howard kicherte. »Wenn wir noch mehr über die Aktion in unserem Blatt bringen, werden wir unseren Namen in *Longhampton Gazette und Matrimonial Times* ändern müssen.«

Das Projekt »Brautkleider – aus dem Dornröschenschlaf geweckt« hatte in der *Gazette* voll eingeschlagen. Die Moderedakteurin hatte ein Sommer-Feature über bräutliche Schönheit geschrieben, und sogar Gary, der Redakteur der Auto-und-Motor-Seiten, hatte sich dazu überreden lassen, sich ausführlich mit »alternativen Hochzeitsvehikeln« zu beschäftigen, Traktoren zum Beispiel. Jeder Beitrag wurde mit einem der gespendeten Kleider und einem der geretteten Welpen in Zusammenhang gebracht, um die Leser und Leserinnen daran zu erinnern, wofür das Geld gesammelt wurde.

»Du kennst uns doch, Howard«, sagte Rachel. »Du gibst uns den Raum, und wir bringen dir Ideen mit, außerdem die Gelegenheit für einen Fototermin.«

»Wenn ich euch beide doch nur für meine Feature-

Redaktion anwerben könnte.« Er zwinkerte ihnen zu, um dann einen Seufzer auszustoßen. »Wenn ich doch nur das Budget für eine Feature-Redaktion hätte. Aber egal …« Er schlug sich auf die Schenkel, sah auf die Uhr und erhob sich mit einem Ächzen. »Ich lass euch dann mal mit der anderen Idee allein, meine Damen. Ruft mich später an und teilt mir mit, was ihr davon haltet.«

»Machen wir«, sagte Natalie.

»Nett, Sie kennengelernt zu haben, Jeannie«, sagte er und tätschelte ihre Schulter, als er an ihr vorbeiging. »Ich bin sehr froh zu hören, dass Ihr junger Mann auf dem Wege der Besserung ist.«

»Danke.« Jeannie warf Rachel einen fragenden Blick zu, aber die tat so, als würde sie in einer Kiste mit glitzernden Diademen kramen.

»Howards Frau gehört zum ehrenamtlichen Fahrdienst des Krankenhauses«, erklärte Natalie, als Howard den Laden unbeschadet verlassen hatte und wieder auf der High Street war. »Die wissen alles. Und damit meine ich, buchstäblich alles.«

»Wieso das denn?«

»Da frage ich lieber nicht nach. Abgesehen davon, wissen die Leute, wer du bist, weil Dan mit dem Rettungshubschrauber abgeholt wurde. Dadurch seid ihr kleine Berühmtheiten. Die letzte Gelegenheit, zu welcher der Rettungshubschrauber in Longhampton gesichtet wurde, war bei der offiziellen Segnung durch die Folklore-Tanzgruppe.«

»Das ist kein Witz«, bestätigte Rachel. »Man hat einen besonderen Tanz für die Segnung von Rettungsfahrzeugen aufgeführt und den Hubschrauber dann mit Äpfeln beworfen. Ganz vorsichtig, natürlich. Wegen der Rotorblätter.« Sie machte eine kreisende Bewegung mit dem Finger.

»Das ist auch ...« Natalie schaute Rachel an. »Das ist es auch, worüber Howard mit uns reden wollte.«

Jeannie sah zwischen den beiden hin und her und setzte dann den Cockerpoo-Welpen ab, mit dem sie gespielt hatte. »In welcher Hinsicht?«

Einen Moment lang versuchten Natalie und Rachel, sich wechselseitig den Ball zuzuschieben, dann verdrehte Natalie die Augen.

»Howard wird einen Bericht über den Galaabend bringen, der ja schon in zwei Wochen stattfindet, und ich habe erwähnt, dass du beim Ukulele-Orchester aushilfst. Er wusste bereits, wer du bist – die Nachricht hat wie gesagt Schlagzeilen gemacht –, und hat sich erkundigt, ob du wohl mit der Zeitung über den Rettungshubschrauber und über den großartigen Einsatz der Sanitäter reden würdest. Jetzt, wo Dan auf dem Wege der Besserung ist. Für den Rettungshubschrauber wird man dieses Jahr auch noch Spenden sammeln, daher wäre es wichtig, dass sich herumspricht, was für ein Lebensretter er ist. Buchstäblich. Howard wittert eine positive lokale Geschichte mit Happy End dahinter. Gott weiß, wie dringend wir so etwas brauchen!«

Jeannie sah zwischen Rachel und Natalie hin und her. Yves, der Cockerpoo, nagte an ihren Fingern und wollte eine Reaktion provozieren, aber sie spürte, wie sich eine nur allzu vertraute Taubheit von ihrer Kehle her ausbreitete.

»Es hätte natürlich noch einen anderen Vorteil«, fuhr Natalie fort, etwas zuversichtlicher, da Jeannie nicht sofort protestiert hatte. »Die Tatsache, dass ihr euch schon wieder mit Hochzeitsplänen tragt, würde einen wunderbaren Bogen zu unserem Galaabend schlagen. Alles passt so wunderbar zusammen.«

*Wie bitte?* Jeannie musste sich die Worte mühsam abringen. »Woher weißt du, dass wir uns mit Hochzeitsplänen tragen?«

Rachel sah von ihrer Kiste auf. Sie hatte sich drei Diamantdiademe ins Haar gesteckt, die im Sonnenlicht funkelten. Sie sah eher wie eine Moderedakteurin als ein übermütiges Kleinkind aus. »O Entschuldigung! Sollte das ein Geheimnis sein? Dans Mutter hat gestern Abend angerufen. Sie wollte uns von Dans Fortschritten erzählen und erwähnte dabei, dass sie etwas ganz Besonderes für euer Fest buchen wolle, um den schrecklichen Albtraum wiedergutzumachen. Ob wir vielleicht in der Gegend etwas kennen würden. Ich sagte: ›Die beste Adresse ist das Ferrari's …‹« Sie unterbrach sich, als sie Jeannies Miene sah. »War das ein Fehler?«

»Na ja, es könnte da einen Haken geben.« Jeannie bemühte sich um einen munteren Tonfall. »Ich bin mir ziemlich sicher, dass der Bräutigam die Braut erkennen muss, damit es rechtlich bindend ist.«

»Was?« Rachel nahm schnell die Diademe aus dem Haar.

»Dan erinnert sich nicht an mich. Er weiß gar nicht, wer ich bin.«

»O Gott, Jeannie. Das tut mir furchtbar leid.«

»Aber es geht ihm doch besser, oder?«, erkundigte sich Natalie, als fürchtete sie, etwas falsch verstanden zu haben.

»Ja, aber …«

An der Tür klopfte es, und Benita, eine der ehrenamtlichen Mitarbeiterinnen, steckte den Kopf zur Tür herein. »Schnell, ich brauche Hilfe!«, zischte sie. »Ein Kunde will wegen einer DVD-Box verhandeln. Er möchte nur die ersten zwei Staffeln von *Mad Men* nehmen. Seiner Meinung nach wurde es nach der Erschießung von JFK langweilig.«

»Aufgabe für dich, Natalie«, sagte Rachel. »Ich kann dem Kunden nur zustimmen.«

»Oh … na gut.« Natalie quetschte sich um den Schreibtisch herum. »Es dauert nicht lange«, sagte sie und drohte ihnen mit dem Finger. »Merkt euch, wo wir stehen geblieben sind.«

Als die Tür hinter Natalie ins Schloss gefallen war, hob Rachel den Staffie-Welpen Marilyn aus der Spielkiste und sagte beiläufig: »Sag's einfach, wenn du dieses Interview nicht geben möchtest.«

»Ich will mich nicht drücken.« Jeannie hasste es, Rachel anzulügen. Sie hatte ihr so viel Vertrauen entgegengebracht, da kam es ihr hinterhältig vor, ihr etwas so Bedeutsames zu verschweigen. »Ich habe nur einfach … Es fühlt sich an, als würde ich das Schicksal herausfordern. Dan ist ja gerade erst erwacht.«

Das war ein guter Grund. Und es stimmte sogar.

»Ich bin davon ausgegangen, dass er bald entlassen wird. Wenn Andrea schon davon redet, eine Veranstaltung zu buchen?«

»Es kann überhaupt keine Rede davon sein, dass er bald entlassen wird. Er hat noch einen langen Weg vor sich. Und ich wünschte wirklich, sie würde aufhören, unsere Hochzeit zu planen.«

»Warum? Ist es denn wirklich viel zu früh?« Rachel musterte sie eindringlich. »Oder stimmt etwas anderes nicht?«

Jeannie kniff sich in die Nasenwurzel. Irgendjemandem *musste* sie es erzählen. Sie schien einen ganzen Schwarm hysterischer Vögel im Kopf zu haben. »Die Sache ist die ... Ich weiß gar nicht, ob wir überhaupt heiraten werden.«

So. Es war heraus. Jeannie hörte Owens Stimme – *Wenn du ehrlich zu dir bist, ergibt sich alles andere von selbst* – und ballte die Fäuste.

Rachel begann damit, Marilyn vorsichtig wieder in die Kiste zurückzulegen. »Warum?«

Sie holte tief Luft. »Weil ich sie vor dem Unfall abblasen wollte.«

»Was?« Rachel hätte den Welpen fast fallen lassen. »Wie bitte?«

»Ich wollte die Sache nicht durchziehen. Ich hatte es mir anders überlegt.«

»Wann?«

»Auf dem Weg zum Standesamt. Dad hat mich gefragt, ob ich mir absolut sicher bin, und da wurde mir klar, dass ich die Frage nicht bejahen kann. Also habe ich Dan angerufen, um ihm mitzuteilen, dass wir miteinander reden müssen, aber ...« Komm, Jeannie, heraus damit. »Ich konnte einfach nicht. Ich habe ihm eine Nachricht hinterlassen, in der ich im Wesentlichen verkündet habe, dass ich ihn nicht heiraten könne. Dad und ich haben auf seinen Rückruf gewartet, als Owen anrief, um uns von dem Unfall zu erzählen.«

»Hat er die Nachricht denn abgehört? Bevor er von dem Bus angefahren wurde?« Rachels dunkle Augen waren weit aufgerissen.

Jeannies Herz raste, und das Blut pochte in ihren Schläfen. »Ich weiß es nicht. Ich weiß es einfach nicht, ob er die Nachricht abgehört hat, deshalb abgelenkt war und auf die Straße gelaufen ist. Oder ob er sie abgehört hat und ...«

»O Gott!« Rachel schlug die Hand vor den Mund und nahm sie schnell wieder weg. »Tut mir leid, das ist nicht sehr hilfreich. Sprich weiter.«

»Und jetzt erinnert sich Dan nicht mehr an mich, geschweige denn an unsere Hochzeit! Er ist nicht mehr er selbst – sondern wütend und aggressiv. Seine ganze Persönlichkeit scheint anders zu sein, aber nur mir gegenüber. Die Ironie an der Geschichte ist, dass es höflicher wäre, sich einfach aus dem Staub zu machen, solange er sich nicht an mich erinnert. Mir ist allerdings klar, dass Andrea und Owen alles tun werden, um seinem Gedächtnis auf die Sprünge zu helfen. Mir zuliebe!« Jeannie legte die Hand an die Brust und hasste sich selbst. »Und ich kann sie nicht bitten, das sein zu lassen, weil sie so anständige Menschen sind und Dan so lieben. Wenn sie wüssten, dass ich Dan eine halbe Stunde vor der Hochzeit einen Laufpass geben wollte, dann …« Ihre Stimme war vor Anspannung immer höher geworden, aber jetzt versagte sie. Jeannie brachte es nicht heraus.

»Und was willst du nun tun?«

Jeannie hatte nicht einmal versucht, ihre nächsten Gedanken in Worte zu fassen. Würde Rachel sie verstehen? Sie war nett, und ihre Ehe mit George verlief auch nicht gerade in konventionellen Bahnen. Aber mutwillig das Herz eines Manns zu brechen, der vielleicht am Ende seines vertrauten Lebens stand … Jeannie ertrug den Gedanken nicht, dass Dan in seiner Bewegungsfreiheit eingeschränkt sein könnte, unfähig, seine Träume zu verfolgen.

»Ich weiß es nicht. Ich weiß nicht, wie ich ihm meine Gefühle klarmachen soll, besonders jetzt nicht, wo alles anders ist! Aber vor dem Unfall wollte ich ihn nicht heiraten. Was soll ich nur tun? Er braucht mich doch.«

So. Jetzt war es heraus.

Rachel sagte nichts. Die Welpen wuselten und quiekten in ihrer Kiste herum. Draußen auf der High Street rauschte der Verkehr vorbei, und die Erde drehte sich weiter. Irgendjemand würde irgendwo eine schwerere Entscheidung als diese hier treffen müssen, sagte sich Jeannie. Irgendjemand irgendwo würde etwas Schlimmeres tun als sie. Und die Erde drehte sich trotzdem.

Das machte es auch nicht besser.

»Wahnsinn«, sagte Rachel. »Was für eine Zwickmühle.«

»Zwickmühle? Mir scheint, das ist ein bisschen mehr als eine Zwickmühle.«

Die Stimme kam von der Tür. Rachel und Jeannie fuhren erschrocken herum.

Natalie stand an der halb geöffneten Tür, die Arme verschränkt.

»Nat.« Rachel zeigte auf den leeren Stuhl. »Komm herein und hör dir die ganze Geschichte an. Setz dich.«

Natalie ignorierte sie einfach. »Warum?«

»Warum was?« In Jeannies Bauch wirbelten tausend Schmetterlinge herum.

»Warum hast du bis zum Morgen der Hochzeit gewartet, um Dan mitzuteilen, dass du es dir anders überlegt hast?« Ihre Miene war angespannt, als versuchte sie krampfhaft, ihre Stimme ruhig zu halten. »Gab es im Vorfeld wirklich keinen Moment, an dem du dich mit ihm hättest zusammensetzen und es ihm erklären können?«

Jeannie wollte Natalie fragen, warum sie gelauscht hatte, aber wer war sie, sich aufs hohe Ross zu setzen? Sie schluckte und bemühte sich, langsam zu reden, um die richtigen Worte zu finden. »Es gab ja keinen großen Vorlauf«, begann sie. »Dan hat mir im Oktober den Heiratsantrag gemacht, und danach haben wir sofort mit den Hochzeitsvorbereitungen begonnen. Seit Weihnachten ging jedes Wochenende für die Planung drauf: Torte, Räumlichkeiten, Kleidung. Ein großer Spaß war das! Wir wurden einfach davon … fortgerissen. Manchmal habe ich gezaudert, aber das habe ich immer auf die Nerven geschoben. Außerdem konnte ich auch nicht sagen, was mich beschäftigte. Das kann ich immer noch nicht. Und als ich dann endlich im Wagen saß und es kein Zurück mehr gab, da wusste ich plötzlich … dass ich es einfach nicht durchziehen kann.«

Rachel wirkte verständnisvoller als Natalie. »Gab es denn niemanden, mit dem du hättest sprechen können? Deine Mutter? Oder eine Freundin? Edith?«

»Nicht wirklich, nein.« Edith war nach London gezogen, außerdem hatte sie Dan sowieso nicht leiden können – seit er sich erkundigt hatte, warum das Cover von *The Tide Is High* so *düster* sei. Ihre Mutter hätte es vielleicht verstanden, aber die war so begeistert und erleichtert gewesen, dass Jeannie ihr Glück gefunden hatte, nachdem Edith so auf ihren Träumen herumgetrampelt war. Jeannie hatte sich nie klargemacht, wie wenig wahre Freundinnen sie eigentlich hatte, als sie verzweifelt eine gebraucht hätte. Es waren Freundinnen, mit denen man sich auf einen Kaffee traf – Sophie, die andere Musiklehrerin, dann ein paar Kommilitoninnen –, aber keiner von ihnen hätte Jeannie ein solches Geheimnis, das eine Freundschaft veränderte, anvertrauen können. Keiner.

»Und Dan?« Natalies Stimme klang vorwurfsvoll. »Du hättest mit Dan reden können.«

Jeannie warf ihr einen elenden Blick zu und wünschte, sie könnte zum Ausdruck bringen, wie sehr sie sich selbst verachtete. Wie entsetzt sie über das war, was sie getan hatte. Wie viel Angst ihr dieser überwältigende

Fluchtimpuls eingeflößt hatte. Aber sie konnte es nicht. Sie verdiente den stummen Vorwurf, der aus Natalies freundlichen blauen Augen sprach.

»Nat, Jeannie ist auch so schon am Ende«, sagte Rachel. »Vielleicht solltest du ihr einfach erzählen, warum dich das so aufregt. Möglicherweise hilft es ihr bei der Entscheidung, was sie nun tun soll.«

Natalie runzelte die Stirn und strich sich eine Strähne hinters Ohr. »Was du da getan hast – das ist meiner Cousine Beth passiert. Ich war ihre Brautjungfer. In der Woche vor der Hochzeit ist ihr Verlobter eines Nachts einfach nicht nach Hause gekommen. Während sie noch in den Krankenhäusern herumtelefonierte, weil sie schon das Schlimmste befürchtete, kam plötzlich sein Trauzeuge mit einem Brief vorbei, in dem Chris ›erklärte‹« – Natalie malte Anführungszeichen in die Luft –, »dass er die Sache nicht durchziehen könne. Da waren sie bereits drei Jahre verlobt. Sie hatten eine Katze und eine Hypothek.«

Jeannie hörte den Schmerz aus ihren Worten heraus. »Klingt furchtbar. Das tut mir sehr leid.«

»Fünf Jahre ist das jetzt her. Beth hat seither nie wieder eine Beziehung gehabt«, fuhr Natalie fort. »Sie vertraut niemandem mehr. Und sie musste aus dem Haus ausziehen, um den Erinnerungen zu entfliehen. Ständig denkt sie, dass alle noch darüber reden. Das ist demütigend, zusätzlich zu dem Schmerz, von dem geliebten Mann verlassen zu werden.«

»Aber niemand weiß doch …«

»Das ist dann wohl der Silberstreifen an Dans Horizont, was?« Natalie wirkte düster. »Mit dem Rettungshubschrauber ins Krankenhaus geflogen zu werden bedeutet immerhin, dass er nicht in die Gesichter am Rathaus schauen musste, als du nicht aufgekreuzt bist.« Sie hielt inne. »Tut mir leid, dass ich so brutal bin. Aber wenn man jemanden genug liebt, um seinen Heiratsantrag anzunehmen, dann schuldet man ihm eine angemessene Erklärung. Es ist doch grausam, so lange zu warten. Damit wird sich Dan sein Leben lang herumschlagen müssen.«

»Und ich auch«, sagte Jeannie matt, aber ihr war klar, dass es nicht dasselbe war.

Unbehagliche Momente verstrichen, als man Jeannies Bekenntnis zu verdauen versuchte. Die Welpen in den Spielkisten tollten herum und quiekten, als wäre nichts passiert, während Jeannies Herz an einer neuen schmerzlichen Stelle einen Riss bekam.

Dank Rachel und Natalie hatte sie sich in Longhampton sofort zu Hause gefühlt. Die beiden waren großzügig und einfühlsam und hatten sie mit offenen Armen in ihre muntere, gutmütige Hundewelt aufgenommen. Sie hatten ihr das Gefühl verliehen, in ihrem Albtraum aus Krankenhausbesuchen und schlimmsten Befürchtungen nicht allein zu sein. Aber jetzt wusste Natalie, dass sie eine feige dumme Kuh war, und Rachel gab sich zwar Mühe, nett zu sein, aber George würde sich mit Dan solidarisieren, seinem Kollegen, und das wäre dann das Ende.

»Ich wollte Dan wirklich nicht wehtun«, beharrte sie, den Tränen nahe. »Ich wünschte, ich könnte die Zeit zurückdrehen und alles aufhalten, aber das geht nicht.«

»Wer weiß es denn noch?«, fragte Natalie. »Außer Rachel und mir. So etwas kann man nicht unter den Teppich kehren. Es ist nur recht und billig, wenn du es ihm selbst erzählst.«

»Aber muss er es denn erfahren?« Die Worte waren aus Jeannie herausgeplatzt. »Ich meine, der Moment ist doch vorbei ...«

»Ja!«, explodierte Natalie, während Rachel erklärte: »Du musst es ihm erzählen, wenn Andrea wild entschlossen ist, eine neue Hochzeit zu planen. Du kannst nicht ändern, was geschehen ist – was passiert ist, ist passiert –, aber du darfst ihn nicht noch einmal verletzen.«

Beide warteten darauf, dass Jeannie etwas sagte, aber Jeannies Kehle hatte sich zusammengeschnürt. Was sollte sie denn sagen? Alle Optionen wirkten falsch. Bislang hatte »nichts zu sagen« bedeutet, niemanden zu verletzen. Jetzt war das Gegenteil der Fall.

Nach einer Weile brach Natalie das Schweigen.

»Tut mir leid, aber ich muss ins Café zurück.« Sie schnappte sich ihren Mantel von dem Kleiderständer, der wie ein gruseliges Spinnennetz mit gespendeten Schleiern verhängt war. »Dieses Gespräch hat ein paar schlimme Erinnerungen zurückgebracht, und ich möchte dir die Sache nicht noch schwerer machen, Jeannie.«

»Es tut mir leid«, begann Jeannie, aber sie wusste selbst nicht, wofür sie sich entschuldigte.

Es tut mir einfach leid, dachte sie. Einfach leid.

»Sag nicht, dass es dir leidtut, das ist doch eine leere Phrase.« Natalie drehte sich um und bedachte sie mit einem komischen Blick. »Bemühe dich einfach, das Richtige zu tun, das ist das Einzige, was ich von dir verlange. Denn das wird auf Dans Leben einen mindestens ebenso großen Einfluss haben wie alles, was im Krankenhaus passiert.«

Dan döste und erholte sich von Andreas Besuch, als Jeannie später am Nachmittag dort eintraf, direkt von einer etwas zerstreuten Probe mit dem Ukulele-Orchester. Ihr fiel auf, dass man ein paar Monitore aus dem Zimmer geholt hatte, was sie als gutes Zeichen interpretierte.

Andererseits wusste er immer noch nicht, wer sie war. Als er aufwachte, nachdem sie über eine Stunde lang an seinem Bett gesessen und Karten mit Genesungswünschen gelesen hatte, sah Jeannie, wie ein Ausdruck der Hoffnung und dann des Ärgers über sein Gesicht huschte.

»Was machen Sie hier?«, fragte er. »Wer sind Sie?«

»Ihr Name ist Jeannie.« Schwester Lauren war gekommen, um seinen Pupillenreflex zu testen. »Und sie ist hier, weil sie mit Ihnen verlobt ist.« Sie knipste ihre winzige Taschenlampe aus und trug etwas in ihre Tabelle ein. »Was für einen Tag haben wir heute?«

»Donnerstag.« Er beäugte Jeannie misstrauisch. »Sind Sie eine verkappte Ärztin?«

»Nein, sie ist Ihre Verlobte«, wiederholte Lauren.

»Ich habe keine Verlobte.« Dan schmollte wie ein Teenager, dann schloss er die Augen. Gespräch beendet.

»Geben Sie ihm ein wenig Zeit«, erklärte Lauren. »Wir erinnern ihn immer wieder daran, auch wenn Sie nicht da sind. Sein Freund hat ein paar Fotos mitgebracht. Zeigen Sie ihm ebenfalls immer wieder Ihre Fotos. Wir werden das Kind schon schaukeln.«

Jeannie schaute sich die Fotos an, von denen Owen dachte, dass sie glückliche Erinnerungen wecken würden. Auf jedem einzelnen von ihnen war Dan in Aktion, fuhr Ski, lächelte, trank, umarmte jemanden, lachte. In der Menge der strahlenden Fremden suchte sie auch nach Owen und stellte fest, dass sich sein struppiges Haar und die dicke Brille nie veränderten, anders als bei Dan mit seinen wechselnden modischen Frisuren. Er war da, beobachtete, half, immer im Schatten von Dans Energie.

Als Dan nicht auf ihre Gesprächsangebote ansprang, scrollte Jeannie durch ihr Handy und betrachtete die Selfies, auf denen sie sich aneinanderschmiegten, auf Brücken, in Bars, in Parks. Bin das wirklich ich?, fragte sie sich. Es war eigentümlich, wie fremd sie plötzlich nicht nur Dan war, sondern auch sich selbst: zwei Menschen, die ein Wochenendleben führten, das ihr so aufregend erschienen war, verglichen mit dem Unterrichten von Schülern, die nie übten, und den Schichten in der Bar. So hatte es sich angefühlt, ging ihr auf. Wie Ferien.

Als Dan einschlief und Jeannie ihn so betrachtete, drang ein schneidender Gedanke in ihren Kopf ein: Vielleicht wollte er sich gar nicht an sie erinnern. Sie konnte die Zeit nicht zurückdrehen, aber ihm stünde das auf eigentümliche Art und Weise frei. Wäre es nicht netter zu gehen und Dan das letzte Jahr zurückzugeben, damit er jemanden finden konnte, der ihn wirklich heiraten wollte? Die Traurigkeit, die sie bei diesem Gedanken urplötzlich befiel, überraschte sie. Es fühlte sich immer noch so an, als würde sie etwas Kostbares hinter sich lassen.

Sie ging neben seinem Bett auf die Knie und nahm seine Hand. Die war jetzt wärmer und glich mehr der Hand, von der sie noch spürte, wie sie sie im Bus oder über ein weißes Tischtuch hinweg gehalten hatte.

»Es tut mir leid«, hörte sie sich selbst flüstern. »Es tut mir so leid, Dan.«

Das hatte sie seit dem Unfall immer wieder gesagt, aus den verschiedensten Gründen, aber jetzt hatte Jeannie das Gefühl, dass sie sich im Voraus entschuldigte: für den Schmerz, den sie ihm unweigerlich zufügen würde, egal ob sie sich nun aus dem Staub machte oder blieb.

Zu ihrer Überraschung drehte sich Dans Kopf zu ihr hin. Seine Lider flatterten, und seine trockenen Lippen bewegten sich, um eine Antwort zu formulieren. Jeannie musste sich vorbeugen, um ihn zu verstehen.

»Entschuldigung, Schatz«, flüsterte er. »Entschuldigung, Schatz.«

Heiße Tränen stiegen Jeannie in die Augen, als sie ihre Stirn auf das kühle Laken legte. Irgendwo im Unterbewusstsein hatte er sie erkannt, auch wenn er sie nie Schatz genannt hatte.

# Kapitel 22

*Was hast du mit Dans Päckchen gemacht?*

Zu vorwurfsvoll.

*Wo hast du das Päckchen hingetan, das du aus meiner Küche entwendet hast?*

Zu umständlich.

*Warum hast du mir nicht gesagt, dass du das Päckchen mitgenommen hast?*

Zu weinerlich.

*Verrat mir doch einfach, was in dem Päckchen war, das du entwendet hast.*

Viel zu vorwurfsvoll.

Jeannie löschte auch noch die letzte Nachricht und starrte auf das Display, zum tausendsten Mal in ihrem Leben von der englischen Sprache im Stich gelassen.

Wie konnte man jemanden des Diebstahls bezichtigen – vor allem wenn man als Beweis nichts als ein starkes Bauchgefühl vorzuweisen hatte –, ohne einen gewaltigen Streit vom Zaun zu brechen? Und sollte er tatsächlich in ihren Schränken herumgeschnüffelt und das Päckchen mitgenommen haben, was um alles in der Welt musste es enthalten, dass Owen etwas für ihn so Untypisches tat, nur damit sie es nicht zu Gesicht bekam? Das war eine gewaltige Enttäuschung. Sie hatte ihm vertraut. Warum vertraute er ihr nicht?

Drei Tassen Kaffee hatten ihr auch nicht geholfen, die Nachricht zu verfassen. Jeannie starrte immer noch aufs Display, als sich der Bildschirm plötzlich veränderte und eine unbekannte Festnetznummer anzeigte.

Sie zögerte einen Moment, dann nahm sie den Anruf entgegen, weil es eine der tausend Nummern sein konnte, über die man sie über Dan informierte.

»Hey, Jean Jeannie«, sagte eine vertraute Stimme. »Wie geht's, wie steht's?«

Es war die einzig wahre Edith Constantine.

Edith' Stimme hatte sich in den Monaten, die sie nun in London lebte, deutlich verändert. Sie klang weniger schottisch und noch selbstbewusster – obwohl Jeannie geschworen hätte, dass das nicht möglich sei. Sie plapperte auch nicht mehr einfach drauflos, munter ihrem Bewusstseinsstrom folgend. Stattdessen setzte sie in jedem Satz Akzente, als würde sie ihr Gespräch live twittern.

Jeannie packte mit einer Hand ihr Handy und stützte sich mit der anderen auf die Stuhllehne, um das Gleichgewicht zu halten.

»Tja, also, ich habe deine Nachricht bekommen.« Edith machte eine Pause.

»Und?« Das klang cool. In Wahrheit war Jeannies Geist leer, und sie konnte an nichts mehr denken.

»Und? Es tut mir leid, vielleicht? Vermutlich hätte ich dir mitteilen sollen, dass wir einen Sendetermin haben.« Das klang, als hätte sie vergessen, Jeannie mitzuteilen, dass sie das Bügeleisen angelassen hatte. »Warst du von den Socken? Dachtest du: O Gott, das kann doch gar nicht wahr sein?«

Jeannie schaute auf den Tisch. »Das ist genau das, was ich dachte.«

»Du musst schon zugeben, dass es ein besonderer Moment ist, wenn man seinen eigenen Song im Radio hört.« Edith schien leicht zu lallen, und Jeannie fragte sich, ob sie angetrunken war, obwohl es erst Frühstückszeit war. Reumütig klang sie definitiv nicht, nicht annähernd. »Für mich war es wirklich wie ... woooow ... *Wir haben es geschafft*! Die ersten zwanzig Male jedenfalls. Haha! Ging es dir nicht genauso?«

Die Energie des prallen Lebens, die Edith versprühte, ließ Jeannies Entrüstung erlöschen, bis sich ihr Kopf leer und wund anfühlte. Selbst vom anderen Ende der Leitung her füllte Edith den Raum und drängte Jeannie an den Rand.

»Und? War es nicht so?«, hakte sie nach.

»Nicht wirklich.«

Edith lachte. »Ach komm schon, Jeannie. Tu nicht so cool. Wir sind mittlerweile so oft auf Sendung! Und die Anzahl der Downloads ist der Wahnsinn! Bist du nicht vollkommen aus dem Häuschen?«

*Wir haben es geschafft*. Jeannie biss sich auf die

Lippe. »Wir« meinte Edith und sie, die beiden Leute, die den Song geschrieben hatten. Jetzt gab es aber andere »Wir«. Fremde. In ihrem Innern regte sich ein Anflug von Kampfgeist. »Wenn du ›wir‹ sagst, meinst du dann mich als Mitverfasserin? Oder meinst du die Wir, die den Song aufgenommen haben?«

»O Gott, Jeannie, sei doch nicht so. Jetzt ist er in der Welt und wird gehört. Das ist mehr, als wir je geschafft haben, als wir noch über die Festivals gezogen sind und vielleicht mal ein winziges Album bei einem winzigen Indie-Label herausgebracht haben. Das haben sich dann sieben Leute heruntergeladen, und nie hat eine Sau darüber geredet.«

Wie bitte? »Ich soll dir also dankbar sein, dass du den Song gestohlen hast?«

»Ja! Ich meine, nein …« Wieder lachte Edith, dieses abfällige Lachen, das jedes Gespräch beendete.

»Warum hast du mir nicht gesagt, dass diese Leute ihn aufgenommen haben?« Diese Leute. Sie brachte es nicht übers Herz, die New Fridays zu sagen. Was für ein dämlicher Name für eine Band. »Du wusstest doch, dass ich ihn im Radio hören würde.«

»Weil ich es selbst erst kürzlich erfahren habe.« Edith hatte die Güte, leicht verlegen zu klingen. »Es ist fast, man könnte sagen: über Nacht passiert. Amir hat mich im Studio den Song singen hören und sich erkundigt, was das ist. Also habe ich ihn ihm auf dem Klavier vorgespielt, und dann haben sich die Ereignisse überstürzt.« Jeannie sah es förmlich vor sich, wie sie die Achseln zuckte. Damit hatte sie immer jede Erklärung abgetan, die sie eigentlich nicht geben wollte. Dazu ein gewinnendes Grinsen und ein Zwinkern, von dem Edith dachte, es erinnere an Madonna, die von *Desperately Seeking Susan*.

»Hast du denen denn wenigstens erzählt, dass ich die Musik geschrieben habe? Oder hast du den Song einfach als deinen ausgegeben?«

»Natürlich nicht! Ich habe Amir gesagt, dass es einer unserer alten Songs ist. Nur zu deiner Information: Er ist ziemlich anders als das, was ich hier schreibe. Normalerweise spiele ich unser altes Zeug gar nicht. Wir gehen in eine ganz andere Richtung. Kommerzieller. Mehr elektronische Tanzmusik.«

»Heißt das, dass ich als Urheberin erwähnt werde?« Jeannie stand auf, um die Spülmaschine auszuräumen. Sie musste den Kontakt zur Realität wahren, da dieses Gespräch ins Surreale abdriftete.

»Soooo, was das betrifft, jaaa«, gurrte Edith, die Stimme rasant hebend. »Der Grund, warum ich anrufe, ist, dass ich fantastische Neuigkeiten habe! Ich habe mit den Leuten hier geredet und ihnen von dir und deiner Musik erzählt. Wenn du ein Demo mit zwei Songs schickst, wird Amir sie sich anhören. Und wenn sich etwas Brauchbares darunter befindet, kannst du kommen und mit uns arbeiten.«

Sie hielt inne, weil sie offenbar erwartete, dass Jeannie in Begeisterungsstürme ausbrechen würde. »Im Schreibraum. Mit allen anderen zusammen.«

»Aha.« Jeannie verweigerte Edith die gewünschte Reaktion. Nicht absichtlich, sondern weil ihr immer noch nichts wirklich Schneidendes einfiel. Gelegentlich kam ihr die Unfähigkeit, die richtigen Worte zu finden, auch zugute – so wie eine stehen gebliebene Uhr zwei Mal am Tag die richtige Uhrzeit anzeigte.

»Und?«

Jeannie lehnte sich an den Aga-Herd und schloss die Augen. Sie wollte nicht zugeben, dass sie seit Edith' Abgang nichts mehr geschrieben hatte. Sie hatte nur mit dem Ukulele-Orchester gespielt, ein wesentlich größerer Spaß, als mit Edith Musik zu machen, zumindest in letzter Zeit. Sie hatte definitiv keine lyrischen Anwandlungen mehr gehabt. Nicht einmal für wütende Rachesongs hatte es gereicht.

»Jeannie? Bist du noch da?«

»Ja.«

»Hör zu, ich sollte dir das gar nicht erzählen, aber Amir hat mit einem anderen Produzenten gesprochen, der ein Projekt in Aussicht hat. Niemand darf davon wissen. Das wird eine gewaltige Sache, mit jemand Berühmtem, von dem man es gar nicht erwarten würde, aber so ist es. Und sie möchte … Ich meine, diese Leute wünschen sich einen authentischen Singer-Songwriter-Sound.«

»Unseren alten Klang, meinst du.«

»Ja, unseren alten Klang. Du klingst nicht sehr begeistert.« Die hübsche Unterlippe würde sich vorstülpen und den silbernen Ring zum Funkeln bringen. »Ich habe mir hier den Arsch für dich aufgerissen, Jeannie.«

»Weil du mich betrogen hast.«

»Na ja, ich versuche es ja wiedergutzumachen, ja?«

Noch eine Pause, dann ein Anflug von Verletzlichkeit. »Ich vermisse dich. Ich möchte die Freundin zurück, mit der ich Songs geschrieben habe.«

Jeannie fand immer noch keine Worte, aber ihr Schweigen schien Edith ungewollt in Rage zu bringen.

»*I Didn't Know* ist ein toller Song, Jeannie. Du weißt, wie sehr ich ihn geliebt habe. Wir können immer noch eine eigene Version aufnehmen. Ohne den Rap. Es sei denn, du stehst darauf? MC Jeannie M am Mikro? Ich wünschte, du hättest mein Gesicht gesehen, als Melting Jay ins Studio kam. Ich musste mich verstecken. Sein wahrer Name ist Tom.«

Trotz allem spürte Jeannie, wie sie in Edith' magnetisches Kraftfeld gezogen wurde, und Edith registrierte, dass ihr Widerstand nachließ.

»Das ist so ein cooles Team, das würde dir sicher gefallen«, plapperte sie weiter. »Wir hängen im Studio rum und klimpern vor uns hin und werfen mit Ideen um uns. Josh, einer der Typen da, gibt mir Bassunterricht! Ich wohne mit zwei anderen Frauen in einem Haus in Highbury, wir haben sogar noch ein Zimmer frei. Solltest du also für eine Weile herziehen wollen, könntest du …«

Sie hielt inne, weil ihr offenbar einfiel, dass Jeannie das vielleicht nicht konnte.

Jeannie sagte absichtlich nichts und wurde mit einem verlegenen Schweigen belohnt, das allerdings nur wenige Sekunden währte.

»Wie läuft's denn mit deinem Supertierarzt?« Das war nicht positiv gemeint. Edith hatte vermutlich nur seinen Namen vergessen. »Hattet ihr eine schöne Hochzeit?«

»Ich bin nicht verheiratet. Es hat einen Unfall gegeben«, sagte Jeannie trocken. Es verlieh ihr einen unwürdigen Kick, Edith endlich einmal den Teppich unter den Füßen wegziehen zu können. »Dan liegt seit dem Tag unserer Hochzeit im Koma. Noch steht nicht fest, ob er bleibende Behinderungen davontragen wird.«

»Was?« Der Schock war echt. »O Gott, Jeannie. Im Koma? Das tut mir so leid. Geht es dir gut? Was ist denn passiert?«

Der plötzliche Rückfall in die alte Stimmlage machte Jeannie noch einmal bewusst, wie sehr sich Edith vorher verstellt hatte. Fast verspürte sie eine gewisse Milde gegenüber dieser verrückten, eigensüchtigen Hexe.

»Er ist vor einen Bus gelaufen. Hat ihn nicht kommen sehen. Alles ein bisschen ... sonderbar«, gab sie zu. »Ich verbringe viel Zeit im Krankenhaus und weiß mittlerweile alles über Nervenbahnen. Und Katheter. Und die Glasgow-Koma-Skala.«

»O Gott ... Hast du etwas darüber geschrieben?«

Owens entrüstetes Gesicht erschien vor Jeannies Augen, und die Tür der Verständigung knallte wieder zu. Keine Frage nach Dans Zukunft oder ihren Gefühlen. »Komischerweise bin ich zu sehr damit beschäftigt, mich mit Reha-Maßnahmen zu befassen.«

»Kein Grund, gleich sauer zu werden. Aber Wahnsinn, du musst eine Menge durchgemacht haben. Schau doch mal tief in dein Herz. Dan würde es sicher mögen, wenn du etwas über ihn schreiben würdest, keine

Angst. Nimm es als Ausgangspunkt für dein Demoband, ja?«

Der fiktive Owen in Jeannies Kopf marschierte davon, finster vor sich hin murmelnd.

Sie straffte die Schultern. »Ich werde darüber nachdenken. Aber über Dan schreibe ich nicht.«

»Kann ich verstehen. Du hast vierzehn Tage Zeit – nein, drei Wochen, da ich Ende nächster Woche erst einmal weg bin –, um mir etwas zu schicken, das dein ganzes Leben verändern könnte.«

Dann beendete Edith die Verbindung, bevor Jeannie auch nur reagieren konnte, und behielt auf diese Weise das letzte Wort. Typisch.

Jeannie hatte kaum Zeit, das Gespräch zu verdauen, als es an der Hintertür klopfte. Im nächsten Moment öffnete sich die Tür auch schon, und Rachel steckte den Kopf herein.

»Hallo!« Sie nickte zu den Zwingern hinüber. »Da drüben ist Zeit für Tennisbälle, und wir brauchen deinen famosen Wurfarm.«

»Heute Morgen eher nicht ...« Beim Gedanken an die entsetzliche Szene im Secondhandladen krampfte sich bei Jeannie immer noch alles zusammen. Und sie musste oft daran denken.

»Wenn das mit gestern zu tun hat, solltest du wissen, dass es bei Weitem nicht das schlimmste Gespräch meines Lebens war.« Rachel schaute sie ganz offen an. »Ich hätte mir schon mehrfach am liebsten die Zunge aus dem Hals gerissen. Einmal habe ich mich bei meiner

Freundin beklagt, dass ich mit Fergus schwanger bin, ohne zu registrieren, dass sie wegen ihrer Fruchtbarkeitsprobleme die Hölle durchmacht.« Sie verzog das Gesicht, als würde sie am liebsten sterben. »Oder die Szene, als sich George und mein Exfreund im Büro einen Streit geliefert haben – o Mann, das ist mir immer noch unangenehm – und ich George als meinen Tierarzt bezeichnet habe, nicht als meinen Freund.«

Jeannie schüttelte den Kopf. Beides war tatsächlich hochnotpeinlich, aber einen Mann im Koma zu verlassen übertraf das doch noch einmal.

»Was ich nur sagen will: Ich verurteile dein Verhalten nicht. Mir ist bewusst, dass uns das Leben manchmal dazu zwingt, uns so zu verhalten, dass wir uns selbst nicht wiedererkennen.« Rachel streckte die Hand aus und tätschelte Jeannies Arm. »*Uns* bist du keine Erklärung schuldig.«

Jeannie rang sich ein mattes Lächeln ab. »Nat verurteilt mich durchaus.«

»Nat hat persönliche Gründe dafür. Beth war am Boden zerstört. Gib ihr einfach ein wenig Zeit. Nat hat mir über die Jahre hinweg schon einige schäbige Dinge verziehen, und du bist eine viel nettere Person als ich. Hättest du also jetzt ein bisschen Zeit, um mit den Hunden zu spielen, bevor du ins Krankenhaus fährst?«

Das hatte sie so ungezwungen und mit so viel munterem Charme hervorgebracht, dass Jeannie spürte, wie sich ein tränenfeuchter Regenbogen über ihre Verlegenheit spannte.

»Ja«, sagte sie. »Habe ich.«

Der Morgenhimmel über den Wiesen war von einem perfekten Blau und mit fransigen Wolken verhängt, als trüge er einen Spitzenschal. Constance und Grace trotteten den Tennisbällen hinterher und wagten es gelegentlich sogar, ihnen ein Stück nachzujagen. Es war kaum zu glauben, dass es sich um die verängstigten Kreaturen mit dem verfilzten Fell handelte, die vor nur wenigen Wochen auf der Ladefläche des Lieferwagens eingetroffen waren. Jetzt erkundeten sie zaghaft eine neue, faszinierende Welt, in der es mehr Licht und Luft gab, als sie sich je hätten träumen lassen.

Rachel fragte sie nicht nach Einzelheiten aus, aber während sie Bälle warfen und die Hunde ihnen hinterherjagten, erzählte Jeannie unwillkürlich, was sie zuvor nicht in Worte hatte fassen können: wie sie endlich die Liebe gefunden hatte, nach der sie sich immer gesehnt hatte; Dans Heiratsantrag mitten auf der Brücke; die Begeisterung der Familien, die ihre eigenen wachsenden Zweifel überdeckte; die Unmöglichkeit, einen Moment zum Innehalten und Reden zu finden.

Rachel hörte wortlos zu, dann warf sie einen Ball und fragte: »Was hat dich letztlich zu der Erkenntnis bewogen, dass du Dan nicht heiraten kannst?«

»Ich weiß es nicht.« Wenn es doch nur etwas Bestimmtes gäbe, ein konkretes Beispiel, das sie anführen könnte, um Dan mitzuteilen: Das ist der Grund, warum ich dich nicht heiraten kann. Genau das. »Ich saß mit Dad im Wagen, und plötzlich fühlte es sich so an, als könnte ich mich selbst aus diesem Bild ausklammern und den Dingen ohne mich ihren Lauf lassen: Kleid,

Empfang, Essen, Fest. Was für alle anderen sogar noch besser wäre.«

»Liebst du ihn denn?« Das war die Frage, die ihr Vater im Wagen auch gestellt hatte, und Jeannie wusste immer noch keine Antwort darauf.

Sie mochte Dan sehr, klar, aber reichte das? Sie hatte das Gefühl, dass er sich ihr nicht öffnete, wenn sie miteinander redeten. Im Gegenzug hielt sie ihre tieferen Gefühle unter Verschluss aus lauter Angst, dass er sie nicht verstand oder nicht wissen wollte. Das sollte nicht so sein, oder?

»Ich mag ihn furchtbar gern. Er ist ein wunderbarer Freund.« Das war Dan wirklich. Ein wunderbarer Freund. Aber auch der richtige Ehemann?

»Was denken deine Eltern darüber?«

»Mit denen habe ich gar nicht geredet.« Sie zögerte, weil sie nicht wusste, was ihre Mutter so alles erzählte. »Ich weiß nicht, ob du das weißt, aber meine Mutter hatte mal einen schlimmen Unfall, als ich noch klein war. Dad hat sich um sie gekümmert, Tag und Nacht. Er war einfach großartig. Damals habe ich nicht viel darüber nachgedacht, aber je älter ich werde, desto mehr begreife ich, auf was für eine Probe ihre Ehe damals gestellt wurde. Angus und ich haben das hautnah mitbekommen, und sie war immer ehrlich zu uns. Sollte Dan also gelähmt sein, kann mich das nicht schrecken. Wenn man jemanden liebt, kümmert man sich auch um ihn. Aber wenn ich Dan jetzt verlasse, wo er mich wirklich braucht, so wie Mum meinen Vater gebraucht hat ... Was werden sie dann von mir denken?«

»Aber sie wissen doch, dass du die Hochzeit abblasen wolltest, oder?«

»Mum nicht. Ich habe Dad das Versprechen abgenommen, ihr nichts zu erzählen, solange wir nicht wissen, was los ist. Und ich habe dieses grauenhafte Gefühl, dass …« Sie zwang sich dazu, es auszusprechen. »Dass er meine Nachricht abgehört hat, als er vor den Bus gelaufen ist. Also ist es meine Schuld.«

Jeannie klammerte sich an den Ballwerfer. Das Plastik schnitt ihr in die Hand, hart und scharf wie die unumgängliche Wahrheit.

Rachel hielt ihr einen Ball hin, damit sie ihn Lady Sadie zuwerfen konnte. Sadie hatte noch nicht das Selbstvertrauen ihrer Schwestern gewonnen. Männerstimmen ließen sie zusammenzucken, und die Idee des Spielens wollte ihr auch noch nicht in den Kopf. Lieber blieb sie zu Rachels und Jeannies Füßen liegen und sah zu, wie Grace und Constance herumsprangen und nach Bällen schnappten.

»Es war ein Unfall, Jeannie«, sagte Rachel, als Jeannie den Ball mit aller Kraft von sich schleuderte. »Du hast Dan nicht auf die Straße gestoßen. Er hat nicht aufgepasst.«

»Das werde ich niemals wirklich wissen.«

»Es war ein Unfall.«

Rachel hielt Gem einen Ball hin. Er hatte keine Anstalten gemacht, sich zu beteiligen, was untypisch war. Er war es schließlich, der ihnen das Spielen beigebracht hatte, indem er geduldig Bälle fallen ließ und holte, bis sie die Botschaft verstanden. »Willst du auch mal, Gem? Oder leistest du deiner Freundin Gesellschaft?«

»Er passt auf Sadie auf«, stellte Jeannie fest.

»Das ist mein Gem. Er passt auf uns alle auf.« Rachel schleuderte den Ball quer über die Wiese. Irgendetwas an der spontanen Begeisterung im Bellen der Hunde, als sie ihm hinterherjagten, öffnete Jeannies schmerzendes Herz einen Spalt und ließ ein wenig Licht herein.

Im Zwinger lief das Radio, und sie hörten, wie Mel beim Ausfegen lautstark mitsang.

*I Didn't Know*, natürlich.

Als sie in MC Toms schrecklichen Rap einstimmte und seinen falschen jamaikanischen Akzent perfekt imitierte, schloss Rachel taktvoll die Bürotür.

»Das ist ein richtiger Ohrwurm – selbst Fergus singt es im Wagen mit, dabei *hasst* er Popmusik.« Sie verzog das Gesicht. »Tut mir leid. Hat Edith sich schon dazu herabgelassen, sich bei dir zu melden?«

»Ich habe sie angerufen.« Es fühlte sich gut an, das zu sagen, als wäre sie ein Mensch, der die Dinge anpackt. »Sie hat mir die Chance meines Lebens angeboten. Wenn ich ein paar neue Songs schreibe, will sie sie dem Produzenten vorspielen, mit dem sie zusammenarbeitet. Wenn sie ihm gefallen, bin ich dabei.«

»Wie nett von ihr! Willst du denn dabei sein?« Rachel wirkte bedenklich, aber auch fasziniert.

»Na ja ... eigentlich schon. Das ist genau das, was ich immer wollte: von meiner Musik leben zu können.«

Mitten in einer weiteren schlaflosen Nacht war Jeannie aufgegangen, dass sie, wenn sie Dan verließ, aus dem Cottage ausziehen müsste. Und um etwas anderes mieten zu können, bräuchte sie Arbeit. Eigentlich war ausgemacht, dass sie in der Aufnahme der Tierarztpraxis arbeiten könne, zusätzlich zu einer möglichen Lehrtätigkeit. Aber stand das Angebot noch, wenn sie Dan verlassen würde? Wohl eher nicht.

Was hielt sie in diesem Fall in Longhampton? Es war ein kleines Städtchen. Wenn sie Dan in der Stunde der Not verließ, würde ihr die Entrüstung der Bewohner den Aufenthalt sicher verleiden. In Jeannie zog sich alles zusammen, wenn sie sich vorstellte, alle könnten sie so anschauen wie Natalie. Vermutlich landete die Geschichte sogar in der Zeitung.

Rachels Stimme holte sie in die Gegenwart zurück. »Könntest du mir übrigens helfen, die Brautjungfernkleider zu sortieren? Heute Morgen wurden fünf abgegeben, von einer Frau, deren Freundinnen sie offenbar nicht gut leiden können, wenn du mich fragst.«

Die Spenden füllten die Kleiderstangen im Hinterzimmer. Aber sie hatten nicht nur Hochzeitskleider, sondern auch noch alle möglichen Hochzeitsutensilien, darunter drei Ringkissen und einen kleinen Süßigkeiten-Wagen. Als sie gerade Kleider zu dem neuen »Braut-Bereich« im Schaufenster bringen wollten, erschien George. Er stand im Türrahmen und verströmte frische Luft und Kuhgestank.

»Entschuldigt die Störung.« Er hielt Jeannie etwas hin. »Das ist für Dan gekommen. Postkarte. Wollte ich dir schon vor einer Weile geben, aber irgendwie habe ich dich nie erwischt.«

»Du hättest sie doch mir geben können«, sagte Rachel und streckte die Hand danach aus. »Deiner Sekretärin.«

George warf ihr einen schrägen Blick zu. »Hätte ich tun können. Aber ich möchte mich nicht dem Vorwurf aussetzen, dich als Sekretärin zu missbrauchen. Daher habe ich sie einfach in der Tasche gelassen und zu Tausenden von Terminen mitgenommen. Ich war diese Woche unterwegs, um unser Familienunternehmen in wirtschaftlich katastrophalen Zeiten flottzuhalten.«

»Danke. Ich werde sie ihm heute Nachmittag mitbringen«, ging Jeannie dazwischen, bevor sich die spitze Bemerkung zu einem Streit auswachsen konnte.

George reichte ihr die Postkarte, und sie drehte sie um. Sie zeigte das Bild von einem Löwenpaar, das sich in der Sonne räkelte.

Die Karte war an Dans Praxisadresse adressiert. Der Text lautete: »Die Sonne ist heiß, die Zukunft glänzend, mir geht es blendend – und dir?« Eine Unterschrift gab es nicht, aber die Handschrift war markant: kühn und schwarz.

Jeannie sah zu George auf. »Von wem soll die denn sein?«

»Keine Ahnung. Ich habe sie nicht gelesen.«

»Wie kann man sie denn nicht lesen?« Rachel wirkte ungläubig. »Der Text steht direkt neben der Stelle, die du lesen musst, um den Adressaten in Erfahrung zu bringen.«

»Okay, ich sehe schon, in was für einer Stimmung du bist«, sagte George. »Bis später.«

Jeannie wünschte, Rachel würde etwas erwidern, aber das tat sie nicht. Die Tür knallte lauter zu als unbedingt nötig.

»Na bitte«, sagte Rachel, als wäre nichts passiert. »Das ist doch schon einmal ein Anfang. Postkarten sind eine wunderbare Inspiration. ›Die Sonne ist heiß, die Zukunft glänzend, mir geht es blendend – und dir?‹ Eine perfekte erste Liedzeile.«

Jeannie betrachtete die Karte noch einmal und runzelte die Stirn. Wer auch immer sie geschickt hatte, hatte entweder die Unterschrift vergessen. Oder er ging davon aus, dass Dan auch ohne Unterschrift wissen würde, von wem sie war.

An diesem Nachmittag hatte sie nicht die Gelegenheit, Dan von der Postkarte zu erzählen. Die meiste Zeit ihres Besuchs über war er fort, weil er sich weiteren Untersuchungen unterziehen lassen musste, wegen der Taubheit in seiner linken Hand und Schulter.

Bis er mit dem Rollstuhl zurückgebracht wurde, blieb Jeannie nicht viel zu tun, als seine Karten und das Tagebuch zu lesen – es war erstaunlich, wie viel seit jenem ersten hektischen Tag, an dem er eingeliefert wurde, geschehen war. Zwischendurch wechselten Schwestern die Bettwäsche und kontrollierten die Geräte, dann erschien ein Arzt, entschuldigte sich und verschwand wieder. Schließlich steckte sie die Karte hinter einen Wasserkrug und ging nach Hause.

Rachel wartete am Bahnhof mit dem Landrover auf Jeannie, einen Kaffee und einen Muffin für sie in der Hand – Zeichen dafür, dass sie etwas wollte, wie Jeannie mittlerweile wusste.

»Ich schwöre, dass ich dich nicht verfolge! Aber nachdem du weg warst, habe ich mir ein paar Gedanken gemacht«, sagte sie, als sie den Berg hochfuhr. »Was du am Ende eines langen Tags brauchst, ist ein bisschen Gesellschaft. Und ich habe hier ein Mädchen, das auch dringend ein bisschen Gesellschaft braucht.«

Jeannie, die ihren Muffin halb aufgegessen hatte, hielt inne und drehte sich um. Lady Sadie saß in einem Korb im Kofferraum, neben dem allgegenwärtigen Gem. Die braunen Augen des Staffies schossen zu jedem Hund hinüber, der mit seinem Besitzer vorbeikam, und zu jeder Katze, die ihren Weg kreuzte. Das feine Fell zitterte, als all diese Eindrücke ihr ängstliches Hundehirn erreichten. Die Welt außerhalb von Sadies Verschlag war einfach zu groß.

»Wir hatten ja schon einmal darüber gesprochen, aber ich denke, es ist Zeit zum Handeln«, fuhr Rachel fort. »Sadie muss sich daran gewöhnen, allein in einem Haus zu sein. Sie ist zu abhängig von Grace und Constance. Und dir könnte sie einen guten Vorwand liefern, abends mal frische Luft zu schnappen.«

»Hast du die Entscheidung bereits getroffen?« Jeannie verrenkte sich den Hals. »Sehe ich da eine Schüssel und einen Hundekorb? Rachel?«

Rachel hielt den Blick stur auf die Straße gerichtet. »Ich habe gesehen, dass Sadie dir vertraut. Und du ihr.

Wenn du mich fragst, seid ihr füreinander geschaffen. Was denkst du? Erst eine Probezeit natürlich. Keinerlei Zwang. Du kannst sie auf dem Weg ins Krankenhaus bei uns abliefern und abends auf dem Rückweg wieder abholen.«

Es war wie bei Owen und dem Cockerpoo: Rachel hatte eine Art, solche Dinge zu verkünden, als hätte eine höhere Macht die Entscheidung getroffen.

Jeannie ließ sich in ihren Sitz sinken. »Probezeit«, sagte sie. »Bis Dan entlassen wird.«

Rachel sah in den Rückspiegel, und Jeannie begriff, dass sie Sadie und Gem zulächelte.

Als sie sich noch einmal umdrehte, stellte sie zu ihrer Verblüffung fest, dass Sadie zurückzulächeln schien.

# Kapitel 23

Jeannie hätte nicht gedacht, dass ihr erster Song nach fast einem Jahr von einem Staffordshire Bullterrier handeln würde. Allerdings hätte sie auch nicht gedacht, dass sie überhaupt einen Song schreiben würde. Irgendwie schlüpfte er einfach in ihren Kopf und nistete sich dort ein, als wäre er schon immer dort gewesen.

Nach ein paar Tagen hatten sich Lady Sadie und Jeannie bereits an ihren neuen Alltag gewöhnt. An ihrem zehnten gemeinsamen Abend saßen sie nach dem Essen im Garten unter einer Eiche und bewunderten die letzten goldenen und pfirsichfarbenen Streifen des Sonnenuntergangs am violetten Himmel. Sadie döste auf ihrer Decke, und Jeannie spielte die Songs an, die Johnny für den Auftritt des Ukulele-Orchesters bei der Hochzeitsgala ausgewählt hatte. Das Orchester nannte sich nun »Johnny History & the Uke-lear Power Station« – ein Name, der von den Schülern aus einer irrwitzigen Sammlung origineller Einfälle ausgewählt worden war. Er passte so gerade auf die T-Shirts, die Johnny für die Gelegenheit hatte bedrucken lassen. Der Plan sah vor, dass sie zwischen der Brautmodenschau und der Parade von »Longhamptons Hochzeiten im Wandel der Zeiten« auftreten sollten. Gegen Spendenzusagen konnte man in einer stillen Auktion Titelwünsche anmelden, dann würde Jeannie noch allein ein paar Songs spielen.

Nicht aber *I Didn't Know*.

Jeannies Finger griffen Akkorde, während sie ihren dösenden Logisgast betrachtete. Sadie schnarchte wie ein Walross. Die Beine, die so dünn waren wie Trommelstöcke, zuckten im Traum und jagten die imaginären Kaninchen, vor denen sie im wachen Zustand Reißaus nehmen würde. Verglichen mit ihrem breiten cremefarbenen Körper und dem herzförmigen Kopf, der ein bisschen zu groß für den Rest zu sein schien, wirkten Sadies Beine immer noch zu dürr. Sie hatte noch einen weiten Weg vor sich, um die Zeit in dem dunklen Verschlag hinter sich zu lassen, diese schrecklichen zwei Jahre, in denen sie kaum je die Sonne gesehen hatte, geschweige denn über eine Wiese getollt war. Als Jeannie die Hand auf Sadies Rücken legte, fuhr sie hoch, dann registrierte sie Jeannies Geruch und begann wieder, tief ein- und auszuatmen.

»Wir sind Freundinnen, nicht wahr, Sadie?« Jeannie streichelte das Hundeohr, das die Farbe von braunem Zucker hatte. »Gute Freundinnen.«

Lady Sadie rollte sich zusammen und lehnte sich schwer gegen Jeannies Bein, ohne die Augen zu öffnen.

In einer Geste absoluten Vertrauens wandte sie ihr dabei den Bauch zu.

Was für ein Vertrauen, dachte Jeannie beschämt. Sie hatte nichts getan, um das Vertrauen der verwahrlosten Staffie-Hündin zu verdienen, außer freundlich zu ihr zu sein. Es brach ihr das Herz zu sehen, wie dankbar Sadie für ein paar Krumen menschlicher Liebe war.

»Ich lasse dich nicht im Stich«, flüsterte sie. »Du kannst ganz fest schlafen, Sadie.«

Sadie schnarchte zur Antwort, und ihre zarten kaninchenjagenden Pfoten zuckten. Die Worte nahmen in Jeannies Kopf einen eigenen Rhythmus an, und sie griff nach der Ukulele. Und dann, als sich ihre Finger bewegten, griff sie auch noch zu ihrem Handy, um die Musik einzufangen, die sich wie die Strahlen der untergehenden Sonne Bahn brach.

Jeannie erzählte dem Johnny History & the Uke-lear Power Station nicht, dass der neue Song von ihr stammte, als sie am Ort der Gala, der edwardianischen Veranstaltungshalle in einem gesichtslosen Bezirk, noch eine Probe abhielten. Sie hatte ihnen die schlichte Akkordfolge beigebracht, damit sie am Ende einstimmen konnten, aber sie sang es nicht ganz für den Fall, dass sie am Abend einen Rückzieher machen würde. Jeannie wusste, dass sie es vor Publikum testen sollte, bevor sie es an Edith schickte, aber irgendetwas an der Mühelosigkeit des Songs machte sie nervös. Die Melodie wirkte vertraut, als hätte sie sie schon einmal gehört, aber wann auch immer sie das Lied sang, verspürte sie ein

Kribbeln in der Magengrube: der Erregungszustand perfekter Musik, der wie ein Fluss durch sie hindurchströmte und so schnell aus dem Nichts gekommen war, dass Jeannie kaum beteiligt schien.

Sie spielte mit dem Gedanken, Owen ihren neuen Song vorzustellen, aber sie hatte ihn schon ein paar Tage nicht mehr gesehen. Er hatte sich freigenommen, um Pete/Pierre bei der Eingewöhnung zu helfen, und besuchte abends für ein, zwei Stunden Dan. Es passte gar nicht zu Owen, dass er sich nicht täglich mit den neuesten Neuigkeiten zu Wort meldete, und Jeannie wusste nicht, was sie davon halten sollte. Ging er ihr aus dem Weg? Hatte er seinen Besuch nur inszeniert, um an das Päckchen zu gelangen? Das erfüllte sie mit Traurigkeit. Sie hatte ihn deswegen nicht zur Rede gestellt, aber mittlerweile dürfte er herausgefunden haben, dass sie es wusste.

Owens Rückzug gab ihr mehr zu denken als das Päckchen. Sie konnte nicht viel tun, solange Dan immer noch einseitig gelähmt war und sie nicht erkannte. Und solange Andrea zwischen äußerster Erleichterung und stillen Tränen im Besucherraum hin- und hergerissen war. Und solange täglich ein neuer Facharzt in Dans Zimmer aufzukreuzen schien, um an ihm herumzudrücken und herumzuziehen. Songs und Päckchen und Schuldgefühle – das war wohl ein bisschen viel.

Die Plätze an den Tischen in der Halle waren komplett besetzt, als die Veranstaltung am Freitagabend eröffnet wurde. Dank der angeleuchteten Kleider, die an der

Seite der Halle zum Verkauf angeboten wurden, und des schimmernden weißen Stoffs, mit dem die andere Seite verhängt war, wirkte es, als würde man in ein edles Festzelt treten.

Die Gäste erschienen festlich gestimmt, noch bevor ihnen an der Tür ein Glas Prosecco gereicht wurde. Mehrere Hochzeitsgesellschaften hatten sich für die Gelegenheit wieder zusammengefunden und an Tische gesetzt, die wie bei dem ursprünglichen Fest eingedeckt waren. Andere hatten ihre schlimmsten Brautjungfernkleider ausgegraben und verbreiteten ihren himmelschreienden Glanz. Geschäftsleute der Stadt hatten großzügig Blumen, Kuchen, Girlanden und anderes gespendet, und der Veranstaltungssaal war über und über mit Girlanden mit Silberrosen und glitzernden Lichterketten geschmückt. Schwer vorstellbar, dass nur vierundzwanzig Stunden zuvor der Zumba-Club von Longhampton getanzt hatte, wo nun der Schokoladenbrunnen stand.

Trotz des prächtigen Rahmens hatte Rachel darauf bestanden, den Hunden einen zentralen Platz einzuräumen. Jedes der ehrenamtlichen Models, welche die für den Abend ausgewählten Kleider vorführten, würde von einem Hund über den Laufsteg begleitet.

»Entweder vom eigenen oder von einem, der gegenwärtig nach einem neuen Zuhause sucht – das ist schließlich der Grund, warum wir heute Abend hier sind!«, erläuterte Rachel dem Publikum bei der Begrüßung. »Jedes Kleid, das wir verkaufen, hilft den geretteten Welpen, ein neues Leben bei einer Familie zu beginnen und die Liebe und Zuwendung zu bekommen, die jeder Hund verdient. In guten wie in schlechten Zeiten. Und jetzt reiche ich das Mikro an Natalie Hodge weiter, unsere Modeexpertin an diesem Abend. Natalie!«

Natalie hatte den Jargon der Brautmagazine offenbar gründlich studiert, und von den Reaktionen des Publikums her zu urteilen hatte sie die richtigen Kleider ausgewählt, um Eindruck zu schinden: ihr eigenes Vera-Wang-Kleid, ein elegantes Schlauchkleid von Amanda Wakeley und ein romantisches Phillipa-Lepley-Kleid aus den Fünfzigern. Alle drei provozierten Seufzer.

Jeannies Lieblingskleid war der maßgeschneiderte Brokatanzug mit abnehmbarem Rock, gespendet von einer hiesigen Reiterin, die mit ihrem Jagdpferd zur Kirche geritten war. Das Gesamtpaket, versicherte Natalie dem Publikum, schloss den passenden Brokatdekor für andere Hochzeitspferde mit ein. »Es ist, wenn man so will«, fügte sie mit unschuldiger Miene hinzu, »das Komplettpaket für die Braut, die die Zügel in die Hand nehmen will.«

Dann folgte die Krönung der Schau: Rachels Kleid. Es schwebte an der selbstbewussten Gestalt von Chloe McQueen über den Laufsteg, der Tochter der örtlichen Buchhändlerin Anna. Chloe war nicht so groß wie Rachel, daher trug sie schwindelerregend hohe High Heels, um die gesamte Länge des Rocks präsentieren zu können. Ihr platinblondes Haar war zu einer anmutigen Beehive-Frisur zurückgekämmt, während Rachels Bob wie ein dunkler Helm geglänzt hatte. Am Ende des Laufstegs posierte sie mit dem älteren Dalmatiner der

Familie, den sie an einer silbernen Leine hielt. Sie neigte den Kopf, sodass ihr der schicke Netzschleier an dem winzigen Hut über die dichten Wimpern fiel. Pongo nahm mit einem wenig supermodelwürdigen Grunzen Platz, während Chloe eine Hüfte herausschob, um den Schnitt zu demonstrieren, und dabei mit einem Schmollmund in die Ferne schaute, der von vielen Stunden vor der Selfie-Linse zeugte.

»Chloe trägt ein Givenchy-Kleid mit einem maßgeschneiderten Cocktailhut der königlichen Hutmacherin Jane Taylor. Ein umwerfendes Outfit für eine standesamtliche Hochzeit oder eine andere zivile Zeremonie, egal wo.« Natalies professionelle Neutralität löste sich nun in Wohlgefallen auf. »Ich meine, es ist einfach ... Wahnsinn! Schauen Sie sich die Ärmel an. Und das Material. Das kann man zu so vielen Anlässen tragen. Bei mir löst es sofort den Impuls aus, Diät zu machen, ernsthaft ...«

Während Natalie noch schwärmte, sah Jeannie zu Rachel hinüber, um ihre Reaktion zu beobachten. Bei den anderen Kleidern hatte sie gelächelt und geklatscht, aber als ihr eigenes Kleid auf dem Laufsteg erschien, huschte ein unübersehbarer Schatten über ihr Gesicht. Ihre dunklen Augen folgten Chloe mit Gefühlen über den Laufsteg, die sie nicht zu verbergen trachtete. Dachte Rachel an ihren eigenen großen Tag, fragte sich Jeannie – daran, wie wunderbar es war, sämtliche Augen auf sich ruhen zu fühlen? Oder erinnerte sie sich an all die Nachmittage nach ihrer Hochzeit, als sie sich auf dem mit Spinnweben überzogenen Dachboden hineinzuquetschen versucht hatte? Bedauerte sie es, dass sie das Kleid – und ihre Erinnerungen – bereitwillig jemand anders überlassen wollte?

Dann rührte sich Chloe, aber Rachels Blick tat es nicht, und nun sah Jeannie, wohin sie tatsächlich schaute. Auf der anderen Seite des Laufstegs, weit hinter den Plätzen, stand George in seiner Arbeitskluft, die Hände in den Taschen. Er musste sich nach dem Beginn der Veranstaltung hereingeschlichen haben. Rachel schaute nun nicht mehr das Kleid an, sondern ihren Ehemann mit dem silbrigen Haar, und in ihrem Gesicht spiegelten sich tausend Emotionen. Und er schaute zurück.

Die Intensität, mit der sich ihre Blicke kreuzten, jagte Jeannie einen Schauer über den Rücken, selbst aus der Entfernung. Es lag eine solche Spannung darin, eine solche Herausforderung, aber ohne jede Aggression. Es war, als würden sie sich zum ersten Mal sehen, fünf Jahre nach dem Moment, in dem Rachel mit ihrem spektakulären Kleid, diesem Abschiedsgruß an ihr altes Leben, durch die Kirche geschritten war. Waren das noch dieselben Menschen? Hatte das Leben sie verändert?

»Und da dieses Kleid durch nichts zu überbieten ist, wär's das nun mit dem ersten Teil!«, verkündete Natalie unter erneutem Applaus. »Ich würde gerne unseren wunderschönen Models und ihren Begleitern danken. Und falls Sie der Ansicht sind, eine dieser herrlichen Kreationen könnte die Krönung Ihres großen Tags sein, wenden Sie sich bitte an alle Mitarbeiter mit einer silbernen Schärpe. Wir arrangieren einen Anprobetermin für Sie …«

Jeannie drehte sich noch einmal zu George um, aber er war verschwunden. Wohin? Sie lief herum, bis sie ihn im Foyer entdeckte, wo er einen Anruf entgegennahm. Seiner angespannten Miene nach zu urteilen und weil er hektisch seine Jacke überwarf und die Taschen nach dem Autoschlüssel abtastete, konnte es sich nur um einen Notfall in der Praxis handeln.

Sie sah Rachel durch die Menge auf ihn zueilen, aber bevor sie ihn erreicht hatte, war er schon aus der Halle marschiert, die Stirn gerunzelt, die Miene finster. Rachels Schultern sackten herab. Sie warf ihre Handtasche auf den nächstbesten Stuhl und setzte wieder ihr verbindliches Lächeln auf, um mit einer überschwänglichen zukünftigen Braut und ihrer Mutter zu reden. Ihr Lächeln war zu strahlend.

O George, dachte Jeannie. O Rachel.

Aber sie konnte sich nicht lange mit der Frage aufhalten, wie sie ihnen helfen könnte, da Johnny History & the Uke-lear Power Station auf sie warteten.

Die fünf Songs und zwei Zugaben, die Jeannie mit dem Ukulele-Orchester spielte, hielten eine Überraschung für sie bereit. In dem Auftritt steckte mehr Energie, mehr Lärm und irgendwie auch mehr Spaß als in jedem Gig, den sie mit Edith and Edie's Birdhouse je gehabt hatte. Die Menge johlte gleich vom ersten Ton an – vor allem, weil sich mindestens fünfzig Elternteile und sonstige Familienangehörige darunter befanden –, und der sonnige Sound der geballten zupfenden und schlagenden Ukulele-Front hob die Stimmung im Raum in einer Weise, dass Jeannie irgendwann vom Wohlwollen der Menschen getragen zu werden schien. Sie hatte den Schülern kompliziertere harmonische Arrangements beigebracht, als sie sie je geübt hatten, und als sie nun das allgemeine Lächeln im Orchester sah, weil die Schüler jeden Ton trafen, leuchtete sie innerlich vor Stolz.

Jeannie wollte nicht die Aufmerksamkeit auf sich ziehen, daher setzte sie sich an die Seite zu den Anfängern, während Johnny vorn auf einem hohen Stuhl hockte, die Songs ankündigte und auf altmodische Weise mit dem Publikum scherzte, das ihn größtenteils zu kennen schien. Die aufgeschlosseneren Mitglieder der Uke-lear Power Station mischten sich ebenfalls ein, bis schließlich ihr letzter Song kam.

»Das war unser Set! Ich weiß, ich weiß, Sie könnten uns den ganzen Abend zuhören ...«, er hob bescheiden die Hände, »... aber bevor wir uns wieder der Mode zuwenden, haben wir noch etwas ganz Besonderes für Sie: ein paar Songs vom hiesigen Singer-Songwriter-Superstar, Jeannie McCarty!«

Das waren nicht die Worte, mit denen er sie hätte vorstellen sollen ... aber nun war sie dran.

Es war das erste Mal, dass Jeannie ganz allein auf der Bühne stand. Ihr Herz hämmerte in der Brust, als sie sich auf den hohen Stuhl setzte, den Johnny freigegeben hatte. Als der Applaus allmählich nachließ, rückte sie das Mikrofon zurecht, um Zeit zu gewinnen.

»Danke sehr, Johnny History.« Sie schaute in Reihen

voller erwartungsvoller Gesichter. »Für jene, die mich nicht kennen: Mein Name ist Jeannie Music-and-some-Craft-Activities.«

Das Komische war, dass sich Jeannie auf der Bühne nie so schüchtern fühlte wie im echten Leben. Sie überließ Edith gerne das Rampenlicht, damit sie mit der ersten Reihe flirten und ihre unverwechselbare Stimme hoch in die Luft schleudern konnte, während sie selbst ihre Harmonien modellierte, bis ihrer beider Stimmen ineinanderflossen – aber die Musik war Jeannies federleichte Rüstung. Auf der Bühne, wo die Musik für sie sprach, hatte sie keine Angst.

Heute Abend verspürte sie eine gewisse Nervosität, aber nicht wegen ihres Auftritts, sondern wegen des Songs. Sie war stolz darauf und sorgte sich um ihn.

Soll ich ihn singen? Soll ich ihn aufbewahren? Ist er schon fertig?

Die Gesichter, die sich auf sie richteten, waren freundlich. Manche kannte sie bereits aus dem Hundeheim. Jeannie nahm all ihren Mut zusammen, öffnete den Mund und hörte sich sagen: »Ich werde Ihnen etwas Neues vorspielen, als Dankeschön an ein paar ganz besondere Menschen.«

Sie stimmte die Saiten. *Jetzt spiel nicht auf Zeit.* »Es ist ein Song über das Vertrauen, und ich möchte ihn Rachel und Natalie widmen, zwei wunderbaren Frauen aus dem Four Oaks. Sie haben nicht nur diese unglaubliche Veranstaltung heute Abend organisiert, sie haben auch einer Fremden in den dunkelsten Tagen ihrer Existenz geholfen. Ich bin ihnen so dankbar. Danke!«

Rachel stand hinten im Saal neben Natalie. Die wirkte zunächst überrascht, aber als ihr klar wurde, was Jeannie da sagte, errötete sie vor Freude.

Dann schloss Jeannie die Augen und begann.

Die Melodie war schlicht, und ihre Stimme erhob sich über die zart gezupften Töne, als sie in den Song hineinfand. Die Worte waren nichts Besonderes, das wusste sie, aber sie drückten ihre Gefühle aus. Edith würde es lauter singen, aber Jeannie hatte es in ihrem Kopf anders vernommen. Es war ein Song über die Angst zu lieben und darüber, dass man sein Herz trotzdem öffnete.

*Ich weiß, dass diese Nächte lang und einsam waren;*
*Wie grausam und kalt die Welt dann wirkt.*
*So weit weg und doch hier bei mir;*
*Du hast Angst, deine Augen zu schließen und zu träumen.*

Als sie die Überleitung spielte, sah Jeannie vor sich, wie Sadie träge ihren fleckigen Bauch in die Luft hielt, zum ersten Mal in ihrem kurzen Leben sicher und warm. Ihr Herz zog sich zusammen.

Dann sah sie Owen, der nach einem langen Arbeitstag neben Dans Bett auf einem Stuhl saß, den strubbeligen Schopf gesenkt, um ein paar Minuten Schlaf zu erhaschen. Sie sah Andrea, die nie die Augen von ihrem Jungen nahm, der sich immer um sie gekümmert hatte, als könnte sie ihn allein durch die Kraft ihres grimmigen

Blicks heilen. Sie sah die Frauen, die ihre Kleider gespendet hatten, immer noch ein Funkeln in den Augen, wenn sie von dem jungen Mann erzählten, der sie vor über dreißig Jahren ausgeführt hatte; sie sah ihre Mutter und ihren Vater, die im Krankenhaus Händchen hielten, wenn sie dachten, Jeannie merke es nicht.

In den letzten Wochen hatte sie so viel Liebe gesehen: handfeste, wahre Liebe. Liebe, die Schmerzen und Enttäuschung abmilderte und sich ausdehnte, um der geliebten Person über Hindernisse zu helfen, ausdehnte bis zum Horizont, nie von Zweifeln geplagt. Geduldig, langmütig, tief, tröstlich, beharrlich wachsend.

Jeannie hatte Dan sehr gern, und ihre Romanze war bunt, aufregend, lustig gewesen, aber sie hatte die Grenzen des Möglichen erreicht. Ohne Vorwarnung füllten sich Jeannies Augen mit Tränen.

*Aber wenn du aufwachst, bin ich bei dir,*
*Ich halte dich, wenn du deine Träume träumst.*
*Gemeinsam sehen wir die Sonne auf- und untergehen.*
*Jetzt begreife ich, was wahre Liebe ist.*

Der Kreis der Ukulele-Spieler hinter ihr stimmte leise ein – nur vier Akkorde, die sie bei der Probe einstudiert hatten –, und das Publikum atmete wie aus einem Mund ein, während ein paar Schüler, ohne dass sie es ihnen gesagt hätte, im Hintergrund zu summen begannen. Gefühle schwappten über Jeannies Körper hinweg, und ihr erschöpftes Herz strömte in ihre Stimme, als sie noch einmal den Refrain sang und Töne erreichte, die sie nie zu erreichen gedacht hätte.

*Schließ deine müden Augen und vertraue mir,*
*Und auch ich vertraue dir heut Nacht meine Träume an.*

Sie schlug die Augen auf. Zwei Frauen in der ersten Reihe liefen Tränen übers Gesicht.

*Und auch ich vertraue dir heut Nacht meine Träume an.*

Im ersten Moment herrschte gedämpfte Stille im Saal, dann brach Applaus los, so laut, dass Jeannie zusammenfuhr. Rachel hinten im Saal klatschte wild, dann pfiff sie – offenbar konnte sie ohrenbetäubend auf den Fingern pfeifen –, und Natalie neben ihr wischte sich über die Augen. Jeannie lächelte schüchtern in den Raum, um dem Publikum für seine großzügige Reaktion zu danken, aber dann blieb ihr Blick an einem Gesicht hängen, das sie hier nicht erwartet hätte.

An der Tür stand Owen, noch in Arbeitskluft. Dass er heute Abend kommen wollte, war ihr gar nicht klar gewesen. Sie hatte ohnehin schon seit Tagen nichts mehr von ihm gehört. Plötzlich wirkte der Saal heiß und laut. Warum war Owen gekommen? Hatte es etwas mit Dan zu tun?

O Gott. Es wäre wie eine göttliche Strafe, wenn Dan etwas zugestoßen wäre.

»Pst! Pst!« Johnny versuchte, ihre Aufmerksamkeit zu erringen. »Die Publikumswünsche!« Er wedelte mit einem Zettel herum.

Jeannie nahm ihn und beugte sich zum Mikro vor. Ihre Stimme bebte. »Danke! Vielen Dank! Also, ich habe hier die ersteigerten Publikumswünsche …« Sie schaute auf die Liste. »Wahnsinn! Das ist ja ein sehr großzügiges Gewinner-Gebot – Beverley Morton, Sie müssen *I Will Always Love You* wirklich hören wollen.«

»Das ist unser Hochzeitslied«, rief Beverley Morton aus der Mitte des Saals.

»Nun, Sie können gerne einstimmen.« Jeannies Herz pochte in ihrer Brust. Sie hatte sich noch nie so leicht und stark gefühlt, als könnte sie gen Decke schweben und wie ein Engel oben an einem Weihnachtsbaum glänzen.

Das musikalische Intermezzo war eine ausgezeichnete Gelegenheit für die Handvoll Männer im Saal, sich zur Bar zu begeben und ein stärkendes Bier zu trinken. Die Models hingegen eilten wieder hinter die Bühne, um sich für die zweite Modenschau des Abends umzuziehen: »Longhamptons Hochzeiten im Wandel der Zeiten.«

Lou war nicht die einzige zukünftige Braut, deren Mutter das eigene Hochzeitskleid eingemottet hatte, damit ihre Tochter es tragen konnte – oder auch nicht. Aus den Kleiderschränken und Dachböden der Stadt war eine faszinierende Sammlung von Vintage-Eleganz zum Vorschein gekommen. Mal mehr, mal weniger Eleganz.

Natalie hatte wieder das Mikro genommen, während sich der jugendliche Sohn einer Mitarbeiterin um den Soundtrack kümmerte, der mit leisem Jazz begann. »Wir starten unseren Hochzeitsmarsch der Liebe im Jahr 1936, als Phyllis Taylor und Stanley Nightingale geheiratet haben …«

Das Publikum applaudierte Phyllis Nightingales perlmuttfarbenem Satinkleid mit tiefer Taille, dessen Zipfelsaum um die blassen Knöchel ihrer Urenkelin Lily flatterte. Es folgte Jocelyn Harris' Kleid aus Kriegszeiten, das von ihrer Urenkelin Rosie vorgeführt wurde, nachdem sie hinter der Bühne von gleich drei Leuten in das für die Wespentaille nötige Korsett gezwängt werden musste.

Die Fünfziger hatten ihren Auftritt mit einem selbst geschneiderten Ballkleid im Stile Liz Taylors, mit einem vielschichtigen Petticoat, der den Rock zum Wallen brachte. In seinem Gefolge kamen ein paar narzissengelbe Brautjungfernkleider, Stolz und Freude einer Bäuerin mit Nähmaschine, vier Schwestern und einer Menge Stauraum. Einem Model in einem schlichten glockenförmigen Kleid aus den Sechzigern folgte – zu einem Independent-Sound – eine Jugendliche, die im Minirock ihrer Großmutter, weißen Go-go-Stiefeln und einem weichen Hut mit breiter Krempe über den Laufsteg tanzte.

Als Nächstes kam Lou in dem Kleid, in dem ihre Mutter und ihre Großmutter geheiratet hatten. Das ehrenamtliche Schmink- und Frisierteam hatte sich selbst übertroffen: Lous lockiger Bob war fernsehtauglich und ihre glänzenden scharlachroten Lippen nicht minder. Ihr Auftritt provozierte ein lautes *Oooh* aus dem Publikum, und Natalies Erläuterung der Geschichte hinter dem Kleid wurde mit einem noch lauteren *Aaah* quittiert. Jeannie stand neben Rachel an der Saalseite. Sie beobachtete, wie Lou nach einem Schwenk den Blick ihrer Mutter suchte, die in der ersten Reihe saß. Ihr Herz schmolz dahin, als sie sah, was alles in diesem Blick lag: so viel Erinnerung und Liebe. Das winzige stolze Nicken von Lous Mutter sprach Bände.

Jetzt würde Lou mit Sicherheit ihr Strandkleid tragen dürfen, dachte Jeannie und war glücklich, dazu beigetragen zu haben.

Die Schau endete mit einem skulpturalen Korsettkleid von Vivienne Westwood, präsentiert von einer Frau, die unter jedem Arm einen Mops trug, wie auf einem Gemälde von Gainsborough. »Eva hat erst letztes Jahr Weihnachten geheiratet, daher sind wir mit diesem vom achtzehnten Jahrhundert inspirierten Halsausschnitt topaktuell«, verkündete Natalie. Und damit war der Abend zu Ende.

Etliche Leute wollten Jeannie zu ihrem Auftritt gratulieren. Sie nahm die Komplimente verlegen entgegen, bis sich die Menge lichtete und schließlich nur noch eine Person übrig blieb, die auf sie wartete.

»Ich wusste gar nicht, dass du kommst«, sagte Jeannie. »Erzähl mir nicht, du hast Pete vor die Glotze gesetzt?«

»Ich habe meine Nichte bestochen, damit sie sich um ihn kümmert. Dein Song war … wunderschön.« Owen suchte nach Worten, als hätte sie sich in jemanden verwandelt, der ihm fremd war. »Ich weiß nicht, ob das Wort es trifft.«

»Wunderschön ist doch toll.« Sie versuchte, locker zu klingen, obwohl sie es nicht war. Innerlich nicht.

»Hattest du nicht gesagt, du kannst keine Texte schreiben?«

»Kann ich auch n…«, begann Jeannie, aber Owen ließ sie gar nicht ausreden.

»Doch, kannst du. Das war das beste Stück des Abends. So schlicht und doch so berührend. War das jetzt der Beginn deiner Solokarriere?«, fragte er, nur halb im Spaß.

»Du wirst es nicht glauben, aber …!« Jeannie erzählte ihm von Edith' Anruf und ihrem Angebot, sich bei ihrem Produzenten für sie einzusetzen, damit sie vielleicht ins Team aufgenommen wurde. Während sie redete, spiegelten sich in Owens Miene Überraschung, dann Zustimmung und dann … War das der Schatten eines Zweifels?

»Ich werde Edith den Song schicken. Dann kann der Produzent ihn sich anhören und sagen, was er davon hält«, schloss sie.

Owen kaute auf seiner Lippe herum. »Bist du sicher, dass Edith …? Nein. Entschuldigung.«

»Was denn?«

»Versteh das bitte nicht falsch.« Er hielt seine breiten Hände hoch. »Ich passe nur auf dich auf, wie Dan es tun würde, wenn er könnte.«

Würde er das? Jeannie hegte zunehmend den Verdacht, dass Dan ihre Musik nicht besonders ernst nahm, nicht im Vergleich zu dem, womit er seinen Lebensunterhalt verdiente. Er hatte bereits vorgeschlagen, dass sie noch einen Lehrabschluss machen sollte, um an der Schule in Longhampton einen »richtigen« Job zu bekommen. Das Wort »richtig« hatte er noch während des Redens zu verschlucken versucht, aber Jeannie hatte es gehört, und das wusste er auch. Sie hatten nie wieder darüber gesprochen.

Sie verschränkte die Arme und schaute ihn an. »Also?«

»Bist du dir absolut sicher, dass Edith nicht alles, was du ihr schickst, als ihr eigenes Werk ausgibt?« Owen schien zu zögern, konnte sich aber nicht zurückhalten. »Der einzige Song, den sie von ihr produziert haben, scheint ja einer zu sein, den ihr gemeinsam geschrieben habt.«

»Nein! Edith ist kein schlechter Mensch. Sie klang wirklich, als wollte sie etwas wiedergutmachen.«

»Nun, du bist es, die sie kennt.« Owens Miene besagte etwas anderes. »Aber es ist ein so wunderschöner Song. Wie du ihn singst …« Owen schüttelte den Kopf. »An meinen Armen haben sich die Härchen aufgestellt. Vergeude ihn nicht an jemanden, der ihn nicht zu würdigen weiß, Jeannie. Und damit meine ich nicht nur, dass man einen schrecklichen Rap reinpackt und eine Schar Love-Island-Kandidatinnen ihren automatisch korrigierten Schmalz drüberdudeln lässt.«

»Das tu ich schon nicht.«

Sie sah ihm in die Augen. Irgendwie war Owen plötzlich anders, so fern vom Krankenhaus, hier in ihrer neuen Welt in Longhampton. Jeannie fehlten die Worte. Sie wollte ihm sagen, wie sehr sein Ratschlag ihr Leben verändert hatte, wusste aber nicht, wie.

»Ich war heute Abend so stolz auf dich«, platzte es aus ihm heraus. »Dass du Gitarre spielst, weiß ich ja – ich habe dich ja selbst schon gehört –, aber du hast den ganzen Saal in deinen Bann gezogen. Das war magisch. Ein anderes Wort gibt es nicht dafür.«

»Danke. Danke, dass du da warst.«

Dann gingen ihnen die Worte aus. Sie standen da, schauten sich an und wollten stärker lächeln, als sie es sich gestatteten. Plötzlich fühlte Jeannie eine Hand auf ihrem Arm. Es war George.

»Hast du Rachel gesehen?« Er suchte weiterhin den Raum nach ihr ab, über die Köpfe der Bräute, Models und Eltern hinweg.

Jeannie fragte sich, warum er zurückgekommen sei. »Als ich sie das letzte Mal gesehen habe, sprach sie gerade mit Howard von der Zeitung über die erhoffte Höhe des Erlöses.«

George fuhr sich mit der Hand übers Gesicht. »Ich muss mit ihr reden.«

»Warum?«

»Fergus hat mich vor einer Stunde angerufen. Er war vollkommen aufgelöst. Deshalb musste ich auch weg.«

»Was ist denn passiert?« Jeannies Magen krampfte sich zusammen.

»Gem geht es nicht gut.« Georges Augen huschten zu Owen hinüber, der eine wissende Miene aufsetzte. Jeannie wurde innerlich eiskalt.

»Ich geh sie suchen«, erklärte sie.

# Kapitel 24

Gem war von seinem abendlichen Kontrollgang durch den Garten zurückgekehrt, einmal im Kreis herumgetorkelt und dann zu Fergus' Füßen zusammengebrochen. Als weder Fergus noch der Babysitter ihn zum Aufstehen bewegen konnten, rief Fergus seinen Vater an, während Becca den schlaffen Hund in die Praxis fuhr, wo er nun am Tropf hing und auf alle erdenklichen Krankheiten hin untersucht wurde. Die schlichte Wahrheit lautete allerdings, dass Gem fast achtzehn Jahre alt war. Fast hundert, in Menschenjahren gerechnet.

»Uns war immer klar, dass der Tag kommen würde«, sagte George zu Jeannie, als sie anrief, um sich nach Gems Befinden zu erkundigen. Nach einer kurzen Pause korrigierte er sich. »Nein, das ist Unsinn. Ich bin mir ziemlich sicher, dass Rachel dachte, er würde ewig leben.«

»Wie geht es ihr?«, erkundigte sich Jeannie. Eine müßige Frage.

George seufzte. Obwohl sie Rachel und ihren treuen Schatten erst ein paar Wochen kannte, spürte Jeannie die tiefe Verbindung zwischen ihnen, diese wortlose Liebe, die aus der Sorge umeinander und langen gemeinsamen Nächten erwachsen war. Georges gebrochener Seufzer war der einzige Ausdruck für das, was Rachel fühlte.

Am nächsten Nachmittag hatte sich Gem hinreichend erholt, um ins Büro des Hundeheims verbracht zu werden. Dort lag er auf Rachels besten, eigentlich nicht für Hunde bestimmten Decken. Am Vorderbein, wo die Kanüle vom Tropf gehangen hatte, saß eine elastische Binde. Mit seinen unheimlichen blassblauen Augen beobachtete er das Getriebe um sich herum, aber er hob kaum den Kopf von seinem Lager und wedelte auch nur matt mit dem Schwanz, als Jeannie hereinkam.

Gem wirkte allerdings noch deutlich munterer als Rachel, die neben ihm auf dem Boden hockte. Selbst die Welpen in ihren Spielkisten waren verhaltener als sonst. Die meisten hatten in der vergangenen Woche ein neues Zuhause gefunden, sodass jetzt nur noch zwei übrig waren: Dolly, der Collie, und Marilyn, der Staffie. Lady Sadie watschelte hinter Jeannie in den Raum, ignorierte ihre kläffende Tochter, begab sich direkt zu Gem und ließ sich neben seinem Korb nieder, den massigen Kopf auf die Pfoten legend. Beide atmeten schwer, im Gleichklang.

Jeannie hockte sich neben Rachel und nahm sie in den Arm. »Es tut mir so leid, Rachel.«

»Danke.« Rachel legte Gem die Hand auf den Kopf. »Es ist ihm furchtbar peinlich, dass so ein Wirbel um ihn gemacht wird, das spüre ich. Das ist gar nicht deine Art, alter Knabe, was? So im Mittelpunkt zu stehen? Wenn er reden könnte, würde er mich bitten, lieber weiter Kleider einzupacken.« Sie lächelte angestrengt. »Kannst du dir vorstellen, wie viel Geld wir gestern eingenommen haben?«

»Nein. Verrat's mir.«

»Fast viertausend Pfund, nur durch die Eintrittskarten, den Barbetrieb, die Lotterie und die Auktion. Damit hätten wir unser Ziel im ersten Anlauf erreicht.«

»Wahnsinn!«

»Das Ukulele-Orchester war der Hit. All die Eltern und Verwandten, die ihre Kinder unterstützen wollten. Und dann die Bräute. Der Umsatz ist durch die Decke gegangen, so viel wurde allein *getrunken*! Alle haben gesagt, die Musik habe dem Abend etwas Magisches verliehen. Es würde mich nicht wundern, wenn Johnnys Orchester demnächst ein paar Anfragen für Hochzeiten bekommen würde.«

Jeannie glühte innerlich. Sie hatte einen spürbaren Unterschied gemacht. Für die Hunde, für das Hundeheim und für Liam in der letzten Reihe, der nun die richtigen Worte zu den Titeln sang, und das auch noch richtig.

»Und dann dein Song! Ach!« Rachel schlug die Hände an die Brust. »Ich habe eine Gänsehaut bekommen. Alle haben das. Vergiss uns nicht ganz, wenn du auf Welttournee gehst, ja?«

Jeannie grunzte unverbindlich. »Ihr werdet den Großteil des Erlöses bekommen.«

»Danke, ich werde dich daran erinnern.« Rachel hievte sich vom Boden hoch. »Wir haben eine Menge zu tun heute Morgen. Bitte verschaff mir so viel Arbeit wie möglich, sonst gehe ich noch zugrunde. Das würde Gem auch nicht helfen.«

Natalie hatte eine Liste mit Kontaktdaten für Rachel und Jeannie hinterlassen: Bräute, die Interesse an Kleidern der Modenschau bekundet hatten oder Brautjungfern nannten, die sich die anderen Kleider anschauen sollten. Der Plan sah vor, in einer Pop-up Location in der Stadt einen richtigen Brautservice anzubieten. Zwei der Ehrenamtlichen waren bereits da und verwandelten das leer stehende Schuhgeschäft mit Hilfe der für den Galaabend gespendeten Blumen, Vorhänge und Girlanden ins Luxusboudoir einer Boutique.

»Nat sagt, wenn wir es schaffen, eine vernünftige Miete auszuhandeln, könnte das Pop-up-Unternehmen eine ganz neue Einkommensquelle werden.« Rachel sah vom Computer auf. »Hast du Lust auf eine Stelle in einem Brautmodengeschäft?«

Jeannie hielt das für einen Scherz und zog die Augenbrauen hoch.

»Die Frage war ernst gemeint«, beharrte sie. »In Longhampton gibt es so etwas nicht. Und eine zusätzliche permanente Einkommensquelle könnten wir gut brauchen, besonders wenn George seine jährliche

Spende kürzt, wie er angedroht hat. Wenn du das machst, müsstest du auch keine Miete mehr zahlen.«

Die Sache mit dem Cottage ignorierte Jeannie erst einmal. »George wird doch die Spende nicht kürzen!« Sie machte eine Pause. »Oder?«

Rachels Blick huschte zu Gem hinüber, der jetzt wieder schlief. »Wir können nicht darüber reden, ohne uns sofort in die Haare zu kriegen. Letztlich würde ich es ihm glatt zutrauen. Seit ich George kenne, redet er davon, frühzeitig in den Ruhestand zu gehen, und nun rückt der Moment langsam näher. Dass ich mehr Geld für mein Heim brauche, kommt da gar nicht gut an. Und dass ich mehr arbeiten könnte, um das auszugleichen, auch nicht.«

»Aber er weiß doch, wie wichtig dir das ist.«

Rachel antwortete nicht sofort. Sie fuhr sich mit der Hand durchs Haar und ließ die silbernen Strähnen aufblitzen. »Ich weiß gar nicht, ob es überhaupt noch um Geld geht. Mir scheint, dass wir grundsätzlich an einem Scheideweg stehen.«

»Dann redet darüber.«

»Es gibt Gespräche, die dürfen nicht falsch beginnen. Daher beginnt man sie lieber erst gar nicht.«

»Davon kann ich ein Lied singen«, sagte Jeannie, was Rachel ein trauriges Lächeln entlockte.

Rachel wollte bei Gem im Büro bleiben, daher bot Jeannie an, den Vormittagsauslauf auf der Wiese zu übernehmen. Sie warf für die Hunde Bälle und Frisbees und übte die selbstbewussten Worte, die sie Edith zu ihrem Song sagen wollte. Aber solange Edith nicht da war und sie durch unvorhersehbare Antworten aus dem Takt bringen konnte, fühlte es sich fast zu einfach an. Als Jeannie eine Stunde später mit schmerzenden Armen zurückkehrte und sich auf einen Tee freute, steckte sie den Kopf um die Ecke, um Rachel auch einen anzubieten. Bei dem Anblick, der sich ihr bot, blieben ihr die Worte im Mund stecken.

Rachel hatte sich über den Schreibtisch gekrümmt, weinend und gleichzeitig schreibend.

Jeannies Blick huschte automatisch zu dem Korb hinüber, aber Gems milchige Augen standen weit auf und beobachteten seine Besitzerin.

»Rachel? Was ist los? Ist etwas mit Gem?«

Rachels Kopf fuhr hoch. Selbst ohne die verschmierte Wimperntusche und das wilde Haar war der Anblick herzzerreißend. »Oh! Jeannie.« Sie rieb sich das Gesicht. »Tut mir leid, ich führe mich lächerlich auf ...«

»Was ist denn passiert?«

»Jemand hat mein Kleid gekauft.« Sie schniefte zitternd. »Als du draußen warst, hat ein Mann angerufen. Mittlerweile hat er bereits bezahlt. Den vollen Betrag. Seine Verlobte hat das Kleid diese Woche auf der Website gesehen und sich sofort darin verliebt. Es soll eine Überraschung für sie sein.«

»Oh.« Jeannie wusste nicht, was sie sagen sollte. Weder: »Das ist ja toll!« noch: »Das ist ja schrecklich!« waren angemessen.

»Sogar den Hut hat er genommen.« Sie sah auf die Kreditkartenquittung. »Das ist eine Menge Geld.

Wunderbare Neuigkeiten, könnte man meinen. Danke, Adam Marsden, Sie sind ein großzügiger Mann. Damit haben Sie Grace' Leber-Scan und sämtliche Impfungen der Welpen finanziert. Und es bleibt sogar noch etwas übrig, um bei George ein paar Schuldscheine auszulösen.«

»Nein, Rachel, *du* hast das finanziert.« Jeannie zögerte. Arme Rachel, für sie kam es wirklich dicke im Moment. Einen schlechteren Zeitpunkt hätte es nicht geben können. Wenn doch nur sie selbst im Büro gewesen wäre, um den Anruf entgegenzunehmen. »Hör zu, wenn du Bedenken hast: Du musst das Kleid nicht verkaufen!«

»Doch!« Sie rang sich ein trostloses Lächeln ab. »Ich habe gesagt, ich verkaufe es, und George hat gesehen, dass ich es verkaufe, und ... jetzt *habe* ich es verkauft. Es geht mir einfach nur näher, als ich erwartet hätte. Das ist albern, ich weiß.«

Jeannie musste an Georges Gesicht bei der Modenschau denken. Er hatte so verstört gewirkt, so verstört und wütend – und auch ein bisschen enttäuscht.

»Ich schreibe ein kleines Briefchen dazu.« Sie schwang ihren Stift. »Die glückliche Tilly soll wissen, dass sie nicht nur ein Kleid bekommt. Das Kleid steckte voller Glamour und Stil und allem anderen, von dem mein Herz erfüllt war, als ich durch die Kirche geschritten bin. Es ist ein Kunstwerk und löst Demut aus. Für einen einzigen Tag hat es mich auch zu einem Kunstwerk erhoben. Ich hoffe, sie wird das Gleiche empfinden.« Rachel machte eine Pause und verdrehte die Augen.

»Mir ist bewusst, dass ich meinem Kleid einen Abschiedsbrief schreibe. Ich muss den Verstand verloren haben.«

Jeannie konnte sich nicht vorstellen, was in dem Brief stehen mochte. Sicher war es aber ausgeschlossen, dass die zukünftige Mrs Adam Marsden den Ruf des Herzens nicht vernahm, wenn er aus dem bereits versandfertigen, mit Seidenpapier eingeschlagenen Kokon der Liebe herausfallen würde.

Die nächste Woche brachte ein neues Heer an Spezialisten und Schwestern, die sich alle darum bemühten, Dan aus dem Krankenhaus heraus und zurück in die Außenwelt zu befördern. Seit der Beatmungsschlauch und alle anderen Schläuche entfernt worden waren, hatte sich die umtriebige Mannschaft der Rund-um-die-Uhr-Helfer derart verändert, dass Jeannie froh war, die Namen insgeheim in dem zerfledderten Notizbuch nachschauen zu können.

Der letzte Neuzugang im Pflegeteam war Rhys, der Neurophysiotherapeut. Rhys' Namen vergaß sie nie: Er war knapp zwei Meter groß und arbeitete viel mit Rugbyspielern und Boxern, die zu oft einen Schlag auf den Kopf bekommen hatten, und mit Schlaganfallpatienten. Seine Hände glichen Schaufeln, und seine Nase war platt, aber seine Berührungen waren die eines Schmetterlings, der auf Seide landete.

Obwohl Dan in einigen Bereichen große Fortschritte erzielte, blieb das Problem, das Rhys als »ausgeprägte Hemiparese« der linken Körperhälfte bezeichnete.

»Das ist so, als hätte er einen Schlaganfall gehabt«, erläuterte er genauso sachlich, wie er an Dan die täglichen Griffe vollführte, an ihm herumdehnend und -ziehend. Jeannie hatte nur eine seiner Behandlungseinheiten erlebt. Andrea wiederum fand den Anblick, wie Dans vormals so starker Arm schlaff und nutzlos herabbaumelte, so unerträglich, dass sie Rhys nicht einmal bei der Arbeit zuschauen konnte. Ihm helfen, wie sie es zuvor bei den Waschungen und Rasuren im Bett getan hatte, konnte sie erst recht nicht.

»Sein Gehirn schickt noch keine Botschaften an die linke Körperhälfte, daher müssen wir es ermutigen, sich wieder darauf einzustellen«, erklärte Rhys. »Sie haben doch gehört, was die Ärzte über die Plastizität des Gehirns erzählt haben, oder? Dan hat tonnenweise Hirnzellen – wir müssen sie nur auf Trab bringen.«

»Aber wird er denn die Kontrolle über seine Motorik wiedererlangen?« Jeannie warf nervös einen Blick über die Schulter. Sie standen zu dritt in Dans Raum, und seine Augen waren geschlossen, aber Jeannie war sich nie sicher, ob er wirklich schlief. Vielleicht tat er manchmal auch nur so, damit Andrea ihn nicht mit tausend Tatsachen bombardierte, die sein Gedächtnis trainieren sollten.

»Wir tun unser Bestes«, versicherte ihr Rhys. »Bei der Rehabilitation wird es ein großes Team geben, das sich um jeden einzelnen Aspekt des Erholungsprozesses kümmert. Die wichtigste Rolle hat aber Dan. Er muss Geduld aufbringen und mitarbeiten.«

Bei dem Wort »Hemiparese« war Andrea das Blut

aus dem Gesicht gewichen und seither nicht wieder zurückgekehrt. »Rhys, bitte seien Sie ganz ehrlich. Danny ist Tierarzt. Chirurg. Das wollte er schon als kleiner Junge werden. Möchten Sie uns mitteilen, dass er vielleicht niemals …«, sie wurde noch bleicher, presste die Worte aber trotzdem heraus, das Gesicht verziehend, als hätte sie einen bitteren Geschmack im Mund, »… die nötige Kontrolle über seinen Körper zurückerlangt, um weiter in seinem Beruf arbeiten zu können?«

Jeannie dachte daran, was ihr Owen über Dans Karriereträume erzählt hatte. Sie hatte ja gewusst, dass er ehrgeizig war, aber dass er so von seiner Arbeit getrieben war, hatte sie erst in dem Gespräch begriffen.

Offenbar habe ich Dan nicht richtig zugehört, dachte sie. Oder hat Dan gar nichts dazu gesagt?

Sie versuchte, sich vorzustellen, wie es wäre, die Kontrolle über den linken Arm und die Fingerspitzen zu verlieren. Was, wenn das Feingefühl nie wiederkehrte? Wie wäre es für sie, wenn sie in ihrem Kopf Musik hören würde und nicht die Fähigkeit hätte, sie zum Ausdruck zu bringen? Schaudernd verspürte sie einen Anflug von Panik und Ohnmacht.

»Ich bin nur Physiotherapeut und kann nicht vorhersehen, wie sich Dans Gehirn entwickeln wird. Aber lassen Sie uns noch nicht in solchen Kategorien denken.« Rhys legte Andrea eine Hand auf den Arm. Es war eine mächtige, freundliche Riesenhand. »Lassen Sie uns darauf konzentrieren, ihn wieder auf die Beine zu bringen, was? Ihre Fragen können Sie sich für das Treffen mit Dr Allcott aufsparen.«

Das Treffen am Freitag. Jeannie und Andrea wechselten einen Blick. Von dem Treffen, bei dem Dans Entlassung besprochen werden sollte, wussten sie erst seit einer knappen Stunde, aber es hing bereits drohend am Horizont.

Dr Allcott wollte Vertreter sämtlicher Disziplinen zusammentrommeln, die zu Dans Genesung beitrugen. Er selbst würde teilnehmen, dann Rhys, eine Ergotherapeutin, ein Psychologe, eine Ernährungsberaterin und mehrere Schwestern. Obwohl Jeannie kaum glauben konnte, dass Dan auch nur annähernd für eine Rückkehr nach Hause bereit war – immerhin war er noch an zig Monitore angeschlossen –, schien die Entlassung beschlossene Sache zu sein. Überweisungen für die Rehabilitationsmaßnahmen wurden ausgestellt, und die Ergotherapeutin hatte Jeannie bereits eine Nachricht hinterlassen, um den Termin für einen Hausbesuch abzusprechen, damit man die nötigen Anpassungsmaßnahmen einleiten könne.

Jeannie hatte die Nachricht angestarrt und nicht gewusst, was sie sagen sollte. Andrea schon. Sie war vollkommen aus dem Häuschen gewesen.

»Ach wunderbar! Vielleicht sollte ich dazustoßen? Dann können wir besprechen, was wir alles brauchen. Ein Gästebett natürlich, wenn ich mal bei euch bleibe.« Als Jeannie schwach protestiert hatte, dass das wohl nicht nötig sei, hatte Andrea ihren Einwurf mit einer liebevollen Geste beiseitegewischt. »Sei nicht albern. Das ist mir doch ein Vergnügen. Dann hättest du auch ein bisschen Zeit, um weiterhin deinen Freundinnen zu helfen. Mit den Hunden, meine ich.«

Jeannie hatte genickt. Etwas anderes hatte sie kaum tun können. Letztlich war es ja auch Dans Haus, nicht ihres. Alles, was noch wenige Tage zuvor so tröstlich und verlässlich gewesen war, wankte nun unter ihren Füßen.

»Denken Sie doch nur!«, fuhr Rhys mit einem munteren Zwinkern fort. »Ihr Danny-Boy könnte schon nächste Woche draußen sein! Fast unglaublich, wenn man es recht bedenkt, was?«

»Mein Danny war schon immer unglaublich«, stimmte Andrea zu und hakte sich bei Jeannie unter. »Und meine Jeannie auch.«

»Jetzt hängt alles an Ihnen«, sagte Rhys. »Aber bei Ihnen ist Daniel in den besten Händen, das sehe ich schon.«

Sobald sie wieder in Dans Zimmer waren, fing Andrea sofort mit dem Thema an, von dem Jeannie gehofft hatte, sie habe es vorerst auf Eis gelegt.

»Was glaubt ihr wohl, von wem ich heute Morgen einen Anruf bekommen habe?« Sie schaute zwischen Dan, der in seinem Bett lag, und Jeannie, die auf der anderen Bettseite saß, hin und her.

»Vom Papst?«, fragte Dan matt. Ein bisschen von seinem alten Humor war zurückgekehrt, auch wenn er schwärzer geworden war. »Hält er jetzt schon Telefonaudienzen?«

»Nein, mein Schatz. Von eurer Hochzeitsfotografin, Charlotte. Sie hat mich angerufen, um sich zu erkundigen, wie es dir geht. Es freut sie sehr, wie prächtig du dich machst, und sie hat mir ein äußerst freundliches Angebot unterbreitet.« Andrea zog eine Augenbraue hoch, damit sie beide mal raten sollten, was das wohl sein könnte.

Jeannie lächelte zwar, musste sich aber auf die Innenseite der Wange beißen, um nicht zu schreien: »Doch nicht jetzt, um Himmels willen!«

»Hat sie sich auf Krankenhausfotografie spezialisiert?«, fragte Dan. »Ein bisschen makaber, was, Mum?«

»Dan! Nein! Sie hat angeboten, die Anzahlung als solche stehen zu lassen, wenn ihr einen neuen Hochzeitstermin bucht.« Andrea schaute Jeannie an. »Du weißt ja, wie gefragt Charlotte ist, daher habe ich ihr versprochen, dass wir uns bald mit einem Termin melden.«

Jeannie suchte noch nach einer angemessenen Antwort, als Dan das übernahm.

»Sag ihr, daraus wird nichts«, erklärte er.

»Was?« Andrea hatte bereits in der Tasche nach ihrem Terminkalender gekramt, aber jetzt fuhr ihr Kopf hoch.

Dans Stimme klang barsch und müde. »Ich weiß es zu würdigen, Mum, dass du an glücklichere Dinge denken willst, aber findest du es nicht etwas voreilig, über Hochzeitsfotografen zu reden?«

»Aber mein Schatz ... Lass uns doch einfach einen Termin festlegen. Dann können wir ihn ja sofort wieder vergessen.«

»Mum! Um Himmels willen! Denkst du ernsthaft, dass es das ist, was ich im Moment im Kopf habe? Hochzeitsfotografen?«

Andrea wandte sich hilfesuchend an Jeannie, aber Jeannie ergriff die Chance, diesem Wahnsinn ein für alle Mal ein Ende zu bereiten.

»Das hat keine Eile«, stimmte sie Dan zu. »Lass uns sämtliche Kraft in die Aufgabe stecken, die besten Reha-Maßnahmen zu finden und Dan auf den Weg der Besserung zu bringen.« Ihr war bewusst, dass das nur Phrasen waren, aber Andreas Miene nach zu urteilen schien sie aus allen Wolken zu fallen.

Jeannie schaute zu Dan hinüber. Der verzweifelte, aber liebevolle Blick, mit dem er seine Mutter bedachte, erinnerte sie deutlich an ihr erstes gemeinsames Abendessen. Er hatte so erleichtert gewirkt, als Andrea und sie so viel miteinander gelacht und sich so gut verstanden hatten.

»Sie wird eine begeisterte Schwiegermutter sein«, hatte er auf der Heimfahrt glücklich bekannt. Jeannie hatte es fast traurig gestimmt, dass ein gewöhnliches Familientreffen für die beiden Hicks eine derart besondere Gelegenheit zu sein schien.

»Nun. Tut mir leid, wenn ich übers Ziel hinausgeschossen bin.« Andrea gab sich Mühe, ihre Miene in den Griff zu bekommen, und stand auf. »Ich hole mir dann mal einen Tee.«

»Andrea, nein …«, begann Jeannie, aber Andrea winkte ab und marschierte mit klappernden Absätzen aus dem Raum.

Dan und sie verharrten eine Weile schweigend.

»Oje«, sagte Jeannie im selben Moment, als Dan fragte: »Meinst du, ich bin ein bisschen zu weit gegangen?«

»Die Ärzte hatten schon gewarnt, dass du vielleicht etwas ruppiger sein könntest als sonst.«

»Das ist ja fast schon ein Freibrief, was?«

Sie rangen sich ein reumütiges Lächeln ab. Jeannie fragte sich, ob Dan schon ein paar Erinnerungsfetzen im Kopf hatte – ob dieses Geplänkel ihn an ihr eigenes Verhalten erinnerte und tief im Innern etwas auslöste.

»Warum ist meine Mutter eigentlich so erpicht darauf, uns zu verheiraten? Gibt es etwas, das ich wissen sollte?«

Das sagte er einfach so daher, aber in seinen blauen Augen lag eine Konzentration, wie Jeannie sie seit seinem Erwachen nicht mehr an ihm wahrgenommen hatte. Er schien entschlossen, zu der Frau an seinem Bett zurückzufinden.

»Nicht wenn du dich gar nicht an mich erinnern kannst«, sagte sie. »Immer noch nichts?«

Er schüttelte den Kopf. »Bestenfalls ... Gefühle. Keine Tatsachen. Wie Träume, an die man sich zu erinnern versucht, die einem aber entgleiten, bevor man sie ...« Er machte eine Geste, als wollte er sie aufspießen.

»Hast du schon herausgefunden, was deine letzte Erinnerung ist?« Wenn Dan sich nicht an sie erinnerte, hatte er ein ganzes Jahr verloren.

Dan schüttelte den Kopf. »Ich weiß noch, dass ich mit Owen bei einem Nationalspiel war. Vielleicht war das die letzte große Sache? Tut mir wirklich leid. Unsere Begegnung sollte sich in mein Gehirn eingebrannt haben. Nicht sehr romantisch von mir.«

»Und was ist mit deinem Kurzzeitgedächtnis? Bleiben

dir die Dinge denn über Nacht in Erinnerung?« Jeannie zögerte. »Hey, dies ist übrigens der erste Morgen, an dem du dich an mich erinnerst.«

»In der Tat.« Dan lächelte erfreut. »Es wird immer schwerer auseinanderzuhalten, an was ich mich erinnere und was ich nur in eurem Notizbuch gelesen habe. Oder was die Schwester sagen. Oder Owen. Von allen weiß ich, dass du sehr nett zu mir warst und viel Zeit hier verbracht hast. Ich weiß, dass du Sängerin bist und mir Songs vorgespielt hast. Die Schwestern liegen mir ständig in den Ohren damit, was für ein Schatz du bist.« Die Aggressionen waren wie fortgeblasen, als wären sie nie da gewesen. Dans Gehirn sortierte sich, dachte sie. Es veränderte und erneuerte und regenerierte sich. Und näherte sich in winzigen Schritten dem Tag der Hochzeit.

»Erinnerst du dich denn daran, dass du die Stelle in Longhampton angenommen hast?«, fragte sie. »Bei dem Tierarzt?«

Dan runzelte die Stirn. »Ich weiß, dass ich Tierarzt bin. Frag mich nach dem Cushing-Syndrom oder Hüftdysplasien, da kenne ich mich aus. Nur ...« Seine Miene wurde schuldbewusst. »Es tut mir so leid, wirklich. Das muss schrecklich für dich sein. Dieses Gefühl, ich hätte dich vergessen.«

»Es ist für uns alle schwer«, sagte Jeannie.

»Ich habe eure täglichen Notizen gelesen ...« Er schüttelte ungläubig den Kopf. »Das ist wirklich alles passiert?«

»In der Tat. Es waren ziemlich aufregende Wochen.«

Sie hielt inne, weil ihre Stimme brach. »Wir sind so froh, dich wiederzuhaben, Dan.«

»Ich auch. Danke, dass du mir geholfen hast, so weit zu kommen.«

»Das verdankst du allen Beteiligten, auch Owen, deiner Mutter, deinen Freunden und deiner Familie. Kannst du dich an die Botschaften erinnern, die wir dir vorgespielt haben? Und die Grußkarten, die wir dir vorgelesen haben?«

»Soll ich das jetzt bejahen?«

Sie schauten einander an, und Jeannie verspürte eine echte Verbindung zwischen ihnen. So ein Gespräch hätten sie auch vor dem Unfall führen können. Auf merkwürdige Weise war es wie bei ihren ersten Begegnungen, dachte sie mit einem Anflug von Nostalgie.

Die Erwähnung des Tierarztes brachte sie auf einen Gedanken. »Die Postkarte, die ich dir neulich dagelassen habe – von wem war die eigentlich?«

»Welche Postkarte?«

»Die mit den Löwen. Ist sie vom Nachtschränkchen gefallen?« Jeannie stand auf und schob es beiseite, aber dahinter war nichts. Dans Zimmer war makellos rein. »Sie war an die Praxis adressiert. George hatte mich gebeten, sie dir zu geben. Keine Unterschrift. Zwei Löwen vorn drauf und irgendetwas über eine blendende Zeit.«

»Keine Ahnung. Ich wüsste nicht, dass ich so etwas gesehen hätte.« Er verzog das Gesicht. »Aber würde ich mich überhaupt erinnern, dass ich es vergessen habe? Schwer zu sagen.«

»Ich frage mich, wo sie hingekommen sein könnte.« Jeannie schob das Nachtschränkchen zurück und merkte, dass sie Dan plötzlich sehr nah war. Wenn sie wollte, könnte sie sich hinabbeugen und ihn küssen. Wenn er wollte, könnte er ihr Bein berühren.

Sie zögerte. Vielleicht hatte Dan denselben Gedanken, denn er bewegte die Hand und sog Luft ein, als wollte er etwas sagen. Aber Jeannie zog sich instinktiv zurück und knallte gegen das Nachtschränkchen.

Die Karten fielen herab, und das Wasser schwappte über, was die Aufmerksamkeit noch einmal besonders auf ihre jähe Bewegung lenkte. Ihre Augen begegneten sich. Dans Miene war fragend und gleichzeitig verletzlich, als suchte er in ihrem Herzen nach Spuren von etwas. Plötzlich verspürte Jeannie eine große Zärtlichkeit für ihn.

Ist es zu spät?, fragte sie sich. Ist es zu spät, mich noch einmal in ihn zu verlieben?

»Oh, störe ich?« Schwester Lauren war gekommen, um ein paar Untersuchungen vorzunehmen. Sie lächelte, und Jeannie begriff, dass sie offenbar dachte, sie hätten sich geküsst.

Jeannie wurde rot und fragte schnell: »Diese Postkarte mit den Löwen – haben Sie die irgendwo gesehen?«

»Nein, keine Ahnung. Ich werde aber mal die Reinigungskräfte fragen.« Sie knipste ihre winzige Taschenlampe an, um den Pupillenreflex zu testen. »Wie ich hörte, haben Sie Freitag Ihr Entlassungstreffen mit dem gesamten Team, Dan? Hurra! Ihre Flucht von hier ist absehbar!«

Freitag, dachte Jeannie, als Dan wieder in die Kissen sank und sich Laurens Lämpchen überließ. So lange habe ich noch Zeit, um herauszufinden, was ich tun soll.

# Kapitel 25

Der Postbote musste am Mittwochmorgen in Eile gewesen sein, denn an Jeannies und Dans magerem Aufkommen an Flugblättern und einem Exemplar der *Vet Times* hing ein Bündel Post für die Fenwicks.

Jeannie fand das nicht weiter schlimm. Sie war sogar froh, einen Vorwand zu haben, um im Haupthaus vorbeizuschauen. In der Nacht hatte sie keine Nachrichten über Gems Zustand bekommen, was sie als gutes Zeichen interpretierte. Andererseits wusste sie selbst, dass die Menschen, wenn sie schlechte Nachrichten hatten, sich nicht zuerst hinsetzten und SMS verschickten.

Das Haus wirkte verlassen, als sie den Kiespfad entlangging – keine Musik, nicht der vertraute Duft von Toast, keine Stimmen, kein Gebell –, und als sie an die Haustür klopfte, öffnete sie sich von selbst.

»Hallo?«, rief sie in den Flur. Die Gummistiefel standen an ihrem angestammten Platz, und die Hundeleinen und Mäntel hingen an ihren Haken an der Tür. Das

Haus hielt die Luft an. Die unsichtbaren Bewohner hatten sich in die dunkelsten Winkel zurückgezogen.

Zu ihrer Überraschung war es George, der antwortete. »Wir sind in der Küche.«

*Wir*. Jeannie wurde schwer ums Herz, als sie sich vorstellte, wie sich die ganze Familie um Gems Lager versammelt hatte. Sie zögerte, da sie nicht stören wollte, aber da sie nun einmal da war, wappnete sie sich und schritt durch den Flur.

George saß auf dem Boden neben dem Aga-Herd, wo der Hundekorb stand. Gem lag unter einer Decke, ein weicher weißer Bogen, die lange Nase auf den Pfoten, die Augen ein kaum sichtbarer grauer Fleck über der silbernen Schnauze.

Jeannie blieb das Herz stehen. Die Veränderung gegenüber dem Vortag war nicht zu übersehen. Er war so schwach geworden. Nie hatte sie Gem derart reglos gesehen. Selbst wenn er nur neben Rachel stand, verströmte er eine innere Energie, als wäre er elektrisch geladen. Jetzt wirkte er nur noch still und matt.

George schaute auf und lächelte kurz, als hätte sie ihn bei einer sentimentalen Anwandlung ertappt. Er trug seine Arbeitskluft, hatte aber die Hemdsärmel hochgekrempelt und die Stiefel ausgezogen, sodass man das Loch in der Hacke seiner dicken roten Socken sehen konnte. Eine Hand lag auf dem Rand des Hundekorbs, und die wettergegerbten Finger auf Gems Kopf verbanden den Hund mit den Menschen, während er immer weiter davondriftete.

»Tut mir leid. Wir haben versehentlich eure Post bekommen.« Jeannie wedelte mit den Briefen. Sie war sich nicht sicher, ob sie sich neben George hocken sollte. Das war eine so intime Szene. »Mit dir hätte ich hier gar nicht gerechnet.«

»Ich habe mir heute Morgen freigenommen. Ein Freund, der mir noch einen Gefallen schuldet, ist für mich eingesprungen.« Er machte eine abfällige Handbewegung. »Manchmal gibt es Wichtigeres.«

»Wie geht es Gem?«

»Er schläft. Schmerzen hat er nicht.« George kratzte sich mit der freien Hand den silbrigen Stoppelbart. »Es wird nicht mehr lange dauern. Ich würde ihn ja in die Praxis bringen, aber eigentlich hat es keinen Sinn, ihn jetzt noch dem Stress auszusetzen. Ich habe alles Nötige in der Tasche, um ihn im Zweifelsfall friedlich einschlafen zu lassen.«

O Gem, dachte Jeannie, die plötzlich von quälendem Mitleid gepackt wurde. »Wo ist Rachel?«

»Fergus hat einen Zahnarzttermin in der Stadt. Sie sind um neun gefahren. Ich musste sie förmlich aus dem Haus herausprügeln, aber sie hätte hier fast durchgedreht. Und Fergus muss man im besten Fall bestechen, damit er zum Zahnarzt geht. Ich habe ihr versprochen, dass ich Gem vor ihrer Rückkehr nicht gehen lasse.«

»Ich glaube nicht, dass er ohne sie irgendwohin gehen würde.«

»Das stimmt. Er wartet auf sie. Er hat immer auf sie gewartet. Geduldiger als ich manchmal.« George strich Gem sanft über den Kopf. Die Geste war so anders als die herzhaften Klapse, die er den größeren Hunden sonst verpasste, so zart und respektvoll, dass Jeannie gegen die Tränen anblinzeln musste. Nicht weinen, sagte sie sich. Nicht weinen.

»Komm, gesell dich zu uns.« George klopfte auf den Boden neben dem Korb. »Gem wird wissen, dass du es bist.«

Jeannie setzte sich auf die andere Seite des Korbs. Die Steinplatten unter den nackten Füßen hatten etwas Tröstliches, und die Wärme des Herds und der schwache Hundegeruch des Collies zwischen ihnen auch. Jeannie wusste nicht, wann es geschehen war, und noch weniger, wie – aber der Geruch von Hunden, ihr weiches Fell, die knotigen Pfoten und die warmen Körper waren ihr ein echter Trost geworden. Das war so anders als der klinisch reine Krankenhausgeruch, der ihren Blutdruck hochjagte, sobald sie durch die Drehtür trat.

»Dies hier war immer dein Platz, nicht wahr, Gem? Am Aga-Herd.« George streichelte sein Ohr mit einem seiner kräftigen Finger. »Von dem Moment an, als Dot dich in der Jackentasche in diese Küche trug, um dir eine zweite Chance zu geben. Im Gegenzug hast du ihr dein kleines Leben überlassen. Und als du Dot verloren hast, hast du es Rachel geschenkt. Und jetzt bist du hier, vor deinem Aga-Herd, und bereitest dich darauf vor, wieder zu Dot zu gehen.«

Jeannies Augen füllten sich mit Tränen. Lange hat es nicht gedauert, dachte sie.

»Du weißt ja, dass ich nicht objektiv bin, aber ich habe mir oft gewünscht, dass die Beziehungen zwischen den Menschen so leicht sein könnten wie die zu den

Hunden«, fuhr George fort. »Ohne all diese Worte, die dem, was man meint, nur im Weg stehen. Die menschliche Dummheit ist Ursache für den meisten Herzschmerz der Welt. Was für ein Chaos richten wir nur in unseren Beziehungen an, verglichen mit der Art und Weise, wie wir uns mit *ihnen* verständigen. Was für ein verdammtes Chaos.«

Jeannie wusste nicht, was sie sagen sollte. Ihr war klar, dass er über Rachel sprach. Bei Gem zu sitzen und sein Ende miterleben zu müssen rührte offenbar an sein wundes Herz und entlockte ihm Bekenntnisse, zu denen er sich sonst nie würde hinreißen lassen.

»Gem gehört zur Familie«, sagte sie.

»Er lebt länger hier als jeder Einzelne von uns.« George betrachtete Gems schmalen Brustkorb, der sich unregelmäßig hob und senkte. »Rachel wird dir erzählen, dass er uns zusammengebracht hat. Ich habe sie immer für verrückt erklärt, aber jetzt bin ich mir nicht mehr sicher. Er hält uns zusammen wie eine Schafherde, auf seine ganz eigene Weise.«

»Rachel behauptet, er habe ihr gesagt, dass ich Lady Sadie zu mir nehmen soll«, erklärte sie. »Und es war absolut die richtige Wahl.«

»Ich habe davon gehört. Es tut dem Hund unendlich gut, ein Zuhause zu haben.«

»Und mir auch. Es ist so schön, jemanden zu haben, mit dem man spazieren gehen kann. Und reden. Und über den man sich Gedanken machen kann.« Jeannie hatte die Frage, was nach Freitag aus Sadie werden würde, noch nicht an sich herangelassen. Wäre noch

Platz für Sadie, wenn Dan erst einmal zurück war? Würde das funktionieren? Ein eiskalter Kieselstein plumpste in ihren Magen, als sie sich vorstellte, jemand anders könne ihr Mädchen mit dem lieben Gesicht adoptieren und in Sadies Zuneigung baden. Sei nicht egoistisch, dachte sie.

»Hunde sind gut für die Seele«, sagte George. »Und das sage ich nicht nur, weil es mein Beruf ist. Hunde sorgen dafür, dass man geradlinig bleibt.«

»In welcher Hinsicht?«

»Sie sorgen dafür, dass man sich mit sich selbst auseinandersetzt. Man muss sich auf sie einlassen – sie füttern, sie ausführen, ihnen beibringen, wie sie sich in ihre Umwelt einfügen. Wenn man das versäumt, rächt sich das. Beim Hund, meine ich. Der Hund einer Person ist ein wandelnder Spiegel dafür, wie viel Anstand man von ihr erwarten kann. Man muss sein Bestes geben.«

»Mir macht Sadie bewusst, wie sehr ich es genieße, einfache Dinge zu tun, zusammen mit ihr vor allem«, erklärte Jeannie. »Ich habe sie erst ein paar Wochen, aber mit einem Hund spazieren zu gehen macht einfach mehr Spaß. Auch die Sonnenuntergänge kann ich besser würdigen. Selbst auf dem Sofa zu sitzen macht mehr Spaß, wenn sie auf meinem Schoß liegt.«

»Nun, das ist für mich Liebe. Selbst die schlechten Zeiten bewältigt man besser gemeinsam. Das habe ich im selben Moment gespürt, als ich Rachel begegnete. Mir war klar, dass man vor nichts gefeit ist und das Leben weiterhin das unberechenbare Fließband von überwältigender Schönheit und gewaltigem Schlamassel sein würde, aber mit dieser speziellen Frau an meiner Seite würde es in jedem Fall besser sein.«

Jeannie legte die Hand auf Gems Rücken und spürte die harten Spitzen seiner Wirbelsäule. Von dem pragmatischen George hätte sie nicht im Traum derart romantische Äußerungen erwartet. Es war – Wort für Wort –, was sie sich immer erhofft hatte, diese spontane Gewissheit des »Ich und Du«, wenn zwei Herzen zusammenpassten wie Schlüssel und Schloss. Ihr war so etwas nie widerfahren. Viele Menschen hielten das sowieso für einen Mythos, und Jeannie hatte ihnen beinahe schon recht gegeben. Die Liebe auf den ersten Blick gab es genauso wenig wie die Seelenverwandtschaft – romantischer Unfug, dem unweigerlich die Enttäuschung folgte. Und doch erzählte ihr George, ein vernünftiger Mann, der fast doppelt so alt war wie sie, dass die rührselige Geschichte von der Erkenntnis der Herzen Bestand hatte.

»Du hast es vom ersten Moment eurer Bekanntschaft an gewusst?«, fragte sie.

George lächelte reumütig. »So ziemlich. Ich kannte Rachel nicht gut, als ich es merkte, daher war es ein ziemlicher Schock. Ich hielt sie für egozentrisch und fand, dass sie die absolut falschen Prioritäten setzte. Sie trug beharrlich ihre dämlichen schwarzen Röcke, wenn sie die Hunde ausführte, einfach nur weil alle sagten, sie solle sich eine praktische Hose zulegen. Außerdem verkündete sie unentwegt: Ich mag keine Hunde, ich bin kein Hundetyp, ich werde nie wie ein Hund bellen, obwohl das auch niemand von ihr verlangt hat. Aber sie hatte etwas an sich ... eine Art verbissener Entschlossenheit, mit der sie dieser verrückten Tante, die sie kaum kannte, etwas beweisen wollte, auch wenn sie penetrant darauf beharrte, dass ihr das alles zuwider sei. Das hat mir zu denken gegeben. Das kann dir nur guttun, du dumme Kuh, da bin ich doch gerne dabei.«

Die mürrische Zärtlichkeit in seiner Stimme schnitt Jeannie ins Herz. Die Wärme des Aga-Herds hinter ihr und die Wärme von Georges Liebe zu seiner Frau schienen die ganze Küche zu erfüllen.

»Und dann hast du dich verliebt.« Jeannies Stimme brach. Das war alles, was sie sich je gewünscht hätte. Plötzlich schmerzte es noch mehr, dass diese spezielle Gewissheit noch irgendwo da draußen auf sie wartete, unentdeckt.

George lächelte auf den Korb hinab, ein zustimmendes inneres Lächeln. »Ja, das habe ich. Und das Leben ist seither verrückter und reicher und aufreibender und besser denn je.« Sein Lächeln erlosch. »Für Rachel kann ich natürlich nicht sprechen ...«

Ich muss ihm von dem Kleid erzählen, dachte Jeannie unvermittelt. Es ist wichtig, dass diese beiden nicht etwas so Kostbares verlieren. Es ist auch wichtig für mich, weil ich gerne glauben möchte, dass eine solche Liebe stärker ist als die menschliche Dummheit und Fehlerhaftigkeit.

»Rachel hat geweint, als sie ihr Hochzeitskleid eingepackt hat«, sagte sie.

»Wirklich?« George mied ihren Blick.

»Sie hat ihm einen Abschiedsbrief geschrieben.«

Jeannie schluckte, weil sie nicht wusste, wie weit sie gehen durfte. Bei dem Gedanken an Rachels tränenüberströmtes Gesicht schrieb sie allerdings jede Vorsicht in den Wind. »Es hat ihr das Herz gebrochen, es zu verkaufen. Soll ich versuchen herauszufinden, wer es erworben hat? Man könnte es ja möglicherweise zurückkaufen. Vielleicht liegt die Adresse irgendwo im Büro.«

George schwieg. Er kontrollierte Gems Puls und streichelte sein Ohr.

Jeannie fühlte sich unbehaglich. Ich bin zu weit gegangen, dachte sie. Ich kenne diesen Mann kaum, außerdem ist er Dans Chef. Aber es lag eine solche Spannung im Raum, als wäre es George wichtig, mit jemandem zu reden. Und da sie nun einmal angefangen hatte …

»Wenn etwas nicht stimmt, solltest du mit ihr reden.«

George schaute starr auf die Anrichte mit den handverzierten Tassen und Fergus' gekleksten Kindergartenzeichnungen, den Post- und Grußkarten, den Rosetten von Hundeschauen und Urkunden für erste Plätze bei städtischen Veranstaltungen – das liebevolle, chaotische Treibgut des Familienlebens der Fenwicks.

»In der letzten Zeit haben wir beide ein paar ziemlich blöde Dinge getan«, sagte er nach einer langen Pause. »Ich habe meinem Patenkind Geld geliehen und vergessen, es Rachel zu erzählen. Nicht sehr schlau, wenn man bedenkt, wie oft wir in letzter Zeit über das Konto des Hundeheims diskutiert haben. Aber ich hatte so viel zu tun und habe nicht weiter nachgedacht. Sie hat ihre eigenen Schlüsse daraus gezogen. Rachel wiederum hat sich im Zusammenhang mit dieser Welpenfarm aufs hohe Ross gesetzt. Diese Rettungsaktion verschlingt Unsummen, wie du weißt, aber Rachel sieht nicht nur das Geschäftliche. Ihre Tante hat es genauso gehandhabt, und Rachel ... identifiziert sich mit Dot in einer Weise, die nicht ganz ...« Er hob eine Hand, um sich zu bremsen. »Vielleicht habe ich auch zu viel davon gefaselt, dass ich mich zur Ruhe setzen möchte. Das verleiht ihr vielleicht das Gefühl, alt zu sein. Dabei möchte ich mich ja nicht zurückziehen und gar nichts mehr machen. Ich möchte reisen und das Leben genießen, mit ihr zusammen. Aber Rachel befindet sich schon seit einer Weile in einer merkwürdigen Stimmung. Ich habe das Gespräch gesucht, aber es läuft immer darauf hinaus, dass wir uns in eine Sache verbeißen. Vielleicht habe ich es auch nicht hart genug versucht.«

Schweigen senkte sich herab. Jeannie streichelte Gems Kopf. Die Güte, die in der Luft lag, breitete sich zwischen ihnen dreien aus.

»Ich verstehe die Frauen nicht«, schloss George düster. »Kühe sind wesentlich unkomplizierter.«

»Wenn du mit dem beginnst, was du soeben über die Liebe gesagt hast ...«, begann Jeannie, unterbrach sich aber, weil Gem mit einem angestrengten Ächzen den Kopf hob und seine fedrigen Ohren spitzte. Er hatte etwas gehört, das ihnen beiden entgangen war.

Jeannie hielt die Luft an. Spürte er, dass Dot ihn holte? War dies das Ende?

Zehn Sekunden später öffnete und schloss sich die Haustür, gefolgt von einer lautstarken Diskussion.

»… noch einer würde doch keinen Unterschied machen, oder? Nun komm schon, Mum, das wäre doch gut für Gem! Er hätte gerne einen Bruder.«

»Gem geht es nicht gut, Ferg. Du würdest auch nicht wollen, dass ein kleiner Bruder auf dir herumturnt, wenn es dir nicht gut geht.«

»Mich würde das nicht stören.« Man hörte, wie eine Tasche auf die Fliesen im Vorraum fiel.

»Pass doch auf den Lack auf! Ernsthaft, wie oft soll ich das noch sagen?«

»Ich wünschte, ich hätte einen Bruder! Du weißt doch, wie gerne ich einen Bruder gehabt hätte. Und wenn ich schon keinen Bruder bekomme, dann will ich wenigstens einen Hund.«

Aus Rachels Stimme war ein gewisser Schmerz herauszuhören. »Fergus, darüber haben wir doch geredet …«

Fergus platzte in die Küche. »Dad, kann ich mir einen Toast machen? Mum sagt …« Er hielt inne, als er Jeannie sah und sein Blick dann auf Gem fiel, der sich alle Mühe gab, mit dem Schwanz zu wedeln. Fergus' sommersprossiges Gesicht verzog sich. Im Bruchteil einer Sekunde war die vorpubertäre Bohnenstange wieder der kleine Junge, dem es das Herz brach, den Freund seiner Kindertage vor seinen Augen vergehen zu sehen.

»Hallo, mein Freund«, sagte George. »Gem ist müde. Komm, streichele ihn mal.«

Rachel erschien in Fergus' Gefolge und nahm ihn in den Arm. Sie zog ihn so an sich, dass er ihre tröstlichen Arme spüren, nicht aber die Tränen über ihre Wangen rinnen sehen würde. Ihrem Gesicht war die Mühe anzusehen, mit der sie ihren Kummer unterdrückte, um ihn zu schützen.

»Soll ich mich heute Nachmittag um die Hunde kümmern, Rachel?«, fragte Jeannie. Rachel nickte dankbar und ließ sich neben ihrem Sohn und dem Korb nieder.

Jeannie rief Andrea an, um ihr mitzuteilen, dass sie Dan nachmittags nicht besuchen würde. Den Rest des Tages verbrachte sie damit, Mel bei den üblichen Verrichtungen im Heim zu helfen.

Obwohl George sie nicht wirklich dazu ermuntert hatte, hielt Jeannie überall Ausschau nach Hinweisen, wohin Rachels Hochzeitskleid unterwegs sein könnte. Vielleicht gab es ja eine Möglichkeit, es zurückzubekommen. Dass sie nicht fündig wurde, machte sie trauriger, als sie es erwartet hätte.

Vielleicht ist es auch gut so, sagte sie sich. Immerhin ist es nur ein Kleid und nicht die Ehe selbst. Überzeugt war sie nicht. Für Jeannies Hochzeitskleid hatte sich bislang noch keine Interessentin gemeldet, aber das hatte vielleicht auch damit zu tun, dass sich die Sache mit dem gescheiterten Weg zum Standesamt herumgesprochen hatte.

Als ihr am Ende des Tags vom Bälle werfen und Säcke schleppen sämtliche Knochen wehtaten, holte sie Lady Sadie aus dem Auslauf, den sie sich mit Constance und Grace teilte, und führte sie den Weg zum Cottage entlang. Es war ein lauer Sommerabend. Die Hecken waren mit Farn und Mädesüß zugewuchert, und als Lady

Sadie daran entlangstreifte, verströmte das Geißblatt seinen Duft gleich wolkenweise.

Es war so friedlich, dass Jeannie einfach weiterging, am Cottage vorbei und zurück auf den Fußweg in die Stadt. Sie kamen an Feldern mit hohen Maisstängeln und flüsternder Gerste vorbei, stiegen über Zaunübertritte und gelangten zu dem kleinen Waldpark, der sich schließlich lichtete und in die Blumenbeete und Rasenflächen des Stadtparks überging.

Sadie blieb bei jedem neuen Duft interessiert stehen. So weit hatte sie das Hundeheim noch nie verlassen, und die Fährten von Füchsen, Kaninchen, Maulwürfen und Hasen hatten noch nie an ihrer Nase gekitzelt. Jeannie hielt Ausschau nach allem, was sie verschrecken könnte, eine Tüte mit Leckereien griffbereit, um sie im Zweifelsfall abzulenken. Der Blick über Felder und Wiesen war für Jeannie auch neu und brachte sie auf andere Gedanken.

Am Waldrand stand eine Gedenkbank, die so ausgerichtet war, dass die Passanten den Panoramablick über die Stadt genießen konnten. Jeannie ließ sich darauf nieder und holte ihr Handy heraus. Sie musste verschiedene Anrufe erledigen, auf die sie sich nicht besonders freute, aber sie konnte sie auch nicht ewig verschieben.

Sie ließ ein Kauspielzeug für Sadie fallen und wählte die erste Nummer.

Ihre Mutter nahm sofort ab. »Hallo? Jeannie? Ist alles in Ordnung?«

»Hallo, Mum.« Jeannie hatte schon ein paar Tage nicht mehr mit ihren Eltern telefoniert. »Mir geht es gut.«

»Und deinem großen Jungen?«

Sie biss sich auf die Lippe, weil sie den Schmerz brauchte, um sich auf das Hier und Jetzt zu konzentrieren. »Dem geht es wunderbar, danke. Freitag haben wir ein Treffen, bei dem seine Entlassung nächste Woche besprochen wird.«

»Nächste Woche? Das sind ja wunderbare Neuigkeiten! Hast du das gehört Brian? Dan kommt nächste Woche aus dem Krankenhaus. Dein Vater ist hocherfreut. Kommt er denn in euer neues Haus, weißt du das schon?«

»Vermutlich kommt er erst in ein Rehazentrum. Seine linke Körperhälfte ist immer noch gelähmt, aber der Physiotherapeut ist zuversichtlich, dass er die Kontrolle wiedererlangen wird.«

»Und wie geht es Dan ... so insgesamt?« Sue wusste – wie Jeannie auch –, dass es nicht nur um die physischen Verletzungen ging. Es gab tiefere Wunden als die an der Oberfläche, mentale Brüche, die Dan vielleicht noch gar nicht bemerkt hatte. Wenn Jeannie ehrlich war, bereitete ihr das mehr Sorgen als die halbseitige Lähmung. Solche Verletzungen brauchten Liebe und heilten nicht so schnell.

»Es wird besser«, sagte sie knapp. »Er hat aber noch einen langen Weg vor sich.«

»Andrea wird aus dem Häuschen sein. Sie hat uns diese Woche schon zwei Mal angerufen und sich erkundigt, an welchen Wochenenden wir für die Hochzeit Zeit haben. Ich habe versucht, ihr nahezulegen, dass sie Dan nicht zu viel zumuten soll, aber sie behauptet, sie wolle nur den Termin organisieren, damit ihr euch nicht darum kümmern müsst. Wir sollen zwei Wochenenden im Juli nächsten Jahres blockieren. Warum hast du uns nicht erzählt, dass ihr schon konkrete Termine ins Auge fasst?«

»Tun wir doch gar nicht, Mum. Und wollen wir auch nicht.« Jeannie kniff sich in die Nase. Das musste ein Ende haben. Erst die Fenwicks, jetzt ihre Eltern. Sie musste unbedingt mit Andrea reden. »Wir beide haben Andrea gebeten, sich zurückzuhalten, aber für sie ist das offenbar ungeheuer wichtig.«

»Ach, mein Schatz.« Eine lange, bekümmerte Pause trat ein. Jeannie konnte die Sorge durch die Leitung dringen hören. »Möchtest du, dass wir zu dem Treffen am Freitag hinzustoßen?«

»Nein. Das wird schon.«

»Wird Owen da sein?«

»Das weiß ich gar nicht. In letzter Zeit war er nicht sehr oft da. Er hat einen der Welpen adoptiert, hatte ich dir das erzählt?«

Sue ließ sich nicht vom Thema abbringen. »Es sollte aber jemand bei dir sein und Fragen stellen. Das sind gewaltige Entscheidungen, Jeannie. Entscheidungen, die sich auf den Rest deines Lebens auswirken könnten. Du brauchst Unterstützung.«

Jeannie schloss die Augen. Das stimmte schon, aber sie musste da selbst durch. »Es wird schon alles klappen, Mum. Ich werde euch berichten, wie es gelaufen ist.«

Als es dämmerte, kehrte sie mit Sadie heim. Auf dem Weg begegneten sie niemandem, und als sie vor dem Cottage standen, schaute Jeannie, ob im Haupthaus Licht brannte. Nur der gelbe Schein des Küchenfensters zeichnete sich vor dem dunkelgrauen Himmel ab. Ein Licht und drei Menschen, die um einen Korb herum saßen und Wache hielten. Vier Herzen.

»Alles Gute, Gem«, flüsterte Jeannie und stellte sich vor, wie sich der Collie in seinen besten Zeiten so lautlos und flink bewegt hatte wie eine Brise, die durch die Gerste streicht. Als sie im Garten eine Bewegung bemerkte, zuckte sie zusammen. War das eine Katze? Oder ein Eichhörnchen? Es war zu dunkel, um es zu erkennen. Etwas Schnelles, Leises im Schatten, das dem unsichtbaren Geruch eines längst verschiedenen Menschen folgte. Heim zu einer nie vergessenen Hand, die sich ihm am Wegrand entgegenstreckte.

Jeannie fröstelte und schloss die Tür auf.

Es war ein aufregender Tag gewesen, und bevor sie ins Bett ging, musste sie noch etwas erledigen. Viel Zeit hatte sie nicht mehr, ihren Song aufzunehmen und Edith zu schicken. Ein paar Versionen hatte sie bereits, aber keine fing die Emotionen des Galaabends ein. Sie fragte sich, ob sie ihn je wieder so interpretieren könne. Nach allem, was Owen über Edith' Vertrauenswürdigkeit gesagt hatte, hatte Jeannie beschlossen, ihr auf halbem Weg entgegenzukommen. Sie wollte ihr nur einen Song schicken statt der erbetenen zwei. Sollte sie doch um den zweiten bitten, wenn klar war, dass sie Jeannie nicht abzockte.

Jeannie holte Laptop, Verstärker und Mikro in die Küche herunter und baute sie neben Sadies Korb auf. Dann zog sie die Vorhänge zu und kochte sich einen Tee. Sadie marschierte derweil in der Küche herum und legte sich schließlich in ihren Korb, das typisch zufriedene Staffie-Lächeln im Gesicht. Jeannie dachte an Gem und Rachel, als sie die Gitarre stimmte. Dann dachte sie an Georges Behauptung, dass Hunde Menschen zu anständigen Personen erzogen. Verdiente sie Sadies Vertrauen, nachdem sie Dan auf diese Weise im Stich lassen wollte? Die kleinen netten und geduldigen Gesten, die sie Sadie täglich entgegenbrachte, flößten ihr allerdings das Gefühl ein, nicht ganz wertlos zu sein.

Jeannie berührte Sadies samtigen Kopf, und ihr Herz füllte sich mit einer anderen Emotion: einer wortlosen, zeitlosen Wärme, die in ihr den Wunsch auslöste, ein besserer Mensch zu werden.

Jeannie sang ihren Song über das Vertrauen und über die Liebe zu ihrem Hund mit Tränen in den Augen. Diese Liebe war perfekt. Nicht so kompliziert oder fragwürdig oder vielschichtig wie die menschliche Liebe, nach der sie sich sehnte, aber im Moment genau das Richtige. Und sie war vor allem ehrlich.

Als sie zu Ende gesungen hatte, blieb sie noch einen Moment sitzen und ließ die Musik wie einen Regenbogen in ihrem Innern glänzen. Dann atmete sie langsam aus. Sie war zufrieden, und Sadie schnarchte vor sich hin.

Über die Dropbox, die Edith und sie immer benutzt hatten, um Demos und Ideen zu teilen, wollte sie die Datei hochladen. Als ihre Hand über dem Touchpad schwebte, dachte sie kurz daran, Owen anzurufen, um sich sein Okay zu holen.

Dann ertappte sie sich selbst dabei. Wie schnell war sie von Owen abhängig geworden? Nicht nur von seiner Unterstützung im Krankenhaus, sondern nun auch noch im Umgang mit Edith – einer Frau, der er nie begegnet war, über die er aber offenbar eine klare Meinung hatte. Sie konnte sich doch nicht ständig beim besten Freund ihres Verlobten rückversichern. Nach Freitag würde sie Owen ohnehin nicht mehr so oft sehen. Der Gedanke machte sie traurig.

Jeannies Gehirn übernahm die Entscheidung. Sie klickte auf senden, und die Datei wurde hochgeladen. Keine Zeit mehr nachzudenken – es war vollbracht. Edith hatte sie herausgefordert, und ausnahmsweise einmal hatte sie die Herausforderung angenommen. Auf ihre Weise.

Als sie noch auf den Bildschirm starrte, erschien das Icon. Geschafft. Ein Schauer der Vorfreude ließ ihre Haut kribbeln, und sie wusste nicht, ob sie ängstlich oder froh sein sollte.

# Kapitel 26

Gems Schlaf wurde immer tiefer und tiefer, bis er in jener Nacht schließlich davonglitt, die Pfoten bei der Jagd auf verlorene Traumlämmer zuckend. Donnerstag wurde er im Garten der Fenwicks begraben, neben Dots anderen Familienhunden, deren Grabstätten unter der Weide mit eingravierten Steinen markiert waren.

Jeannie stand neben Natalie und Mel, als Fergus ein Gedicht vortrug und George eine kurze Grabrede auf den Freund hielt, der mehr als ein Jahrzehnt all ihre Wege begleitet hatte.

»Gem kannte Four Oaks besser als wir«, sagte er. »Es war sein Zuhause, bevor es zu unserem wurde. Er kannte jeden Luftzug, jede knarrende Treppenstufe, jede kalte Stelle und jedes warme Rohr. Gem war so großzügig, sein Zuhause mit uns zu teilen, und kümmerte sich seither rührend um uns. Wir waren seine Schar menschlicher Haustiere, auf die er aufpasste.«

Er schaute von seinen Notizen auf und betrachtete

Rachel, die auf der anderen Seite des kleinen Grabs stand, bleich vor Gram. Steve, sein Stellvertreter, hatte es noch vor dem Frühstück ausgehoben, bevor George ihn darum bitten oder Rachel es mit anschauen musste. Sie schien nicht geschlafen zu haben. Ihr Gesicht war aschfahl, und sie klammerte sich in einer Weise an ihr Rosmarinsträußchen, dass die Fingerknöchel weiß hervortraten.

Jeannie wusste, dass sie sich Fergus zuliebe zusammennahm. Er stand neben ihr, einen sich windenden weißen Flauschball mit rosafarbenen Pfoten in der Hand: Dolly, der letzte verbleibende Collie-Welpe. So traurig Fergus auch wirkte, er schien sich von der Mühe, den zappeligen Hund in seinem Arm festzuhalten, erfolgreich ablenken zu lassen.

Er hat seinen kleinen Bruder also doch bekommen, dachte sie. Das ist gut.

»Danke, Gem – für deine Liebe und Geduld mit den Dummköpfen, die du so mühsam zu erziehen versucht hast«, fuhr George fort. »Wann auch immer wir an Sommerabenden im Garten Gin tranken oder an Wintermorgen die Hunde ausführten, immer wussten wir, dass du dicht hinter uns hertrottest und sicherstellst, dass wir nicht vom Weg abkommen. Oft haben wir dich gar nicht gesehen, weil du so verstohlen und schlau warst, aber wir haben deine Gegenwart immer gespürt. So wie wir dich auch jetzt noch an unseren Hacken spüren, obwohl du in anderen Gefilden weilst. Du wirst immer bei uns sein und wir immer bei dir. Auf Wiedersehen, mein guter alter Freund.«

»Amen«, sagte Fergus, und Natalie, Mel und Jeannie taten es ihm unwillkürlich nach.

Steve und George ließen die Holzkiste in den Boden hinab, während Rachel vortrat und ihr Rosmarinsträußchen auf den Deckel warf.

»Und diesen hier«, fügte sie hinzu und zog einen zerdrückten Tweedhut aus der Tasche. »Er gehörte Dot. Sie hat ihn immer getragen, wenn sie im Regen spazieren gegangen ist. Gem hat noch Jahre nach ihrem Tod darauf geschlafen.« Mehr brachte sie nicht heraus, sondern warf ihn behutsam auf Gems Sarg.

Natalie und Mel warfen Wildblumen von der Wiese hinterher, dann führte Rachel ihren Sohn fort, damit George das Grab zuschaufeln konnte.

Nachdem alle eine Tasse Tee und ein Stück Kuchen bekommen hatten, kehrten Jeannie und Rachel zu den Gehegen zurück. Von allein würden die Hunde weder herumtoben noch sich füttern oder ihre Käfige ausspritzen, wie Rachel feststellte. »Außerdem ist es genau das, was Gem gewollt hätte.«

Da Dan sich den ganzen Tag irgendwelchen Untersuchungen unterziehen musste und Dr Allcott betonte, dass er danach ruhebedürftig sei, blieb Jeannie bei Rachel und half ihr bei den alltäglichen Verrichtungen. Dans Gemütszustand, die Untersuchungsergebnisse und ihre ungewisse Zukunft beschäftigten sie allerdings sehr. Um drei kam Mel und verkündete, dass sich nun ein Team von Ehrenamtlichen um den Rest kümmern würde.

»Geht nach Hause und trinkt Tee«, sagte sie freundlich. »Oder Wein. Was auch immer ihr braucht. Wir übernehmen hier.«

Also gingen Rachel und Jeannie in die große Küche der Fenwicks. Fergus hockte auf dem Boden, spielte mit Dolly, dem Collie, und brachte ihr bei, die Pfote zu heben, wenn sie ein Cocktailwürstchen wollte. Als er die düsteren Mienen seiner Mutter und ihrer Freundin sah, diesen Gesichtsausdruck, der verriet, dass sie ein Erwachsenengespräch führen wollten, schnappte er sich drei Chipstüten und seinen Welpen und verzog sich nach oben in seine Höhle.

Jeannie schob Post, Notizen, Kataloge und Zeitungen beiseite und setzte sich auf einen Stuhl. Sie blätterte durch die *Longhampton Gazette* und entdeckte einen Artikel, der triumphal mit rotem Kugelschreiber eingekreist war. Der Mann mit der Welpenfarm, der für die elende Existenz von Sadie und ihren Schwestern verantwortlich war, musste eine Strafe von 15000 Pfund bezahlen, durfte sein Leben lang keine Tiere mehr züchten und war zu gemeinnütziger Arbeit verdonnert worden. Ein kleiner Lichtblick an einem traurigen Tag.

Rachel schenkte zwei Gläser Weißwein ein, stellte Jeannie eins hin und trank ihres noch im Stehen zu einem Viertel aus. Dann ließ sie sich mit einem Stöhnen nieder. Sagen musste sie nichts.

Jeannie nippte an ihrem Wein und beschloss, Rachel nicht nach dem Hundezüchter zu fragen. »George hat das wunderbar gemacht heute Morgen«, sagte sie. »Mir sind wirklich die Tränen gekommen. Schon gestern musste ich so weinen, als er mir erzählt hat, wie Gem überhaupt hierhergekommen ist.«

»Nun ja, er kann sehr redselig sein, wenn es um Hunde geht. Für Menschen gilt das leider nicht so sehr. Oje!« Rachel fuhr sich mit der Hand durchs Haar. »Tut mir leid, ich habe nicht das Recht, mich zu beklagen, nicht dir gegenüber. Morgen ist ein großer Tag, nicht wahr?«

»Ja, das stimmt. Andererseits habe ich nicht das Monopol auf schlimme Zeiten, Rachel. Wir liefern uns ja keinen Wettbewerb, wer das schrecklichste Schicksal hat. Und du hast soeben deinen Hund verloren.«

»Nicht wirklich meinen, sondern Dots. Und wenn die hier wäre, würde sie mich bitten, mich doch verdammt noch mal zusammenzureißen.« Rachel starrte düster in ihr Glas. »Sie wäre von meinem Leben begeistert gewesen: Ehemann, reizender Sohn, heißes Wasser bis zum Abwinken.«

»Ich bin mir sicher, dass sie das nicht so schroff ausdrücken würde.«

»Doch, sie war ziemlich direkt. Was ich am meisten an Dot bewundert habe ...«, fuhr Rachel fort, halb zu sich selbst, »... war ihre Weigerung, sich von den Dingen beeinflussen zu lassen, die das Leben meiner Mutter dominiert haben. Sie hat eine gute Stelle gekündigt, hat ganz allein ihr Unternehmen hochgezogen und nie geheiratet. Das Alter hatte keinen Schrecken für sie, und sie scherte sich auch nicht darum, was andere sagten. Sie hat einfach ihr Leben gelebt.«

»Wie du.« In Jeannies Augen war Rachel jemand, der

sich nicht von Ängsten bestimmen ließ. »Wovor hast du denn Angst?«

»Vor mir selbst!« Die Antwort war mit überraschender Verve aus ihr herausgeplatzt. »Ich weiß selbst nicht, was mit mir los ist. Nächsten Monat werde ich fünfzig, aber ich möchte nicht fünfzig werden. Fünfzig ist … na ja …« Sie deutete das Wort »alt« an und warf einen schuldbewussten Blick zur Tür, falls Fergus lauschen sollte.

»Du bist doch noch nicht …« Jeannie gab das Wort stumm zurück. »Du fängst doch gerade erst an.«

»Die Natur erinnert einen gerne daran, dass die Zeit fortschreitet, selbst wenn der Friseur das Gegenteil suggerieren will.« Sie fuhr sich mit den Fingern durch den mit silbernen Strähnen durchzogenen Pony und korrigierte sich. »Es ist nicht so sehr das Gefühl, alt zu werden, mit dem ich nicht klarkomme, sondern das Gefühl … zwischen den Stühlen zu sitzen. George redet ständig davon, in den Ruhestand zu gehen, während Fergus noch nicht einmal die weiterführende Schule besucht. Innerlich fühle ich mich wie dreißig, aber entweder leide ich schon unter Hitzewallungen, oder wir müssen den Boiler reparieren. Dabei habe ich noch Pläne. Ich bin noch nicht bereit dazu, mich im mittleren Lebensalter einzurichten und wie meine Eltern im Gartencenter auf Schnäppchenjagd zu gehen.«

»Wird George denn überhaupt frühzeitig in den Ruhestand gehen?« Jeannie dachte an seine Arbeitsbelastung, die sich ohne Dan noch verdoppelt hatte. »Ist das nicht etwas, was Workaholics immer behaupten, damit ihre Mitmenschen ihnen keine Vorträge über stressbedingte Herzprobleme halten?«

»Vor zwei Jahren hätte ich das glatt verneint. Jetzt würde ich es nicht mehr beschwören. George hat sich verändert. Aber ich auch.« Rachel hob den Kopf und schaute aus dem Fenster, dann wandte sie sich mit einem sorgenvollen Lächeln wieder an Jeannie. »Ist dir aufgefallen, was die Frauen in der Regel als Erstes sagen, wenn sie uns ihr Hochzeitskleid geben? ›O wie schrecklich, ich passe nicht mehr rein!‹ Als hätten sie sich selbst verraten. Aber wieso sollten sie reinpassen? Wer ist schon fünfzehn Jahre später noch dieselbe Person?«

»Vermutlich niemand.« Jeannie fragte sich, worauf Rachel hinauswollte. Immerhin hatte sie ihr eigenes Kleid als besonders gehässigen Personal Trainer benutzt.

»Genau. Das Leben verändert uns. Und das ist auch gut so.« Sie drehte ihr Glas am Stiel hin und her. »Hochzeiten sind ein einziger Tag, an dem alles perfekt ist. In der Ehe hingegen geht es um tausend winzige Veränderungen und Anpassungen. Mit jedem Buckel in der Straße verändern sich beide Beteiligten, und das nicht immer synchron. Solange man zusammen ist, bleibt das so. Und dieser selbst gemachte Druck, immer noch in das eine perfekte Kleid reinpassen zu wollen, kommt mir allmählich wie eine Verrücktheit vor, an der man notwendigerweise scheitern muss.«

»Eine Verrücktheit, die man sich auch noch einiges kosten lässt.«

Rachel seufzte. »Vielleicht war es früher besser, als die Menschen einfach in ihrem Sonntagsstaat geheiratet haben – da wusste man, was man hatte. Denselben Mann, mit dem man schon drei Jahre ausging. Und man selbst bekam einen schönen neuen Hut, den man danach auch noch tragen konnte.«

Eine lange Pause entstand. Jeannie dachte an Owen und seinen Kilt, den man dem Appetit eines Manns über die Jahre hinweg unauffällig anpassen konnte. Männer hatten es um einiges einfacher.

Sie streckte die Hand über den Tisch. »Es tut mir leid, dass Dan und ich das Leben für euch noch schwerer machen.«

»Oh, das tut ihr doch gar nicht. Wenn überhaupt, dann lässt mich Dans Unfall nur umso schmerzlicher erkennen, dass man miteinander reden sollte, solange noch Zeit ist. George hasst dieses Gequatsche, vor allem über das, was er Frauenthemen nennt. Aber ich werde versuchen, ihm zu erklären, warum ich ausgerastet bin und warum ich mich selbst strafe, wenn ich ihn strafe. Und er ist hoffentlich Manns genug, um zuzugeben, dass er sich auch ganz schön idiotisch aufgeführt hat.« Rachel machte eine Pause, als wappnete sie sich für das Schlimmste. »Er ist ein sturer Bock, aber wir haben dem Pfarrer schließlich versprochen, dass wir alles daransetzen ...«

Jeannie konnte sich nicht vorstellen, dass George angesichts Rachels Entschuldigung stur bleiben würde. Für ihr Empfinden wartete er nur darauf, dass jemand den Anfang machte. Sie hielt Rachel ihr Glas hin, als die fragend die Flasche hob. »Freut mich zu hören.«

»Und weißt du auch, *warum* ich das tun werde?«, fuhr Rachel fort.

»Weil ihr euch liebt?«

»Tja. Ich glaube, wir haben noch ein gewisses Potenzial. Aber ich möchte dich ebenfalls dazu ermutigen, es zu beherzigen. Beerdigungen haben den Vorteil, dass man den Blick aufs Wesentliche richtet, vor allem die Beerdigungen von Hunden – sie verlassen uns zu früh.« Sie stellte die Flasche hin und sah Jeannie an. »Du musst unbedingt herausfinden, was du möchtest.«

»Das habe ich schon.« Sie sah Rachel direkt in die Augen. »Dan braucht meine Unterstützung.«

»Die kannst du ihm ja auch zuteilwerden lassen. Aber sei so ehrlich, darüber nachzudenken, wohin du im Leben wirklich willst. Es ist erschreckend, wie schnell aus einem Jahr fünf werden, dann zehn. Ich wünschte, ich hätte George vor zwanzig Jahren getroffen, statt mich vom Leben dahintreiben zu lassen. Wir hätten mehr Fergs haben können, mehr Abenteuer. Du hast Träume, Jeannie.«

Wollte Rachel ihr raten, Dan zu verlassen? »Ich glaube nicht, dass ich es mit mir aushalten würde, wenn ich Dan jetzt im Stich ließe.«

Rachel musterte sie, als überlegte sie, ob sie etwas sagen solle, ein leises Lächeln auf den Lippen.

»Was ist?«

»Manchmal entsteht das Beste aus den schlimmsten Anfängen. Es ist kein Geheimnis – meine Freunde wissen es alle –, dass ich bei meiner ersten Verabredung mit George schwanger wurde. Bei der allerersten! Kannst du dir das vorstellen?« Sie tat so, als wäre ihr das hochnotpeinlich. »Was für eine Schande! Wir kannten uns ja kaum. Wir waren verantwortungsbewusste Erwachsene. George war im Gemeinderat! Und trotzdem … Es ist passiert. Es war, als hätte das Universum etwas begriffen, das uns selbst nicht klar war.«

»Vielleicht ist es bei Dan und mir ja genauso«, sagte Jeannie. »Nicht der allerbeste Beginn, aber das Universum könnte uns eine Prüfung auferlegt haben …«

Rachel schob ihren Stuhl zurück und stand auf. »Ich habe doch gar nicht über Dan und dich geredet«, sagte sie mit einem Blick über die Schulter.

Jeannie runzelte die Stirn. Bevor sie Rachel fragen konnte, was sie damit sagen wollte, grinste die breit und erklärte: »Gestern habe ich übrigens eine Mail von einer unserer ehrenamtlichen Mitarbeiterinnen bekommen. Sie wollte wissen, ob sie sich bei dir melden darf, weil ihr Sohn an Gitarrenunterricht interessiert wäre …«

Sadie brauchte immer eine Weile, um den Weg zum Cottage hinter sich zu bringen, da die anderen Spaziergänger so viele Hundepipi-Botschaften in den Hecken hinterließen. Sie hatten erst die halbe Strecke geschafft, als Jeannie einen Wagen auf den Kiesweg fahren hörte.

Es war George, der aus der Praxis kam.

Jeannie eilte zum Haupthaus zurück. Sie wollte ihm sagen, wie anrührend sie seine Grabrede auf Gem gefunden hatte, aber dann sah sie, dass er an der Hintertür stand und sich mit etwas Unhandlichem herumschlug.

Auf dem Rücksitz hing ein Kleidersack. George nahm ihn vorsichtig vom Haken und legte ihn sich behutsam über den Arm.

Hatte er einen Ersatz für Rachels Hochzeitskleid besorgt?, fragte sie sich. Nein, Moment mal – das war ein mehr als vertrauter Kleidersack …

Jeannie konnte nicht an sich halten und rannte den Pfad entlang, direkt auf den Landrover zu.

»George!«, keuchte sie. »Ist das Rachels Kleid?«

George verdrehte die Augen. »Natürlich ist es das. Du glaubst doch nicht, dass ich dieser albernen Frau das letzte Wort überlasse, wenn sie meinetwegen ihr Givenchy-Kleid verkauft? Das würde sie mir immer und ewig unter die Nase reiben. Ich hätte das Doppelte bezahlt, um nicht als hartherziger Tyrann dazustehen.«

Er griff in die Innentasche seines Jacketts und reichte ihr einen Umschlag. »Das lag dabei. Lies.«

Es war der Abschiedsbrief, den Rachel an ihr eigenes Kleid geschrieben hatte. Jeannie war sich nicht sicher, ob er für ihre Augen bestimmt war. Sie sah auf. »Meinst du?«

»Nun lies schon«, sagte er. »Der Brief enthält eine Perle der Weisheit, die man meines Erachtens niemandem vorenthalten sollte, der in den heiligen Stand der Ehe treten will.«

»Liebe Tilly«, begann Rachel in ihrer markanten Handschrift.

*... dieses Kleid hat mich zu der glücklichsten, seligsten, schönsten Frau der ganzen Welt gemacht. Und das Magische ist, dass ich mich, nachdem ich es ausgezogen hatte, immer noch wie die glücklichste, seligste und schönste Frau der Welt fühlte. Ich hoffe, Ihre Liebe wird genauso perfekt sein wie die, die ich gefunden habe. Vergessen Sie nicht, dass eine Ehe wie ein gut designtes Kleidungsstück enger und weiter gemacht werden kann, damit sie beiden Partnern immer passt.*
*Schrecken Sie nie vor den nötigen Veränderungen zurück.*
*Mit den besten Wünschen für Ihr gemeinsames Leben*
*Rachel Fenwick*

Jeannie sah auf, unendlich gerührt. »Das ist ja sehr romantisch. Aber wie hast du das Kleid nur aufgetrieben?«

»Wie du mittlerweile wissen dürftest, Jeannie, bin ich ein geradliniger Typ. Aber meine Frau bringt mich dazu, wie ein Fuchs zu denken. Sie hätte es nie zugelassen, dass ich es einfach kaufe, das war mir klar. Adam Marsden ist der ... Schwager von Schwester Sharon aus unserer Praxis.« George schüttelte den Kopf über die komplizierten Verwandtschaftsverhältnisse, aber aus seinen Augen blitzte ein stolzes Vergnügen. »Allein die Kosten für die Kuriere in dieser Posse sind ein Irrsinn.«

»Aber das ist es wert.« Jeannie reichte ihm den Umschlag zurück. Die beiden passten gut zueinander,

Rachel und George. Stur und nicht ganz einfach, aber liebevoll und klug und – hoffentlich – nicht nachtragend. Und sie wussten, was sie aneinander hatten.

»Sie ist kostbarer als Rubine, wie es der große Kerl im Obergeschoss mal ausgedrückt hat.« Er steckte das Briefchen wieder in die Tasche. »Und wenn du mich jetzt entschuldigen würdest: Ich muss noch ein Kleid auf meinem eigenen verdammten Dachboden verstecken.«

Jeannie hatte sich vorgenommen, nicht nachzuschauen, ob Edith ihr Demoband in der Dropbox schon geöffnet hatte, aber nach den beiden Gläsern Wein bei Rachel konnte sie sich nicht mehr beherrschen.

Es war, als würde man an einer Kruste knibbeln. Sie wusste, dass sie nicht nachschauen sollte, aber da sie ihren wertvollsten Song in den Schoß der Götter gelegt hatte, vibrierte sie förmlich vor Anspannung. Hatte Edith ihn Amir schon vorgespielt? Hatte Edith ihn ihrem Songwriter-Team vorgespielt? Mochte sie ihn? Was, wenn die geheimnisvolle Berühmtheit ihn mochte und aufnahm? Wie viel Geld würde sie, Jeannie, dafür bekommen? Und dann folgten die schlimmen Gedanken: Oder hasste Edith den Song? Schämte sie sich für Jeannie? Lachte sie über sie, da unten in London, zusammen mit diesen coolen Leuten?

Jeannies Maus schwebte über dem Icon. Sie hielt die Luft an und klickte.

Oh. Edith hatte die Datei noch gar nicht geöffnet.

Sie ließ sich auf ihre Hacken sinken, unten auf dem Küchenboden. »Oh«, sagte sie noch einmal. »Na gut.«

Sollte sie Edith eine Mail schicken, dass der Song da war? Ein Teil von ihr neigte dazu, aber gleichzeitig wollte sie, dass Edith ihre Begeisterung teilte. Ich möchte, dass sie ihre Dropbox von selbst öffnet, dachte sie. Ich möchte, dass sie sich dafür interessiert, was ich geschrieben habe.

Lady Sadie, die im Korb lag, hob fragend den Kopf.

Das Handy auf dem Boden vibrierte. Es war Owen. *Kannst du reden?*

Jeannie betrachtete die Nachricht, immer noch hin- und hergerissen, ob sie Edith auf ihren neuen Song hinweisen sollte oder nicht. Owens Gegenwart, und sei es auch nur in Form einer Nachricht, machte alles nur noch komplizierter. Er würde ihr abraten. Er würde sagen: Gib ihn erst gar nicht her.

Sie schwankte. Ganz unrecht hatte er nicht. Andererseits, was wusste Owen schon über die Musikindustrie? Oder über Edith? Wenn Jeannie auf seine Nachricht antwortete, würde er sich erkundigen, wie sie sich entschieden habe.

Vielleicht wollte Owen aber auch über das morgige Treffen sprechen. Er hatte Andrea und ihr bereits mitgeteilt, dass er nicht daran teilnehmen könne, weil er eine Arbeitsbesprechung habe. Jeannie versuchte, den Gedanken zu verdrängen, wie viel besser es ihr ginge, wenn Owen dabei wäre. Er würde die Informationen strukturieren, Fragen stellen und Andreas Gefühlsaufwallungen bändigen.

Ihre Hände bewegten sich, bevor ihr Gehirn sie bremsen konnte. *Hallo. Alles in Ordnung?*

Er antwortete sofort. *Es gibt etwas, über das ich mit dir reden muss.*

Jeannies Puls beschleunigte sich. Sie hätte furchtbar gerne mit Owen geredet, aber in einem Moment der Klarsicht wurde ihr bewusst, dass das nicht gut war. Owen verstand sie auf eine Weise, wie Dan es nicht tat. Er hatte sie in ihren besten und schlimmsten Phasen erlebt. Gemeinsam hatten sie etwas Entsetzliches durchgestanden und in wenigen Wochen mehr unangenehme, aber ehrliche Gespräche geführt als Dan und sie in einem ganzen Jahr. Außerdem mochte sie ihn, und zwar sehr. Jeannie konnte gut verstehen, warum Dan seinem Freund vertraute.

Aber Dan und Owen waren schon ewig befreundet. Sie konnte nichts tun, was diese Freundschaft beschädigte, angefangen mit spätabendlichen »Kannst du reden«-Nachrichten.

*Tut mir leid, ich bin bei Freunden zum Abendessen*, schrieb sie zurück. *Worum geht es denn?*

Dieses Mal entstand eine längere Pause. Jeannie fragte sich, ob er wusste, dass sie log. Das Cottage schien mit ihr zu atmen, als sie auf dem Boden saß und darauf wartete, dass der Bildschirm wieder aufleuchtete.

*Ich muss mit dir über das Treffen morgen reden.*

Jeannie schloss die Augen, plötzlich zu müde, um Andeutungen zu ertragen. Wollte er sie wegen ihrer Nachricht auf der Mailbox zur Rede stellen? Oder wegen des Päckchens? Das war ihr mittlerweile egal. Und über das Treffen selbst könnte Owen ihr nichts mitteilen, das sie nicht schon wüsste, nichts, über das sie sich nicht schon Gedanken gemacht hätte. Vielleicht wollte er ihr einfach mitteilen, dass er doch kam und ihr zur Seite stand.

Wie würde Owen reagieren, wenn er wüsste, was sie getan hatte? Vermutlich genauso wie Natalie, als Beth so gedemütigt wurde. Und seine Verachtung wäre mehr als berechtigt. Der Gedanke an Owens Gesicht, wenn ihm klar wurde, dass sie nicht die nette, ehrliche Person war, für die er sie immer gehalten hat ... dieser Gedanke war unerträglich.

*Daumen drücken für gute Nachrichten morgen, Dan in Superklinik und bald zu Hause xx*, tippte sie und drückte auf senden.

Sadie bequemte sich aus ihrem Korb und trottete zu Jeannies Schoß, wo sie sich mit einem Ächzen niederließ. Das Gewicht ihres kantigen Kopfs hatte etwas Tröstliches, und ihr Herzschlag, der an Jeannies Bein klopfte, war beruhigend. So saßen sie beisammen, atmeten bald schon im selben Rhythmus und warteten, dass ein Piepen des Handys eine Antwort verkündete.

Draußen ging die Sonne unter, aber es kam nichts. Jeannie war erst enttäuscht, dann erleichtert. Aber als sie gerade aufstehen und sich einen Tee kochen wollte, leuchtete in dem düsteren Raum der Bildschirm auf.

*Hast du Edith deinen Song geschickt?*

Sie hielt das Handy minutenlang in der Hand und versuchte zu entscheiden, was von dem widersprüchlichen Stimmengewirr in ihrem Kopf sie mitteilen sollte. Aber bevor sie sich für die richtigen Worte entscheiden konnte, schrieb Owen schon wieder.

*Triff keine überstürzten Entscheidungen. Deine Stimme ist zu kostbar, um sie wegzuwerfen.*

»Um Gottes willen«, sagte Jeannie laut. »Nicht einmal ich würde etwas derart Kitschiges schreiben.«

Sie drehte das Handy in ihrer Hand herum. *Ich habe ihr den Song gestern Abend geschickt.*

Es kam keine Antwort, und nach fünf Minuten beschloss Jeannie, dass sie keine Lust mehr hatte, auf eine zu warten. Es wurde spät.

»Komm, Sadie«, sagte sie. »Noch ein letzter Gang nach draußen und dann ab ins Bett.«

Sie steckte das Handy in die Tasche, damit sie nicht versucht sein würde, nach Owens Antwort zu schauen.

Über den Hügeln war ein milchiger Mond aufgegangen. Jeannie ließ Sadie durch die raschelnde Wegrandbepflanzung strolchen, was ganze Wolken von dem moschusartigen Duft des Goldlacks freisetzte, und schaute zum Haupthaus hinüber. Sie fragte sich, ob Rachel das heimgekehrte Kleid bereits entdeckt hatte.

Im unteren Stockwerk brannte Licht. Die Schiebefenster im Wohnzimmer waren geöffnet und ließen einen breiten Lichtstreifen auf den Rasen fallen. Mitten auf dem Rasen standen zwei Gestalten, die Arme verschlungen und die Schultern aneinandergelehnt, als würde das perfekt ausbalancierte Gewicht sie beide aufrecht halten.

Rachels bleiches Gesicht, geborgen an Georges Schulter, war kaum zu erkennen. Georges silbrig blonder Kopf beugte sich fürsorglich über den seiner Frau. Sie trug ein drapiertes elfenbeinfarbenes Cocktailkleid, das in der Mischung aus Mond- und elektrischem Licht schimmerte. Er trug ein kariertes Hemd mit hochgekrempelten Ärmeln. Wie Statuen sahen sie aus, stark und sinnlich. Einander unterstützend.

Ist das ein Zeichen?, dachte Jeannie, die verzweifelt nach göttlicher Führung suchte. Rachel und George hatten keinen guten Start gehabt, waren fast Fremde gewesen, und nun sieh sie dir an. Eine starke Ehe, die sich veränderte und anpasste. Sollte ich mir das zum Vorbild nehmen? Können Dan und ich wie die beiden sein?

Als sie sich noch einen Reim auf die Szene machen wollte, führte George seine Frau in einen langsamen Walzer. Rachel drehte sich, und das Mondlicht fiel auf ihren blassen Rücken. Der Reißverschluss war nur halb geschlossen. Das Kleid passte nicht. Rachel war das egal. Es konnte weiter gemacht werden. George murmelte etwas an ihrem Hals, und Rachel lachte.

Und dann küsste er sie, sehr lange und sehr langsam, als wäre es der Tag ihrer Hochzeit.

# Kapitel 27

Freitagmorgen wachte Jeannie eine Stunde vor dem Wecker auf und beobachtete vom Bett aus, wie sich das tiefe Dunkelblau des Himmels in ein blasses Türkis verwandelte. Sie wollte jeden Moment dieses Morgens auskosten, bevor sich alles verändern würde.

Lady Sadie schlief auf einer Jacke an der Tür, neben der Ukulele, auf der Jeannie vor dem Zubettgehen gespielt hatte. Der Chor der Dämmerung sandte blinkende Liedfragmente in die Dunkelheit, und sie ließ die Musik über sich hinwegrauschen. Es waren die seltsamsten, ereignisreichsten, glücklichsten und traurigsten zwei Monate ihres Lebens gewesen, aber nun war es vorbei. Sie hatte bis in die frühen Morgenstunden gegrübelt und war zu einem Entschluss gelangt: Sie würde Dan nie verraten, dass sie die Hochzeit platzen lassen wollte.

Was würde das schon bringen? Es würde ihn nur verletzen, und wozu sollte das gut sein? Solange sie Andrea davon abbringen konnten, Hochzeitsvorbereitungen zu treffen, könnte Jeannie bei Dan bleiben, bis er wieder bei Kräften war. Das war ihr wichtig. Wenn sie in den letzten Monaten etwas gelernt hatte, dann, dass die Liebe darin bestand, geliebten Menschen bei Problemen zu helfen und sich nicht aus dem Staub zu machen. Es galt, die Liebe dem willkürlichen Schlingerkurs des Lebens anzupassen.

Jeannie lauschte dem Vogelgezwitscher und dem Schnarchen ihres Hundes und sagte sich, dass sie das Richtige tat. Wenn es sich anfühlte, als trüge sie eine Last auf ihren Schultern, dann war das noch nichts im Vergleich zu dem, was Dan durchmachte. Absolut nichts.

Jeannie hielt ihr Handy in der Hand, als sie im Zug zum Krankenhaus saß und aus dem Fenster schaute. Die mit Schafen gesprenkelten Felder wichen allmählich Häusern, als sich die graue Stadt breitmachte.

Eigentlich hatte sie erwartet, dass Owen noch einmal schreiben oder sogar anrufen würde, aber was auch immer er ihr am Vorabend Dringendes hatte mitteilen wollen, hatte an diesem Morgen offenbar an Bedeutung verloren. Sie riss den Blick von dem leeren Bildschirm los und füllte ihren Kopf stattdessen mit Erinnerungen an Dan. Nachdem sie ihre frühen geschwätzigen WhatsApps überflogen hatte, scrollte sie durch die lächelnden Fotos, bis sie die warme Überzeugung verspürte, dass sich die Dinge schon fügen würden.

Auf halbem Weg nach Birmingham ging sie in die Dropbox und stellte irritiert fest, dass Edith ihre Datei immer noch nicht geöffnet hatte. Gesehen hatte sie sie in jedem Fall, weil es andere Dateien gab, die sie sich angeschaut hatte. Offenbar spielte sie ein Spielchen mit ihr.

Vergiss es, dachte Jeannie unvermittelt. Ich habe keine Zeit mehr für Spielchen. Sollte es zum großen musikalischen Durchbruch kommen, darf das nicht passieren, wenn ich mit Dan beschäftigt bin. Vielleicht ist es auch schon zu spät.

Sie wählte Edith' Nummer, die neue, die sie seit ihrem Umzug in den Süden hatte.

Die Mailbox sprang an, aber Jeannie hinterließ keine Nachricht, sondern wählte einfach noch einmal. Und noch ein drittes Mal.

Nach fünf Klingeltönen ging Edith tatsächlich dran. »Heyyy!«, sagte sie, äußerst cool. »Wie geht's?«

»Super, danke.« Jeannie war nicht danach, Edith zu erzählen, was ihr bevorstand. »Hör zu, hast du mein Demo schon heruntergeladen? Es ist schon zwei Tage in der Dropbox.« Sie wusste, dass Edith es noch nicht getan hatte, aber sie wollte den Grund wissen.

»Zwei Tage schon? Wahnsinn, tut mir leid. Seit meiner Rückkehr ist im Studio der Teufel los.« Edith gähnte wie eine Katze. »Bin seither kaum ins Bett gekommen.«

»Wirst du es dir denn anhören?«

»Unbedingt. Sobald ich Zeit habe, mich richtig darauf zu konzentrieren.«

Jeannie schaute aus dem Fenster und wünschte, sie hätte am Vorabend mit Owen geredet. Innerhalb weniger Wochen hatte Owen ihr Ratschläge gegeben, die ihre Sicht auf sich selbst vollkommen verändert hatten. Er ging davon aus, dass man Edith nicht trauen konnte – und er hatte recht. Außerdem hatte er verstanden, dass es für Jeannie wichtiger war, ihre eigene Stimme zu finden, als Geld zu verdienen. Und dass sie große Probleme hatte, ihre Interessen zu verteidigen. Und dass ihre Musik von einem Ort kam, der ihr selbst ein Mysterium war. Owens Reaktion bei dem Galaabend hatte ihr klargemacht, dass ihr Song etwas Besonderes war, mehr als all der Applaus.

Aus dem Ukulele-Unterricht ist nie etwas geworden, dachte sie traurig. Aber sie könnte Owen immer noch per Post eine Ukulele schicken. Mitsamt Lehrbuch.

Im nächsten Moment wies eine Stimme in ihrem Kopf sie darauf hin, dass Dan Edith auch nicht für vertrauenswürdig hielt. Und ihre Eltern ebenfalls nicht. Und auch Rachel nicht. Es war also keine Einzelmeinung.

»Worum geht es also?«, fragte Edith.

»Entschuldigung?« Jeannie kehrte wieder in die Gegenwart zurück.

»Dein Song. Hast du nun doch über Dans Unfall geschrieben?« Eine verschmitzte Pause. »Oder über mich? Haha! War nur ein Scherz. Handelt er von Dan?«

Das schienen alle zu denken. »Es geht um die Liebe.«

»Cool! Hör zu, ich stecke gerade mitten in einer Sache. Ich ruf dich einfach zurück, wenn ich es mir angehört habe, ja?«

»Gut«, sagte Jeannie und beendete die Verbindung.

Ein, zwei Meilen lang betrachtete sie die Reihenhäuser und fühlte, wie die Luft ihre Lunge füllte und wieder verließ, rein und raus, rein und raus. Und dann, in einem einzigen Atemzug, der ihre Beziehung für immer verändern würde, löschte Jeannie in aller Seelenruhe die Datei aus Edith' Dropbox.

Es war *ihr* Song, ein Song über diesen sonderbaren Moment in ihrem Leben, und wenn ihn nie wieder jemand hören würde, war das vollkommen in Ordnung. Jeannie würde ihn für sich behalten. Niemand anders würde ihn je singen.

Den kurzen Weg vom Bahnhof zum Krankenhaus legte sie an diesem Morgen schneller zurück denn je. Jeannie nahm sich einen Moment, um sich ganz auf Dan zu konzentrieren. Auf die Aufgabe, ihm dabei zu helfen, zu seinem alten Selbst zurückzufinden.

Tiefer Atemzug.

Langer Weg. Geduld und Unterstützung.

Tiefer Atemzug.

Sie würden sich richtig kennenlernen. Vielleicht kehrte die Liebe zurück – vielleicht sogar stärker denn je. Sie hatten nur einfach die Flamme erstickt, indem sie zu schnell vorwärtsgeprescht waren. Jetzt hatten sie Zeit. Alle Zeit der Welt. Wer wusste schon, was geschah.

Jeannies Magen tat einen Satz.

Tiefer Atemzug.

Langer Weg, begann sie noch einmal. Geduld und Unterstützung. Dann zuckte sie zusammen, weil jemand sie mit aller Kraft am Arm packte.

Sie fuhr herum und sah schockiert, dass ihre Mutter

hinter ihr stand, an ihren Arm geklammert, als wäre er ein Geländer.

»Mum?«

»Jeannie! Gott sei Dank, dass ich dich noch rechtzeitig erwische.« Sues rundes Gesicht war von dem strammen Marsch knallrot. »Ich muss mit dir reden, Missus.«

»Was machst du denn hier? Wo ist Dad?«

»Er sucht einen Parkplatz. Wann ist die Besprechung?«

Jeannie hatte Mühe, diese unerwartete Entwicklung zu begreifen. »In ungefähr fünfzehn Minuten. Ihr seid heute Morgen hierhergefahren? Von Dumfries?«

»In fünfzehn Minuten!« Sue verdrehte die Augen. »Wirklich im letzten Moment.«

»Ich will nicht unhöflich sein, aber ich komme schon zurecht.« Offenbar hatte ihre Mutter beschlossen, dass sie bei dem Treffen Beistand benötigte, irgendjemanden, der Dr Allcott erklärte, dass sie Reha-erfahren war und Dan helfen konnte, wenn er nach Hause entlassen wurde. »Ich bin schließlich schon erwachsen und ...«

Sue ließ sie gar nicht ausreden. »Dein Vater hat mir erzählt, was passiert ist. Du wolltest Daniel gar nicht heiraten! Und jetzt tust du so, als wäre nichts gewesen, und heiratest ihn, nur weil er im Rollstuhl sitzt und dir leidtut.«

»Was? Wer redet denn von heiraten?« Was hatte Dad ihr erzählt? Jeannie schaute sich nach seiner üblichen Sommerjacke um. »Du meinst, weil Andrea Hochzeitsempfänge organisiert? Denn ...«

»Aber du wirst bei ihm bleiben.«

»Ja natürlich! Er braucht mich.« Sie trat zurück, um einen Rollstuhl durchzulassen. Krankenbetten und Besucher machten einen großen Bogen um sie. »Könntest du bitte leiser reden?«

Ihre Mutter packte sie am Arm und zwang sie, sich zu konzentrieren. »Ich kenne dich, Jeannie. Du hast immer Angst, was die Menschen von dir denken könnten. Aber ich sage dir hier und jetzt, als deine Mutter, dass du nicht jemanden heiraten kannst, den du nicht liebst. Das widerspricht absolut allem, worum es in der Ehe geht. Allem!«

»Aber Mum. Dad muss dir doch auch erzählt haben, dass ich den Unfall verursacht habe, oder? Mit meinem Anruf.«

»Die Liebe ist nichts, das man jemandem schuldet. Es würde mir das Herz brechen, wenn ich mit ansehen müsste, wie du Gefühle simulierst, die du gar nicht hast. Und glaub mir, Dans Herz würde es auch brechen.«

»Mehr, als wenn er miterleben müsste, wie ich mich vor der Verantwortung drücke? Würde das dein Herz nicht auch brechen? Nach allem, was du Angus und mir mit auf den Weg gegeben hast?«

»Wenn es bedeutet, dass du dein Leben verschenkst, dann ja, Jeannie! Ja, das würde mir das Herz brechen!« Sues Augen funkelten wild. »Dein Vater und ich, wir lieben uns. Es war nie die Frage, ob er bleiben würde. Verheiratet oder nicht, hätte keinen Unterschied gemacht. Wir hätten gar nicht ohne einander leben können. Bei Daniel und dir – und ich bitte dich wirklich um eine ehrliche Meinung – ist es nicht so, oder?«

»Mum …«

»Jeannie, ich sehe es dir doch an.« Sue schüttelte deren Hände. »Ich mag Dan sehr gerne, aber wenn du ihn nicht liebst, tust du ihm keinen Gefallen, wenn du ihm etwas vorspielst. Eines Tages wird nämlich jemand kommen, der dir den Kopf so richtig verdreht, und dann wird dich nichts mehr halten. Nur ein paar leere Schwüre, von denen dir selbst klar ist, dass du sie nie so gemeint hast. Und was wird dann aus Dan? Er hat jemanden verdient, der ihn genauso liebt wie er dich.«

Jeannie versuchte, sich loszumachen. »Mum …«

»Himmel, Susan, diese Parkerei treibt mich noch in den Wahnsinn …« Brian wankte herbei und merkte dann, mit wem seine Frau redete. »Hat sie …?« Er schaute zwischen ihnen hin und her und schnappte nach Luft.

»Hat sie.« Jeannies Herz hämmerte schmerzhaft. Das war alles nicht sehr hilfreich. »Sie hat ihren Standpunkt laut und deutlich vertreten.«

Sue drehte sich um und tätschelte seinen Arm. »Danke, dass du uns noch rechtzeitig hierhergebracht hast, mein Schatz.«

»Kein Problem.« Er keuchte, und sein Gesicht war knallrot. »Es war mein Fehler, dass ich so lange gewartet habe, bis ich es dir erzählt habe.«

»Wenn ich das gewusst hätte, Brian …«

»Warum geht ihr nicht einen Kaffee trinken und macht unter euch aus, wessen Fehler das ist«, sagte

Jeannie und schob sie in Richtung Costa Coffee. »Und ich begebe mich zu der Besprechung.«

Jeannie konnte jetzt keine Ablenkung brauchen. Sie sprang nicht einmal darauf an, dass ihre Mutter schon wieder von Hochzeit gesprochen hatte.

Dan, dachte sie. Es geht um Dan. Nicht um mich.

Andrea war bereits in Dans Zimmer, zupfte an seinem Bademantel herum und erkundigte sich eingehend bei der Schwester, wie man den Rollstuhl bediente, in dem er saß, schon fertig für die Besprechung.

Der Rollstuhl war ein bedeutender Meilenstein in Dans Rehabilitation. Sein angespanntes Gesicht verriet, was für eine Anstrengung das Sitzen seine geschwächten Muskeln kostete, aber er war wild entschlossen, jede Qual unter dem Anschein von Positivität zu verstecken.

»Morgen, Jeannie«, sagte er, als sie hereinkam.

Im ersten Moment war sie geschockt. Er klang genauso wie früher. Als Jeannie den heiteren Gruß erwiderte, mahnte sie sich allerdings, dass sie ein »neues« Selbst für Dan war – die treue Verlobte, die ihn jeden Tag besuchte. Die Frau, die er erst sieben Tage kannte.

»Guten Morgen, mein Schatz«, fügte Andrea hinzu und drückte und küsste sie überschwänglich. Sie trug eine narzissengelbe Bluse und einen weißen Rock, aber das Leuchten in ihrem Gesicht konnten sie nicht überstrahlen.

Sie trafen sich mit dem Team in einem Teil des Krankenhauses, den Jeannie nie betreten hatte. Jeannie schaffte es, mit Dan und Andrea ein einigermaßen angeregtes Gespräch zu führen, als die Krankenschwester den Rollstuhl in den Besprechungsraum schob. Rhys, Heather, die Ergotherapeutin, Ulla, die Ernährungsberaterin, Bradley, der Psychologe, und zwei Schwestern saßen schon in den Startlöchern.

»Wir warten nur noch auf Dr Allcott«, erklärte Rhys. »Ihm ist ein Notfall dazwischengekommen.«

»Weiß jemand, wann er zu uns stößt?«, fragte Ulla.

Rhys schüttelte den Kopf. »Seine Sekretärin sagt mir Bescheid, wenn es Neuigkeiten gibt.«

Es entstand ein Moment höflichen Schweigens, dann beugte sich Ulla vor und erkundigte sich bei Heather nach ihrem Griechenlandurlaub. Am Tisch entwickelte sich eine gedämpfte Unterhaltung.

Jeannie fummelte mit ihrem Wasserglas herum und schenkte Dan dann ein nervöses Lächeln. Er lächelte zurück, aber es wirkte nicht echt. Sie blinzelte und schalt sich selbst. Ihm musste vor den bevorstehenden Entwicklungen grauen, dachte sie. Selbst wenn es gute Nachrichten gab, wartete noch ein langer Weg auf ihn.

Sie fühlte, dass Andrea ihr Knie tätschelte, um ihre Aufmerksamkeit zu erringen.

»Eigentlich wollte ich es euch erst später erzählen, aber ich habe eine Überraschung für euch«, sagte Andrea zu Dan und Jeannie. »Mir ist schon klar, dass ihr protestieren werdet, aber ich habe für nächsten Juni einen Empfang gebucht. In der Cadogan Hall. Die Anzahlung habe ich schon geleistet, daher müsst ihr euch keinen Kopf darum machen.« Sie wirkte so selbstzufrieden, dass Jeannie es kaum ertrug. »Gestern Abend habe ich mit deinen Eltern geredet, Jeannie. Sie halten sich den Termin frei. Du kannst dich jetzt ganz darauf konzentrieren, Dan dabei zu helfen, für den Anlass auf die Beine zu kommen!«

Dumpfe Panik wallte in Jeannies Brust auf. Das war es also, was ihren Vater dazu getrieben hatte, doch alles auszuplaudern. Wie viel hatte Andrea für die Anzahlung vergeudet?

»O Mum …« Dan legte den Kopf in den Nacken und starrte an die Decke. »*Nein.* Wie oft müssen wir dir das noch sagen?«

»Sei doch nicht so, Dan. Ich möchte nur, dass ihr ein Happy End erlebt«, beharrte Andrea. »Ist das so schlimm?«

Ja, das war es. Jeannie wusste nun, was sie zu tun hatte. Wenn Andrea weiterhin auf eine Hochzeit drängte, ging Jeannies Taktik, sich ohne weitergehende Verpflichtung um Dan zu kümmern, nicht auf. Früher oder später würde sie sich erklären müssen, und es war besser, das jetzt zu tun, bevor Dans Erinnerungsvermögen zurückkehrte. Bevor die Wirkung der Sedierungsmittel nachließ und die Sache schmerzlicher wurde als nötig.

»Dan.« Jeannies Stimme war trocken. »Ich muss mit dir reden.«

»Und?«, fragte Dan. »Was ist? Oder hast du diese Treffen mit den Ärzten genauso satt wie ich?«

Sie saßen in einer stillen Ecke auf dem Flur, neben einem großen Fenster, wo sie ungestört reden konnten.

Dan schaute sie direkt an, und ihre Zuversicht geriet ins Wanken. Er war fast wieder der Goldjunge, den sie vor neun Monaten auf der Brooklyn Bridge geküsst hatte. Jetzt weiterzureden erschien ihr beinahe unmöglich.

Andrea hat eine Anzahlung für unsere Hochzeit geleistet und wird nicht klein beigeben, dachte sie.

Jeannie beugte sich vor und nahm seine Hände.

»O Gott«, sagte er trocken. »Es müssen *wirklich* schlimme Nachrichten sein.«

»Ich weiß, dass du keine Erinnerungen an den Unfall hast«, begann sie. »Oder an den Tag unserer Hochzeit.«

»Mum hat mir eine Menge darüber erzählt«, sagte er. »Ich habe fast das Gefühl, dabei gewesen zu sein.«

Das war ein tapferer Versuch, Humor unter Beweis zu stellen, wie Jeannie unter den gegebenen Umständen anerkennen musste.

»Möchtest du dem noch ein paar Details hinzufügen?«, erkundigte er sich.

»Nun ja, eigentlich ...« Sie schluckte. »Ich habe dich auf dem Weg zum Rathaus angerufen, weil mir klar geworden ist, dass ich drauf und dran war, einen Fehler zu begehen.«

Die Worte hingen in der Luft.

»Was?« Dan runzelte die Stirn, als hätte er nicht richtig gehört.

Jeannie sagte sich, dass ihm die Information nicht wehtun konnte, da er sich sowieso nicht an sie erinnerte. »Ich konnte die Sache nicht durchziehen, daher habe ich dir eine Nachricht hinterlassen, dass du mich zurückrufen sollst. Dann habe ich dich noch einmal angerufen, aber du warst immer noch nicht zu erreichen. Also habe ich dir noch eine Nachricht hinterlassen, dass ich dich nicht heiraten kann. Und dann bist du irgendwann – wann, weiß ich nicht – auf die Straße getreten und … Und hier sitzen wir nun.«

Dan starrte sie an. »Warum wäre es ein Fehler gewesen?«

»Es ging alles viel zu rasch.« Jeannie hasste sich selbst dafür, dass Worte aus ihrem Mund kamen, die so schal klangen. »Ich hätte nicht erwartet, dass du mir so schnell einen Heiratsantrag machst, aber als du es getan hast, habe ich Ja gesagt … Was soll ich sagen? Dein Antrag war traumhaft. Die Fotos hast du ja gesehen. Es war wunderschön. Wir waren so glücklich. Aber von dem Moment an habe ich mich wie auf einer Autobahn ohne Ausfahrten gefühlt. Wir haben nur noch über die Hochzeit geredet. Für das, was danach kommen würde, blieb keine Zeit mehr.«

Dan sagte keinen Ton. Immerhin sind wir jetzt ehrlich zueinander, dachte Jeannie, als sich ihr Inneres in diesem unerträglichen Schweigen mit Entschuldigungen und Schuldgefühlen füllte.

»Wir haben uns nur an den Wochenenden gesehen und waren dann ständig auf Achse. Dabei hätten wir uns vielleicht einfach mal einen Film anschauen oder einfach so zusammen sein sollen. Wir wollten diese unglaubliche Verpflichtung eingehen, aber ich kannte dich kaum.« Sie suchte nach einem Beispiel. »Als ich Weihnachtskarten schreiben wollte, musste ich dich erst nach deiner Familie fragen. Ich hatte keine Ahnung, wie viele Cousins und Cousinen du hast, dabei wollten wir in wenigen Monaten heiraten. Wir haben besprochen hierherzuziehen, aber nicht, wer wir überhaupt sein wollen. Oder wovor wir Angst haben. Du hast immer nur die Frau der gemeinsamen Unternehmungen gesehen. Nicht die Person, die ich im Innern bin.«

Ihre Stimme brach, als ihr etwas bewusst wurde, das sie immer zu ignorieren versucht hatte – dass Dan sich nie genug dafür interessiert hatte, was ihr wirklich wichtig war. Jeannie hatte immer wieder versucht, ihm zu vermitteln, wie es sich anfühlte, wenn die Musik wie ein Klangstrom durch sie hindurchrauschte. Oder was die Freundschaft mit Edith für ihr Selbstvertrauen bedeutete. Oder dass sie immer Angst hatte, nicht das Leben zu leben, das sie eigentlich führen sollte. Aber sie hatte sich nie verständlich machen können. Sie hatte es immer darauf geschoben, dass sie sich nicht gut ausdrücken konnte, nicht so wie Edith. Tatsache ist aber, dass er nicht begriff, was sie ihm mitteilen wollte. Dan interessierte sich für die Banalitäten des Alltags, nicht für ihre Seele.

Eine lange Pause entstand. »Hast du vor der Hochzeit versucht, mit mir darüber zu sprechen?«, fragte er. »Habe ich es nicht mitbekommen?«

Sie schüttelte verlegen den Kopf. »Ich habe es immer auf meine Nerven geschoben. Und nach außen hin war ich ja auch die glücklichste Frau der Welt, weil ich einen Mann wie dich abbekommen hatte. Eigentlich bist du viel zu toll für mich.«

»Ha!« Dan stieß ein grimmiges Lachen aus, als er ihre zerknirschte Miene sah. »Danke.«

»Aber auf dem Weg zum Standesamt hat mein Vater dann darüber geredet, was seine Ehe ihm bedeutet, und ...« Es war so schlicht, wie ihre Mutter es ausgedrückt hatte: Sie konnten ohne einander nicht leben. »Plötzlich wusste ich, dass ich dir diese Dinge nicht versprechen kann.«

Im nächsten Moment wirkte Dan nicht mehr wie der Mann, der sich nicht an sie erinnerte. Seine Schultern sackten herab. »Bist du dir sicher, dass das wirklich passiert ist, Jeannie?«, fragte er. »Du willst dich nicht einfach aus der Affäre ziehen, jetzt, wo ich im Rollstuhl sitze?«

»Nein!« Jeannie beugte sich hinab und nahm seine Hände, aber er schüttelte sie ab. »Ich verspreche dir, Dan, dass ich mich nicht aus dem Staub mache. Ich möchte dir helfen, keine Frage. Ich mag dich sehr. Wir haben wunderbare Zeiten miteinander verbracht – die Fotos hast du ja gesehen. Wir hatten so viel Spaß. Aber eine Ehe ist etwas anderes. Da muss etwas Besonderes hinzukommen. Ein ... Klick.«

Sie hielt die Luft an und wartete, dass Dan etwas sagen würde.

Er drehte den Kopf weg. Als er sie wieder anschaute, standen Tränen in seinen Augen wie befürchtet. Er wirkte verletzt. »Wer weiß alles davon?«

»Nur meine Eltern.« Und Rachel. Und Natalie. Und Johnny vermutlich auch. Sie schienen nicht der Typ Ehepaar zu sein, der Geheimnisse voreinander hatte.

»Und Owen?«

»Ich ... ich weiß es nicht. Ich glaube nicht.«

»Du *glaubst* es nicht? Was soll das heißen?«

»Dan! Jeannie!«

Sie schauten auf und sahen einen Mann über den gebohnerten Flur kommen.

Owen.

Jeannies Herz tat einen Satz, und sie verspürte dieselbe Erleichterung wie immer, wenn sie ihn sah, selbst in diesem unpassenden Moment. Was wollte er hier? Seine Miene spiegelte eine merkwürdige Dringlichkeit, als müsste er sie schneller erreichen, als es in einem Krankenhaus angemessen war.

Dan rührte sich in seinem Rollstuhl. »Wir sollten in den Besprechungsraum zurückkehren.«

»Owen hat mich gestern Abend anzurufen versucht, weil er mir etwas mitteilen wollte. Hatte das mit den Hochzeitsvorbereitungen deiner Mutter zu tun, was meinst du?«

»Keine Ahnung, aber wir werden die Besprechung noch verpassen. Los, komm. Ich möchte nicht mit Owen über die Sache reden.« Dan packte das rechte Rad, wollte ihm Schwung verleihen und stöhnte frustriert, als es sich nicht bewegte.

Jeannie spürte seine Verzweiflung und wandte sich ab, damit Owen nicht ihr Gesicht sehen konnte. Sie hatte es getan. Sie hatte Dan ihr beschämendes Geheimnis anvertraut. Jetzt konnte sie mit ihm in die Besprechung gehen und sich bereit erklären, ihm in den nächsten Monaten zu helfen. Oder wie lange auch immer es dauern mochte. Jahre vielleicht.

Owen hatte sie nun erreicht, grüßte aber nicht. Er

sagte gar nichts. Er schaute Dan an, als wartete er, dass der etwas sagte. Unbewusst registrierte Jeannie, dass er T-Shirt und Jeans trug, keinen Anzug. Er konnte also nicht direkt aus dem Büro gekommen sein.

»Hallo.« Jeannie rang sich ein Lächeln ab. »Ich dachte, du hättest heute eine wichtige Besprechung?«

»Programmänderung«, sagte er und wandte sich wieder an Dan. »Hattest du schon Gelegenheit, mit Jeannie zu reden, Dan?«

Dan fummelte an seiner Kanüle herum. »Ich glaube, die Wirkung des Schmerzmittels lässt nach. Komm, Jeannie, bring mich wieder zurück.«

»Worüber wolltest du denn mit mir reden?«, fragte Jeannie, als Dan nicht antwortete.

»Soll *ich* es ihr sagen?«

»Worüber wolltest du mit mir reden?«, wiederholte sie.

Owen drehte sich um. Jeannie fuhr zurück, als sie seine Miene sah. Es war wie am ersten Tag hier, als er darum gekämpft hatte, seine Gefühle unter Kontrolle zu halten. Owen war vor schwierigen Gesprächen nie zurückgeschreckt, egal ob er mit Ärzten, einer hysterischen Mutter oder einer verängstigten Verlobten zu tun gehabt hatte. Immer hatte er nach außen hin alles im Griff gehabt. Plötzlich aber schien er Angst vor dem zu haben, was er zu sagen hatte, wirkte aber wild entschlossen, es trotzdem zu tun.

»Was ist los, Owen?«, fragte sie, da ihr plötzlich ein flirrendes Gefühl auf den Magen schlug.

»Also gut!« Dan seufzte. »Ich habe nur darauf gewartet, auch mal zu Wort zu kommen.« Er schaute aus dem Rollstuhl zu ihr auf. »Jeannie«, erklärte er, »ich weiß, wer du bist.«

»Was?«

»Dans Gedächtnis beginnt sich zu regenerieren«, erläuterte Owen.

»Wie das? Was hat es denn zurückgebracht?« Jeannie wurde das Herz schwer. Bitte lass ihn nicht erinnern, wie sehr ich ihm wehgetan habe, dachte sie. Bitte nicht.

Dan sah zu Owen auf, dann schaute er auf seine Hände. »Die Sache ist kompliziert.«

»Das kann man wohl sagen.« Owen ließ sich mit einem erschöpften Seufzen neben Jeannie auf der Bank nieder.

# Kapitel 28

Jeannie bohrte die Fingernägel in die Handfläche und versuchte, mit dieser neuen surrealen Wende der Ereignisse mitzukommen. Bei ihrem eigenen Geständnis war Adrenalin durch ihre Adern gerauscht, aber jetzt hatte sie die Orientierung verloren, als wäre die Ziellinie unerwartet verschwunden und eine weitere Runde zu bewältigen.

»Wenn du sagst, deine Erinnerung sei zurück«, begann sie, »in welchem Ausmaß denn, was würdest du sagen? Hattest du wirklich keine Vorstellung, wer ich bin, bis … wann? Gestern? Was ist denn passiert? Du bist einfach aufgewacht und hast gewusst, wer ich bin?«

Dan sah zu Owen auf. Seine blauen Augen waren flehend. »Können wir das nach der Besprechung erledigen? Ich möchte nicht zu spät kommen.«

»Dr Allcotts Sekretärin war da, um den Anwesenden mitzuteilen, dass es mindestens noch eine Stunde dauert. Man hat mich geschickt, um euch das zu sagen.«

Owen verschränkte die Arme. »Du musst darüber reden, und zwar *bevor* du Pläne für die nächsten Monate machst. Jeannie verdient es, die Wahrheit zu erfahren, Dan.«

Dan schwieg und senkte den Blick auf den Boden zu seinen Füßen.

»Also gut, ich kann dir die Sache erleichtern, wenn du möchtest«, sagte Owen. »Wo ist das Handy?«

Was für ein Handy? In Jeannies Kopf drehte sich alles.

»Das liegt in meinem Nachtschränkchen.«

»Liegt es nicht. Ich sehe es doch.« Er griff in Dans Bademanteltasche und holte es heraus. »Hier. Das Handy.« Er wedelte damit herum. Ein intaktes, voll funktionsfähiges Handy.

Jeannie starrte es an. Warum war Owen so brüsk – fast gemein – zu Dan? Das passte gar nicht zu ihm. »Das ist ein neues Handy. Das alte ist im Mülleimer. Im Café. Es war kaputt.«

»Das Handy schon. Aber die SIM-Karte steckt hier drin.« Owen nickte zu dem neuen Gerät hinüber. »Ich habe sie in eins meiner alten Handys gesteckt, und plötzlich wurde mir einiges klar.« Er wandte sich wieder an Dan. »Mein lieber Freund, wenn du nicht darüber reden möchtest, kannst du es Jeannie ja selbst lesen lassen. Zeig ihr die Nachrichten.«

»Sie wollte die Hochzeit platzen lassen!« Dan wies empört auf Jeannie. »Hast du das gewusst?«

»Nein.« Für einen Moment geriet Owen aus dem Konzept. »Wann?«

»Sie wollte mich buchstäblich vor dem Standesamt stehen lassen!« Dan sah aus, als wollte er so richtig loslegen, aber Owen fing sich wieder und drohte ihm mit dem Finger.

»Immerhin hatte Jeannie den Mumm, es dir zu erzählen, statt alle anzulügen, einschließlich deiner eigenen Mutter …«

»Was zum Teufel ist hier los?«, drängte Jeannie.

»Ach verdammt.« Owen nahm das Handy aus Dans Schoß und reichte es ihr. »Lies selbst.«

Dan wollte protestieren, hielt sich dann aber zurück.

Jeannies Hände zitterten, als sie das Handy nahm. »Wie lautet das Passwort? Andreas Geburtstag?«

»Ja«, antwortete Dan, während Owen murmelte: »Und Carmens.«

Unter den Augen der beiden Männer gab sie die Ziffern ein, mit dem Finger über den Bildschirm gleitend. Das bekannte Bild erschien. Es war, als wäre nie etwas geschehen.

Jeannie wappnete sich und berührte das Symbol für die Textnachrichten. In der Liste der Kontakte war sie selbst verzeichnet, außerdem Owen, Andrea, Mark und George Fenwick. Aber keiner von ihnen stand an erster Stelle. Die war leer. Kein Name. Nur das Bild eines brüllenden Löwen.

Verständnislos schaute sie zu Dan und Owen auf. Owen behielt sie im Blick, Dan sah zu Boden.

»Lies«, sagte Owen leise. »Und achte auf Datum und Zeit.«

Jeannie berührte die leere Linie, und sofort füllte sich der Bildschirm mit langen Nachrichten. Sie entdeckte die Worte »Liebe« und »Afrika« und »jetzt« und »Abschied« und »vermissen«. Und »Fehler«. Dann scrollte sie zum Datum der Hochzeit zurück, und da war es.

*Ich vermisse dich. Wir haben einen Fehler gemacht. Es tut mir leid. xx*

Und Dans Antwort.

*Mir tut es auch leid. Kannst du reden? xx*

Und die Zeit? Sie ging ans Ende der Nachricht: 14:04. Unmittelbar vor der Hochzeit. Als sie versucht hatte, ihn anzurufen. Als sie nicht durchgekommen war und ihre Nachrichten hinterlassen musste.

Dan hatte also einer anderen geschrieben, als er ihre Anrufe verpasst hatte und vor den Bus gelaufen war. Geschrieben, geredet, was auch immer. Eine andere hat ihn abgelenkt.

Sie sah auf. Ihr Körper zitterte in einer Weise, dass sie das Gefühl hatte, mit den Zähnen zu klappern. »*Kannst du reden?* Mit *wem* wolltest du reden?«

»Mit Carmen. Sie hat auch dieses Päckchen an eure Adresse geschickt«, antwortete Owen. »Und die Blumen. Und die Postkarte an die Praxis.«

Carmen. Carmen. Der Name sagte ihr gar nichts. In den letzten Wochen hatte es so viele Freunde, Verwandte, Cousins und Cousinen und Tanten gegeben. Eine Carmen war nicht darunter gewesen.

»Kann ich das bitte wiederhaben?« Dan streckte die Hand nach dem Handy aus.

»Wer ist Carmen?«, fragte sie.

Dan zögerte einen Moment. Einen Moment zu lange. »Meine Exfreundin.«

»Ex?«, fragte Owen leise, aber seine Stimme hatte einen stählernen Unterton.

»Ja, meine Exfreundin.« Dan blitzte ihn an.

In Jeannies Kopf läutete ein Glöckchen. Das Urlaubsfoto von Owen und dem dunkelhaarigen Mädchen, das sie für seine Freundin gehalten hatte. Irgendetwas daran hatte ihr ein solches Unbehagen eingeflößt, dass sie es wieder weggestellt hatte. »Das Foto von dir mit den Eseln – und dieser Frau mit den Locken. Das ist sie.«

»Wo hast du das denn gefunden?«, fragte Dan.

»In deiner Wohnzimmerkiste. Ich dachte, sie sei mit Owen zusammen. Das ist sie also?« Sie wandte sich wieder dem Handy zu und ging zu den Fotos. Dan wollte sie aufhalten, sah dann aber ein, dass es witzlos war.

Jeannie hatte noch nie in Dans Handy herumgeschnüffelt. Er hatte es auch immer in seiner Tasche. Sie musste ein ganzes Stück zurückscrollen, vorbei an den Fotos von ihrem gemeinsamen Jahr, aber da war sie dann plötzlich, die Frau mit den rabenschwarzen Locken, fast auf jedem einzelnen Foto. Sie und Dan. Sie allein in Pose. Es war unübersehbar eine ernsthafte Beziehung. Carmen mit schlafenden Löwen, Carmen in Shorts, Carmen und Dan in Abendgarderobe bei einer Hochzeit. Sie sahen wie ein richtiges Paar aus, hatten die Arme umeinandergeschlungen, schauten sich in die Augen, einträchtig und entspannt. Carmen hatte ein aufreizendes Glitzern in den dunklen Augen, wenn sie

Dan ansah, als wartete sie nur darauf, ihn im nächsten Moment zu verschlingen. Und Dan? Dan wirkte, als wäre er durchaus glücklich damit.

Bei uns war das anders. Mit einem Stich dachte sie an ihre behaglichen, niedlichen Selfies. Mich wollte er nie verschlingen. Knuddeln ja. Aber verschlingen?

Sie schaute auf. Dan und Owen warteten auf ihre Reaktion. Owen schien noch ängstlicher zu sein als Dan. Seine dunklen Augenbrauen hatten sich zusammengezogen, und er beugte sich vor, als wollte er sie trösten, ohne zu wissen, wie.

»Und?«, fragte Jeannie. »Wer ist das? Wie kommt es, dass du sie mir gegenüber nie erwähnt hast? Hattest du sie auch vergessen?«

Dan wandte den Kopf und starrte eine Weile an die Wand, aber als Owen Luft holte und etwas sagen wollte, rang er sich dazu durch, ein Geständnis abzulegen. »Carmen und ich haben uns im Tiermedizinstudium kennengelernt. Wir sind zusammen für ein Entwicklungshilfeprojekt nach Afrika gegangen und uns dort nähergekommen. Es war ein ewiges Auf und Ab, über lange Zeit hinweg. Ihr Traum war immer, nach Afrika zurückzugehen und dort eine eigene mobile Praxis aufzumachen. Sie hat viel für Tierschutzorganisationen getan.«

Jeannie scrollte durch die Fotos, während er redete. Ihr fiel auf, dass Dan vor allem über Carmens Beruf redete, aber die Fotos sprachen eine ganz andere Sprache. Carmen hatte schöne Arme, ein ansteckendes Hollywoodlächeln und ein Faible für weit ausgeschnittene

Klamotten. Der Kontrast zwischen ihrem Latin-Glamour und Dans blondem englischem Wesen war augenfällig, aber die beiden gaben – wie Jeannie seltsam berührt feststellen musste – ein umwerfendes Paar ab. Ein gutes Paar. Ihr brannte das Herz in der Brust. Wenn sie nur einmal während ihrer Beziehung in sein Handy geschaut hätte, wäre es ihr klar gewesen. Hatte sie aber nicht.

»Diese Fotos … Das letzte Foto von euch beiden wurde einen Monat vor unserer Begegnung aufgenommen«, sagte sie langsam. »Und du hast sie nie erwähnt?«

»Ich wollte nicht darüber reden. Wir haben uns kurz darauf getrennt, und die Trennung war nicht gerade … freundschaftlich. Carmen hatte Mittel aufgetrieben, um ihr Afrikaprojekt in Gang zu bringen, und mich fast davon überzeugt mitzugehen. Ich hatte mich schon um Visa und die Finanzierung gekümmert, aber dann ging es Mum nicht gut, und ich konnte sie nicht allein lassen. Carmen fand meine Mutter manipulativ und konnte es nicht begreifen, warum sie so große Probleme mit dem Alleinsein hatte. Warum sie niemandem mehr trauen konnte, nach … Dad.«

Jeannie und Owen wechselten einen Blick, während Dan ins Leere starrte und schmerzhafte Erinnerungen durchlebte. Sie nahm an, dass Owen dasselbe dachte wie sie: Wenn es Dans schlimmste Sorge war, wie sein unzuverlässiger Vater zu werden, dann war dies nicht der beste Weg, dagegen anzugehen.

»Mochte Andrea sie denn?« Man konnte sich nur schwer vorstellen, wie sich Carmen mit ihren hautengen

Leopardenkleidern und den – Jeannie äugte auf ein anderes Foto – ziemlich schrillen T-Shirts mit Tierschutzparolen mit der freundlichen, tennisbegeisterten Andrea über *Emmerdale* und Wohnaccessoires unterhielt.

»Nun ja, die Tatsache, dass sie außer ihrem Geburtsdatum nichts miteinander gemein haben, ist der beste Beweis dafür, dass Astrologie Unfug ist. Nein, sie haben sich nicht wirklich gut verstanden. Carmen ist nicht so geduldig wie du. Sie ist der Meinung, dass Frauen sich selbst aus der Patsche helfen sollen. Ihr wollte einfach nicht in den Kopf, dass meine Mutter meinem Vater nicht sofort einen Tritt verpasst hat. Und Mum hatte immer Angst, dass Carmen mich für immer nach Afrika lockt. Da stimmte einfach die Chemie nicht.«

Nun fiel ein weiterer Groschen. »Paris?« Jeannie wandte sich an Owen.

»Genau. Allerdings war er in Barcelona und nicht in Paris, als der Flug verschoben wurde. Zu Besuch bei Carmens Eltern.« Er blitzte Dan an. »Das war das erste und letzte Mal, dass du mich dazu überredet hast, deine Mutter zu belügen.«

Dan wirkte beschämt. »Tut mir leid, Kumpel.«

»Und was dann?«

»Nun, Carmen hat mir ein Ultimatum gestellt: mit ihr nach Afrika zu gehen oder Trennung. Wir haben uns getrennt. Dann habe ich dich kennengelernt. Das war so … so anders. Und das meine ich auch so.« Jeannie erkannte an Dans traurigen Augen, dass es stimmte. »Du warst genau das, was ich brauchte. In deiner Gegenwart fühlt man sich einfach wohl. Wir haben uns nie gestritten. Wir konnten am Wochenende wegfahren, ohne vier Wildkatzen nach Hause schmuggeln zu müssen. Mum hielt dich für den besten Fang aller Zeiten, und du warst so nett zu ihr. Es fühlte sich wie ein richtiges Leben an, ein Familienleben. Das, was ich mir immer gewünscht habe.«

»War ich also nur eine Trostaffäre, die zu weit gegangen ist?« Sie hielt Dans Blick beharrlich fest. Sie musste in seinen Augen lesen, dass er sich nicht über sie lustig machte oder sie an der Nase herumführte.

Der Dan Hicks, in den sie sich verliebt hatte, schaute zurück, dasselbe schöne, glückliche Gesicht, das sich auf der Brooklyn Bridge an ihres gedrückt hatte, um ein Selfie zu machen. Aber nun wusste sie, dass das, was sie in seinen Augen gesehen hatte, der Widerschein des Sonnenuntergangs über Brooklyn gewesen war, die Champagnerblase bloßer Verliebtheit, der Rausch einer unverhofften Schwärmerei, die bald ihren Höhepunkt überschritten haben würde.

»Ich habe dir den Heiratsantrag gemacht, weil es sich vollkommen richtig anfühlte«, sagte er aufrichtig. »Ich wollte, dass dieser Moment ewig währt.«

Jeannie wusste, dass Dan die Wahrheit sagte. Dafür war sie ihm dankbar, obwohl ihr klar war, dass sie keinen Grund dazu hatte. Der Sonnenuntergang war magisch gewesen, aber es war keine Magie gewesen, die bei Tageslicht Bestand hatte. »Hast du es Carmen erzählt?«

»Ja. Für sie war es in Ordnung. Ich habe ihr eine E-Mail geschrieben, damit sie Zeit hatte, es zu verdauen. Sie ist viel gereist, beruflich. Ich habe nichts von ihr gehört. Du schon, nicht wahr, Owen?«

Owen sah ihn schief an. Offenbar hatte Carmen es nicht so gut aufgenommen, wie Dan gerne glauben wollte. »Sie hat mich angerufen, um sich zu erkundigen, ob es etwas Ernstes ist. Ich habe ihr gesagt, dass Dan sehr glücklich ist und ich dich zwar noch nicht kennengelernt hätte, aber immer nur Lobreden auf dich zu hören bekäme. Und weißt du was, Jeannie? Alles, was Dan mir über dich erzählt hat, war goldrichtig.« Er schaute zwischen ihnen hin und her und versuchte einzuschätzen, wie viel Jeannie noch über Carmen hören wollte. »Carmen hat eine Menge … Zeug erzählt und dann einfach aufgelegt. Und das war es dann, dachte ich.«

Dan fuhr sich mit der freien Hand durchs blonde Haar. »Aber dann hat sie uns offenbar diese Blumen geschickt.«

»Was für Blumen?« Jeannie konnte sich nicht an Blumen erinnern. Dann fiel es ihr wie Schuppen von den Augen: die durchweichte Schachtel mit den welken Rosen und Lilien, die sie nach dem ersten Tag im Krankenhaus weggeworfen hatte. Ihr wurde eiskalt. Carmen hatte herausgefunden, wo sie lebten?

»Sie hat mich angerufen, um mir mitzuteilen, dass sie euch beiden alles Gute wünsche.« Owen warf noch einen scharfen Blick in Dans Richtung. »Und dass sie Dan seine Karten und den anderen Erinnerungskrempel zurückschickt. Ich habe ihr ziemlich eindeutig zu verstehen gegeben, dass sie das bleiben lassen soll, aber sie hat mich einfach ignoriert. Also blieb mir nichts anderes übrig, als zu kommen und es zu holen, oder?«

Das war also in dem Päckchen. Jeannie schlug die Hand vor den Mund. Auch die Anrufe, bei denen sich am anderen Ende der Leitung niemand gemeldet hatte, ergaben nun einen Sinn. Dans Seiten, von denen sie den Eindruck gehabt hatte, sie blieben ihr verschlossen. Kein Wunder, dass ihr irgendetwas komisch vorgekommen war. Er hatte ihr ein ganzes Leben verborgen.

»Es tut mir so leid, Jeannie.« Owen wandte sich an sie. »Ich habe mich so beschissen gefühlt, als ich in deinen Schränken herumgewühlt habe, um das Päckchen zu suchen. Aber als du mich nach dem Foto gefragt hast, wurde mir bewusst, dass Dan dir nichts von Carmen erzählt hat. Wenn du das Päckchen geöffnet hättest …« Er zuckte mit den Achseln. »Damals habe ich darüber nachgedacht, es dir zu erzählen. Ich hätte es tun sollen. Als ich dann die Postkarte sah und merkte, dass sie aktiv Kontakt zu Dan sucht, selbst nach seiner Hochzeit noch, musste ich etwas unternehmen. Ich habe also Dans SIM-Karte an mich genommen, sie in mein altes Handy gesteckt und …«

Er hob die Hände und ließ sie wieder fallen, als wollte er lieber nichts dazu sagen. Owen hatte von Beginn an zwischen Carmen, Dan und ihr gestanden. Aber er hatte sein Bestes getan, sie zu beschützen, da er davon ausging, es würde ihr das Herz brechen.

Um sie herum herrschte reges Getriebe, als sie schweigend dasaßen und versuchten, die Scherben des Tags ihrer Hochzeit zu einem ganz anderen Bild zusammenzusetzen, als es jeder Einzelne von ihnen damals darin gesehen hatte.

Fühle ich mich betrogen?, fragte sich Jeannie. Wütend? Traurig? Alles zusammen und nichts davon. Ihr wunderschöner Tag war eine noch größere Farce gewesen als ohnehin schon gedacht. Was, wenn sie herausgefunden hätte, dass Dan mit Carmen in Kontakt stand? Was, wenn sie die Hochzeit durchgezogen hätte? Hätte er es ihr irgendwann erzählt? Oder Owen? Wäre das der Tod von Dans längster und bester Freundschaft gewesen?

Es gab noch etwas, das sie unbedingt wissen musste, auch wenn sie es nicht wirklich wissen wollte. Jeannie schaute Dan an. »Hast du mit Carmen telefoniert, als du vor den Bus gelaufen bist?«

»Ich kann mich nicht erinnern. Aber wenn es auf dem Handy gespeichert ist, muss es wohl so gewesen sein. Es tut mir leid. Es tut mir wirklich leid.« Dan wirkte traurig und müde und schien sich zu schämen. Genau wie ich, dachte Jeannie. »So etwas hätte ich nie gewollt.«

»Was gewollt? Den Unfall?«, ging Owen dazwischen. »Oder dass Carmen durchdreht? Oder einfach, dass es herauskommt?«

»Nichts von alledem.« Dans Stimme klang erschöpft.

»Liebst du sie denn noch?« Jeannie hatte das Gefühl, auf einer Welle der Ehrlichkeit zu reiten. Sie konnte sich kaum halten, fühlte sich aber so weit über diese chaotische Situation erhoben, dass sie sah, dass nur die Wahrheit sie aus dem Scherbenhaufen der allseitigen

Fehler retten konnte. Sie fühlte Owens besorgten Blick auf sich ruhen, drehte aber nicht den Kopf. Stattdessen beobachtete sie, wie Dan mit sich kämpfte, weil die Wahrheit unweigerlich Schmerzen zufügen würde, aber das konnte sie ihm nicht ersparen.

Er schien stundenlang zu schweigen. Dann antwortete er.

»Ich weiß es nicht«, sagte er, aber das reichte ihr nicht.

Jeannie holte so tief Luft, wie sie es nur vermochte, und stieß sie zitternd wieder aus. Sie waren quitt, waren einer so schlimm wie der andere. Beide liebten einen Traum von etwas, nicht die Realität. Als sie an Andrea dachte, deren Traum von einer glücklichen Familie sich nun verflüchtigt hatte, verspürte sie Mitleid.

»Carmen muss dich jedenfalls wirklich lieben«, stellte sie fest. »Sie hat Berge versetzt, um Zaungast in deiner Welt zu sein. Sie hat bei deiner Hochzeit interveniert, und du bist für sie vor einen Bus gelaufen.«

Owen und Dan starrten sie an. Jeannie fragte sich, ob sie von ihr erwarteten, dass sie weinte. Nach allem, was sie in den letzten Wochen gesehen und beweint hatte.

»Weiß sie es?«, fuhr sie fort. »Weiß sie von deinem Unfall?«

Dan wandte sich an Owen. Der schüttelte den Kopf. »Nein. Ich habe es ihr nicht erzählt.«

»Dann denke ich, jemand sollte sie anrufen«, fuhr Jeannie ruhiger fort, als sie sich fühlte. »Sie ist der Grund, warum wir hier sind, Dan. Du solltest sie wenigstens wissen lassen, wie es um dich steht.«

Das war wieder so etwas, worüber Edith einen Song schreiben würde, dachte sie. Die Liebenden, die unter keinem guten Stern standen und das Leben um sich herum zerschlugen. Das bot so viel Stoff: Liebe, Drama, Geheimnis.

Komischerweise gönnte sie es Edith. So wie sie Dan Carmen gönnte.

Jeannie erzählte nichts von dem Gespräch, als sie Dan mit Owen zusammen in den Besprechungsraum schob, wo nun der Neurologe erschien. Sie versuchte immer noch zu begreifen, was das alles zu bedeuten hatte. Als Dr Allcott den Behandlungsplan vorstellte, für die Reha und dann für zu Hause, hielt sie die Informationen wie immer in Dans Notizbuch fest. Andrea weinte vor Erleichterung, weil man bereits so viele Maßnahmen eingeleitet hatte und alle Beteiligten die Hoffnung zum Ausdruck brachten, dass Dan irgendwann, Schrittchen für Schrittchen, seinen alten Zustand wiedererreichen könne.

»Es wird ein weiter Weg sein, Daniel, das haben wir ja immer gesagt«, schloss Dr Allcott. »Aber wir werden es schon schaffen.«

Nach der Besprechung übernahm Andrea den Rollstuhl, »damit ich es schon einmal lerne«. Jeannie blieb in der Tür stehen und sah die beiden über den Flur entschwinden. Sie wollte noch nicht in Dans Zimmer zurückkehren. Würde Dan seiner Mutter erzählen, was passiert war? Oder würde sie selbst das tun müssen? Und was war mit ihren eigenen Eltern, die im Café auf sie warteten?

Owen zögerte ebenfalls an der Tür.

»Kann ich kurz mit dir sprechen?«, fragte er. »Ich muss gleich aufbrechen, da ich Pete bei meinem Nachbarn gelassen habe.« Er verzog die Miene. »Mir gehen die Hundesitter aus. Pete ist in einer schwierigen Phase.«

»Kaut er?«

»An allem, was sich nicht bewegt. Und manchmal auch an Dingen, die sich bewegen, wenn sie es eine Weile nicht tun.«

Sie nickte, dann standen sie einen Moment unbehaglich herum.

»Ich wollte mich nur entschuldigen, Jeannie.« Er wurde rot – tiefrot. »Ich hätte dir eher von Carmen erzählen sollen.«

»Nein, ich hätte ihn fragen sollen. Ich hätte es nicht auf sich beruhen lassen sollen.« Ein Mann wie Dan hatte natürlich Exfreundinnen, keine Frage. Sie hatte sich einfach nicht mit ihnen messen wollen aus lauter Angst, er könne es sich noch einmal anders überlegen. »Dan hat dich in eine unmögliche Situation gebracht, und du warst ihm ein guter Freund.«

»Ein wie guter Freund ich wirklich war, weiß ich nicht.«

Sie rang sich ein trauriges Lächeln ab. »Ich würde sagen, für einen Trauzeugen hast du eine Menge geleistet.«

Jetzt, da alles vorbei war, verspürte Jeannie eine große Leere in der Brust. Eine so schöne Hochzeit, die von außen so fröhlich wirken musste – dabei hatte das nichts zu bedeuten. Ganz zu schweigen von all den Selfies,

Verlobungsfotos, Plänen. Alle waren an der Nase herumgeführt worden, einschließlich Dan und sie.

»Was meinst du, woher man es weiß?«, hörte sie sich selbst fragen. »Woher weiß man, ob jemand der oder die Richtige ist?«

Owen antwortete nicht sofort.

Vermutlich hat es nichts mit den Schuhen zu tun, dachte Jeannie und schaute aus dem langgezogenen Fenster. Oder mit dem Kleid oder dem Auto oder den Gefallen, die man jemandem tut. Es geht darum, dass zwei Menschen ehrlich zueinander sind. Man braucht kein Traumkleid, um Versprechen abzugeben, die ewig halten. Etwas zu versprechen muss wie atmen sein, wenn man den Richtigen gefunden hat. Den Mann, der nicht mehr ohne einen leben möchte. Der Schmerz in ihrem Innern schwoll wie eine Regenwolke an, schwer von Bedauern.

Sie ballte die Faust, um den Tränen in ihren Augen Einhalt zu gebieten. Eines Tages werde ich ihn finden, sagte sie sich. Wenn Lady Sadie ihr Herz öffnen kann, um den Menschen wieder zu vertrauen, dann kann ich auch darauf vertrauen, dass irgendwo da draußen etwas Besseres auf mich wartet.

»Weinst du?« Owens Stimme überraschte sie. Sie war voller Zärtlichkeit und Sorge.

Sie nickte, ohne ihn anzuschauen.

»Weine nicht, Jeannie. Bitte.«

Sie schüttelte den Kopf, presste die Lippen aufeinander und zwang sich dazu, den Kopf zu drehen. »Du hattest recht mit der Behauptung, dass man ehrlich sein muss. Ich wünschte, ich wäre es früher gewesen. Es ist unabdingbar.«

»Dann will ich auch ehrlich sein.« Owens Stimme war von einer merkwürdigen Eindringlichkeit, und die dunklen Wolken in ihrem Innern bewegten sich. »Du hast mich gerade gefragt, woher man weiß, dass jemand der oder die Richtige ist.« Er zögerte. »Man weiß es, wenn man die Stelle angeboten bekommt, die man immer wollte, am anderen Ende des Landes ...«

Am anderen Ende des Landes? Jeannie wurde ganz flau. Sie wollte ihm schon gratulieren, unterbrach sich dann aber, weil Owen noch nicht fertig war.

»... sie dann aber nicht nimmt, weil man einem Freund in Not helfen möchte. Oder es sich jedenfalls einredet.«

Eine lange Pause entstand, als das, was er eigentlich sagen wollte, zu ihr durchdrang. Owen meinte nicht Dan, seinem Blick nach zu urteilen, der zutiefst bedauernd war. Es war das schlimmste Bekenntnis, das er hätte ablegen können – in so vielerlei Hinsicht –, und es war ihm deutlich schwergefallen.

»Aber Dan ist mein bester Freund«, fuhr er fort.

Jeannie nickte und ließ Owens freundliches Gesicht nicht aus dem Blick. Sie wagte es nicht, etwas zu sagen. Eine Tür hatte sich geöffnet, nur einen winzigen Spalt, und hatte den Blick auf eine leuchtende Landschaft mit Wildblumen, sanft gewellten Hügeln und fernen Klängen freigegeben. Dann schloss sie sich wieder. Jeannie war selbst überrascht, aber gleichzeitig war ihr klar, dass sie von ihrer Existenz immer geahnt hatte.

Ich möchte dich nicht gehen lassen, wollte sie sagen. Aber wie könnte sie es wagen? Wie viel Gutes könnte daraus erwachsen?

Owen blies die Wangen auf. »Das Leben ist nicht gerecht, was?«

Sie standen da und schauten sich lange an. Sobald einer von ihnen etwas sagen würde, würde sich die Tür zu einer Zukunft verschließen, die keiner von ihnen vorhergesehen hatte. So ungern Jeannie es zugab, Owen hatte recht: Das Krankenhaus mit seinem Neonlicht und der täglichen Achterbahn von Angst und Erleichterung war ein sonderbares Paralleluniversum, wo man nichts mehr unter Kontrolle hatte, nicht einmal die eigenen Gefühle. Verworrene, widersprüchliche, in ihrer Ehrlichkeit verschwendete Gefühle.

Langsam streckte Jeannie die Hand aus und nahm Owens. Sämtliche Nervenbahnen ihres Körpers schienen in ihren Fingerkuppen zu enden, als sich ihre Finger berührten, dann die Handflächen, die sich mit exakt gleichem Druck aneinanderpressten.

Sie zwang sich dazu, langsam zu atmen und den Moment in ihrem Herzen zu bewahren. Winzige Funken sprühten an ihren Fingerspitzen, dann in ihrem Handgelenk. Sie spürte, wie sich seine Hand gegen ihre drückte und das Gleiche fühlte wie sie: diesen Klick, das Gefühl, dass alles stimmte. Die Gewissheit, dass da so viel mehr sein könnte.

»Du bist ein guter Mensch, Owen«, sagte sie. »Der beste.«

»Er hat dich nie verdient.«

Jeannies Herz schwoll an. Aber an der verletzten Ehrlichkeit in Owens Augen erkannte sie, dass er die Sache abgewogen und sich für den anständigsten Weg entschieden hatte. Das musste er tun – für sich und für Dan und auch, weil sie ihm etwas bedeutete. Sie verdienten beide mehr als eine Schwärmerei, die in Betrug wurzelte, generiert im künstlichen Licht eines Krankenhauses.

»Bitte schreibe einen Song für mich«, sagte er. »Aber nicht über das hier.« Jeannie nickte, das Gesicht tränenüberströmt.

»Das werde ich tun«, sagte sie. »Und ich werde ihn für mich behalten.«

# Epilog

Zufälligerweise arbeitete Jeannie an dem Tag, an dem ihr Kleid gekauft wurde, in der Hochzeitsboutique des Four Oaks. Die Kundin war Lydia Rogers, eine Zahnarzthelferin aus Little Larton.

Es war das erste Kleid, das Lydia anprobierte, und wie Jeannie damals nahm sie kein anderes mehr von der Stange, als erst einmal der raschelnde Petticoat um ihre Beine schwang und die Bänder des herzförmigen Mieders straffgezogen waren, um ihre Taille wie die einer Colaflasche zusammenzuschnüren.

Im Gegensatz zu Jeannie schien Lydia nicht unter Atemnot zu leiden, als sie auf dem mit Satin bedeckten Podest stand, wie eine Prinzessin in einer Kutsche strahlte und sich im Kreis drehte, um sich von allen Seiten zu bewundern.

Rachel und Jeannie sahen von der Seite aus zu, während Lydias Mutter mit einer Reihe Begleiterinnen auf dem Samtsofa saß und sich mit einem Taschentuch die Augen tupfte. Die Brautjungfern tranken ihren Champagner aus und schenkten sich heimlich nach, da sich die Sache offenbar nicht mehr lange hinziehen würde.

»Das ist das Kleid, von dem ich immer geträumt habe!«, verkündete Lydia und ließ die langen Röcke rascheln. »Kaum zu glauben, dass ich es gleich auf Anhieb gefunden habe.«

»Sind Sie sicher, dass Sie nicht noch andere Kleider anprobieren wollen?« Rachel zeigte auf die Kleiderstange mit den Exemplaren, die sie aus dem Fundus im Hinterzimmer zusammengestellt hatte. Der Strom an gespendeten Kleidern riss nicht ab, und dank Natalies Regie und der Hilfe einer ganzen Gruppe von enthusiastischen ehrenamtlichen Stylistinnen zog die Boutique auch Kundinnen aus anderen Gegenden an. Der Erlös deckte die gesamten Ausgaben für Fressen und Betreuung des Hundeheims.

»Die Liebe rettet den Tag!«, pflegte Rachel jedem mit auf den Weg zu geben. So hatten sie auch ihre Onlineboutique getauft.

»›Das scharfe Auge der Frauen von Longhampton für ein gutes Geschäft‹ wäre ein besserer Name«, lautete Georges wenig romantischer Kommentar, obwohl Jeannie aufgefallen war, dass er nicht mehr von frühzeitigem Ruhestand redete und Rachel dabei half, ihren neuen Geschäftszweig publik zu machen.

»Das Kleid ist absolut perfekt«, wiederholte Lydia und warf einer Freundin, die auf dem Sofa mit einer anderen Brautjungfer tuschelte, einen fragenden Blick zu. »Was ist, Helen? Stimmt irgendetwas am Rücken nicht?«

Helen wurde rot, weil sie sich ertappt fühlte. »Ich habe nur …«

»Was?«

»Ich habe nur … Bist du dir sicher, dass du nicht lieber ein neues Kleid hättest?« Sie warf Rachel und Jeannie einen flüchtigen Blick zu. »Nichts für ungut, aber fragst du dich nicht, ob es nicht vielleicht das Kleid einer Frau ist, die schon wieder geschieden ist? Vielleicht bringt es ja Unglück.«

»Es stammt von einer Hochzeit, die nie stattgefunden hat«, sagte Jeannie, bevor Rachel für sie antworten konnte. »Es war niemandes Fehler. Sie hat einfach nicht stattgefunden. Das Kleid ist also noch nie durch eine Kirche geschritten.«

Die versammelten Begleiterinnen schauten sie neugierig an. Jeannie trug noch ihren Dufflecoat und den Schal, weil sie nur kurz auf dem Weg zum Bahnhof hereinschauen wollte, um mit Rachel zu sprechen. Sie würde sich nämlich in London mit ihrem Anwalt treffen, um über die Tantiemen zu sprechen, die sie im nächsten Jahr erhalten würde. Das hieß, dass sie Rachel für das Dorothy Cottage Miete zahlen könnte, statt sie durch Arbeit in der Tierarztpraxis *und* dem Hundeheim abzuleisten.

Edith und die Produzenten hatten ziemlich schnell kapituliert und Jeannie ihren Anteil an *I Didn't Know* zugestanden, nachdem sie ihre eigene Datei von dem Song geschickt hatte. Bei dem Treffen mit dem Anwalt würde es eher darum gehen, wie sie das Geld verwendete. Jeannie hatte nicht die Absicht, alles einfach auszugeben, aber wenn sie mit Lady Sadie zu Hause hocken und schreiben würde, bräuchte sie Aufnahmegeräte.

»Woher wissen Sie das?« Lydia blinzelte erstaunt, als hätte Jeannie einen heimlichen Draht zu den Hochzeitskleidern.

Jeannie schüttelte den Kopf. »Es ist mein Kleid. Ich habe nicht geheiratet.«

Die Brautjungfern hielten kollektiv die Luft an und warteten gespannt.

»Ich habe es mir anders überlegt und der Bräutigam auch.« Sie lächelte, denn jetzt war es eine Geschichte über ein knappes Entkommen und keine Tragödie mehr. »Es war für uns beide das Beste. Mit Unglück hat das also nichts zu tun. Es ist ein wunderschönes Kleid, und es tut mir selbst leid, dass ich nicht die richtige Braut dafür war.«

»Sind Sie denn noch mit dem Bräutigam zusammen?«, fragte Helen, die vorwitzige Brautjungfer.

»Nein. Er ist nach Newcastle zurückgezogen, in die Nähe seiner Mutter. Gelegentlich sehe ich ihn noch. Wir sind ... gute Freunde.«

»Hat er jemand anders geheiratet?«

»Er ist mit einer anderen Frau zusammen, ja. Dieses Mal ist es die Richtige für ihn.« Jeannie hörte, dass Rachel neben ihr schnaubte, und stieß sie an. »Aber egal ... Ich wollte nur sagen: Herzlichen Glückwunsch und alles Gute. Es ist *Ihr* Kleid, ohne jeden Zweifel.«

»Danke«, sagte Lydia. »Haben Sie es auch sofort gewusst, dass es das richtige ist?«

Jeannie nickte. »Ich denke, Sie wissen es.«

Jeannie hatte gelegentlich an ihr Kleid gedacht, als sie sich mit ihrem Hund – und mit ihrer neuen Stelle und dem Ukulele-Orchester und ihren Freundinnen vom Hundeheim – in ihrem neuen Leben eingerichtet hatte. Dann hatte sie sich immer gefragt, ob es wohl das wohlverdiente Happy End bekommen würde.

Sie konnte es nur hoffen. Denn obwohl nichts so eingetreten war, wie sie es sich vorgestellt hatte, war sie doch endlich glücklich.

Jeannie stellte sich manchmal das Leben vor, dass sie jetzt hätte, wenn sie nicht auf das Stimmchen in ihrem Kopf gelauscht und einen nahezu Fremden geheiratet hätte. Hätte ihnen ein Päckchen von Carmen die ersten Weihnachten verdorben? Hätte sie Dan dabei ertappt, wie er ihr an ihrem Geburtstag Blumen schickte? Hätte Carmen irgendwann höchstpersönlich auf der Matte gestanden? Hätten Dan und sie sich scheiden lassen, einvernehmlich und an der Sache gewachsen? Hätte ein Kind die Sache verkompliziert?

Welchen Weg auch immer Jeannies Gedanken nahmen, Dan und sie endeten immer in einer schmerzlichen Situation, während ihr Leben jetzt unkompliziert war. An drei Vormittagen in der Woche arbeitete sie in der Aufnahme von Georges Praxis, an weiteren zweien im Hundeheim, nachmittags gab sie Ukulele-Unterricht oder schrieb Songs. Zweimal täglich registrierte sie jede

Veränderung der Jahreszeiten, wenn sie mit Lady Sadie, der verlorenen Seele, die sie mit ihrer Musik versöhnt hatte, über die gewundenen Pfade von Longhampton spazierte.

Das einzige Geheimnis, das Jeannie jetzt noch hatte, betraf ironischerweise Dan.

Wann auch immer sich jemand erkundigte, ob sie Dan vermisse – nicht Leute, die sie richtig kannten wie Rachel, sondern gutmeinende Helfer wie Freda –, lächelte sie traurig und erklärte: »Ein bisschen.« Ihr Lächeln war traurig genug, um das Gespräch zu beenden. In Wahrheit vermisste sie ihn kein bisschen. Sie vermisste ihre Romanze und die aufregenden Wochenenden, an denen sie sich Dinge angeschaut hatten, und den schönen Schwindel der Verliebtheit. Dan selbst vermisste sie nicht. Hinter all den Vergnügungen war nicht viel von Dan geblieben, das sie vermissen konnte.

Sie sorgte sich aber um ihn und hielt Kontakt, während sein Erholungsprozess voranschritt. Dan war stark und wild entschlossen, sämtliche Fähigkeiten wiederzuerlangen. Die Zahlungen aus der Hochzeitsversicherung ermöglichten ihm etliche private Therapiestunden, was wohl ein Lichtblick war. Gott sei Dank hatte Dan die Geistesgegenwart – oder das nötige Schuldgefühl – besessen, eine abzuschließen. Sie hatten ihre Eltern ausgezahlt, den Rest bekam er. Andrea arbeitete Dans Therapieplan aus, und das brachte sie ihrem Sohn noch einmal näher, und zwar auf positive Weise. Sie unterhielten sich viel, wie sie Jeannie in einem ihrer langen wöchentlichen Telefonate erzählte.

Jeannie und Dan waren übereingekommen, Andrea eine frisierte Fassung der Wahrheit zu erzählen – dass sie beide zu der Meinung gelangt seien, dass sie sich geirrt hätten –, aber sie schien immer noch gerne mit Jeannie zu plaudern. Wenn es Andrea dabei half, sich in ihrem neuen Leben einzurichten, hatte Jeannie kein Problem damit.

Wenn Jeannie jemanden vermisste, dann war es Owen. Das hatte sie Rachel auch einmal erzählt.

»Tu es einfach«, hatte Rachel gesagt, was Jeannie nicht sehr hilfreich gefunden hatte.

Am vierten Samstag im Mai, genau ein Jahr nachdem Jeannies Traumkleid an der Treppe zum Rathaus von Longhampton Triumphe hätte feiern sollen, stand seine ursprüngliche Besitzerin mit einer Konfettischachtel am Geländer.

Lydia hatte das Datum ihrer Hochzeit in der Boutique hinterlassen, zusammen mit den Angaben für die nötigen Änderungen am Kleid. Da Jeannie an jenem Tag sowieso in der Stadt war, um sich mit einem potenziellen neuen Musikschüler zu treffen, kam ihr die Idee, sich von ihrem Kleid zu verabschieden und seiner neuen Besitzerin Glück zu wünschen.

Innerhalb eines Jahres hatte Jeannie McCarthy eine Menge unerwarteter Lektionen über die Liebe gelernt – *nach* dem Augenblick, der das Ende ihrer Geschichte hätte bedeuten sollen.

Sie hatte gelernt, dass man Verliebtheit nicht mit Liebe verwechseln sollte.

Sie hatte gelernt, dass nicht alle Schwiegermütter ein Albtraum sind und man zu ihnen ein herzlicheres Verhältnis entwickeln konnte als zu ihren Söhnen.

Vor allem aber hatte Jeannie gelernt, dass die Liebe – und zwar die ungefilterte, nicht bearbeitete, aufregende Liebe – nicht dem entsprach, was man auf Instagram sah. Der Zeitpunkt, die Hingabe, der Humor, die Insiderwitze und der schiere Zufall spielten eine große Rolle für die Entwicklung der Dinge, allen guten Vorsätzen zum Trotz. Aber es musste mit einem Klick beginnen.

Kurz, Jeannie verspürte kein Bedauern wegen der Hochzeit, die nie stattgefunden hatte. Sie hatte ihr viel über sich selbst beigebracht und ihr eine treue Begleiterin beschert, auch wenn sie einer anderen Rasse angehörte als erwartet.

Applaus im Rathaus kündete davon, dass die Zeremonie zu Ende war, und ein paar Minuten später erschien Lydia mit ihrem frischgebackenen Ehemann Robin Pritchard am Ausgang. Sie stand in der Maisonne und strahlte vor Glück. Ihr blondes Haar war mit cremefarbenen Rosen geschmückt, um ihre eingeschnürte Taille lag der Arm ihres Manns, und als sie oben auf der Treppe posierte, entdeckte Jeannie ihre knallroten Schuhe – das Tüpfelchen auf dem i.

Sie wirkt so glücklich, dachte Jeannie und freute sich für sie – und für sich selbst auch. Nun hatte sich der Kreis geschlossen, und sie konnte weitermachen.

Sie bewarf die Frischvermählten mit Konfetti, als sie zu dem wartenden Wagen herabstiegen, dann verzog sie sich unauffällig.

»Das war doch schön, oder?«, sagte sie zu Lady Sadie. Jeannie störte sich nicht mehr daran, dass die Leute sie für verrückt halten könnten, wenn sie mit ihrem Hund sprach. »Ihre Schuhe waren umwerfend, nicht wahr?«

Lady Sadie lächelte. Mit ihrem neuen Silberhalsband sah sie besonders schick aus, denn sie hatte auch noch etwas vor.

Sie gingen über die High Street, vorbei an der Hochzeitsboutique, dem Buchladen und der Galerie, wo Jeannie ein Vermögen für eine riesige Stadtansicht ausgegeben hatte, die nun in ihrem Schlafzimmer hing.

Dies ist ein guter Ort, dachte sie, als Sadie und sie vor Natalies Café stehen blieben, weil sie ihren neuen Schüler dort treffen würden. Hier kann ich ich selbst sein.

Jeannie öffnete die Tür, aber Sadie sah ihn als Erste und begrüßte ihren alten Freund mit einem Bellen.

Pete, der Cockerpoo, war nun ausgewachsen und saß neben dem Tisch. Er hob anmutig die Pfote, um ein Stück Kuchen zu ergattern, was ihn einem Pudel sehr viel ähnlicher aussehen ließ als einem Cocker Spaniel. Sein Besitzer weigerte sich allerdings, den Kuchen auf dem Teller vor sich anzurühren.

»Du musst noch warten, Junge«, sagte er, ebenfalls sichtlich unbekümmert, was die Leute wohl denken mochten, wenn er mit seinem Hund redete. »Wir haben eine Verabredung.«

»Ich kann es kaum glauben, dass du etwas von deinem Kuchen abgibst!«, rief Jeannie, und Owen fuhr herum.

Als er sie sah, breitete sich ein Lächeln auf seinem Gesicht aus, das gleichzeitig schüchtern, hoffnungsvoll und erfreut wirkte. In Jeannies Magen spielte sich eine chemische Reaktion ab, die alles zum Zischen und Krachen brachte, aber sie mahnte sich zur Ruhe. Nichts übereilen. Nur Tee und Kuchen. Und eine ewig lange Unterhaltung, die vielleicht nie enden würde.

»Gelegentlich muss man eben über seinen Schatten springen«, sagte er und zog einen Stuhl für sie zurück. Auf dem Stuhl neben ihm lag der Ukulele-Kasten mit den Sternen.

# Dank

Zunächst, wie immer, tausend Dank an meine großartige, allwissende und überhaupt alles vermögende Agentin Lizzy Kremer und ihre Kollegin Harriet Moore, die stets den Wunsch in mir weckt, dass tatsächlich ich das Buch geschrieben habe, das ihr vorlag. Jede einzelne Abteilung der Agentur David Higham nötigt mir Bewunderung ab, besonders die Experten für Übersetzungsrecht, die Longhampton an ungeahnte Orte geführt haben, und die überwältigende Maddalena Cavaciuti. Wenn ich nicht von DHA vertreten würde, würde ich unbedingt dort arbeiten wollen.

Es ist ein großes Glück, von einem so dynamischen Team wie dem des Transworld-Verlags betreut zu werden, angefangen bei meiner einfühlsamen, geduldigen Lektorin Francesca Best. All diese Kreativität und Begeisterungsfähigkeit sind überwältigend, daher danke ich allen für die sichtbaren und unsichtbaren Wunder, mit denen sie die Worte in meinem Laptop in Worte verwandeln, die die Fantasie anderer Menschen bevölkern. Meine Freude darüber wird immer grenzenlos sein.

Sich mit Hochzeiten zu befassen war ein Heidenspaß, was man von den Recherchen zu den Hundezuchtbetrieben nicht behaupten kann. Kate Grundy bin ich dankbar für die vielen Informationen über die Hunde, die im Hope Rescue in Südwales landen; meine Fragen hat sie freundlich und geduldig beantwortet. Kate gehört zu dem Heer von Ehrenamtlichen, die sich unermüdlich darum bemühen, die überlebenden Kreaturen dieses widerwärtigen Geschäfts aufzupäppeln und ihnen ein neues Zuhause zu verschaffen. Danke, Kate. Ich bewundere die Arbeit von Hope Rescue über alle Maßen und wünschte, es käme der Tag, an dem sie nicht mehr nötig wäre.

Eine dicke Umarmung für meine Familie, die sich das in diesem Nomadenjahr mehr denn je verdient hat, außerdem für meine beste Freundin Nancy, für Chris und besonders für meinen unbeschreiblichen Ehemann Scott. Ein dankbarer Gruß an all die Leserinnen und Leser, die mir E-Mails geschrieben haben oder über Facebook, Twitter oder auf anderen Wegen freundliche Kommentare haben zukommen lassen – das bedeutet wirklich alles für mich, und ich weiß es sehr zu schätzen. Bitte bleiben Sie in Kontakt!

Schließlich Dank an zwei besondere Hunde: Miss Betsy und Flint. Zauberhafteren, liebenswürdigeren Botschaftern der Rasse der Staffordshire Bullterrier bin ich nie begegnet. Ihr Lächeln ist so groß wie ihr treues,

nachsichtiges Staffie-Herz. Das vorliegende Buc
ich für diese beiden wunderschönen Geschöp
schrieben.

## Autorin

… kommt aus Cumbria, einer Grafschaft im Nordwesten Eng-
… studierte Englische Literatur in Cambridge und lebt heute mit
…wei Hunden, einem alten Range Rover und viel zu vielen Büchern
…em Dorf in der Nähe von Hereford. Ähnlichkeiten mit Lucy Dil-
… Familie oder ihren Freunden in ihren Romanen sind rein zufällig –
die Vierbeiner dürften sich allerdings wiedererkennen.

*Lucy Dillon im Goldmann Verlag:*

Der Glanz eines neuen Tages. Roman
Bis das Glück uns findet. Roman
Im Herzen das Glück. Roman
Das kleine große Glück. Roman
Der Prinz in meinem Märchen. Roman
Liebe kommt auf sanften Pfoten. Roman
Herzensbrecher auf vier Pfoten. Roman
Tanz mit mir! Roman

(Alle als E-Book erhältlich.)